CARLOS, REY EMPERADOR

LAURA SARMIENTO PALLARÉS

CARLOS,
REY EMPERADOR

PLAZA JANÉS

Primera edición: octubre, 2015

© 2015, Laura Sarmiento Pallarés
© 2015, Corporación RTVE y Diagonal TV, S. A.
© 2015, Penguin Random House Grupo Editorial, S. A. U.
Travessera de Gràcia, 47-49. 08021 Barcelona

Printed in Spain – Impreso en España

ISBN: 978-84-01-01541-0
Depósito legal: B-18.856-2015

Compuesto en Revertext, S. L.

Impreso en Rodesa.
Villatuerta (Navarra)

L 0 1 5 4 1 0

Penguin
Random House
Grupo Editorial

Dedico este libro a todos aquellos que me empujan a afrontar
lo que me impone, porque ellos me hacen mejor persona.
Saben quiénes son y hasta qué punto les estoy agradecida.

A mis compañeros del equipo de guión de la serie «Carlos,
rey emperador»: José Luis Martín, Nacho Pérez de la Paz,
María José Mochales, Clara Pérez Escrivá,
Juan Carlos Blázquez y Pablo Tébar.
Sin su talento y trabajo este libro habría sido imposible.

Y en especial a mi familia en Suecia, Sevilla y Madrid.
Sois mi gran suerte.

1

El avance del navío resquebrajaba las brumas a su paso. El entorno se iba volviendo definido, sólido. Carlos de Gante dio unos pasos en la cubierta y distinguió por primera vez el lugar que para él, hasta ese momento, había sido tan solo una idea. El piloto mayor acababa de pedirle perdón por haber desviado la flota real hacia quién sabe qué sitio del norte de Castilla, que sin duda no era Laredo, donde tenían previsto recalar. Carlos no había querido rectificar el desembarco. Le valía ese emplazamiento que, a medida que se acercaban, se iba manifestando más ridículamente pequeño para el atraco de las cuarenta naves de la expedición. Le valía porque el viaje había sido largo, acompañado de tormentas terribles que habían zarandeado los barcos a su antojo; y porque antes de esa travesía había sufrido otra, de un año y medio, que se inició con la muerte de su abuelo Fernando y a la que él quería poner fin haciéndose cargo del gobierno de España.

Carlos elevó los hombros para que su cuerpo estuviera a la altura de la dignidad del momento. Su traje de seda y encajes flamencos le envolvía en grandeza, pero el rostro dejaba a la vista la evidencia de que tan solo tenía diecisiete años. Sus rasgos eran una lucha entre la dulzura y la determinación. El pelo rubio, la palidez y la mirada curiosa le hacían sensible; su mentón, tan marcado, rubricaba su rostro con la dureza que se le pide a un hombre de Estado.

Envuelto en el silencio que tan propio le era Carlos escudriñó el paisaje que se extendía ante él. Sabía que siempre recordaría esa primera impresión del reino: las altas montañas verdosas, la playa exigua, la aldea de unas pocas casas bajas. Desde niño había tratado de hacerse una idea de ese dominio en el que habitaban dos de sus hermanos, Fernando y Catalina, a los que nunca había visto; ese reino que era también la tumba de sus padres Felipe y Juana, sin vida ya él y sin apenas vivir ella, enclaustrada en el palacio de Tordesillas. Carlos confió en llegar a amar ese lugar y en que se disipase esa sensación punzante que llevaba robándole la paz desde que salió del puerto de Flesinga, incluso desde que se había despedido de su tía Margarita, la madre que la vida le había dado al tiempo que desdibujaba la suya. Sintió una nostalgia y una aprensión que no quiso confesar a nadie, porque a todo gran hombre se le presupone audacia y frialdad, y más a él, que al año de vida se había convertido en duque de Luxemburgo, a los seis había heredado los Países Bajos y, desde entonces, había vivido sobre el aviso de que España sería suya algún día.

Un estrépito le sobresaltó y le obligó a asomarse. Los marineros estaban dejando caer sobre el agua los botes que llevarían al séquito a tierra.

—¡Cuidaos, majestad!

Una mano firme le ayudó a descender a su bote; la de Guillermo de Croy, que no dudó en tomar sitio en la misma barca. Una vez Carlos hubo estado a seguro, el intitulado señor de Chièvres lo miró y enseguida lo notó nervioso. Para la mayoría de quienes lo conocían, el hijo de Felipe y Juana constituía un misterio imposible de desentrañar. Era callado y contenido en la expresión, se diría que se afanaba por no revelar su alma. Pero Chièvres, que era su consejero, su confidente, su sombra diaria desde los nueve años, sabía leerle a la perfección: aunque fingiera serenidad, Carlos le necesitaba entonces más que nunca. Y si algo complacía a Chièvres era justo esa necesidad, construida por él piedra a piedra a lo largo de casi una década. El consejero, de rasgos inclementes y pelambrera negra que ya encanecía, se había entregado siempre de tal modo a su labor que la mala fama que arrastraba consigo poco importaba a Carlos. Donde muchos denunciaban en Chièvres ambición desmedida y pocos escrúpulos, él veía un apoyo constante y la llave maestra que le conduciría a la gloria. Gracias a su consejo había llegado a gobernar los Países Bajos con tan solo quince años, pues Chièvres había convencido al emperador Maximiliano, abuelo de Carlos, de que la minoría de edad no era un óbice tan insalvable. Y gracias también a él no había esperado a esa travesía para proclamarse rey de Castilla y Aragón; lo había hecho, bajo su sugerencia, en Bruselas. No eran pocos los que veían en esos manejos el interés egoísta del consejero que, como tantos asesores reales, ambicionaba gobernar por medio de su pupilo. Pero Carlos se preguntaba quién de los dos era más egoísta, si quien buscando una porción de poder se ensuciaba para engrandecerle, o él mismo, que se beneficiaba de sus manejos y conservaba la inocencia.

El bote llegó a la orilla rodeado por un anillo de tropas a modo de escolta. Mientras, en Laredo, una grandilocuente comitiva esperaba en vano el desembarco real.

—En este rincón del mundo no hay hueco para vuestra grandeza, hermano —dijo Leonor desde su propio bote, oteando la costa.

La hermana de Carlos, apenas dos años mayor que él, era el único familiar que le acompañaba en el viaje. Su piel transparente y la melena cobriza le otorgaban un aspecto de vulnerabilidad cortesana que engañaba respecto a su fortaleza. Leonor había sobrellevado la travesía leyendo a los antiguos e infligiendo un castigo de silencio a su hermano. Su actitud había extrañado a todos menos a Carlos, que ni siquiera se había mostrado ofendido. Él sabía, porque lo había oído, que existía un mal llamado amor, y que Leonor lo padecía por el conde Federico del Rin, de quien se había visto obligada a separarse a causa del viaje.

La escolta armada puso al fin pie en tierra. Era tan numerosa y el enclave tan pequeño que pronto apenas quedó arena a la vista. Carlos contempló el despliegue de sus soldados por la costa y notó en su pecho que ese reino empezaba a pertenecerle. Pero una salva de gritos desgarrados rompió sus pensamientos solemnes: desde el margen de la playa que lindaba con la aldea, una lluvia de piedras empezó a precipitarse sobre los soldados, con la furia de una condena bíblica. Desprevenidos, pocos se protegieron a tiempo. Varios de esos proyectiles resultaron mortales.

—Están atacándonos... ¡Están atacándonos! —gritó Carlos.

Chièvres, decidido incluso en el más inesperado de los trances, se apresuró a cubrirlo para protegerlo. En el horizonte de la playa los atacantes comenzaron a hacerse visibles. Pocas eran las casas en la aldea, pero sin duda ninguno de sus moradores faltaba en el tropel. Espontáneamente armados con palos y enseres de labranza, los lugareños se lanzaban hacia los recién desembarcados al tiempo que se alentaban con gritos.

—¡Muerte al infiel! —bramaban los aldeanos.

—¡Nos toman por turcos! —concluyó Chièvres—. ¡Tres columnas de hombres para salvar al rey!

Cuando los soldados respondieron a la llamada y Carlos estaba protegido por sus cuerpos y sus armas, Chièvres entresacó de sus ropajes una cruz que llevaba al cuello y la colocó sobre su pecho para hacerla visible. Acto seguido, el consejero saltó del bote. Carlos trató de retenerlo, pero su empeño fue inútil. Reconoció al que avanzaba contra la resistencia del agua, lo había visto una y mil veces obstinarse en los despachos con el mismo brío que exhibía ahora. Sabía que era insensible al miedo en las negociaciones; en ese instante tuvo la certeza de que a Chièvres la muerte le espantaba menos que ver frenados sus deseos.

—¡Escudaos, al menos! —Carlos se resignó.

Su voz reveló un temblor: si algo no esperaba de su llegada a España era temer por su vida.

Pero Chièvres no atendió a palabra alguna. Desde su bote, y aunque tapiado por los hombres que lo custodiaban, Carlos distinguió a su consejero ya en la playa, saliendo al encuentro de los aldeanos armados. Estos se detuvieron en seco, desconcertados. La cruz que Chièvres llevaba al pecho se convirtió en un freno para los atacantes, que ahora no entendían a quién se estaban enfrentando. Desde las ventanas de las viviendas, las mujeres, aferradas a sus hijos, murmullaban rezos para que los invasores fueran al menos franceses.

—¡Recibid como se merece a vuestro rey! O se os tendrá por traidores —les conminó Chièvres.

Los aldeanos se agarrotaron. La idea de que el rey hubiera recalado en Tazones, tan modesta y apartada, no era fácil de asimilar. Así que ese era Carlos, el nieto del gran Fernando y de la aún más grande Isabel, el hijo del condenado Felipe y de la pobre Juana, el extranjero que tardaba en llegar. Uno a uno los palos y las azadas fueron cayendo sobre la arena.

Una vez apaciguados los aldeanos, Carlos renegó del temor que todavía sentía y desembarcó. En apenas unos pasos se situó frente a sus súbditos. Se miraron. Ellos nunca habían visto ropajes semejantes, ni esa apostura flamenca, ni el diseño de esos barcos que formaban un horizonte tras él. Ni tampoco Carlos había sentido miradas que le entendieran tan poco como aquellas. Se diría que rey y súbditos eran dos desconocidos que se encontraban por primera vez ya en el altar, abocados a unirse y a vivir juntos hasta que la muerte los separase; dos desconocidos que no por saberse condenados a su ligazón dejaban de mirarse con recelo, preguntándose qué futuro les esperaba juntos.

A las pocas horas, un vecino de Tazones, con nervios mal disimulados, puso ante Carlos un plato de huevos fritos y unto. Sin que Leonor lo desease vio cómo también a ella se le dispensaba otro. La vivienda, como todas en la villa, poseía la sencillez de un dibujo infantil: cuatro paredes desnudas y el mobiliario imprescindible. Quien la había levantado nunca hubiera imaginado que un rey se vería obligado a hacer noche en ella. Las recargadas vestimentas de Carlos, Leonor y Chièvres destacaban en el lugar como la luna en una noche oscura. El aldeano les sirvió vino aguado en copas de barro bajo la mirada agradecida de Carlos, que hubiera deseado sentirse más cómodo en ese ambiente tan humilde. El anfitrión se disculpó con un gesto antes de dejarlos solos. Leonor miró la comida como si no la entendiese ni quisiera hacerlo.

—Deberíamos haber desembarcado en Laredo —dijo.

—Guardad por un momento vuestro paladar de Malinas —zanjó Carlos mientras tomaba sus cubiertos.

Leonor oyó Malinas y sintió un golpe candente en el pecho, pero no porque sintiera nostalgia de la corte en la que Carlos y ella habían pasado la vida, con su etiqueta exquisita y ese lujo festivo que la habían acunado desde niña. Leonor oyó Malinas y pensó en su conde, y el poco apetito que tenía le desapareció. Ofreció su plato a Carlos, que, aunque con una mirada de reproche, lo aceptó.

—Lo cierto es que resulta pobre agasajo para compensar la benevolencia que habéis mostrado con ellos —dijo Chièvres.

—Verme repelido a pedradas me ha desazonado más que a vos, creedme —contestó el soberano—. Pero la furia contra el turco, que creían tener ante sí, no deja de complacerme. ¿Cómo castigarlos?

Chièvres asintió. Él estaba más dotado para el resentimiento que Carlos, pero sabía que las dificultades que les esperaban en Castilla y Aragón serían mayores de mostrarse implacables con esos pobres necios que los habían recibido. La generosidad se le antojaba un arma de la que servirse de cuando en cuando, aunque su uso le dejase a uno insatisfecho. «En el fondo este dislate tiene su lado bueno —pensó Chièvres—. Los recelos que nos aguardan en estas tierras parecerán caricias en comparación.» El consejero llevaba meses afanándose en minimizar ante Carlos los problemas a los que, estaba seguro, se enfrentarían a fin de afirmarse en el trono de España. Pero, a decir verdad, el rey solo había fingido creerse las predicciones tranquilizadoras de Chièvres. Sabía bien que la verdadera travesía empezaba ahora.

Cuando la corte de Castilla recibió la noticia de la llegada de Carlos, la inquietud que había permanecido en duermevela durante año y medio se despertó de golpe. Los murmullos se intensificaron. Las miradas se cargaron de significado. Adriano de Utrecht, enviado al reino por Carlos hacía ya un año, se sintió como un Atlas moderno que sostuviera sin ayuda la bandera del rey frente a las amenazas. Una labor dura para sus casi sesenta años. Cierto era que el cardenal Cisneros, regente de España, con el beneplácito de Carlos, desde la muerte de Fernando de Aragón, se había mantenido fiel al mandato que este había ordenado en su testamento y había dado por bueno al flamenco como heredero. Pero en cuanto supo del desembarco del rey en Tazones, su reacción tuvo poco de entusiasmo. El cuerpo enjuto del cardenal se agitó de indignación.

—¿Cómo ha podido despreciar el recibimiento que le esperaba en Laredo?

El galeno que atendía a Cisneros fingió no escuchar, dejando que solo Adriano reaccionase a sus palabras. El de Utrecht tomó asiento buscando energías para la conversación.

—Tempestades, supongo —respondió.

—O un desdén por el protocolo del que ya dio buena cuenta en Bruselas. Y valorad que dejo en falta lo que fue más bien un...

La frase se vio interrumpida por algunas toses del cardenal. Adriano lo agradeció; estaba cansado de oír la acusación aquella de que Carlos había cometido un golpe de Estado.

—Sabéis tan bien como yo que si la proclamación se hubiese demorado, habríais despedido vuestra regencia con una guerra entre hermanos —dijo Adriano.

Cisneros no tenía fuerzas para darle la razón, así que calló y apuró de un trago el brebaje que le ofrecía el médico. Confiaba en que esos cuidados le concediesen una prórroga. Le sorprendía no querer morir. La voluntad de Dios llevaba un tiempo mostrándose bien clara: lo quería consigo. Pero ¿cómo dejar el reino a la deriva?

—¿Ha anunciado ya cuándo se encontrará conmigo? —preguntó Cisneros.

—Lo dirán los caminos, eminencia.

—Que los ande ligero, o no me alcanzará la vida. Le he sido más leal de lo que Castilla me alentó. Le he defendido cuando no había motivos para ello. Sin mí, los partidarios de su hermano se habrían hecho fuertes hace tiempo, y habría tenido que batirse con la espada por la corona.

—El rey sabe de vuestra ayuda, eminencia —dijo Adriano—. Pronto se reunirá con vos.

La promesa no calmó la urgencia del cardenal.

—No se trata solo de cederle la regencia, sino de instruirle sobre lo que con el tiempo he aprendido de estos reinos. Ignoráis cuánto va a necesitar saber más de lo que conoce.

En la estancia se hizo un silencio que dejó al cardenal meditabundo.

—A veces me pregunto si genero desgracia —dijo Cisneros—. No os imagináis la grandeza de esta corte cuando la reina Isabel me llamó a su lado. —Se santiguó—. Para echar abajo todo ese esplendor hacía falta mucha mala fortuna. La que ha venido sucediéndose, golpe a golpe, ante mis ojos.

—La suerte es caduca. Tanto la buena como la mala —contraatacó Adriano—. Confiad. Carlos es prudente y tiene la ambición justa. Él lee a Erasmo, no a Maquiavelo. Poco se parece a Felipe. El mal recuerdo del padre será borrado por el hijo.

—Hasta ahora aquí solo se le cuentan faltas: su proclamación, el haber nombrado a ese tal Chièvres contador mayor del reino...

—El buen gobierno se aprende —se apresuró a decir Adriano, evitando que la lista de faltas, que sabía más extensa, se enumerara entera—. No dudéis ahora, eminencia.

—Duda el reino, no yo —sentenció.

—¿Y Fernando? ¿Duda él?

Cisneros se guardó ante el de Utrecht el recuerdo de su último encuentro con el hijo castellano de Juana y Felipe. Algo en el joven negaba cada palabra de obediencia a Carlos que profería. Su mirada se rebelaba ante el destino. «Seré vasallo de mi hermano, pues así lo quiso mi abuelo», decía. Pero aunque sus palabras parecían sensatas, su ceño gritaba: ¡injusticia!

En el salón de la residencia de Fernando de Austria bien podría haberse formado un bache, de tanto como en los últimos meses los grandes de España habían hincado la rodilla en él. Pero por entonces nadie se dejaba ver por allí, sobre todo desde que el regente Cisneros, lleno de alarma, hubiera lanzado una bandada de espías para que diesen cuenta de toda conspiración contra Carlos. La sospecha había condenado a Fernando a la soledad. Esa mañana, como casi todas, salió a cabalgar por los campos de Valladolid. El sol se escondía tras nubes de tormenta. Fernando las contempló y enseguida pensó que no se entendía. Debería sentirse aliviado, ¿no era eso lo que quería? Que cesasen las intrigas. Que dejasen de poner a prueba su lealtad. Que el comendador mayor de Calatrava no insistiese más en que él, y no Carlos, era quien merecía el trono. Que el obispo de Astorga dejase de llamar a su hermano «usurpador extranjero», con una mueca de desprecio. «El más grande rey que nunca hubo, don Fernando, os educó para gobernar.» Las palabras de los conspiradores, al verterse, le habían atacado como un veneno: sin violencia pero, finalmente, haciéndolo enfermar. Debería sentirse aliviado, sí, porque desde hacía un tiempo no tenía que oírlas. Pero el silencio parecía algo sólido entonces, a los pies del cerro de San Cristóbal, y el malestar permanecía. Ese maldito veneno. Quizá lo llevase ya dentro.

Fernando regresó con frío de su mañana en el campo. Ni había cazado ni se había detenido a hacer un fuego con el que calentarse. Su ánimo solo le había dejado cabalgar sin rumbo, en círculos, helándole el rostro y provocándole el llanto. Cuando entró en la sala de estudio vio que alguien le esperaba. Se trataba de un hombre vestido con lujo disimulado, maduro ya, de figura tan sólida como sus principios. Fernando lo conocía bien; todos conocían bien a Fadrique Álvarez de Toledo, grande de España, duque de Alba. Sus visitas a Mojados, a la residencia del infante, se habían sucedido a lo largo de los últimos meses. Todas habían transcurrido del mismo modo: el tono paternalista de Fadrique; aquí y allá un recuerdo del rey Fernando, a quien el de Alba había servido con celo durante años; las preguntas que parecían inocuas sin serlo, y los consejos, siempre los mismos: «La lealtad es el mayor valor de un hombre», «Carlos necesita nuestro servicio», «No prestéis oídos a quienes os piden traición, no os sirven a vos, solo a ellos mismos».

—Vuestro hermano está ya en Castilla.

Fernando llevaba tanto tiempo preparándose para oír esas palabras que cuando al fin las escuchó no sintió nada.

—Ha llegado la hora de que demostréis que no sois noble solo de cuna. Fidelidad a los deseos de vuestro abuelo, alteza.

A la caída de la noche, Fernando salió de nuevo a cabalgar. Las advertencias del duque de Alba le habían provocado una ira que él mismo reconocía pueril, como la que le provocaba su abuelo el rey cuando le enmendaba cada falta; ese enfado injusto de quien sabe que yerra pero odia que se lo recuerden. Los cascos del caballo de Fernando resonaban indiscretos al dejar atrás su palacete. Quería que los espías de Cisneros le siguieran, que dieran cuenta al cardenal, que el reino entero pronunciara su nombre en corrillos nerviosos.

En la residencia de Germana de Foix las noches eran largas. A la viuda de Fernando de Aragón hacía tiempo que le daba miedo dormir. La pesadilla era siempre la misma: un desierto infinito, como solo conocía por relatos, y una voz divina que le obligaba a recorrerlo hasta un extremo que se intuía pero no se divisaba. Lo había soñado por primera vez el día en que había muerto su esposo, cuando España se había preguntado qué haría con esa viuda incómoda, con esa mujer altiva, bella pero sagaz en exceso, con esa francesa que ni siquiera le había dado un hijo al rey para unirse a estos reinos. Era además demasiado joven para que se apiadasen de ella. Dieciocho años y esposa, veintiocho y viuda. Mientras fue consorte Germana nunca intentó encandilar a los súbditos, porque sabía que su pecado era original, irreparable: ella no era Isabel, pero ocupaba su lecho. En esos años apenas había sido capaz de entablar un solo afecto, y esa noche ese afecto estaba a su puerta, con los labios morados por el viento cortante y la pelambrera revuelta, recién descabalgado: Fernando.

En el salón de Germana, amplio para cualquiera menos para quien había sido reina, Fernando y ella tomaron asiento.

—Diez misivas me ha costado que me visitéis —dijo Germana.

—No os ofendáis. He ignorado tanto las vuestras como todas las demás.

—Y os arrepentís de haberlo hecho.

Fernando dio un sorbo a un vaso de aguardiente. Le quemó los labios. Percibió que en cambio Germana lo bebía sin inmutarse, como si fuera néctar. «Ojalá esa fuerza para mí», se dijo. Aunque apenas nueve años mayor que él, era lo más parecido que tenía a una madre. La que vivía en Tordesillas era poco más que una carga vergonzante para él. Su infancia había constituido una labor de Estado de Fernando y de Germana, pero no había faltado el cuidado amoroso, el único calor que en su vida le habían dedicado.

—Mi esposo os tenía como preferido —dijo Germana—. El testamento no era el que ahora es.

Fernando no sabía qué decir, cómo resolver la batalla que se libraba en su interior entre la obediencia y la rabia orgullosa de quien hacía un año, antes de que su abuelo cambiase tan solo unas letras de sus últimas voluntades, iba a ser rey.

—¿Qué dicen los reinos, si es que no han callado ya? —preguntó Fernando.

—Se hincan ante vos. Poco efecto han tenido las maniobras del cardenal para aislaros. Carlos está condenado en el corazón de los españoles. ¿Qué esperar de quien ha faltado a su propia madre proclamándose rey sin su beneplácito? ¿Qué mal hijo da buen rey?

—Habláis de mi hermano.

—La deslealtad a Carlos sería la mayor muestra de devoción a Castilla y Aragón que podríais dar —replicó Germana—. Vos nacisteis aquí, amáis estas tierras y sois amado por ellas.

Germana miró a los ojos a Fernando y se preguntó si ese cariño exigente que sentía por él era el propio de las madres. Pero no se engañó: se sabía interesada, pragmática. Si quería a Fernando en el trono se debía, ante todo, a que con él al mando su futuro no se asemejaría a un inmenso desierto que recorrer. Por el contrario, Carlos era una incógnita. ¿Qué haría el de Gante con ella cuando gobernase? Dejar que languideciera en un palacete que a nadie recibía, ofrecerle si acaso un título con rentas ridículas; convertir a quien había sido consorte en una eterna buscavidas.

Sin mediar palabra Germana abandonó la estancia. Cuando volvió tomó la mano de Fernando y la abrió con cuidado, como una flor. Acto seguido, dejó caer una sortija en su palma. Él la observó y tomó aire, porque sintió de golpe que le faltaba.

—El sello real —anunció Fernando.

—Vuestro abuelo habría querido que fuese para vos.

Fernando estudió el anillo y creyó verse reflejado en él: su cara deformada por la curvatura, su cara dorada.

—Si no actuáis, querido mío, será lo único de rey que tendréis.

Una hilera de carromatos, carruajes y caballería avanzaba bajo la mirada de hombres y mujeres atónitos. Habían salido a comprobar que los rumores eran falsos. Pero ahí estaba, ante sus ojos, el estandarte de Castilla, que apenas se aguantaba quieto a causa de un viento feroz. En los caminos de Llanes nadie había visto nunca algo semejante. Ya resultaba insólito que los recorriera un forastero, un funcionario pedigüeño o un mercader; pero ¡el rey! El suelo, indiferente a la dignidad del que lo pisaba, entorpecía la estabilidad de la caravana con piedras y desniveles. En el interior del carruaje regio, Carlos era una cabeza pálida bajo capas y capas de pieles que se escurrían con el bamboleo del transporte. Chièvres y Leonor, aunque también arropados, soportaban mejor el frío.

—Creo recordar el perfume de mi madre —murmulló Carlos—. No así sus ojos, o sus manos.

—Yo sí guardo buena memoria de su rostro, tenía ya ocho años cuando la vi partir hacia Castilla —dijo Leonor.

—Sois afortunada por atesorar ese recuerdo.

—¿De veras?

A veces Chièvres se sorprendía de hasta qué punto sus planes funcionaban. Las razones políticas por las que se encaminaban hacia Tordesillas, y no al encuentro con el cardenal Cisneros en Valladolid, se habían eclipsado para Carlos. Ahora todo era Juana y la reunión con ella. Tal y como el consejero había previsto, el rey no había preguntado dos veces por qué no acudían antes a entrevistarse con un regente moribundo que estaba ansioso por conocerle y por cederle el mando. El deseo de Carlos de desvelar al fin el enigma que era su madre le impidió pensar en otra cosa. Había bastado con una frase del consejero para convencerle: «Las voces que se han alzado contra vuestra proclamación en Bruselas serán silenciadas cuando consigamos el respaldo de Juana. El cardenal puede esperar». «Pero quiera Dios llevárselo antes», pensó Chièvres. Desearle una pronta muerte al cardenal, quien en toda ocasión se había mostrado laborioso y leal con ellos, no provocaba apuro alguno en el alma de Chièvres. A decir verdad, habría querido para él una larga vida si no fuese un obstáculo para su principal interés: que Carlos tomara el mando de España solo bajo su influencia, sin que ese anciano, desde su cima de autoridad y sensatez, inoculara en el joven siquiera una sola idea que el consejero no quisiera que tuviera. Para dar tiempo a la Providencia a que hiciera su trabajo con el purpurado, Chièvres había elegido la ruta más larga y tortuosa para viajar de Asturias a Tordesillas.

Los espías de Cisneros apenas tardaron unas horas en informar al regente de la visita del infante Fernando a Germana de Foix, y de que poco después la viuda recibió a los cabecillas del bando conspirador. El cardenal nunca había sabido qué esperar de la viuda del rey Fernando, pero siempre había intuido que acabaría dando problemas. Cisneros maldijo su cálculo. Creía que la ausencia de Carlos había sido el alimento de los conspiradores, y que su llegada zanjaría cualquier maniobra contra él. Pero la angustia de ver al fin al rey encaminarse al trono estaba espoleando a los que no lo querían en él.

—El infante va a dudar.

Cisneros masculló su mal augurio ante Adriano de Utrecht, que solo necesitó esas cinco palabras para apresurarse a su escritorio y redactar una misiva en el tono más alarmante del que se veía capaz. El destinatario: Chièvres.

Carlos llevaba horas sin asomarse al paisaje, que era un continuo de montañas y valles verdosos. El viaje le fatigaba, pues no lo había imaginado tan largo. Soportaba el balanceo del carruaje y ese frío húmedo, pero no así la inquietud creciente que le hacía sentir el reencuentro con su madre. A lo largo de su vida, Juana había sido apenas un nombre pronunciado en voz baja. Las menciones a ella, nunca demasiadas, se habían ido apagando al tiempo que había crecido la certeza de que no saldría jamás de su encierro castellano. ¿Qué sentido habría tenido recordarle a un niño que a cientos de leguas habitaba una sombra? Tan solo algún aya indiscreta le había contado cosas que Carlos hubiese querido no saber. Así que confiaba en no padecer demasiado cuando le pidiera a su madre que le dejara a él la labor de reinar. Se lo estaría exigiendo a una extraña a la que nadie, ni el rey Fernando, ni su padre Felipe, ni el regente Cisneros, había querido en el trono.

El cielo crujió encima de la caravana. Instantes después un aguacero cayó con furia sobre la comitiva. Las maniobras para guarecerse movilizaron a todos, desde el ayuda sin nombre hasta el propio rey. Mientras buscaba a la vera del camino un techo rocoso en el que resguardarse, Carlos agradeció a Dios que le hubiera obligado a salir de sus pensamientos.

—Raspaduras de unicornio y su alteza se repondrá en dos jornadas.

Chièvres se congratuló de haber encontrado a un galeno de recursos en aquella parada forzosa. Carlos tosía bajo sus pieles, sentado en una amplia butaca granate. La estancia en la que se encontraban ganaba con mucho en dignidad a aquella en la que se habían hospedado en Tazones. Palencia tampoco estaba preparada para acogerlos, pero desde su llegada los señores del lugar se habían desvivido por que no lo pareciera. Carlos estaba ingiriendo el remedio cuando una presencia se asomó con timidez desde la puerta.

—¿Majestad?

Las miradas de Carlos y Chièvres buscaron el origen de la voz. Las vestimentas de arzobispo del recién llegado bastaron para invitarle a acompañarlos.

—Tened al arzobispo de Burgos como vuestro más leal servidor —dijo el visitante, ya postrado ante Carlos—. Deseo juraros la obediencia debida.

Carlos, entre fiebres, escuchó el juramento del arzobispo. Cuando este hubo terminado y aun deseando la soledad más que ninguna otra cosa, ofreció asiento a su invitado. Este miró a Chièvres a la espera de que los dejase solos, pero el consejero permaneció en el sitio como si tuviese los pies clavados al suelo. Al arzobispo no le quedó otra que asumir su presencia.

—Soy el primero de los muchos que vienen de camino a juraros. Castilla está con vos. Desoíd a quienes digan lo contrario.

—¿Siguen diciéndolo? —preguntó Chièvres.

El arzobispo, afanado en demostrar su lealtad, comenzó un relato de dimes y diretes, de cuchicheos entre nobles, de veladas en las que el nombre del infante Fernando se pronunciaba demasiado a menudo. Carlos contempló al consejero, que sonreía como si en lugar de intrigas contra ellos estuviesen oyendo poesía. Este estaba seguro de que bastaría con su visita a la reina Juana en Tordesillas para que el bando fernandino se disolviera como la suciedad en el agua.

—La lealtad de Fernando está fuera de toda duda —dijo Chièvres, sin creérselo—. Y quien trató de amenazarla pintando para él un futuro absurdo ya ha sido castigado por ello.

El arzobispo se preguntó si debía corregir a Chièvres y explicarle que el recelo hacia ellos seguía existiendo, que los cargos castellanos concedidos a los flamencos habían indignado a muchos, que los gastos de la corte bruselense de los que España se había hecho cargo se habían considerado abusivos, que la legitimidad de su proclamación había despertado dudas. Pero ¿qué necesidad tenía él de ensombrecer al rey? Quedaría así marcado para siempre con un aura de desgracia, como el agorero del que nadie guarda buen recuerdo. Por eso optó solo por permitirse despejar una duda, y hablaba por muchos.

—Dicen también que vuestra... amistad con Francia es tal que Navarra volverá a sus manos en breve tiempo. Habladurías, ¿no es cierto?

—Bendito sea el destino.

Era todo lo que Francisco I de Francia tenía que decir acerca de la llegada de Carlos al reino de Castilla. En el salón del consejo del castillo de Amboise estaban acostumbrados a que el rey despachase sin mucho interés los asuntos de Estado, pero el barón de Montmorency, siempre puntilloso, exigió que se extendiera en la cuestión.

—¿Qué cuestión? —preguntó Francisco—. Vasallo de Francia fue su padre, vasallo es y será él.

Aunque no había sido la cuna, sino la habilidad de su madre, Luisa de Saboya, la que había llevado a Francisco al trono, cualquiera hubiera dicho al verle que su aspecto no valía para otra cosa que para portar un cetro. Sus dos metros de altura y sus espaldas anchas le impedían la sumisión a otro. La nariz infinita era su determinación hecha carne y hueso. Solo sus deseos, tan variados como imperiosos, le ponían bajo las riendas. Había nacido insaciable; una sola nodriza no bastaba para alimentarlo. Y su apetito no se había aminorado con el tiempo, solo había dejado de ceñirse a la leche tibia para convertirse en ansia de tierras, de amantes y de conocimiento. ¿Cómo podría, desde ese ímpetu que nada se privaba, sentirse amenazado por un jovencito flamenco que al poco de proclamarse rey de España se había apresurado a recordarle a Francia que seguía siendo su vasallo? El asunto perturbaba tan poco a Francisco que aprovechó el consejo para releer la misiva que había recibido hacía dos días y que desde entonces le acompañaba allí donde fuera. «¿Qué queréis de mí?», leyó, y se excitó. La caligrafía de Francisca de Foix era fina y cortante como ella misma, con cierres sinuosos en algunas letras, lo que el rey entendió como una promesa de sensualidad.

—El Tratado de Noyon que firmasteis con Carlos no es motivo para tanto optimismo —aclaró su madre, siempre en los consejos—. Aunque nada guía mejor a Francia que vuestra confianza, mi césar.

El equilibrio imposible entre la severidad y la devoción: así era Luisa de Saboya con Francisco. La madre del rey no vivía para sí misma desde que él le había desgarrado las entrañas al nacer. La primera mirada entre ambos había sellado un pacto al que el destino se sumó dejando sin heredero al rey Luis XII, tío de Francisco. Pero la consanguineidad no lo hizo todo, y sí, en cambio, Luisa, a quien la viudedad temprana le había dejado la vida entera para dedicársela a sus hijos Margarita y Francisco, con entrega y ambición desmedidas a este último. Este, tan pronto se hubo sentado en el trono, se había levantado para partir a su primera batalla, como si hubiese estado conteniendo su fuerza y la corona la hubiese liberado al fin. Con su victoria en Marignano no solo se había hecho con Milán, sino también con lo que más buscaba: que Europa supiese que el nuevo rey de Francia iba a marcar una época con su osadía. Luisa atesoraba toda la atención del mundo en su cuerpo menudo, y aquella codicia se personificaba en su hijo, en ese hombre cuyas hechuras enormes parecían darle la razón: ella se había consumido para engrandecerlo.

—No os confiéis. A Carlos se le tiene por un joven sin sangre, pero los castellanos correrán a envenenarle con su odio a Francia, y él se servirá de ello para aspirar a la Borgoña y quién sabe si al ducado de Milán que yo gané para vos.

Quien decía esto era el duque de Borbón. Sus palabras, no por desatinadas, provocaban siempre un espasmo de desagrado en Francisco. Cuando el rey posó sus ojos en él no vio a un hombre fino, de mirada astuta y apostura eternamente digna, sino al duque de Auvernia y Chatellerault; al dueño de los condados de Montpensier y Gien, la Marche y Clermont-en-Auvergne y Forez; al señor de Combrailles, Beaujolais, Roannais, Thiers y Annonay. La mayoría de esos títulos le fueron asignados al desposarse con Susana de Borbón, la achacosa hija de Ana de Francia, pero su grandeza era tal que a Francisco le exasperaba, y poco le importaba si su origen estaba en la cuna o en un matrimonio tan ventajoso. Se trataba del único hombre de Francia al que el monarca no percibía como el súbdito que debía ser. Le había nombrado jefe de los ejércitos franceses y gobernador de Milán, joya que el Borbón había ganado en el campo de batalla. Pero las prebendas, con las que Francisco había buscado sentir al fin su superioridad (¿acaso puede un hombre permitirse ser generoso con quien le sobrepasa?), no habían suavizado su inquina hacia él. Quizá se debiera al sempiterno odio que el monarca francés sentía por el linaje que el duque representaba. Hacía no demasiado la casa del rey, la de Angulema, vivía avergonzada de su humildad frente a sus vecinos de tierras, los Borbón. Francisco se había servido de la corona para enriquecer a los suyos y así compensar ese pasado de título sin gloria, pero no existía oro suficiente que convenciese al rey de que el duque no rivalizaba en eminencia con él.

—Carlos es tan vasallo mío como vos —dijo el monarca—. Cuanto mayor sea su rango, más grande me hará. Mas os haré caso y me guardaré de él. Tanto como de vos.

—No será necesario, alteza —respondió el duque—. Solo amenaza quien envidia. ¿Y cómo podría envidiaros, si vuestros antepasados fueron felices siendo escuderos de los míos? —En la sala del consejo se hizo un silencio—. No es envidia lo que siento por vos, sino devoción y amor —añadió el duque con tal serenidad que más que enmendar la ofensa la acrecentó.

—¿Qué otra cosa podría hacer el mejor galgo de mi jauría? —sentenció el rey.

Acto seguido, tomó la misiva de Francisca y levantó el consejo. Mientras abandonaba el salón notó cómo le hervía la sangre. Nunca dejaba sin réplica las insolencias del duque, pero le encendía el mero hecho de que este se las permitiera. En su fuero interno estaba convencido de que si ambos no fueran quienes eran, la sangre hacía tiempo que se hubiera derramado.

El pasadizo que unía la residencia real de Amboise con el castillo de Clos-Lucé se asemejaba a una lengua negra a esas horas de la noche. El candil que llevaba Francisco apenas iluminaba a su alrededor. Para no dar pasos en la oscuridad Francisca de Foix se veía obligada a caminar pegada a la espalda del rey. De una manera o de otra, se dijo, Francisco se acercaba un poco más a cada encuentro. Ahora que caminaba ante ella y no la veía, la mujer se permitió mirarlo con deseo. Desde que se había sabido objeto de la atención del monarca se había afanado por fingirse ofendida, desinteresada y cansada de su insistencia, pero se cuidaba siempre de dejar una grieta pequeña en sus rechazos, para animar a Francisco a seguir cortejándola. La impostura la agotaba, pero su amor propio le impedía sumarse a la lista infinita de mancebas del rey; era nada menos que la condesa de Chateaubriand, no una de las tantas damitas de título risible que pululaban por la corte y que se sentían honradas cuando Francisco las tomaba en un estancia a oscuras, sin mediar palabra y solo una vez. El amor a su esposo era otro freno, pero su relación con Jean hacía tiempo que resultaba demasiado dulce. Las miradas de deseo de Francisco alimentaban su vanidad y la encendían sin que pudiera evitarlo; sus conversaciones, agudas como las que una mujer de su ilustración requería, empezaban a serle necesarias.

Una vez agotado el pasadizo, se abrió al fin para ellos Clos-Lucé. Tras recorrer en silencio varios pasillos y salas vacías del castillo llegaron ante la puerta de una estancia. Francisco se volvió a mirarla.

—Ningún hombre os regalará lo que yo ahora —dijo él.

Francisca jugó a no impresionarse con su promesa, pero cuando el rey franqueó la puerta y la adentró en el lugar, su contención se desvaneció. Giró sobre sí misma, fascinada. *La Gioconda* le devolvió la mirada. Y con ella, otras tantas obras maestras de Leonardo. Su *San Juan Bautista* posó sus ojos dulces sobre la condesa.

—Si el maestro se enterase de que hemos entrado sin su permiso, me castigaría —confesó Francisco—. Y yo dejaría que lo hiciese. Le admiro tanto que mi corona nada me envanece ante él.

La condesa estaba al corriente, como toda Francia, de que Leonardo da Vinci vivía en Clos-Lucé desde hacía ya un año, bajo el sueldo y el amparo del rey. Pero el soberano guardaba al genio con tanto celo y afecto que la visita a su estudio solía ser una petición denegada. Francisca se acercó a una mesa de trabajo sobre la que se amontonaban planos de arquitectura. Tomó uno de ellos con lentitud, respetuosa. Francisco se situó tras ella y aspiró el perfume de su pelo negro. Ella lo notó.

—¿Os arriesgáis a enfadar a quien tanto estimáis solo por complacerme? —preguntó Francisca.

—Ofendería a Dios por vuestro favor —replicó él.

—Ya lo hacéis. Estoy casada, sire.

—¿Acaso no lo estoy yo?

Entretanto, en un lujoso dormitorio del castillo de Amboise, desde el que habían partido para llegar a la residencia de Leonardo, la reina de Francia, Claudia, dormía sola, como tantas veces.

—Pero yo no soy hombre, ni rey —sentenció la condesa.

—Si es pecado, ¿por qué ha avivado Dios este deseo febril por vos en mi alma? —insistió el soberano.

—No le culpéis a Él de lo que solo es falta vuestra —replicó ella—. ¿No contáis a Epícteto entre vuestras lecturas? «El deseo y la felicidad no pueden vivir juntos.»

—Bien lo sé. Es teneros lo único que podría colmarme.

Francisca no respondió. El cuerpo del rey estaba tan próximo al suyo que podía notar cómo la calentaba.

—He de irme —dijo volviéndose a Francisco.

Se sostuvieron la mirada en un silencio cargado de promesas. El rey la tomó de la mano y, obediente, se dirigió con ella a la salida. En la fina muñeca de la condesa se percató de su pulso agitado, y sonrió.

El palacio de Tordesillas esperaba. Con serenidad, sin hacer apenas ruido, el Duero discurría a sus pies, como si no quisiera perturbar a Juana, que llevaba años encerrada a su vera. Era una mañana fría, de nubes pasajeras. Tres carruajes se detuvieron a la puerta principal, en paralelo al río. Carlos no tardó en apearse del primero de ellos. Las dos plantas del palacio se alzaban ante él como una amenaza mucho mayor que su altura. Llevaba días preparándose para ese encuentro, pero en ese instante se le escaparon todas las reflexiones, todos los modos de apaciguarse que había estado buscando durante el trayecto. Había pensado que el funeral por su padre, recién celebrado donde reposaban sus restos, en el convento de Santa Clara, a poca distancia de donde se encontraban, le causaría tal tristeza que le ayudaría a distraerse. Pero había ocurrido justo lo contrario: la preocupación por el encuentro con su madre le había impedido toda emoción ante la tumba de Felipe, su progenitor.

—El ánimo de vuestra madre es vulnerable, ha de ser preparado para emoción tan grande —le advirtió Chièvres mientras se alisaba los ropajes, arrugados por el viaje—. Yo anunciaré vuestra llegada.

Leonor tomó a Carlos del brazo. Los hermanos avanzaron hasta la puerta del palacio, siguiendo a Chièvres. Antes de cruzarla, se miraron y prefirieron callar.

A Chièvres le costó habituarse a la oscuridad de la cámara de Juana. «La reina no quiere luz», le había avisado Beltrán de Fromont, su aposentador. Al cabo de unos instantes Chièvres percibió la presencia de Juana, pero no la divisaba. Cerró los ojos para acostumbrar su vista a la negrura, y cuando los abrió, la figura de ella, entretejida de sombras, se le dibujó como un espectro.

—Alteza.

—Esa voz... Es de Flandes —dijo Juana.

—Allí tuvo lugar nuestro último encuentro. Hace más de diez años.

—Señor de Chièvres.

Chièvres se sentía como en un sueño: dos voces del pasado que se reencontraban en esa oscuridad densa, de purgatorio. La hija de Isabel y Fernando hacía tiempo que había dejado de juzgar su existencia. Su vida habían sido sus primeros treinta años; en ellos había amado, odiado, se había rebelado y había sufrido con una intensidad que nunca nadie quiso entender. Cuando su padre había ordenado encerrarla en Tordesillas para gobernar Castilla en su nombre, de eso hacía casi una década, Juana ya había agotado su interés por el trabajo de vivir. Lo cierto era que Felipe había sido al final un buen esposo: se la había llevado con él al morir.

—¿Cómo han crecido mis hijos? —preguntó Juana, y por su tono se entendió que podría soportar cualquier respuesta.

—Felices. Ingeniosos. Sanos.

—Qué dicha.

—Alteza, han venido a visitaros.

La silueta de Juana se agitó como una rama al viento.

—¿Por qué ahora y no antes, o nunca? —preguntó.

—Porque habéis de tener trato y avenencia con aquel con quien ahora reináis —explicó Chièvres.

La figura de la reina se aquietó.

—¿Mi padre ha muerto?

El consejero se sorprendió; «Un encuentro nunca se prepara lo suficiente», pensó. Jamás había imaginado que Juana ignoraría la muerte del rey Fernando, de la que ellos le habían dado cuenta por carta desde Bruselas. Alguien la había interceptado. O quizá ella la había leído y sus demonios, benévolos, habían decidido que la noticia cayera en el olvido.

—El gobierno será ahora vuestro en nombre y de vuestro hijo Carlos en esfuerzo. Mucho ansía veros y ser bendecido por vos.

Chièvres aguzó el oído para percibir su reacción, pero no hubo otra cosa que mutismo. Por un momento el consejero se dejó alcanzar por la compasión. Imaginó el alma de la reina, anestesiada desde hacía años, esforzándose por asumir de un solo golpe que su padre había muerto, que nadie había querido darle la noticia y que en la sala contigua le esperaba el hijo del que se había separado hacía una década y que entonces se anunciaba como su rey consorte. Al fin, un eco: Chièvres oyó un sollozo ahogado y se dio media vuelta para respetar su llanto.

—Tengo el mejor consuelo para vuestra alma.

Al otro lado del patio del palacio, en una estancia sin uso, Leonor, incapaz de distraerse, ocupaba una butaca. Cerca de ella Carlos contemplaba el tapiz que cubría el muro. El palacio estaba decorado con multitud de ellos, pero ese le había llamado la atención. En él la Virgen María, que ocupaba el centro del dibujo, mostraba un gesto de pesar infinito. A su alrededor se acumulaban decenas de personajes que apenas le dejaban espacio; todos dirigían su mirada hacia ella, admirados pero a la vez exigentes. A los pies del manto de la madona estaba su Hijo, desnudo, triste también. Carlos entendió lo que la Virgen y el Niño estaban sintiendo: el anhelo de ser tan solo una madre y un hijo, sin agasajos, sin la carga de lo que el destino había decidido para ellos.

—¿Quién va? —dijo Leonor con alarma.

Carlos se volvió justo a tiempo para divisar, en la sala contigua, una figura que huía. Leonor saltó de la butaca y corrió tras ella. Carlos la siguió. La sala en la que se adentraban, también forrada con tapices, estaba protegida del sol por unos cortinajes plomizos. Tras uno de ellos se percibió una agitación.

—Presentaos ante vuestro rey o haré que mis soldados os apresen —dijo Carlos.

Un gemido infantil salió de los cortinajes. Parecía el de una niña. Ya sin temer, Carlos descorrió la tela. La niña se encogió en el suelo, acobardada sobremanera.

—Ha de ser una lavandera —le susurró Leonor a Carlos, atenta a sus ropajes humildes.

La niña escuchó el comentario y la ofensa la obligó a levantarse con energía.

—Soy la infanta Catalina —dijo con irritación—. ¿Quién sois vos, y por qué jugáis a llamaros rey?

A Carlos y Leonor les costó creer que ese animalillo tembloroso, delgado y transparente de tan pálido, disfrazado de criada, fuera su hermana Catalina, la hija que había tenido Juana estando Felipe ya muerto, la que había vivido desde los dos años entre los muros de ese palacio como consuelo inútil de su madre. A punto estuvo Carlos de apartar la mirada de la niña, de tanta tristeza que le provocó.

—Somos vuestros hermanos.

A Catalina le temblaron los labios. Hasta entonces, su vida en Tordesillas se había sucedido como una rueda de días idénticos: almuerzos que nunca sorprendían, unas pocas horas junto a su madre hasta que esta perdía la mirada y pedía soledad, la oscuridad de su cuarto sin ventanas al que no llegaba sonido alguno. La aparición de sus hermanos resultó para ella tan inesperada y emocionante que le aterraba y la incitaba a huir; pero no lo hizo.

—Nuestra madre ha debido de hablaros de nosotros —dijo Leonor.

—Mi madre es callada —replicó Catalina.

La niña se fijó en los ricos bordados que lucía Leonor. Admirada, llevó su mano hasta ellos y los acarició; luego sus pendientes y su tocado. Eran tactos nuevos para ella. Leonor contuvo el llanto.

—¿Cómo es... la vida aquí? —Carlos buscó la manera de preguntarle a Catalina si su existencia se asemejaba al infierno—. ¿Recibís visitas?

Catalina calló.

—¿Os instruyen? ¿Oís música?

Catalina calló de nuevo.

—Y el río, ¿lo paseáis?

—¿Qué río? —contestó la niña.

Carlos se apresuró a abandonar la estancia para quedarse a solas en la contigua. Siempre le había avergonzado derrumbarse ante los demás.

—Vuestra madre os espera —anunció Chièvres, que instantes después reparó en la turbación de Carlos—. ¿Qué os ocurre?

Del mismo modo que Chièvres, Carlos y Leonor tardaron un tiempo en adaptarse a la penumbra de la alcoba. Un destello amarillo rompió la oscuridad: Juana estaba encendiendo un candelabro de cinco brazos.

—Avanzad, avanzad.

Ambos hermanos obedecieron y cayeron así bajo la iluminación de las velas. Por un momento nadie respiró ni dijo palabra. Carlos y Leonor observaron a su madre con avidez, resarciéndose de los años en que no habían podido hacerlo. El aspecto de Juana relataba su historia: una belleza agotada, surcada por las emociones pasadas, de ojos inertes; una belleza sin sentido, pues quien debía admirarla, Felipe, ya no existía.

—Pero... ¿sois mis hijos? —preguntó Juana, arremetida por un golpe de vida.

Carlos percibió aquel perfume materno que todavía recordaba. Le causó una emoción violenta: algo peor que la alegría y mejor que la tristeza, y que en ese instante sentía por vez primera.

—Madre.

El hijo tenía tantas preguntas que prefirió no hacerlas. Se impuso el hombre de Estado que habitaba en él y que terminó hablando.

—Quería que supieseis que, nada más llegar a la villa, hemos honrado a nuestro padre con una misa de gran esplendor.

—Muchas han sido las lágrimas derramadas por él —mintió Leonor.

Entretanto, Chièvres seguía el encuentro desde más allá de la zona iluminada por el candelabro. Le incomodaba el exceso de emoción. Temía que pudiera tambalear la voluntad de Carlos.

—Vuestro hijo tiene una gran noticia para vos —interrumpió el consejero—. Se ofrece a descargaros de la tarea del gobierno, que tantos pesares os podría causar...

Juana miró a Carlos, como si Chièvres no existiera. Tomó las manos de su hijo, que notó húmedas y frías, puro nervio.

—Si algo ya no poseo es inocencia, hijo mío. No finjáis que vuestra ambición es una cortesía. Sois el último de muchos en buscar lo mismo de mí.

Carlos se avergonzó. ¿Dónde estaba la loca?

—Deseo gobernar con vos, madre. No desposeeros de lo que os corresponde.

—¿Gobernar conmigo? —Juana rozó la burla—. ¿Acaso tendré un lugar en vuestra corte? ¿Será mi decisión la que pese en los consejos?

Carlos quiso mentir, pero temió comprometerse. No, esa opción no se contemplaba, su madre había de ser solo un título que encabezara los documentos. A él le tocaba el trago amargo de comportarse de manera egoísta con quien lo había traído al mundo y cargar con esa maldad de por vida. Pero ¿quién en España quería que ella gobernase? Solo aquellos que ansiaban un trono débil para, sin corona, mandar.

—Si Dios hubiese atendido a mi ruego y me hubiese llevado junto a mi esposo —siguió Juana—, de cuánto pesar nos habría librado a todos. Mas Él nunca ha sido generoso conmigo. Sigo siendo la reina, y solo yo tengo potestad para ceder el gobierno.

—Lo sé, madre...

Juana le interrumpió con voz firme:

—Arrodillaos ante vuestra reina.

Carlos se volvió hacia Chièvres, como cada vez que algo le desconcertaba hasta paralizarlo. El consejero se limitó a devolverle la mirada. De modo que se giró de nuevo hacia su madre y se postró ante ella, sin saber muy bien qué esperar. Leonor y Chièvres aguardaron con ansiedad, todo dependía de la voluntad de esa mujer. Si quisiera negarle la bendición a Carlos, si un latigazo de energía y orgullo se diese en ella, si se quisiera otorgar entonces lo que tantos le habían arrebatado hasta la fecha, el trono sería suyo y solo suyo, como dictaba la ley. ¿Qué seguiría? Reivindicaciones, bandos, luchas: guerra. Carlos no solo estaba arrodillado ante ella: estaba a su merced. Juana bajó la mirada hacia su hijo y sonrió al distinguir un pequeño lunar en el canto de una de sus orejas. Lo recordaba bien, ya estaba ahí cuando nació. En Flandes. Flandes. Flandes... Si Juana vivía en penumbra se debía a que así podía permitirse el engaño de que aún residía en la corte flamenca. De esa manera podía imaginar que los muros que no veía eran aquellos entre los que conoció a Felipe. A veces creía sentir la presencia de él, ese ronroneo que precedía al sexo, el perfume que le insuflaba vida hacía años. Pero Juana sabía que no era más que un ensueño. La realidad no se le escapaba, ni lo había hecho nunca: más bien había sido ella quien, a sabiendas, azuzada por el dolor, se había escapado de la realidad. Y quería seguir haciéndolo. Sabía que, sin oscuridad, sin esa soledad irresponsable, no habría lugar a ese refugio constante de la memoria, a esa fantasía que le proporcionaba un espejismo de paz. Juana apoyó sobre el hombro de Carlos su mano, que vio ajada, acabada.

—Es mi voluntad que gobernéis por mí.

Si Chièvres no hubiese sido capaz de contenerse, habría lanzado un grito de euforia. A Carlos le temblaron las piernas cuando se puso en pie.

Era el rey.

Poco después Chièvres contemplaba el Duero mientras aguardaba la salida de Carlos y Leonor, que habían querido despedirse de su hermana Catalina antes de partir. El consejero disfrutaba de la paz del éxito y de las vistas de ese reino sobre el que Carlos le iba a permitir señorear. Ensimismado, no se dio cuenta de que se le acercaba un mensajero, y cuando este le habló, se sobresaltó. Una carta de Adriano, supo enseguida. Estaba a punto de abrirla cuando a su espalda escuchó a Carlos.

—La infanta ha de acompañarnos —dijo para sí y para todos los presentes.

Chièvres se volvió y distinguió el rubor en las mejillas de Carlos: aquella era la señal de que le invadía una emoción.

—Mi alma no descansará si la dejo en este lugar, con esta vida —se explicó.

Por un momento, a Chièvres le falló su olfato de estratega. La idea de Carlos le resultó tan inesperada, y en su voz notaba tanta urgencia, que no sabía si oponerse o acatar su voluntad.

—Mi tía Margarita —continuó Carlos— me contó que mi madre apenas acusó la ausencia de su hijo Fernando cuando mis abuelos le impusieron la separación. Tampoco parece haber sentido no saber de mí ni de Leonor ni de Isabel en todos estos años.

Chièvres contaba con veinte argumentos en contra y se disponía a enumerarlos, pero algo le dijo que en esa ocasión Carlos no se dejaría convencer.

Unas horas más tarde, Catalina se encaramaba a la ventana del carruaje de Carlos. El sol de otoño bañaba su rostro con generosidad; sin duda le debía sus rayos desde hacía años. Cuando los hombres de su hermano entraron en su alcoba para llevársela consigo a través del butrón más disimulado que habían podido abrir en la pared, Catalina se había echado atrás con miedo, pero no hubo ni siquiera un pataleo cuando finalmente la tomaron en brazos, ni una palabra cuando dejaron atrás el palacio sin dar cuenta a Juana. En ese momento, mientras estaba sentada junto a sus hermanos, Catalina no hablaba, pero de ella manaba una excitación feliz. Todo le interesaba. Cada detalle del interior del carruaje era para ella un campo de juegos; cada paisaje que atravesaban, una fantasía; cada gesto de sus hermanos, un aprendizaje. Carlos la contemplaba orgulloso.

Chièvres, ajeno al sentimiento de familia que embargaba el carruaje, abrió la carta de Adriano. Su lectura le robó el aire. La placidez de la victoria que había sentido a la vera del Duero se le antojó una ilusión. Lo cierto era que el infante Fernando volvía a ser una amenaza, y para peor, ellos acababan de embarcarse en esa aventura absurda de liberar a Catalina, que a saber qué consecuencias les deparaba. Chièvres se dispuso a detener la marcha cuando oyó una llamada lejana que se aproximaba: parecía seguir el avance del carruaje. Lo que gritaba quedaba ahogado por el estrépito de las ruedas sobre el camino y tardó en hacerse nítido.

—¡Alto en nombre de la reina doña Juana!

El carruaje se detuvo y pronto le alcanzó un hombre a caballo. Era Beltrán de Fromont, que no esperó a desmontar para dirigirse a Carlos.

—Vuestra madre se ha percatado de la ausencia de la infanta Catalina. ¡Dice querer morir! —anunció el aposentador entre jadeos, exhausto tras la carrera.

—Nadie contaba con que la complaciese —respondió Carlos—. Pero vos mismo estabais de acuerdo. Si os arrepentís, yo no.

—Ha dicho que no tomará alimento, ni agua, ni se dejará cuidar en modo alguno.

Beltrán de Fromont desmontó para hablarle de cerca, mirándole a los ojos, aunque el coche aún se interpusiera entre ellos.

—Majestad, mi señora no le tiene miedo a la muerte.

Chièvres, que se preguntaba cuántas oraciones le costaría esa intervención divina, se apeó del carruaje y dejó abierta su puerta.

—Descended —conminó el consejero a Catalina.

—Desoídlo —lo contradijo Carlos, al tiempo que tomaba de la mano a su hermana.

—Descended vos, entonces —le dijo Chièvres al rey.

Carlos siguió a su consejero hasta un recodo del camino donde nadie podía escucharlos. A esas horas de la tarde, la luz del sol apenas si tenía fuerza y el frío se imponía. Los verdes del campo se tornaban casi grises.

—Dejad de comportaros como el héroe de un poema —dijo Chièvres—. No vais a arriesgar todo lo conseguido por este asunto.

—Sabéis tan bien como yo que mi padre convivía a diario con ese tipo de amenazas. ¡Mi madre no va a matarse!

—¡Eso es lo que ha de desvelaros! —replicó su interlocutor—. Viva y llena de rencor hacia vos, pronto se desdecirá de la bendición que os ha dado para que gobernéis en su nombre. Hacedme un favor, alteza, uno tan solo, como pago por los servicios que os he prestado desde hace tanto.

Carlos asintió: si alguien merecía de él una concesión ese era Chièvres.

—Leed —dijo el consejero, y le entregó la misiva de Adriano—. Puede que aún todo penda de un hilo. Cada error será fatal.

Las palabras de Adriano afectaron de manera tan acertada sobre el alma de Carlos como pretendían. La amenaza de Fernando pesaba de golpe sobre él. La noticia le paralizó durante unos instantes, y al poco distinguió que Chièvres volvía al carruaje. Carlos hubiera deseado correr hacia él y detenerlo, conseguir que lo que el corazón le pedía prevaleciese, que su hermana no regresara a ese palacio semejante a una mazmorra. Pero su cuerpo no respondía, y no se debía al frío, ni al miedo a Chièvres, pues no se lo tenía; era el peso de la corona, era el deber.

A pocos metros de él todo sucedió bastante rápido: la orden de Chièvres, el llanto de Catalina, las quejas de Leonor y el caballo de Beltrán de Fromont alejándose de vuelta a Tordesillas, con su hermana revolviéndose en la montura y llorando a gritos por esa libertad que estaba a punto de perder de nuevo. Cuando Carlos regresó al carruaje, los quejidos de su hermana aún no se habían desvanecido del todo. Se sentó al lado de Leonor, que se estaba enjugando las lágrimas. Cuando se pusieron en marcha el rey cerró los ojos. Estaba agotado.

—He de encontrarme con Fernando —musitó.

Chièvres asintió y dio la orden de que el coche tomara el camino que llevaba a Mojados.

Mientras en España Carlos aprendía a someter sus deseos, en Francia los de su rey se desataban. El cortejo a la condesa de Chateaubriand no había cesado, y ni siquiera había sido frenado por la censura de su madre, que veía en quien era capricho del rey a una mujer de ambición soterrada, y en su resistencia a los deseos del monarca, pura maniobra. La única esperanza que guardaba Luisa era que el rumor que acababa de llegar a sus oídos, comunicado oportunamente a Francisco, le envenenaría hasta hacerle repudiar a la condesa.

Durante una velada en la que diez músicos entretenían a la corte de Amboise, Luisa se percató de que su hijo se embelesaba con la melodía y pensó que era el momento: en un alma emocionada los golpes retumbaban más.

—El duque de Borbón se jacta de haber saciado hace tiempo a quien ahora cortejáis vos —le susurró Luisa—. ¿Así os distinguiréis, desviviéndoos por lo que él ya despreció?

Francisco ya no escuchó música alguna, la ira le ensordeció. Cuando se apaciguó lo suficiente como para cavilar, se preguntó qué sería más terrible: que el rumor fuese cierto o que se tratara de un bulo que el de Borbón hubiese esparcido para humillar no solo a Francisca, sino el deseo del propio rey. La falta de réplica de su hijo llevó a Luisa a intuir que el efecto del chisme había sido demoledor, pero si hubiese podido asomarse a la mente de Francisco no habría disfrutado de las vistas, porque el rey había estallado en odio y estaba decidido a repudiar, sí, pero no a la condesa.

—Señor duque de Borbón, desde hoy mi buen amigo Lautrec ocupará vuestro puesto como gobernador de Milán.

El duque de Borbón y el vizconde de Lautrec escucharon sin entender. El salón real les acogía a ambos, además de al monarca y a los muchos rayos de sol de esa mañana de luz alegre. ¿Deponer al gran duque en el mando de Milán, el orgullo del rey, a favor de un vizconde sin gloria ni dones para alcanzarla? El absurdo parecía tal que Lautrec se sintió avergonzado, aunque no tanto como para rechazar semejante honor.

—¿En qué os he fallado? —quiso saber el duque, masticando cada palabra.

Francisco se encogió de hombros. Jamás se había sentido más en el trono que dejándose llevar por ese arrebato del que acababa de dar cuenta. Esa injusticia, que solo un rey podía permitirse sin ser castigado, resultaba aún más cruel al ser el vizconde hermano de Francisca. Con una decisión arbitraria había humillado al único gallo que le picoteaba y había descorrido para sí las sábanas de la condesa, porque la concesión tan descabelladamente generosa que el rey acababa de ofrecer a su hermano habría, sí o sí, de ser pagada. Lo único que desconcertó a Francisco era por qué no había ejercido su tiranía con anterioridad.

Cuando el duque se atropelló pidiendo razones, Francisco, encendido su traje por el sol de mediodía, zanjó:

—¡El rey de Francia solo se explica ante Dios!

«¡Carlos ha sometido la voluntad de la pobre loca!» No se escuchaba otra frase en España. Quienes no le querían a él en el trono y sí, en cambio, a Fernando se negaron a creer que Juana hubiera aceptado la voluntad del primero sin coacción. Barruntaban escenas en las que los flamencos, crueles, se servían de la demencia de la reina con tal de ganar la gobernación. La rabia que les hacía sentir ese abuso inventado por ellos mismos les llevó a azuzar a Fernando como nunca. «¡Salvadnos! ¡Reinad!» De nuevo en Mojados, rodillas hincadas ante el joven, decenas de misivas quejosas por lo ocurrido en Tordesillas, Germana trazando ya planes del gobierno para él... El argumento para convencerle se reducía a uno solo: era por el reino, ¡por el reino! Los conspiradores se habían percatado de que a Fernando le faltaba ambición y egoísmo, y que si algo le convencería era el sacrificio por el bien de Castilla y Aragón, un sentido de la responsabilidad aprendido de su abuelo.

El revuelo en torno al infante era tan desvergonzado que los espías de Cisneros, más que informarle, le gritaron: ¡alarma! El cardenal, cuya vida pendía por entonces de un hilo a punto de romperse, veía fantasmas de guerra en el reino y hubiera querido llorar para liberar su angustia. Desde que Fernando de Aragón había fallecido todo su empeño había radicado en que la sucesión no alterase la paz en España, que los escépticos se cansaran de serlo y que los indiferentes fuesen tan respetuosos a la ley como él mismo. Pero no había contado con la indocilidad de Carlos, que aún no había ido a su encuentro, y que en Tordesillas podía que se hubiera asegurado el trono, pero a costa de enfurecer más al bando fernandino. Quizá este tenía razón y Carlos no era un monarca digno, pero el cardenal sabía que ya era tarde para desdecirse. Si algo había de hacer con las pocas fuerzas que le restaban era ponerlas al servicio de la paz del reino.

Cuando el infante Fernando entró a su sala de estudio, Cisneros ya había tomado asiento frente al fuego. La dignidad de su figura se recortaba sobre las llamas. Fernando, antes de anunciar su llegada, se fijó en su perfil montañoso y le pesaron sus quince años: se sintió un niño.

—Eminencia.

Cisneros le miró a los ojos, pues esperaba encontrar en ellos una respuesta. Fernando lo notó, y le hubiese gustado sentir con claridad para poder darlo a entender o, por el contrario, afanarse en ocultarlo. Tras besar la mano del cardenal se sentó a su lado y aguardó el sermón inevitable.

—Compartimos algo, vos y yo —dijo Cisneros—. Ambos le debemos todo lo que somos a vuestros abuelos. Sobre todo al rey Fernando, en vuestro caso. Os guardó como a un hijo. Ningún hombre está obligado a la bondad, es su alma quien la regala. Cuando la muerte se interpone, cumplir su voluntad es la única forma de pagar tal generosidad. ¿Así haréis vos?

—Él quería que reinase yo —replicó Fernando.

—No fue eso lo que dejó escrito —replicó el purpurado—. Y si llegó a rey fue porque no era hombre que se dejase gobernar por otros en sus decisiones.

El infante calló porque sabía que era cierto. Intentó imaginarse a Fernando de Aragón doblegándose a voluntades ajenas y le fue imposible. Su abuelo y sus órdenes eran una misma cosa.

—Además —siguió Cisneros— olvidáis que no solo su voluntad cuenta, también la de Dios, que trajo a Carlos al mundo antes que a vos.

—Y antes aún a mi madre. ¿Apeláis al derecho y no condenáis que Carlos le haya arrebatado la gobernación, cuando hay reina?

—No hay mujer, ¿cómo va a haber reina? —sentenció el regente.

El crepitar del fuego fue la única respuesta a sus palabras. Cisneros se apiadó del joven, pero le alegró haber sido lo bastante cruel como para dejarle sin réplica.

—Llegué a la corte sin ambiciones —dijo el cardenal—. No tengo estirpe en la que delegar. Y si el afecto me influyese os beneficiaría a vos. A Carlos nada me une. Pero mi misión es velar por el futuro de España, y eso hago.

—¿Y es vuestro criterio sobre ese futuro el único válido?

—Más limpio al menos que el de aquellos que intentan haceros flaquear. Quien para favoreceros no respeta lo que por derecho es, tampoco lo hará cuando tengáis que hacérselo cumplir.

El fuego se estaba extinguiendo, y con él el que anidaba en Fernando.

Una vez que hubo caído la noche sobre Mojados, un mensajero, en nombre del rey, avisó a Fernando de que su hermano quería encontrarse con él al día siguiente. El poco reposo que había dejado en el infante la conversación con Cisneros desapareció. Podría dar cuenta a Germana de la reunión inminente con Carlos, y que ella le envalentonase para rebelarse. Podría también buscar al duque de Alba y otorgar a sus consejos de obediencia el valor de órdenes. Pero el infante se decidió por la soledad. Tras año y medio de escuchar a tantos anhelaba escucharse a sí mismo. Se resignó a permanecer en vela. Acercó una butaca al ventanal de su cámara y observó el mar de estrellas en el cielo. Algunas brillaban con fuerza. Otras eran pálidas, despreciables, apenas una mota. Fernando se preguntó por qué no miraba al firmamento más a menudo. Qué privilegio el hecho de poder admirar tanta belleza cada noche, y qué error no hacerlo. Contemplándolo no había angustia que perdurara. ¿Le observaría su abuelo desde allí arriba? Fernando se fijó en dos estrellas paralelas y se imaginó que eran los ojos del rey muerto.

—¿Por qué no me quisiste en el trono? —le preguntó.

Pero las dos estrellas ni siquiera titilaban, indiferentes a su dilema. Fernando supo que estaba solo, y de repente esa certeza, en lugar de angustiarlo, le infundió paz. Era libre. Podía decidirse por lo que su alma le pidiera. Daban igual las insistencias de los conspiradores, y también las de los que no lo eran. Nadie más que él tendría que vivir para los restos con lo que deparase su decisión. El joven sonrió y, como mecido, se quedó dormido. Había preguntado a su alma y esta no había tardado en contestar.

La cita estaba fijada en un abierto del campo de Mojados. La mañana era gélida. La hierba, cubierta de un barniz de hielo, crujía cuando el caballo de Fernando la pisaba con sus cascos.

Cuando llegó al lugar fijado se percató de que no era el primero. La noticia del encuentro se había propagado y ahí estaban, abrigados y serios, algunos de los que llevaban mucho tiempo esperando ese día: Germana, el arzobispo de Astorga, el mayor de Calatrava. Cuando divisaron al infante agacharon la cabeza con más sentido que nunca.

A decenas de metros, sin ser visto por los reunidos, Carlos los observaba mientras intentaba afinar la vista, pero la distancia no le dejaba identificar a su hermano. Iban a caballo, tanto él como Chièvres, y se protegían con una escolta de soldados. Carlos habría preferido no llevarlos consigo, pero el consejero le había insistido en que todo cabía en ese encuentro, también lo fatal, y habían de estar resguardados.

—Vayamos —animó Chièvres, que no soportaba por más tiempo la incertidumbre.

Con un gesto Carlos pidió tiempo. Se recordó a sí mismo de niño, espiando a los otros pequeños antes de atreverse a jugar. Detenerse y observar, entender antes para no errar. El rey necesitaba un paréntesis porque no sabía aún cómo tratar a su hermano. ¿Se debía mostrar autoritario? ¿Frío quizá? Lo había sido tanto con Catalina que su alma pedía calidez, familia. Pero dudaba. Sabía que hallaría la respuesta en los ojos de Fernando.

—Vayamos —repitió Carlos.

Cuando Fernando y los que le acompañaban distinguieron en el horizonte a la comitiva real cundió entre ellos una tensión solemne. Los pensamientos eran tantos que nadie se atrevía a romper el silencio. El infante descabalgó para recibir a su hermano. Bajo sus pies la escarcha se convirtió en agua gracias al sol, que ya brillaba en un cielo despejado. Antes de aproximarse, Carlos aún a caballo y Fernando ya en tierra, se miraron por primera vez. Ninguno había imaginado al otro como se veían entonces. Fernando esperaba una figura altanera, más hecha, implacable. Carlos suponía en su hermano un gesto caprichoso que no detectó.

Por fin, Carlos desmontó. Pocos pasos bastaron para que quedasen el uno frente al otro. Los que les rodeaban se hicieron invisibles para ellos. Necesitaban todos los sentidos puestos solo en el otro.

—Hermano —dijo Carlos.

La réplica de Fernando se hizo esperar y Chièvres lo vivió como una tortura. Deseaba saber a qué enfrentarse, ya fuera a un traidor o a un infante leal. Si había de haber guerra, que no tardara en llegar.

Pero con un movimiento firme, la rodilla del infante tocó tierra y decidió el futuro del reino.

—Majestad —dijo Fernando mientras agachaba la cabeza ante su hermano, en señal de obediencia.

La lealtad de Fernando cayó sobre los presentes como una lluvia. Lluvia otoñal en los conspiradores, pues los había dejado sin sangre, temblorosos, y de verano en Carlos y Chièvres, porque había barrido la atmósfera cargada que les había acompañado desde que hubieron pisado España.

Todo comienza y acaba con un gesto: una rodilla en el suelo y el parpadeo con el que Cisneros se despidió de este mundo. Había muerto ignorando que habría paz, pero sabiendo que había dado la vida por ella. Su último pensamiento fue para Carlos: «Dios os dé fuerzas para la empresa que os espera».

2

El 2 de febrero de 1518 la iglesia de San Pablo era un desfile
de ropas de gala y hábitos abrillantados. Se besaban manos, se
intercambiaban halagos y se olvidaban rencillas porque la ocasión no daba pie para menudencias, y porque la llegada de Carlos, inminente, les hacía sentirse unidos: ellos eran castellanos,
aquel no. Los muros del templo acogían a lo más distinguido de
la nobleza y del clero. Los apellidos se repetían: Pacheco, Men-
doza, Álvarez de Toledo. Los grandes de España y los grandes
hombres de Dios, amén. En el pasado de cada uno de ellos había
un villano o un santo, dependiendo de cuánto hubieran crecido
sus riquezas bajo el reinado de los Católicos. A algunos los consideraban su desgracia; a otros, con tan solo recordarlos, se les
humedecía la mirada. Con respecto al reinado en solitario de
Fernando de Aragón existía la misma disparidad de opiniones.
Ninguno, sin embargo, guardaba más que desprecio por la memoria de Felipe I, el padre de Carlos. Lo único bueno de su reinado había sido su brevedad. Si esta se había debido a Dios o a
la intervención del Católico, como tantos llegaron a sospechar,
poco importaba. Pero ¿qué esperar del hijo, de ese crío educado
tan lejos y que era fruto de un gobernante odiado y de una pobre loca? «Que nos gobierne con la humildad y la sabiduría que
este reino merece», se oía en los corrillos. Que se deje gobernar,
querían decir.

Los murmullos cesaron cuando en el umbral de la puerta de

la iglesia se recortó, en sombra, la figura menuda del rey. Carlos entró midiendo el ritmo de sus pasos, consciente de que el momento era Historia. Tras él, su séquito, con su hermano Fernando en posición destacada, exhibiendo su lealtad; y detrás Chièvres y Adriano, orgullosos como dos padres. Al enfilar el pasillo central el rey clavó su mirada en el altar para no verse obligado a cruzarla con ninguno de esos desconocidos. Los presentes consideraron ese gesto como puro engreimiento, nunca hubieran imaginado que Carlos, tímido, lo último que quería era arriesgar sus nervios justo antes de ser jurado monarca. Su mirada solo se desvió un momento, al percibir de soslayo una sonrisa de mujer, una dama de piel nívea y gesto vivo, de físico más extranjero que el del resto y envuelto en sedas lujosas, como un regalo. Cuando Carlos se percató de que era Germana de Foix, la viuda de su abuelo y a quien conoció en Mojados, le devolvió la sonrisa y se sintió extraño.

Ya en el altar, Carlos ocupó un sillón y la ceremonia dio comienzo: la misa, la mano sobre las Sagradas Escrituras, el prometer dar la vida por el reino. Los presentes vieron a un Carlos sereno, frío incluso. Unos lo achacaban al carácter de los de su origen; los más, al poco cariño natural que debía de sentir un forastero por España. Mientras su compostura decepcionaba a los presentes, Carlos sentía en su interior la emoción del compromiso que estaba adquiriendo, pero también una descarga de miedo. El afán por ostentar el título de rey le había mantenido demasiado entretenido hasta entonces. Vencidos los obstáculos, el horizonte solo mostraba ahora responsabilidad. La luz de la iglesia no le permitía distinguir bien las caras de los que tenía enfrente, pero podía sentir su importancia, y aunque era consciente de que en todas las noblezas del mundo solían darse conflictos, los percibía como a un solo hombre, cargado de títulos y rebosante de conocimientos sobre el reino de los que él no disponía, y sobre todo de exigencias con quien les iba a gobernar. En las gentes sin título tampoco captaba confianza. De camino a la iglesia había desfilado entre los vallisoletanos, que apenas habían adornado sus calles para recibirlo, y no había escuchado vítores, solo un silencio que le convirtió el paseo en eterno. Chièvres, al notarlo decepcionado, le musitó un chascarrillo sobre la sobriedad castellana, pero el rey no se engañó: había recelo.

Una vez hecha la promesa al reino, los nobles fueron desfilando ante el altar para prestarle juramento. Carlos fue poniendo así cara y nombre a todos ellos. En los pocos segundos que permanecían ante él trataba de intuir cómo eran: el petulante, el adulador, el orgulloso. Pero los juramentos sonaron sentidos y muchos le sonrieron al levantarse. Quizá, pensó Carlos, el miedo era cosa de su juventud, y esos hombres podrían ser buenos vasallos.

Los nervios del rey se fueron disipando durante los días siguientes. La medicina fue la caza, del mismo modo que en Flandes. Nada vigorizaba más a Carlos que el aire del campo y el reto de alcanzar a las bestias. Se trataba de un ritual primitivo, y por lo tanto sencillo, desprovisto de las incertidumbres del resto de su existencia, del peso de su destino y de las complejidades del trato con tantos.

Le gustaba que Fernando lo acompañara. En las primeras cacerías apenas si habían intercambiado unas pocas palabras: ambos habían fingido estar tan entregados a la batida que eso les impedía conversar. Existía cierta competición, por razón de edad y porque el destino les había hecho tentar la misma corona. Las bestias pagaban por ello: se esforzaban tanto por ganar al otro que ambos resultaban letales. Entre ellos había suspicacia y también cortedad, pero poco a poco la timidez se les fue haciendo incómoda, la caza agotadora, y las charlas fueron surgiendo y alargándose cada vez más. Aunque hermanos, eran extraños, pero algo les unía: la juventud. Hasta que hubo pasado tiempo en compañía de Fernando, Carlos no había sido consciente de lo artificial que resultaba verse siempre rodeado de hombres de no menos de cincuenta años, como sus consejeros. Los estimaba, pero ahora se daba cuenta de que con ellos no podía compartir lo que con su hermano: las bravuconadas, las risas porque sí, las dudas que les surgían sobre la vida, de la que ambos aún sabían tan poco. Y además de todo eso, el vínculo, la sangre.

—¿Creéis que está loca, como dicen? —le preguntó Carlos un atardecer, acabada ya la caza.

A Fernando no le gustaba hablar de su madre.

—Lo sabéis tan bien como todos —respondió.

—¿Y lo que nadie discute es verdad, o acuerdo? Cuando la vi la noté juiciosa, aunque arrollada. ¿Por qué nuestro abuelo se comportó de manera tan cruel con ella? ¿Por qué la encerró?

—Fue por el bien del reino —apuntilló Fernando, y sonó a frase mil veces escuchada y convertida en dogma—. ¿No es por lo mismo que vos gobernáis cuando por ley habría de ser ella? Si conviene a su empresa, a un rey no ha de caberle la piedad.

A Carlos le sorprendió tanta dureza en los quince años de Fernando. De seguro que ese sentimiento no era suyo.

—Nuestro abuelo tuvo que ser un hombre de piedra —dijo Carlos.

—Los grandes hombres no son severos ni blandos. Son ambas cosas, según convenga. A mí me educaba con rigor, pero me abrazaba cada día.

—De él solo escucho alabanzas —dijo Carlos con un mohín de disgusto.

—¿No os llena de orgullo? Es vuestro abuelo.

—Y también quien me precede en el trono. ¿Cómo voy a hacer que las gentes lo olviden, si su memoria carece de tacha?

Comenzaron a sonar aquí y allá los quejidos de las aves nocturnas. La charla pareció volverse más lóbrega con sus gorjeos.

—No les gusto, a los españoles —dijo Carlos—. Siento que esperan lo peor de mí.

—Tampoco les gustaba nuestro abuelo a los castellanos. Lo tomaban por un extraño, al ser aragonés. Hubo de ganárselos. Lo mismo habréis de hacer vos.

Mientras Carlos cazaba cada tarde, Chièvres se cobraba más piezas incluso que él, pero las suyas no eran bestias, sino tantos títulos nobiliarios y cargos eclesiásticos como hubiera disponibles en el reino. ¿Qué es el gobierno sin premios? Una carga pesada, una máquina de crear enemigos, algo que nadie en su sano juicio querría para sí. Si no hay riquezas que lo compensen, que se lo quede cualquier otro. Aunque la ambición de Adriano parecía más recatada, porque su carácter tenía más de sensato y de contentadizo, verla desatada en Chièvres le hizo preguntarse si no estaba siendo, quizá, un tanto demasiado humilde, y poco a poco comenzó a disfrutar de irse sumando cargos para sí y de repartir otros entre los conocidos, flamencos que nunca pisarían España pero que se mostrarían agradecidos al verse premiados.

Los cargos disponibles eran los de aquellos que, fallecidos, habían dejado vacante el título. De estos había muchos, obispados y señoríos, tanto en España como en las nuevas tierras al otro lado del Atlántico. Pero la importancia de uno de ellos empequeñecía al resto hasta hacerlos pasar por medallitas ridículas en comparación. La muerte del cardenal Cisneros había dejado libre el mayor honor de la Iglesia española, el cargo que traía consigo no solo las rentas más abultadas, sino también un poder al que solo el del rey hacía sombra.

—¿Qué será del arzobispado de Toledo? —preguntó Adriano, y dejó entrever ilusión en la mirada.

—Me temo que ya tiene dueño: mi sobrino Guillermo —sentenció Chièvres.

Adriano dio un respingo. Miró a Chièvres como quien tiene ante sí a un familiar que de golpe se ha vuelto loco.

—¡Por Dios, señor mío! ¡Sensatez! ¿Qué tiene? ¿Veinte años?

Chièvres asintió en silencio. Su calma era tal que Adriano notó que su indignación crecía, como para compensarla.

—¡El arzobispo de Toledo es la cabeza de la Iglesia de España! Pocos tienen en sus manos más mando que él, y no solo como hombres de Dios.

—Y por esa razón ha de estar bajo la custodia de quien jamás lo vaya a ejercer. Tengo de Guillermo el compromiso de que no pisará este reino. El poder que da el arzobispado no se ejecutará, y no tendremos que bregar con él. ¿Acaso preferís otorgárselo a un castellano, y regalarle esa importancia a quien ni nos conoce, ni seguramente nos estime?

Adriano cabeceó. Sentía impotencia. Bajo los planes más incendiarios de Chièvres siempre había argumentos que silenciaban toda crítica. Pero el de Utrecht sintió entonces una inquietud informe que poco a poco se fue convirtiendo en tesis.

—En breve tendrán lugar las primeras Cortes Castellanas de Carlos —dijo—, las que deben conceder a la corona las prebendas que la sostengan. No podemos enfadar a los súbditos antes de que se celebren. Demos cuenta de ese y de los demás nombramientos una vez las hayamos ganado.

—El temor no es virtud en un gobernante —replicó Chièvres—. Basta con que en las Cortes nos provean de lo suficiente para regresar a Flandes. ¿Acaso quiere Carlos quedarse en este lugar tedioso y al que solo le une un título?

—Si se diese escándalo, ni siquiera nos concederían caudales para fletar un navío. Hemos de esperar.

Chièvres lo meditó y asintió. Pero se sintió irritado. No porque tuviese que poner su ambición a los pies de la prudencia, sino porque dudaba de que esa fuese la mejor estrategia. Recordó que existen dos formas de someter a los demás a la voluntad propia: la sibilina, que vence en tanto que el otro no se sabe entregado; o la tiránica, la que no pregunta, la que toma antes de que se le ofrezca, y cuya temeridad es premiada con el respeto mudo de los sometidos. ¿Tendría paciencia para la primera? Conociéndose, dudó.

Carlos no mencionaba a sus consejeros los encuentros con Fernando. Ellos pensaban que en sus cacerías solo lo acompañaban perros y sirvientes. El rey no sabía con certeza la razón por la que les ocultaba la compañía de su hermano, pero le gustaba hacerlo. Desde que Chièvres había pasado a ser su tutor, hacía ya casi diez años, no existía hecho, por insignificante que fuera, que se le hubiese escapado. Durante años llegó incluso a dormir a tan solo unos metros de él, en la misma alcoba, como si quisiese vigilar también sus sueños. Cuando Chièvres notó que la angustia se había apoderado de Carlos ante la responsabilidad de gobernar España, enseguida se ofreció a asumir él la mayor parte de los asuntos, prometiéndole además que pondría su sapiencia al servicio de afianzarle en el poder lo más rápido posible. Carlos dudó, pero su inseguridad decidió por él, y accedió a delegar la tarea durante un tiempo, el que él necesitase para conocer el lugar y sentirse capaz de ejercerla. De ahí su ociosidad, sus cacerías diarias y su ánimo risueño, el del que se siente poderoso sin tener que ganárselo. Se perdonó: se sabía muy joven, y qué rey bisoño no tenía un consejero a quien se encomendaba. Sabido era que en Inglaterra, durante años, Enrique se había dedicado a los deportes y a preñar cortesanas mientras el cardenal Wolsey lo decidía todo por él; «el otro rey», lo llamaban. ¿No podía permitirse él lo mismo? Sin verse obligado a permanecer día y noche bajo el ala asfixiante de Chièvres, Carlos sintió que se permitía relacionarse de otro modo. El consejero, tan receloso, le había prevenido siempre contra cualquiera que se le acercase, y ese escepticismo había infectado cada amistad de Carlos, cada trato. Ahora, sin embargo, el rey podía sacar sus propias conclusiones y a veces en ellas no había suspicacia alguna, como le ocurría con Fernando. O con Germana.

Cuando la viuda del rey católico vio que esa suerte de ahijado suyo que era Fernando no iba a gobernar España, sufrió un enfado que le duró dos tardes, pero a la siguiente la decepción se volvió astucia: su porvenir así lo requería. Se proclamó leal a Carlos como quien asume un nuevo credo y con él a un nuevo salvador, de diecisiete años y nacido en Gante. En la amistad del rey con Fernando vio la puerta a sus ambiciones, y a veces se presentaba en sus cacerías con la excusa de tan solo saludar. Quería ser vista por Carlos ahora que el paisaje humano del rey era aún tan pobre, y ganárselo poco a poco, por familiaridad. Si se acostumbraba a verla, pensaba, no se le haría extraño encontrarla un día en palacio, ni tiempo después en su despacho, reclamando un título a su altura. Pero en el plan de Germana algo fallaba: ¿de qué le servía ganarse a Carlos, si este cazaba pero no gobernaba?

—¿Cómo os resultan los asuntos del reino, alteza? —le preguntó Germana una tarde, desde su caballo.

Carlos hizo un mohín y agravó su voz para responder.

—Demasiado aburridos como para enturbiar vuestro paseo con ellos —respondió.

—¿O demasiado ajenos a vos? —replicó Germana—. Dicen que vuestros consejeros proponen y vos tan solo firmáis.

Carlos sintió vergüenza.

—Son hombres sabios.

—Mas el rey sois vos.

Germana subrayó su comentario partiendo al galope. Pretendía dejar a Carlos a solas con esa verdad para que creciese en él.

Los días en que Fernando participaba como compañero de caza de Carlos era testigo mudo de estas apariciones de Germana. Al principio las juzgó casuales, pero se repetían, y se dio cuenta de que la que hasta hacía nada le animaba a traicionar a su hermano ahora trataba de ganarse a este. En el orgullo de Fernando esa rendición le dolía. No habría querido que Germana se rebelase ante Carlos, pero esperaba al menos un tiempo de resquemor, de duelo por la gloria que decía ambicionar para Fernando y que él rechazó.

—Pronto os habéis hecho leal al rey —le dijo Fernando a Germana durante uno de sus almuerzos semanales—. Vuestros reparos hacia él han tardado en desaparecer lo que la corona en ponerse sobre su cabeza.

—Y eso se dio porque vos aceptasteis su gobierno. ¿Me criticáis por acatar vuestra decisión?

—Pensaba que vuestra fe en mí era sincera —dijo Fernando.

—Y lo era. Mas ¿de qué me serviría ahora? —preguntó Germana.

—Sin duda os guía el provecho.

—No intentéis que me avergüence de ello, no lo conseguiréis

—respondió Germana con serenidad—. Sé lo que soy: una viuda odiada por muchos en este reino. ¿Qué será de mí si no consigo el favor del rey? ¿No buscáis vos lo mismo amistándoos con él?

—Soy su hermano, no un adulador al acecho de un cargo.

—Pues deberíais ser ambas cosas. Porque ahora, bajo su mando, vuestro futuro es tan incierto como el mío.

Fernando comió con premura para retirarse lo más pronto posible a pensar en soledad. Había dado por hecho que al ser infante, y al haber impedido con su lealtad el conflicto, nada tendría que temer. Pero aunque de Carlos no esperaba venganza, lo cierto es que su hermano era un pelele en manos de sus consejeros, y que estos bien podrían pretender reducirle a la nada. Se imaginó en un futuro como una figura decorativa en los besamanos, una vida insufriblemente ociosa en la que todo lo que su abuelo le inculcó, todo aquel talento para el gobierno, se iría olvidando, por falta de uso. Quería ser al menos un consejero de importancia, dar opinión sobre la conveniencia de un impuesto o de una guerra y que le escuchasen; emplear su valía y no dejar que languideciera hasta convertirle en uno de esos nobles inútiles que se contentan con banquetes y juegos, y que nada aportan al bienestar del reino. Aceptaba no ser rey, pero nunca no ser nadie.

De modo que en el siguiente almuerzo con Germana, Fernando le confesó sus pensamientos y ella lo miró con orgullo.

A juzgar por la reacción del rey, Germana llegó a pensar, durante las siguientes visitas a las cacerías, que Fernando, dolido, había prevenido a su hermano contra ella. Carlos se mostraba cada vez más parco en palabras y su mirada la rehuía. Pero pronto entendió que más que rechazo se trataba de una timidez creciente, y cayó en que esta solo podía deberse a una causa: que Carlos se estuviese encaprichando de ella. Eso le resultó al principio asombroso, luego divertido y finalmente se le reveló como lo que era: una bendición.

Los sentimientos de Carlos hacia Germana crecieron en él a

pesar de la culpa con que trató de sofocarlos. Había días en que se prometía no dedicarle ni un pensamiento, pero su mente parecía volar sola, ajena a su voluntad. Por mucho que se repitiese que era indecente desear a quien había compartido lecho con su abuelo, lo cierto era que la represión y la condena, como acostumbran, alimentaron su enamoramiento. Fantaseaba con su pelo rojizo y con sus labios jugosos, y le excitaba la inteligencia que Fernando le achacaba cuando se refería a ella. Carlos no se permitía ni mencionar su nombre ante otros, no fuera a ser que al pronunciarlo su voz revelase la emoción que sentía por ella. Y ese guardarla para sí hizo que la idea de Germana le terminase de contaminar, igual que el tóxico que al no expulsarse conquista cada órgano del cuerpo. El día en que creyó distinguir una invitación en la mirada de Germana Carlos pasó la noche en vela, y el cansancio del día siguiente le quitó fuerzas para censurarse. Caída la noche, fue a visitarla.

Al recibirlo, Germana se notó nerviosa. ¿Cómo esperar de ese joven tímido el arrojo que hacía falta para presentarse allí? Cuando percibió el interés del rey la mujer solo pensaba servirse de él para ponerlo a su favor, pero no para conquistarlo. No hacía falta, pensaba; el que ama platónicamente es aún más generoso que el que llega a conquistar. Pero ahí estaba Carlos ante ella, y un hombre no visita de noche si no es para amanecer saciado.

Por un momento Germana pensó excusarse, pero notó al joven nervioso, y quiso premiar el valor que le había llevado hasta allí. Le invitó a cenar.

Transcurrida una hora, el vino castellano los había relajado.

—Está terminando por gustarme —dijo Carlos apurando su copa—. Pero sigo prefiriendo la cerveza de mi tierra.

—Vuestra tierra es esta también.

Carlos ni asintió ni negó.

—¿No estaréis esperando a que el reino os ame para amarlo vos a él? —preguntó Germana—. Sois extranjero. Y el español, receloso de lo que viene de fuera.

—¿Y cuánto durará su recelo?

—Depende de vos —contestó Germana—. Seducidlos. No conquista quien no se entrega antes. Saben que delegáis en vuestros consejeros. ¿Cómo van a estimaros quienes se sienten desatendidos por vos? El hijo quiere al padre, y no al que envía este a cuidarlo.

—Puede. Pero incluso ya me apreciaban poco antes de venir. En sus corazones está mi abuelo y luego Fernando. No hay sitio para mí —se quejó Carlos.

—No os lamentéis por el amor que sienten por vuestro hermano. Aprovechadlo. Os estaríais sirviendo también de su conocimiento sobre estos reinos. Fernando fue educado para reinar y, aunque os es leal, ese deseo de servir está intacto. Vivirá renegado si hacéis de él un hombre sin uso. Es un político. Es su naturaleza.

La idea de hacer de su hermano su consejero sorprendió a Carlos. De tan lógica, se le había escapado. Pero como acostumbraba cuando algo le pedía reflexión, el rey se guardó la respuesta para otro momento y agotó otra copa de vino. La conversación, de cariz tan político, casi le había hecho olvidar el motivo de su visita. Pero el cuello de Germana, delicado y apetecible, le hizo recobrar el deseo. Ella lo notó y se sintió confusa. Había algo en Carlos que le tentaba. Y no era su cargo. Lo sentía cercano. Quizá se debía a que ambos eran extraños en ese reino y tal desamparo los unía. Su juventud también le parecía hermosa, porque no era descarada, sino dulce. Y su deseo hacia ella la hacía sentirse viva. Desde que murió su esposo, Germana había guardado su capacidad de amor para sí misma, lo necesitaba para sobrevivir en aquel lugar hostil. Pero ahora tenía de nuevo la ocasión de entregarse a otro, y su cuerpo recordó el placer, la calidez y la felicidad de verse abrazado.

Germana reparó en que Carlos casi no había probado bocado.

—El faisán no os ha convencido. Y eso que dicen que sois de buen yantar.

—No quería ofenderos. Apenas tengo apetito —dijo Carlos.

—¿Estáis enfermo, quizá?

«De algún modo», pensó Carlos. Pero negó.

—Entonces habéis de estar enamorado —dijo Germana—. Cuando el amor toma el cuerpo, lo invade de tal modo que no deja sitio al alimento.

Carlos notó que sus mejillas se sonrojaban. Al darse cuenta solo consiguió que ese calor fuese a más. Germana se percató entonces de que el rey lucía ojeras.

—El amor también nos desvela. ¿Quién quiere dormir cuando la vida nos da lo que soñamos? Caminamos como si el aire nos llevara, y nos asombra que hayamos podido vivir sin aquel que ahora es la razón de nuestro ser...

—Os amo —cortó Carlos.

Se hizo el silencio.

—No, no me amáis —replicó Germana, y lo miró con ternura.

Carlos se levantó entonces, azorado y mareado por el vino.

—Disculpad, el vino ha dado alas a mi atrevimiento.

Germana tomó la mano de Carlos para retenerlo.

—No tenéis que amarme para quedaros.

Carlos vio que ella también se levantaba. Permanecieron en silencio, frente a frente. Él sabía que solo cabía huir, o besarse y no salir de esa residencia hasta el alba, y tener que asumir entonces su culpa además del temor de que el lance llegara a oídos de otros, y quién sabe si ganarse mil problemas a causa de ello. Y aun así, la besó.

Cuando al día siguiente, a primera hora de la mañana, Carlos llegó al encuentro con Chièvres, este lo recibió con una sonrisa satisfecha. Si la caza ya distraía al rey lo bastante, que estuviese viviendo un romance dejaría el reino aún más en las manos del consejero. Pero su contento se agrió cuando Carlos pidió tomar parte en el consejo del día. Chièvres acató, pero convirtió la reunión en un imposible para el rey. Le asedió con cuestiones de difícil resolución, sobre aquellos asuntos que Carlos más desconocía: el Yucatán, la legislación religiosa o pormenores sobre el comercio de los reinos. El monarca, tras dos días sin dormir, se rindió al par de horas, pero prometió presidir el consejo también al día siguiente. Chièvres entendió entonces que su arranque no había sido un capricho pasajero, y mandó a que le siguieran los pasos. Intuía que alguien estaba influyendo sobre él. Cuando los espías le dieron cuenta de los encuentros de Carlos con Fernando y con Germana, el consejero estalló en rabia. Qué descuidado había sido, pues ahora el rey estaba prestando oídos a otros que no solo quedaban fuera de su influencia, sino que tenían intereses propios, y contrarios a los suyos. Debía darse prisa para recuperar su sitio, y para que sus planes se cumpliesen antes de que Carlos terminara por independizarse.

—Alteza, urge vuestra firma en estos decretos.

El consejero dejó los legajos sobre la mesa a la que estaba sentado Carlos, y confió en que el rey hiciese lo que tantas otras veces: rubricar sin leer antes aquello que estaba firmando. Pero Carlos, que a cada día que pasaba se sentía más hecho a su papel de gobernante, los leyó uno a uno, ante la mirada ansiosa de Chièvres.

—Estos cargos son numerosos —dijo el rey, poco convencido.

—En los inicios de un mandato se han de tomar muchas decisiones.

De pronto, el joven se sobresaltó al leer uno de los legajos.

—¿Vuestro sobrino, arzobispo de Toledo?

—Es un puesto clave en España. Hemos de tenerlo bajo control. Guillermo hará según nuestra voluntad.

El rey miró a su consejero a la espera de más explicaciones.

—Os prometí que asentaría vuestro poder.

—¿Y esta es la manera? —preguntó el flamenco, con duda sincera.

—Alteza, las Cortes serán un reto. Hemos de llegar a ellas habiendo dado muestras de autoridad.

Carlos lo meditó. Transcurrido un breve lapso, el consejero añadió:

—¿Qué interés tendría yo en serviros mal, si todo lo que soy y tengo depende de vuestra gloria?

El argumento convenció al rey lo suficiente como para firmar ese decreto, y luego el resto. El otro sintió alivio, pero le disgustó haberse visto tan cerca del fracaso, acostumbrado como estaba a no tener que argumentar con tanto detalle sus decisiones. Con los legajos rubricados ya en su poder, Chièvres se dispuso a seguir con su estrategia.

—Ha llegado a mi conocimiento que pasáis tiempo con vuestro hermano.

A Carlos le incomodó saberse bajo la vigilancia de Chièvres, pero se limitó a asentir.

—Hacéis bien en disfrutar de su compañía antes de que parta a Flandes.

—¿Flandes? ¿Por qué razón iba Fernando a viajar allí? —preguntó Carlos.

Chièvres fingió desconcierto.

—Alteza, daréis por hecho que no puede permanecer en estos reinos. Encarna la esperanza de aquellos que aún no asumen vuestra autoridad.

—¿He de exiliarlo porque algunos quieran subirlo al trono? Eso me granjeará aún más odios —replicó Carlos.

—¡Porque Fernando es la debilidad de los españoles!

—Gobernaré con juicio y pasaré a serlo yo —replicó Carlos.

—Alteza, nadie gobierna mejor que quien solo lo hace en la imaginación de los hombres. Alejad a vuestro hermano de estas tierras, o su ideal no se apagará jamás para los que aquí viven.

Mientras veía que Chièvres se apresuraba a salir del despacho, con ese caminar firme tan suyo, Carlos oyó en su interior un llanto de niña, el de su hermana Catalina, arrastrada de nuevo al encierro en Tordesillas. Ese quejido de rabia e indefensión se le había aparecido en sueños varias veces desde entonces, en pesadillas que le despertaban envuelto en sudor y culpa. ¿Cómo podría cargar su conciencia con otra injusticia hacia los de su sangre?

Francisco I de Francia habría disfrutado de haber tenido noticia de las mil inquietudes por las que pasaba Carlos. Cómo se habría envanecido al compararse con ese rey, el de Gante, aquejado de dudas, pues él andaba por su reino entre lluvias de flores y nadie cuestionaba su mandato. Pero su confianza tenía una grieta, y como se trataba solo de una, a Francisco le obsesionaba, como aquel que, rodeado del silencio, se desvela por un único ruido. A pesar de haber desposeído al duque de Borbón del gobierno de Milán, este no se había amansado en absoluto, sino al contrario, y Francisco finalmente entendió por qué: ya no le debía obediencia, ni falso afecto, porque no tenía que complacerle para mantener su cargo en el ducado italiano. El duque solo agachaba la cabeza ante su suegra, Ana de Francia, antigua regente y eterna mandamás de la casa de Borbón. Fue ella quien bendijo el matrimonio de su hija Susana, y por lo tanto quien le cubrió a él de títulos, riqueza e inmodestia.

Pero la esposa del duque era una mujer enfermiza, que tenía a su madre obsesionada con su porvenir, pues aunque iba cumpliendo años la muerte parecía rondarle cerca. Y un día que parecía igual que otros, se la llevó.

La muerte de Susana dejó al duque viudo; a Ana de Francia, inconsolable, y a Luisa de Saboya, la madre de Francisco, entusiasmada. Susana había heredado sus títulos en ausencia de hermano varón, a través de una concesión poco común, pero como había muerto sin descendencia, ahora el ducado de Borbón y sus otros honores quedaban vacantes, a la espera de que un pariente lejano los asumiera. Y era Luisa la afortunada. Por cada embarazo malogrado de su prima Susana, la madre de Francisco había esbozado una sonrisa culpable. Su vínculo de sangre hacía tiempo que se había roto, y una de las razones, ya lejanas, se debió a que Luisa amó en su juventud al ahora duque siendo correspondida; pero aquel amor duró hasta que Susana le ofreció a él aquella tentadora dote y lo llevó al altar.

Luisa se presentó en el funeral de su prima con gesto de abatimiento. Encontró al viudo tomando aire en un jardín del castillo de Châtellerault.

—Lo lamento tanto. Por ella y por vos.

—Luisa... Alteza.

La mujer se aferró a la mano del duque con fuerza.

—Siempre me quiso más que yo a ella. Eso me pesa y me pesará siempre —confesó él.

—Fuisteis un buen esposo. ¿Acaso somos libres de elegir a quién amar?

El duque negó y, tras adivinar la intención de Luisa, se dejó abrazar por ella, no sin antes comprobar que nadie los estuviera observando. A ella le gustó tenerlo tan cerca. Viuda desde casi niña como era, no se permitía echar de menos el calor de los amantes, y menos aún el del duque; de modo que su corazón, siempre helado, se calentó un poco. Se sorprendió a sí misma pensando que la soledad que le esperaba al duque a ella le resultaba prometedora.

—Me alegra que hayáis venido. Confío en que el testamento no se interponga entre nosotros —dijo con sinceridad el duque.

Luisa puso distancia entre ellos. El abrazo se rompió.

—¿Qué testamento?

—Susana tuvo a bien legarme todo su patrimonio —dijo el duque.

El rostro de la madre de Francisco se volvió de piedra, y luego de fuego.

—¡No habéis tenido hijos varones! ¡Esa herencia me corresponde a mí! —bramó la mujer.

—¿Acaso pretendéis que niegue la voluntad de mi esposa? No, mi señora. Ni quiero ni pienso hacerlo.

Aunque Francisco nada deseaba más que humillar al Borbón, la batalla por la herencia que su madre abrió con aquel le resultaba incómoda. Ana de Francia tenía aún muchos devotos entre los súbditos y los nobles, e ir contra su voluntad tras la muerte de su amada hija resultaba basto, indigno de un rey. El asunto, convertido ya en juicio, y sin que el rey se decidiese a inclinar su poder al servicio de su madre, parecía eternizarse. Esperando el dictamen Luisa perdió salud. Rezaba cada noche para que a la mañana siguiente todo se hubiese resuelto en su beneficio. La muerte de Ana de Francia, que corrió a unirse a su hija al año de morir esta, le infundió esperanzas. Pero el duque parecía disponer de tantos aliados entre los juristas como ella, y la resolución no llegaba jamás. Y una noche, en su lecho, la madre de Francisco sintió que no llegaría nunca. Tumbada y extenuada como estaba, su imaginación dibujó un escenario en que, a punto de morir, aprovechaba su último suspiro para preguntar de nuevo: «¿Hay sentencia?». La angustia la ahogó de tal modo que tuvo que levantarse y descorrer las cortinas, abrir los ventanales y recibir la corriente. El golpe de viento le hizo sentir la piel, y enseguida tuvo una idea.

—Casémonos —le dijo Luisa al duque al día siguiente.

Y él, que estaba tanto o más agotado que Luisa a causa del juicio, estalló en una risa sincera y vertió sobre la madre de Francisco mil desprecios.

—¿Ahora disfrazáis de amor lo que solo es avaricia?

Ella calló. Se sentía, y era extraño en ella, vulnerable, porque su invitación resultaría, desde luego, una solución al litigio sobre la herencia, que ambos podrían así compartir; pero sobre todo era, muy en el fondo, cierto anhelo de compañía y de vivir con aquel hombre lo que tiempo atrás se había echado a perder. Luisa se había imaginado envejeciendo a su lado, henchidos de títulos y riquezas, tan magníficos ante el mundo como afectuosos en la alcoba. El rechazo del duque, que no dio lugar a réplica, hizo de esas fantasías suyas el abono para un odio feroz, y cuando regresó a la corte de Amboise, ya serena, vertió mil infundios sobre la jactancia del Borbón, y convenció a su hijo de que solo sería rey supremo cuando de aquel no quedase nada.

Alegando que el juicio se había prolongado lo bastante y que la falta de sentencia significaba en sí misma una injusticia para los contendientes, Francisco, en nombre de la Corona, decidió desposeer al duque de Borbón de todos sus títulos y posesiones, que de esa manera pasaban al rey mientras la causa siguiese abierta. La decisión desconcertó a los franceses. La consideraban abusiva, interesada, ¡injusta! Pero a diferencia de Carlos en España, Francisco, con sus faltas, provocaba más admiración que enojo. Los súbditos franceses se sabían sumisos, y disfrutaban de las muestras de autoridad del rey, mejores cuanto más despóticas; porque cuanto más grande veían al que les dominaba, más se exculpaban por dejarse domeñar.

El duque hizo lo imposible por evitar el expolio, que además intuía interminable, porque con el rey implicado, el juicio se acabaría fallando a favor de Luisa. Vio que no le quedaba nada, pero tras mucho pensar descubrió que sí, algo permanecía en su interior, un pequeño rayo de fuerza. El duque sabía que ese haz iría creciendo y que, cuando le inundase por completo, le daría todo el poder para la venganza.

La noticia de la elección del sobrino de Chièvres como arzobispo de Toledo primero solivianté a Adriano, que vio incumplida la promesa del consejero de dejar la cuestión para más adelante; y poco más tarde, y con mayor peligro, a los españoles, que confirmaban con ese atrevimiento sus peores sospechas sobre el monarca.

—¡Es intolerable! ¡Regalarle el arzobispado de Toledo a un jovenzuelo extranjero!

Juan de Padilla estaba fuera de sí. De su padre había heredado no solo el cargo de capitán de las milicias toledanas, sino también una concepción de la corona independiente de la influencia de forasteros. Su padre se había declarado fiel a la reina Juana y contrario a la maniobra de Felipe el Hermoso de gobernar haciendo a su esposa a un lado. Juan creció escuchando sus maldiciones, y asumió que quien viene de fuera no tiene otro interés que desdeñar y saquear España. Cuando Carlos se proclamó rey supo lo que vendría, pero por un tiempo le otorgó el beneficio de la duda. Quizá los prejuicios de su padre fueran algo exagerados; y él, necio por asumirlos sin más. Pero a cada traspié del nuevo rey el pesimismo de este otro iba creciendo, y el nombramiento del arzobispo transformó esa desconfianza en furia. Su padre llevaba razón.

—Es lo más grave, pero no lo único: Chièvres, tesorero del reino, ¿y cuántos obispados han repartidos entre los suyos?

Quien alimentaba así la indignación de Juan era su esposa, María Pacheco. En su apellido estaba su condición: su familia era una de las más insignes de Castilla, una saga de nobles de tanto poder que, en su tiempo, la reina Isabel sufrió lo suyo para rebajarlo. A través de su matrimonio con ella Juan se había ennoblecido, porque su origen era humilde, hidalgo tan solo. Y ese no sentirse de nacimiento parte de los privilegiados le había dado a Juan más sensibilidad ante los abusos de los poderosos. En María encontraba siempre respaldo a sus denuncias; era una Pacheco: fuerte, de sangre hirviente, irreductible. Hidalgo uno y noble la otra; pero todo les unía. Su casamiento fue, como tantos, un acuerdo frío entre dos familias, pero en él pronto surgió el amor.

—¡Hagamos llegar a la Corona un escrito con nuestras quejas! —propuso él.

—El papel arde con facilidad. Nos haremos oír en las Cortes. No tendrán otra opción que arrepentirse de sus desmanes —terció María.

Por desgracia para Carlos, la conversación entre Juan y María fue solo una de muchas similares. En los mercados, en las herrerías y en los mesones la indignación se contagió sin remedio, y empezó a crecer la sospecha de que el de Gante reinaba contra España, y no para ella. Había quienes le culpaban a él y quienes preferían demonizar a sus consejeros, que se aprovechaban, así lo veían, de un Carlos bisoño, algo pánfilo y sin criterio.

En la corte, el eco de las quejas fue apagado por Chièvres, que se guardó de hacérselas llegar al rey. Las misivas que se recibían denunciando los nombramientos eran pasto del fuego, y los que pedían audiencia no eran atendidos. Pero la verdad encuentra siempre grietas por las que filtrarse, y en este caso se escabulló a través de Fernando y Germana. Solo se guardaron ante él un detalle: que las iras habían revivido a los fieles del infante, y que le pedían traición ahora más que nunca. Pero Fernando los desdeñó con tanto aplomo que no vio razón para contárselo a su hermano. Se sintió orgulloso de su lealtad, y de mirar por el reino antes que por sí mismo. Y para que no cupiera en él ni siquiera un resquicio simbólico de la felonía, le regaló a su hermano el sello real que en su día perteneció a su abuelo. Ya nada quedaba en Fernando de rival; ni un objeto, ni un pensamiento.

—¿Por qué no se me ha informado del malestar que han causado vuestros nombramientos? —espetó Carlos a Chièvres, interrumpiendo el almuerzo de este.

—No quería importunaros con una situación que solo yo he creado —respondió el consejero.

—De poco me sirve que carguéis con la culpa. ¡Las Cortes son inminentes y no veo que vuestras decisiones mejoren mi posición!

—Yo hablaré en ellas por vos. Mía ha sido la falta, mía será la carga.

La conversación fue breve, pero dejó en ambos un poso de inquietud. Carlos se preguntó si Fernando y Germana tenían razón; si, como le habían asegurado, Chièvres miraba únicamente por sí mismo y el servicio prestado durante todos esos años hubiese sido tan solo un camino para llegar a donde se había apeado ahora: a verse capaz de rapiñar un reino sin importarle las consecuencias. El monarca nunca había ignorado la avidez de su consejero, pero esta no había estado, hasta entonces, por encima de su lealtad. ¿Y si Chièvres, una vez acumuladas rentas, huía del reino, a un exilio ignoto, y le dejaba a él al frente de España y del malestar que había creado en esas tierras? No confiaba tanto en él como para no creerlo posible. En realidad, no se fiaba de nadie. Carlos se había sentido siempre inseguro en el mundo, sin certeza alguna de que este le fuera a ser benévolo. Su madre había ignorado su existencia durante años, y su padre había muerto pronto. Esa desprotección le había hecho mella, volviéndolo introvertido, desconfiado ante la más leve sospecha:

todo esfuerzo era poco para prevenir el daño. La idea de apartar a Chièvres de su lado y hacer de Fernando uno de sus consejeros se le dibujó entonces. Quizá fuera la única forma de salvarse ante el reino: renunciar a ese flamenco odiado ya por todos, y encumbrar a su hermano, a quien todos amaban más que a él.

Que el escándalo sobre los nombramientos hubiese llegado a oídos de Carlos revolucionó a Chièvres. Las nuevas voces que el rey se prestaba a escuchar, como se había temido, amenazaban su influencia y la hacían menguar deprisa. El consejero intuyó que las noches que Carlos pasaba con Germana no había solo romance, sino también charlas bajo las sábanas, y aunque la política no casaba con lo romántico, entre un rey y la viuda de otro, parecía una cuestión inevitable. Chièvres se imaginó a Carlos en esos momentos, con el alma vulnerable tras las delicias del sexo, tomando por verdad cada palabra de su amante, e identificó al demonio que debía expulsar.

El consejero se presentó en la residencia de Germana a media tarde, y llegó empapado por una tormenta. Ella contemplaba la lluvia a través de un ventanal cuando le oyó entrar.

—Siento decepcionaros. Sé que estáis acostumbrada a encuentros más prometedores.

Germana le ofreció asiento, pero él lo rechazó.

—Nunca hubo una visita no anunciada que fuese más esperada que la vuestra —indicó Germana—. Diría incluso que habéis tardado en venir.

—Sabréis entonces lo que voy a deciros.

—Que queréis que la jaula de oro en la que habéis mantenido al rey siga cerrada, y vedada para mí.

—En poco lo consideráis si pensáis que se deja engañar por mí —contestó Chièvres—. No tengo vuestros encantos. No lo seduzco: lo convenzo.

—¿También ahora, cuando le habéis echado al reino encima?

Chièvres no replicó. Se limitó a tomar asiento sin esperar a que Germana se lo ofreciese de nuevo.

—Vuestro influjo sobre él es fruto de la pasión. El mío forma parte de su persona. Conozco cada una de sus ideas, me anticipo a ellas y las guío. Carlos está hecho de sangre, carne, hueso y Chièvres. Cuando vuestras artes le aburran, como le ocurre a todo hombre cuando ya no ama, ¿a quién creéis que escuchará?

Germana se encontró sin respuesta. Sin duda había verdad en lo que decía el consejero, y prefirió el silencio a una réplica vacía. Fijó la mirada en el charco de agua que las vestimentas mojadas de su interlocutor estaban formando en el suelo y que iba extendiéndose sin remedio.

—No seré yo quien os condene por velar por vuestro futuro, ese delito es el mayor de los míos —dijo Chièvres—. Mas soy yo vuestra salvación, y no él. Apartaos de su lado y nada os faltará.

—¿Y si me niego? —se atrevió a decir ella.

—Lo lamentaréis.

Una vez que el consejero se hubo marchado, Germana se resguardó bajo una capa y salió a pasear. La lluvia seguía cayendo con fuerza, pero ella apenas la notó. Se internó en el campo, buscando aire. El agua había reblandecido la tierra y sus pies se hundieron en el barro. Cada vez le costaba más caminar. Ella solo quería respirar, y Carlos era su aire; pero la verdad era Chièvres, y este, como el fango, no iba a dejar que diera ni un paso más.

Cuando Carlos visitó a Germana a los pocos días y se encontró la residencia vacía, los muebles tapados con trapos y el lecho donde había sido feliz tapado con colchas, inerte, cubierto de polvo ya, al rey se le escapó una sonrisa amarga, un gesto contenido para el dolor que sentía en su interior. Los sirvientes le informaron de que la señora había abandonado el lugar para no volver, sin dejar nota alguna ni revelar su destino, pero Carlos no necesitaba tantas explicaciones. Le bastaba con el sentimiento que Germana había querido provocar en él. Mientras salía de la residencia, envuelta en silencio y penumbra, una duda se sembró en el joven monarca: ¿cómo sería su carácter pasados los años, tras tantas decepciones, con su desconfianza cada vez más grande y la fe en los otros perdida para siempre? Y aquello que imaginó lo llenó de tristeza.

Apartada Germana, Chièvres se empleó con Fernando, a quien no resultaba tan fácil convencer para despegarlo del rey. Se le ocurrió que el escándalo de los nombramientos podría haber alentado antiguas conspiraciones, y aunque ignoraba que todo aquel que tentaba a Fernando con la traición se iba con las manos vacías, le bastó saber de esas visitas para denunciar al infante ante Carlos.

—Sin duda hincó la rodilla, pero parece que no el espíritu —advirtió el consejero al rey.

En otro momento, Carlos habría creído la denuncia de Chièvres y se habría puesto en guardia ante su hermano. Pero en las últimas semanas dos hechos habían alterado la mirada del monarca. El escándalo de los cargos había supuesto una quiebra en su fe con respecto al consejero, a quien Carlos seguía considerando igual de ambicioso pero movido ahora en exceso por el capricho interesado. El segundo hecho se debía al trato con su hermano, esa relación aún en ciernes de la que disfrutaban y que anunciaba una fraternidad hermosa y una amistad como la que Carlos nunca había poseído. A pesar de ser quienes eran, rey e infante, gobernante uno y antigua apuesta de los conspiradores el otro, Fernando y Carlos se hablaban con llaneza, de hombre joven a hombre joven, y en su relación habitaba la placidez, porque ambos se sabían buenos y les gustaba que el otro lo fuera. El rey veía su alma abrirse poco a poco, ofreciéndose a otro ser humano como nunca se había permitido hacer. Se gustaba cuando estaba con él: honesto, cariñoso y familiar. Le hacía sentir una persona y no tan solo un título.

El monarca se negó a echar por tierra ese vínculo recién creado y tan valioso para él apenas por una maledicencia, pero es imposible que un alma cambie en breve tiempo, y la de Carlos, de siempre desconfiada, no pudo evitar que la sospecha hacia Fernando anidara en su interior, aunque se tratase de un escrúpulo débil y tapado por buenos sentimientos. El rey podía estar aprendiendo a entregarse mucho, pero jamás del todo.

La víspera de la primera sesión de las Cortes de Valladolid, Carlos estaba decidido a que quien se dirigiera a ellas fuera él y no Chièvres ni ningún otro. Aquello sería su bautismo de autoridad, e impediría que se dijese palabra alguna que él no hubiera pensado primero. Aún no había dado orden al consejero de dejar la corte, pero tenía intenciones de hacerlo, y acallarle ante España lo envalentonaría para abordar luego su ruptura con él.

Sin embargo, a la mañana siguiente, cuando Carlos distinguió ese tumulto de procuradores y de nobles, y notó el ambiente de tensión y expectativa en el que se maceraban, se echó un vistazo a las manos y las vio temblar. Se avergonzó de sí mismo. Trató de calmarse, de sentir la corona que llevaba encima para ganar aplomo. Sin embargo eso le angustió aún más, pues se imaginó en el trono, magnífico, pero balbuceando ante todos esos hombres de rasgos fuertes, y casi pudo oír sus murmullos y sus risas burlonas ante un rey de paja. A mayor grandeza, más cruel el escarnio si no se la ve brillar. Quizá en su intento de ganar autoridad iba a perderla del todo. ¿A quién pretendía engañar? No sabría responder a sus requerimientos, ni dirigirse a ellos con convencimiento.

Carlos intercambió una mirada con Chièvres. Tras tantos años juntos, bastaba a veces con eso para entenderse. El consejero asintió, sin reproches; hablaría él.

—Dice el rey sentirse muy honrado por ser el nuevo gobernante de este reino. Aun siendo numerosos sus dominios, este constituye el centro de su orgullo y de sus cuidados. Reino grandioso en el pasado, de gloriosas gestas, de prestigio temible...

Mientras Chièvres hablaba, Carlos observaba de soslayo a los presentes. Procuradores y nobles escuchaban en silencio, tras un muro de escepticismo.

69

—Mas el orgullo debe ser correspondido, pues esta tierra ha de jactarse de tener por cabeza a un hijo de reyes, nieto de emperadores y de monarcas. No ha sido el azar el que ha decidido su destino, sino Dios mismo. Obedeciendo a vuestro soberano, acatáis la voluntad divina...

Carlos notó que esas palabras habían creado malestar. Los españoles, por lo visto, querían reyes terrenales.

—Y como anhela vuestro señor protegeros del turco que amenaza nuestras fronteras, os solicita tengáis a bien concederle, a pagar en tres años, doscientos millones de maravedíes...

La petición, como un azote de aire, levantó a los presentes. El silencio dio paso al griterío y los semblantes serios, a los enrojecidos. En apenas un instante, Carlos puso cara y voz a esa idea amenazante que le acompañaba desde hacía tiempo, la de que los españoles no lo respaldarían. Jamás había visto, hecho carne, ese resquemor, y ahora lo sentía a punto de atacar, como una bestia encadenada que lanza mordiscos al aire. Nunca deseó con más ganas estar en Flandes.

Una voz se elevó sobre las del resto.

—¿Pretendéis vaciarnos los bolsillos antes de escucharnos? —dijo furioso Juan de Padilla, de pie, como otros muchos.

Chièvres le dirigió una mirada de sereno desprecio. Padilla no se amedrentó.

—¡Pedimos que no salga oro y plata de Castilla! ¡Pedimos que el infante Fernando viva en el reino hasta que el rey tenga sucesor! Y pedimos, ¡exigimos!, que sean anulados todos los nombramientos concedidos a extranjeros.

El discurso de Padilla estaba a punto de ser contestado por el consejero cuando se le adelantó el público de las Cortes, que asintió, vitoreó y llegó al aplauso. María Pacheco tomó del brazo a su esposo y lo miró entregada. Sus palabras parecían haber liberado una tensión acumulada durante meses. Ya había dos bandos, y estaban frente a frente: la Corona y el resto.

Carlos se acordó entonces de sus jornadas de caza y de sus noches con Germana. Había vivido ensimismado, como si todos aquellos que ahora tenía delante y le gritaban no hubiesen existido. Hablaba de ellos, pensaba en ellos, pero como quien lo hace de un familiar lejano cuya existencia nunca se cruzará con la suya. Y ante su ira, sintió miedo. Un miedo cuerdo, de quien intuye de golpe todas las adversidades a las que se enfrenta, y se hiela.

La sesión fue infinita. Las peticiones, casi cien. Chièvres prometió cumplir la mayoría de ellas y Carlos fue asintiendo, para ofrecer su respaldo, aunque sabía a la perfección que no siempre estaban siendo sinceros. ¿Le darían a la reina Juana otro acomodo, como pidió alguno? ¿Se casaría Carlos en un año, como solicitó otro? ¿Renunciarían sus consejeros a todos los cargos? ¿Vendría Guillermo, el sobrino de Chièvres, a vivir a Toledo, para regir el arzobispado? Pero al consejero y a Carlos esta vez no les hizo falta siquiera mirarse para coincidir en que solo saldrían con éxito de ese trance si eran generosos, aunque eso supusiera prometer lo imposible y crearse a sí mismos el problema de tener que cumplirlo. De su altivez inicial, Chièvres había pasado a un tono conciliador, casi humilde, como Carlos nunca le había oído. El soberano admiró su teatro, del que él se sentía incapaz. Sabía callar, pero no mentir. Se preguntó qué futuro le podía esperar a un rey honesto. Quizá necesitaría siempre a un cínico a su lado que le salvara cuando la verdad no conviniera que fuese pronunciada.

Las Cortes concedieron al rey el préstamo solicitado, el que permitiría sostener la Corona y regresar a Flandes cuando quisieran, pero ni él ni los suyos se llevaron un sentimiento de victoria de aquellas sesiones, porque habían visto la fiera a la que debían domesticar, y no sabían cómo. Además, ahora tenían conciencia de que iban a defraudarla, porque muchas de sus promesas no se cumplirían, de modo que los españoles se sentirían aún más traicionados, si cabía, y entonces buscarían su ruina.

Por aquel entonces recibieron de Alemania una misiva del

abuelo de Carlos, el emperador Maximiliano, en la que inquiría a su nieto sobre cómo iba el gobierno de España y relataba sus propias cuitas. Hablaba en exceso de un fraile de discurso herético que estaba encandilando a las gentes y que disponía del respaldo de algún noble. Carlos no entendió la alarma de su abuelo. Siempre había habido herejes, y ese Martín Lutero del que le hablaba acabaría como todos, olvidado, renegando de sus ideas para salvar la vida o perdiendo esta en una hoguera, sin que sus herejías hubiesen hecho mella alguna. Pero comentando el asunto con Adriano, este dudó.

—Cierto que el temor de vuestro abuelo vale tanto como vuestro optimismo —dijo—, pero ¿quién sabe? La Historia gira sin avisar. Ese hereje puede ser igual a otros. Todo depende de cuántos le escuchen, y de cuánto deseen que cambien las cosas. Un hombre, da igual su talla, rodeado de adeptos se engrandece. Quiera o no.

La advertencia de Adriano, en la mente de Carlos, tomó la forma de su hermano. Se preguntó si debía hablar con él, aunque sabía que poco podría sacar de ello, porque si era traidor no lo confesaría, y de hecho se afanaría en mostrársele fiel. ¿No habría sido esa la causa del acercamiento de su hermano? Despejar las dudas del rey con afecto, hacerle olvidar que hasta hacía nada pretendía el trono. ¿Tan sencillo le había resultado a Fernando aceptar su sumisión? Educado por el de Aragón para ejercer el poder, parecía difícil creer que su ambición fuese tan fácilmente soterrable. Y, por lo demás, ya se lo había dicho Germana: su hermano quería ser alguien.

Carlos pasó varios días meditabundo y sin energía. La incertidumbre le agotaba. Imbuido en el cansancio, sin salir del lecho, e incapaz de resolver el dilema sobre Fernando, pensó en Germana y la echó de menos como un adicto a la substancia. Sudaba al imaginarla, a veces temblaba incluso, y su mente repetía sus palabras, siempre tan lúcidas y desvergonzadas. Se preguntó qué la habría hecho huir de él. Y antes de que la interrogación hubiese terminado de formularse, la respuesta acudió de súbito. Se culpó: la decepción no le había dejado ver la mano de Chièvres, su eterno *deus ex machina*. Entendiéndolo, rió, se limpió el sudor y saltó del lecho.

Sus mandados encontraron a Germana en una villa no muy lejana; ocupaba un palacete que se ocultaba del mundo tras una arboleda vigorosa.

—Resulta difícil negarse a seguir el dictado de Chièvres. Lo sabemos ambos —dijo Carlos en su reencuentro.

La primera cita se repetía: Carlos de improviso, Germana aturdida y el mundo en su contra.

—Vuestro consejero es un hombre terrible.

—Lo sé. Pero también quien mejor me sirve. Las Cortes las ganó él para mí. El día que no me compense su servicio prescindiré de él. Por eso estoy aquí. Porque nadie decide por mí.

Germana guardó silencio. Carlos cubrió la distancia que los separaba. Se quedaron tan cerca que podían sentir la respiración del otro.

—Entiendo que os amenazó. Ignoradlo.

—¿A cuál de los dos creer? —dudó Germana.

—Si queréis que ejerza el mando, no me lo neguéis. Nada os ocurrirá si seguís a mi lado. Os lo garantizo.

Germana miró a Carlos con detenimiento y halló en los ojos del joven un reflejo nuevo, el de la seguridad. Entonces decidió creerle. Las primeras luces del día siguiente los despertaron abrazados.

El valor que Carlos descubrió en sí mismo, negándose a aceptar los mandatos de Chièvres con respecto a su relación con Germana, fue un alivio pero también un peso. Ahora se sentía capaz y obligado a decidir según su juicio, y eso le hizo encontrar una respuesta al dilema sobre Fernando. No se dio prisa. Meditó durante jornadas enteras. Aunque asistiera a los consejos y recibiera a muchos en audiencia, la cuestión le sobrevolaba sin cesar, y mientras hablaba con otros, su mente seguía ponderándola, hasta que la balanza se rindió a uno de los dos lados y Carlos no encontró forma de equilibrarla de nuevo.

—Hermano, ¿en qué puedo serviros? —preguntó Fernando.

—Tengo un cometido para vos —respondió Carlos.

Fernando sonrió. Al fin, ¡al fin! Su futuro de infante arrinconado, que tanto le desagradaba, se desvaneció de golpe.

—En Flandes —añadió el rey.

Ni los cantos de los pájaros mañaneros, ni el rumor del ajetreo de la corte en las otras salas impidió que el silencio que se produjo entre ellos fuera absoluto.

—Os necesito en aquellos dominios. Por supuesto que nada os faltará y al llegar se os concederán prebendas...

—Me enviáis al destierro —interrumpió Fernando, aún sin creérselo—. ¿En qué os he fallado? Cada paso que he dado ha sido en beneficio vuestro. ¿Y así me lo pagáis?

Carlos no estaba soñando, pero los gemidos de Catalina volvieron a él hasta tornarse insoportables. Habría deseado bajar la vista al suelo para no ser testigo de la decepción en los ojos de su hermano, pero si era lo bastante rey como para tomar una decisión así, también habría de serlo para encajar sus efectos.

—No tenéis tacha, Fernando. Y eso es lo que os convierte en una amenaza para mí. No me engaño, reino contra la voluntad de muchos. Harán lo posible por que vuestra lealtad se quiebre y aceptéis derrocarme. No puedo correr el riesgo.

—¡Os amparáis en una felonía que no ha existido para traicionarme vos!

Carlos estaba a punto de romperse. Notaba mil punzadas de dolor dentro de sí.

—Estabais en lo cierto: si conviene a su empresa, a un rey no le cabe la piedad.

Esa tarde Carlos salió de caza, esta vez solo. No se le dio mal: las bestias se le ofrecieron para el sacrificio. Pero cuantas más sumaba, más se le oprimía el pecho. Porque sabía que en todas las cacerías que siguieran a esa haría lo mismo que estaba haciendo: buscar con la mirada a Fernando para alardear de su puntería o para reírse de no haberla tenido. En todas las batidas las piezas serían lo de menos, porque le faltaría la más importante.

3

La criada de Germana derramó sobre el cuerpo níveo de su señora una jarra de agua humeante. La mañana era gélida y el calor del baño, un refugio amable. Desnuda, con la piel desprotegida, Germana sintió una presión difusa en su vientre. No era dolor, ni placer, ni nada para lo que existiese una palabra. Era más bien como si esa parte de su cuerpo reclamase atención para no ser en un futuro acusada de no haber avisado. La presión desapareció sin hacerse notar, pero regresó por la noche. De nuevo esa sensación sin nombre. Germana trató de ignorarla porque, cuando no lo hacía, su intuición, que era solo una, la inquietaba. Sin embargo, con el paso de los días, ya no solo el vientre sino todo el cuerpo se le volvió extraño. Su cabeza sentía golpes; el pecho le punzaba al mínimo roce, y las manos y las piernas parecían de otra persona. Cuando el galeno le confirmó lo que sospechaba, Germana pidió quedarse a solas. No sabía qué sentir. ¿Era un drama o una bendición? No sabía tampoco lo que sentiría Carlos al enterarse. Tal vez nada. Quizá ambos se quedasen mirando en silencio el uno al otro, tal y como les gustaba hacer cuando sus cuerpos se cansaban, y no se les ocurriera qué opinar acerca de ese hijo que esperaban.

—Descuidad. Nada quiero de vos. Solo lo que llevo dentro de mí —le dijo Germana a Carlos tras darle cuenta de su estado.

76

Él la miró. Estaba hermosa esa mañana, con los ojos aún rasgados por el sueño y la piel de un dorado pálido. Hasta él llegaba su aroma dulce, que casi podía paladear. El día anterior le había resultado insufrible, de esos en los que el gobierno es solo castigo: reuniones que acaban peor de lo que empiezan, quejas de nobles y cuentas deprimentes, y todo ello encrespado por el viaje inminente a Aragón, donde esperaban unas Cortes que se anunciaban más duras aún que las castellanas. Cuando al atardecer se reunió con Germana, esta notó su cansancio y ese aire que traía Carlos a veces de buscar refugio, y sin que él dijese nada ella leyó su mente y pasaron el tiempo juntos en silencio, mirándose, besándose y haciendo el amor. Y el rey, para quien las palabras se asemejaban a un mal a evitar, se sintió bendecido por que existiese un lugar en el mundo en el que le dejaban ser él mismo. Ese estado, esa celebración de la suerte que precede al enamoramiento, fue como un colchón sobre el que la noticia del embarazo cayó sin hacer daño. Carlos le prometió que nada cambiaría entre ellos y ella le besó agradecida porque sabía que no era cierto.

Mientras en Castilla el secreto crecía sin descanso en el vientre de Germana, en Portugal, la hija del rey Manuel, tan pronto como la primera luz del día atravesaba su alcoba y del mismo modo que llevaba haciendo desde hacía tiempo, pensaba en Carlos. Isabel tenía quince años y una belleza de las que inspiran a los poetas. A decir verdad, toda reina o infanta, por el mero hecho de serlo, era loada por los cronistas; se decía de sus labios que eran finos y rojos aunque no fuesen más que una raya agrietada, y de sus ojos que se asemejaban a dos pozos de azabache cuando las más de las veces eran apagados, desdeñables, incluso bizcos. Pero Isabel era la encarnación sincera de cada halago, y ante ella los cronistas se culpaban: ya habían gastado sus alabanzas con las mediocres, ¿qué decir ahora de ella? ¿Habría que inventar palabras para describirla? Solo eso le haría justicia.

De tanto oír cumplidos sobre su belleza Isabel había acabado por ignorarla. Lo conseguido le aburría, y no le veía el mérito a envanecerse por lo que le había dado Dios, no su esfuerzo. Otras se habrían ensimismado ante el espejo, consumiendo con su mirada esa lozanía que estaba condenada a marchitarse. Ella prefería cerrar los ojos y soñar futuros. Sus fantasías se alimentaban de sus lecturas, que eran muchas, pero el personaje que las centraba era siempre el mismo. Su mente dibujaba a Carlos con los pocos datos que conocía de él —«le dicen pálido, tímido, algo en su mundo»—, a los que añadía otros, anhelos suyos, para convertirlo en algo sólido, en un hombre con quien ligar su destino. En la corte se sabía de su obsesión y se la tenía por buena. Todos confiaban en que Portugal y España guardasen la paz con un enlace que, con suerte, daría un heredero que uniese al fin los dos reinos. Las guerras entre ambos no quedaban lejos en el tiempo, pero el rencor sí, y nadie echaba de menos tener un vecino rival. Ahora pujaban, sin furia, por el dominio de los mares y de las tierras nuevas a los que estos daban acceso; una competición que, aunque importante para ambos, se amortiguaba por la lejanía donde tenía lugar, hasta quedar en tiranteces diplomáticas y poco más. En la península se anhelaba la armonía, y que la infanta desease lo que era preferible a la política del reino era lo mejor que podía pasar.

Pero en la mente de la joven había menos estrategia que idea de destino. Tenía que ocurrir. El sol castigaba en verano, de los gatos nacían gatos, el agua saciaba la sed y Carlos de Gante e Isabel de Portugal se casarían. Cuando le surgía un pretendiente, Isabel lo despedía sin maldad, con esa dulzura que se puede permitir el que no duda.

En la corte portuguesa, como en todas, el mapa de Europa tenía dos lecturas: aquello que era y cómo podía cambiar. El Sacro Imperio Germánico, ese concepto grandioso que Carlomagno se inventó sumando el recuerdo del poderío de la Antigua Roma con la defensa de la fe cristiana, y que no era un Estado sino una suerte de federación de dominios —de Flandes a Génova, de Alemania a Silesia, desde la fría Austria a la mediterránea

Siena—, estaba en manos de Maximiliano I, y esas mismas manos se unían ya para rezar ante la proximidad de la muerte. La salud del emperador llevaba tiempo pendiendo de un hilo, a causa de la gota y los cálculos, pero desde que sufrió un infarto, mucho más, y se decía que viajaba siempre acompañado de su ataúd, tan seguro estaba de que le restaban pocos días en este mundo.

Aunque el título de emperador no era hereditario, muchos, también en Portugal, veían en el nieto del emperador a su depositario natural; y ese nieto no era otro que Carlos. A la infanta portuguesa, ese porvenir imperial le resultaba irrenunciable. «O césar o nada», decía y se repetía a sí misma. Isabel no aspiraba a emperatriz por un deseo superfluo de pleitesías y riquezas. Sabía, como todos, que el Imperio constituía un honor, pero también una carga de gobierno difícil y no demasiado rentable. Más desahogados y con menos preocupaciones vivían el resto de reyes, con apenas un solo territorio del que ocuparse. Su ambición tenía más de novelesca y de osada: si alguien era capaz de asumir ese cometido, era ella.

Hacía dos años que Isabel había perdido a su madre, María de Aragón. Aún la lloraba, aunque siempre en la oscuridad de su cámara, porque si ambicionaba una virtud por encima de todas era la serenidad. María había sido una mujer dulce y complaciente y, como madre, sin tacha. Pero Isabel, aun amándola con devoción, no se reconocía en ella, en esa vida trazada por los demás. Si en su sangre nacía el origen de su carácter tenía que retrotraerse a su abuela, aquella de la que había tomado el nombre y la determinación: Isabel la Católica. Del relato de sus hazañas la joven siempre atesoraba una enseñanza: la vida no se evita obstáculos ni el que triunfa, ánimos para saltárselos.

Sorprendiéndose a sí mismo, Carlos no se guardó la noticia del embarazo de Germana ante sus consejeros. Con la misma despreocupación con la que lo había encajado lo hizo saber, y también así aguantó la reacción de Chièvres y Adriano, que olvidaron su tono mesurado para gritar y hacer aspavientos como madres deshonradas. «¡Un hijo! ¡Con la viuda de vuestro abuelo! ¡Escándalo!» Pocos meses atrás, Carlos se habría arrodillado a pedirles disculpas por su imprudencia. Pero desde que los desmanes de sus consejeros le habían puesto en apuros ante las Cortes Castellanas, la autoridad de estos ya no era dogma para él. A juzgar por los fallos de ellos, Carlos se sentía con permiso de gastar los suyos propios; y sus reproches, aunque tenían sentido, no le hacían cuestionarse del todo.

—Habréis resuelto dejar de verla —dijo Chièvres.

—He resuelto seguir haciéndolo —contestó Carlos, y en su tono no había descaro.

Al consejero le invadió la indignación.

—¡Resolvéis como un campesino! —bramó—. Solo quien nada puede perder se permite cegarse por las pasiones, que todo lo arrastran. Dejad que os recuerde quién sois: rey ahora, y candidato a emperador tan pronto como vuestro abuelo se rinda ante la fatalidad.

Carlos apenas reaccionó. Sus sentimientos por Germana eran un escudo en el que rebotaba cualquier argumento.

—Alteza —dijo Adriano con esa voz de tutor paciente que explica lo obvio a un alumno necio—, entiendo vuestra nobleza y que os duela desamparar a la dama en este trance. Mas bastará con una pensión digna y quizá un título. Ella se contentará sin duda, y vos podréis seguir adelante sin lucir esa tacha.

—No es cortesía lo que me mueve a seguir viéndola —respondió el rey.

—¿Vais a hablar de amor? —se burló Chièvres—. Vuestro destino es casar con quien convenga y retozar con quien sepa escabullirse con sigilo de vuestra alcoba. ¿Qué necesidad hay de sentimientos?

Adriano lanzó una mirada de reproche a Chièvres. Sabía que nada encendía más a un enamorado que la incomprensión de un cínico.

—España espera vuestro compromiso con la infanta Isabel —terció Adriano—. Y se me antoja lo más sensato para guardar la paz con Portugal mientras habéis de ocuparos de tantos dominios...

Carlos le interrumpió con aplomo.

—Permitidme que no acepte órdenes de matrimonio de mis vasallos, ni lecciones de rectitud de quienes han faltado a ella.

Dicho esto, el rey salió con paso tranquilo del consejo, sintiendo cómo las miradas de Chièvres y Adriano se lanzaban sobre su espalda cual latigazos. Los consejeros se quedaron petrificados, anulados por el peso de ese problema para el que su talento como estrategas servía de bien poco.

—¿Es que a todos los de su sangre el amor les nubla el juicio? —rabió Chièvres.

—Es varón. Donde dice amor es capricho.

—¿Qué más da lo que le mueva de veras, si él se engaña? No podemos presentarnos en las Cortes de Aragón con la viuda de Fernando preñada por su nieto —dijo Chièvres, y sintió un vahído—. Dios mío, siento que blasfemo ya solo con decirlo. ¡Algo podremos hacer para cortar esta insania!

Se hizo un silencio largo. No encontraban solución.

—Debíamos haber supuesto que este momento iba a llegar —concluyó Adriano—. Tanto nos hemos molestado en educar al gobernante, que se nos ha olvidado el hombre. Cuánto le convendrían ahora unos padres, de quienes tomase las censuras como mandatos.

Chièvres no pudo evitar una mueca socarrona.

—Llevémoslo a Tordesillas y que la reina Juana lo ilumine sobre el amor sensato.

—Olvidamos que tiene otra madre —dijo Adriano, y miró a Chièvres deseando que aceptase su idea, porque no restaba otra.

Margarita de Austria hubo de leer varias veces la misiva de Adriano para dar crédito a lo que en ella se contaba. Preguntó al mensajero si de veras ese mensaje había salido de la corte de Valladolid, y no de un teatro de comedias. Cuando tuvo certeza de la veracidad de la carta se sentó de inmediato a escribir la respuesta, pero era tanta su decepción por la insensatez de Carlos, tanta la rabia porque aquel al que había criado y educado actuase sin responsabilidad alguna, que le falló el pulso y no pudo más que manchar el papel antes de romperlo con ira.

Margarita se asomó a la ventana y distinguió a los hombres que trabajaban en la ampliación del palacio de Malinas, que duraba ya años y prometía seguir muchos más. Allí estaban, desde el amanecer hasta el ocaso, entregados cada día a su oficio, sin más ambición que esa, sabiendo que aquel edificio que estaban levantando albergaría a gentes tan poderosas, tan elevadas por encima de ellos, que ni se permitían envidiarlas. Margarita se los imaginó levantándose temprano, el mundo aún oscuro; se los figuró cogiendo fuerzas con alimentos humildes bajo la mirada de unas esposas cargadas de hijos, con las que se encontrarían de nuevo ya de noche, agotados ellos por la labor y ellas por la crianza, pero resignados ambos y dando a Dios gracias antes de dormir por su suerte, cualquiera que se inventasen que tenían. Y mientras, Carlos daba la espalda a la sensatez, el único precio que se le pedía por sus privilegios, por gozar de toda la gloria que el resto de los mortales jamás poseerían.

Cuando se hizo cargo de Carlos y de sus hermanas, el futuro rey solo contaba cuatro años. Margarita, con apenas veintiocho, había enviudado por segunda vez. La primera, cuando Juan de Aragón, hijo de Isabel y Fernando, falleció al poco de su enlace, había marcado su carácter, y más cuando a esa muerte le siguió la del hijo que esperaba, en el que había depositado la esperanza de que le consolase de su viudedad. La desgracia la había vuelto desconfiada de la suerte pero también indestructible, porque sabía que el mayor dolor de su vida había quedado atrás. Ambos rasgos sumados hicieron de ella una regente intachable cuando la muerte de su hermano Felipe en Castilla la obligó a asumir el gobierno de los Países Bajos. Responsabilizarse de sus sobrinos palió su maternidad frustrada, pero era demasiado consciente del destino que esperaba a esa familia como para excederse en cariño sin mostrarse también severa. Cuando atisbó que el carácter de Carlos parecía sensible y algo taciturno, se desvivió por fortalecerlo. Puso especial cuidado en evitar que los defectos de su hermano Felipe creciesen en él, sobre todo esa insensatez caprichosa que ni pedía permiso ni atendía a razones. Pero esa carta revelaba que toda educación valía de poco si una pasión se cruzaba en el camino de un hombre, y Margarita no solo atisbó en aquellas frases el problema presente, sino un aviso de torpezas futuras que había que frenar de inmediato.

Margarita le enseñó la misiva a Fernando. Al hermano de Carlos le bastó una sola lectura para sentirse escandalizado. El asunto tenía para él lo sombrío del incesto. Germana había sido para él un remedo de madre, e imaginársela complaciendo a Carlos en el lecho le resultaba aberrante. Se sentía también exiliado por segunda vez. Primero había sido apartado de su reino, y ahora los únicos vínculos afectivos con los que contaba se unían entre sí, ignorándolo del todo, gozosos, como si celebrasen su ausencia.

A pesar de su malestar, Fernando se dio cuenta entonces de que apenas había pensado en ellos dos desde que estaba en Flandes. No se había forzado a olvidarlos, ni rechazaba su recuerdo cuando surgía. La suya era una falta de nostalgia espontánea. Su realidad no estaba en España, sino en ese lugar donde anochecía algo antes pero que había sido con él más amable de lo que esperaba. A decir verdad, se habría tenido que proponer sentirse a disgusto en Malinas y no había tenido ganas de esforzarse. El cambio había significado para él un bautismo que le convirtió en algo que aún no sabía nombrar, pero que aceptaba. Incluso el espejo le devolvía a otro, más hombre, pobre en rencores.

—Según Adriano, de trascender, ese escándalo daría al traste con la fama de Carlos en el reino —dijo Margarita.

Fernando negó con la cabeza.

—Este asunto podrá enterrar su fama, pero esta ya estaba herida, y de gravedad. Por culpa de Chièvres.

Fernando le relató a Margarita los abusos del consejero y esta escuchó asintiendo, sin dudar de que fuesen ciertos. Chièvres siempre le había desagradado, pero mientras fuera tutor de Carlos en Malinas sus faltas habían sido tan medidas que nunca había contado con argumentos de peso para deponerlo. Aun así, siempre percibió en él una inteligencia vil, como la que reflejaba su mirada, demasiado impertérrita, sin conmociones que la humanizasen. El consejero, poco a poco, había ido apartando a Carlos de Margarita. La regencia de esta era tan exigente que en cierto modo ella agradeció que su responsabilidad con su sobrino fuera menguando; pero nunca se desentendió del todo, porque sabía que Carlos, si solo atendía a su consejero, podía perder el alma.

A Margarita le extrañó que Fernando, en los meses que llevaba ya en Flandes, no hubiese denunciado los desmanes del consejero.

—No sé aún cuál es mi papel en esta corte —replicó Fernando sin que sonase a reproche.

Margarita le sonrió. Cuando Carlos le comunicó que iba a recibir a Fernando, ella lo encajó como una carga de la que surgirían conflictos. Pocas virtudes podía tener quien había merecido que su propio hermano lo condenase al exilio. Pero Fernando se presentó en el palacio de Malinas con formas de caballero y una paz de espíritu impropia de un desterrado. Cuando hablaba de Carlos, cosa que hacía poco, jamás usaba mal tono, y pidió incluso que le enseñasen los libros con los que su hermano había estudiado de niño, que repasó con atención. Desde el primer día agradeció cada favor con otro y se mostró curioso ante las costumbres flamencas: el protocolo milimétrico, las fiestas continuas, las comidas, las gentes. Su aceptación estoica del destino que le había caído en gracia, siendo tan joven, hizo que Margarita no solo le tomase cariño, sino que le admirase.

—Confío en vuestra opinión —replicó Margarita—. En adelante, no os la guardéis para vos. Habladme de esa mujer, Germana de Foix. ¿La creéis capaz de enamorar a vuestro hermano, o tan solo de engañarlo?

Fernando buscó dentro de sí el juicio menos empañado por sus sentimientos.

—Es astuta, pero tiene corazón, y no busca dañar el de los otros.

Margarita asintió y, para sí, comenzó a buscar las palabras que dirigiría sobre este asunto a la única persona que creía capaz de solucionarlo.

—Decidme, ¿cómo se encuentra mi padre?

Mercurino Gattinara le hizo una reverencia a Margarita y le respondió con una mirada llena de resignación.

—Me temo que la sentencia del emperador está firmada. Lo único que podemos esperar es que se ejecute tarde.

De sus cincuenta y cuatro años, Gattinara había pasado los últimos dieciocho al servicio de Margarita. Como ella, no carecía de sensibilidad y erudición humanistas, pero tampoco era cándido y sí implacable cuando resultaba necesario, sin perder nunca, eso sí, sus formas elegantes ni su paciencia, que se tenía por infinita. De su calma dejó constancia al oír el relato de Margarita con respecto a los apuros de Carlos. En lugar de escandalizarse asintió en silencio, como si estuviera hecho a embarazos no deseados y consejeros que rapiñan un reino entero, y lo cierto era que no lo estaba.

—Adriano de Utrecht me pide que con unas líneas convenza a mi sobrino de que se desencante de esa mujer. Quizá podría hacerlo, pero son dos desencantos los que quiero para él, y esa tarea solo puedo confiársela al mejor de los míos. A quien tanto me dolerá perder en esta corte.

Margarita y Gattinara se dieron la mano, por primera vez tras tantos años juntos, y con ese gesto se agradecieron todo. Esa noche, tras la partida de su consejero, la regente rezó por su padre y pidió que la vida no se le escapase aún, porque quien, de haber fortuna, habría de sucederle, no parecía todavía digno de ello.

La salud de Maximiliano había convertido las cortes europeas en gabinetes de médicos pesimistas, porque todos hablaban de ella pero nadie confiaba en que mejorase. Las conversaciones sobre el emperador terminaban, si no empezaban, con apuestas sobre quién le sucedería. Habría de ser alguien con la dignidad suficiente para merecer el honor, pero también, y esto resultaba más determinante, capaz de gastarse una fortuna en el empeño. La carrera imperial se reducía a un camino de sobornos que acababa en el trono de Carlomagno, al que el elegido llegaba tan radiante como endeudado. Dado que el coste era tan alto, al afortunado le hacía falta una ambición poco cabal, un querer verse en ese pedestal cuyo precio era, en lo práctico, mucho mayor que su rendimiento.

Si alguien sumaba grandeza, capital y una avidez de gloria desatada era Francisco, el rey francés. No había apuesta que no le citase el primero. La riqueza de su reino era inmensa; su juventud, prometedora, y el título simbólico de Rey Cristianísimo que ostentaba, un aliciente, ya que el Imperio se definía por y para esa fe. La madre de Francisco, Luisa de Saboya, había alimentado el sueño imperial de su hijo dirigiéndose a él como «mi césar». De tanto responder a ese nombre desde la más tierna infancia, el Imperio y su nombre se habían fundido en la conciencia de este. El proceso de elección, de hecho, se le antojaba más ritual que necesario. Sin embargo, a medida que la desaparición de Maximiliano se acercaba, Francisco empezó a oír aquí y allá que Carlos podría competirle el título.

—Bromeáis.

—Es el heredero de Maximiliano, y hacerse con España le ha dado el brillo que necesitaba —le advirtió Montmorency, su consejero.

—Dicen que aún no se ha hecho con ellas, aunque las reine. ¿Qué necio elevaría a emperador a quien no sabe siquiera gobernar su feudo? —preguntó Francisco.

—No os lo discuto, alteza. Pero no estaría de más asegurarse ciertos apoyos, y hacer así de la confianza, certeza.

A Francisco le humillaba promocionar su candidatura, como si estuviese obligado a hacerlo, y solo cuando recibió el aviso de que el cardenal Wolsey le iba a hacer una visita pensó que podría aprovecharla para tratar la cuestión, sin haberse deshonrado él persiguiendo su apoyo.

El religioso inglés se presentó en la corte francesa con sus maneras algodonosas, las mismas que escondían los filos de navaja. Wolsey hablaba sin levantar mucho la voz, quizá porque con Enrique nunca había tenido que hacerlo para que le obedeciera. El rey inglés se confiaba a él ciegamente y todos en Europa sabían que para hacerse con la voluntad del monarca había que ganarse antes la del cardenal, y que este respondía solo ante el lucro. Esa avidez de Wolsey, que era el pecado de tantos, en él se achacaba a la humildad de sus orígenes. Que el hijo de un carnicero hubiese llegado a ser el hombre más influyente de Inglaterra había de tener un coste, y todos lo pagaban. Sin embargo, a pesar de haber hecho del medrar un arte, el cardenal vivía con la obsesión de llegar al papado, y con gusto se habría desprendido de sus riquezas para conseguirlo.

—Me presento ante vos como hombre de Dios —dijo Wolsey—. Es mi voluntad, y también la de Roma, sacar adelante un acuerdo entre los reyes cristianos que dé tanta paz a los nuestros como guerra al infiel. Inglaterra ya se ha comprometido a ello y espera teneros a su lado.

—Vuestra empresa es admirable —contestó Francisco.

—¿Entiendo que os sumaréis a ella?

Francisco hizo una mueca que Wolsey trató de descifrar sin éxito.

—Mi partido engrandecería esa propuesta vuestra, y se os tendría en gran consideración en Roma. ¡Promotor de la paz en Europa! Mérito suficiente para cumplir vuestras ambiciones. ¿Ayudaríais vos a cumplir las mías?

—El Imperio —adivinó el cardenal.

La ventaja de lidiar con hombres como Wolsey descansaba en que el chantaje les escandalizaba tan poco como ver ponerse el sol. El cardenal prometió mediar a favor de Francisco ante el Papa, cuya opinión contaría, y mucho, a la hora de elegir al sucesor de Maximiliano. Se despidieron satisfechos y alabando su misión pacificadora, aunque para ninguno de los dos ese fin significara más que un medio.

Cuando Wolsey volvió a Inglaterra y le contó a su rey sus éxitos diplomáticos, se cuidó mucho de que la competitividad natural de Enrique no se liberase. Midió cada palabra para explicarle por qué habrían de apoyar a Francisco cuando la lucha por el Imperio diese comienzo. Y no tuvo más remedio que esforzarse, pues Inglaterra y Francia aún no habían cicatrizado su guerra de los Cien Años, y todo inglés, incluido el rey, recelaban de lo galo como de un virus al que ya eran inmunes pero que, en su día, a punto estuvo de matarlos. Wolsey sabía, de todas formas, que los rencores históricos no eran el mayor problema, sino el carácter de Enrique, quien, si hubiese estado a su alcance, habría ordenado tirar los cielos para no quedar por debajo de nada. Que prestase su apoyo para que otro —¡y ese otro, un francés!— se convirtiese en emperador era una tarea complicada. Pero Wolsey le masticó los argumentos y el rey los acabó digiriendo. Preguntó, eso sí, por Carlos, su sobrino. ¿No sería lo natural apoyarlo si se presentaba candidato?

—Mi señor, las alianzas han de buscarse con quien amenaza; no con quien, por ser familia, nunca lo hará —replicó el cardenal.

—¿Promovéis un tratado de paz perpetua y me prevenís contra la guerra? —preguntó Enrique.

—Si he conseguido haceros creer que ese tratado resultará perpetuo, mi vanidad no cabe en esta isla. Me contentaría con que durante un lustro las armas permaneciesen caídas. No aspiro a cambiar la condición humana, y menos la de los reyes.

El rey de Inglaterra se contentó con esa réplica y dio por terminada la reunión. Saltó de su asiento como una centella. Se aburría con facilidad. Era de una energía incontenible, y si no la liberaba con el deporte o el sexo, se transformaba en una mecha encendida que se lanzaba de una cosa a otra. Notaba siempre dentro de sí un empuje sin rumbo claro, y que Wolsey tuviese la serenidad para mantener en raya los objetivos políticos era, sin duda, su salvación como gobernante. Su espíritu, sin embargo, resultaba más complejo que el de otros hombres de acción. Había sido educado con esmero y disfrutaba escribiendo poesía tanto como luchando cuerpo a cuerpo con sus amigos. Pero, a pesar de jugar con las palabras, nunca habría sabido cómo definirse a sí mismo. Era todo, aunque a ratos. Esa indefinición le llevaba a dudar de sus decisiones. Todas parecían válidas según el momento. Por esa razón, cuando su esposa Catalina puso el grito en el cielo al saber de su apoyo al francés, el rey titubeó.

—¡El heredero natural es mi sobrino! —se quejó Catalina.

—Un muchacho inexperto —replicó Enrique.

—¿Preferís todo el poder de un Imperio en manos de quien no lo es? ¿Cuánto tardará Francisco en lanzarse sobre Inglaterra cuando acumule tanto?

—¡Es justo por eso que quiero su alianza! —dijo el rey.

—El Imperio estará en sus manos durante décadas. Suerte si vuestra alianza dura un año, y no lo que todas.

Catalina estaba alterada, algo inusual en ella. Todo cuanto hacía o decía estaba tocado por la dignidad. Era virtuosa sin ser complaciente y firme sin ofender. Su ánimo solo se quebraba cuando se quedaba a solas y maldecía ese vientre que no le daba a Enrique un heredero, y que tan solo había fraguado a María, una niña adorada por todos pero que en nada servía a la obsesión del rey por perpetuar su linaje, el de los Tudor. Tanto daba la nobleza de sus orígenes, hija de los Católicos; y también su rango, el de reina. La esposa de un rey que no le diese varón valía menos que una mesera, porque fracasaba en lo único que realmente se le exigía. Y por mucho que su inteligencia, su carácter y su bondad fuesen admirados, para todos era, al fin y al cabo, una pobre inútil, por culpa de la cual la Corona de Inglaterra se enfrentaba aún a un futuro incierto. Catalina seguía confiando en que Dios le concediese un hijo, y le rezaba tanto que las infidelidades de Enrique le pasaban a veces desapercibidas, porque mientras él se desfogaba, ella, arrodillada, rogaba durante horas ante un Cristo que no le prometía nada.

La discusión sobre Francisco dejó meditabundos a ambos, aunque a cada uno por razones distintas. Ella revivió su infancia y la amenaza constante que Francia supuso en la corte de sus padres, Isabel y Fernando. Se recordó temiendo la guerra y casi pudo oír los gritos de su padre maldiciendo, como cada cierto tiempo, una nueva vileza de los galos. Desvelada, se levantó en mitad de la noche y escribió a Carlos.

Desde que discutieron por ello, Carlos y sus consejeros no habían vuelto a hablar del embarazo de Germana. Al no verse obligado a defenderla de sus ataques, el rey empezó a sosegar su sentimentalismo, y no tardó en notar que su postura no tenía sentido ninguno. Antes o después habría de aceptar un enlace que conviniese al reino y que le diese herederos. No cabía permanecer soltero ni casarse con alguien a quien solo le unía el amor. Pero ese discurso juicioso que estaba creciendo en él se echaba abajo en cuanto se encontraba con su amante, y la lógica era tragada por un roce de la piel o por un susurro que le erizaba el vello. Al volver de sus encuentros Carlos se sentía enamorado, pero también rabioso. ¿Qué veneno era ese que anulaba lo correcto? Se sentía preso, adicto, esclavo. Y entonces tomaba la determinación de no volver a verla, para proteger el sentido común. Durante días su voluntad apenas si dudaba. Pero de golpe le asaltaba un recuerdo de ella y esa misma noche la lógica volvía a perder la partida. Enfadado consigo mismo se imponía de nuevo la distancia, pero se trataba tan solo de una cuenta atrás hasta la recaída.

Llevaba más días de lo habitual evitándola cuando de Portugal llegó una misiva firmada por el rey Manuel, que, al corriente de la salud del emperador, manifestaba su voluntad de que el enlace entre Isabel y Carlos se negociase sin tardanza. La lucha por el Imperio pronto enfrascaría a Carlos y, antes o después, lo llevaría a Alemania. Debían aprovechar las circunstancias de que estaban próximos en la distancia para cerrar el acuerdo y celebrar el enlace. Aunque sus palabras rebosaban buenos sentimientos y la promesa de una dote astronómica, el rey portugués no se guardó una amenaza: de negarse al matrimonio o retrasarlo en demasía, su reino solicitaría que le fuese saldada la deuda que tenía con España. Perdonársela sería solo el regalo de un suegro emocionado.

El chantaje surtió efecto, y sumió a la corte de Carlos en la ansiedad. La Corona vivía ya ahorrando para el desembolso que supondría la carrera imperial y los gastos no se contemplaban, tanto menos los onerosos y los que se podían evitar. Lo que no sabía el rey portugués era que Carlos, ante las presiones, se rebelaba con facilidad. Si ya le contrariaba que todos hubiesen decidido por él con quién había de casarse, más aún que se le coaccionara a ello.

Lo cierto era que las preocupaciones le habían vuelto egoísta. Todos los demás parecían comparsas de una obra que versaba sobre su malestar. Carlos hubo de oír un llanto para que, un amanecer, saliese de sí mismo. El sonido le guió hasta una sala cercana, donde encontró a Leonor con la cabeza hundida entre sus manos y el cuerpo agitándose por la pena.

—Hermana.

Leonor levantó la cabeza. El abatimiento le hacía parecer mayor de lo que era.

—Dejadme volver a Flandes. Os lo ruego.

Carlos había creído que la nostalgia de su hermana por el conde Federico había cedido ya. Y su dolor le habría resultado incomprensible de no haber descubierto por él mismo cuánto esclavizaba el sentimiento.

—No dejaré que viajéis sola —dijo Carlos—. Las Cortes de Aragón serán mi último deber en estas tierras. Tan pronto como lo cumpla, volveremos.

—¡Será tarde! Si no regreso de inmediato, terminará de olvidarme.

—¿Acaso no os escribe? —preguntó Carlos.

Leonor respondió con lágrimas. Estaba indefensa, a expensas. Carlos rabió. Lo que habría dado por tener en sus manos un poder mágico, el de liberar a su hermana de esa sujeción. Pero ni siquiera era capaz de hacerlo consigo mismo.

—¿Qué amor resiste la distancia? —se preguntó Leonor en voz alta.

—El vuestro lo hace.

—Porque ya es tormento. Y este puede durar una vida entera.

La mirada de Leonor era la de quien más que futuro ve condena. Su hermano se la imaginó ya mayor, convertida en una de esas mujeres vaciadas por la nostalgia, de las que por dentro están siempre llorando. Carlos se dio cuenta de que el amor era el demonio, y que la misma rebeldía que sentía cuando se le imponía algo tenía que usarla contra él. De modo que si su hermana era incapaz de liberarse a sí misma, él lo haría por ella.

Entretanto, la carta de Catalina llegaba a la corte a la hora del atardecer, cuando el palacio empezaba a henchirse del aroma a carne asada y los sirvientes se apresuraban a iluminar las estancias. Carlos había mandado servir cerveza, un placer del que no abusaba, pues la única de que disponía en el reino, traída por él desde Flandes, estaba a punto de acabarse. Las palabras de su tía tornaron sus tragos más amargos de lo que ya eran. Cuando Chièvres entró en la sala y vio el gesto de Carlos, tomó la carta, a lo que el rey no se resistió.

—Contaba con que Francisco aspirase a emperador —dijo el rey—. Mas ¿que Inglaterra lo respalde? ¡Mi familia!

Chièvres hizo un gesto y al poco un sirviente le trajo una jarra rebosante de cerveza. El consejero la saboreó antes de hablar.

—¿Por qué os preocupa?

—¿Qué pregunta es esa? —dijo Carlos—. ¡El francés podría arrebatarme el Imperio!

—Seguiríais viviendo perfectamente sin ese honor. Creedme, la mayoría de los hombres así hacen.

Carlos no entendía la actitud de su consejero.

—¿Me animáis a renunciar a ello?

—Nunca haría tal cosa —respondió Chièvres—. Mas no veo en vos el impulso para lograrlo. Si lo tuvieseis, estaríais celebrando vuestro enlace con la infanta portuguesa, guardando su dote para sobornar a los Electores del Imperio, y lo que sobrase de ella para que Germana viviese con desahogo, y bien lejos.

—Tenéis razón, el precio de llegar a emperador es abusivo: obedeceros en todo.

—Preguntad a cualquiera y os aconsejará lo que yo —siguió el consejero—. Lo que os conviene es tan evidente que os tenéis que armar de orgullo para negarlo. Aunque dudo que seáis tan necio. Si os resistís es porque vuestros deseos son otros. Y habré de aceptarlo y contentarme con lo que a vos os contente.

El consejero apuró su cerveza y se retiró a su alcoba. Carlos se quedó digiriendo su cinismo y a pesar de ello preguntándose, por primera vez, si Germana no era tan solo una excusa para huir de un destino que no deseaba.

—¿Queréis ser candidato al Imperio?

Wolsey trató de que su horror sonase solo a extrañeza. Enrique asintió con una sonrisa desbordante, de iluminado. Las advertencias de Catalina contra Francisco habían hecho mella en él, y en un desafío a todo sentido, se había servido de sus ideas para verse dueño del Imperio. En realidad, solo el absurdo le llenaba de entusiasmo.

—Debería avergonzaros que la idea no haya salido de vos —dijo Enrique.

—Alteza...

¿Cómo explicarle a aquel a quien servía que prefería la gloria para un rival y no para él? ¿Cómo parecer leal y proteger al mismo tiempo su pacto con Francisco, que le quería Papa?

—El coste resultaría inmenso para vuestras arcas —siguió Wolsey.

—El de no aspirar a ello lo sería para mi espíritu.

Ahí está, pensó Wolsey, esa inseguridad infantil que hacía que el rey percibiera el mundo como un juego de pelota. Enrique reducía toda cuestión a un pulso, aunque en ganarlo hallara su ruina. Si el cardenal había desechado desde un principio la opción de que su rey fuese candidato al Imperio era porque le conocía a la perfección, y sabía que Enrique era demasiado pragmático como para endeudarse por un ideal que en realidad le era ajeno, y demasiado inglés como para desearlo de veras. Las ambiciones del monarca limitaban con el Mar del Norte y con el canal de la Mancha, pues solo Inglaterra le preocupaba realmente: engrandecerse dentro de ella y no fuera de sus límites. ¿A qué venía fingir que lo que hubiera más allá de esta le interesaba lo más mínimo?

—No es ese el único obstáculo —siguió Wolsey—. Un emperador inglés... ¡Es algo inconcebible!

—Querido Wolsey, si el mundo hubiese querido repetir sus errores hasta el infinito, ¿para qué me habría traído Dios a él?

Wolsey detectaba cuando Enrique era imposible de convencer, así que asintió. Tendría que romper la promesa hecha al francés y, con ello, Roma se alejaría de nuevo. El enfado le pidió estar solo el resto del día. Mientras cenaba en su cámara, el cardenal se preguntó qué habría sido de él, con su astucia, de haber servido a un rey sensato. Pero luego dudó que jamás hubiese existido alguno.

Si algo disfrutó Gattinara en su primer día en la corte de Carlos fue de la reacción de Chièvres al verlo. El consejero perdió el habla durante largo rato y cuando la recuperó para fingir simpatía no se mostró tan agudo como de costumbre. La nueva presencia le robaba energía, y más cuando intuía la razón por la que estaba allí. No cabían ambos en la corte, y siendo crudo consigo mismo tal y como era con los demás, Chièvres vio en aquella llegada el anuncio de su salida. Desde luego que ambos se conocían desde hacía tiempo. Se trataban con la amabilidad de los que nunca serán amigos pero lo aceptan. Chièvres consideraba que el humanismo del italiano constituía una debilidad pomposa. Gattinara tenía al tutor de Carlos por un hombre listo pero desnortado, porque carecía de principios. Si ambos hubiesen educado al rey al mismo tiempo, sin duda que hubiese resultado el gobernante perfecto, aunque no carente de contradicciones. Gattinara debía ahora bracear a contracorriente para reparar lo que el consejero había hecho de Carlos.

Al verse enfrente de alguien tan propio de la corte de su tía, el rey se sintió casi allí, arropado por ella y en el mundo que conocía. Le envolvió una agradable sensación de paz, y ya no pudo desunirla de Gattinara, con lo que este, sin esfuerzo, contó desde el principio con el beneplácito de Carlos, uno sentimental, que de todos es el más resistente.

Como Carlos estaba convencido de que el motivo de la presencia de Gattinara allí era reprenderlo, se lo llevó consigo a pasear a caballo para que la soledad animase al otro a cumplir su cometido. Los animales se dejaban montar, pero estaban inquietos pues el cielo estaba cargado de electricidad de tormenta.

—Hermosas tierras, alteza —dijo Gattinara contemplando desde su caballo el campo reverdecido por las lluvias.

—¿Cómo está mi abuelo? —preguntó Carlos.

—Habéis de estar preparado.

Carlos guardó silencio. Levantó la vista al cielo. Dibujada sobre las nubes, un águila volaba buscando presa. Qué poco esfuerzo se notaba en los movimientos del animal, pensó Carlos. No tenía más remedio que ser quien era. Ni una duda, ni una culpa. Qué crueldad la de Dios, castigando a los hombres con la libertad.

—¿Y si no lo estoy?

—Nadie lo está —respondió el italiano.

—¿Y si realmente no lo quiero?

Gattinara enarcó las cejas.

—Si nunca lo habéis querido, sea. Si es ahora que se acerca el momento cuando os disgusta la idea, solo se trata de miedo.

El caballo del rey pareció ofenderse en nombre de su amo y se agitó. Carlos lo tranquilizó. Sabía que Gattinara tenía razón.

—Un cobarde no merece tal honor.

—¿A qué llamáis cobardía? —preguntó Gattinara—. ¿A que os imponga gobernar un Imperio? Seguro estoy de que Carlomagno temblaba antes de las batallas, y que perdía el sueño cuando le faltaban soluciones.

—No os creo —dijo Carlos.

—Majestad, no hay héroes, solo hombres que a veces llevan a cabo acciones heroicas. No existe una estirpe de seres humanos hechos para la gloria, imperturbables y con valor imperecedero. Todos pertenecemos a la misma, la de los imperfectos, los asustadizos, los que dudan y yerran. Lo hermoso es que ese dechado de defectos que es el hombre sea capaz, con sus miserias, de engrandecerse con hazañas que le disfracen de dios.

Carlos no replicó. En las palabras del otro había belleza y verdad, y el rey quería asumirlas, pero no sabía cómo.

—Id siempre hacia lo que os inquiete —siguió Gattinara—. Significa que encierra un reto. Lo único que no asusta es lo que se domina; aquello de lo que nada se aprende ya.

—Me desvela lo que sería de mí, pero aún más qué le esperaría al Imperio si dudo al gobernarlo.

—Dudad, ¡dudad! —exclamó Gattinara—. Solo el necio no lo hace. El Imperio no es un título solo, es una idea, la que busca unir a los hombres bajo la justicia y la fe verdadera. Encarna el deseo de una monarquía universal que imponga el auténtico credo y la armonía entre los hombres. ¿Sois capaces de imaginar algo más hermoso y más fiel a la palabra de Cristo? Y nadie puede llevarlo a cabo como vos.

—¿Por qué? ¿En qué sobresalgo del resto? —Y Carlos lo preguntó con sinceridad, sin buscar el halago.

Gattinara detuvo la marcha para que sus ojos y los de Carlos se encontrasen.

—Porque vuestro carácter es humano, y sois tan joven que aprenderéis de todo y de todos. No parecéis sediento de violencia, y la ambición, está visto, no es lo que os mueve. Además, vuestros dominios son inmensos, en Europa y al otro lado del océano. Tenéis todo un mundo sobre el que llevar a cabo esta misión. ¿Queréis dejarla en manos de los otros, de hombres sin principios, ávidos de triunfo y de nada más? Si alguien puede personificar el sueño de Carlomagno, sois vos.

Gattinara tuvo la elegancia de no hablar de Germana, ni de la boda portuguesa. Sabía que el hombre, de natural, se rebela ante las órdenes, y que decide solo cuando cree hacerlo libremente, aunque haya sido predispuesto por otros. Carlos entendió la estrategia, pero no por ello dejó de actuar como esta predecía. Aceptar la aprensión que le hacía sentir el mando del Imperio le ayudó a sentirla menos. En su imaginación pudo ver incluso las manos temblorosas de Carlomagno cerrándose en un puño, rabiosas, y se vio capaz de hacer lo mismo. Pensó también en el futuro, y en su presente construyéndolo. Si lo que hoy se daba se perpetuase, el mañana no se presentaría demasiado glorioso. Aragón le negaría su favor a causa del asunto de la viuda del que fue su rey; Portugal, ofendida por la ausencia de boda, retiraría su oferta y exigiría lo que se le debía; el escándalo mancharía la fama de Carlos también en Europa, y la ruina haría imposible aspirar a emperador. La alternativa era ambiciosa, costosa en mil sentidos y habría de pagarse con pérdidas; pero abría un horizonte para él al que, por enorme que fuera su miedo, se sentía incapaz de renunciar.

El vientre de Germana se había abombado considerablemente desde la última vez que Carlos y ella se habían visto. Ahora se asemejaba a una montaña clara que a ella le gustaba mirar. Se había enamorado de la sensación de albergar una vida. Nada que hubiese sentido nunca se equiparaba a esa felicidad calmosa que le invadía por las mañanas, cuando al despertar no recordaba su estado y al hacerlo sonreía, llena de sentido vital. Se sentía también protegida frente a la adversidad; daba igual lo que pudiese ocurrir, no se derrumbaría. Por eso cuando Carlos anunció su llegada tras varias semanas de ausencia, y Germana adivinó que ese día sería el último, se apenó, pero su tristeza, como una pompa de jabón, ascendió para estallar y desaparecer.

Carlos guardó distancia para hablarle.

—Casaréis con el marqués de Brandemburgo, si os place.

Si meses atrás le hubiesen dicho que ese era su destino, lo habría celebrado. Lo único que había cambiado desde entonces, más allá de que ahora llevase un ser en sus entrañas, era que había acabado por querer a Carlos. Y sabía que esa emoción, aunque hermosa, no podía alterar del todo lo que esperaba de la vida. Tampoco pretendía convertirse en la perdición del rey. Él poseía una misión que ese romance no tenía derecho a arriesgar. No habría sabido vivir con la culpa que le habría causado truncar el destino de Carlos por algo que ni siquiera era un gran amor, sino un amor a secas, lo bastante bueno como para haberlo disfrutado más de lo debido, pero no tanto como para que mereciera trastocar los futuros de ambos.

—Me agrada ese destino, majestad.

Asintieron ambos. Poco más había que decir. Estaban orgullosos de su pragmatismo, que no carecía de mérito, pues aún se deseaban y se seguían añorando cuando no estaban juntos. Germana le hizo una reverencia: aceptaba que volviesen a ser extraños. Solo entonces, cuando ya habían dado su amor por perdido, sintieron nostalgia. Se sonrieron, pero en sus miradas se traslucía la pena.

—Bañaos conmigo. Tocad mi vientre. Sintámonos la piel por última vez —dijo Germana.

Y así hicieron. De nuevo en silencio, como en sus mejores días, el agua aislándolos de la realidad, sus pieles rozándose, la mano de Carlos sobre el vientre de ella, llegando a sentir la vida que había allí dentro, y que era, por primera vez, creación suya, una pequeña obra divina. Solo hubo felicidad en esas últimas horas juntos.

Cuando salió de la residencia de Germana, Carlos lloró como un niño.

El 12 de enero de 1519, en la ciudad imperial de Wels, el doctor Tannstetter, galeno y astrólogo de Maximiliano I, se extrañó cuando este no se presentó al almuerzo, en el que el médico pensaba lanzar buenos pronósticos sobre el efecto de Júpiter en la cuestión luterana y en los cálculos biliares del emperador. Acudió a la cámara imperial y anunció varias veces su entrada. Al no recibir respuesta, entró. Maximiliano I parecía dormido. Tannstetter lo tocó para despertarlo, pero dio un respingo porque había notado de inmediato el contacto con la muerte. El galeno se santiguó y, antes de dar a conocer la noticia, se permitió un momento para filosofar. Ese bloque de carne fría que tenía ante sí había sido, quizá, el hombre más poderoso de su tiempo. Esas manos que ya para nada servían habían ceñido la espada —aunque poco, decían algunos—; esos ojos habían devorado libros; esa boca había decretado bodas que habían cambiado el rumbo de Europa —como la de su hijo Felipe y Juana de Aragón—; su seso había aprendido seis idiomas y se había deleitado con la música; sus brazos se habían tensado en cazas y batallas. Y ahora lo habitaba el silencio, la nada; una alimaña podría entrar en la alcoba, subirse al lecho y devorar al gran hombre sin que este opusiese resistencia alguna. Tannstetter salió de la alcoba y se fue directo a la sala de consejo, donde los hombres del emperador callaron para atenderlo.

—Que toquen las campanas. El Imperio ha quedado huérfano.

Carlos llevaba varios días en Aragón cuando le llegó la noticia del fallecimiento de su abuelo. Las Cortes, que iban a tener lugar en Barcelona, comenzarían en breve. El monarca solo regía en Castilla aún, y los aragoneses recelaban de él más que los castellanos, pero buscarle una alternativa parecía demasiado laborioso, y más ahora que no se podía contar con su hermano Fernando para la causa. Se sucederían los debates y las exigencias y el rey tendría que ceder, con sinceridad o no, antes de ceñirse la corona del reino, pero en el fondo nadie dudaba de que así sería. La incertidumbre, y colosal, quedaba reservada para la cuestión del Imperio.

Se celebró una misa por el alma de Maximiliano. El rey y los suyos oraron por que el emperador fuese acogido por Dios, pero el recogimiento dio para mucho más que eso. Chièvres meditó sobre su decadencia en la corte, donde Gattinara señoreaba ya como canciller, una decisión de Carlos que arrasó al consejero por mucho que la esperase; Adriano y Gattinara, cuyos puestos no se veían amenazados, pensaron en las trabas que el rey iba a tener que vencer para ganarse el Imperio —los pagos, la diplomacia, los rivales sin escrúpulos, asegurar esa España que aún se resistía a entregarse del todo—, y Carlos, con los ojos en el Cristo del altar, sintió un vértigo feroz, pero también, por primera vez, la llamada de la grandeza, una forma de vigor que le trascendía y que convertía los problemas en pruebas y los miedos, en energía para superarlas. Sin duda que se trataba de una forma de estar que tenía poco de racional; la asunción de un destino que le haría mejor de lo que ahora era. A su lado estaba Leonor, y Carlos se dio cuenta de que rezaba entre lágrimas.

Acabada la misa se celebró un almuerzo, tras el cual el rey buscó la manera de quedarse a solas con su hermana. Leonor se alegró, estaba segura de que iba a recibir de su hermano el permiso para volver a Flandes, al fin.

—Voy a ofrecer vuestra mano al rey de los portugueses.

Leonor notó que perdía el color. El aire se le hizo irrespirable, como si de repente se hubiera tornado sólido.

—Ese enlace perdonaría nuestra deuda con su reino —siguió Carlos—, y os daría la dignidad que merecéis; la que da el trono.

El pecho de Leonor subía y bajaba cada vez más aprisa, y sus ojos, bien abiertos, permanecían clavados en el suelo, a sus pies, porque sentía que la tierra se abría bajo ellos. El rey Manuel era, ¿cuánto?, treinta años mayor que ella quizá. Un anciano desconocido. Dueño de un reino que no despertaba ningún interés en ella. Y aunque hubiese sido joven y con mil virtudes, su horror sería idéntico, porque cualquiera que no fuese el conde no tenía sentido en su vida.

—¡Amo a otro hombre! ¡Sois vos quien debéis casaros con su hija!

Pero el corazón de Carlos, tras separarse de Germana, estaba en duelo, y el rey no soportaba siquiera la visión de otra mujer.

No podía casarse con esa melancolía dentro, porque se convertiría en rabia hacia su esposa y, siendo ese el pilar de su vida juntos, solo podría hacerles infelices a ambos, para siempre. Sabía que tal decisión significaba que estaba dejando que eligieran sus sentimientos, y quería creer que ese no era el único motivo para negarse al enlace con Isabel. Se decía a sí mismo que someterse a la decisión de sus súbditos en un asunto de tanta importancia era impropio de su rango, y que debía marcar ante ellos su independencia de algún modo. Resolver el futuro de su hermana, apartarla forzosamente del desamor, como él se había visto obligado a hacer, y darle al tiempo el título de reina, era también motivación suficiente para que la solución fuese esa y no otra.

—Os odio —dijo Leonor, y no habló más.

Carlos no esperaba otra reacción. Dejó que su hermana se alejase llorando y él se quedó inmóvil, en silencio, asumiendo esa nueva culpa que se sumaba a otras tantas.

En la corte portuguesa el ofrecimiento de Carlos fue recibido con sorpresa y sentimientos ambiguos. A decir verdad, aliviar la viudedad del rey era del agrado de todos, incluido él mismo, pero esa boda tenía algo de consolación y de rechazo a Isabel. Esta, sin embargo, animó a su padre a aceptar a Leonor como esposa. El rey no necesitó más para dar el sí, pero le costaba entender que su hija encajase con despreocupación ver su ambición frustrada de tal guisa.

—Sé cuánto anhelabais desposar a Carlos.

Isabel sonrió a su padre. No había en ella rastro alguno de molestia.

—Esos anhelos no han cambiado un ápice. Tampoco aceptaré que no se conviertan en hechos. Solo si Dios me llevase a su lado, o si se lo llevase a él, renunciaría a ese destino. ¿Vivimos aún? Entonces solo queda esperar; porque lo que ha de ser, será.

Germana dio a luz a una niña. Como si aceptase al fantasma que la había acompañado durante su matrimonio con Fernando de Aragón y aún después, la llamó Isabel. En cuanto la tomó en sus brazos por primera vez y vio esos ojos que todavía no sabían mirar, esos rasgos mínimos y esa indefensión, se sintió más fuerte que nunca. Y la nostalgia que aún conservaba hacia Carlos se apagó, porque nada que él pudiese darle valdría más que lo que ya le había dado.

Quizá nadie entendiese nunca por qué se habían amado, pero para Germana ya no cabía duda alguna. Con Isabel en brazos se quedó dormida y, por primera vez en mucho tiempo, su sueño fue plácido y en él no había desierto alguno que recorrer.

4

Cientos de piedras preciosas; ocho placas de oro; perlas engarzadas; la imagen de Jesucristo y las de los reyes David, Salomón y Ezequías en sus laterales; una cruz en el frontal. Carlos había visto alguna vez la corona imperial en la cabeza de su abuelo Maximiliano y la recordaba de una tosquedad hermosa, como si no hubiesen existido coronas antes que esa ni las fuera a haber después. Decían que se había labrado seis siglos atrás, dos después de que Carlomagno fuese proclamado primer emperador del Sacro Imperio Germánico.

Para Carlos, la Historia constituía el territorio de la verdad. El siglo XVI era ansioso y desnortado, avanzaba sin freno; pero ¿hacia dónde? Y como en todas las épocas en las que el cambio resulta inminente, mientras unos hombres se lanzaban a lo desconocido y daban gracias por la revolución, otros, aquejados de vértigo, escépticos ante una novedad que bien podía revelarse vacua, buscaban la vuelta a un pasado que era más ideal que cierto. El emperador Maximiliano solía hablarle a su nieto de unos hombres de antaño que se guiaban siempre por el valor, la justicia y la fe; hombres incorruptibles, tan osados como humildes, y para los que no había excusa que les llevara a ignorar sus principios: los caballeros. Emularlos constituía la única esperanza para el porvenir, porque en ese ideal que representaban residía la esencia del hombre, su verdad. Solo de la nobleza, la fe en Cristo y el arrojo podía surgir la concordia universal. Cuando Carlos era niño recibía esas enseñanzas como un dogma fascinante, y le gustaba soñarse subido a lomos de un caballo, bajo una armadura medieval, en un entorno artúrico y con la mirada llena de brillo, dispuesto al sacrificio por lo que había de ser. Pero el tiempo, y también Chièvres, con su astucia sin principios, convirtieron esa aspiración en una utopía incompatible con la realidad, que pedía estrategia, egoísmo y desconfianza.

Solo cuando el Imperio se convirtió en un horizonte posible Carlos supo que aquellas palabras de Maximiliano no se habían perdido del todo en su memoria y que para él aún tenían el peso de la verdad. Llevaban esperando ser atendidas de nuevo, y el momento había llegado. Fue conversando con Gattinara como el ideal caballeresco había pasado de ser un recuerdo infantil a algo sólido. El caballero había de comprometerse por un bien mayor que él mismo, y ese bien era el Imperio. En ese territorio, tan vasto, esos valores podían volver a ser implantados, y el deber de asumir su mando encajaba con el sacrificio a Dios y la rectitud que le había inculcado su abuelo.

El italiano, una vez apartada Germana y denostado Chièvres, se concentró en concienciar al rey de la misión imperial que se le avecinaba. Y no lo hizo tomándolo solo como una obligación de canciller: Gattinara creía en la bondad de ese ideal, y justo por eso resultó convincente. Cada una de sus palabras parecía el ingrediente de un hechizo. A veces, después de hablar con él, Carlos se sentía ligero, algo más que un hombre, sin limitaciones ni angustias absurdas. Se sentía predestinado y lleno de certeza.

Pero no hay sueño de uno que no sea, de cumplirse, pesadilla de otro, y para España la perspectiva de que Carlos se convirtiese en emperador resultaba, como poco, inquietante.

A Juan de Padilla le gustaba recorrer los talleres de Toledo y oír las charlas de las gentes. A veces temía que sus opiniones sobre Carlos solo a él pertenecieran, y que a los demás, sobre todo a los que tenían demasiada tarea como para preocuparse por reyes y leyes, la cuestión no les atañese tanto. Pero lo cierto era que el soberano estaba en boca de todos, y nunca para nada bueno: Carlos había incumplido gran parte de lo acordado en las anteriores cortes; los flamencos seguían sin renunciar a sus privilegios; el matrimonio con la portuguesa se postergaba sin razón alguna... Y ahora, de repente, se dibujaba la ambición del Imperio, que amenazaba con desplumarlos para ser alcanzado y que les condenaría, de ganar él, a sus continuas ausencias. Castilla se reduciría a un reino subsidiario, gobernado por regentes y no monarcas, un título más en una lista infinita de ellos, abandonando la posición de eje y orgullo que fue antaño para Isabel y luego para Fernando.

Pero, a pesar de esa indignación compartida, Padilla notaba que las gentes asumían su sino. El poder real les era tan lejano que nada se veían haciendo para oponerse, como nada se hace contra Dios cuando arrasa las cosechas o se lleva a un hijo: lamento y noción de lo poco que se es frente a una autoridad mayor. Contra Carlos no cabía más que desahogarse un día tras otro, y rezar para que ganase sensatez y para que lo malo no se tornase peor. El hombre corriente, con el tiempo, había asumido que lo natural era someterse, daba igual si a un virtuoso o a un tirano.

A Padilla esta resignación le encendía. ¿Cómo tantos podían sentirse vencidos ante un solo hombre, solo porque este dispusiese de un título, por muy digno que fuese? Si los impuestos subían y el reino quedaba desamparado con los viajes del monarca, esa gente cargaría con las consecuencias. Pasarían hambre y verían decaer su negocio a causa del desgobierno. El rey no podía quedar tan lejos si sus decisiones caían de lleno sobre ellos. Padilla comenzó a elevar su mirada por encima de ese hábito de resignarse. Y sin saberlo, se puso en sintonía con aquella revolución que había nacido en Italia, donde se hablaba del individuo como el centro del mundo, como algo más que una parte del todo resignada a la fatalidad.

El caballero medieval habría de enfrentarse al hombre nuevo.

—Vuestro sobrino es demasiado joven.

—Es inexperto.

—¿Acaso se ha probado en batalla?

La serenidad de Margarita se iba rompiendo a medida que escuchaba a los Príncipes Electores. Apenas fallecido su padre, había viajado a Alemania para defender la candidatura de Carlos al Imperio, y justificarla significaba convencer al representante de Maguncia, al de Tréveris y al de Colonia, al Margrave de Brandeburgo y al rey de Bohemia, y también al conde Palatino del Rin de que un muchacho que ahora se las veía para dominar España era el mejor césar posible. Entretanto Carlos había escrito a los Electores para presentar su candidatura y vender sus virtudes, pero lo cierto era que, confinado como estaba en España, de donde no podía evadirse a causa de las Cortes de Aragón y las aún pendientes en Cataluña, todo se iba a dirimir al margen de su control. Si Maximiliano hubiese conseguido durante su mandato ser coronado por el Papa, ostentando así el título de Rey de Romanos, habría podido nombrar sucesor a su nieto, y la tortura de la elección habría sobrado. Pero la Historia consideró más divertido jugar durante meses con el destino de Europa.

Reunidos, se notaba un aire de disfrute en los Electores. Su tarea era solemne, pero ¿cómo no gozar viendo que unos y otros se rifaban su favor? Carlos había ido menguando en sus preferencias a cada pago que les había llegado desde Francia, pero no podía decirse que su sensibilidad a los sobornos fuese algo que ocultaran. Era sabido que no había voto que no tuviese precio, y que ni Carlomagno habría ganado su favor si contra él se hubiese presentado un generoso Midas.

El duque Federico de Sajonia, el único de los Electores que faltaba en la reunión, entró sin excusarse y animoso, con su vejez de mirada viva. Margarita se agarró a él como al único madero a la vista tras un naufragio.

—Os llaman El Sabio —le dijo Margarita—. Espero que deis muestra de ello y reprobéis tanto recelo hacia mi sobrino.

Federico de Sajonia tomó asiento y, luego, aire. Su barba poblada, ya canosa, bailó con sus resoplidos. Venía cansado. La universidad que había fundado en Wittenberg le robaba a veces demasiada energía, pero la daba por bien invertida. La erudición había sido siempre el eje de su vida y su orgullo era contagiarla a los otros. Y a ese empeño ahora se le sumaba el de defender a aquel fraile que enseñaba en sus aulas y que escandalizaba al Vaticano diciendo que era la Biblia y no Roma la que había de guiar al cristiano, y que en la relación de este con Dios no había autoridad humana que valiese. Como pensaba Carlos, herejes nunca habían faltado, pero Lutero no era solo Lutero: era él y sus circunstancias. La imprenta, recién inventada, favorecía que una palabra dicha por él fuese mil veces leída, y que sus ideas, marcadas sobre el papel, viajasen más allá de Wittenberg, y de la propia Alemania, incluso del Imperio. A este milagro prosaico se le añadía el ánimo del momento en aquellas tierras, hartas de soportar que Roma las sangrara a impuestos para levantar sus catedrales y para mantener su opulencia, nada cristiana. Federico de Sajonia no comulgaba con la revolución teológica de su protegido, era demasiado añoso como para replantearse su relación con Dios; pero las más que posibles consecuencias del luteranismo constituían la respuesta a todos sus deseos: llevaría a Alemania a independizarse del poder romano, dejando para los Príncipes, entre ellos a él mismo, la gestión de todo impuesto y quién sabe si también el patrimonio de la Iglesia. Bien valía defender a ese sacrílego si le ofrecía un paraíso político.

Fernando, que ocupaba un lugar discreto en la reunión, miró al de Sajonia con resquemor: ahí estaba el guardián del hereje eligiendo al defensor de la cristiandad. El hermano de Carlos tenía sentimientos encontrados sobre ese circo angustioso que era el proceso de elección imperial. Por un lado le calmaba vivirlo como mero espectador. Le habría resultado insufrible jugarse un título tan solemne al capricho de ese grupo de interesados. Pero, al tiempo, esa inquietud, ese sufrimiento por un logro por el que iba a pasar su hermano, le llevaba a sentirse cada vez más vacío. Pensaba en sus propias aspiraciones y no detectaba ninguna. Asumir el destierro le había hecho también desdibujar lo que anhelaba para sí. Ya no parecía tener el control sobre su existencia. ¿De qué serviría entonces aspirar, si dependía de otros el que lo obtuviera? Esa falta de miras resultaba por momentos tranquilizadora, le hacía disfrutar de los placeres cotidianos, perderse en ellos sin carga alguna, sin frustración. Pero cuando caía la noche, y en la corte de Malinas ya no quedaban músicos ni damas, ni podía uno cegarse con cerveza y charla liviana, Fernando se sentía decaído, como un autómata al que se le ha de dar cuerda para que parezca vivo durante unas horas, pero que no tiene dentro de sí voluntad alguna.

—Francisco se nos antoja el mal menor —dijo al fin Federico.

Los Príncipes asintieron como una sola voluntad.

—¿Y dejar el Imperio en manos de un francés? —preguntó incrédula Margarita—. ¡Carlos es alemán!

Y Habsburgo, se guardó de decir. El cetro imperial había pertenecido a su familia durante generaciones. Para Margarita el hecho de conservarlo significaba que podía dejar algún día este mundo sin la deshonra de haber permitido la decadencia de su linaje.

—El origen puede constituir valor o perjuicio. También es el hijo de una loca que fue nieta de loca —dijo el de Sajonia.

Fernando se revolvió con el comentario. Margarita cruzó con él una mirada apaciguadora, muy distinta a la que lanzó a Federico acto seguido.

—¿Ese argumento os ha llegado de Francia? Usar insidias para debilitar a Carlos solo muestra que no existe otro argumento contra él.

—Vuestro sobrino nada ha probado aún —dijo el de Maguncia—. Y la corona va también acompañada de la exigencia de defender nuestra fe con las armas. El francés tomó Milán nada más ser coronado, ¡y lo mismo hará contra el turco, que amenaza el Imperio desde el este!

—¿Os place su belicismo? —replicó Margarita—. Bien podría emplearlo para someter vuestro poder en Alemania. ¿No ha despojado del suyo al Borbón? Detesta la mínima autoridad de los demás.

El tono de Margarita había sido tajante, porque pensar en Francisco gobernando el Imperio la hacía temblar. Flandes quedaría a su merced, todas sus fronteras expuestas al dominio del galo. Pero, aunque alguno de los Príncipes acusó sus palabras y dejó la mirada colgada en el vacío tras escucharlas, ninguno asintió. Para colmo, el de Tréveris bostezó, contagiando al rey de Bohemia. Margarita se sentía como un reo que gasta palabras pidiendo clemencia cuando su sentencia de muerte ya está firmada.

—Sabed que la generosidad de Francisco será superada con creces por la de mi sobrino.

De golpe pareció que hubiesen abierto las ventanas en la sala, y que el aire del chantaje hubiera avivado a los Príncipes. El escepticismo se convirtió enseguida en una duda negociable, con oro. Esa promesa colocaba a Carlos en la lucha por la corona imperial. Y a Margarita en el aprieto de tener que cumplirla sin saber cómo.

Solo uno de los Electores recibió la invitación al soborno sin entusiasmo: Federico de Sajonia. Se asemejaba a un adulto en una reunión de críos antojadizos. Lo que el rey de Francia le hubiese prometido para ganar su voto parecía valer más que cualquier premio. Y como Margarita intuyera que era la protección de Lutero, no subió la apuesta. Para ella, el Imperio habría de ser ortodoxo en su cristianismo o no ser.

La espalda de Francisca de Foix se arqueó de placer para doblarse luego hacia delante, donde recibió el abrazo del rey de Francia, que tembló con ella. Tras la «pequeña muerte», Francisco apartó a su amante e hinchó su pecho.

—Imaginad sobre mí la más hermosa armadura que jamás se haya creado. Leonardo la ideará para mí. Para recibir con ella la corona en Aquisgrán.

El rey tenía ante sí el cuerpo desnudo de Francisca, pero, con la idea de su coronación en mente, este era tan solo una pantalla en la que proyectarse. Se veía tomando la espada de Carlomagno, el cetro y la vara imperial, para encaminarse de inmediato al trono, sentarse en él y, con el contacto de ese asiento ansiado por todos, sentir una descarga de fuerza que subiese hasta su mirada, la misma que posaría sobre los testigos del acto y luego alzaría a Dios, para darle gracias por su justicia.

—Pero hay rivales —dijo Francisca echándose a su lado en el lecho.

—¿Rivales? Hay candidatos tan solo. Ese imberbe de Carlos que sufre para gobernar un reino y al que nunca confiarían tal honor. Y el de Inglaterra...

A Francisco le había hervido la sangre al leer el relato de Wolsey donde lo ponía al corriente de que el rey inglés tenía la intención de entrar en la carrera imperial. El cardenal se disculpaba mil y una vez por el desvarío de su señor y prometía hacerle desistir. Tras leerla, Francisco echó la carta al fuego, pero, antes de que se hubiera consumido, rió. ¡Necio Enrique! Dos rivales incapaces eran mejor que uno, y tornarían más evidente su superioridad. Por competir en gastos con el inglés no debía preocuparse tampoco; se le tenía por ruin, nunca rozaría el tercio de lo ya otorgado por su persona.

Francisca vio cómo la sonrisa del rey se quedaba colgada en su rostro y pidió al cielo que ganase el Imperio porque, de no ser así, ese gesto se convertiría en la mueca de un loco.

Mientras su hijo retozaba con Francisca, Luisa de Saboya paseaba por los jardines de Amboise, que, a esas horas de la noche, eran de un gris azulado, como el escenario de una ensoñación poco invitadora. Contempló a sus pies las briznas de hierba y se preguntó si el dinero gastado por la Corona en agasajar a los Electores no sería ya tanto como para que pudiera cubrirse con él todo ese césped inmenso. Pero no cabía otra forma que el soborno y su esperanza en la victoria era casi absoluta. Casi. Por mucho que intentase no temer la derrota, una voz débil pero aguda, como la de un crío que llora a lo lejos, se dejaba oír en su interior, recordándole que el futuro era incierto siempre. Luisa exorcizaba ese temor advirtiendo a Francisco que no debían confiarse, pero la seguridad de su hijo era de un metal que lo repelía todo. Y ella había sido la herrera que la había forjado durante años. Jamás pensó, desde luego, que con sus ánimos fuese a construir un hombre carente de dudas, tan solo aspiraba a convertirlo en un valiente. Cierto que Carlos era mediocre, pero ¿y si eso jugase a su favor? Los Príncipes iban a elegir a aquel que iba a mandarles. ¿No preferirían un pelele a un firme emperador?

Con las dudas persiguiéndola como moscas Luisa se acercó al Loira, sobre cuya rivera estaba emplazado el castillo de Amboise. Las aguas corrían agitadas esa noche. Se veían negras, como carbonizadas. Luisa las miró con aprensión. Costaba creer que durante el día fuesen de color esmeralda y apeteciera nadar en ellas. En la oscuridad encogían el alma. Dio media vuelta y se encaminó al palacio, que, también bañado de oscuridad, parecía un monstruo vigilante. Entonces una ventana se iluminó. La silueta de Francisco se recortó en ella. Parecía sobrehumana, como la de un ogro de cuento. Luisa se emocionó. ¿Qué hacía dudando? Ese y no otro era el emperador.

Una vez que hubo sido jurado rey de Aragón, Carlos viajó a Barcelona para afrontar las Cortes Catalanas. El camino entre Zaragoza y su nuevo destino le resultó interminable. Maldecía el paso de los caballos, y al aire cuando golpeaba de frente y obligaba a aminorar la marcha. Su corazón llevaba días latiendo a un compás extraño y sentía frío sin razón. Se había tenido que confiar a los consejos de un galeno para ayudarse a dormir y la concentración le fallaba, como si su mente estuviese atravesada por una nube que no se dejase empujar por viento alguno. Ansiaba tener noticias del Imperio. Y estas le esperaban en Barcelona.

—Estoy perdido.

Carlos recibió como una sentencia la petición de su tía de que cubriese de oro a los Electores. Adriano, Chièvres y Gattinara lo acompañaban en un consejo de ambiente cargado.

—Contábamos con el desembolso, pero no con el desvarío del rey de Francia. ¡Qué necesidad, tal derroche! —dijo Gattinara.

—Ha exprimido su virtud, la riqueza, porque sabe que en ella no soy competidor para él. No le niego el genio —zanjó el rey.

Carlos sintió cómo la culpa le bajaba la mirada al suelo. Ese Francisco. Nunca había gastado demasiados pensamientos en él. Compartía la opinión del resto: el galo era valiente y, en definitiva, francés, con lo que de vanidad y halo implicaba ese hecho. Los dominios flamencos de Carlos, sus orígenes, le guardaban un vasallaje simbólico a Francia, por lo que el rey no sentía aquella rivalidad casi natural de los españoles hacia sus vecinos del norte, alimentada por las guerras del Rosellón y la Cerdaña que habían obsesionado a Fernando el Católico. Francisco era tan solo seis años mayor que Carlos, pero este, aun sin conocerlo, se lo representaba como lo que él todavía no era: un verdadero monarca, rebosante de voluntad, sin titubeos y con una muesca ya marcada para la historia de su país. A su lado se sentía inexperto y, sin duda, indolente. Había tomado decisiones importantes a lo largo de su vida, y sobre todo en los últimos tiempos, desde que había llegado a Castilla. Pero todas ellas habían servido tan solo para reaccionar a conflictos puntuales, como una planta que crece si recibe lluvia pero que depende de ese don externo para no languidecer. Lo cierto era que Carlos no sabía quién era. Se sentía apenas un testigo de sus propias acciones como si fueran de otros, sin entender bien qué le movía a acometerlas. A veces llegaba a tenerse por necio, por esa falta de suelo que sentía. Pero se equivocaba. Era un estar en ciernes mezclado con esa costumbre tan suya de rumiar cada decisión, cuyo resultado delineaba una personalidad líquida, mutante. El ideal de la monarquía universal en el que le había embebido Gattinara y el hecho de desempolvar la filosofía caballeresca de su abuelo podían servirle de guía. Creía en esa aspiración. ¿Sería entonces, cuando asumiera ese reto utópico, donde se encontrara a sí mismo o al menos se inventase una forma de ser que le sirviera?

—Solo hay una solución y la conocéis.

Chièvres hablaba cada vez menos en las reuniones del consejo, pero cuando lo hacía provocaba largos silencios. No pensaba asumir el hecho de haber sido arrinconado por Gattinara, pero tampoco tenía intención de humillarse por ello. Se conformaba con recordarles a todos que mientras se entretenían imaginando utopías, la realidad pedía abuso y él era el único en darse cuenta.

—Si alzo las cargas a los castellanos y aragoneses... —dijo Carlos, con aprensión.

—¿Les indignará? Por supuesto —replicó Chièvres—. Son humildes y van a tener que asfixiarse para que vos podáis sobornar a unos Príncipes y finalmente ceñiros una corona. ¡Claro que se irritarán! Mas ¿acaso existe otra opción?

Nadie replicó. Sin duda era el mal menor. Carlos asintió levemente, lo cual bastó para que Chièvres comenzase a redactar la orden de sangrar a los reinos.

Adriano no había abierto la boca durante todo el consejo, pero una vez terminado buscó quedarse a solas con el rey.

—Casad con la portuguesa —le dijo a Carlos—. En su dote tendríais una gran ayuda para financiar la elección, y calmaríais los ánimos que sin duda encenderán los nuevos impuestos.

—No es de mi voluntad ese enlace —contestó el rey.

—¿No seguiréis pensando en aquella dama?

En la corte se había instaurado esa forma a la hora de referirse a Germana. Cuando Carlos la oía se imaginaba a su antigua amante a gran distancia, una figura menuda en el horizonte, vestida de un blanco brillante; apenas un punto, pero luminoso, tan lleno de calor que, por lejos que estuviera, a él le alcanzaba.

—No.

Juan de Padilla aún dormitaba, tras una noche de pesadillas. María Pacheco, ya en pie y atareada, volvió al lecho para sentarse a horcajadas sobre él. Se agachó para anunciarle en un susurro que el rey había decretado empobrecerlos. A Padilla le costó entender, soñoliento como estaba.

—Despertemos a los castellanos —le dijo María.

Esa misma tarde el salón del matrimonio se quedaba pequeño para los muchos que se habían reunido en él. Los hombres abarrotaban también el pasillo, y hasta la entrada de la casa incluso. Padilla alzó la voz para que su enfado se contagiara a todos ellos.

—¿Por quién nos toma? —comenzó.

Eran hidalgos, comerciantes, religiosos y juristas, antiguos soldados y señores modestos. Estaban agitados, pero querían estarlo más. Castilla, como el resto de España, sufría desde antes de la llegada de Carlos debido a su economía dependiente en la que todo se importaba. Los precios llevaban años disparándose; ser español era caro y ahora, gracias al rey, iba a serlo aún más.

—Se sirve de este reino como tierra conquistada —siguió Padilla—. Y camino lleva de hacer lo mismo en Aragón. Primero fueron los cargos y ahora nuestros caudales. Dice que la imperial es una noble causa. ¡Que le llevará a desatendernos! ¡Nos obliga a financiar nuestro propio abandono!

María tomó entonces la palabra.

—Que lo de Castilla en Castilla se quede. Cada feudo ha de mirar por su destino. No nos arruinaremos para que pueda cumplir sus sueños.

Asintieron todos. Algunos cerraron los puños al hacerlo.

—Vuestras quejas son las de todos —dijo una voz entre los presentes—. Mas ¿qué proponéis?

—Convocar unas nuevas Cortes Castellanas —siguió María—. Poner a nuestro vasallaje la condición de que el rey se corrija. Si aspira a emperador, que no nos haga pagar por ello. Y si lo consigue, que se case para dejar regente y lo más pronto, heredero.

Todos emitieron un murmullo de asentimiento; pero la voz sin rostro se dejó oír de nuevo.

—¿Y si se niega a prestarse a esas condiciones?

Padilla no se había imaginado ese escenario con demasiado detalle. Le imponía hacerlo. Sabía que la rebelión, de no triunfar, conllevaría la muerte. Observó a los hombres que tenía ante sí. Había paseado a su lado tantas veces despreciándolos porque solo sabían quejarse. Si el rey no se prestase a esas condiciones corría el riesgo de volverse como ellos. Si era honesto consigo mismo, sabía que ni siquiera esos nuevos impuestos podían inquietar a su familia. Su suegro era el marqués de Mondéjar y conde de Tendilla; su propio cargo de capitán de la milicia toledana le daba para vivir sin apuro. Podía aprender a convivir con la resignación. Tenía un hijo. ¿Cómo iba a arriesgarse a dejarlo sin padre? Y quién sabía si también sin madre, porque María se mostraba más arrojada que él incluso, y sería imposible frenarla llegado el momento.

—Más le conviene no hacerlo.

Y Juan de Padilla se dio cuenta, por cómo recibieron los presentes sus palabras, de que se acababa de comprometer ante esos hombres a no ceder jamás ante el rey.

Mientras tanto, en Inglaterra, el cardenal Wolsey se dirigía con paso cansino a su reunión matutina con Enrique. Desde que al rey se le había ocurrido la absurda idea de presentarse candidato al Imperio, el canciller sobrellevaba una depresión política. No era tan necio como para no haber previsto que en algún momento Enrique tomaría alguna decisión contraria a la suya, pero ¿tenía que ser justo esa, que nunca llegaría a buen puerto y que a él le enemistaba con Francia? Wolsey no sabía ya qué argumento utilizar para hacerle desistir, y temía oponerse en exceso y que el rey le juzgase traidor. Aunque todos conocían el ímpetu de Enrique, Wolsey acababa de descubrir que no solo era capaz de tomar resoluciones grotescas, sino también de mantenerlas largamente en el tiempo.

Pero esa mañana Enrique no se encontraba en su despacho, sino cogiendo en brazos a un bebé soberbio. Al mirarlo y sentir su calor húmedo en las manos, al rey se le empañaron los ojos y solo acertó a decir:

—Enrique.

El rey felicitó a Isabel Blount por haberle dado ese hijo y la emocionó sobremanera cuando le dijo que se educaría como un príncipe y, por supuesto, lejos de las manos y del ingenio mediocre de una cortesana como ella. Luego, en una celebración entre amigos, Enrique se emborrachó para gloriar la llegada al mundo de su bastardo.

—Vos seréis su padrino —le dijo Enrique a Wolsey, y le besó en el carrillo.

El cardenal asintió. Estaba más eufórico que el propio padre. ¡Durante toda la fiesta Enrique no había dicho palabra sobre la carrera imperial! La obsesión por tener un varón le venía de muy lejos; ese nacimiento le había llevado a olvidar los caprichos nuevos.

—Catalina está podrida —siguió Enrique.

—No digáis tal. Muchas esposas tardan en dispensar el varón...

—¿Diez años? —preguntó el rey—. Su vientre solo da hembras, los hijos salen de ella muertos, asesinados por sus entrañas. Hay algo diabólico en ello.

—¡Alteza!

—A veces...

Enrique estaba bebido, pero tuvo el cuidado de frenarse. Wolsey prefirió no saber qué tenía en mente. ¿Quería convertir a ese bastardo en su heredero? ¿Apartar a la pequeña María de la sucesión? ¿O deseaba, incluso, matar a la reina?

El rey bebió con tal ansia que la cerveza le resbaló hasta el pecho. El líquido produjo efecto, y su ánimo se dejó de lobregueces. Sonrió como si de golpe fuese otro.

—¡Estoy bendecido, querido amigo! Primero un varón; luego, el Imperio.

El cardenal arguyó sentirse indispuesto y se retiró pronto, tapándose la boca con las manos y no para frenar el vómito, sino los insultos que se le disparaban hacia el rey. Renqueante, Wolsey se detuvo en los pasillos del palacio y se arañó las rodillas al arrodillarse para pedirle a Dios: «Señor, dame paciencia para soportar la carga de su ridícula obsesión», rezó para sí.

Pero Dios, generoso, en lugar de aguante le concedió una idea.

—Ayudadme a convencerle de que se retire de su empeño, y yo os ayudaré a vos a que vuestro lugar en la corte no peligre.

Catalina levantó la vista de su Biblia. Como la mayoría, de Wolsey solo esperaba intrigas que no tuviesen otro beneficiario que él.

—Soy la reina. No hay lugar menos amenazado que el mío.

—Cuando el rey tiene varón con otra mujer, todo cambia —dijo el cardenal.

Catalina bajó la vista. Trató con ansia de encontrar consuelo en las Escrituras. Pero apenas podía leer. Su mirada brincaba. Tenía tan poco derecho a exteriorizar su dolor por las infidelidades de su esposo y por ese hijo que acababa de nacer que su humillación estaba cristalizándose por dentro. Sentía incluso los cortes.

—Temo que si no le dais lo que desea, busque... soluciones —dijo Wolsey.

—¿Soluciones? ¡Que rabie cuanto quiera, que se entregue a las mil rameras que se le ofrecen cada noche, que me escupa al verme si en lugar de compadecer mi desgracia prefiere odiarme! Mas eso nada cambiará.

—¡Ahora tiene un hijo! —replicó el cardenal.

—¡Un bastardo!

—Mi señora, solo decís verdades. Mas vuestro esposo no parece sensible a lo cierto, solo a sus deseos.

Catalina se notó la respiración agitada.

—Pero ¿cómo podrían estos amenazarme? —preguntó la reina.

—No lo sé.

El tono del cardenal llenó de inquietud a Catalina. No atacaba con argumentos, sino con sensaciones, y eso resultaba inusual en él, hombre de maquiavelismos bien argumentados. La reina detectó en sus ojos la confusión y el temor del que no comprende a quien debería entender, y sintió aprensión.

—Os propongo comprometer a vuestra hija con vuestro sobrino Carlos. Unir a Inglaterra con España os resguardaría de cualquier argucia de Enrique, seríais intocable. Más aún si Carlos consiguiese el Imperio.

Catalina lo meditó.

—Es muy niña para él —contestó—. Ese enlace no podría celebrarse hasta dentro de unos años.

—Vuestro sobrino no parece ansioso por casarse. Es sabido que ha desdeñado a la hija del rey portugués. El compromiso, en sí, ya se tornaría refugio para vos y para vuestra hija. Os conviene si seguís sin darle a Enrique lo que desea.

—Me desprecia por ello, ¿no es cierto?

El silencio de Wolsey fue para ella la más cruel de las contestaciones.

—¿Qué habéis intentado para que Enrique se olvide del Imperio? —preguntó Catalina, resignada a ser aliada del cardenal.

—En su momento le ofrecí mil razones para desistir en su locura imperial. Pero lleva tiempo sin permitir que censure su idea. Habréis de ser vos. Puede que el rey maldiga vuestro vientre, pero nunca ha dejado de apreciar vuestra inteligencia.

Días después, Catalina se presentó radiante de felicidad ante su esposo. Le dijo que había negociado con los hombres más ricos de Inglaterra para que se convirtiesen en prestamistas de la Corona. Dado que esta tendría que vender todo su patrimonio para superar la oferta del rey francés a los Electores, esos créditos constituirían la única forma de supervivencia para Inglaterra. Ella misma había decidido vender sus joyas, lo cual él habría de imitar y, por supuesto, olvidarse de celebraciones y lujos durante al menos unos quince años, que era el tiempo que tardarían en pagar el adeudo.

—¡No me queréis emperador! ¿Sois más fiel a vuestro sobrino que a mí? —bramó Enrique, percatándose de la estrategia de su esposa.

—Soy la reina de Inglaterra, y el bien de esta es mi único interés.

—¿Y no reside en que quien la gobierna mande también en media Europa? —preguntó Enrique.

—¿Arruinado? ¿Sometido a los Príncipes? ¿Habiendo de cumplir la promesa hecha a Roma de defender cada ataque del infiel? ¿Tratando de controlar ese avispero de herejía que empieza a ser Alemania?

—Pero... ¡Se trata del Imperio!

—Sois demasiado astuto como para dejaros cegar por un título —argumentó Catalina—. Dejad que Francisco y mi sobrino rivalicen por esa causa. De esta terna saldrán enemigos. Y cada uno de ellos se desvivirá por encontrar aliados contra el otro. Vos, amor mío, seréis entonces el árbitro de Europa. Y nada os habrá costado haceros con ese título, que es la mayor promesa de beneficios e influencia a la que podéis aspirar.

Enrique dejó la charla desairado. Nada le irritaba más que una evidencia que no deseaba aceptar. Solo encontró una manera de que esa idea brillante le satisficiera.

—Mi querido Wolsey, seré algo infinitamente mejor que emperador. Dejad que os sorprenda con mi astucia.

Cuando el rey hubo acabado su discurso, el cardenal se deshizo en elogios a su inteligencia. Bendecida estaba Inglaterra con un gobernante como él.

Entretanto, Carlos recibió la noticia de que los castellanos deseaban celebrar otras Cortes para obligarle a echarse a atrás en sus peticiones de caudales. El rey no tenía refugio. De Flandes llegaban misivas de Margarita hablándole de los Fugger, unos banqueros alemanes que estaban dispuestos a concederle un crédito astronómico si él les daba garantía de devolución —y de sus intereses, disparatados—. Los Fugger, impacientes, amenazaban con entregarle a Francisco lo necesario para que Carlos no tuviese opción alguna al Imperio sin milagro que mediara.

—Decidme, majestad, ¿por qué os negáis a casar con la infanta de Portugal? —le preguntó Gattinara, en mitad de una cena—.

Su dote os salvaría del chantaje de los castellanos y el enlace les complacería, les haría ver que os plegáis a sus deseos de vez en cuando.

—Lo sé —dijo Carlos—. Pero algo me lo impide.

—¿Algo?

—El matrimonio obligado me aterra.

Gattinara no detectó en Carlos el gesto de un crápula y creyó entender.

—Lo ocurrido entre vuestros padres no es algo que suela darse. Las más de las veces los casados por conveniencia encuentran contento en su unión.

—Pero ¿y si no la amo? —preguntó Carlos.

—Con mujeres respetables, esa duda solo se despeja tras arrodillarse ante el altar. El amor es un fruto, no un germen. Surge con el tiempo, de la compañía y la resignación.

—No siempre es como decís. Otras veces se asemeja a un sentimiento que estalla.

—Habláis de la pasión entonces —matizó el italiano.

—¿Por qué no anhelarla para mí? Me despreciaría si me comportara como mi padre, frío y desleal. Quiero un amor que me ciegue, que mortifique mi carne cuando la tenga lejos. Quiero saberme mejor amándola que no haciéndolo.

«¿Qué estoy diciendo?», pensó Carlos. No sabía de dónde surgían esas ideas. Pero desde luego que era ese su deseo, y era él, tomando forma. Cualquier otro amor le parecía pobre. El que había sentido por Germana había sido cómplice y apasionado, pero no, no le valía, porque había sobrevivido a su pérdida, y aunque le asaltaba la nostalgia de vez en cuando, no parecía un tormento, no le arrasaba. ¿Por qué aspirar a la mayor grandeza de gobierno y resignarse a sentimientos vulgares?

—Anheláis la amada del caballero —dijo Gattinara, con cierta ternura.

Carlos se sintió pueril, pero asintió.

—Ese sentimiento nace del propio caballero, no de la dama —dijo Gattinara—. Vos se lo entregaréis sin duda a esa a la que desposéis. ¿Por qué esperar?

—Porque no me siento a la altura de ese amor aún —zanjó Carlos.

Gattinara intentó mostrarse comprensivo, pero lo cierto era que no entendía del todo al rey. Hacía cuarenta años que él se había enamorado de Andreetta y que había tomado la poco juiciosa decisión de casarse con ella siendo ambos casi críos. Aquello provocó un drama de riñas familiares que solo dejó de oír cuando se fugó con su amada, pero el italiano lo recordaba con ternura. Porque, al fin y al cabo, nadie era, y nada se puso en juego con esa locura. Para él, el amor y la sensatez del deber eran irreconciliables. Los relatos de reyes enamorados se le antojaban poco menos que fantásticos, idealizaciones de los cronistas. Y si la pasión tenía lugar no siempre resultaba una suerte, pues podía acabar en perdición, como la de la pobre Juana, una soberana que de tanto sentir, jamás pudo reinar.

Gattinara, sabiéndose osado, escribió a Flandes para dar su palabra de que convencería a Carlos para que desposara a Isabel de Portugal. Le frenaban, decía, unos ideales románticos que se irían desvaneciendo a medida que viese el Imperio escaparse de sus manos. La dote de la infanta se convertiría en el premio que los Príncipes necesitaban para decantarse por él. Margarita quiso creer a su antiguo consejero e informó a los Electores de los pagos por venir. Pero sus respuestas, aunque amables, fueron vagas. Ninguna garantía de voto para su sobrino, y aquí y allá, alabanzas al francés.

—¿Cuán grande ha sido su soborno? —inquirió Margarita al duque de Sajonia.

Federico la recibió en su residencia de Wittenberg, desde la que se oían las campanas de la iglesia en la que Lutero había clavado sus tesis unos años atrás. Tomaron asiento en la biblioteca del duque, tan rebosante de libros como ninguna otra en el Imperio.

—Reducís nuestra decisión al oro —concluyó el de Sajonia—. Y no es tal. Tres de los Electores son eclesiásticos. El de Tréveris, el de Colonia y el de Maguncia. Su voto será el que designe Roma.

—¿Y este es favorable al francés? Francisco no tardará en entrar en Italia tan pronto como el Imperio le engrandezca.

—Lo posible amedrenta menos que lo cierto —contestó el duque—. Vuestro sobrino heredó de su abuelo Fernando Nápoles y Sicilia. El Papa jamás dará poder a quien ya le rodea.

—¿Jamás?

—Mi señora, necesitaríais tanto oro para que esos Electores traicionasen la opinión del Pontífice que vuestro sobrino habría de casarse veinte veces para que tantas dotes les complacieran.

Margarita sintió que su sangre se helaba: el problema para que Carlos se alzase con la victoria era él mismo.

Cuando Fernando supo de la idea de Margarita la tomó por broma. ¿Él, emperador? ¿Qué sabía de esos dominios? «Aprenderéis pronto», replicó ella. ¿Aceptarían los súbditos a alguien educado en Castilla? «Pero Habsburgo. Más os admitirán a vos que a Francisco», le tranquilizó su tía. ¿Y Carlos, lo admitiría? Margarita contestó con una media sonrisa tensa que venía a decir: «No, pero habrá de hacerlo».

Fernando se encontró de golpe con la posibilidad de ser, a sus diecisiete años, el hombre más poderoso del continente, y aunque al principio la idea no le provocó más que risas, no tardó en verlo como un premio justo. Tantas habían sido sus renuncias que aquello tenía que ser una recompensa a la resignación con la que las había aceptado. Dios había probado su humildad, y como estaba al tanto del vacío que sentía ahora y de que alguien como él solo podría llenarlo con mando, le ofrecía una misión imperial. Entendió entonces que la falta de ambición que había sentido desde que le habían exiliado no se debía a cambio alguno en su persona: se había tratado de renuncia, un acallar sus deseos para que no le faltase el contento, una amnesia forzosa de lo que en realidad anhelaba. Se había matado por dentro para seguir viviendo, pues se le había educado para el mando y ese era el barro del que estaba hecho. Cualquier otra existencia, por lujosa que fuera, le convertiría en el actor de una obra que no se veía con ánimo de representar. Su esencia se había despertado con la idea de Margarita, y Fernando, aunque lleno de vértigo, se reconocía ahora en ese emperador en el que podía convertirse.

Muy lejos de allí, Francisco recorría animoso el pasadizo que unía el castillo de Amboise con el de Clos-Lucé. Leonardo le esperaba para enseñarle el diseño de su armadura imperial. El rey llevaba semanas imaginándose el fruto del genio, y aunque lo que se representaba era fabuloso, sabía que quedaría en nada frente a lo que Leonardo hubiese creado para él. Ese metal iba a representar lo más elevado del espíritu humano de la época: el talento del italiano y su propia ambición.

Al acceder a Clos-Lucé, el rey notó un silencio diferente al acostumbrado. El de Leonardo cuando trabajaba podía notarse, sus ideas parecían dejarse oír: un continuo runrún de su mente retándose. Francisco atravesó una sala tras otra, sin encontrarlo. Cuando solo le quedaba por mirar en la alcoba, se santiguó sin saber por qué. Entró. Leonardo da Vinci descansaba como solo lo hacen los muertos, con los ojos abiertos —como si la curiosidad por el mundo le hubiese durado hasta el último suspiro— y un gesto de estatua, la boca entreabierta con ganas de decir una palabra más. Uno de sus brazos caía marchito a un lado del lecho. El otro se había petrificado de tal modo que parecía dispuesto a seguir pintando. Francisco contempló a ese hombre al que hacía no tanto que había acogido bajo su mecenazgo, y vio en él a un padre. El suyo había fallecido cuando él solo tenía dos años. Su madre, Luisa, se había entregado tanto a su cuidado que nunca lo echó en falta. Pero al conocer a Leonardo sintió esa admiración sin fisuras del hijo obnubilado. Era el único hombre con el que disfrutaba sabiéndose inferior. Francisco se tumbó en el lecho y se abrazó a él.

—¿Fernando? ¿Mi tía quiere que mi hermano sea el emperador?

A Carlos le temblaban de rabia las manos mientras sostenía la misiva de su tía, quien había empleado infinito cuidado para que la propuesta no fuese tomada como una ofensa: si el poder de Carlos constituía el obstáculo y este era irrenunciable, la única manera de que el Imperio quedase en la familia era que Fernando, que nada gobernaba y no significaba, por lo tanto, amenaza alguna para el Papa, fuese el candidato.

Pero si Fernando se encontró a sí mismo en ese nuevo horizonte, Carlos hizo otro tanto al encajar la propuesta.

—¡Jamás! ¡Yo, yo, yo y no otro se sentará en ese trono!

La palidez del rey desapareció, y su piel se tornó rojiza, incendiada. Su voz era súbitamente la de un hombre, y en su mirada podía detectarse una determinación que no se le había conocido. Los consejeros asistieron sorprendidos a su arranque de furia, a esa mutación en la que la piel de niño se estaba cayendo al suelo para dejar a la vista al adulto en carne viva. Hasta él mismo se desconcertó. No sabía de dónde nacía esa rabia, pero era pura e irrefrenable: parte de su esencia. Y mientras blasfemaba y bramaba contra el atrevimiento de su tía, y vertía palabras de veneno contra su hermano, al que intuía vengándose así por el destierro, mientras toda esa agitación hacía que casi temblaran los muros de la sala del consejo, a Carlos le invadió el placer de saber al fin quién era, porque tenía claro, sin duda, aquello a lo que no estaba dispuesto a renunciar. La misión del Imperio se le había adherido hasta fundirse con él, y no dejaría que nadie se la arrebatase, ya fuese su hermano o cualquier otro hombre sobre la Tierra, porque sería lo mismo que quitarle el sentido que acababa de encontrar. Por fin un deseo propio. Un destino.

A Margarita le costó reconocer a su sobrino en la respuesta que recibió de él. Incluso su letra había cambiado. Ahora se notaba más firme, y el trazo de algunas de las letras resultaba afilado. No daba opción alguna a que Fernando tomara su lugar en la carrera imperial, y su tía, aun sabiendo del aprieto que se seguiría de su orden, se sintió conmovida por su determinación, digna de un futuro emperador.

—Hemos de obedecer su mandato, mi querido Fernando.

Margarita, que sabía leer el ánimo de los otros como si este hablase, acarició con ternura el cabello oscuro de Fernando, quien se desasió de ella aunque sabía que era injusto culparla y acto seguido, sin mediar palabra, salió a las calles de Malinas. Le angustió verse entre gentes de rasgos que aún después de meses le resultaban extraños, y de edificios que poco se asemejaban a los que había conocido al crecer. Se apresuró hasta un bosque cercano, porque los árboles eran árboles tanto en España como en Flandes. Caminó durante horas mientras sus pensamientos se enmarañaban, y solo cuando estaba ya agotado se dejó caer sobre la hierba salvaje, y allí permaneció hasta el anochecer, con la mirada en el breve claro que las copas de los árboles permitían entrever, de un azul brillante, similar al del paraíso, pero enseguida se sintió desdichado porque su ánimo no le permitía disfrutar de semejante belleza. No podía moverse, no le quedaban fuerzas. Por un momento pensó que debería permanecer allí, dejarse comer por las fieras, pues en la corte no parecía que le tocase un destino mejor que ese, el sacrificio por los demás. Sin embargo, en cuanto oyó el gruñido de una alimaña, el instinto lo obligó a levantarse de un brinco, y pudo oír la carrera del animal huyendo, asustado por su reacción.

No iba a dejarse comer. Tendría que renunciar a esa ambición, de nuevo, a favor de su hermano; pero algún día su vida sería lo que había de ser.

Carlos se permitió unos días para aceptar el matrimonio con Isabel. En realidad no había razón alguna para esperar. Era una tregua que tarde o temprano estaba condenada a romperse. No tenía ni siquiera el pálpito de que fuera a pasar lo que sucedió:

que en las Indias, el que fuera antes alcalde de Santiago, Hernán Cortés enfrascado en la exploración y conquista de unas nuevas tierras, quisiera ganarse el favor real para empequeñecer a su enemigo, Diego Velázquez, gobernador de La Española, antes amigo y ahora que Cortés había desatado su ambición, un fiero rival. Y la forma que ingenió el extremeño para lograr ese favor no fue otra que deshacerse de todas las riquezas obtenidas hasta entonces en su aventura, para desesperación de los hombres que le acompañaban en la expedición, y enviarlas a Castilla, como ofrenda al monarca. No sabía Cortés que si su gesto era interesado, mil veces más lo fue su consecuencia.

El oro y la plata se habían labrado con formas extravagantes. Había joyas con rostros temibles y otras dibujaban animales sin sentido. El tamaño de las piedras preciosas, algunas como puños, hacía dudar de que fuesen reales; pero lo eran. Se recibieron también lo que parecían adornos de esas tierras, con plumas de animales que en Europa no existían. El rey celebró que hubiese hombres que se atreviesen a esa aventura por él. Las Indias eran aún un interrogante. Cada año sus fronteras se ampliaban, no parecían tener fin. Carlos no sabía cómo representarse ese lugar, y por eso le costaba tenerlo en cuenta como hacía con el resto de sus dominios, que sí pisaba. Pero el envío de Cortés tenía visos de llevarle a ganar un Imperio, y le permitía posponer un matrimonio para el que no sentía que hubiese llegado el momento. Quizá, pensó, la más importante de sus posesiones era aquella que no visitaría jamás.

Si la posibilidad de que Fernando hubiese llegado al trono imperial en su lugar había hecho que Carlos tomara conciencia del destino que deseaba para sí, el cargamento llegado de las Indias le convenció de que Dios estaba de su lado. Su aspiración, humana, se tornaba ahora también sagrada. Ninguna otra cuestión le ocupaba el pensamiento. Las quejas de los castellanos y su exigencia de celebrar Cortes no le quitaban el sueño. Su mente, que solo quería pensar en el Imperio, zanjaba la amenaza haciendo que Carlos se viese saliendo airoso de aquella asamblea, como había ocurrido ya otras veces, en Castilla y en Aragón.

Sabría someter a su voluntad a los indignados. Ni siquiera despreciaba sus demandas; sencillamente, la idea imperial las cubría como un manto grueso y tan bello que no animaba a descubrir lo que tapaba.

Cuando Margarita hizo su entrada en la residencia de Jakob Fugger, entendió que los tiempos estaban cambiando. El palacio de Malinas se asemejaba a una mansión decadente comparada con ese inmenso edificio, que albergaba en su interior jardines y estanques, y cuya ostentación era grosera pero intimidatoria: quien allí entraba sabía enseguida que costaría conseguir algo de su propietario, porque nada necesitaba.

Una generación atrás, podía definirse a la familia Fugger como tan solo próspera. Pero desde que Jakob había tomado las riendas del negocio su enriquecimiento —una lección de usura—, había puesto a sus pies a reyes y a emperadores, a pontífices y a nobles, que recurrían a sus créditos, los más generosos, a sabiendas de que el banquero exprimiría el gesto con unos intereses crueles. El perdón no cabía en sus negociaciones. La deuda se cobraba en plata, en oro y, si hacía falta, en ciudades, minas y negocios. Fugger nunca perdía.

Margarita lo conocía bien, aunque hasta entonces no había visitado su residencia. Su padre, Maximiliano, que cargaba con deudas de sus antecesores en el Imperio, era además asiduo al derroche, y la bancarrota se convirtió en el estado natural durante su mandato. Todo un cielo abierto para Fugger, que con él multiplicó su riqueza y se convirtió en el primer burgués del Imperio en ser honrado con el título de conde. Mientras avanzaba por pasillos recargados de mármol y pinturas, Margarita recordó los insultos que en privado su padre le solía dedicar al banquero. Odiaba estar a merced de un vulgar comerciante, y odiaba aún más no contar con otra opción. Para Carlos, tampoco existía.

Al oír el relato de la llegada de oro desde las tierras indianas, a Jakob Fugger se le escapó un murmullo de placer. No había levantado su fortuna dándole la espalda a la novedad y al riesgo. Le gustaba arriesgar porque no fallaba al hacerlo. Hacía tiempo que invertía en los viajes marítimos portugueses de la ruta mediterránea. Cada moneda invertida en el negocio de especias se había transformado en cientos. Conocía el alma humana, o lo poco de ella que cabía en los otros prestamistas: nada temían más que la incertidumbre. Eran viejas que se desvelaban haciendo cuentas y les faltaba el aire ante una propuesta arriesgada. Ninguno se aventuraría a avalar a Carlos por las promesas de un territorio para ellos invisible. Por suerte, Dios le había construido sin miedo.

—Una mina —dijo Margarita—, como las que poseéis en Hungría y en Silesia. Pero de oro. Y toda ella en manos de mi sobrino. ¿Hay garantía mayor de que el crédito será devuelto?

—No en Francisco, os lo concedo.

Margarita percibió el aliento del triunfo.

—¿De cuánto querríais disponer? —preguntó Fugger tomando ya su pluma para hacer cuentas.

—De medio millón de florines.

La pluma del banquero ensució el papel con un manchurrón dramático.

—¡Por mucho menos superaríais los pagos de Francisco a los Príncipes! —exclamó Fugger.

—Que no quepa en los Electores la mínima duda.

Margarita se guardó de mencionar que el Papa no quería a su sobrino en el trono imperial, y que los Electores a quienes más pesaba su opinión solo podrían ignorarla con un soborno mareante. Sabía que Fugger financiaba al Vaticano y que no querría verse en problemas con el Pontífice.

—Confío en que vuestro padre dejara este mundo en paz con Dios. Porque conmigo, no lo hizo.

—Mi sobrino asumirá sus deudas. Ahora sabéis que podrá cumplir con ellas.

—Los intereses serán altos. Los propios de prestar a quien debe.

Margarita asintió mientras Fugger tomaba de nuevo la pluma. Tras meditar unos instantes, el banquero comenzó a llenar el papel con números. Su mano se movía veloz, como la de un iluminado en trance. Ella no acertaba a distinguir a la perfección aquello que anotaba, pero supo leerlo: se trataba del Imperio.

Tras la muerte de Leonardo da Vinci, Francisco se prometió que iría a visitar su tumba cada tarde. El genio había sido enterrado en la capilla de Saint-Hubert, a tan solo unos pasos del castillo de Amboise. Durante varios días, Francisco cumplió su promesa. El paseo hasta el templete le calmaba como un ejercicio espiritual. Dejaba atrás el bullicio de la corte y caminaba en silencio hasta el encuentro con la muerte, como habría de hacer algún día. Pero cuando el testamento de Leonardo se hubo leído, el rey dejó de homenajear sus restos. Esperaba que su mecenazgo y lo que él había creído una amistad como pocas le hubiesen hecho merecedor de algún detalle del italiano. Pero este legó todo —apuntes, bocetos, reflexiones escritas— a sus ayudantes. Francisco rabió. Por mucho servicio que hubiesen prestado al genio, ¿quiénes eran esos hombres para negarle su deseo? Vio que su sentido de la justicia no tenía eco siempre en la realidad y eso le generó una inquietud que una misiva de Federico de Sajonia transformó en pánico.

—¿Qué os ocurre? —preguntó su madre al encontrar a Francisco languideciendo en un diván, con gesto de demente.

Luisa no obtuvo respuesta. Se percató de que había jarrones rotos en el suelo y de que el cristal de uno de los ventanales de la estancia había sido resquebrajado. Vio entonces una carta en el suelo, la recogió y, aunque no quería leerla, identificó «oro indiano», «Fugger» y, al fin, «los Electores han decidido cambiar su voto a favor del Habsburgo». La letra de Federico de Sajonia era exquisita, lo cual resultaba insultante como soporte de semejante tragedia. Madre e hijo se miraron a los ojos. El silencio fue largo. Finalmente a Francisco le salió un hilo de voz de moribundo.

—Decidme que hay una forma, aunque sea solo una, de que no ocurra, y no descansaré hasta llevarla a cabo.

Luisa tardó unos cuantos días en dar con una idea que pudiese evitar la victoria de Carlos. Mientras, Francisco se obsesionó con él. Al oír su nombre se le secaba la boca, y notaba pinchazos cerca del corazón. Estaba gestando el odio que le acompañaría durante toda la vida.

—Renunciad al Imperio y apoyad la candidatura de Federico.

—¿Renunciar? ¡Os pedí solución! —rugió Francisco.

—En la pugna entre Carlos y vos solo el dinero cuenta, y él ya os ha derrotado. Federico es Príncipe alemán y Elector. ¡Es uno de los suyos! Le votarán, les dará garantía de independencia. Y de lealtad sincera al Imperio.

—¿Y qué gano con ello? —preguntó el rey, demasiado dolido para entender.

—Que con vuestro respaldo, Federico haga del Imperio el mejor aliado de Francia. Es solo un Príncipe. Que se le imponga la corona no quiere decir que vaya a ser suyo el mando. Él tan solo será el actor. Vuestra, la obra.

La mirada de Francisco se quedó vacía. Parecía un animal disecado que no entendía por qué el mundo seguía animado cuando él no.

—No quiero poder —dijo el rey—. No quiero influencia. Alemania nada me importa. Las riquezas no llenan mi espíritu. Me da igual gobernar a tres o a millones. No busco ser temido o amado. Ni ser el capitán que gane toda batalla. Ni el mejor amante en el lecho. Renuncio a competir con los sabios. No quiero nada, madre. No quiero nada más que sentarme en ese trono.

Luisa se abrazó a su hijo y le pidió perdón por haberle criado incapaz de asumir el fracaso.

Francisco solo se resignó a la idea de su madre cuando se dio cuenta de que empezaba a aborrecer a Carlos más de lo que se amaba a sí mismo. El dolor por la renuncia al Imperio, por esa amputación que iba a sufrir su amor propio, solo podía curarse con venganza. La decepción se presentaba como un lugar en el que Francisco no sabía habitar. El odio, sin embargo, le regalaba hermosas fantasías, en las que Carlos consumía el resto de sus días arruinado y sometido a revueltas en sus dominios, mientras él se enseñoreaba en el continente con su fiel duque de Sajonia, el medio para su fin.

Federico aceptó la propuesta por un solo motivo: él también quería evitar a toda costa que Carlos se hiciese con el Imperio. Un rey católico como el Habsburgo nunca respaldaría la independencia de Roma que proponía Lutero. Con él Alemania estaría condenada a seguir financiando los lujos vaticanos y obedeciendo el sentir político del Pontífice. Si él llegaba al trono, la soberanía de los principados podría acelerarse. La tarea se le antojaba agotadora, e intuía que le iba a mantener alejado de la paz de su biblioteca quizá hasta el día de su muerte, pero tenía en sus manos un gran cambio y no podía desaprovechar la ocasión de llevarlo a cabo. Escribió a los Electores para pedir su voto. Les recordó que ya estaban ahítos de sobornos y que ni Carlos ni Francisco se los reclamarían. Podían decidirse por quien más conviniera a Alemania, sin perder un florín. Luego, dijo a cada uno de ellos lo que sabía que quería escuchar. Los conocía bien. Y los libros le habían enseñado a persuadir como los sofistas. Mientras les escribía, su barba se levantó en una sonrisa de orgullo.

El 28 de junio, la ciudad de Frankfurt se despertó nerviosa. La brisa que había mitigado el calor durante los días anteriores descansó ese día, y a la inquietud se le sumó el sofoco. Los Electores llegaron a la iglesia de San Bartolomé con sus frentes húmedas por el sudor. Se sentaron en el coro y bromearon sin chispa, deseosos de poner fin a ese proceso agotador. Como era habitual, solo faltaba uno de ellos para comenzar la votación y no era otro que Federico de Sajonia. Pero esta vez el motivo que le ocupaba no era su universidad.

Era Jakob Fugger.

El duque se estaba terminando de acicalar para su gran día cuando el banquero irrumpió en su alcoba sin ceremonias, provocándole un susto que no fue a menos cuando descubrió quién era su visitante.

—Renunciad.

La mirada de Fugger era de las que anulan voluntades. Federico fingió que la orden le daba risa.

—Jamás. El Imperio necesita quien le guíe donde yo quiero llevarlo.

Fugger sonrió.

—Si os precisa, habréis de renunciar.

—¿Acaso me amenazáis? —preguntó Federico.

—He invertido medio millón de florines en el joven Habsburgo. Su triunfo es el mío. Además, no me sois conveniente. Roma es mi mejor socio y vos estáis deseando darle la espalda.

El tono de Fugger sonaba tajante hasta cortar el aire. Se asemejaba al de una divinidad dictando sus leyes.

—¿El futuro de Alemania se verá marcado por los deseos de un banquero? —preguntó el duque, lleno de impotencia.

Fugger respondió con un gesto mínimo en dirección al ventanal. Federico se asomó. A las puertas de su residencia había un pequeño ejército de mercenarios.

—Os acompañarán a la iglesia. Esperarán en la puerta mientras se lleva a cabo la votación. Según renunciéis o no, actuarán.

A Gattinara se le hizo un nudo en la garganta cuando tomó la carta. «Del Imperio», informó el mensajero. Buscó al rey. Le dijeron que se encontraba en los jardines de la residencia barcelonesa. Carlos, al tanto de la fecha de la votación, llevaba días angustiado al no conocer aún su resultado. Pasaba del optimismo al miedo treinta veces por jornada. Sus nervios estaban hartos. La incertidumbre le torturaba más que cualquier certeza. Por eso, al ver que su consejero se le acercaba con aire solemne, se lanzó a arrebatarle la misiva. La abrió de un solo golpe y dirigió una mirada a Gattinara antes de leerla. Sabía que recordaría ese momento como el de mayor gloria o fracaso de su vida entera.

Leyó.

Gloria.

En realidad la noticia no llegaba completa. Se le decía que había ganado un Imperio, desde luego. Pero nada contaba de que, debido a ello, en Francia, un hombre alto y coronado quería ahora verlo muerto. Ni informaba de que Federico de Sajonia se había jurado a sí mismo redoblar su apoyo a Lutero y agitar Alemania. Ni siquiera se le advertía de que, en Castilla, de la que el rey se había ido alejando en cuerpo y mente, ya nadie se conformaba con lamentarse por sus desmanes. La elección de Carlos pintaba a los castellanos un futuro que no querían para sí y, antes de soportarlo, estaban decididos a prender la llama.

5

Adriano de Utrecht avanzaba por las estancias del palacio como un soldado que esquivase flechas. Aquí y allá le salían al paso incontables sirvientes cargados con los cientos de baúles y fardos que el rey iba a llevarse consigo al Imperio. Nadie hablaba, pero el rumor de pasos rápidos y respiraciones fuertes de los criados se multiplicaba. El consejero alcanzó al fin la cámara de Carlos, y cuando se hubo adentrado, este le daba la espalda, clavado ante un ventanuco por el que se podía distinguir el diseño rayado en verdes y azules del horizonte coruñés. El rey desvió la mirada hacia Adriano por un segundo para, acto seguido, seguir con la vista en el exterior.

—Estoy deseando partir hacia el Imperio, y al tiempo sé que echaré en falta lo que aquí dejo —dijo Carlos.

—Es tan difícil amar esta tierra sin reservas como llegar a desdeñarla, majestad.

—Gobernaréis España durante mi ausencia.

El monarca estudió la reacción de Adriano. Fue, como esperaba, la de un hombre anciano y leal: sin afectaciones, la mirada agradecida y el gesto responsable.

—Apuraré los tres años que me han concedido las Cortes —anunció el rey—. ¿Tendréis ánimo para tanto?

—¿Lo tendrán los españoles? —se dijo Adriano en voz alta, con preocupación.

Una vez que hubo ganado el trono imperial, en una nube de

confianza y generosidad, Carlos accedió a celebrar las Cortes que solicitaban los castellanos. Necesitaba de su préstamo para financiar el viaje y la coronación, y también buscaba partir hacia el Imperio habiendo acallado antes las voces críticas. En los discursos de los consejeros del rey ante la asamblea reunida en Coruña se repitió la idea de que Castilla había de sentirse honrada por tener de gobernante al césar, y que los préstamos se verían ampliamente recompensados con la grandeza que su nuevo cargo iba a otorgar al reino. Lo cierto fue que apenas una débil mayoría concedió el crédito: su consentimiento había sido, y Carlos lo sabía, un espejismo de sumisión. Ni siquiera se habían presentado todos los procuradores del reino castellano. Faltaron los de Salamanca y los de Toledo, donde se decía que las algaradas empezaban a merecer otro nombre. La sensatez pedía que el viaje a Alemania fuese retrasado hasta que la situación estuviese controlada, pero Carlos ansiaba agachar la cabeza y notar el frío contacto de la corona de Carlomagno. Por otro lado, los súbditos del Imperio podían llegar a sentirse ofendidos si su nuevo césar retrasaba la asunción del mando. No quedaba otro remedio que dejar atrás Castilla y confiarse a Dios para que sedara aquellas tierras durante su ausencia.

Cuando, tras esa charla, Adriano supo de los poderes con los que iba a contar en su regencia, no le importó perturbar la despedida del rey, ya inminente, para mostrar su disgusto.

—Mucha confianza tenéis en mí. O demasiada poca.

El monarca guardó silencio por un momento. Si revelaba la causa de su decisión iba a dejar tras de sí a un regente desairado. Confiaba en Adriano igual que en el resto: nunca lo suficiente. El de Utrecht pensó que estaba pagando por los desmanes que, junto con Chièvres, habían cometido en sus primeros meses en Castilla.

—Si teméis que abuse del poder que me otorgáis, ¡descuidad!

—Descuidar es lo que evito —zanjó Carlos.

Apenas hubo el rey dejado atrás el palacio, Adriano sintió que las paredes que lo rodeaban le oprimían, como intuía que harían las convulsiones de un reino que había de controlar sin apenas margen para hacerlo.

En la cubierta del barco que se aproximaba a Flandes, Carlos notó bajo sus pies cómo la madera húmeda se hundía como arena de playa. A su alrededor, la escena le resultó familiar: el viento golpeando el casco del navío, las aves descendiendo sobre las aguas y, al fondo, la tierra verde a la que durante más tiempo había considerado su hogar. En un gesto imperceptible, se desabrochó dos botones para entregarse a ese frío que le traía un regusto a infancia. El contacto con la piel le estremeció. Se trataba del frío del pasado saludando a quien solo era ya futuro. Regresaba, pero para enseguida emprender el viaje en el que recogería el trono que el destino y el dinero de Jakob Fugger habían atesorado para él. Sin embargo, el júbilo le faltaba tanto como el calor. Había confiado en que la travesía le infundiese despreocupación, en que alejándose de Castilla lo hiciese también de sus amenazas, y que ni siquiera le turbase el rumor de que Inglaterra, Francia y Roma, asustadas por el poder que ahora él iba a concentrar, fuesen a aliarse en su contra. Desde luego que el mar debería haberlo aislado de tales angustias, pero a su pesar las acrecentó, y los vaivenes del barco parecían la manifestación de otros idénticos: los de su confianza.

Los hombres de cubierta empezaron a gritarse en mitad de un ritual en el que ruido y desorden seguían una estudiada mecánica. Se aproximaban al puerto.

Cuando desembarcó en Flandes, Carlos levantó la mirada, buscando a Dios. Pero todo lo que vio sobre su cabeza fue un cielo gris, como de ceniza. Eso volvió a recordarle que, a sus espaldas, Castilla estaba ardiendo.

Mientras Carlos volvía a su hogar, los gritos fueron llenando las calles de Toledo. La insurrección había dado comienzo días antes, cuando el pueblo frenó a aquellos que se dirigían a las Cortes Castellanas convocadas por el rey en Coruña. Al pasar frente a la catedral, los caballos en que iban Padilla y sus hombres se asustaron y el relinchar provocó el silencio de las gentes que intentaban detenerlos. Todo el mundo quedó congelado, preso de la importancia del momento. Padilla observó orgulloso a quienes le obstaculizaban el paso: se negaban a que sus representantes clavaran la rodilla frente al monarca. Sin duda que era un pueblo a la altura de su causa, pensó. Un pueblo tan valiente que parecía creado para formar un ejército de hombres de su envergadura. Padilla descabalgó y se unió a ellos. Se rodeó de gentes de todo pelaje, aunados por la rabia compartida. El reino no se reducía tan solo a un soberano y sus súbditos. Cada región tenía voluntad propia, aunque se reunieran todas bajo la misma corona. Eran las Comunidades, suma de almas más allá de un gobernador y sus sometidos. Se trataba de los miles de hombres que componían cada una de ellas, y que ahora que alzaban la voz se sorprendían de lo grave que esta sonaba. Eran los comuneros.

Primero obligaron a las autoridades de la ciudad a claudicar, y después, Padilla y sus hombres alzaron la vista, pues aún quedaba el último bastión del poder del monarca: el alcázar. Sin él, la gloria de la revuelta estaría incompleta. Los guardas que custodiaban la entrada ofrecieron menos resistencia de la esperada. Asustados ante la masa que corría a su encuentro arrojaron las armas al suelo, obedeciendo a su miedo y no a las órdenes recibidas. Pronto fueron engullidos por el gentío. Algunos les felicitaban por su decisión, rodeándoles con los brazos y besándoles en la frente; otros les escupían y rasgaban sus ropas, negándose a saber perdida la ocasión de derramar sangre.

En el interior, el corregidor tampoco opuso resistencia. Padilla entró en el salón y gritó en contra del rey. Sus hombres le vitorearon y continuaron los voceríos. Los avances de la revuelta se sucedían sin pausa. Padilla recordó la frustración que le había hecho sentir la pasividad de las gentes, y cómo de ella no quedaba ahora ni gota. No había sitio ya para la reflexión, esa que había contenido la ira. Sin duda había llegado el momento de la acción febril, del valor, de la espada.

Al poco, la revuelta se contagió por toda Castilla. Los gobernadores fueron cayendo a manos de los sublevados. No se escatimó crueldad con ellos. Algunos fueron colgados, otros pasados a espada. Para las gentes eran la personificación del rey, y obligarlos a claudicar constituía el punto de partida para que claudicase aquel. La burguesía y la baja nobleza fueron haciéndose con el control. Los que tomaban las armas cruzaban entre sí miradas cargadas de nervio. Sus ojos decían que era lo justo y se sabían valientes. Aunque los pueblos no solían rebelarse contra sus monarcas. Hacerlo significaba revertir una ley casi divina que llevaba acatándose desde que el mundo era mundo. No en vano, decían los consejeros del rey, había sido la Providencia la que había puesto a Carlos al frente del reino. Pero ni siquiera les amedrentaba cuestionar la voluntad de Dios: la suya pesaba más. El orgullo y la certeza de que la verdad estaba de su lado les estaba convirtiendo, se decían, en héroes.

Mientras en Castilla el futuro del monarca pendía de unas pocas luces débiles, en Malinas, desde los andamios del palacio, todo el mundo se detenía a mirar el paso de la comitiva real. Asomado a la ventana del carruaje, Carlos no dejaba de comparar el recuerdo del antiguo edificio con las reformas que se estaban llevando a cabo. No hacía tanto que había abandonado ese lugar y ya era otro.

Margarita de Austria salió a recibirle. Sus ojos brillaron como los de la esposa que recibe a un marido que ha sobrevivido a la guerra. No pudo reprimir acelerar el paso para ir a su encuentro. Tía y sobrino se fundieron en el abrazo que llevaban tiempo esperando. Hasta que no percibió el perfume de ese cuello y notó el roce de la piel nívea de Margarita, Carlos no sintió que, por fin, había vuelto a casa.

—Tenéis que contarme todo. He leído vuestras cartas una y otra vez, pero quiero escuchar todas las historias saliendo de vuestros labios —le dijo Margarita.

Carlos acarició el pelo de su tía imaginando que, a sus espaldas, Chièvres todavía maldecía el influjo que aquella mujer tenía sobre él.

—Habrá tiempo para ello mientras me ayudáis con los preparativos. Si es que no he de partir de nuevo hacia Castilla —contestó Carlos.

Margarita no preguntó por las razones que pudieran alejarle de Malinas antes de tiempo. Había conocido a aquel muchacho desde pequeño, y aunque ahora regresara convertido en inminente emperador, sabía que algo perturbaba la eterna calma en la que parecía vivir; una inquietud que iba más allá de que hubiera sido ella misma quien había propuesto a su hermano para gobernar el Imperio. A decir verdad, estaba de su lado. Le había bastado volver a ver su cara para saberlo con certeza. Detrás de ellos, enterrados en la bruma del pasado, quedarían los meses de arduas negociaciones, de estrategia y de política, de apellidos importantes y de promesas de riquezas. Por delante, solo faltaba investir a Carlos con la corona de Maximiliano y dejar que pasara a la Historia manteniendo el legado de su abuelo.

—¿Cómo ha sido la travesía, majestad?

Fernando había pasado desapercibido para el rey hasta ese instante, como un animal que se mimetizase con el entorno a la espera del momento para atacar a su presa.

Carlos tardó en responder. Estudió el semblante de su hermano: se asemejaba a una máscara de hierro que ocultaba quién sabía qué sentimientos. Había pensado en muchas cosas a bordo del barco, pero hacía tiempo que no reflexionaba en cómo iba a reaccionar frente a él y a lo que tenía por cierto que había sido un amago de traición.

—Dura —contestó Carlos—, pero encontrarme aquí hace que haya valido la pena. Solo espero que vos no echéis de menos Castilla.

—No la echo más de menos que oficiar algún poder, hermano —replicó Fernando. El combate había empezado antes de lo esperado—. Vos sois el legítimo rey —siguió Fernando—, pero no fui criado para mantenerme entre estos muros, recibiendo atenciones.

—Yo mismo crecí de esa guisa y recibí cuidados de estas gentes —dijo Carlos—. Lo que fue bueno para un rey, puede serlo para vos.

Un latigazo de furia azotó a Fernando.

—¿Por qué habríais de volver con premura a Castilla? —preguntó con mala fe.

Se hizo un silencio. Carlos apretó los dientes. Chièvres se adelantó entonces con una mueca de desprecio.

—Los españoles son desobedientes.

—¿Qué reclaman? —preguntó Margarita.

—Todo y nada —siguió Chièvres—. Empiezo a pensar que en el carácter de ese reino está la queja por sí misma, una deslealtad infantil…

—¡Absurdo! —le interrumpió Fernando—. Han demostrado fidelidad en incontables ocasiones. Lo hicieron con nuestros abuelos. Así recompensaron su buen gobierno.

Carlos acusó el dardo lo bastante como para poner fin a su mutismo.

—Si buscáis ofenderme, os perdono. La crítica es hábito de quien no tiene mando, y aún más de quien aspira a él sin conseguirlo.

Fernando estaba a punto de contestar cuando se fijó en Margarita, que asistía al duelo con la respiración agitada; entonces prefirió abandonar la sala. Por un momento nadie pronunció palabra, pero el silencio solo acrecentó la incomodidad.

—¿Y Gattinara? ¿No ha venido con vos? —preguntó Margarita.

Mercurino Gattinara besó el anillo del pescador, el mismo que se usaba para firmar las decisiones que por entonces podían provocar un cisma en la fe de Europa. León X, con la fatiga que le gobernaba el rostro desde primera hora de la mañana, invitó al piamontés a sentarse y descansar así del calor que inundaba la estancia.

El enviado de Carlos había llegado a Roma con el encargo de pedir el apoyo del Sumo Pontífice frente a las amenazantes alianzas que se gestaban entre Francia e Inglaterra; una intención de la que, con toda probabilidad, alguien ya se habría encargado de poner en su conocimiento. Tan pronto como tomaron asiento, León X se limpió el sudor de la frente y se esmeró en retrasar la conversación que el consejero había ido a buscar. Primero le habló de las obras de San Pedro y del arquitecto que se estaba haciendo cargo de ellas. Remarcó la impresionante construcción, que se alzaría como el más férreo bastión concebido para defender la Palabra de Dios. Sus muros, repetía con voz cansada, debían ser tan sólidos como lo era la propia Iglesia de Roma. Después hizo una pausa para volver a limpiarse el goteo que emanaba de los pliegues de su frente, y pasó a enumerar una a una las pinturas y tapices que seguía encargando para las estancias papales. Citó los nombres de todos y cada uno de los maestros que por allí habían desfilado, desde Rafael hasta ese joven Cellini que le había impresionado. A Gattinara la actitud del Pontífice empezaba a desesperarle. León X, una montaña de grasa y maneras suaves, sabía que nadie osaría interrumpirle y se recreaba en su actitud teatral, dejando que la impaciencia inundara a su interlocutor con tal de hacerle más débil. Solo cuando notó que los nervios empezaban a hacer mella en el rostro del consejero de Carlos, arrastró sus pies hasta el escritorio y, tras hacerse con una diminuta llave, la dirigió a un cajón cuya madera, al abrirse, se deslizó silenciosa. De él sacó un legajo.

—¿Cuál es vuestra opinión sobre las imprentas, hijo? ¿No estáis de acuerdo en que todas, sin excepción alguna, deben ser controladas por Roma?

—¿Pueden los ojos de Su Santidad llegar tan lejos? —contestó Gattinara, sin saber hacia dónde podía dirigirse la conversación.

—Deben alcanzar todos los rincones de la obra de Dios. En malas manos, esas máquinas se convierten en herramientas del maligno para extender sus blasfemias.

El Pontífice aclaró su voz antes de leer lo que rezaba el papel. Cuando posó su mirada en el texto sintió náuseas.

Es terrible ver que el señor supremo de la cristiandad viva de modo tan lujoso que no lo alcanza rey alguno. Se hace llamar santísimo y es más mundano que el mundo mismo. No sería extraño que Dios hiciese llover azufre y fuego infernal, y hundiese a Roma en el abismo, como en tiempos pasados hiciera con Sodoma y Gomorra. Ya que todo su ser, obra y actividad se dirigen contra lo establecido por Cristo, ¿no vendría a ser el Papa sino el Anticristo?

El silencio que siguió a la lectura provocó que las blasfemias retumbaran en la sala. Gattinara conocía el texto de Lutero, pero escucharlo de la voz del Pontífice y en el mismísimo Vaticano le causó escalofríos. Se santiguó.

—Un súbdito de aquel al que servís —dijo el Papa.

—Mi señor enferma con esas palabras tanto como vos.

—¿Qué haremos? ¿Empozoñarnos todos y que ese hereje nos entierre? Habéis de obligarle a que se retracte en público de esta inmundicia. La misericordia de Dios es infinita para con los endemoniados y por ello le he dado un plazo de sesenta días para arrepentirse. De no cumplir mi mandato, es mi deseo que el rey Carlos lo arreste y se asegure de que no vuelva a contaminar mente alguna.

Gattinara asintió convencido. Dadas las palabras de Lutero, la petición del Santo Padre se le antojó la mínima exigencia.

—El rey es fiel a Su Santidad. Cumplirá sin dudarlo. ¿Condenaréis vos las alianzas que surjan contra él, si acata con celo vuestras órdenes?

Las gotas de sudor del Papa resbalaron desde su frente hasta cegarlo. Las apartó con su antebrazo, y con aquel gesto, sus ropajes perdieron dignidad.

—No es de mi agrado que un hombre acumule tanto poder —contestó—, pero si vuestro señor cumple con Roma, Roma cumplirá con él.

León X le ofreció su mano a Gattinara, que volvió a besar el anillo, resbaladizo por el sudor. El enviado de Carlos salió del lugar a toda prisa, sin fijarse en las obras de arte a las que iba adelantando por los pasillos. Solo podía pensar en cómo conseguir que aquel fraile renunciara a los textos que le habían convertido en un héroe para los alemanes.

—Vuestro hermano no se propuso como candidato. Si algún rencor albergáis por ello, que sea hacia mí.

Carlos no quería hablar de la cuestión, pero no sabía mandar callar a su tía Margarita. La cena que compartían estaba condenada a perder su sabor.

—Me fuisteis desleal —acusó el rey.

—¡Algo había que hacer para que el Imperio no cayera en manos ajenas! De haber perdido la elección, ¿no os habría complacido ver a Fernando en el trono imperial, en lugar de a Francisco? —No hubo respuesta—. Por Dios, Carlos, ¡es vuestro hermano! —se arreboló Margarita.

—Y ya habéis visto que no me trata como tal. ¿Por qué habría de hacerlo yo?

Carlos se llevó un trozo de carne a la boca. Lo tragó sin apenas masticar, con ansia.

—Os conozco —dijo Margarita—. Si os han dolido sus palabras es porque vos mismo dudáis de lo hecho en Castilla.

La carne se atravesó en la garganta del emperador como un tronco en el camino. La bajó con un sorbo largo de cerveza, mientras pensaba qué contestar a esa verdad.

Carlos alineó la hilera de engranajes sobre la mesa y los limpió con esmero. Formaban parte de un reloj que le había obsesionado desde que podía recordar. Un noble inglés se lo había regalado a su bisabuelo, Carlos I de Borgoña. A lo largo de su vida en Flandes, se había sentado frente a él durante horas, acompañado de su tictac cuando necesitaba pensar con tranquilidad. En el interior de esa caja, las piezas coexistían en un mundo en el que todas gozaban de un orden y una función. Todo, en ese interior, era lo opuesto a sus preocupaciones. Aquella obra de arte siempre le había infundido paz cuando la buscaba.

Perdió la mirada en uno de los péndulos y observó su propio reflejo. Pensó en el día de la coronación y percibió el frío del miedo recorriéndole el cuerpo. Intentó recuperar la concentración en las partes que componían el reloj, pero ya no pudo. Quizá, después de todos los esfuerzos y del dinero gastado, aquello no fuera más que el preludio de su derrota: la que podría sufrir en España y en la guerra que tal vez le declarasen ingleses y franceses. Le desvelaba que el mundo conspirase contra él. Y cada vez que intentaba alejarse de ese pensamiento, recordaba que Castilla, presa de la insurrección, quería convertirlo en un mal recuerdo. Alguien llamó a la puerta.

Gattinara entró con las noticias de Roma. Chièvres venía tras él, ansioso por no quedarse al margen de los hechos. Lejos de añadir más preocupación a los sinsabores del monarca, la condición del Papa sirvió para sacar al rey de su ansiedad. Sabía cuál era la única forma de conseguir lo que León X pedía a cambio de su apoyo. Aún no se había cumplido el plazo dado para que Lutero renegara de sus escritos, pero todos sospechaban que no se retractaría si una fuerza diferente a Roma no se lo pedía, pues el rebelde se veía a sí mismo como a un libertador frente a la rapacidad eclesial. La solución pasaba por la Universidad de Wittenberg, es decir, por Federico de Sajonia.

—¿Y si el de Sajonia no cumple con su obligación? —preguntó Gattinara, ante el asombro de Carlos y Chièvres.

—¿Acaso sugerís que el poder del emperador no es tal como para que se acaten sus órdenes? —dijo Chièvres.

—No cuestiono la autoridad imperial, sino la obediencia de quien ve en el fraile algo más que un provocador. De triunfar, las ideas de Lutero harían que el dinero de Roma desembocase a los príncipes alemanes, Federico entre ellos.

Carlos perdió la mirada sobre la mesa, buscando una solución al problema, pero solo pudo ver una fila de engranajes.

—No podéis flaquear en esta cuestión. No delante de Roma y de los Príncipes. Federico de Sajonia seguirá vuestras órdenes.

Y si ese agustino endemoniado no entra en razón, será el primero en arrestarle y exhibirlo como un hereje. No dudéis de la potestad que Dios va a concederos.

Acto seguido, el rey pidió quedarse a solas. A decir verdad, se trataba de lo que más deseaba desde que llegara a Flandes y empezara a recordar su infancia. De modo que intentó seguir concentrándose en el reloj de su bisabuelo y posponer cualquier decisión, pero notaba su cuello cargado y un incesante hormigueo en las muñecas, como si esas partes del cuerpo cargaran con los problemas de los territorios. Carlos se dijo que, de una vez por todas, tenía que doblegar esa agitación suya, pues no era más que un árbol maligno que estaba germinando en su interior y cuya semilla había sido plantada por los malentendidos con los castellanos. Recordó la sensación que le había invadido cuando se supo elegido emperador, esa fortaleza que le hizo verse capaz de todo. Ese y no otro era su nuevo ser. Se lo demostraría al mundo. Al día siguiente ordenaría que Federico de Sajonia se encargara de Martín Lutero.

Por fin pudo concentrarse en el mecanismo del reloj como cuando era un niño.

Mientras tanto, los comuneros se repartían bajo los árboles, protegiéndose del fuerte aguacero. Ese era el lugar de encuentro acordado, si bien nadie se había presentado aún para darles noticias. Un relámpago iluminó el cielo. Durante unos segundos, pudo verse con claridad la fila de hombres armados, ocultos en la noche, con sus armas brillando bajo las copas de los árboles encharcados de lluvia. Valladolid era todavía la ciudad castellana de mayor fidelidad a la corona de Carlos, pero Padilla y sus hombres habían conseguido penetrar en sus proximidades con un objetivo que podía, por sí solo, derrocar al rey.

—Hace horas que debía de estar aquí. Tiene que haber sido descubierto —dijo María Pacheco con el rostro cubierto de agua.

—La tormenta puede haberle retrasado. Tengamos paciencia, mujer —contestó Padilla, desoyendo sus propios nervios.

María sabía que para su triunfo no bastaba con levantar gentíos. Por eso había convencido a los suyos de que lo mejor era dirigirse hacia la ciudad que, tras un telón de lluvia, podía distinguirse a lo lejos: Tordesillas. La revuelta tendría en la reina Juana su atajo. Ella constituiría el símbolo perfecto en torno al que congregar a todos los castellanos contra su hijo. Con apenas mentarla, se recordarían las historias de sus padres y abuelos, y el pueblo se vería obligado a pensar en una Castilla que no temía el poder de los extranjeros.

Padilla vio acercarse una sombra. A la voz de «¿Quién va?» le dio el alto. Se trataba del espía al que habían enviado a la villa días antes.

—Duplicamos en número a los Monteros, señor —dijo el hombre entre dientes, que castañeaban por el frío; iba empapado.

—Entonces entraremos por dos flancos —se apresuró a decir Padilla, volviéndose después para explicar a sus hombres las rutas a seguir.

Los comuneros se pusieron en marcha, rodeando Tordesillas y avanzando sin demora, alentados por la gloria que les esperaba bajo la tormenta. Dos horas después, el zumbido de las lanzas y las teas inundó la negrura en que se sumergía la ciudad. El reducido destacamento de Monteros de Espinosa, que la Corona había destinado allí casi a modo de mero testimonio, no parecía rival para los insurrectos; caían emboscados con facilidad o huían presos del pánico. Si en ese momento la infanta Catalina hubiese descubierto el río que anhelaba conocer se hubiese encontrado con un Duero cubierto de rojo.

Desde la retaguardia, María Pacheco no divisó sangre alguna, solamente el griterío lejano que daba testimonio de la batalla. Alaridos mezclados con los truenos y el golpeteo de la lluvia.

La noticia de la victoria llegó antes de lo esperado. María y los hombres que la protegían se encaminaron hacia la ciudad. En mitad de la noche, cientos de ojos detrás de las ventanas observaron su entrada en las calles, temerosos de esas figuras que, durante unas horas, habían teñido el lugar con la muerte de los miembros de la Guardia de Cámara.

—¡Guerra, alteza, guerra!

Los sirvientes del palacio de Tordesillas llenaron la oscuridad del lugar con gritos de pánico. Se buscó protección con cerrojos y rezos. Juana reaccionó a la alarma del mismo modo que al resto de las cosas, como si un muro de indiferencia la separara del mundo y no la dejase sentir más que a sí misma. La vida era para ella una inercia sin rumbo desde hacía años, y ninguna amenaza le resultaba lo suficientemente terrible, pues no tenía felicidad que perder. Tan solo cuando las criadas dijeron temer que fuesen los turcos quienes habían tomado la ciudad, Juana buscó a su hija y le ordenó que se protegiera con un cuchillo.

Catalina temblaba de miedo, pero también a causa de una excitación agradable: la de ver que la tumba que era el palacio de Tordesillas por una vez mostraba vida.

Las puertas cedieron ante la entrada de la horda que encabezaban Padilla y su esposa. Los sirvientes se aliviaron al oír que los asaltantes hablaban en castellano, pero seguían temiendo por sus vidas, incluso cuando se les dijo que no tenían por qué hacerlo. Nada hicieron para evitar que los comuneros llegaran hasta la estancia de la reina; si no era su muerte sino la de la Loca lo que esa cuadrilla buscaba, bienvenida sería.

Al encontrarse frente a la reina los asaltantes se unieron en una reverencia. Juana era todo desconcierto.

—Me habían dicho que erais turcos asaltando la ciudad —dijo.

—Somos súbditos vuestros, alteza.

—¿Qué clase de castellanos toman el palacio de su reina? —inquirió Juana.

—Los más fieles a Castilla. Los que se lamentan de que su rey la saquee y falte a sus deberes día tras día.

Escondida detrás del cortinaje que se abría junto a la chimenea, Catalina presenciaba la escena, fascinada por aquellos hombres que parecían de novela. Ocultaba el cuchillo en la manga, pero notó que su mano lo aferraba ahora con menos fuerza.

—Hemos venido a liberaros y a que gobernéis las tierras que por ley son vuestras —dijo con solemnidad María Pacheco, ansiosa por escuchar una respuesta por parte de Juana.

Pero la reina solo habló para pedir a su hija que saliera de su refugio.

—Os escucharé mañana. Una reina no acostumbra a tratar asuntos de la Corona a altas horas de la madrugada. Puesto que habéis tomado el palacio, podéis disponer de él para descansar y dar cobijo a vuestros heridos.

—No tenemos heridos —contestó María con orgullo.

Pero la reina ya le había dado la espalda. Tan solo la infanta mantuvo la mirada en los comuneros. Los ojos vigorosos de Juan de Padilla fueron esa noche el centro de sus sueños.

El 23 de octubre de 1520, las trompetas de Aquisgrán sonaron en un día para la historia. Los curiosos formaban grupos que aplaudían al escuchar los nombres y cargos de los asistentes a la capilla Palatina. Familiares, aliados y enemigos se encontraban sobre la alfombra confeccionada para la coronación, besándose y reverenciándose en un protocolo que, parecía, no tendría final en horas. Reyes, príncipes y familias reales al completo aprovechaban para tratar asuntos de Estado y exhibir la belleza de sus hijos como moneda de cambio. En el transcurso de la mañana, esa alfombra acumuló más poder sobre ella que la mayoría de los reinos que jamás han existido.

Por fortuna, Carlos había dormido bien la noche anterior, más por fruto del cansancio de varios días sin atender a la llamada del sueño que por la falta de preocupación ante la ceremonia. Antes de apearse del carruaje y pisar la tierra de Carlomagno, el monarca le dedicó a aquel su último pensamiento, rogando que le otorgara fuerzas para extender su legado sobre el Imperio.

Los curiosos agacharon la cabeza en cuanto Carlos asomó bajo la luz del sol. Eran muchos y algunos venidos desde ciudades que se encontraban a días de camino, pero aun así constituían un número insignificante comparado con los millones de súbditos a los que representaban.

Carlos entró en la catedral, que enseguida lo envolvió con su belleza de oro y mármol. Avanzó setenta y ocho pasos hasta el altar mayor. Setenta y ocho pasos durante los que todas las miradas se posaron en su persona. A la vista de todos los invitados se tumbó frente al altar, extendiendo los brazos en señal de sumisión a Dios. El hombre con mayor honor reconocía así que ante Él siempre sería un simple siervo. Al levantarse vio el inmenso pantocrátor de fondo dorado que refulgía desde lo más alto de la capilla. Cruzó su mirada con la de Cristo y sus turbaciones de los últimos tiempos se desvanecieron como un humo débil. El arzobispo abrió su Biblia y, en cuanto las primeras palabras brotaron de sus labios, los presentes se irguieron en muestra de respeto.

Tras la misa, llegó el momento. El prelado hundió las yemas de dos de sus dedos en el óleo santo, ungió al monarca y le signó como el heredero del emperador Carlomagno. Carlos rezó para sí mientras la corona se ceñía sobre su cabeza. Encajó tan bien en sus sienes que apenas notó el peso de cargar con las imágenes de los reyes del Antiguo Testamento y del Hijo de Dios. El nuevo emperador notó cómo sus ojos se humedecían y los cerró. Saboreó el fruto de un esfuerzo que se había llevado por delante tanto oro y paz de espíritu, y ese sacrificio le pareció poco frente a lo que estaba sintiendo.

Sabiéndose césar, abrió de nuevo los ojos y subió los seis escalones que ascendían hasta el trono de Carlomagno. Este era tosco, de piedra y sin adorno. Poseía la sencillez de lo que está por encima del tiempo. Al sentarse en él, Carlos miró ante sí, pero no distinguió nada, porque los rayos del sol que se filtraban por los vanos de la catedral lo cegaban. Se vio así envuelto en una soledad luminosa, elevado sobre el resto del mundo por aquellos seis pasos. La catedral de Aquisgrán se convirtió entonces en vítores y en tañer de campanas. En el exterior, empezaron a dispararse salvas.

En medio de tanta gloria, Carlos recordó que solo tenía veinte años.

Los mensajeros tardaron varios días en llegar desde Castilla al Imperio, una tregua generosa para la alegría de Carlos. Cuando le informaron de lo ocurrido en Tordesillas, la angustia volvió a reencontrarse con él, como una antigua y fiel amante incapaz de dejarle partir.

—No perdáis la esperanza, pocas traiciones nacen de la propia madre —le dijo Gattinara.

Así cabía esperar en cualquier familia, pensó Carlos. Pero no en aquella en la que el hijo había decidido mantener encerrada a su progenitora para ostentar en solitario el poder. ¿Cómo no esperar rencor por su parte? Le acometió una culpa tan profunda que podría haber arrojado por ella su alma sin oír sonido alguno en el fondo. Sabía que de Juana solo había buscado el beneficio propio. Si finalmente ella accedía a la petición de reclamar la corona de Castilla, sería más por su fracaso como hijo que por el éxito de los sublevados. Pero el arrepentimiento no iba a ganar la batalla. Se encomendó a la voluntad del Señor y dio orden de conceder plenos poderes a Adriano para que aplacara la revuelta.

Sentía miedo otra vez. Siempre regresaba el temor como una losa sobre su pecho. ¿Algún día acabaría ese martirio?

Entretanto, Catalina pisaba el exterior del palacio de Tordesillas con el desconcierto de quien de pronto se ve capaz de avanzar sobre las aguas. Desde que Carlos hubiera intentado llevársela consigo no se había dejado bañar por los rayos del sol. Sus ojos no estaban hechos a tanto horizonte, y lo que quedaba a más de diez pasos de ella se le presentaba borroso, pero no por ello dejaba de mirarlo con curiosidad. A cierta distancia, Padilla, que había abierto para ellas las puertas del palacio, la observaba con orgullo de libertador.

—¿Puedo correr, madre?

Juana asintió. La infanta se alejó de ella acelerando sus pasos hasta acabar en una carrera llena de risas. La reina se emocionó al verla feliz. Por un momento se olvidó del desasosiego que le causaba verse fuera de los muros del palacio.

Las salidas se repitieron. Los comuneros creían que con la alegría que estas provocaban en la niña, la reina terminaría por animarse a firmar contra el rey, cosa que había ido posponiendo día tras día, sin excusarse siquiera. Pero las dudas de Juana eran demasiado complejas como para verse silenciadas por las risas de Catalina. Los sublevados le habían relatado con detalle el mal gobierno de Carlos y los suyos, y se mostraban ansiosos por otorgarle a ella todo el poder. Sin embargo la reina no sabía apenas nada de esos hombres que se creían con derecho a juzgar reyes y que no le tenían más respeto que el que se siente por la llave que abre el salón del trono.

La tensión castellana contrastaba con el clima de concordia que se respiraba en el castillo de Amboise. Francisco se había despertado ilusionado ante la cita que tenía en el Campo de Tela de Oro y que sus sirvientes se afanaban en preparar. El lujo que envolvería el encuentro constituía su forma de decirle al mundo que perder el Imperio no le había restado grandeza. La melancolía por su derrota le duró semanas, pero llegó a cansarlo. El odio a Carlos se mudó en deseo de venganza, que parecía una misión tan vigorizante como lo había sido antes la de alcanzar el trono de Carlomagno. Ahora toda su energía se concentraba en hacer del gobierno imperial de su rival una pesadilla continua. Y embaucar a Inglaterra para la causa era la mejor forma de conseguirlo. Con los grandes reinos unidos contra el Habsburgo, la Corona que este había ganado pasaría a ser su castigo.

A media tarde, el monarca francés recibió noticia de que la comitiva de Enrique VIII se encontraba a cuatro horas del lugar donde habían de reunirse, un valle en el que Francisco había mandado levantar pabellones recubiertos de filamentos de oro. En su interior el lujo no era menor. Contaba con fuentes que manaban vino y bancadas de mármol. En el césped colindante, se habían construido campos para justas y otros juegos dignos de reyes. Aquel derroche se antojaría un sinsentido para muchos, teniendo en cuenta que lo que se pretendía era celebrar un encuentro amistoso que llevara a una firma. Pero Francisco, además del infortunio de Carlos, buscaba epatar al inglés, de quien se decía que su bravuconería era parecida a la suya. Deseaba que el esplendor de Francia estuviera tan presente que pudiera tocarse con las manos. Desde que el cardenal Wosley le visitara para ultimar la cita entre los dos reyes, Francisco había entendido ese encuentro como una salvación para su orgullo herido.

Desde la distancia, Catalina de Aragón observó el recargado campamento al que se aproximaban. La visión no hacía sino recordarle que consideraba ese viaje como una traición a su sobrino Carlos y a su propia sangre. No daba crédito al pensar que su nombre formaba parte de esa alianza para debilitar a un miembro de su propia familia, y se juraba que algún día Wosley pagaría por semejante maniobra que no tenía más en cuenta que sus intereses personales. Había tratado de convencer a Enrique para que desdeñara la invitación del francés, pero cuando el rey le anunció que de ese encuentro podría surgir un compromiso provechoso para la hija de ambos, Catalina, aun contraria a la alianza, dejó de oponerse con tanto ahínco. Quizá de ese modo el bastardo de Enrique pasara al olvido y la pequeña María se asegurase la sucesión que le correspondía.

La reina tomó aire hasta llenar los pulmones e intentó centrar la mirada en el lado opuesto, donde los campos de cultivo se extendían más allá del horizonte. Enrique tomó su mano.

—Os acabaréis divirtiendo. —Rió su marido, sabedor del torbellino de pensamientos que se desataba en ella.

—Nada me preocupa menos que aburrirme. Solo la desconfianza ante lo que ese francés pueda prometeros —respondió Catalina.

Enrique besó la mano de su esposa, que, lejos de calmarse, siguió con la mirada perdida en los campos, pero, al poco, un estruendo de trompetas y cascos de caballos atrajo su atención hacia la llegada de la comitiva francesa.

Cuando Francisco descabalgó ante los ingleses sus ropajes de seda fina brillaron bajo el sol, y se percató, en cuanto Enrique descendió de su caballo y se le acercó, de que la vestimenta del inglés no le iba a la zaga. El francés se irguió; en altura nadie podía ganarle. El abrazo fue largo, y muchas las sonrisas que le siguieron. Estaban celebrando su amistad, decían. Y aunque ambos sabían que solo les había reunido el interés por menguar el poder de Carlos, ese teatro de hermandad les hacía sentirse más humanos.

Cuando la negociación comenzó, ambos se sorprendieron de su sintonía. No había desencuentros, solo concordia y objetivos comunes. Enrique estaba lejos de profesar por Carlos la inquina que demostraba el francés y que se cuidaba bien de no esconder en cada una de sus frases, pero desde que supo que había sido elegido emperador entendió como natural el hecho de rebajar el poder de quien, de ese modo, poseía ya media Europa. La urgencia, sin embargo, acuciaba a Francisco, pues se veía ahora rodeado por los dominios del nuevo césar. Al norte, Flandes y el Imperio; al sur, España, y en su espíritu, un rencor incurable.

Pero una vez que los discursos de unión fraternal entre Francia e Inglaterra se hubieron agotado, y tras una noche en la que el vino había reinado más que ellos, el francés pasó sus brazos de gigante por los hombros de Enrique y le confesó sus verdaderas intenciones: atacar al Habsburgo tan pronto como fuera posible. Los motivos que ofreció estaban tanto más relacionados con las entrañas que con la política. Vertió sobre Carlos todos los agravios que el lenguaje permitía, y lo hizo con saña. El inglés escuchó en silencio esa confesión de odio y quiso creer que se debía a la embriaguez. Pero luego pensó en sí mismo, en cómo solo cuando perdía la sobriedad, revelaba sus deseos verdaderos.

Federico de Sajonia se presentó ante Carlos tan pronto como tuvo noticia de su llamada. Su reverencia ante el emperador fue mediocre, pero este la achacó a la vejez de su visitante.

—Qué honor que me sea concedida la primera audiencia con el nuevo césar.

—Compensad el privilegio sirviéndome en lo que os he de pedir —dijo Carlos—. Sabréis que Lutero no se ha retractado aún de sus herejías.

Federico sonrió. No esperaba que la razón de su presencia allí fuese otra distinta.

—El plazo todavía no ha terminado.

—De su silencio se entiende que se resiste a obedecer la orden de Roma. Es vuestro protegido. Convencedle de que se retracte —ordenó Carlos.

—Mía es la universidad en la que enseña, no su alma —arguyó Federico con tono humilde.

—No dudo de que responderá a vuestra autoridad, cuando es la única que lo ampara. ¿No veis que pone en riesgo la paz en Alemania?

El de Sajonia lo sabía, pero le sorprendió comprobar que el emperador era tan consciente de ello. Esperaba un Carlos demasiado envanecido con su corona como para detectar los peligros.

—Nada me preocupa más que el destino del Imperio, majestad —contestó Federico.

La alcoba de Lutero se reducía a sus cuatro paredes, un camastro y una mesita de madera pobre, a la que estaba sentado cuando su protector la visitó. En el suelo se apilaban los escritos del fraile, el producto de su mente convencida de la causa que había emprendido. Pero desde que el Papa había ordenado que renegase de sus doctrinas o se atuviese a las consecuencias, la mano del fraile se sentía más débil al tomar la pluma. Creía que sus convicciones eran más fuertes que el temor a la muerte, pero la hoguera había empezado a atemorizarle cada noche en sus pesadillas.

—El emperador me ha ordenado que os haga callar —dijo Federico.

Lutero se volvió. El de Sajonia detectó que ese hombre corpulento y de rostro implacable albergaba miedo.

—Ni se os ocurra hacerlo —siguió.

El fraile se fijó en el traje de seda de su protector, en sus manos enjoyadas, en sus zapatos de terciopelo con adornos de oro.

—Vos no habéis de arriesgar la vida. Dejad que sea mi alma la que decida.

—¡Me desviviré para protegeros! —dijo Federico—. Vuestro riesgo será el mío. Os doy mi palabra.

Lutero sabía que Federico no creía en sus proclamas. Ni siquiera se molestaba en fingirlo. Su amistad, si existía, era solo un medio para dos misiones muy distintas.

—Mi cruzada al servicio de vuestros anhelos políticos —entendió el fraile.

—¡Y estos al servicio de vuestra cruzada! Ambas fuerzas juntas serán imparables. El destino de Alemania está en nuestras manos, y quién sabe si de la cristiandad entera.

La luz de la vela que descansaba en la mesita de Lutero se agitó y las sombras de ambos se alargaron sobre la pared desnuda. El fraile las observó y le complació ver que su reflejo podía ser mayor de lo que él en realidad era.

A los pocos días, Lutero arrojó la bula de Roma al fuego ante un tumulto de seguidores entusiasmados con su bravura. Cuando Carlos supo de ello, maldijo furioso la terquedad del hereje y la traición de Federico de Sajonia. Ambas merecían el castigo más enérgico y ejemplar, pero, si lo ordenaba, Alemania podía levantarse como lo había hecho Castilla, y la prudencia pudo en él más que la ira o el sentido de justicia. No volvería a encender a sus súbditos si podía evitarlo. Al menos, hasta que se viese obligado a ello.

El juego de eludir el hecho de pronunciarse ante los comuneros iba camino de consumir las pocas fuerzas que restaban en Juana, y al fin aceptó presidir una de las juntas que ellos celebraban en la sala más espaciosa del palacio. Una vez que hubo cruzado la puerta, Padilla se puso de pie al tiempo que saboreaba la conquista; la presencia de la reina dibujaba el presagio de su bendición.

El momento no podía ser más propicio. Adriano había obtenido del rey más autoridad, y se servía de ella para atraer hacia sí a la nobleza. Esta, asustada por el cariz que estaba tomando la revuelta, que se había convertido ya en furia contra todo lo que ostentara poder y no solo contra Carlos, había empezado a prestar ayuda a la corona contra los comuneros. Hasta entonces los señores se habían cuidado de resultar lo suficientemente ambiguos a los ruegos de Adriano de que intervinieran a favor del rey. Su estima hacia Carlos era insignificante, y veían en las algaradas una forma de adelgazar la autoridad real. Pero ahora que también sus privilegios se veían amenazados, el rey parecía el mal menor, y como tal tenían que respaldarlo.

María Pacheco se apresuró a colocar la silla donde Juana debía sentarse. Tan pronto como la reina se acomodó, Padilla le acercó un documento.

—Alteza, este escrito es el que rogamos que consideréis —le explicó—. En él se recoge que somos vuestros fieles vasallos y que sobre Castilla no gobernará más corona que la que vos portáis.

La reina observó el documento, pero no llegó a leerlo.

—¿Bajo qué razones debería acumular yo tal autoridad? —inquirió—. No gozo de buena salud y lo último que deseo es tener que tratar a diario asuntos de despacho.

—Cualquiera de nosotros puede ayudaros en esas tareas —contestó María, animosa—. Gobernar no será una carga para vos.

Juana observó a esa joven de mirada penetrante y cuerpo nervudo.

—Veo que nada os gustaría más que ejercer a mi lado un poder que nadie os ha otorgado.

Un murmullo se apoderó de la asamblea. Sentada al fondo

de la estancia, la infanta Catalina no daba crédito a lo que su madre acababa de decir. Solo la rectitud de la cara de Padilla frenó los deseos de María Pacheco de dar respuesta a la ofensa; necesitaban reconducir la situación antes de que la tensión echara por tierra cualquier posibilidad de acabar con un sello real en el escrito.

—Os equivocáis si pensáis así de nos, alteza. Representamos la voluntad de todos los que permanecen fuera de estos muros, y así os la transmitimos. En vuestras manos dejamos que el futuro de Castilla sea el que esta merece, y no el abismo al que nos conduce Carlos.

—Habláis de mi hijo.

—¡El bien del reino está por encima de la sangre! —estalló María.

Juana dudó de que eso fuera verdad. Pero no entendía de dónde le surgía ese sentido de la familia. Jamás había estimado a sus hijos como habría de hacerlo una madre, y tanto lo reconocía como se sentía incapaz de cambiarlo. El amor por Felipe la había consumido hasta impedirle sentir ningún otro.

Tomó el documento y lo leyó, repitiendo aquellas palabras en una voz tan baja que desde el fondo de la estancia resultaba difícil saber si correspondían a la reina o al zumbido de un insecto. Los presentes se impacientaron, y también María Pacheco, que le acercó una pluma. Cuando Catalina vio que su madre la cogía sintió que su piel se erizaba. Esa firma significaría su libertad, ganar al fin la dignidad que se les había negado y vengar el castigo sin razón al que ella había sido sometida casi desde que nació. Apenas una sola rúbrica y el mundo, que hasta entonces se reducía a ese palacio, se abriría para dejarse experimentar. Pero, como si le arrancasen el alma, la niña vio a su madre dejar la pluma sobre la mesa y colocar el escrito boca abajo. La reina levantó la mirada sin fijarla en nadie.

—Dicen que mi cordura murió junto a mi esposo en la Casa del Cordón. Así fue y por eso cada noche ruego a Dios para que me lleve y evite este sufrimiento que es la vida. Pero si algo he aprendido siendo reina de estas tierras es que cuerda o no, viva o muerta, me es fácil reconocer a una jauría de lobos cuando la tengo delante. Os ruego que abandonéis este palacio, pues, al igual que Castilla, no es de vuestra propiedad.

La reina se puso en pie. Fatigada después de tantos días de incertidumbre, fue alentándose a sí misma para alcanzar la puerta. Pronto volvería a la rutina entre esos muros de los que ya nunca saldría. A sus espaldas escuchó a la esposa de Padilla.

—Levantamos un reino, lo ponemos bajo vuestro mandato, os liberamos, ¿y aún dudáis? Loca os llaman con razón.

Juana se volvió y le dirigió una condescendiente sonrisa. Por una vez, la reina disfrutaba de tener el mando.

Esa tarde, como llamadas por la voluntad de Juana, las huestes de los señores castellanos recuperaron Tordesillas para la Corona. Los comuneros abandonaron el palacio tan rápido como lo habían tomado, llevándose de él nada más que decepción e incertidumbre ante el porvenir. Catalina salió a despedirlos y les rogó que se hicieran con una victoria que nunca llegó. Era demasiado joven para perder la ilusión de un solo golpe. Solo cuando el palacio recuperó su rutina la infanta se hizo cargo de que nada cambiaría. Cuando preguntó a su madre por qué la había condenado a seguir en esa cárcel, no tuvo más respuesta que un ruego de perdón. La quietud recobrada en el palacio solo se vio rota, durante días, por el llanto de la niña.

Entretanto, en uno de los pabellones dorados levantados en pleno campo francés y tras una mañana de justas y banquetes colosales, Francisco y Enrique firmaban su alianza. El acuerdo hablaba de amistad eterna, que quedaba simbolizada en el compromiso de los hijos de ambos, Francisco y María. A lo largo de las jornadas del Campo de Tela de Oro, los dos reyes habían competido en cada juego, en cada conversación y con cada traje de gala, pero el pacto que los unía bien valía una rivalidad fraternal, y todas las competiciones se habían saldado con empate. Enrique aceptaba ese sacrificio a regañadientes. En realidad, y aunque le convenía como aliado, Francisco le resultaba de una vanidad insoportable. No estaba acostumbrado a compartir el espacio con alguien tan henchido de orgullo como él, de modo que se obligaba a sonreír ante los numerosos relatos de la victoria del francés en Milán, que enseguida derivaban en descripciones minuciosas de las eruditas lecciones de Leonardo y terminaban glorificando, aunque soterradamente, todo lo galo. Lo cierto era que ahora sonaban como una voz unísona frente al emperador. Y ese logro bien merecía celebrarse.

Francisco sorprendió al inglés ofreciéndole un espectáculo de lucha para amenizar el último de sus banquetes. Las fuentes de vino francés apenas derramaban ya un hilo rojizo, de tanto como se habían apurado para brindar por el acuerdo. La borrachera llevó a Enrique a vitorear a los luchadores con la desvergüenza de un marinero.

—¡Me habéis complacido con mi más amado deporte! —gritó Enrique.

Los defectos de Francisco le parecieron menos irritantes regados con tanta bebida.

—No sabía tal cosa —respondió el francés, más entero—. Si os soy sincero, los he hecho venir para mi disfrute. ¡Nada me divierte más!

—¿La practicáis?

—Tanto como puedo… ¿Y vos?

Enrique asintió. Intercambiaron una mirada de reto, que en el inglés resultó huidiza a causa del alcohol.

—¿Por qué no? —se preguntó en voz alta Enrique.

Las dos cortes, presentes en pleno, contemplaron con desconcierto cómo los dos reyes se despojaban de sus chaquetas y tomaban el sitio de los luchadores.

—Por envergadura apostaría por Francisco —dijo Wolsey—. Pero un inglés embriagado es imbatible. Bendita diplomacia que los hará acabar de nuevo en tablas.

Catalina sonrió, sabedora de lo que podía suceder en cuanto empezara el combate. En la comitiva francesa, una de las damas de la corte, que respondía al nombre de Ana Bolena, fue la única en percatarse del gesto de la reina inglesa.

La lucha duró segundos. Un movimiento firme de Francisco hizo que Enrique acabara con la cara contra el suelo.

La comitiva inglesa, con Enrique y Catalina a la cabeza, abandonó a toda prisa el campamento. Al inglés la humillación le había despejado de un golpe la embriaguez nada más perder el combate, y su desagrado por Francisco ya no necesitaba de disfraz.

Horas más tarde, el galo contemplaba cómo cientos de hombres desmontaban los aparatosos pabellones dorados cuando Luisa de Saboya le abordó.

—¡Ahorrádmelo! —advirtió el rey—. Además, nada he arriesgado. El acuerdo está firmado.

—Pero ahora Enrique está deseando quebrantarlo.

Los paneles amarillos de los pabellones fueron cayendo sobre la hierba. Francisco quiso creer que sus deseos no iban a desplomarse del mismo modo, porque no sabía qué podría hacer con la ira que aquello podría provocarle.

Antes de partir hacia Inglaterra, Catalina redactó una misiva breve que tenía a su sobrino como destinatario. En ella se le apremiaba a visitar la corte inglesa. Aunque Francisco había conseguido de su esposo una rúbrica, esta se había desdibujado a causa del carácter del francés, tan altivo como un ciprés de cien años. Carlos debía aprovechar el malestar de Enrique o este, al enfriarse, podría hacer efectiva la liga contra el emperador.

Carlos agradeció el viaje. La noticia de que Tordesillas había sido recuperada y que la revuelta castellana estaba languideciendo al poco de empezar, le había liberado de la peor de sus angustias, pues haberse visto tan cerca de perder Castilla le tenía sumido en la reflexión, y centrarse en ganar el favor de Enrique parecía una meta concreta que le permitiría dejar a un lado tanta meditación. A veces sus pensamientos se asemejaban a una espiral de fácil entrada y por la que se iba deslizando hasta verse incapaz de escapar, a no ser que se le presentara un reto en el que ocuparse.

El césar estaba dispuesto a obedecer las órdenes de su tía y hacer gala de humildad ante el inglés. No le costaría esfuerzo inhibir la vanidad frente a Enrique. Siempre que habían estado juntos se había visto intimidado por las maneras rotundas y extrovertidas de su tío, tan alejadas de esa timidez suya. Su voz sonaba como la de un pájaro herido al lado de los bramidos del británico, y sus cuerpos parecían cincelados por dioses distintos. El del inglés era el de un titán; el de Carlos, el de un poeta.

—Grata sorpresa vuestra visita. Nos honra recibir al flamante emperador —dijo Enrique al acogerlo.

—Lamento entonces no daros tal satisfacción, pues quien ante vos se presenta solo es Carlos, vuestro sobrino.

El inglés sonrió al Habsburgo mientras este se fundía en un abrazo con Catalina.

—Apenas hemos tenido tiempo de preparar homenajes dignos de vos —se disculpó la española.

—Me aliviáis. La gloria imperial es un disfraz engorroso. Y hacer gala de ella, una impostura que agota.

Carlos y Catalina se adelantaron para que la reina guiase al emperador hasta sus aposentos, donde descansaría antes del almuerzo. Enrique se acercó a Wolsey, que había seguido el recibimiento sin entusiasmo alguno.

—Lo que Francisco debería envidiar de Carlos no es su Imperio, sino su talante —sentenció Enrique.

El cardenal solo podía apiadarse de la inocencia de su señor.

—Llamativo resulta que quien desdeña la gloria se haya arruinado para obtenerla.

Pero Enrique desoyó sus palabras. El choque de su cara contra el suelo francés aún dolía, y Carlos, comparado con tan doloroso recuerdo, constituía un bálsamo.

Mientras el emperador reposaba de su viaje, el rey inglés entró en la cámara de su esposa. Se tumbó en el lecho, como solía hacer cuando aún la deseaba.

—Lástima que vuestro sobrino no tenga descendencia. Con gusto casaría a nuestra pequeña con un hijo suyo, y no con el del francés.

Catalina sonrió. A veces le asustaba hasta qué punto su esposo, sin saberlo, caminaba por donde ella quería llevarlo.

—Veis un revés donde hay lugar para el provecho.

El almuerzo estuvo bien regado por cerveza flamenca. Enrique se guardó de embriagarse, no fuera a ser que se le propusiera otra lucha. Pero sí bebió lo bastante como para recibir con una sonrisa amable cada frase que decía el emperador. Carlos vio que la carne estaba blanda y pedía ser trinchada.

—Rechazad la alianza que os propone el francés.

El británico hizo un gesto de impotencia.

—Gustoso lo haría. Pero perdería el compromiso de mi hija, y lo lamentaría mucho. Solo cambiaría su futuro enlace por otro igual o más digno.

Carlos se sintió desarmado.

—Bien sabéis que no puedo ofreceros hijo con quien casarla.

—No tenéis varón, mas sois varón vos —dijo Catalina.

El Habsburgo tuvo que repetirse las palabras de su tía para cerciorarse de que la había entendido bien. Vio que Enrique no mostraba sorpresa alguna. Se trataba de un plan de ambos.

—¿Comprometerme con María? ¡Vuestra hija apenas tiene cuatro años! Habría de esperar una vida para desposarla.

—Francisco planea atacaros.

La frase de Catalina alcanzó a Carlos como una saeta encendida.

—Vive obsesionado con vuestra victoria. Ya no es rey de Francia. Es rey contra vos.

El emperador escuchó de sus tíos cada amenaza que Francisco había vertido contra él. De Enrique podía esperar el engaño, pero no de Catalina. La perspectiva de que Francia le declarase la guerra mientras Castilla recién y a duras penas había sido sofocada y, por el otro flanco, el Imperio se enfebrecía con las proclamas de Lutero, le resultó demasiado intolerable como para soportarla.

—Mas si Francisco me atacara, vuestras tropas se unirían a las mías para defenderme.

Enrique no esperaba condiciones, y se sumió en la duda.

—La familia es el lazo. La política, el precio —dijo Carlos.

Antes de partir de regreso hacia Flandes, Carlos conoció a su prometida. La niña le hizo una reverencia y le anunció que dentro de diez años sería una emperatriz feliz. Catalina y Enrique, testigos, sonrieron con ternura. Carlos les imitó, pero sabía que estaba condenado, antes o después, a incumplir ese trato.

Al volver a Malinas, el emperador se dejó caer de nuevo por la espiral de sus tribulaciones. Castilla se había contenido, y él mismo había roto el pacto entre franceses e ingleses. Pero de nada servía celebrar la suerte si no aprendía de sus imprudencias. En España, la contienda solo se había podido contener cuando Adriano contó con poderes para ello; la confianza en la capacidad de otros era la única forma de mantener sus dominios. Siendo tantos, pretender que toda decisión dependiera solo de él se le antojaba, paradójicamente, abocarse a perder el control. Y la confianza solo podría surgir de la justicia. El miedo que había sentido a verse traicionado por su madre nacía de saber que su trato hacia ella había sido indigno. La lealtad que se le dispensara sería fruto de su propia generosidad.

—Os presento al nuevo archiduque de Austria: mi hermano.

En el salón real del palacio de Flandes no cabía un alma, ni tampoco un título más. Duques, condes y altos cargos del clero se habían reunido por voluntad de Carlos. Fernando escuchó el nombramiento y luego los aplausos de los allí reunidos. Después, aún aturdido, se dejó felicitar por todos. El título le granjeó un respeto inmediato, y la política fue el centro de todas las conversaciones en las que participó. Su opinión había dejado de ser la de un infante exiliado.

Fernando sabía que no era el momento de hablar con su hermano, pero, en medio de uno de esos corrillos, cruzó una mirada con él. Por un momento la sala se desvaneció, y con ella todos los que la llenaban, y a su alrededor se extendió un campo de Valladolid en el que las bestias huían de los dos hermanos, que reían persiguiéndolas. De algún modo, supo que Carlos estaba viviendo el mismo ensueño.

—Seréis un gran emperador. Pues sois capaz de actuar contra vuestros miedos.

Carlos agradeció las palabras de su tía. La generosidad era la piedra que faltaba en la personalidad que se había estado construyendo, y el hecho de haber dado con ella lo convenció de que por muchos que fueran los obstáculos que se le presentaran, por muchas revueltas, herejes y reyes rivales que salieran a su paso, no tendría ya temor. El futuro era incierto, pero su espíritu empezaba a ser una roca capaz de resistirlo todo.

6

Martín Lutero oyó el resonar de unos cascos de caballos en el exterior de su vivienda. Se santiguó, se dirigió a la puerta y, justo antes de salir, echó un último vistazo a esa alcoba que durante años había sido testigo de sus pensamientos y miedos. Le pareció que apenas quedaba ya aire en ella; ¿o era en él? Tras asegurarse de que llevaba consigo el salvoconducto que le había concedido el emperador para que accediera sin temor al encuentro de ambos en Worms, cerró la puerta tras de sí con suavidad; los muchos días sin apetito le habían dejado débil.

El carruaje que esperaba ante su entrada era humilde pero espacioso. De su interior se asomaron las cabezas de tres buenos amigos, que habían decidido acompañarle en el trayecto. En sus rostros se leía la gravedad del momento, pero también la admiración que sentían por la valentía del fraile. El conductor del carruaje echó una aprensiva mirada a Lutero; iba a tener que conducir a un hereje durante cuatrocientos kilómetros, desde Wittenberg hasta Worms; catorce días de camino en los que cualquier ortodoxo podría asaltarlos y acabar de golpe con la revolución teológica que agitaba Alemania, y de paso con ellos.

—¿Estáis seguro de lo que hacéis? —se atrevió a preguntar al fraile.

La contestación de Lutero se redujo a subirse al vehículo de un salto vigoroso y pedir que comenzara la marcha.

Durante las primeras horas del viaje reinó el silencio. Era un
abril luminoso, pero sobre la lona que cubría el carruaje pendía
una sombra: la de Jan Hus. Cien años atrás, el teólogo de Bohemia había ensayado una vida similar a la de Lutero; a sus proclamas contra la corrupción de Roma le había seguido la excomu-
nión, y a esta, la llamada del emperador de entonces para que se
presentase ante él, explicase sus doctrinas y se retractase de las
que le convertían en hereje. En el momento de partir al encuentro con el césar, Hus también había llevado consigo un salvoconducto imperial; pero el papel se quemó con él en la hoguera.

Al enterarse de la citación de Carlos, no pocos habían intentado que Lutero se negara a acudir a lo que, estaban convenci-
dos, parecía una trampa para apresarlo. «¡Recordad a Hus! ¡Recordad a Hus!», le repetían. El propio fraile había dudado
durante días. Su insomnio se había llenado de visiones de llamas. Pero finalmente una luz, y no de fuego, había irrumpido en
su espíritu: su destino era destruir el andamiaje podrido de la
Iglesia y una misión semejante había, sin duda, de conllevar riesgos. Había llegado el momento de afrontarlos con la serenidad
propia del héroe. Sus palabras ya habían calado hondo entre los
alemanes. Si vivía, podría continuar predicándolas; si era la
muerte lo que le esperaba, su martirio azuzaría a sus seguidores
hasta el triunfo. Renunció a la imposible tarea de deshacerse
por completo del miedo: intentaría que no influyera en la decisión de sus acciones, pero le acompañaría, como había hecho
siempre. Le asombraba que sus seguidores lo mirasen con la admiración que se tiene a quien se ha desnudado de todo temor.
Solo Lutero sabía cuánta angustia llevaba en su interior, desde
niño. Durante sus primeros años, los huesos le habían temblado
a diario bajo los golpes de sus padres. Su infancia había sido una
larga noche a la que nunca llegaba el amanecer, y había dejado
en él un recelo nervioso. Con veintidós años, esa angustia estalló
durante una tormenta en el campo, cuando un rayo fue a caer a
su lado. Lutero vio ese azote eléctrico ante sí y supo que había

llegado su hora. Solo tuvo tiempo de prometerle a Dios que se entregaría a él si lo salvaba. No tardó en cumplir su voto, pero la vida eclesial no calmó los temores que anidaban en él. Cuando, tiempo después, ya convertido en fraile, viajó a Roma y comprobó que la sede de su fe se asemejaba a una babilonia y que los religiosos con más autoridad no eran sino hedonistas sin freno rodeados de lujo, sintió repulsión. La pureza del miedo que a él le había unido a Dios no casaba en absoluto con ese desenfreno frívolo. ¿Dónde quedaba la verdad del alma humana en su relación con el Creador? ¿Cómo podía erigirse el Papa en intermediario entre el hombre y la divinidad, si toleraba esa corrupción y se revolcaba gustoso en ella? La obsesión por depurar la Iglesia le había acompañado desde entonces. Enfrentarse a la hoguera helaba su sangre, pero para quien había crecido en el miedo, caminar hacia él no suponía más que seguir viviendo.

Las meditaciones mudas y el fantasma de Jan Hus desaparecieron de golpe cuando, al pasar cerca de una aldea, una multitud rodeó el carruaje. A través de la lona que los cobijaba, Lutero y sus amigos distinguieron una masa que se agitaba. La tela tamizaba sus gritos hasta hacerlos incomprensibles. Solo cuando el fraile se atrevió finalmente a salir al exterior pudo entender lo que decían.

—¡Dios os bendiga por salvarnos! ¡Valor! ¡Valor, amado Lutero!

La masa lo absorbió. Le ofrendaron pan y flores, le abrazaron y le sonrieron como a un buen padre.

La escena se repitió al día siguiente, y al otro, y al otro. Las gentes veían en Lutero al redentor de las almas alemanas que, con su ayuda, enfilarían hacia Dios, y en el proceso liberaría al Imperio del yugo romano.

Y si él era el héroe, el villano había de ser Carlos.

Desde que tomó la decisión de hacer caso omiso a la orden del Vaticano y darle a Lutero la oportunidad de explicarse, alrededor del emperador habían surgido un sinfín de rostros tan severos como máscaras teatrales. Para Chièvres, la magnanimidad de Carlos era poco menos que suicida. Que el fraile fuese invitado a hablar en toda una Dieta imperial significaba darle a sus heterodoxias una difusión que las terminaría de expandir, fuera cual fuese el resultado de ese encuentro. El hereje ya había gastado su última oportunidad; no cabía otra solución que apresarlo, condenarlo y asegurarse de que sus cenizas descendieran a las profundidades del menos digno de los ríos. Gattinara, aunque menos vehemente, se preguntaba si el ideal caballeresco de Carlos no ocultaba candidez. El único apoyo que encontró el emperador fue el de su hermano.

Desde que le fuese concedido el título de archiduque austríaco, Fernando había pasado de languidecer en sofás aterciopelados a formar parte de los consejos imperiales. Con la frecuencia del trato, Carlos y él se dieron cuenta de que estaban deseosos de remendar su vínculo. Volvieron las cacerías. Empezaron las confidencias sobre damas. Surgieron bromas que solo ellos entendían y que se gastaban ante los demás para sentirse bajo una campana de complicidad.

Fernando era astuto, y su hermano se percató de ello. La juventud le impedía haber tenido tiempo de acumular los miles de datos que hombres como Chièvres y Gattinara atesoraban, pero poseía una perspicacia innata, ajena a la experiencia, que otorgaba a su visión una fuerza inocente y certera. Con respecto al asunto de Lutero, decantarse por una solución autoritaria le parecía una medida peligrosa. Las gentes de Alemania juzgarían que el fraile habría muerto por ellos y la venganza no se haría esperar, bien en forma de levantamiento o de devoción hacia el mártir.

—¿Y qué proponéis, archiduque? ¿Dejar que la herejía se extienda como mancha de aceite?

Chièvres siempre se dirigía a él con el tono de un dios obligado a compartir espacio con lo más bajo de la creación.

—Es a Roma a quien corresponde encargarse de que el movimiento pierda fuerza —intervino Carlos—. Pues carga con la culpa de haberlo propiciado.

—¿Le dais la razón a Lutero? —preguntó Gattinara.

—A nadie le repugnan sus blasfemias tanto como a mí —respondió el emperador—, pero la corrupción de la Iglesia no se le escapa ni al más sumiso de los fieles. Bien haría el Papa en escuchar las críticas y corregir sus faltas, para que los que le censuran dejen de hacerlo y no huyan de su seno.

Los consejeros guardaron un silencio escéptico. Que la Iglesia era corrupta y traidora a sus propios preceptos tenía poco de secreto. Pero esperar que cambiase era como desear que las piedras se dejasen amasar.

—Jan Hus. —Chièvres lanzó el nombre como quien pronuncia un sortilegio; como si con solo mentarlo le bastase para cambiar la opinión del emperador.

—Su muerte provocó disturbios sangrientos —dijo Carlos.

—Que con los años se apagaron. Los sediciosos acabaron por volver a la obediencia de Roma. Pasará otro tanto con nuestro fraile.

—¿Quién sabe lo que habría ocurrido si Hus no hubiese ardido en la hoguera? —preguntó el césar—. Quizá se habrían evitado esas revueltas.

—O quizá vos seríais hoy el dueño de un Imperio hereje.

Carlos se imaginó por un instante un futuro en el que la cristiandad vivía escindida como las aguas de Moisés y su estómago se encogió como un niño asustado. Se planteó arrestar a Lutero tan pronto como lo tuviera delante, aunque eso supusiera una traición al fraile y a sí mismo. Pero esa misma mañana, desde Castilla, llegaron noticias que lo convencieron de que no debía encender un fuego mientras otro se resistía a extinguirse.

En la carta que Adriano de Utrecht envió a Carlos había tratado de que no se trasluciera toda su zozobra. Estaba al corriente de lo sensible que era el rey a la frustración. Expuso secamente la realidad de Castilla, sin palabras dramáticas: «A la recuperación de Tordesillas no se sucedieron otras. Los señores temen que sus feudos sean tomados a modo de venganza por los sublevados, a quienes prefieren no enfrentarse. Tan solo estarían dispuestos a prestar ayuda con sus ejércitos si la Corona les compensase con caudales y más títulos de los que hoy poseen. Bien sabéis que el fondo de nuestras arcas ya se deja ver, y me atrevo a aconsejaros que no paguéis semejante chantaje con honores. Su lealtad sería sumisión si se consiguiese a tan alto precio. Nuestra única esperanza es la discordia entre los comuneros que, dicen, se acrecienta cada amanecer...».

La noche en que Juan de Padilla partió de Toledo, en el cielo no cabían más estrellas. Lo tomó como un buen presagio. Los hombres que le acompañaban cabalgaban a su lado con la seriedad de los buenos soldados. Padilla miró atrás: a aquella distancia su hogar era una de esas piedras iluminadas de las que se iban alejando. En el interior de una de ellas María estaría llorando. Su deseo hubiera sido acompañarlo, pero la ciudad necesitaba un líder del movimiento, y que el hijo de ambos no se sintiera huérfano. Padilla llevaba una carta de su esposa en el pecho. «Vos sois el fuego que quema la tierra para hacerla renacer. Yo, aquella que guarda la llama.»

Tras el fracaso vivido en Tordesillas, los comuneros habían dejado de constituir una sola voluntad. El miedo a la derrota final les convirtió a todos en expertos estrategas, y pronto se formaron dos bandos: uno defendía que la revuelta se volviese en contra de los señores, para que la liberación de los sometidos fuese completa y para siempre; el otro, temía que ir contra los nobles echase a estos a los brazos de la Corona, aupándola a la victoria. Las discusiones se hicieron interminables. Los mismos alegatos surgían de las mismas bocas. Padilla conocía bien cómo pensaban los privilegiados: su único interés radicaba en seguir siéndolo. Jamás apoyarían una revuelta como la suya; como mucho, la utilizarían a su favor, aunque tampoco durante largo tiempo.

—Antes o después, los señores se inclinarán ante el rey —dijo Padilla dirigiéndose a la junta comunera—. De nosotros ningún beneficio pueden obtener. De él, conservar sus honores o aumentarlos.

—Si con tanta evidencia lo veis, explicadnos, ¿por qué no han seguido prestando ayuda a la Corona? —intervino Pedro Girón, un combatiente de buen linaje.

—Porque están esperando que esta sufra lo bastante como para necesitarlos. Echan de menos la importancia y los privilegios de los que gozaban antaño, aquellos que la reina Isabel les arrebató.

—¿Es eso lo único que los mueve? ¿Acaso no ansían ellos también justicia?

—Su distinción viene de que la justicia no exista.

Girón y Padilla cruzaron una mirada de rivales. La junta decidió a favor del primero. Sus razones no convencían a todos, pero el prestigio del toledano había quedado manchado por el fallido intento de que la reina Juana se hiciese con el trono. Ya no creían en él: les valía cualquier otro.

Padilla y María se retiraron entonces a Toledo, decepcionados pero sin considerarse fracasados: estaban seguros de que no había mejores líderes que ellos. El tiempo les dio la razón: Girón y sus principios quebradizos se escabulleron un día para unirse al enemigo. Los rebeldes no tardaron en reclamar a su antiguo capitán, que desoyó a su orgullo herido: estaba deseoso de volver a la lucha.

Días después de partir de Toledo, Padilla se vio de nuevo ante su ejército. Percibió miradas huidizas de vergüenza frente al líder traicionado y rostros más demacrados que los que le despidieron. Con voz grave pidió que olvidaran el pasado —Tordesillas, Girón, su ausencia—. Tenían que confiarse a él y armarse de ímpetu. Pronto lanzarían un ataque.

Adriano, que intuía que la indolencia de los nobles iba a ser aprovechada por los rebeldes, escribió a la corte portuguesa solicitando pólvora y hombres. En los primeros momentos del levantamiento, el rey Manuel había enviado medios de defensa a la Corona de Castilla. Pero esta nueva petición de Adriano fue respondida con un cargamento poco más que testimonial y con una misiva que daba cuenta de que el monarca portugués no podía atender la cuestión como hubiese deseado, pues estaba a punto de morir.

La agonía de Manuel duró varios días. Su hija Isabel no se separó de su lado, y gracias al acopio de valor consiguió no llorar; deseaba que su padre se fuese con la tranquilidad de saber que la había educado en la templanza. Mientras, a su hermano Juan se le anegaban los ojos en lágrimas mientras rezaba día y noche por el alma de su progenitor. El futuro heredero tenía diecinueve años y un perpetuo aire de tristeza. Siempre echaba algo de menos, o de más. Que Leonor se hubiese convertido en su madrastra acrecentó su melancolía, porque tan pronto como la había conocido, se había enamorado de ella.

La hermana de Carlos había llegado a la corte de Portugal sin entusiasmo alguno; no fingir complacencia era el único margen de libertad que le restaba ante esa boda forzosa. Tal honestidad encandiló a Juan, que estaba acostumbrado a las corazas de sentimiento de su padre y de su hermana. Leonor y él eran cercanos en edad, y en las pocas ocasiones que mantenían una conversación se hacían sonreír. Ella no llegaba a sentir por su esposo, el rey, más que un afecto desapasionado, y el heredero se percató de inmediato. El hecho de saber que entre su padre y ella no había más que un convenio le permitía sentirse menos traidor cuando fantaseaba que la besaba.

Tras el fallecimiento del rey, y tras las cientos de condolencias y las misas, Juan, ya sentado en el trono de Portugal, escuchó los ruegos de su hermana Isabel.

—La unión entre España y Portugal que ha quedado rota debe volver a ensamblarse. Escribid sin demora al emperador. Mi enlace con él no puede esperar más.

Juan así se lo prometió, pero cada una de las veces que se obligó a sentarse con la intención de redactar el deseo de su hermana, la mano se le quedaba rígida y la mente en blanco. Las palabras, que rehuían del papel, enseguida se pusieron a su disposición cuando Leonor dio cuenta de que debía partir ya hacia el Imperio.

—No abandonéis la corte, mi señora.

—Sois muy gentil, alteza, mas una vez despojada de la corona, mi presencia aquí carece de sentido.

—¡Decís mal! —Juan se sonrojó con su propio arrebato y rebajó la intensidad de su tono—. A menos que vuestro deseo sea marchar.

Leonor lo negó. Aunque en su matrimonio con el rey Manuel no había surgido hechizo alguno, allí, en Portugal, y por primera vez en su vida, había dejado de ser tan solo parte de un séquito. Se había convertido en reina, pero sobre todo en alguien. Regresar al lado de su hermano, como era su obligación, conllevaría perder de nuevo su albedrío. Se encontraría otra vez a merced de la voluntad de Carlos.

—Habláis como si pudiese escabullirme de mi destino —contestó Leonor—. Mi viudedad se asemeja a un regalo para el emperador. Podrá servirse de ella para unirme con quien interese a sus políticas.

Juan se la imaginó en brazos de otro hombre y se tensó de celos.

—Hay quienes evitan esa fatalidad. —La voz de él sonó como un ruego.

—Alteza, el convento no me seduce tampoco.

—Escribid a vuestro hermano —le sugirió el rey—. Decidle que habéis de recuperar el ánimo tras el fallecimiento de mi padre.

—Mas ¿por qué habría de posponer lo inevitable?

Como respuesta, Juan habría querido correr hacia ella, abrazarse a sus piernas y besar sus manos con fervor, pero solo se atrevió a decir:

—Porque vuestra compañía me es grata.

La sala se acunó de un silencio vibrante. Leonor notó cómo de sus entrañas partía un escalofrío que se propagó por su cuerpo recorriéndola entera, sin dejar que ni un palmo permaneciese en paz. No lograba entender del todo por qué Juan y ella de repente se miraban como si innumerables hilos tirasen de ambos para que se abrazaran. Sintió un vahído y pidió retirarse a descansar. Una vez tumbada en el lecho, y con los ojos clavados en los dibujos sinuosos de la techumbre, Leonor decidió que aún era pronto para marcharse.

Mientras tanto, en Francia, los ecos del enfado de Enrique de Inglaterra en el encuentro del Campo de Tela de Oro no se habían extinguido aún. No eran pocos los que calificaban de estúpido a su rey —siempre, eso sí, en un murmullo casi inaudible— por haber sacado a relucir su competitividad cuando menos interesaba al reino.

A Francisco, sin embargo, aquel incidente había dejado de atormentarlo. De hecho, contra la opinión del resto, le enorgullecía haber necesitado la victoria hasta en un juego de lucha. Y en ese estado de contentamiento consigo mismo se encontraba cuando recibió la noticia de que Enrique había desdeñado el acuerdo firmado con él para que los hijos de ambos celebraran nupcias en un futuro. La hija del monarca inglés estaba ahora comprometida con el emperador.

Carlos de Gante. Siempre Carlos de Gante. ¿El Imperio? Para él. ¿La alianza con Inglaterra? Toda suya. ¿Qué vendría después? ¿Qué? ¡¿Qué?!

La deslealtad de Enrique a favor del emperador —¡con ese compromiso absurdo que tardaría años en concretarse!— le resultó tan cruel a Francisco que solo supo interpretarla de la única forma en que su sentido conseguía darle forma: Dios estaba poniéndolo a prueba. Habían pasado seis años desde su victoria en Marignano, con la que ganó Milán. Ese éxito lo había saciado lo suficiente como para no haber sentido la necesidad de buscar otro hasta que el Imperio se puso en juego. Y fue entonces cuando en su horizonte surgió la figura, menuda y ramplona, según decían los que lo conocían, de Carlos de Gante, hasta entonces un mero vasallo de Francia al que el azar había colocado en el gobierno de España —la muerte y la locura de los demás herederos allanándole el camino—. El rey galo comprendió que, mediante las repetidas humillaciones que le estaba infligiendo el Habsburgo, el Todopoderoso estaba espoleándole para que volviese a la grandeza de aquella primera conquista. Qué mejor manera de azuzarlo que convirtiendo a un hombre mediocre en el obstáculo constante para sus ambiciones. Francisco pensaba en Carlos como en un insecto que hubiese encontrado una entrada a su cuerpo: minúsculo en relación a él, pero capaz de amargarle la existencia.

—¿Hay nuevas desde España? ¿Y desde el Imperio?

A Montmorency le desconcertaba que, en los últimos tiempos, los consejos de Francia se abriesen siempre con una consulta por la situación en dominios ajenos. Y el hábito tenía visos de asentarse, pues a Francisco se le notaba cada vez más ansioso por estar informado de todo lo que tuviera relación con el emperador. Los asuntos franceses, comparados con esa rivalidad, al monarca se le antojaban un aburrido papeleo.

—Según parece, los rebeldes aún no han sido reducidos por el mando del regente Adriano.

Los ojos de Francisco brillaron de gozo para decir:

—Y asustado se esconde en el Imperio para no tener que afrontar ese reto...

—No le presumo valentía, pero las noticias que han llegado hoy desde Alemania parecen justificar su estancia allí.

El rey avanzó hacia Montmorency como si estuviese dispuesto a extraerle la información del pecho.

—¿A qué se enfrenta?

—A un fraile.

Francisco reaccionó decepcionado. Confiaba en que los apuros de Carlos se asemejasen a castigos bíblicos: guerras, epidemias o traiciones de los Príncipes.

—¿Un simple fraile lo retiene allí?

—Roma lo ha excomulgado.

—Como a tantos otros.

— ...Y Federico de Sajonia lo respalda. Así como miles de alemanes.

La cuestión se volvió súbitamente interesante para el monarca.

—Lo ha citado en la Dieta de Worms. A decir de muchos, no hay forma de que ese encuentro acabe en éxito para el emperador...

El rey completó la frase de su consejero saboreando cada palabra:

— ... pues si le condena, encenderá a las gentes. Y de dejarlo libre, dará alas a la división del Imperio.

Montmorency asintió. En silencio, Francisco paseó por la sala. Sus pisadas sonaban como el tictac de un reloj. El consejero se percató de que la espalda del rey se iba enderezando poco a poco; parecía estar creciendo a cada segundo que pasaba. Lo que no podía adivinar era que el monarca estaba hablando con Dios, para agradecerle la jugada. ¡Qué sabio había sido al mandarle un enemigo que le obligase a recuperar su deseo de grandeza! Y qué generoso al debilitarlo con innumerables apuros, tanto en España como en el Imperio. El mensaje divino resultaba evidente.

Francisco se volvió hacia el consejero. Su altura alcanzaba ya cotas sobrehumanas y sus rasgos se mostraban sosegados y luminosos como los de un ídolo.

—Querido Montmorency, Francia acaba de entrar en guerra con Carlos de Gante.

La mañana del 16 de abril de 1521, el emperador se levantó al alba y acudió a rezar a la catedral de Worms. Antes de adentrarse en el templo se detuvo a contemplar sus torres, que se recortaban con enjundia en el amanecer. La solidez del edificio resultaba apaciguadora, pero su color rojizo, ensombrecido a esa hora temprana, le otorgaba un aire amenazador. Carlos pasó tanto rato orando que se le entumeció el cuerpo. Pidió por Lutero: por que la sensatez lo guiase, a él y a aquellos que lo ensalzaban. Aunque era consciente de las faltas de Roma, sabía que estas no se corregirían con blasfemias. Como un hijo díscolo al que se le reprende con insultos, la Iglesia reaccionaría con ira a toda crítica que no fuese pacífica. El emperador elevó la vista y divisó una cruz; dos maderos que se cruzaban para la tortura. Castilla y Alemania. Y él, tan bisoño aún, tenía que soportar, en soledad, el peso de sus agitaciones, los estigmas que ya horadaban su piel y le causaban un sufrimiento constante que le había impedido disfrutar de su suerte siquiera un día entero. Cierto que le rodeaban consejeros y familiares, pero la responsabilidad del destino de sus dominios le pertenecía solo a él. Cuando Tordesillas fue liberada del mando comunero, creyó que ese fuego se apagaría en cuestión de días. Esa esperanza le había animado a enfrentarse al problema luterano con optimismo; de ahí su condescendencia con el fraile. Pero ahora ambos apuros se solapaban, y creer en que aquello se solucionaría empezaba a ser una cuestión de fe. Tan solo una idea le tranquilizó: la verdad estaba de su lado. Sus ideales eran santos: la justicia, la paz, el honor. La Providencia no podía castigarlo.

Antes de salir del templo, Carlos recordó las palabras de san Pablo: «La fe es para los justos». La sentencia le dio fuerzas para afrontar ese día trascendental. Lo que ignoraba era que en esa misma frase se había apoyado Lutero para comenzar su cruzada.

Cuando horas después entró al salón donde se celebraría su primera Dieta alemana, los allí congregados —Príncipes, mandatarios y hombres ilustres del Imperio— se levantaron en señal de respeto. Mientras se dirigía en dirección al trono que le esperaba, Carlos reparó en Federico de Sajonia, de pie como todos, fingiendo una obediencia que él sabía, como poco, timorata. Cruzó con él una mirada fría y le dio la espalda para alcanzar su asiento. Una vez acomodado, observó a quienes lo escoltaban en la tarima: a Chièvres, que con su gesto parecía acusarlo de haber ocasionado ese trance innecesariamente; y a Fernando, cuyo mensaje parecía todo lo contrario.

Las miradas de todos los presentes se posaron en el emperador hasta que un hombre corpulento y de hábito oscuro accedió al lugar. Lutero tenía el aspecto rocoso que Carlos se había figurado, por eso le sorprendió que sus pasos fuesen titubeantes. Lo cierto era que, desde que cruzara el umbral del recinto, la solemnidad del acto había hecho mella en el fraile. El largo viaje hasta Worms lo había cegado. Todas y cada una de las aldeas le habían recibido con vítores, como a un héroe que regresara de la guerra con el mayor de los triunfos. Ese entusiasmo popular había actuado en él como una droga: le había hecho sentirse victorioso cuando lo cierto era que ni siquiera había comenzado la lucha. Ya en la Dieta, hasta la visión del emperador le intimidó: aunque la fachada del Habsburgo no era fiera, Lutero pudo sentir, como una energía paralizante, el poder de su cargo. La boca de ese hombre podría anunciar su sentencia de muerte. Enseguida recordó aquel rayo en el campo de años atrás, que reconocía ahora hecho carne.

El fraile se plantó ante Carlos a la espera de un discurso imperial, pero fue Chièvres quien se dirigió a él. El consejero se le acercó con modales tan prepotentes que entre los asistentes a la Dieta cundieron las muecas de desagrado.

—¿Reconocéis estos escritos?

Lutero vio cómo en sus manos caían de mala manera unos textos de imprenta. Los hojeó con detenimiento. El roce de los papeles era lo único que se podía escuchar en la sala.

—En efecto, salieron de mi puño —dijo el fraile.

—En ellos abundan las blasfemias contra el Santo Padre y contra la Iglesia. Buscan además encender ánimos sencillos en una cruzada herética. Amenazan la paz del Imperio y el destino de las almas de los embaucados. —El consejero empleó su tono más grave para preguntar al religioso—: ¿Os retractáis de lo expresado en ellos?

Las respiraciones de los presentes se contuvieron. En el trono,

Carlos notó que sus manos se humedecían de ansiedad. Mientras, Federico de Sajonia buscaba con ahínco los ojos del fraile: quería infundirle valentía, animarlo a que no se rindiese justo entonces. Pero Lutero perdía la mirada en el vacío. Lanzada la interpelación, había percibido en su cuerpo las ondas de terror de las palizas de su infancia, y de nuevo su interior vibraba de tal guisa que deseó llorar. Se avergonzó de sí mismo, pero se reconoció honesto como nunca.

—¿Os retractáis? —repitió Chièvres con fiereza.

—Necesito tiempo para responderos.

Un murmullo de sorpresa inundó la sala.

—¿Tiempo? —preguntó el consejero—. Vos, que tan hábil sois con las palabras, ¿sois incapaz de responder «sí» o «no»?

El fraile prefirió callar. Con frustración, Chièvres se volvió hacia Carlos, instándole a intervenir. El césar notó decenas de miradas clavándose en él como aguijones. Buscó los ojos de Lutero y estos no le rehuyeron. Tras un largo silencio, se dirigió a él:

—Os concedo un día de reflexión. Ni uno más.

Una vez que hubo transcurrido la jornada solicitada por Lutero y cuando este se personó en el salón de la Dieta, el emperador trató de adivinar por sus maneras qué iba a responder, pues no soportaba por más tiempo aquella incertidumbre. Las horas que habían separado las dos sesiones se le hicieron eternas, como a todos los implicados. Cada minuto había dado para figurarse mil veces qué entrañaría una respuesta o la contraria. Pero las intenciones del fraile, que avanzó despacio hasta la figura del emperador, permanecían tan oscuras como sus vestimentas. Su presencia en mitad del salón era como la de una esfinge que, pétrea, se resistiese a revelar un enigma.

Carlos, acucioso, se adelantó a Chièvres:

—¿Os retractáis de los escritos que habéis reconocido como vuestros?

La expectación congeló a todos en la sala. La inmovilidad y el silencio eran tales que la escena hubiese podido ser el cuadro de un momento histórico, lo que en realidad era. Al fin, el pecho de Lutero se hinchó para responder:

—Mientras yo no sea rebatido con las Sagradas Escrituras o con razones evidentes, y no mediante la supuesta autoridad de papas o concilios en los que no creo, no quiero ni puedo retractarme, pues sería atentar contra mi conciencia y contra la palabra de Dios.

El discurso del fraile se mezcló con el aire de la sala y, sirviéndose de él, voló como centellas hacia cada uno de los que estaban allí congregados. A Carlos le traspasó cual espíritu maligno, y le hirió las entrañas sin piedad.

—Que el Señor me ayude —concluyó Lutero.

El religioso se deslizó hasta la puerta con tanto sigilo que parecía de humo. De golpe, había desaparecido. Mientras entre el público Federico de Sajonia contenía sus ganas de expresar su júbilo, Chièvres, preso de la urgencia, se lanzó sobre el emperador.

—¡Apresadlo!

Carlos mantenía la mirada clavada en la entrada del salón, como si esperara que el fraile apareciese de nuevo para cambiar de opinión.

—Le di mi palabra de que podría presentarse en esta Dieta y abandonarla sin temor a ser detenido. —El emperador hablaba como si en lugar de recordar su promesa estuviese leyendo una ordenanza ajena.

—¡Vuestra palabra! —replicó el consejero con furia—. El honor os esclaviza, ¡y condena a vuestro Imperio a que la agitación no cese!

—Daré orden para que se le detenga tan pronto como abandone la ciudad. Mi conciencia no es menos exigente que la suya.

A la salida de la audiencia, Lutero fue recibido por una multitud a la que informó de que no se había echado atrás. Su valentía fue reconocida con aplausos y loas, que no sirvieron de bálsamo para mitigar la angustia que el fraile padeció durante el resto del día. Se sentía orgulloso de que el miedo no le hubiese obligado a claudicar, pero era consciente de que se había condenado. Aunque pudiese dejar atrás Worms sin peligro, las fauces del edicto imperial le atraparían antes o después y le conducirían a una lumbre que le abrasaría vivo, palmo a palmo. Y en medio de ese dolor intolerable quizá se preguntase si su coraje había merecido la pena.

Esa misma tarde el carruaje comenzó el retorno a Wittenberg. Otra vez, el silencio envolvió el coche durante horas. Jan Hus volvió a merodearles y se les hizo de nuevo tan presente como la madera en la que se sentaban. Y, también, como en la ida, de manera inesperada, los caballos se frenaron ante la presencia de algunos extraños. Lutero y sus amigos dieron por sentado que se trataba de admiradores. Pero las sombras tras la lona que los protegía dibujaron un cuchillo.

El rapto duró apenas unos segundos. Antes de que quisiera darse cuenta, el fraile se encontró cegado por una arpillera y subido a un caballo que se alejó del lugar a gran velocidad. Lutero supo que sus amigos no le acompañaban porque los gritos que lo reclamaban no tardaron en perderse en la distancia.

—¡¿Quién sois?! ¡¿Qué vais a hacer conmigo?!

Pero de los secuestradores solo oyó respiraciones agitadas. Su destino era incierto pero, sin duda, fatal.

La noticia del secuestro de Lutero fue acogida en la corte imperial primero con desconcierto y, más tarde, cuando los días fueron pasando y nada se sabía del fraile, con alivio. Los adeptos al hereje se contaban por centenares, pero era mayor todavía el número de ortodoxos, y sin duda algunos de ellos se habían adelantado a la condena del césar, quitando de en medio al agitador de Alemania y, potencialmente, de toda la cristiandad. A Carlos no le entusiasmaba el hecho de que otros impartieran justicia por él en sus dominios, pero lo cierto era que prefería evitarse ordenar el martirio del fraile y quedar marcado como el tirano que había acabado con la vida de un hombre que constituía también un símbolo.

Durante algunas jornadas, la falta de sobresaltos hizo de la corte un lugar calmoso del que disfrutar. Se organizaron bailes y banquetes, amenizados con música que solo se acallaban al amanecer. En una de esas celebraciones que nada festejaban, Carlos se fijó en una joven de pelo cobrizo y rasgos delicados. Tan pronto como le fue posible, y con un coraje de seductor que no sabía de dónde le había surgido, la sacó a bailar.

—Johanna van der Gheyst —respondió ella cuando el emperador le preguntó su nombre.

Al oírla, Carlos a punto estuvo de ordenar que la música cesase. Jamás había escuchado un tono más melodioso que aquel. Aunque la joven era bella y gastaba maneras sensuales, esa voz que era puro canto la convirtió de golpe en irresistible para él. No dejó de hacerle preguntas para poder seguir endulzándose.

—¿Dónde habéis aprendido a moveros de forma tan grácil?

Johanna sonrió y se sonrojó al tiempo.

—No hagáis chanza de mí, majestad. Bien sé que el baile no se encuentra entre mis virtudes.

—¿Que son...?

—Tan pronto como un don se predica, se desvanece. Pues la vanidad anula toda perfección.

Antes de que la danza hubiese terminado, Carlos ya deseaba besarla.

Lejos de allí, en la corte de Portugal, Isabel preguntaba cada día a su hermano si había recibido respuesta del emperador a la petición de que su compromiso se concretase de una vez y sin tardanza. A decir verdad, el monarca luso se avergonzaba de mentir a su hermana: la carta no había salido de Lisboa, y en algún momento debería reconocerlo. Pero el embajador portugués en Inglaterra, mediante un breve mensaje, salvó, sin ser consciente de ello, la falta de excusas de Juan hacia su hermana.

—El emperador se ha comprometido con la hija del rey inglés. El acuerdo tuvo lugar hace tiempo, pero no se nos había comunicado. Supongo que para evitar nuestro disgusto.

De súbito, Isabel se sintió inmersa en una versión absurda del mundo, producto de la mente de un loco, porque solo de ese modo podía entenderse que aquel con quien estaba destinada a casarse hubiese decidido unir su destino al de una niña de cinco años.

—Ha de ser la cláusula insensata de un acuerdo. ¡El césar no va a esperar diez años a desposarse, ni a buscar un heredero!

—Me resulta tan grotesco como a vos —dijo el monarca—, pero hasta el día en que se arrepienta de ese compromiso, si es que la sensatez regresa a su seso, el vuestro no tendrá lugar.

—Enseñadme su respuesta. Sin duda habrá grietas en su determinación. ¡Dejad que las descubra!

Juan improvisó una forma de salir de ese atolladero.

—Ni siquiera ha habido respuesta.

En un primer momento, la princesa se sintió ofendida como nunca en su vida. ¿Silencio? ¿Acaso era esa la contestación que merecía de Carlos al entregarse a él? Sin embargo, distinguió algo en su hermano que transformó la ira en sospecha: faltaba firmeza en sus palabras y también molestia. ¿Por qué no se sulfuraba por el hecho de que el emperador hubiese despreciado la oferta portuguesa de ese modo?

La explicación tardó días en llegarle, pero resultó meridiana. Mientras daba un paseo por los jardines de palacio, Isabel atisbó dos sombras y, con sigilo, se acercó a ellas y vio que bailaban felices, como las siluetas de dos hadas. La princesa tomó un rodeo para poder observar sin ser descubierta. Sus ojos se secaron al contemplar los cuerpos de Leonor y de Juan entrelazados en un abrazo henchido de deseo. Se besaban como los amantes de las leyendas: sin freno, sin miedo, ajenos a todo. Isabel se retiró sin hacer apenas ruido, con el cuerpo rígido y el pecho impidiéndole respirar. Su anhelo, la aspiración que había vertebrado sus días desde hacía años, iba a quedar en nada, porque, estaba segura, su hermano había decidido que la unión entre España y Portugal iba a quedar remendada con el segundo enlace de Leonor.

La princesa se sintió vulnerable por primera vez en toda su

existencia. Se percató de hasta qué punto su entereza provenía de dar por hecho su futuro. Ahora que este se desdibujaba, ella también. Pero la melancolía e Isabel no estaban hechas para convivir una con la otra.

—El reino aborrecerá vuestro enlace. Sois su madrastra, por Dios santo.

En todo el tiempo que llevaba en la corte portuguesa, Leonor jamás había oído ese tono sincero y descarnado de la princesa. Para ella, Isabel vivía en su propio planeta, donde se gastaban maneras educadas y conversaciones agudas, pero nunca se la había invitado a penetrar en su atmósfera, en su esencia.

La hermana de Carlos rompió a llorar; su llanto heló la rabia de la princesa.

—Pensaba que no podría volver a amar de nuevo. Vuestro hermano ha barrido de mi alma heridas que creía que morirían conmigo. La cordura me dicta que lo rechace. Pero el corazón me ata a él como a un puerto. Ahora bendigo cada amanecer, cuando durante años lo que anhelé era no despertar.

Una lucha se abrió en el interior de la princesa. El dolor de Leonor era el más sincero que jamás había presenciado. Y para alguien acorazado, como era ella, resultaba desgarrador ser testigo de un alma tan expuesta. Pero aun así, no se sentía capaz de renunciar a su destino.

—Vuestra unión desgraciará la mía con el emperador.

—No ha de ser así —se apresuró a responder su madrastra—. Os doy mi palabra de que mediaré para que vuestro enlace tenga lugar. No podría soportar que mi dicha fuera el origen de la infelicidad de otras personas.

Pasados unos momentos, Isabel se sentó a su lado y le secó las lágrimas. No creía que la voluntad de Leonor contase para nada en los planes del emperador; poco podría ayudarla si este se resistía al enlace, bien porque prefiriese que la niña inglesa se hiciese mujer, bien porque una alianza con Portugal le pareciese más ventajosa. Pero no encontró en su interior la capacidad de seguir enfrentándose a esa mujer enamorada.

Mientras en aquellas latitudes reinaba la emoción, en Castilla gobernaba la acción. El ejército comunero de Padilla, en cuatro jornadas, había tomado la población vallisoletana de Torrelobatón, como un primer paso para hacerse, sin encomendarse a nadie, con la gran urbe, sede de la corte. La victoria, sin embargo, no había sido cómoda. Los habitantes de la villa se habían resistido con ferocidad. El pillaje de las tropas comuneras, que del lugar apenas habían dejado sin asaltar más que la iglesia, convirtió, para los aldeanos, a los supuestos libertadores en abusadores. Los rebeldes se excusaban: necesitaban víveres y caudales para continuar su guerra. Pero a los asaltados les importaba poco la cruzada comunera si al día siguiente no iban a tener qué echarse a la boca.

Desde el castillo de Torrelobatón, Padilla oteó el horizonte. Estaba amaneciendo, y la planicie castellana se despertaba envuelta entre rojizos y púrpuras, ligeramente ondulada, como un mar en calma, y dividida en cultivos que le daban aspecto de un gran mosaico. El toledano aspiró el aire inocente de esas primeras horas. Una fe mesiánica se había adueñado de él desde que había vuelto a liderar el movimiento. En su mente, sin que lo forzara, solo se dibujaban hazañas.

Francisco Maldonado se unió a Padilla en el torreón. El aristócrata, líder de los comuneros de Salamanca, había colaborado en la toma de Torrelobatón. Se miraron de reojo: el paisaje resultaba demasiado bello como para distraer la mirada de él.

—Bravo ha conquistado Simancas y Zaratán —dijo el salmantino.

Padilla apenas sonrió. La confianza en la victoria final se había asentado de tal modo en él que los éxitos no le sorprendían: estaban escritos.

—Hoy creo, por primera vez.

—¿Acaso no lo hacíais antes? Vuestra voz ha sonado siempre convincente como ninguna.

—Deseaba creer, con todas mis fuerzas —contestó el toledano—. Pero llevaba dentro la derrota. Por eso me marché de Tordesillas sin la firma de la reina: porque no me sentí capaz de conseguirla. Aún era un vasallo jugando a no serlo.

—¿Y hoy?

—Hoy soy un hombre libre, y puedo afirmar rotundo que todos lo somos. Este campo... —Padilla señaló la llanura, cuyos colores se tornasolaban a medida que el sol iba subiendo; una vidriera cambiante de tierra y pasto—. Este campo nos pertenece tanto como nuestras manos o nuestra piel. La tiranía nos hace entregar a otros lo que en verdad poseemos. Es un engaño tal que algún día había de ser descubierto.

El sol ascendía rápido; empezaba a cegarlos. Pero ninguno de los dos quería romper ese momento. Solo cuando un viento frío se levantó sin avisar, Maldonado volvió en sí.

—¿Hacia dónde seguiremos?

—Hacia la villa de Toro. Y tras ella, Zamora.

En la corte de Valladolid, cuando el regente Adriano tuvo noticia de los avances de los comuneros, citó en audiencia a Fadrique de Alba, el único de los Grandes que siempre se había manifestado abiertamente leal a la Corona. De hecho, desde el inicio de la revuelta, el duque no podía sentir más que bochorno por la actitud de los nobles. Su preeminencia le había llevado a suponer que gozaba de autoridad entre ellos, pero sus órdenes de auxilio al regente, que pasaron a convertirse en ruegos, habían sido desdeñadas. A las citas con Adriano Fadrique acudía con una vergüenza creciente, porque era cada vez más inexcusable la inacción de los señores. Pero en la víspera del nuevo encuentro, tuvo noticia de un hecho que le hizo entrar en el salón real con paso firme.

—Dueñas. La villa, enarbolando la bandera de los comuneros, se ha rebelado contra su señor. No ha sido mera algarada, sino revolución.

Adriano recibió sus palabras como si le llegase una brisa de aire fresco tras una temporada en el infierno.

—Y ha llegado a oídos de los demás nobles —intuyó el regente.

El duque asintió. Cruzaron la mirada que llevaban meses esperando intercambiar.

—Se proclaman leales a la Corona.

—Ahora que ven amenazados sus privilegios... —En la voz de Adriano había un tono de desprecio, aunque desde hacía tiempo contaba con que solo iba a ser socorrido por los señores si estos sacaban algún rédito de ello.

—¿No seréis capaz de anteponer la censura ante su egoísmo a la posibilidad de recuperar la paz en el reino?

El regente dio unos pasos por el salón, como si quisiera dejar atrás, con su avance, el desagrado que le causaba tener que contar con esa estirpe de interesados. Se volvió entonces al duque, a quien el ánimo se le había quedado confundido.

—¿Me creéis tan necio? ¡Los llamo a mi servicio! Que dispongan sus ejércitos bajo mi mando, ¡sin demora! O incluso contando con su ayuda, puede ser demasiado tarde.

Carlos leyó con avidez la misiva de Adriano, una y otra vez, hasta memorizarla. Hacía tanto tiempo que las noticias que llegaban desde Castilla eran una sucesión de reveses, que sintió que esa nueva carta venía de otro sitio, y no en cambio de ese manantial de problemas, pues así podía definirse aquel reino. La colaboración de la nobleza no solo serviría para, con toda probabilidad, revertir el curso del conflicto; supondría también una claudicación a la Corona, el comienzo de una relación de compromiso entre el rey y los Grandes. Desde que Carlos había llegado a España y hasta ese mismo momento, los aristócratas apenas si habían disimulado un comportamiento semejante a un mero disfraz de obediencia. Los que confiaban en que con el nuevo rey se repitieran las prebendas que su padre, Felipe el Hermoso, había concedido a la nobleza —su rivalidad con Fernando el Católico le había hecho ampararse en el bando señorial para contrarrestar el poder de aquel—, se decepcionaron pronto: fue el séquito flamenco del monarca el que se benefició, y a manos llenas, de las mercedes reales. Pero la revuelta comunera, tal y como se estaba desarrollando, tenía visos de acabar de una vez por todas con el desafecto de los Grandes. De modo que Carlos pensó que, a pesar de las mil angustias que esa crisis le había hecho pasar, bien podía ser que, a la larga, fuese el embrión de la estabilidad del reino.

Imbuido de la relativa despreocupación que le provocaron las palabras de Adriano, el emperador se dejó llevar por algo muy parecido a la alegría. Lutero seguía desaparecido, y la inquietud sobre su paradero iba desvaneciéndose entre los alemanes: pocos dudaban entonces de que había sido asesinado. Durante varias jornadas, Carlos se dedicó tan solo a Johanna, por quien no sentía nada parecido al enamoramiento, pero sí deseo. En el lecho que compartían no se mantenían ingeniosas charlas como las que había disfrutado con Germana; la pasión era lo único que los unía, y los dos parecían contentarse con que así fuera.

Un amanecer, cuando ambos todavía dormían, se oyeron voces graves al otro lado de la puerta de la alcoba real. Carlos esperó a que se alejaran, pero cada vez parecían más, y el tono poseía una nota oscura que inquietaba. Se levantó y, ansioso por saber qué ocurría, atravesó el pasillo aún en ropa de noche y descalzo: los pies helándose sobre la piedra. Cuando apenas había dado unos pasos, al otro lado del corredor apareció la figura de Gattinara. Andaba con urgencia, con la vista clavada en el suelo y murmurando nervioso una letanía que Carlos no llegaba a distinguir. El emperador sabía que el canciller se dirigía a su cámara: ese camino no llevaba a estancia distinta. El italiano al fin levantó la cabeza y, al ver al de Gante, se detuvo en seco. En su mirada había una profundidad que Carlos no había percibido jamás.

—¿Qué ocurre?

—Francia ha invadido dominios vuestros en Navarra e Italia.

El emperador notó que la sangre le abandonaba el rostro.

Navarra fue el primer objetivo de las tropas francesas. La excusa era recuperar para Enrique II el reino que Fernando de Aragón había conquistado hacía ya una década. Quien estaba al mando del batallón galo era un hermano de la amante del rey, Francisca de Foix, de talento militar mediocre para una campaña de tanta enjundia. El monarca, desoyendo las advertencias de su madre, Luisa de Saboya, que consideraba la elección como una concesión nacida del romanticismo y no del pragmatismo que había de guiar a un gobernante, vio su osadía castigada con la derrota.

Pero al tiempo, otras huestes galas traspasaban la frontera de los Países Bajos.

Mediante un frenético trabajo diplomático, el emperador consiguió garantizar el apoyo de su futuro suegro Enrique de Inglaterra y del Papa, que ansiaba respaldar a quien estaba luchando —aunque, a su parecer, sin la determinación necesaria— contra la herejía en el Imperio. Solo entonces Carlos mandó a sus ejércitos sobre el nordeste de Francia. El avance fue más sencillo de lo esperado, y la intención, evidente: solo retiraría a sus hombres si Francisco hacía lo mismo con los suyos en las zonas invadidas.

El césar seguía los acontecimientos de la guerra con un nervio que al principio le resultaba casi intolerable, pero al que no solo llegó a acostumbrarse, sino del que acabó disfrutando. Era una excitación vigorizante: la incertidumbre, la enemistad bélica, el temor, la planificación meticulosa de las batallas, ese juego mortal en el que la corte estaba inmersa desde que el conflicto se iniciara. Sin embargo, con el transcurso de las jornadas, empezó a echar en falta más vértigo, ¡más riesgo! Y cuando supo que el monarca francés había decidido encabezar sus ejércitos en su ofensiva en la frontera flamenca, entendió que había llegado el momento de vivir su primera guerra.

Bajo la armadura imperial, Carlos, al frente de sus tropas, oteó el valle donde estaban acampados los soldados enemigos. Su número, ya a simple vista, se discernía mucho mayor que el del ejército que a él lo acompañaba. De repente, el metal de la coraza comenzó a pesarle mucho más. Debajo de él se agitaba un cuerpo desgarbado, bañado en sudor, necesitado de aire. Su resolución de tomar parte en la lucha había sido censurada por la mayoría de sus colaboradores. Los tiempos en que los monarcas estaban obligados a encabezar sus ejércitos iban quedándose atrás, y no se consideraba deshonroso ganar una guerra desde el despacho, con la inteligencia como arma para tomar las adecuadas decisiones bélicas y para exprimir la diplomacia. Sin embargo, el espíritu caballeresco de Carlos, aquel que le había sentado en el trono del Imperio y que le había llevado a actuar tan honorablemente con Lutero, no le permitía esquivar la contienda.

—Contáis veintiún años —le recordó Chièvres—, jamás habéis bregado en un campo de batalla y, por supuesto, aún no habéis tenido heredero. ¡Vuestra intención es sencillamente suicida! ¡Un capricho insensato!

—¡Me niego a que las tropas de Francia tengan a su rey como estandarte, y las mías luzcan huérfanas!

Ese registro en la voz del emperador que no daba pie a hacerle cambiar de opinión fue perfectamente identificado por el consejero.

—Prometed al menos que no correréis riesgos innecesarios. Sois el que vela por muchos reinos y un Imperio. Esa responsabilidad ha de pesar sobre cualquier otra.

Con la mirada fija en las tropas francesas, Carlos estaba lejos de arrepentirse de su decisión, pero era tal la diferencia en número de un bando y otro, tan imposible o milagrosa la victoria, que entendió que el ataque supondría un suicidio. Su corazón de caballero le pedía cabalgar, espada en alto, y alentándose con un grito enfebrecido, enfrentarse contra sus enemigos. Pero el gobernante sensato prefería no espolear al caballo.

Unos kilómetros más allá, en el bando francés, el monarca miraba al cielo encapotado, enseguida al horizonte y luego a sus hombres, que se contaban por tantos que la vista no le alcanzaba para abarcarlos a todos. Un soldado cabalgó hasta su vera. Había sido enviado a espiar al enemigo, y tras hacerlo, retornaba sin disimular la alegría.

—Alteza, el ejército imperial es apenas la mitad que el nuestro. ¡La victoria es segura! Esperamos vuestras órdenes.

Francisco asintió, pero no añadió mandato ninguno. «La victoria es segura.» La frase resonó en su mente, de la misma manera que la había escuchado antes, y mil veces, durante los meses que duró la carrera imperial. Recordó la sensación de certeza absoluta que le había acompañado en todo ese tiempo, y cómo le parecía que el emperador estaba a punto de ser derrotado en tantos momentos de esa disputa. El sabor cáustico que dejó en él el resultado de la elección se le repetía ahora como una mala digestión.

De repente, una voz de alarma desde un puesto distante dijo:

—¡Se retiran! ¡Las tropas imperiales se retiran!

Entonces, el monarca francés reaccionó. Con urgencia y algo desesperado, organizó a sus hombres para que persiguieran a los de Carlos. La caballería gala se lanzó a tal velocidad y con tanta ferocidad tras las huestes imperiales que, a distancia, se asemejaba a un brochazo descuidado en el cuadro de la batalla. Cabalgaron y cabalgaron sin atisbar a su presa, que se había evaporado en el horizonte como sol de atardecer. Y entonces, cuando las fuerzas de los caballos comenzaban a flaquear pero una mancha oscura —¡el adversario!— se adivinaba al fin ante los franceses, el cielo comenzó a descargar tanta lluvia que en minutos el campo se convirtió en un lodazal en el que los animales se tropezaban. Los soldados se detuvieron, desnortados, incapaces de divisar ante sí más que una cortina opaca de agua. Y, a pesar de que la tormenta era ensordecedora, se oyó un grito de furia. Era de Francisco.

—Llueve.

Padilla levantó la mirada al cielo, donde las nubes lucían sucias. Enseguida pensó en el contraste con aquel límpido amanecer en el castillo de Torrelobatón, los tonos malvas y anaranjados. Ahora solo le rodeaban grises y ocres. Se volvió a contemplar a los suyos y les arengó para que avanzasen con más brío hacia Toro. Cuando la marcha tomaba ya un ritmo alegre, la tierra comenzó a temblar. Los caballos de los comuneros, respondiendo a su instinto, se detuvieron. La vibración del suelo se acrecentaba cuando un rugido se sumó a ella, como el trueno al relámpago. Padilla y sus hombres miraron a sus espaldas.

Eran miles.

A los rebeldes no les dio tiempo a alcanzar Toro. A medio camino, en Villalar, las tropas de la Corona, colmadas por los señores y sus soldados, les dieron alcance. Padilla fue testigo de cientos de muertes y todas de sus propios hombres. Las calles de la villa se tupieron de cadáveres. Las piedras y los muros de las casas terminaron salpicadas de sangre. A cada alarido de dolor le seguía un silencio brusco; cada hombre herido era rematado en el suelo.

Aunque el movimiento había tardado años en gestarse y lanzarse a la lucha, con debates, algaradas, reclutamientos, negociaciones, sediciones, una reina indecisa y algunas victorias, se acababa de zanjar en apenas unas horas y para siempre.

Las tropas de la Corona se guardaron de dar muerte a los líderes rebeldes durante la batalla. Solo cuando esta hubo concluido y los pocos comuneros que conservaban la vida se habían rendido, Padilla fue apresado con solemnidad. Le ataron las muñecas con una cuerda tosca y lo condujeron a una plaza donde aguardaban, sometidos como él, Maldonado y Bravo. A escasos metros de ellos, y con una postura relajada, hacía tiempo un verdugo. Los comuneros se habían imaginado ese día en pensamientos pesimistas y pesadillas, pero a los tres les sorprendió que el sol estuviese rompiendo tras las nubes, que el rebuzno cómico de un borrico alcanzase la plaza y que de una vivienda cercana saliese olor a guiso: el mundo era indiferente a su tragedia.

Los líderes escucharon la sentencia. Se revolvieron al oír que se les acusaba de que habían traicionado al reino. Al poco, Maldonado se arrodilló ante el tocón de madera, apoyando la cabeza de modo que pudiera cruzar su mirada con la de Padilla. Cuando el verdugo dejó caer el hacha sobre su cuello, su cabeza aún reflejaba un gesto de orgullo. El siguiente fue Bravo. Se notaba que el ejecutor tenía oficio: también entonces el corte fue limpio. Padilla contempló cómo un hombre se convertía en una fuente de sangre. Era su turno. Notó un empujón en la espalda. De entre los gobernadores y militares que estaban presenciando los ajusticiamientos, buscó el rostro más misericordioso y se dirigió a él.

—En mi pecho guardo una carta para mi esposa. Tenga piedad y hágasela llegar.

El rostro misericordioso apretó los labios para contener la emoción; Padilla supo que había elegido bien a su mensajero. Cuando apoyó la cabeza en el tocón, el toledano notó en su mejilla la sangre cálida de sus compañeros. Cerró los ojos y buscó un último pensamiento. En su mente se agolpaban imágenes sin que su voluntad pudiese descartar ninguna. Sin embargo, en el momento en que oyó el silbido del hacha alzándose, vislumbró solo una en su interior: el paisaje castellano desde lo alto del castillo de Torrelobatón. En lo alto del torreón le acompañaba alguien. No se trataba de Maldonado, sino de una mujer de mirada enérgica, la fuerza encarnada entre rizos negros. Y en el instante previo a que se le fuera la vida, sintió de nuevo que era un hombre libre.

El hacha cayó.

Señora, si vuestra pena no me lastimara más que mi muerte, yo me tuviera por bienaventurado. Quisiera tener más tiempo para escribiros algunas cosas para vuestro consuelo. Vos, señora, como cuerda llorad vuestra desdicha y no mi muerte. Mi ánima, pues ya otra cosa no tengo, dejo en vuestras manos. Haced con ella como con la cosa que más os quiso.

La noticia de la victoria de las tropas realistas en Villalar le llegó a Carlos mientras se mareaba entre mapas y estrategias contra los franceses. La guerra se prometía larga, y además la hostilidad entre los dos monarcas no permitía negociación alguna. Aunque el emperador estaba lejos de corresponder al odio de Francisco con uno similar, consideraba lo suficientemente vil que el monarca galo le atacase en un momento tan delicado para la cristiandad y para España. Él jamás habría actuado de ese modo innoble. En ese sentido, su rivalidad era necesaria.

A la alegría del cese de la revuelta comunera se sumaba otra parecida: la agitación luterana seguía decayendo tras la desaparición del fraile. Carlos rezaba cada día para agradecerle a Dios que hubiese intervenido para librarle, de forma tan inesperada, de un apuro que, de haber seguido activo, bien podría haber desestabilizado fatalmente su Imperio. Se permitiría dedicar todos sus esfuerzos a la guerra contra Francia, porque el resto de los obstáculos se habían evaporado.

El castillo de Wartburg se levantaba al borde de un precipicio en las proximidades de la urbe de Eisenach. Se diría que su robustez era elegante: al tiempo hermoso como un palacio y recio como toda una fortaleza. El número de estancias era incontable y, por lo tanto, resultaba fácil perderse en su interior y terminar, sin quererlo, asomado al desfiladero de medio kilómetro sobre el que estaba construido. Pero últimamente, de todas sus alcobas, solo una permanecía iluminada día y noche. A Federico de Sajonia le gustaba vislumbrar desde su cámara ese cuarto con vida, ese resplandor que nunca se apagaba, como si el castillo dispusiese de un faro. De vez en cuando se acercaba a esa estancia y llamaba a la puerta con toques respetuosos. Al obtener permiso para entrar, la estampa que se encontraba era siempre la misma: una mesa llena de legajos y Martin Lutero trabajando afanosamente en ellos. Entonces el de Sajonia esbozaba una sonrisa orgullosa. Gracias al rapto que había organizado, Alemania todavía podría estallar y cambiar para siempre, sin que Roma o el mismísimo emperador pudiesen hacer nada por evitarlo.

7

Carlos se aproximó con lentitud al catafalco. Cuando llegó a la altura del cadáver que allí yacía estudió primero las manos marmóreas entrecruzadas sobre el vientre, tan rígidas y con las venas tan poderosas, y sin embargo tan incapaces de asir siquiera una pluma. Una mosca se posó sobre uno de los índices y se paseó por los dedos inertes con inocente desvergüenza. El emperador la apartó y, al hacerlo, rozó levemente la piel del muerto. Notó un frío que le secó la boca. Subió entonces la mirada hasta el rostro del cadáver. «Ni siquiera ahora descansas, querido Chièvres», pensó; porque el rictus de su gesto, aun con los ojos cerrados, reflejaba una alerta tensa, de consejo real urgente: de sospecha. Quizá él, incluso en el más allá, albergaba, como todos, dudas sobre la razón de su desgracia, y por eso carecía de vida pero también de reposo. Aunque los físicos concluyeron que la causa de la muerte había sido de origen natural, sucedió de forma tan repentina que se sospechó que los luteranos podrían haberlo envenenado para callar para siempre esa boca de la que había salido tanta prepotencia hacia el fraile en la Dieta de Worms. Carlos no quiso dar pábulo a esa teoría. La pérdida de su sombra fue lo único que le ocupó desde que conoció la noticia. Incluso la guerra con Francia, que continuaba aún, por unos días perdió importancia para él. Desaparecido el consejero, el emperador se sintió huérfano: la ausencia de ese hombre iba a marcarle más que su presencia. Ahora entendía que aquel que yacía en el catafalco le había servido, durante años, de padre: un padre severo, despótico a veces, con pecados que habían dolido una vez descubiertos, incansable, astuto como un animal hambriento, de lengua bífida, sacrificado o egoísta según soplase el viento. Nada parecido a un ideal de paternidad, pero justo por eso mucho más real, tan entregado y ciego a sus errores como lo son la mayoría de los progenitores. Y aunque el emperador llevaba tiempo robusteciendo su ánimo y por momentos poseía el aplomo de una madurez sin grietas, perder a Chièvres le hizo sentirse desmembrado, con una coraza menos ante el mundo. Se percató de que había dado por seguro que su círculo sería eterno, como si nada pudiese romperlo. Qué niño había sido al ignorar a la muerte.

Durante el viaje de regreso a España, que arrancó pocos días después del entierro del consejero, Carlos se aferró a la idea del inminente reencuentro con Adriano, pues confiaba que a su lado fuese a menos su sentimiento de orfandad, y también a la compañía de Gattinara. Este sabía ser tajante y resuelto sin ofender, le sobraba inteligencia y, por lo demás, era tan fiel como un evangelista. A lo largo de la travesía, el emperador disfrutó de su conversación, pero se dio cuenta de que el canciller y él no habían pasado juntos el tiempo suficiente como para que sus lazos fueran del todo cálidos, al menos no lo íntimos y entrañables que habían sido con Chièvres —una calidez sofocante a veces, calcinadora en su última etapa, pero calidez al fin y al cabo—. A decir verdad, se sintió mayor para engañarse buscando en Gattinara a otro padre. Serían colaboradores, amigos y poco más, y un día se acercaría a su cadáver y le agradecería con una oración los servicios prestados, los consejos y algunas chanzas, pero su desaparición no se le haría insoportable, y no, no le dejaría en la boca aquel regusto a desamparo. Fallecido Chièvres, apenas le restaban vínculos sentimentales, y los que poseía —su tía Margarita, ¿Fernando?— se quedaban atrás a medida que avanzaba el navío. Carlos notó en torno a sí un aura de vacío, de soledad e indiferencia. Tenía miedo de no unirse nunca a nadie lo suficiente como para que la mera idea de su pérdida le hiciese temblar.

Santander lo recibió de manera bien distinta a aquella lluvia de piedras que fue su anfitriona, en Tazones, años atrás. Nada más pisar tierra, en cada uno de los españoles que le esperaban el césar percibió algo más que cortesía; lo trataban con un respeto que, por primera vez, parecía genuino. La revuelta comunera y, sobre todo, la guerra declarada por Francia, habían elevado la estima de los españoles hacia su rey: nada como una amenaza exterior para amalgamarse, olvidar agravios y anhelar un líder fuerte, a quien gustosamente rendirían obediencia. Carlos se dejaba agasajar por sus súbditos cuando Gattinara le reclamó a su lado.

—Majestad, ¡Adriano...! —El italiano era presa de una alegría nerviosa—. ¡Adriano ha sido elegido Papa!

—¿Nuestro Adriano? —El rey era la personificación de la sorpresa. Luego, y sin tardanza, le invadió el orgullo—. Cuánta dicha por él... y por nos.

—Decís bien. A Francia más le valdría retirarse de la contienda. ¡Ahora, las huestes de Roma caerán sobre sus tropas con ímpetu redoblado! Retendremos Milán, y los galos se verán obligados a replegarse si quieren recuperarla.

Carlos escuchó «Milán» y recordó la alegría perversa con la que había recibido la noticia de que sus ejércitos se habían hecho con ella —un alto en su talante caballeresco, sí; pero arrebatarle a Francisco la que había sido su gran conquista bien merecía permitirse cierta malicia.

—Dios nos quiere victoriosos, canciller —dijo Carlos—. Ansío encontrarme con Adriano, y que las dos cabezas de la cristiandad empiecen a pensar como una sola.

El sol de julio caía implacable sobre el puerto. La piel lechosa del emperador empezaba a enrojecerse, pero este habría podido pasarse horas contemplando ese horizonte de mar en calma que se alzaba en la pared del cielo, como también la naturaleza que brillaba esmeralda sobre las laderas. Los españoles estaban dejando que su odio hacia él se desvaneciera, el sitial de Roma lo ocupaba un fiel amigo y Lutero seguía sin dar señales de vida. Por un momento, la esperanza hizo que olvidara su aura vacía. La fortuna le sonreía tanto que no echaba en falta a nadie.

Nunca hubiera imaginado que, mientras se iba adentrando en el reino por caminos en los que se le celebraba, Adriano de Utrecht estaba ya viajando al Vaticano, huyendo de él.

—¿Cómo que ya ha partido? —Carlos, indignado, escupía las palabras como flechas—. ¿No ha esperado a reunirse conmigo sabiendo que mi llegada era inminente?

En mitad del salón de la corte vallisoletana, Fadrique de Alba contuvo un suspiro de resignación. Había adivinado que esa y no otra sería la reacción del emperador. Por ese motivo le había insistido a Adriano para que permaneciese en Castilla hasta que Carlos pudiese bendecir su partida a Roma —y dejar sentada su nueva relación, con ambos en la cumbre—. Pero el de Utrecht, tras el nombramiento, se había mostrado terco y agitado, algo inusual en él. El papado le había sido concedido sin haberlo reclamado siquiera, y le había sentado como un baño de pulgas: de golpe se había vuelto nervioso y escurridizo. Lo cierto era que no anhelaba ese honor, pero ¿cómo rechazarlo?

—Según me hizo saber —le contestó el duque al emperador—, su intención es evitar ser acusado de excesiva connivencia con vos. Su cargo, dijo, exige una imparcialidad que cualquier gesto puede poner en duda.

—¡Con deleite se benefició de la poca neutralidad que tuve con él cuando aquí arribamos! ¿Y me la pagará ignorando lo que nos une? ¿También en la guerra contra Francia?

Por el gesto de Fadrique, Carlos entendió que así sería.

—Traición —dijo el emperador, y percibió que el aura de soledad engordaba a su alrededor hasta aislarlo del mundo.

Una voz nueva se dejó oír entonces:

—Si me permitís el consejo, majestad, no mostréis irritación ante su falta. Eso le haría consciente de su poder. Y no es tanto como para que no os necesite antes o después.

—¿Quién lo dice? —Carlos preguntó por el joven de rostro alargado y ojos como pozos hondos que se había atrevido a hablarle sin ser preguntado y que, aunque había llegado con Fadrique, alguien que desconociera de títulos hubiera dicho que era el duque quien lo acompañaba a él y no al revés. Con esa cara de chiquillo irradiaba magnetismo sin necesidad de hacer o decir nada, y daba la impresión de tener ante sí un porvenir no solo halagüeño, sino sometido a sus deseos.

—Os presento a mi nieto, Fernando de Alba, a quien mi hijo, que Dios le tenga en su gloria, me regaló como heredero de mis títulos —explicó Fadrique.

El joven le hizo una reverencia a su rey.

—Como bien sabéis, yo también perdí a mi padre siendo apenas un niño —dijo el césar—. Lamento que hayamos corrido la misma suerte.

—La fatalidad endurece el carácter y la soledad lo cincela. No existe gran hombre que no surja de la desgracia, mi señor.

El emperador contempló a Fernando de Alba. Toda la vitalidad que había abandonado el mundo con la partida de Chièvres, y casi se podía decir que toda la de los que habían muerto desde el inicio de los tiempos, parecía concentrada en ese muchacho. Carlos intuyó que el nieto de Fadrique poseía el germen para convertirse en un titán, en uno de esos hombres cuya grandeza no viene del título que ostentan sino de un ímpetu espiritual que los eleva por encima del resto. No cabían demasiados hombres con tanto carácter porque, si fuesen la norma, el mundo estallaría en pedazos.

—Valoraré vuestra opinión. —Carlos desvió la mirada hacia Fadrique; no quería enorgullecer al joven demasiado pronto—. Dadme nuevas de la cuestión comunera.

—Apenas siguen agitadas unas pocas villas —contestó ufano el duque.

—Es el momento de hacer justicia, y esos rescoldos se apagarán —sentenció el emperador—. ¿Han sido apresados todos los líderes?

—Los más notables fueron ejecutados en Villalar. Pero muchos son los responsables que siguen con vida, aunque ya en calabozos. En cuanto a los que respondieron a la llamada de esos agitadores y se sumaron a la lucha... son miles, hombres e incluso mujeres de todo orden. Los gobernadores de cada ciudad se están afanando en dar cuenta de sus nombres.

—No será necesario —zanjó el de Gante—. Concederé un perdón general al reino. Mas los líderes habrán de ser ajusticiados. Todos y cada uno de ellos.

Apenas unas horas más tarde Carlos firmaba indulgencias y condenas con la misma mano. Le aliviaba haber dado con una solución inmejorable para cerrar esa cuestión: el perdón a las gentes parecía justo, además le ayudaría a ganarse su favor, y la ejecución de los cabecillas serviría de advertencia en lo venidero ante posibles tentaciones de rebeldía violenta. Se lamentó de no tener también a mano una forma de enderezar la cuestión de Adriano; intuía que en ese asunto solo cabía esperar que el que había sido regente castellano entendiese que ningún gobernante, ni siquiera el Papa, podía elegir la neutralidad, porque incluso el hecho de no hacer nada beneficiaba siempre a un bando más que a otro.

De noche, nada más entrar en su cámara, que hacía años que no pisaba, Carlos se acordó de Germana. Llevaba meses sin que su memoria se la trajese. El idilio que había vivido con Johanna —alegre, carnal, olvidable— le había evitado la nostalgia. De la flamenca se había despedido con cariño pero sin pesar, dándole su palabra de emperador de que se encargaría de que el bebé que llevaba en sus entrañas estuviese siempre atendido en todas sus necesidades —sería una niña, otra pequeña bastarda de su sangre—. Sin embargo, desde que había regresado a la corte de Valladolid, innumerables detalles habían ido reconstruyendo el fantasma de la viuda del Católico. El lecho, que habían compartido tantas veces, tomó contacto con su piel como si fuese la de ella y estuviese llamándolo. Luego, cuando por fin cayó dormido, tuvo sueños de guerra en los que, en soledad, se enfrentaba a miles de franceses, que estaban liderados por un Francisco que lucía el rostro de Adriano. Entre los muertos que alfombraban el campo de batalla, con la mirada helada clavada en el cielo y cubierta de moscas, se encontraba Germana.

Se despertó mareado, y aquel malestar le duró dos días, hasta que se atrevió, durante un consejo real, a preguntar por ella. A Fadrique se le ensombreció la mirada.

—Se dice que sufre a su esposo...

Carlos se irguió, alerta.

—¿A qué llamáis sufrir?

—Rapacerías, desprecios... golpes.

El estómago del emperador pareció recibir una lanzada. Le habría gustado cancelar la reunión y pasarse el resto del día cabalgando hacia dondequiera que estuviesen Germana y su esposo y, tras ponerla a salvo, inmovilizar al duque de Brandeburgo en el suelo y romperse los nudillos haciéndole pagar por su vileza.

—Ha de presentarse ante mí lo antes posible.

—¿Su esposo? —preguntó Fadrique.

—No; ella.

El duque asintió y, al notar el ánimo del rey agitado por las desventuras de la viuda del Católico, se encargó de sedarle con otros asuntos del reino, dejando para el final uno de los más adversos.

—Como ordenasteis, los líderes comuneros están siendo apresados. Mas no hay rastro alguno de quien fue tan importante entre ellos.

—¿A quién os referís?

María Pacheco se presentó en la corte de Portugal con el mismo vestido con el que había huido de Toledo —apenas recordaba la escapada, que fue entre lágrimas y atravesada por el clima de terror que reinaba en la ciudad; todos allí temían la venganza de la Corona y muchos huían o desertaban de las milicias comuneras para confundirse entre los civiles, como si esos meses de lucha hubiesen sido una ensoñación y hubiese llegado la hora de despertar—. Para su sorpresa, la recibió el rey Juan. Tras dar cuenta de quién era, explicó qué le había llevado hasta allí:

—Os ruego me permitáis hacer de esta la tierra de mis antepasados, mi nuevo hogar. Podría ocultarme en un rincón de vuestro reino sin despertar sospecha, pero mi conciencia está limpia de culpa y nada he de esconder: prefiero hacéroslo saber, alteza.

—Si os presentáis ante nos es porque buscáis no solo asiento, sino amparo —intervino Isabel de Portugal.

—Mi único delito ha sido anhelar lo mejor para Castilla. No merezco honores, pero tampoco castigo, más allá del de haber perdido a mi esposo, a quien la Corona decapitó en nombre de la justicia.

A Juan le impactó saberlo. Se figuró el dolor de perder al ser amado de manera tan cruenta; en su imaginación apareció Leonor teñida de sangre y tuvo ganas de gritar de rabia. Compadecido, estudió a María: el pelo descuidado, el rostro surcado por marcas que no venían de la edad sino del sufrimiento, la mirada de orgullo venido a menos. Estaba enjuta, consumida, y el rey sospechó que no a causa del largo viaje ni de las revueltas castellanas; se trataba del efecto de haber visto su amor roto y de haber perdido cualquier ilusión futura.

—Os lo concedo.

La comunera besó las manos del monarca, aunque con dignidad. Cuando se hubo marchado, Isabel se encaró con su hermano.

—¿Acogéis a quien a punto ha estado de tomar por la fuerza el poder en Castilla?

—¿Qué amenaza me supone una mujer sola? La habéis visto, es un fantasma, no tiene más que pasado. Además, todo ilustre, sea ángel o demonio, es una buena moneda de cambio.

—¿Pensáis chantajear al emperador? —preguntó ella.

—Confío en no tener que hacerlo, sin embargo...

El pecho de Isabel palpitaba: abundaba dentro tanta ira contenida que apenas había sitio para el aire. Al verla de ese ánimo, Juan no terminó la frase: se levantó del trono y se apresuró a abandonar el salón real antes de la tormenta, dejando a su hermana sola. Fue entonces cuando, de lejos, llegó a la estancia el tañer de unas campanas. A la princesa le sonaron a sentencia. Con cada repique su ira se fue convirtiendo en desolación. A esas alturas, la posibilidad de que algún día se casara con Carlos le resultaba, como mínimo, un pensamiento cándido. Día a día, hecho a hecho, los destinos de ambos iban separándose como la piel de un cuerpo: dos elementos que parecían condenados a vivir unidos pero que, si la crueldad interfería tanto como lo estaba haciendo, se verían desligados para siempre. Y lo único que le podía dar esperanzas era su empeño de que ese enlace tuviese lugar; pero su confianza comenzaba a debilitarse como una flor sedienta, y a sus ensoñaciones diurnas acudían ya visiones de un futuro de frustración, soledad y melancolía, de años malgastados fantaseando con lo que muy bien podría no tener lugar. Se acabaría casando con un rey cualquiera, o tal vez ni eso, quizá con un aristócrata de vastos ejércitos y porte presuntuoso a quien debería colmar de hijos y con el que envejecería en tardes silenciosas junto al fuego, en las que tendría que aguantarse las lágrimas al recordar aquella quimera imperial que nunca se tornó realidad.

Entretanto, Juan se refugió de la tormenta de su hermana abrazando el vientre de Leonor, donde crecía un hijo. Pero era la hermana de Carlos quien necesitaba consuelo.

—He salido a pasear y unos súbditos han osado escupirme. El reino lo sabe: está al corriente de nuestro romance.

Leonor estaba revuelta, la humillación se había quedado marcada en su rostro.

—Cuando casemos seréis reina de nuevo —dijo el monarca—, y quien os ofenda se enfrentará a la muerte.

—Habláis siempre de nuestra boda, pero todo queda en palabras —se quejó ella.

—Si la palabra es mía, es juramento.

Pero cuando Juan, tras besar a su amada, abandonó la estancia, se vio perseguido por la imagen de sus súbditos escupiendo a Leonor, lo que significaba que desaprobaban con desprecio la elección de su rey. Y aunque su enamoramiento pretendía repeler las dudas que esa actitud le generaban, por primera vez se preguntó si estaría haciendo lo correcto obedeciendo tan solo a sus sentimientos.

—¿Por qué no ha regresado aún Leonor? Hace ya tiempo que falleció su esposo.

Carlos lo preguntó con inocencia, la que le faltaba a Gattinara al cocinar su respuesta.

—Vuestra hermana quedó encinta del rey Manuel. Su hijo, quien se sienta ahora en el trono, ha rogado que alumbre en Lisboa para evitar que el viaje hasta Castilla pueda acarrearle problemas.

El emperador asintió sin darle mayor importancia, pero se percató de que su canciller había abierto la boca con la intención de seguir hablando, aunque se había quedado mudo, conteniéndose.

—Decid —le animó Carlos.

—Hay... rumores realmente venenosos acerca de su situación en la corte de Portugal, majestad.

—¿Cuáles?

—Se habla de un romance entre ella y su hijastro, el rey Juan.

El emperador se permitió un momento para calibrar en el gesto del italiano la verosimilitud del asunto: su semblante era tan grave —y mostraba hasta tal punto vergüenza por ser el portador de una acusación tan degradante— que solo podía ser cierto.

—Una habladuría que ha conseguido atravesar las fronteras de un reino ha de haberse propagado en aquel como una peste —dijo Carlos, preocupado—. Daré orden de que regrese a mi lado nada más haya dado a luz, y buscaré la forma de reparar la deshonra.

Apenas hubo salido del despacho, Germana se hizo de nuevo con los pensamientos del emperador. El escándalo en el que se estaba viendo envuelta Leonor le recordaba al que él había causado enamorándose de la viuda de su abuelo. En esta ocasión le tocaba ejercer de Chièvres: salvar las apariencias rompiendo lo que con seguridad fuese un amor sincero —veía a Leonor incapaz de entregarse sin sentimiento; era un alma romántica, para su desgracia—. Su linaje se mostraba débil ante las pasiones; aunque qué se podía esperar siendo su sangre la de Juana.

Esa madrugada, y aunque intentó en vano dormir, Carlos se pasó las horas pensando en Germana. Su insomnio apenas se asemejaba a aquel que solía azotarle cuando le consumía la pasión por ella. Ahora no sentía deseo, sino una tristeza infinita. En el lecho, cubierto por silencio y negrura, su sentimiento de soledad se agigantaba. Parecía haber caído a un pozo del que nadie estuviese dispuesto a rescatarlo, y donde ni la muerte se presentaría a aliviarle: habría de vivir pero sin ligaduras, sin emociones, sin calor en el que quemar sus angustias. Tantos títulos y honores solo acrecentaban la sensación; cuanto mayor el palacio, pensó, más intenso el vacío de habitarlo solo.

La guerra con Francia constituía la única preocupación que le hacía olvidarse de todo lo demás. Las noticias que llegaban desde los diversos frentes no eran muy halagüeñas. Los franceses habían respondido a la toma de Milán invadiéndola de nuevo, y los gastos del conflicto, que iban incrementándose hasta constituir ya un montante astronómico, arañaban unas arcas todavía maltrechas tras el desembolso de la carrera imperial. Carlos temía que llegase el día en que se viese obligado a ordenar la retirada de sus tropas por no tener con qué pagarlas; sin duda que significaría una derrota bochornosa, que le ridiculizaría como césar y que, sobre todo, animaría a Francisco y quizá a algún otro a lanzarse sobre sus otros dominios.

—Dad cuenta a Adriano de que la guerra os es adversa. ¡Pedidle tropas! —le impelió Gattinara.

—El Papa no nos prestará su ayuda —aseguró Carlos—. Y no

me arrodillaré ante aquel que me sirvió para que haga lo que ya debería estar haciendo. No contemos con él.

—En ese caso, quizá sea el momento de pedir una tregua, majestad.

El emperador lo meditó durante unos instantes.

—Aún es pronto. —Al pronunciarlo sabía que mentía, que era incluso tarde para salvar el honor, pero no quería rendirse tan pronto.

Fadrique de Alba, que había presenciado la conversación sin intervenir, se adelantó unos pasos. Junto a él, su nieto Fernando callaba y absorbía cada detalle del consejo.

—En la cadena que rodea al rey de Francia existe un eslabón débil. Un eslabón capaz de reunir a treinta mil hombres en sus dominios. Si jugase a nuestro favor, podría cambiar el destino de esta guerra, majestad.

Carlos miró al duque con desconcierto.

El duque de Borbón, sobre un caballo magnífico, hacía tiempo en el lugar de la cita. Había llegado temprano, azuzado por los nervios. Ahora, en mitad de la campiña francesa, con el terreno engalanado por las flores de la primavera, agotaba su tensión ajustándose una y otra vez los botones de su chaqueta de seda y terciopelo. Por fin atisbó a un caballero. Tenía que ser su contacto. Animó a su caballo a acercarse al que venía. Cuando la distancia fue la adecuada, el duque de Borbón y el de Alba se saludaron con un gesto leve. Reconocían el uno en el otro el postín que solo tienen los grandes.

—No descabalguemos —dijo Fadrique—. Más por vuestra seguridad que por la mía.

El de Borbón asintió. Sentía pinchazos en el estómago y sudaba sin sentir calor; llevaba años esperando ese momento y, ahora que había llegado, estaba sobrecogido.

—Me proponéis una traición —contestaba así al mensaje que había recibido de Alba días antes, y que le había llevado hasta allí.

—No traiciona el vasallo a su señor si este lo trata injustamente y lo despoja de todo lo que es suyo —replicó el castellano—. Poneos a disposición del emperador y seréis recompensado por ello.

—¿De qué manera?

—De la más duradera —respondió Alba—. Leonor, la hermana del césar, ha quedado viuda del rey de Portugal. Vuestro matrimonio sería el mejor sello para esta alianza.

El francés no esperaba un ofrecimiento tan generoso, pero disimuló su agrado. Desde que Francisco le desposeyera de la mayoría de sus bienes y títulos, desconfiaba de todos. A decir verdad, sus hombres más fieles no le habían abandonado, pero para otros muchos había quedado estigmatizado por el odio del rey, y cuando hacía su entrada en alguna fiesta provocaba silencios y tensión, porque su presencia, que tiempo atrás representaba como mínimo un honor, ahora constituía una mancha. El noble sabía que la escena estaba condenada a repetirse hasta el fin de sus días, porque Francisco no daba señal alguna de estar arrepentido de su abuso. El duque de Borbón contempló al de Alba y se preguntó si se atrevería a hacerlo. Era, en cierto modo, algo parejo a cambiar de familia en la mitad de la vida: renunciar a todas las ligazones previas, a los paisajes que le habían acompañado siempre, a rostros, no digamos a reputaciones, y casi a los recuerdos.

—Necesito pensarlo.

Carlos esperaba la respuesta del francés e intentaba mantener su cabeza concentrada en el conflicto bélico cuando desde Tordesillas le llegó una misiva de su hermana Catalina en la que esta, con letra trémula, daba cuenta de los maltratos que tanto ella como su madre sufrían a causa del actual gobernador del lugar, el marqués de Denia. El emperador notó que el ansia de desquite violento que había sentido al conocer las desventuras de Germana en su matrimonio se replicaba, pero sus consejeros le previnieron ante la posibilidad de que la infanta, harta de su encierro, estuviese intentando librarse de él inventándose desgracias. Sin embargo, Carlos no quiso desoír las quejas de su hermana y mandó investigar cuánto había en ellas de cierto. Los sirvientes del palacio de Tordesillas que fueron consultados confesaron poco —siempre con la mirada puesta en el suelo y la voz ahogada por la ansiedad—, pero lo suficiente como para entender que el marqués era un hombre oscuro capaz de las atrocidades que Catalina describía: insultos brutales y castigos que dejaban marcas en la piel.

Carlos se acomodó en el trono para recibir al noble, y se prometió permanecer sentado como si algún tipo de pegamento le uniese a la madera, pues temía que al tener ante sí al de Denia un arranque de ira le llevase a cometer una locura.

—Mi señor, ¿cómo podéis dar pábulo a esas infamias? —El marqués lo dijo con una sonrisa amable, demasiado amable para un inocente.

—¿He de creeros a vos antes que a mi hermana? ¿Qué razón tendría ella para fabular tanta brutalidad?

—Se acostumbra a denunciar un crimen para soterrar otros, majestad —contestó el de Denia con suficiencia.

—¿Y qué agravio podría haber cometido una chiquilla?

El marqués le relató entonces a su rey, con todo detalle e incontables exageraciones, las jornadas que los comuneros habían pasado en el palacio de Tordesillas, y cómo Catalina se había puesto del lado de los rebeldes, exhibiendo la mayor de las deslealtades. Una vez frustrada la revolución, la joven, según el noble, había reprochado a su madre la cobardía de haberse decidido por la observancia de la legalidad: ansiaba que la fidelidad de la reina flaquease. Y prosiguió:

—En nada me extrañaría que, de estallar una nueva algarada, vuestra hermana respaldase a los rebeldes. Sabedora de que tengo constancia de sus faltas, me acusa para que se me denigre y su secreto enmudezca conmigo.

A esas alturas, Carlos no sabía qué pensar. El marqués irradiaba malicia, pero no era el único que le había dado noticia de la cuestionable actitud que la infanta había tenido durante aquellos días. El emperador, tras despedir al noble —y qué alivio sintió al verlo alejarse con su halo perverso—, ordenó que le fuese preparado un carruaje para esa misma tarde, con Tordesillas como destino.

Cuando vio a su hijo entrar en la alcoba, la reina Juana lo observó como si se tratase de una aparición llegada de una vida pasada; como si hubiesen transcurrido cien años desde su anterior encuentro.

—Habéis cambiado.

Carlos se dio cuenta de que su madre tenía razón: ya no era el mismo muchacho impresionable y confundido de la última visita. ¿Qué había ocurrido durante todo ese tiempo? Un imperio, una insurrección sofocada, una guerra con otro reino, amoríos, hijas, herejes, decepciones, alegrías y muertes. En apenas un lustro, había recorrido el camino que lleva desde la incertidumbre constante a la madurez. A sus veintidós años aún le asaltaban incontables dudas y temores, pero sus hombros se habían ensanchado a fuerza de cargar con responsabilidades, y parecían capaces de no doblegarse ante lo que hubiese de venir. Ahora, en esa alcoba umbría y ante esa mujer indescifrable que era su madre, apenas se sentía vulnerable.

—¿Habéis venido a aliviar vuestra conciencia? —preguntó Catalina mientras hacía su entrada en el lugar.

Carlos se volvió. Tardó en reconocer a su hermana; esa criatura asustadiza de hacía años se había convertido en una joven de gesto duro. Habitaba la amargura en el fondo de sus ojos y estaba cubierta por una actitud de mujer desesperada. Aunque su piel era tersa y su figura, la de una muchacha, su espíritu había envejecido tanto que le pareció encontrarse frente a dos versiones casi idénticas de la misma persona: Catalina, a sus quince años, reflejaba ya a Juana.

—Leí con atención vuestra misiva —dijo él.

—¿Y vais a permitir que ese hombre feroz siga gobernando este lugar?

Carlos buscó en la mirada de la reina la confirmación de que esas acusaciones eran verídicas, pero su madre se había desentendido de la conversación y sus ojos nada revelaban. Resignado, el emperador se volvió de nuevo hacia Catalina.

—¿Cómo fuisteis capaz de poneros de parte de quienes se alzaron contra mí?

—Me habría juntado con el mismísimo diablo para salir de aquí.

—¿Y eso haréis cuando se presente la ocasión? —le inquirió Carlos alarmado.

La infanta miró a su hermano como no le miraba nadie: con desprecio.

—¿Qué razones habría de tener para estar del lado de quien me esclaviza? —le preguntó—. Porque esclava es quien no dispone de su libertad y cuyo destino depende de la voluntad de un dueño que por ella nada siente.

Se hizo un silencio largo. La mirada de Carlos se perdió tanto como la de Juana, porque nada podía replicar a quien solo decía la verdad.

Instantes después, el carruaje real dejó atrás Tordesillas bajo una llovizna sorda. En su interior, el emperador se acordó de Chièvres, no solo porque el consejero le había acompañado en la anterior ocasión en que había hecho ese recorrido, sino porque llegó a una conclusión que le heló la sangre: tras haber pasado años escandalizándose por los arranques de vileza de aquel, resultaba que los había asimilado hasta convertirlos en parte de su persona. «No hago sino como tantos hijos con sus padres —pensó—: me indigno precisamente ante los defectos que he terminado por hacer míos.» A decir verdad, el hecho de mantener a su madre enclaustrada ya era vil, pero obrar del mismo modo con su hermana resultaba propio de un hombre sin alma. Que Juana quisiese a su hija a su lado no constituía razón suficiente para condenar a la infanta a esa prisión. A sus quince años, Catalina no había conocido más mundo que las frías paredes de ese palacio y, con la prudencia como excusa, ni siquiera se le permitía pasear por sus alrededores. Su vida se asemejaba a la de un reo bien vestido y alimentado, pero un reo al fin y al cabo. De igual modo, Carlos se culpaba del triste destino de Germana. La había comprometido con el de Brandeburgo a fin de separar sus caminos, pero, una vez tomada la decisión, jamás había preguntado por las consecuencias que dicha circunstancia había tenido para ella. Se vanagloriaba de ser un hombre de honor y, sin embargo, trataba a quienes debería amar como si fuesen piezas de una partida de ajedrez en la que solo le importaba ganar, aunque fuese con jugadas sucias.

Sin embargo, al regresar a la corte, el emperador fue avisado de que Germana le esperaba. Su mala conciencia parecía haberla convocado y, de ese modo, le brindaba la oportunidad de pedir perdón por sus errores. Carlos necesitó estar a solas durante unos momentos antes de encontrarse con la que había sido su amante. Aunque su enamoramiento era ya agua pasada, la perspectiva de tenerla de nuevo ante sí le resultaba turbadora, más aún sabiendo de la vida a la que la había abocado.

Cuando entró en la sala, Germana le daba la espalda. El emperador se detuvo para contemplar esa figura que años atrás había recorrido con sus labios, palmo a palmo, y que ahora permanecía inmóvil a la espera de su encuentro, con los hombros alicaídos. Incluso sin haber vislumbrado aún su rostro, adivinó su tristeza.

—Mi señora.

Ella se volvió. Se miraron en silencio. Germana se sorprendió al ver ante sí a un hombre de semblante maduro; a él le asombró que en tan pocos años ella se hubiese convertido en una dama de aspecto mediocre y hasta más ancha; la sensualidad de antaño se había visto borrada por un barniz de resignación. Con paso rápido, Carlos salvó la distancia que les separaba, invadido de ira.

—¡¿Por qué habéis padecido tanto sin acudir a mí?!

—Majestad, son incontables los conflictos que os acucian —respondió ella—, ¿por qué iba a importunaros con mis congojas?

—¡Porque me importáis! ¿He de recordároslo?

—Me temo que sí. —No había reproche en el tono de Germana, solo la melancolía de quien ya no acostumbraba a recibir ternura.

—¿Ha dilapidado el marqués la asignación que ordené fuese para vos y para nuestra hija?

El silencio de ella valió de afirmación.

—¿Y ha osado golpearos?

De nuevo no hubo respuesta. Los ojos de Germana se humedecieron y su boca se apretó para contener el llanto. Carlos no recordaba haber sentido nunca una rabia tan justa. Si saber de lo ocurrido le había enfurecido, ver a la que había sido una mujer vivaz y fuerte convertida en víctima le llenaba de odio hacia el marqués.

—Siento haberos condenado —dijo él.

—Creíais hacerme un bien. Vuestra culpa no ha lugar.

El emperador era consciente de que ese matrimonio no podía disolverse, pero ansiaba hallar una forma de que el futuro de Germana fuese mejor de lo que estaba siendo su presente.

Tras varios días de cavilaciones, Carlos ordenó que su antigua amante y su esposo se presentaran ante él. El marqués de Brandeburgo, ignorante de que el césar sabía de sus abusos, se apersonó confiado y tranquilo, y solo cuando distinguió el ceño implacable del otro el buen ánimo se desvaneció.

—Señor marqués, he decidido nombrar a vuestra esposa virreina de Valencia.

Germana encajó el honor con sorpresa. En su marido, ganaba la humillación de verse consorte.

—Vos seréis capitán general de dicho reino, mas la gobernanza será potestad suya. Como en esta cuestión, sabed que todo lo que sois se lo debéis a ella. Confío en que a partir de este momento os esforcéis para merecerla, pues estaré al tanto de que así actuéis.

Los ojos de Carlos se clavaron en los del marqués como un rayo, cegadores y poderosos. El noble se supo señalado y agachó la cabeza en señal de obediencia y apuro. No fue así testigo de la mirada que cruzaron su esposa y el que ocupaba el trono, los ojos de ella colmados de agradecimiento y emoción; los de él, de alivio y nostalgia.

El reencuentro con Germana dejó el corazón del emperador palpitante. Notó que echaba de menos lo que había compartido con ella: la complicidad, la pasión, el hecho de que sus dos almas formasen un mundo propio. El amor, cuando lo tuvo, creó para él una isla de bienestar en la que podía guarecerse cuando los asuntos de la gobernación le mortificaban, cosa que ocurría a menudo. Desde que se había separado de ella no había encontrado el abrigo de esas emociones puras; todo había sido árido —política, conflicto, guerra—, o sentimientos mediocres, como la fogosidad y nada más que había experimentado con Johanna. Quizá esa sensación de vacío que lo acompañaba siempre, y que con la desaparición de Chièvres y la decepción de Adriano se había intensificado, tuviese como única cura el amor.

Lejos de allí, en el Vaticano, el de Utrecht, ahora Adriano VI, sufría su papado. Como intuyó al recibir el honor, este era un regalo envenenado. Los altos cargos eclesiásticos romanos lo recibieron con un respeto intachable; pero, cuando el que había sido regente de Castilla comunicó con voz firme sus intenciones de que la Iglesia ganase en dignidad y constituyese un ejemplo para los fieles, se oyeron los primeros murmullos de desaprobación, como los pequeños hilos de humo que preceden al gran incendio. Todos sabían lo que significaba esa pretensión aparentemente inocua: pasar de las costumbres relajadas y hedonistas a una severidad sin duda cristiana pero nada atractiva para ellos. Poco a poco, la curia fue aislando al nuevo Pontífice, quien llegó a echar de menos las tensiones de la regencia castellana; cualquier lugar parecía mejor que esa jaula de oro en la que nadie confiaba en nadie.

En medio de ese sentimiento desapacible, le llegó la noticia de la toma de Rodas por los turcos, ese Imperio que amenazaba la cristiandad con su empuje y su fe diferente. Y al tiempo que la mancha otomana se iba extendiendo, otra, la de la peste, el castigo periódico de Europa, hacía su entrada en Roma. Sin remedios para combatirla, la huida parecía la única forma de evitar el contagio, y así hicieron las gentes del lugar, y con ellos casi todos los religiosos del Vaticano. Hasta que la epidemia se extinguiese, las calles de la Ciudad Eterna quedarían desiertas, habitadas solo por el aire pesado de la enfermedad. Adriano, más Papa que hombre, decidió permanecer en la sede de la Iglesia, y desde allí, en soledad tanto de espíritu como de cuerpo, se sentó a escribir una misiva:

> Vuestra majestad:
> Rodas ha caído en manos del turco. Toda la cristiandad está amenazada. Roma se encuentra despoblada, arrasada por la peste. Me equivoqué aceptando el sillón de Pedro. Nunca debí abandonar Castilla. Aquí no tengo aliados ni, mucho menos, amigos. Disculpad los quebrantos que mi marcha os haya podido causar. Acudo a vos en esta hora terrible suplicando vuestra ayuda. A cambio, pongo a Roma al servicio del Imperio. Siempre vuestro,
>
> ADRIANO

Cuando Carlos leyó las palabras del Pontífice, no pudo evitar que se le escapara una mueca de triunfo. Su apoyo podría inclinar la balanza hacia su lado en la guerra contra Francia. Pero su optimismo se vio tamizado cuando Fadrique de Alba le comunicó una noticia inquietante llegada desde los campos de batalla.

—Inglaterra ha ignorado su acuerdo con vos: el ataque desde el noroeste que se les ordenó no ha sido efectuado.

—¿Acaso se han retirado de la contienda? —intervino Gattinara—. Asaltaron la Bretaña y Picardía con ímpetu en su momento. ¿Por qué habrían de incumplir ahora lo pactado?

—De todos es sabido que para el rey inglés cada gasto es un padecimiento —argumentó el de Alba—. Dudo que haya pesado razón diferente que esa.

—¡Poco me importa qué manías gaste mi tío! —bramó el emperador; en instantes el rey Enrique había pasado, en su conciencia, de fiel amigo a vil desertor—. Con su firma se comprometió a respaldarme en cualquier conflicto como yo con la mía a desposar a su hija. Sin la ayuda de Inglaterra habremos de duplicar nuestros esfuerzos, ¡y no tenemos caudales para ello!

—Confiemos en retirarnos por haber vencido y no porque la bancarrota obligue a ello —dijo el italiano con un tono que no consiguió sonar esperanzado.

—¿Y todavía no se ha pronunciado el duque de Borbón? —inquirió Carlos.

Fadrique negó; desde aquel encuentro breve y tenso en el campo francés, del aristócrata nada se sabía. El emperador se vio atravesado de nuevo por el miedo a la posible deshonra de no poder bregar por falta de fondos. ¿De qué servía su grandeza si no contaba con riquezas para sostenerla? Sus esperanzas estaban puestas en la intervención de Roma. Con el papa Adriano de su lado, quizá la ausencia del inglés no llegase a acusarse tanto.

Cuando, días más tarde, recibió de nuevo una carta sellada del Vaticano, Carlos se lanzó a abrirla de inmediato, pues esperaba encontrar en ella el anuncio de ofensivas romanas sobre las tropas francesas en Italia. Pero cuando leyó el contenido de la misiva, esta cayó de sus manos a sus pies como una hoja muerta se suelta de un árbol. Adriano había muerto.

Qué ironía la del de Utrecht: alcanzar la gloria de Roma para morir tan pronto, víctima de la peste, se decía, aunque no había defunción de Pontífice que no levantase sospechas de conspiración y asesinato. El fallecimiento del que había sido su amigo y consejero afectó al emperador más de lo que esperaba. Lo cierto era que el destino parecía empeñado en dejarlo sin anclajes: su orfandad era ya, sin duda, un hecho. Pero si tras la muerte de Chièvres no había sentido impulso alguno de sustituir esos lazos por otros, después de la de Adriano concluyó que si su mundo se había desmoronado habría de construirse uno nuevo.

Cada semana como desde hacía años, en los consejos reales se dejaba caer la idea de que la ruina de las arcas imperiales podría repararse con la dote que traería consigo Isabel de Portugal si Carlos se comprometiese a desposarla. La sugerencia, que todos los consejeros hacían suya antes o después, estaba ya gastada de tanto pronunciarla. El emperador había desdeñado esa posibilidad cada vez que la misma le había sido recomendada. A decir verdad, su única ocupación durante los últimos años había sido la de asentarse en el poder, tanto en España como en el Imperio, y su personalidad, arcillosa, siempre maleable, no se había endurecido hasta hacía bien poco. Sus ideales acerca del matrimonio eran, como todos los suyos, tan soberbios como utópicos, y el hecho de anhelar la perfección —ese pánico al desengaño, a lo mediocre— le había llevado a no atreverse a dar el paso. El compromiso con la hija del rey inglés había sido un obstáculo, pero también una excusa para postergar el matrimonio. Siempre había sabido que ese acuerdo no llegaría a cumplirse, pues sus dominios no podían permanecer sin herederos tan largo tiempo como el que le exigía respetar la edad de María Tudor. Ahora, con la deserción de Enrique en la lucha contra Francia, no se sentía obligado a acatar su parte del trato. Su universo se había resquebrajado por la muerte y se había bañado con la nostalgia del amor, y el pragmatismo también contaba, y mucho: la necesidad de ingresos para la contienda con Francia era más que imperiosa. De modo que el emperador, tras meditarlo, no encontró argumentos contra el enlace y, con la serenidad de quien no tiene más que una única opción de futuro, decidió que había llegado el momento de casarse.

—Empujad, mi señora, ¡empujad!

Y Leonor empujó con toda su alma, como llevaba haciendo las últimas horas. Al fin, entre sudores y gritos, la cama teñida de rojo y el aire de la alcoba cargado por el padecimiento y los nervios, la hermana de Carlos oyó un quejido agudo. Le faltaba el aire y a punto estuvo de desmayarse, pero no cayó inconsciente porque deseaba ver el rostro de su criatura.

—Es una niña. Una niña sana y tan bella como vos.

Leonor la echó en su regazo y cerró los ojos. Notó el corazón minúsculo de su hija latir atropelladamente sobre el suyo y sonrió. Qué poco sabía cuando partió de Castilla camino de Portugal —tan enfadada que a veces, dentro de su carruaje, gritaba de rabia— que en ese reino le aguardaban emociones tan profundas como ninguna que hubiese experimentado antes: el amor de Juan, el suyo por él, y ahora la devoción instantánea que sentía por esa niña.

—Haced venir al rey, os lo ruego —pidió a la matrona.

Cuando Juan hizo su aparición en la alcoba, en esta se respiraba ya tranquilidad y olía a vida nueva, a piel dulce, a fragilidad. Leonor seguía con la pequeña en brazos, estudiando cada uno de sus rasgos de muñeca.

—Enhorabuena —dijo el monarca.

Lo cierto era que estaba serio, pero intentaba disimularlo. Leonor, por lo general de inteligencia sensible pero aún más en ese momento intenso, notó que escondía algo.

—¿Qué os ocurre?

El rey negó y ofreció todo tipo de excusas, hasta que comprendió que ella no le dejaría salir de la alcoba sin haber confesado.

—Vuestro hermano ha escrito desde Castilla.

El sudor se congeló en la frente de la flamenca. Carlos era su divinidad caprichosa, aquel que podía jugar con su destino sin piedad alguna.

—¿Qué me ordena?

—Os ha comprometido en matrimonio con el duque de Borbón.

La extrañeza a punto estuvo de vencer a la ira en Leonor. ¿El duque de Borbón? ¿Qué razones habría para ello? ¿No era ya ni siquiera merecedora de un monarca, o al menos de quien aspirara a serlo?

—No es digno de mí. Me negaré a aceptar ese enlace, y así no pondré en peligro el nuestro.

—Me temo que no tenéis opción. Es parte de un acuerdo más amplio con mi reino.

—¿Qué acuerdo? —dijo Leonor, sabiendo que esa pregunta llamaba a la decepción.

—Ha decidido al fin desposar a mi hermana, y que yo haga lo propio con la infanta Catalina.

A Leonor se le escapó una risa tensa. ¿Catalina? ¿La niña asilvestrada encerrada en Tordesillas iba a casarse con el hombre que ella amaba? De todas las maneras con las que Carlos podía darle a la infanta la vida que se merecía, ¿tenía que escoger justo aquella que arruinaba por completo su felicidad?

—No puedo arriesgar el enlace de Isabel —dijo él—. Todo ha de hacerse según vuestro hermano ha establecido. En su misiva se dice informado de que amparé a la comunera. Solo acatando sus decisiones podré librar a mi reino de un conflicto.

¿Quién era ese hombre que tenía delante?, pensó ella. No reconocía su voz, ni sus gestos, ni mucho menos sus intenciones.

—¡Negociad! No aceptéis sus imposiciones como yo hice. ¡Rebelaos, por Dios, o nos estaréis condenando a separarnos para siempre! —La pequeña comenzó a llorar en su regazo.

—Su propuesta es sensata. Portugal nunca os aceptaría como reina.

—¿Acaso fueron en vano vuestras promesas?

Para entonces, el llanto de la pequeña se había convertido en grito. La vida no la estaba recibiendo con alegrías, como debía ser, sino con una separación dolorosa entre dos amantes, y parecía que se percataba de ello. El quejido enervó a Leonor. Juan tomó en sus brazos al bebé, que a pesar de ello siguió protestando.

—¿Cómo deseáis llamarla? —preguntó el rey.

—María.

Juan asintió y miró a la niña, con sus encías blancas y sus aspavientos temblorosos.

—Podréis visitarla cuando os plazca —siguió el monarca.

La hermana de Carlos se olvidó de golpe del dolor que le había causado el parto y solo notó que su corazón se quebraba.

—No seréis capaz.

—Es la hija del rey Manuel. Es a mi reino a quien pertenece. Sin duda el duque de Borbón y vos tendréis descendencia y este pesar se aligerará.

Juan salió de la alcoba con el bebé en brazos. Mientras avanzaba por el pasillo, y aunque sereno, lloró por el daño que estaba causando, y por verse obligado a separarse de la única mujer a quien había amado. Pero no volvió atrás; el deber le obligaba a alejarse sin titubeos de la alcoba donde se encontraba Leonor. Allí, la hermana de Carlos se levantó del lecho con intención de perseguirlo, pero su cuerpo apenas respondía, y notó que gotas de sangre recorrían sus muslos. No pudo avanzar. Sin color, desangrándose y con el alma aplastada, se dio cuenta de que acababa de morir en vida.

Mientras, en otra de las estancias del palacio, Isabel rezaba para agradecerle a Dios el giro de su fortuna. Sabía que su perseverancia, y no la Providencia, había hecho posible que fuese escrita esa misiva, la misma que había releído al menos catorce veces, y en la que Carlos, galante y grave, le ofrecía que compartiesen lo que les quedaba de vida. La princesa no había terminado de orar cuando, de repente, le invadió el sueño. Se sintió tan cansada que parecía llevar años sin dormir. A pesar de que apenas era mediodía, se dirigió a su cámara y se tumbó en el lecho. Durmió durante horas y, cuando despertó, descansada, y vio que la carta ahí seguía, entre sus manos, y que no había soñado lo que en ella se decía, supo que acababa de amanecer a una nueva existencia y, del mismo modo que la recién nacida en la otra alcoba del palacio, se deshizo en lágrimas.

Entretanto la ciudad lombarda de Pavía, techada de nubes plúmbeas, aguardaba la gran batalla. Antonio de Leyva, capitán general de los ejércitos imperiales que habían tomado la villa, llevaba tiempo resistiendo a los ataques franceses a pesar de que sus tropas eran ridículas en número: apenas seis mil hombres frente a los treinta mil soldados galos. El asedio del enemigo comenzaba a hacer mella, y Leyva adivinaba cerca la derrota y la muerte. Cuando un batallón inesperado apareció en el horizonte, el capitán se temió el golpe de gracia. Sin embargo, para su sorpresa, aquellas huestes comenzaron a afanarse contra sus rivales, que circundaban Pavía como una muralla de almas. ¡Refuerzos imperiales, al fin! Lo que la distancia no le permitía distinguir era que aquel ejército que le salvaba estaba encabezado por un galo: el duque de Borbón.

Francisco apenas tuvo tiempo de maldecir por la traición del que había sido su condestable, el hombre a quien había humillado sin pensar que, un día como ese, se vengaría de forma terrible. La furia del monarca francés se vio relegada ante la lucha por la supervivencia: los de Leyva, animados por la presencia de las huestes del Borbón, salieron de la villa para atacar a los galos, que se vieron de repente acorralados por tropas enemigas. Francisco, descabalgado, se encontró empleándose como un soldado raso para salvar la vida. Su espada bloqueó decenas de ataques, y atravesó cuerpos para defenderse; por un momento, el rey francés se sintió invulnerable: incluso en esa situación límite sorteaba la derrota. Pero de repente notó un pinchazo en el cuello: era el extremo de un acero. Francisco se dio cuenta de que quien lo empuñaba vestía un uniforme que no era el suyo. Junto a ese militar había otros, y ninguno de ellos era galo. Detrás del grupo, sus hombres caían, uno tras otro, sin excepción, bajo las espadas imperiales. El que portaba el acero que lo amenazaba lo miró con ojos radiantes.

—En nombre del emperador, alteza: estáis capturado.

En cuanto se hubo recibido la noticia del apresamiento del rey de Francia, en el consejo real se hizo el silencio. El asombro era tal que enmudeció a todos los presentes. Solo cuando en Carlos brotó una sonrisa infinita se desató la alegría contenida.

—¡La guerra ha terminado, mi señor! —dijo un Gattinara extático.

—Dios así lo ha querido —añadió el emperador, que jamás se había visto ante un triunfo de esa categoría; la sensación de gloria que había sentido cuando le fue ceñida la corona imperial palideció ante lo que notaba ahora: un éxito como quizá no se repitiese nunca—. Ordeno que sea traído a mi presencia. Castilla será su celda por largo tiempo.

Mientras la noticia de que Francisco había caído en manos de Carlos se extendía por Europa con la rapidez de la pólvora y la llenaba de estupefacción, un carruaje partía desde Portugal. El viaje hasta la corte de Valladolid no careció de un cierto halo de ensoñación para Leonor. Su cuerpo aún acusaba el alumbramiento, y su espíritu estaba sumido en un mar de emociones negras. El paisaje al otro lado de la ventana del coche era tan solo un cúmulo de manchas de verde y marrón, y el tiempo parecía detenido: cada segundo era igual que el anterior, un continuo de malestar intolerable. En su pecho descansaba un fantasma: el del latido del corazón de su hija.

Al arribar a su destino, la tristeza de Leonor se acrecentó por comparación, pues el reino se hallaba henchido de dicha. Todos en la corte estaban exultantes a causa de la detención de Francisco. Daba la impresión de que ella acumulaba la melancolía que en los otros brillaba por su ausencia.

—Hermana mía.

Carlos la recibió con un abrazo al que ella no correspondió. Cuando sus cuerpos se separaron, él se preparó para el rapapolvo; sabía hasta qué punto Leonor sufría no ser más que la marioneta de sus órdenes. Pero le sorprendió percatarse de que la mirada de ella no era de furia ni de rebeldía, sino tenebrosa.

—Sé bien que no os complacen mis mandatos. Pero deberíais asumir que vuestra libertad es tan pobre como la mía. No somos personas, querida Leonor, sino siervos del designio que el Señor nos ha impuesto.

Ella respondió escupiéndole, para luego perderse hacia el interior del palacio. Carlos se limpió la mejilla y se sintió miserable, pero sabía que estaba obligado a serlo. Por mucho que le doliese gobernar con tiranía la vida de su hermana, no contemplaba otra opción. Era cierto que había liberado a Catalina de su reclusión, pero al fin y al cabo esa generosidad había servido a sus intereses, pues reforzaba la alianza con Portugal. ¿Acaso él no renunciaba a la felicidad por el bien de su gobierno? ¿Qué sabía de esa mujer a quien iba a desposar? Confiaba en que su matrimonio fuese amable, pero mucha suerte habría de tener para que de él naciese el amor. Aunque ansiaba despojarse de su soledad, se había visto impelido a casarse por razones de lo más pragmáticas: obtener la dote de ella para sanear sus arcas y también para proveer a sus posesiones, algún día, de un heredero. Necesitaba la dicha como el aire, pero nada le aseguraba que fuese a obtenerla de esa unión.

Esa noche, mientras buscaba el sueño, se percató de que, en poco tiempo, la Providencia le había desposeído de algunos que habían formado parte de su ser, pero también supo que no tardaría en conocer a quienes vertebrarían su futuro: el gran enemigo, que en breve sería llevado ante su presencia, preso y obligado a negociar; e Isabel, en quien pensaba con una mezcla de deseo y temor. Insomne, Carlos se arrodilló y le rogó a su Dios que la suerte que le había propiciado en la batalla se repitiese con su esposa, y que le concediese llegar a amarla.

8

Los madrileños que se habían congregado para recibir al rey de Francia vieron al final de la ancha calle en la que se encontraban una carroza abierta en la que se distinguía, inmóvil, una figura colosal. A distancia parecía la estatua de una divinidad arcaica. Contaban con público porque sobraban las ganas de festejar la victoria sobre el perpetuo enemigo, Francia; pero a medida que el cautivo se fue acercando, con ese porte suyo que obligaba a respetarlo, muchos renunciaron a humillarlo. Para el galo, sin embargo, tanto aquel recorrido como cada segundo que transcurría desde su arresto estaban resultando un suplicio, y no solo porque su orgullo, que era lo que le definía, estuviese herido; también porque su futuro se auguraba terrible. «Solo me resta el honor y la vida», había escrito a su madre al poco de ser aprehendido; pero no sabía por cuánto tiempo contaría con ambas cosas. Lo cierto era que no conocía al emperador, tan solo tenía la certeza de haberse empeñado contra él desde que le había arrebatado la corona imperial. ¿Cómo esperar compasión de aquel a quien se había afanado en mortificar? Lo lógico sería que aprovechase para cosechar su venganza, en forma de armisticio denigrante o de ajusticiamiento. Cuando el carro avanzó hasta hallarse rodeado por la muchedumbre, el temor de Francisco fue en aumento. Percibió odio en las miradas de la gente, incluso en las de quienes guardaban la compostura a su paso. Se encontraba no ya solo en territorio hostil sino resentido, envenenado por décadas de disputas entre ambos reinos. Con un escalofrío que no se permitió exteriorizar, tuvo la certeza de que si Carlos complacía la voluntad de los españoles, sus días estaban contados.

En realidad, el júbilo del emperador por la captura del monarca galo había ido menguando a medida que tomaba forma una pregunta: ¿qué hacer con él? El arresto había puesto fin a la guerra, pero gestionarlo suponía un nuevo campo de batalla, ahora diplomático.

—Habéis de acabar con él —sentenció Gattinara.

—¿Acabar con la vida de un rey? —A Carlos le costó incluso verbalizar una vileza de tal calibre.

—La victoria es vuestra; y Francisco, el premio. La Providencia ha querido que dispongáis de su persona y de sus dominios como si os perteneciesen porque, de hecho, así es.

Carlos ni negó ni asintió. A decir verdad, se veía inmerso en ese estado meditativo que Gattinara conocía bien y que le dejaba petrificado debido a la actividad frenética de su mente.

—Majestad, el cetro imperial os fue impuesto para llevar a término la misión de la Monarquía Universal. Considerad que tomar Francia para vuestra causa no es sinónimo de ambición egoísta, sino una forma ineludible de cumplir con vuestro deber.

La opinión del italiano era compartida por todos aquellos a los que Carlos consideraba sus leales; incluso su tía Margarita y su hermano Fernando le habían enviado un mensaje en el que se expresaban de la misma guisa: «Apurad vuestro triunfo, ¡no dejéis nada del francés!». Ella, por lo general más estratega que visceral, coincidía en pedirle el sometimiento absoluto del cautivo. El emperador, sin embargo, no estaba aún convencido y, como no había urgencia, prefirió aguardar hasta estar seguro. Fadrique de Alba se asomó entonces por la puerta del despacho.

—El duque de Borbón os aguarda, majestad.

Si hubiese podido diseñar a su antojo el destino que quería para sí, el de Borbón se habría quedado corto con respecto a lo que la suerte le había reservado. Ni en sus fantasías más rencorosas se había imaginado a Francisco como rehén del emperador. Lo cierto era que, durante largo tiempo, su existencia le había resultado insufrible, pero ahora estaba convencido de que, desde lo alto, Dios ponía en orden lo que los hombres viles habían perturbado. Desde que supo de la captura del que fuera su señor respiraba y caminaba de modo distinto; de nuevo celebraba el hecho de estar vivo. Además, la desventura de Francisco, que ya de por sí le colmaba de gozo, conllevaba su propio renacimiento; sus bienes le serían devueltos, como Carlos le había prometido, y su enlace con Leonor como mínimo le protegería para siempre, si es que dicho matrimonio no le reportaba, a la larga, más beneficios, como confiaba que así fuera.

—Querido amigo —dijo el emperador al recibirle en audiencia.

El francés, con sus mejores galas, tan vistosas que empobrecían las de Carlos, hizo un gesto de sometimiento al que ahora llamaba su señor.

—Os habría servido aunque el trofeo hubiese sido de menor valía, mas creedme: el que habéis logrado me fideliza a vos de por vida.

Se sonrieron, aunque el noble percibió que el desafecto del emperador hacia Francisco era mucho menor que el suyo; le faltaba el brillo del odio satisfecho en la mirada.

—Estoy deseoso de conocer a vuestra hermana, majestad.

—No habréis de aguardar más —replicó una voz femenina desde la puerta.

Leonor se adentró en el salón de audiencias con un talante risueño que sorprendió a Carlos. Desde que volviera de Portugal, su hermana lo había evitado a conciencia, y cuando, sin poder remediarlo, se cruzaba con él en los pasillos de la corte, pasaba a su lado sin detenerse ni a mirarlo siquiera, como si el emperador fuese un fantasma que todos pudiesen ver menos ella. Pero ese rencor parecía haberse evaporado en el momento oportuno. El de Borbón besó la mano de la joven.

—Si ya celebraba nuestro compromiso, ahora que soy testigo de vuestra belleza no encuentro quien rivalice conmigo en fortuna.

Leonor sonrió complacida.

—Ganáis batallas, gustáis de galanterías y ahora sé también que sois un hombre apuesto. ¿Cuál es vuestro defecto?

—No ser digno de vuestro amor —respondió el noble con una sonrisa.

La hermana de Carlos contempló al duque con una mirada prometedora que de golpe se heló. El emperador se percató, pero no le dio tiempo a contener lo que intuyó que se avecinaba.

—Decís bien, pues no sois más que un traidor —sentenció ella.

Acto seguido, el ambiente se volvió irrespirable.

—No requerimos más de vuestra presencia por hoy. Marchad, hermana —ordenó Carlos con sequedad.

—Nací para ser reina —dijo Leonor mirando al duque con frialdad, antes de abandonar la estancia.

Durante unos instantes, ni el emperador ni el noble supieron cómo romper el silencio que la joven había dejado tras de sí.

—Perded cuidado —lo tranquilizó Carlos al fin—. Igual que cumplisteis vos, lo haré yo.

El duque asintió, pero lo cierto era que estaba esforzándose por disimular lo ofendido que se sentía. En la actitud de Leonor había reconocido el mismo desprecio con el que había estado conviviendo los últimos años y que tenía ya por cosa del pasado. Tan solo pensar en el cautiverio de Francisco calmó su ánimo y le permitió acabar la reunión con un sentimiento similar a la confianza.

En la corte de Inglaterra, como en el resto de Europa, se encajó con asombro el apresamiento de Francisco. La noticia llegó a través de la voz interesada de la madre de la víctima, Luisa de Saboya, que tan pronto supo del triste destino de su hijo se apresuró a dar cuenta al continente entero, tiñendo el hecho con el color de su bando. De manera sutil, su relato hacía de Carlos un tirano contra el que todos habían de protegerse.

A pesar de haber luchado con el bando imperial en el conflicto que acababa de terminar, Enrique VIII recibió la noticia como una amenaza; una cosa era defender a su sobrino de los abusos del francés y otra bien distinta, aceptar que el joven tuviese en su mano un reino más, y no uno cualquiera. Aquel muchacho que, a pesar de su poder, siempre le había parecido algo enclenque y dócil, se estaba excediendo en su grandeza, y eso despertaba el instinto de competición y supervivencia del inglés. De modo que cuando una embajada española le dio cuenta de que el compromiso matrimonial entre el emperador y su hija María había sido desdeñado a favor de la princesa de Portugal, la inquietud de Enrique se tornó ira.

—¡¿Quién cree que es, vuestro sobrino?!

—Señor mío, era una cláusula de difícil observancia —replicó con serenidad Catalina; y, para su sorpresa, el cardenal Wolsey, presente, se sumó a su juicio con un gesto de asentimiento.

—Deslealtad, en todo caso —dijo Enrique—. Si ha perdido mi confianza, ahora que posee la llave de Francia de él solo puedo temer.

Wolsey emitió un gruñido gatuno; disentía.

—Alteza, valoráis la situación de forma apresurada. La captura de Francisco puede traeros tanta gloria como al emperador, sin que hayáis ensuciado vuestro honor en modo alguno.

A Catalina le sorprendió la actitud del cardenal, que siempre se mostraba tan favorable al francés, hasta que se percató de que tan solo estaba comportándose según su naturaleza: adaptándose fríamente a la situación, con reflejos de depredador. Se estaba posicionando del lado victorioso y, por lo tanto, se desprendía de la amistad con el galo como de una mancha de suciedad en su hábito encarnado, con naturalidad y ganas de lucir radiante.

—Entre los títulos que ostentáis se halla el de rey de Francia

—le recordó Wolsey—. Lo que hasta el momento no era más que un honor vacío, similar a un apodo de otros tiempos, ha encontrado ahora la forma de convertirse en realidad.

—Así es —intervino Catalina con reflejos—. Reclamad al emperador lo que os corresponde. Será poco sacrificio para él si va unido de vuestra alianza, a pesar de sus deslealtades y de la incómoda posición en que le deja ante Europa el haber hecho de Francisco su cautivo.

A juzgar por la firmeza con que sonaba la voz de Catalina nadie hubiera dicho que dentro de ella bullían los nervios. Se preguntaba cuál sería su destino si Enrique se distanciaba de Carlos. Su marido la trataba con desafecto creciente y ya nunca visitaba su lecho, como si hubiese renunciado a la esperanza de obtener de ella un heredero. La reina no se veía capaz de adivinar de qué modo culminaría semejante crisis. ¿Convertiría a su bastardo en sucesor, apartando a María del trono? ¿O sería capaz incluso de deshacerse de ella y de su vientre maldito perpetrando un crimen? Le costaba creer que esos ojos claros que tiempo atrás habían rebosado de amor ocultasen ahora ideas asesinas, pero Catalina conocía a su esposo y sabía que, dentro de sí, se arremolinaba un caos de impulsos que quizá un día fuesen liberados de la peor manera. Solo el respaldo de Carlos la acorazaba frente a Enrique: este nunca se atrevería a causarle daño alguno si tal cosa le convirtiese en enemigo de un imperio. En caso contrario, si la alianza entre tío y sobrino se rompía, el inglés no se lo pensaría a la hora de deshacerse de ella.

El consejo unánime de Wolsey y de la reina llevó a Enrique a imaginar una balanza ante sí: en uno de sus lados estaba el desdén que le había infligido Carlos, ese hombrecito todopoderoso al que había minusvalorado; en el otro, la recuperación de los dominios continentales de Inglaterra en Francia, con todo el beneficio comercial y de prestigio que traerían consigo.

—Intercederé por vos —dijo Catalina—. Mi sobrino no podrá negároslo.

—¿Habláis como española o como reina inglesa? —inquirió el rey con seriedad.

—Me ofendéis. Me debo al trono que me da asiento y solo a él —contestó ella.

Enrique y su esposa intercambiaron una mirada intensa que contenía, a un tiempo, todo lo vivido juntos y el lugar desapacible al que su relación había llegado.

—Dejadle claro que si se niega a complacerme, pagará caro las consecuencias.

El aposento de Francisco era mucho más digno que una celda, y las licencias de su cautiverio, más propias de un noble que de un reo. Se le permitía pasear y cazar, y se le alimentaba para complacerlo. A pesar de ello, el francés era todo melancolía y rabia contenida. En ningún momento se le olvidaba que estaba preso. Los recuerdos de libertad le atormentaban, y aunque comía, bebía y se ejercitaba como de costumbre, se sentía muerto, instalado en un purgatorio que quizá fuese a durar hasta el fin de sus días. Por si fuera poco, para su deshonra Carlos se negaba a reunirse con él, como si se contentase con tenerlo cautivo y ni se le ocurriese negociar su libertad. A causa de todo ello, la tristeza del galo era tal que le impedía pensar; se pasaba el día abotargado, sin siquiera un destello de astucia. Tardó cierto tiempo en caer en la cuenta de que si sus condiciones de vida no resultaban del todo crueles se debía a alguna orden del emperador, que, a juzgar por su comportamiento, no parecía un hombre vil. De ese entendimiento surgió el recuerdo de Lutero. Aunque el fraile había causado una revolución herética en el Imperio, Carlos se había comportado de forma magnánima con él, pues había cumplido al dedillo la palabra dada de dejarle marchar fuera cual fuese la postura del religioso en la Dieta de Worms. El césar había demostrado una nobleza inimitable, casi de mártir. Sumando esos dos rasgos —la falta de vileza y la honorabilidad—, el horizonte de Francisco comenzó a recibir, al fin, unos tenues rayos de luz.

Mientras el francés no pensaba sino en Carlos y trataba de adivinar, con los pocos detalles de él con los que contaba, cómo sería su personalidad, el emperador hacía otro tanto con el francés. No dudaba de que su carácter era dominante ni de que había leído y releído a ese cínico de Maquiavelo —solo eso podía explicar que le hubiese lanzado un ataque mientras España y Alemania sufrían altercados revolucionarios con comuneros una y luteranos la otra—. Pero inferir de ello que se trataba de un hombre traicionero a quien solo cabía aplastar se le antojaba aventurar demasiado. Lo único cierto era que estaba en sus manos y que bailaría al son que él desease tocar; la cuestión radicaba en cuál debía de ser este. Desde Inglaterra y el Vaticano le llegaban ecos inquietantes; los primeros, según su tía Catalina, querían reparto o conflicto, y el nuevo Papa, Clemente, se mostraba alarmado por la acumulación de poderes del emperador.

—Cuando me recomendáis rematarle no barruntáis las consecuencias que eso tendría. Entre el resto de monarcas no conservaría un amigo.

—Enrique os sería leal como un padre si le concedieseis lo que pide.

—No lo haré —decretó Carlos.

Gattinara echó el cuerpo atrás, como si pretendiera esquivar esa decisión que le resultaba absurda.

—El inglés se beneficiaría de un saqueo que mermaría mi honor y en nada el suyo. Y si accediese al reparto de Francia, ¿cuánto tardarían otros en esgrimir posesiones galas de otros tiempos, o títulos de antepasados remotos que allí estaban asentados? Las disputas serían infinitas y el conflicto, inevitable.

El italiano, que tenía la lengua gastada de repetir los mismos argumentos, probó con uno de nuevo cuño.

—Majestad, mirad más allá de la política. El luteranismo remitiría sin remedio si sumaseis Francia a vuestras posesiones: los herejes desistirían al verse aislados en un mundo que es vuestro.

—No quiero el mundo para mí: lo quiero en paz. ¿Ignoráis lo que se seguiría si tomase posesión de ese reino? Los súbditos se rebelarían, y no sin motivo. No anhelo revivir lo que hace tan poco he padecido.

—Si vuestra experiencia cuenta —dijo Gattinara—, pensad que la revuelta castellana solo se zanjó con rigor, y que Lutero escapó por vuestra magnanimidad.

De Alemania había llegado el rumor de que el fraile seguía vivo y que producía nuevos escritos para impulsar su movimiento. Carlos estaba buscando las palabras para responder a su canciller cuando un mensajero hizo acto de presencia. Llevaba consigo una misiva de Francisco. El emperador se lanzó sobre ella con ansiedad. Venía escrita con letra temblorosa, lo cual le provocó cierta piedad: el coloso francés parecía asustado.

—«No tengo más consuelo que el de confiar en vuestra bondad —leyó el emperador en voz alta—, de la que os serviréis en vuestra victoria. Las órdenes de un príncipe como vos solo pueden ser magnánimas y honradas. Compadeceos del rey de Francia, guardadle las atenciones que se merece y haréis de él vuestro incondicional esclavo.»

Gattinara soltó un bufido socarrón.

—Vuestra humanidad ha ganado fama, majestad.

Pero Carlos, ignorando su comentario, releyó con seriedad las palabras del galo y, acto seguido, perdió la vista en el infinito. Aunque nada miraba, ante sus ojos apareció un dominio: aquel del que lucía el título pero no gobernaba, porque sus antepasados lo habían perdido a manos de Francia; el que, de recuperarlo, simbolizaría recobrar el honor de su estirpe frente a ese reino.

—Borgoña.

El canciller adivinó lo que oiría después y supo que no le sería grato.

—Propondré a Francisco negociar su libertad a cambio de una alianza de amistad perpetua, de que me repare los dominios italianos conquistados… y de Borgoña.

El silencio que siguió a la declaración de intenciones del emperador fue tal que el murmullo de la corte alcanzó el despacho. El semblante del italiano se contrajo en un mueca de disgusto que jamás había adoptado ante su señor. Parecía otro hombre, uno cualquiera.

—¿Y dejar que vuestro rehén tome de nuevo el mando de Francia?

—Pero, en el futuro, como aliado.

—Dais por hecho que es hombre de palabra. Majestad, permitidme el atrevimiento, pero sois cándido.

—¿Me faltáis? —le preguntó Carlos, ofendido ante tal condescendencia.

—Tan solo os advierto. Los monarcas son humanos, y existe tal variedad de los primeros como de los segundos. Los hay honorables como vos, mas también miserables, sin un ápice de esa caballerosidad que guía vuestros actos. Y quien lo que se juega es recuperar un trono para sí, no dudará en fingirse de confianza aunque en nada lo sea.

—Sois vos, pero oigo a Chièvres —replicó airado el de Gante—. Me animáis a que tome un reino antes que a seguir un plan sensato.

—¡Un plan temeroso, más bien! Y la garantía de que vuestro futuro con respecto a Francia será un calco de lo que hasta ahora ha sido: ¡enemistad, luchas, gastos...!

El canciller estaba fuera de sí, y el emperador, irritado, le mandó callar. La consecución de una Monarquía Universal no tenía sentido para él si le obligaba a extraviarse de la justicia, de la conmiseración y de la búsqueda de la paz. El italiano parecía ver en la situación solo una oportunidad para el provecho territorial y no la ocasión de apaciguar Europa, cosa que tanta falta hacía. ¿Y de qué forma se podía conseguir de otros lo que anhelaba? «Con generosidad —se respondió el emperador—, y no de otra manera.»

—Es mi decisión, y como tal habréis de acatarla.

A Gattinara le costó bajar la testuz para mostrar obediencia. Carlos y él se miraron en silencio y se percataron de que, de repente y para siempre, algo se había quebrado entre ellos.

—¿Borgoña? ¡Jamás!

Francisco despidió al emisario imperial con un gesto altivo y desvió su atención al inmenso campo, donde llevaba cazando desde el amanecer. Sin embargo, el horizonte que ahora contemplaba se tornó acuoso e inestable, y se sintió incapaz de seguir buscando alimañas. La propuesta de Carlos le había descompuesto el ánimo. Si era necesario, moriría preso antes de menoscabar las posesiones de su reino. Al fin y al cabo, era esa la única libertad que le quedaba: la de ser leal a Francia y no ultrajarla más de lo que ya lo había hecho al convertirse en rehén del emperador. Si retornase a su hogar desposeído de ese ducado, no lo haría con la dignidad de un monarca, sino con la perfidia de un traidor.

Desdeñada la caza, el francés emprendió el camino de regreso a sus aposentos, tirando del caballo que tenía por única compañía, sin contar a los numerosos guardianes españoles que lo custodiaban mañana y noche y que ahora lo vigilaban con distancia respetuosa pero bien aferrados a sus armas, preparados para impedir cualquier amago de fuga. El animal se detuvo a curiosear en una planta llena de frutos, de los que el rey tomó varios para ofrecérselos.

—Deteneos.

Francisco se volvió y vio que quien le advertía era una joven de vestimentas deslumbrantes y rasgos armoniosos. Tras las muchas jornadas en las que había sido privado del deleite de la presencia femenina, aquella le resultó arrebatadora. Echaba de menos la piel fina y la voz suave, el talle ajustado, las manos delicadas y las risas tímidas. Se dio cuenta de hasta qué punto la prisión le había alejado de lo que más gozaba.

—Ese fruto es venenoso. Quizá no acabase con la vida de vuestro caballo, pero le haría sufrir, y dudo que un espíritu regio anhele tal destino para un inocente.

—¿Quién sois? —inquirió Francisco, al tiempo que dejaba caer al suelo el alimento.

—Leonor de Habsburgo.

El galo no disimuló su sorpresa.

—Vuestro hermano se niega a encontrarse conmigo, mas no vos. Mentiría si dijese que no existe desprecio edulcorado con tan exquisito bálsamo.

El cumplido la hizo sonreír. Como todos, se había dibujado al rival de Carlos en su imaginación, y en esta el galo aparecía desagradable, como si la vileza solo pudiese contenerse en un recipiente tan bajo como ella. Pero la realidad le mostró a un hombre gallardo, quizá no bello pero desde luego magnético, y con una sonrisa embaucadora hasta lo peligroso.

—Contentadle en sus peticiones y os recibirá como a un hermano —dijo ella.

—Eso me obligaría a miraros fraternalmente, y no puedo prometer tal cosa.

Leonor le dio la espalda, pues pretendía evitarle el triunfo de descubrirla sonrojada, pero Francisco no necesitó contemplar sus mejillas para saber del efecto que había causado en ella. Una vez que la hermana de Carlos se hubo alejado, el francés miró el montoncito de frutos que había soltado a sus pies y, sin que sus vigilantes se percataran, los guardó en uno de sus bolsillos.

En la corte de Portugal, la noticia de que Carlos tenía por cautivo al rey de Francia apenas si había despertado un tibio eco, pues se había visto amortiguado por dos hechos, de largo más significativos para el reino: la boda de su monarca con una infanta española y la inminente conversión de la princesa Isabel en emperatriz del Sacro Imperio Germánico.

Desde que recibiera la noticia de que iba a convertirse en reina de los lusos, Catalina se había visto inmersa en una emoción constante y ambigua. A pesar de que había pasado años pidiéndole a Dios que Tordesillas no se convirtiese en su tumba, la idea de pasar del enclaustramiento a una corte extraña le causaba vértigo. A decir verdad, no estaba acostumbrada al trato con desconocidos, y su pulso se había hecho a la tranquilidad mortecina de la reclusión. ¿Sería capaz, de un día para otro, de desprenderse de su ensimismamiento y de sus costumbres solitarias para cumplir con lo que se le exigía a una reina? ¿Sabría sonreír por compromiso, departir con su esposo como si no arrastrase un pasado vacío y dejar atrás su carácter suspicaz, propio de quien solo ha sufrido?

Sus dudas, sin embargo, se despejaron pronto. Su prometido, el rey Juan, consciente de la existencia que había padecido la joven, la recibió con palabras y gestos delicados, buscando no asustarla. La colmó también de presentes, que Catalina recibió con un agradecimiento tal que emocionó al monarca: en lugar de una infanta se comportaba como una joven de familia humilde para quien cualquier atención se tornaba regalo. La hermana de Carlos tocaba las ricas telas de sus vestidos nuevos con delectación y cuando, tras su enlace, Juan la llevó a ver el mar, lloró al tener ante sí un horizonte hermoso e infinito, que tanto contrastaba con los muros de piedra que durante demasiado tiempo habían sido sus únicas vistas. Sus temores se alejaron: podía ser reina, y podía ser feliz.

Ya coronada, hubo de despedir a la que pronto sería su cuñada. El día de su partida, Isabel resplandecía como un diamante al sol. Su belleza, siempre apabullante, resaltó esa jornada de forma más intensa que nunca. La princesa había preparado su corazón con esmero para ese momento. No se sintió triste a pesar de que estaba abandonando su hogar, incluso a su familia, además de los colores y sabores que habían moldeado sus sentidos. Era consciente de que, posiblemente, jamás volvería a pisar su reino, y que ese día constituía el final de una vida y el comienzo de otra que, aunque tan anhelada, se presentaba incierta. Pero su esperanza, sobre la que había construido su empeño de casarse con el emperador, le dio valentía para lo que surgía ante sí: su futuro sería dichoso, y contagiada por la promesa de júbilo, en su adiós al hogar se sintió pletórica.

—Mi hermano quedará prendado de vos tan pronto os vea —le dijo Catalina.

—¿Tanto como vuestro esposo lo hizo de vos?

Se sonrieron. Isabel sabía que Juan aún penaba por Leonor, pero tenía la certeza de que su nueva esposa no tardaría en borrar esos recuerdos. De repente, una imagen incómoda atravesó la mente de la futura emperatriz, que dudó si atenderla o dejar que se extinguiera. Catalina, que había aprendido a leer en su madre mil ánimos diferentes, se percató.

—¿Qué os preocupa?

Isabel dudó antes de responder.

—¿Es verdad que vuestro hermano ha sido ya padre? El rumor ha llegado hasta mí, pero nunca he querido saber cuánto había de cierto en ello.

La reina, sorprendida por la pregunta, no tuvo tiempo de inventar una respuesta complaciente, y prefirió callar, cosa que bastó para que Isabel se desasosegara.

—Es varón, al fin y al cabo —contestó al fin Catalina.

—Para mí siempre ha sido un sueño, y los sueños carecen de falta.

En el rostro de la portuguesa se dibujó una sonrisa melancólica; las fantasías pertenecían ya al pasado: había llegado el momento de que se tornaran reales y, por lo tanto, imperfectas.

La comitiva de Isabel se puso en marcha a la hora señalada. A medida que fue dejando atrás su tierra, la joven se fue desprendiendo del sinsabor que le había dejado el hecho de haber confirmado el rumor sobre su futuro esposo. El pasado de él no le pertenecía, pero su porvenir, se dijo, no tendría otra dueña.

Mientras su prometida viajaba a su encuentro, Carlos no tenía otra preocupación que dar por zanjada su situación con Francisco. Cada día, un emisario se presentaba ante el francés para repetirle la oferta del emperador, y la respuesta era siempre la misma: «Jamás». El tiempo jugaba en contra del de Gante: Europa percibía con inquietud que el monarca de Francia siguiese encarcelado y lo achacaba a la ambición de su rival. En todas las cortes se extendía el temor a que Carlos estuviera empeñado en desesperar al galo hasta desposeerle de todo lo suyo. ¿No tenía ya bastante con un imperio, las Indias, España y sus dominios en Italia y Flandes? ¿Acaso su voracidad de poder no conocía límites?

—Majestad, Margarita de Angulema ha arribado a la corte.

El emperador parpadeó asombrado.

—¿La hermana de Francisco está aquí? ¿Con qué intenciones?

La duda fue respondida al poco. Margarita no parecía cansada tras el largo viaje. Su apostura estaba cargada de dignidad; era consciente de que representaba al reino de Francia y eso la irguió con orgullo.

—La situación de mi hermano no ha de prolongarse por más tiempo —sentenció una vez Carlos la hubo invitado a sentarse ante él.

—No es a mí a quien debéis convencer de ello, sino a Francisco. Su libertad tendría lugar antes de ponerse el sol si se aviniese a mis condiciones.

—Nunca lo hará —dijo Margarita, y sonó creíble.

—¿Por qué mi terquedad habría de ser menor que la suya? Olvidáis que es mi rehén. Yo nada pierdo prolongando su encierro eternamente.

—¿No es pérdida, acaso, la de vuestra magnanimidad, ni la de la amistad de los reinos que no poseéis? Roma clama contra vuestro empecinamiento.

Carlos sabía que era cierto. El Papa que había sucedido a Adriano, Clemente VII, se cuidaba cada día menos, en sus misivas, de esconder su hostilidad hacia el emperador, y este no se mostraba inmune a ese desafecto; no solo a causa de su obligada obediencia a Roma, sino porque la estabilidad de sus dominios italianos dependía de las buenas relaciones con el Vaticano, pues, de enemistarse con él, llamaría a la rebelión en esos territorios, si es que no animaba a un rival a conquistarlos.

—Olvidáis que he sido misericordioso con vuestro hermano —añadió Carlos—. No pocos me han instado a doblegarlo. Mas no ambiciono su feudo, tan solo justicia y amistad duradera.

—No la encontraréis si seguís poniendo Borgoña como condición, mi señor. Han pasado meses desde su rapto. ¿No veis que preferiría morir rehén a ser liberado con deshonor?

Carlos había recibido a Margarita con la convicción de que la intransigencia de Francisco se relacionaba con su orgullo herido, y que cualquier otro interlocutor galo sabría apreciar que Borgoña suponía un precio razonable a pagar por quien podría haberlo perdido todo. Sin embargo, ni en ese primer encuentro ni en los siguientes que mantuvieron, la hermana del monarca francés se mostró dispuesta a ceder. Al principio el emperador no entendió el porqué de su visita a España, si tan solo ejercía de eco de la opinión de su hermano. Pero, con el paso de las jornadas, la frustración que se fue generando en él le hizo comprender que Margarita buscaba desesperarlo, hacerle entender que era Francia entera quien se negaba a sus condiciones y que, por mucho que insistiese, jamás le complacerían con la cláusula de Borgoña. Cansado de tanta audiencia improductiva, el emperador informó de que había de viajar a la frontera a reunirse con su prometida, con la que se casaría en la ciudad de Sevilla. Quizá a su regreso, que tardaría semanas en producirse, se encontrase con un Francisco menos altivo.

Pero el día antes de su partida, y cuando Isabel, del otro lado, ya atisbaba España en la lejanía, se oyeron voces de alarma en la corte. Al poco, Fadrique de Alba irrumpió agitado en la sala.

—¡Se muere!

Tanta preocupación solo podría referirse a Francisco.

Mientras se dirigía presuroso a la celda, donde se encontró a la hermana del galo ahogada por las lágrimas a su lado, Carlos se dio cuenta de que no habría mayor catástrofe que la que estaba a punto de suceder: la muerte de su rehén. El mundo entero le apuntaría como asesino y los franceses pedirían venganza. Además, no podría reclamar ninguna de sus pretensiones, pues nada habían firmado aún ambos monarcas. El largo cautiverio lo dejaría con las manos vacías y con la vitola de magnicida.

Al entrar en la estancia, Carlos halló a un hombre de gran altura que nada imponía porque, retorcido sobre sí mismo en el lecho, tiritaba como un niño enfermo. Su larga cabellera goteaba por la fiebre, y su tez, de por sí clara, se asemejaba a una luz apagada. Acto seguido, Francisco dirigió sus ojos vidriosos hacia los del emperador. La primera mirada entre los grandes rivales fue prolongada y le acompañó el mutismo. Finalmente Carlos se acercó al lecho y posó su mano sobre la del galo, que se cogió a ella como a la de un buen amigo.

—Soy vuestro esclavo y prisionero. —La voz del cautivo era agónica.

—No, sois mi hermano, y libre —dijo el emperador con piedad.

Sobraron más palabras. El encuentro habría sido intenso incluso si Francisco no estuviese agonizando, pero ese hecho lo cargó de exaltación, y los dos se sintieron sobrepasados al conocerse en un momento en que habría tenido más sentido despedirse.

Por fortuna, el francés fue recuperándose lentamente. Hubo un momento en que llegó a temer por su vida, y se santiguó cien veces porque, siendo él el autor de su malestar, de haberse causado la muerte su pecado habría sido imperdonable. Pero Leonor tenía razón: esos frutos no eran letales. El daño había merecido la pena: se encontraba débil y el estómago le seguía doliendo como si padeciese el castigo de Prometeo, pero había conseguido asustar al emperador y que se rompiera la distancia entre ellos; tal y como quería.

Su achaque también había traído consigo el acercamiento de la hermana del césar, que se aficionó a visitar al enfermo, con la excusa de preguntar por su salud y regalarle imágenes de santos, y para compensar la marcha de Margarita, a quien su hermano rogó que partiese. Incluso con el aspecto enfermizo que le daba su afección, Leonor se encandilaba con la mirada felina del condaleciente y con el relato —pausado a causa de la debilidad— de anécdotas sobre pintores y poetas importantes. Por su parte, a Francisco le sorprendió la erudición de la joven, y también esa vena tragicómica que gastaba al referirse a su existencia. A pesar de su agotamiento, se esforzó por sonreírle, con seducción en cada uno de sus encuentros.

—Borgoña... Será vuestra.

Carlos saboreó las palabras de Francisco y no llegó a decidir si eran dulces o envenenadas.

—¿Qué os ha hecho cambiar de parecer?

—La conciencia se aclara cuando la muerte nos ha rondado y, generosa, nos permite seguir viviendo. He tenido cerca a Dios y la paz que me ha dado le ha quitado valor a mis caprichos.

El emperador trató de no emocionarse con la confesión del francés, pero su rostro dibujaba tan acertadamente esos sentimientos que costaba no darlos por verdaderos.

—Vuestra victoria sobre mí ha sido indiscutible, majestad —siguió Francisco—. Liberadme y, ya en Francia, convenceré al Parlamento de que acepte nuestro acuerdo, una prudencia necesaria para que aprueben el tratado, pues han de creer que la decisión final es suya aunque no lo sea, porque solo el que se considera libre se somete.

Carlos dudó.

—Majestad, os soy sincero —insistió el galo—. Negarme a premiar vuestro triunfo puede haber sido lo que a punto ha estado de acabar con mi vida. Mi orgullo me ha emponzoñado. Acepto todas vuestras condiciones, y solo añado una.

—Decid.

—Asentemos nuestra amistad con un lazo indestructible. Concededme la mano de vuestra hermana.

—¡Doña Leonor está comprometida en firme con el duque de Borbón! —Gattinara estaba indignado.

El emperador gastaba sus suelas recorriendo el pasillo de un lado a otro.

—Y renegada por ello —replicó—, pues se le antoja indigno. Si aceptase la propuesta, la sentaría en el trono de Francia, canciller. Con ese lazo, la enemistad entre ambos reinos se tornaría antinatural.

—No es en todo caso la cuestión que más me preocupa, majestad. —El italiano escrutó la mirada de su señor—. ¿Sois capaz de creeros este repentino arranque de generosidad de Francisco? ¡De golpe dice querer complaceros en todo!

De nuevo el canciller lo trataba de ingenuo.

—¿Dudáis de que le pediré garantías? Mas algo se ha de resolver, pues me aterra que enferme de nuevo y fatalmente.

—El suyo fue un malestar fulminante al principio que al final en nada ha quedado. Hecho poco usual, ¿no creéis? —dejó caer el italiano.

Carlos empezaba a hartarse de tanta suspicacia, que saboteaba su deseo de zanjar de una vez la situación y que, además, le hacía sentirse iluso.

—¿Es que solo sabéis sospechar de él? Yo desconfío, pero es un hombre venido a menos, un rey humillado. ¿No cabe la posibilidad de que su altivez sea menor a día de hoy que aquella con la que llegó?

Por toda respuesta Gattinara mantuvo su semblante hierático y calló. El emperador salió de la estancia con paso enérgico, deseoso de abandonar la compañía de ese consejero sin esperanza.

Entretanto, Sevilla recibía a Isabel de Portugal entre vivas y flores. La ciudad, rica y bulliciosa, constituía el mejor marco para la presentación de la futura emperatriz a sus súbditos. La joven, sin embargo, no prestó demasiada atención a la exuberante arquitectura, ni a las sonrisas y halagos que todos le dedicaban. «Disculpadme, el viaje me ha restado fuerzas», se justificaba antes de abandonar cada homenaje. No deseaba más que desplomarse sobre el lecho y maldecir a Carlos.

El enviado del emperador le había informado de que este se encontraba enfrascado en una cuestión de vital importancia y que le había resultado imposible acudir a su encuentro en la frontera, como también ahora en Sevilla. Su tardanza en nada se relacionaba con el deseo de conocerla, que —y aquí el emisario se empleaba en sonar sentido— era infinito. En cuanto el asunto que le ocupaba estuviese resuelto, Carlos correría a su lado y la compensaría con creces por cada hora de ausencia con que la hubiese ofendido. Sin embargo el mensaje imperial no disminuyó en absoluto el enfado de Isabel. Su existencia entera se había vertebrado en torno a ese enlace y, aunque sabía de las responsabilidades políticas de él, le arrasaba que la cuestión le resultase tan secundaria, y que se diese licencia para ofenderla antes incluso de haberla conocido. ¿Qué anunciaba ese desdén con respecto a su futuro? Frialdad y abandono.

La portuguesa se ocultaba de las gentes y paliaba su melancolía rezando en las iglesias sevillanas hasta altas horas. Le pedía a Dios que le diese fuerzas para soportar ese trance y que eso que notaba latir dentro, su orgullo, no la dominase, pues, de ganarla, dejaría Sevilla sin mirar atrás y el enlace imperial jamás tendría lugar.

—Vuestros hijos serán la prenda de nuestro acuerdo. Dad orden de que pasen a mi custodia. Si regresaseis a Francia y no cumplieseis lo acordado, no titubearía a la hora de quedarme con ellos.

Francisco se detuvo en medio del camino. Era la primera vez que los dos monarcas salían a pasear y el extranjero estaba disfrutando al sentir de nuevo el sol en su rostro tras la postración de la enfermedad. Lucía su porte habitual: atlético, espigado, como si la Providencia, al crearlo, hubiese empleado el doble de músculo y hueso que al confeccionar a Carlos.

—Sea. Mas...

—Os prometo que cuidaré de ellos como si de mis propios vástagos se tratase. Tengo honor, amigo mío.

El galo asintió. El emperador le despertaba una cierta ternura; era inteligente y reflexivo, pero tenía el alma pura. Con solo mirarlo a los ojos lo veías todo. Más que cándido era excelente, y por un momento Francisco le envidió por ello, sin dejar de considerarlo el peor de sus rivales.

Aunque el compromiso de entregar a sus hijos como garantía casi convenció a Carlos de la honestidad del francés, el día de la firma del tratado se presentó en la sala con una Biblia en la mano. En primer lugar ordenó a un notario que leyese las condiciones del acuerdo. Francisco hubo de escuchar una y otra vez el verbo maldito: renunciar, renunciar, renunciar. Renuncia a Milán, a Génova, a Borgoña, a Nápoles, a Artois, a Tournai... Renuncia también a respaldar intento alguno de independencia de Navarra de la Corona española. Tan solo una ganancia: Leonor.

—Y nuestra eterna alianza —añadió Carlos, cuyas palabras reflejaban más optimismo que su gesto.

Dos firmas floridas rubricaron el acuerdo. El emperador tomó fraternalmente el brazo del otro.

—Sois hombre libre.

Una lágrima se deslizó por la mejilla de Francisco, pero se cuidó de que nadie la descubriera. Luego se compuso el traje, respiró hondo y sonrió.

—Si no recuerdo mal, ahora debería casarme.

—Tan solo habréis de complacerme en algo antes. —Carlos señaló la Biblia—. Jurad que vais a cumplir lo que habéis firmado hoy aquí.

El francés, sin titubeos, se acercó al libro sagrado, plantó con firmeza su mano sobre él y juró. El emperador respiró aliviado.

A decir verdad, al duque de Borbón se le escapó un mohín de disgusto cuando Carlos le relató cómo habían acabado sus dudas. Almorzaban en un patio a la sombra. Los sirvientes habían cubierto el suelo de alfombras de Oriente y el banquete era más lujoso que de costumbre, propio de una gran celebración, pues Carlos buscaba agasajar al noble para suavizar su enfado, ya que había cancelado su boda con Leonor a favor de su enemigo. El duque, aunque ofendido, no disponía de otra opción que mantener la lealtad, puesto que, traidor a Francia, España habría de ser su refugio durante largo tiempo, y en las manos del emperador estaba que se le restaurase su patrimonio. Pero que Francisco hubiera malogrado su enlace, más que indignarle, lo ensombreció; se sentía condenado a que, deseara lo que desease, el otro siempre se lo acabase arrebatando.

—¿Lo creéis incapaz de jurar en vano? —espetó el noble a Carlos.

—No solo a él, sino a cualquier hombre. Es lo que nos distingue de las alimañas: poseer alma y temer por ella.

—Lo conozco mejor que vos, majestad. Carece de escrúpulos y, aunque devoto, su fe y sus obras marchan por caminos distintos, cuando no opuestos. No busco desalentaros. Tan solo advertiros: que no podáis figuraros tal maldad solo habla bien de vos, no de él.

Las advertencias contra el monarca francés se agolpaban en la mente de Carlos hasta formar una tapia de sospecha. Sin embargo, no tenía otra opción que seguir adelante y confiar. Francisco había comprometido a sus hijos y hasta su propia alma para demostrar su buena voluntad; ninguna otra cosa que el emperador le exigiese como garantía le obligaría más. Tampoco tenía sentido la alternativa de prolongar el arresto, arriesgándose a que el francés muriese y que su captor quedase estigmatizado como un hombre cruel —y, en realidad, poco práctico— a ojos de todos. Aun así, el emperador decidió que Leonor no partiese hacia Francia con su prometido, sino que esperase a que este, ya en su reino, cumpliese con sus renuncias para consumar ese matrimonio. Carlos se sentía libre de poner en juego su confianza, pero no así el honor de su hermana, y aunque las nupcias se celebraron antes de que el francés retornase a su hogar —en una ceremonia sin brillo y con testigos suspicaces—, el emperador no permitió que sus cuerpos se rozasen más allá de un casto beso. Cuando el galo hubiese dado muestras de ser un hombre de palabra, merecería a su hermana.

A pesar del extraño contexto en el que se había producido su vínculo con Francisco, Leonor se sentía dichosa. Había pasado de ser el premio de un sedicioso a, ni más ni menos, hacerse con el trono de Francia, y de la mano de un hombre del que se notaba, cuanto menos, encaprichada. Sus recuerdos de Portugal aún se mantenían vivos y la acechaban varias veces a lo largo de cada día y, para colmo, sin previo aviso, pero su corazón, que estaba ganando en sabiduría, había decidido transformar la energía de su amor frustrado por Juan en ilusión por Francisco. Pasado el malestar, Carlos dejó de ser un fantasma para ella porque, aunque su destino seguía estando en las manos del césar, estas, al fin, habían firmado lo correcto.

Cuando el embajador inglés se personó ante Enrique para darle cuenta del tratado de Madrid que habían sellado Francisco y Carlos, Catalina se encontraba fuera. El clima, casi nunca benigno allí, sí lo era esa tarde, y la reina decidió disfrutar de unas horas de campo con su hija María. La niña, ya de diez años, se quejó por tener que separarse de su padre. Su devoción por él era infinita y hasta entonces había sido correspondida. Catalina, por el contrario, necesitaba alejarse de él. Durante las últimas semanas, la falta de noticias provenientes de España había sumido al rey en un estado de circunspección tal que había viciado el ánimo de toda la corte. Sus ojos azules seguían ahí, pero no miraban como antaño. Su voz tampoco sonaba de la misma guisa: ya no se le escuchaban carcajadas sonoras, ni gritos de entusiasmo o de enfado. Ahora guardaba silencio durante horas, y meditaba. Se murmuraba que se había encaprichado de la joven hija de Tomás Bolena, una figura importante de la política de la corte. Pero aquello no explicaba gran cosa. «Una amante más», pensó Catalina, que hacía tiempo que se había resignado a las deslealtades del monarca. Lo cierto era que el matrimonio apenas se encontraba, tan solo se reunía en actos oficiales como audiencias o festejos solemnes. En cada una de esas ocasiones y a medida que el tiempo transcurría, Catalina fue percibiendo el cambio en el temperamento de su esposo, aunque no sabía con qué nombre bautizar a la naturaleza de esa mutación. Enrique evitaba departir con ella y, cuando le resultaba inevitable hacerlo, esquivaba, seco, responder sobre su estado de ánimo. La última vez que la española se había topado con él había sido por sorpresa, cuando lo encontró sentado en el trono como si esperase a alguien, aunque no había audiencia fijada para ese día. La reina se lo quedó mirando desde la entrada del salón real, sin que él reparara en su presencia, y lo que percibió la conmocionó: su esposo tenía alrededor un halo de fuerza negra. Se diría que le habían arrancado el alma.

El paseo con María permitió que Catalina se olvidase por unas horas de la inquietud que le provocaba no saber ya con quién estaba casada. La fragancia de la campiña resultaba dulce y vivificante, todo lo contrario a su día a día. Pero el sol, que se había animado a salir, volvió a esconderse tras las nubes y al rato se escucharon en el cielo tronidos que anunciaban tormenta. La reina y su hija hubieron de volver a la corte, y una vez allí la primera fue convocada a reunirse con su marido.

Enrique la recibió en el trono, como si no se hubiese levantado de allí desde la vez en que ella se lo encontrara de esa guisa. Nerviosa, Catalina buscó sus ojos azules y solo encontró un abismo.

—Vuestro sobrino ha llegado a un acuerdo con Francisco. Mi nombre no figura en ninguna de las cláusulas.

El tono de Enrique sonaba grave y hueco, como si saliese del más profundo de los pozos.

—Perdoné al emperador porque me prometisteis conseguir mucho de él.

—Censuro su decisión —dijo ella con sinceridad—. Jamás pensé que sería capaz de resolver la situación de semejante forma.

—Me prometisteis conseguir mucho de él —repitió Enrique clavando su mirada en la reina, que, amedrentada, guardó silencio—. Francia gozará de mi favor de aquí en adelante. Carlos me ha desdeñado una vez más, pero será la última.

—No puedo criticaros por ello, aunque mucho me temo que Francisco no se comportará con vos de forma desdeñosa, sino traicionera...

—Conseguiré de él una alianza para Inglaterra —añadió él—. Ahora sé que no puedo delegar en otros el destino de mi reino.

Desde hoy, solo obedeceré a mi voluntad, y Dios sabe que seré su esclavo.

El rey se levantó del trono y se dirigió a su esposa. Ya frente a ella le acarició con frialdad el rostro.

—¿Qué me habéis deparado? Decidme.

Catalina deseaba llorar, pero se contuvo.

—Tanto como he podido, amor mío.

Enrique la contempló sin parpadear.

—Habéis negado a mi reino el heredero que necesita, y me habéis obligado a aliarme con quien jamás me ha respetado. Vos me condenáis a estar unido a él debido a vuestra sangre. Pero mi voluntad se ha cansado de ello.

—Elegid a libre arbitrio la alianza que convenga a Inglaterra, y yo acataré vuestro parecer.

—No os creo —dijo él—, ni eso compensa que no cumpláis con vuestro deber de darme un varón.

—Aún...

—No —zanjó Enrique, que recorrió entonces con su mano el cuello de ella y pudo notar su pulso palpitante—. Solicitaré a Roma divorciarme de vos.

De inmediato, el monarca se separó de su esposa y abandonó el salón real. Catalina no le siguió; estaba paralizada, dudando de si había muerto allí, de pie, víctima de las palabras de él. Solo supo que permanecía con vida cuando de sus ojos manaron las lágrimas y su pecho se sintió atravesado por una estaca invisible. Su futuro se desvaneció y el halo de fuerza negra la aprisionó hasta hacerla gritar.

Cuando el emperador tuvo noticia de que los hijos de Francisco habían arribado a España y que se encontraban bajo la tutela de hombres de su confianza, concedió la libertad al que, durante meses, había sido su rehén. Illescas fue el lugar elegido por Carlos para despedirse de él. Las comitivas de ambos respetaron con la distancia su última conversación.

—Despidámonos como hermanos —dijo el francés.

Se abrazaron. El emperador podía sentir las miradas de los que les rodeaban, y estaba seguro de que muchos le censuraban por ese gesto fraternal. Por suerte Gattinara, con quien apenas hablaba ya, había decidido permanecer en la corte, y le había ahorrado un camino plagado de mohines de reprobación. Antes de separarse del abrazo, Carlos se arrimó a su oído.

—Si me engañaseis en parte o en todo, que no sea en lo que respecta a mi hermana, pues esa ofensa jamás podría perdonarla.

El galo lo miró como si no le entendiera.

—¿Desconfiáis? ¿Por qué dejarme partir, entonces?

El emperador pensó, pero no dijo, que le sobraban las razones, aunque tampoco podía argüir ninguna concreta para hacerlo.

—Ahora somos aliados —siguió Francisco—. Unidos, bien podríamos ampliar nuestros dominios. Ante nuestra alianza, los territorios del Papa menguarían sin remedio...

—¿No habéis entendido aún que no quiero lo que no es mío?

El francés sonrió. En cierto modo, echaría de menos la mirada limpia de Carlos. En su vida había conocido una tal.

—Sois un hombre extraño, emperador.

El de Gante contempló en silencio cómo Francisco se daba media vuelta, montaba en su caballo y, sin mirar atrás, se dejaba guiar por el séquito de soldados que tenía por misión conducirlo hasta la frontera. Se preguntaba si volvería a verlo, y también qué sentía hacia él, aparte de la desconfianza propia sumada a la que tantos le habían inoculado. Eran tan diferentes que su amistad le habría complacido, porque nunca habría dado pie al aburrimiento, y envidiaba el carisma y la agudeza bravucona del galo. Sin embargo, su separación por fin recobraba el orden natural de las cosas, y en ese sentido le sosegaba.

Al poco de emprender su camino de regreso a la corte, un emisario, veloz hasta la extenuación, salió al encuentro del séquito imperial.

—¡Vuestra prometida, majestad!

Isabel. La negociación con Francisco le había absorbido tanto que apenas había evocado a la mujer que le aguardaba en

Sevilla para entregarse a él. La cuestión ganó su atención de inmediato, como si de un mundo pasase a otro donde el francés ya poco importaba.

—¿Qué noticias traéis de ella?

—La de que ha renunciado a esperaros más.

Al divisar la cruz que marcaba la frontera entre España y Portugal, y que semanas atrás había vislumbrado con ilusión, Isabel luchó por no llorar. Nada más impropio de ella que derrumbarse ante los demás, pues si hubiese sucumbido bajo la mirada de los soldados y las damas que la acompañaban en su regreso a Portugal se habría humillado. Pero si puede señalarse un momento de su existencia en que estuvo a punto de renunciar a la templanza y el amor propio, fue ese y no otro. No sabía qué futuro le esperaba, aunque tenía la certeza de que, fuera cual fuese, cargaría con el dolor de esa decepción, y así hasta el final de sus días. Su forma de concebir el mundo acababa de desmoronarse como un castillo de naipes: siempre había confiado en que la voluntad forjaba los destinos, pero su deseo ardiente de unirse al emperador había servido de poco. Entendió entonces que un alma nada consigue si otra se mueve en dirección contraria, y la de Carlos, sin duda, no se acompasaba con la suya. Podía haberlo aguardado en Sevilla eternamente, pero se había dado cuenta de que no solo anhelaba ese matrimonio, sino también que le hiciese sentir dichosa, extraordinaria, amada. De nada valía ostentar el título de emperatriz si lo había alcanzado desprestigiándose.

Cuando la comitiva a punto estaba de alcanzar la cruz de la frontera, una voz le dio el alto. Isabel detuvo la marcha, pero dudó si volverse. Una fantasía repentina le había hecho dibujarse a Carlos tras de sí, asfixiado después de una carrera desesperada para impedir que ella lo abandonase. La imagen era demasiado hermosa como para tornarse cierta, propia de la Isabel que quería dejar atrás, la que anhelaba para sí lo que era imposible.

—Mi señora. Aunque a deshora, me atrevo a presentarme ante vos.

La portuguesa se estremeció. No podía ser cierto. Se volvió para cerciorarse de que se trataba de una chanza o de un espejismo de su mente enloquecida por el dolor. Se volvió a tiempo para ver cómo descabalgaba un hombre de ojos de niño y piel blanca pero enrojecida por una travesía apresurada. Sus vestimentas eran exquisitas, propias de un emperador, como ese séquito marcial que llevaba consigo. Pero no podía ser cierto. Antes de que pudiera reaccionar, él, a la carrera, llegó a su lado.

—Nada se ha perdido aún. Es más, todo está por ganarse. Pero si decidís no desposarme, respetaré vuestra decisión, pues no merezco menor castigo por haber descuidado a quien solo debo honrar.

El viento ululaba sobre la llanura fronteriza, aprovechando que todos los presentes callaban. Isabel y Carlos se miraron a los ojos por primera vez. Él, a quien tan solo el deber había espoleado hasta allí, se olvidó al instante de compromisos y política, de deberes y diplomacias. La mujer que tenía ante sí era la más bella que jamás había visto, y poseía además el encanto del carácter. ¿Acaso la Providencia le regalaba tan enorme fortuna? Enseguida lamentó haberle dado la opción de dejarla marchar: la quería en su vida y le arrasaría lo contrario. Isabel, por su parte, escudriñó el semblante del emperador y se quedó asombrada al notar que su deseo parecía honesto. Con una rapidez que renegaba de su orgullo, el rencor se alejó de ella en el aire que los azotaba. Todos los sueños que había albergado hacia ese hombre cobraron vida de nuevo. La frontera, repentinamente, se había transformado en una muralla de acero que no pensaba franquear.

9

Hacía tiempo que Sevilla no contenía tanto la respiración como durante ese marzo de 1526. Los lugareños de más edad recordaban la visita de Isabel I de Castilla, de regusto agridulce, pues había llevado a la ciudad un orden conseguido mediante un rigor demasiado excesivo. Había tenido lugar medio siglo antes, cuando el mundo contaba con unas fronteras férreas y en nada se asemejaba a ese mapa que se venía ampliando sin cesar desde que Cristóbal Colón había dejado atrás el puerto de Palos en 1492. En tan solo unas décadas, Sevilla había pasado de ser un vibrante centro comercial dominado por una nobleza caprichosa, a convertirse en la vía de entrada y salida del mundo indiano en España, con toda la exuberancia e imprevisibilidad que eso conllevaba. Era el testigo primero de las maravillas que llegaban de aquel universo nuevo del otro lado del Atlántico. La urbe estaba pues acostumbrada a lo extraordinario, pero aun así se vanaglorió al saber que el emperador la había elegido como marco de su enlace con Isabel de Portugal. La gracia real se devolvió, por ello, con un engalanamiento nunca visto: las calles se ataviaron con paños y tapices, y cien músicos ensayaron las melodías con las que se recibiría al césar y a su futura esposa.

El expendio fue alto, pero los sevillanos se olvidaron del sacrificio en cuanto divisaron que Carlos entraba por la calle Real, secundado por una considerable comitiva de nobles, eclesiásticos y, tras ellos, otros tantos escuadrones que representaban a cada uno de los sectores de la urbe —abogados, médicos y demás oficios—. La música acompañaba al séquito en su avance, del tal modo que apenas si se permitieron un instante de silencio, como si los ilustres exudaran las notas a su paso. El concierto se solemnizaba cada vez que el emperador y los que le seguían atravesaban uno de los siete arcos triunfales que la ciudad había levantado en el recorrido. En cada uno de ellos podía leerse una leyenda acerca de alguna virtud del césar, porque Sevilla no estaba recibiendo al rey de España, ni al dueño y señor de esas Indias que se inmiscuían en la ciudad por las venas del Guadalquivir; estaba acogiendo, ante todo, a un emperador. Por ello en cada detalle de esa fiesta se revelaba la grandeza de Carlos, eco de la que en su día inventó Roma, ese espejo en el que al Renacimiento tanto le gustaba mirarse. Los ánimos del público se elevaron irremediablemente ante la importancia del visitante, pero también porque aquel a quien recibían era el captor del monarca francés. El suceso había calado entre las gentes —que se sentían al fin vengadas tras años de agravios del vecino del norte—, y perduraba como hazaña aun cuando Francisco ya había sido liberado. En medio de su paseo, el emperador escuchó gritos contra el galo y también otros que exaltaban el poder y la bravura que él había demostrado al apresarlo. Al oírlos se irguió orgulloso sobre su caballo, tan satisfecho como si hubiese salido victorioso de cien batallas.

Poco después hizo su entrada Isabel. La prometida de Carlos notó miles de ojos clavados en ella, casi vampirizándola de tan ávidamente como la miraban. Estaba nerviosa, pero, como era su talento, nadie habría podido afirmarlo, porque su semblante se asemejaba al de una esfinge bondadosa. Esos que ahora la escrutaban —sabedores de que, seguramente, sería la primera y última vez que podrían verla— iban a ser pronto sus súbditos, y aunque en ese preciso momento, montada a caballo y escoltada por su comitiva, su figura parecía alzarse sobre ellos con una superioridad insalvable, lo cierto era que en adelante sería Isabel quien estuviese a su servicio, y ni el mayor de los boatos le hacía olvidar la responsabilidad que estaba a punto de asumir. Aunque

Carlos poseyera dominios a lo largo y ancho del mundo, la futura emperatriz era consciente de que uno de los motivos de ese matrimonio consistía en proveer a España de una regente digna y estable para que las ausencias del emperador no obligasen a que ese gobierno fuese guiado por manos poco fiables, ni provocasen en los españoles esa sensación de abandono que tan mal sobrellevaban. Isabel poseería el título de emperatriz del Sacro Imperio, pero sería, ante todo y para siempre, administradora de ese reino.

Sin embargo, cuando, al disponerse a atravesar el séptimo de los arcos, la joven reparó en la inscripción dedicada a ella que, junto a la dirigida a Carlos, lucía la curvatura, y leyó *Aut Caesar aut nihil* —«O césar o nada»—, lo que en principio había sido nervios tornó en una satisfacción como jamás había experimentado. El lema le recordaba cuánto había porfiado por alcanzar ese destino, y el arco hacía las veces de meta vital al fin lograda. Los vítores de los sevillanos, que no tardaron en enamorarse de su emperatriz, incrementaron su emoción, y a la joven le pareció que apenas podía esperar para unirse a Carlos, a quien sentía que ya amaba. Había bastado un encuentro para reconocer en él la personificación de sus deseos, y aunque albergaba cierta prudencia racional, su corazón se había entregado sin remisión, sin atender a lógicas ni aguardar a conocerlo mejor. En cada uno de sus gestos, que Isabel había observado con suma atención desde que le tuviera delante, había intuido lo idóneo de su unión.

Por fin se encontraron en la puerta del Perdón, donde los recibió el arzobispo de Sevilla. Los novios se miraron con la seriedad que requería la ocasión, pero en ambos se dibujó, aunque tímida, una sonrisa de embeleso.

Con igual conflicto entre la solemnidad y la espontaneidad de su enamoramiento hicieron su entrada en los Reales Alcázares. Isabel se sintió abrumada por la belleza del lugar, pues su arquitectura exótica le hizo dudar de si su estado era de vigilia o de sueño. Todo parecía perfecto, como en una ensoñación de las que entristecen al acabarse: a su lado, el emperador; alrededor, una decoración de belleza imposible; la mano de él, que la guiaba con caballerosidad hacia el interior, era cálida y de piel suave; al ambiente llegaba el embriagador perfume de las flores de los patios del edificio.

—No esperaba de las gentes tanto favor hacia mí —le dijo a Carlos cuando la ceremonia de entrada hubo concluido.

—Vos no necesitáis apresar a un rey para que os amen. Y los entiendo.

Las mejillas de ella lucharon por no enrojecerse.

—He de descansar.

Carlos la siguió con la mirada mientras ella desaparecía en el interior del alcázar. El bamboleo de su vestido era pausado comparado con los latidos del corazón de él. En un murmullo, el emperador le dio gracias a Dios por su suerte. ¿Cómo había pasado ese compromiso, que en un principio carecía de otra motivación que la diplomacia y las cuentas, a colmar sus emociones más profundas y ambiciosas? Desde el instante en que la vio Carlos se sintió bendecido, y aunque la belleza de su futura esposa le había resultado inigualable, lo cierto era que el flechazo había trascendido la dimensión de la apariencia. El alma de su prometida le había sido revelada en la primera mirada que cruzaron, como si los ojos de aquella dama le hubiesen permitido la entrada a su mundo interior, donde por un momento Carlos se creyó inmerso; un mundo que le sorprendió por su nobleza, calidez y energía. ¿De cuánta suerte había que gozar para que Isabel fuese de ese modo y no de otro? A lo largo de su vida Carlos había conocido a muchas mujeres virtuosas, pero ninguna carecía de falla, pues eran humanas y, como tales, imperfectas: la hermosura se contrarrestaba a menudo por la frialdad, la inteligencia por la vileza, o el buen carácter por un aspecto que no animaba la carne. Se habría conformado con una esposa de pocos defectos, razón por la que no dejaba de asombrarse al haber dado con la que parecía carecer por completo de ellos.

—Majestad.

Si la voz del duque de Alba apenas había conseguido sacar a Carlos de su ensimismamiento de enamorado, la expresión sombría del noble lo bajó a tierra en un santiamén.

—Os doy mis más sentidas condolencias. De Flandes ha llegado noticia de que vuestra hermana Isabel ha fallecido.

El emperador tardó en reaccionar. Su corazón hubo de viajar, en apenas segundos, de la alegría a la desolación.

—Según vuestra tía Margarita, llevaba tiempo padeciendo. Dicen que se marchó con alivio.

La desgracia empezó a tornarse real en el alma de Carlos y trajo consigo un recuerdo: el de su hermana Isabel, a sus catorce años, despidiéndose de él antes de partir hacia Dinamarca, donde iba a convertirse en esposa del rey Christian. Aquella había sido la última vez que se habían visto. Ella, hermosa y de aspecto más frágil que su carácter, estaba satisfecha con el matrimonio que le había tocado en suerte, y en su adiós había tristeza pero también ilusión por aquello que estaba por venir. Pero su optimismo no se vio refrendado: pocos años después, y tras haber sido proclamada también reina de los suecos, estos se rebelaron contra su esposo y expulsaron a ambos del trono. En Dinamarca corrieron igual suerte, a causa de una traición del tío de Christian. Isabel y él, ya reyes de nada, hubieron de refugiarse en los Países Bajos, y sus incansables intentos de recuperar el poder perdido no conocieron éxito alguno. Carlos, enfrascado como había estado en sus propias cuitas, había desoído sus mensajes de ayuda, y ahora a la tragedia de su muerte se sumaba la de la culpa por haberla desatendido.

—Si agradeció la muerte no fue a causa del dolor, sino porque su vida fue sombría —musitó el rey, la mirada perdida en los arabescos del alcázar, que parecían imitar la complejidad del destino de los hombres.

El de Alba respetó durante unos momentos el dolor del emperador, hasta que se sintió obligado a interrumpirlo.

—Majestad, ¿sois consciente de las consecuencias de esta tragedia? Ha de respetarse el luto por vuestra hermana. Los fastos de la boda imperial son incompatibles con el duelo, que se prolongará durante semanas.

Carlos percibió que una corriente de angustia le atravesaba, una que se entremezclaba con el pesar de la muerte de su hermana, dando lugar a una sensación intolerable. Dios estaba equilibrando la balanza de la fortuna, arrebatándole el exceso que le había otorgado con la elección de su futura esposa.

—Primero la ofendo con mi tardanza, y ahora he de posponer nuestro enlace. ¿Cómo evitar que mi prometida se arrepienta de haber accedido a mi petición de mano?

Isabel de Portugal se encontraba deleitándose con el perfume de las flores del patio del alcázar cuando Carlos, tan serio como ella jamás lo había visto, le dio cuenta de lo ocurrido.

—Como veis, no puedo honrar a una Isabel sin ofender a la otra —dijo él—. Ya la descuidé en vida. ¿Cómo seguir haciéndolo ahora, tras su muerte?

La portuguesa asintió en silencio. ¿Qué pretendía de ella la Providencia? ¿Por qué vacilaba tanto a la hora de hacerla dichosa?

—Nada puedo reprocharos. Es el destino quien me ofende, no vos. Se diría que Dios no nos quiere juntos, majestad.

La voz de ella sonó como un laúd triste. Carlos bajó la mirada. El destino. Parecía que el deseo o la conveniencia tenían las manos atadas; al final, eran títeres de la fortuna. Apesadumbrado, el emperador elevó de nuevo la vista hacia Isabel, cuya tristeza lo atravesó. Sintió rabia, y se le ocurrió entonces una idea quizá peregrina, y tal vez, pensó, incluso ofensiva para su prometida, pero era una buena ocasión para comprobar si esa mujer era tan extraordinaria como pensaba.

—Guardaré la noticia de mi hermana por unas horas. Las que basten para desposaros. No habrá fastos, ni bailes, ni damas o grandes de España besando nuestras manos.

Isabel, asombrada por la propuesta, notó cómo su respiración se agitaba. Carlos se figuraba lo decepcionante que había de ser para ella que el momento que tanto había estado esperando quedara deslucido de esa guisa, desprovisto de la grandeza que merecía. ¿Qué mujer no se sentiría insultada ante tal ocurrencia?

—Sea —contestó ella.

Y con esa palabra, la joven no solo accedió al enlace, sino que se hizo con el corazón del emperador como si a él nunca le hubiese pertenecido.

A la noche, en el salón de Embajadores de los Reales Alcázares, con su cúpula esplendorosa como uno de los escasos testigos, tuvieron lugar los desposorios, a los que siguió una misa oficiada por el arzobispo de Toledo, desplazado a Sevilla sin otro fin que ese, y por último, con la cabeza de la Iglesia española también presente, las velaciones. Una vez arrodillados Isabel y Carlos, sus cabezas fueron cubiertas por un mismo velo. Bajo ese manto ligero y blanco, oyendo el uno la respiración del otro, por primera vez se sintieron matrimonio y, a pesar de las altas horas, sus ojos se iluminaron con una alegría que hablaba de futuro. El arzobispo juntó sus manos, que se agarraron con sentimiento, y pronunció un rezo en latín que los novios escucharon lejano, tan electrizados como estaban a causa de la proximidad de la que disfrutaban.

El tiempo que transcurrió entre la ceremonia y el encuentro a solas en la alcoba resultó para ambos de alegre agitación. Mientras sus sirvientes lo ataviaban con sus vestimentas de noche, por la mente de Carlos pasaba de vez en cuando, como un ave oscura en su vuelo postrero, el recuerdo de su hermana muerta; pero como si al posponer las honras fúnebres hubiese aplazado también el duelo íntimo, la que ya era su esposa tenía tomado su ánimo. Al tiempo, Isabel se dejaba preparar por sus damas, en un ritual callado. La joven sabía que llegaba al momento con menos experiencia que él, pero esa ignorancia no la aterraba, porque sabía que supliría con deseo cualquier temor.

Cuando Carlos entró en la alcoba donde la noche de bodas estaba a punto de consumarse, le pareció que la madrugada había pasado de largo y ya tocaba el día, tal era la luz que irradiaba Isabel, apostada de pie junto al lecho, resplandeciente a pesar de la sencillez de sus ropas nocturnas. La mirada que cruzaron entre ambos se mantuvo mientras él avanzaba hacia ella, y también cuando empezó a desnudarla con el cuidado de quien abre las alas de un pájaro delicado. Isabel, agitada a causa de su quietismo, decidió ayudarle a desvestirla, pero, para sorpresa de ella, los nervios la colmaron de torpeza.

—¿Dónde está mi templanza? —se lamentó para sí.

Carlos tomó entonces sus manos y las besó con delicadeza. Sus labios, aún tímidos, subieron entonces hasta el cuello de su mujer, y solo cuando alcanzaron los labios liberaron la pasión contenida del césar. Los ropajes, sin embargo, seguían separándolos; Carlos tampoco estaba lo bastante sereno como para manejarlos con soltura. La turbación compartida les hizo reír. La risa se apagó cuando se contemplaron como si no hubiera más mundo que ellos.

—¿Qué me hacéis? —dijo él, perdido en los ojos de la portuguesa.

Cayeron al fin los ropajes, entre besos y miradas hechizadas. El alba los saludó horas más tarde, pero ellos, entregados a amarse, apenas se percataron, porque sus ojos no tenían otro objeto que preguntar en los del otro cómo era posible tanta dicha.

Francisco de Francia accedió al salón real del castillo de Amboise con una solemnidad rayana a la que habían desplegado Carlos e Isabel en su entrada a Sevilla. Pero el entusiasmo de los presentes no era ni por asomo el de aquellos en la ciudad del Guadalquivir. Al monarca lo recibieron los aplausos tibios de las decenas de nobles convocados. En el reino había cundido el desconcierto desde que habían trascendido, aún como un rumor, las cláusulas del tratado de Madrid. ¡El francés se había humillado ante el emperador, y con él a Francia! La pérdida de las plazas italianas se había dado por hecha tras la captura del rey, pero ¡Borgoña! No eran pocos los que habrían preferido asumir el encierro eterno de Francisco antes que la entrega del ducado.

A pesar del ambiente áspero, el monarca tomó asiento en el trono, con lo que daba la impresión de ser un semblante de triunfo. A su lado, de pie, lo escoltaba Luisa de Saboya, su madre, estirada como un águila. Los presentes estaban desconcertados, y se preguntaron si su soberano no habría perdido la cabeza a causa del aislamiento castellano. Francisco interrumpió sus pensamientos con un discurso.

—Mi hogar. Los míos. Qué dicha siento al verme ante vosotros, y con el orgullo intacto.

Los aristócratas, con sutileza, cruzaron entre sí miradas de escepticismo. La voz del rey sonaba enérgica, como si su cautiverio hubiese sido una pesadilla y solo eso. El rey se percató de las dudas de los presentes y le brotó una sonrisa.

—¿Creéis que a cambio de mi libertad iba a vender a Francia? ¿Que me sometería a la codicia del emperador tan solo para ver de nuevo la luz del día? ¡Más dulce me habría parecido la muerte!

Como el que se guarda la mejor de sus cartas y se relame al adelantar el efecto que causará el lanzarla sobre la mesa, Francisco interrumpió las palabras para observar a sus súbditos. Sabía que en apenas segundos esos semblantes suspicaces cambiarían por otros muy distintos.

—Nobles de Francia, ¡el tratado que firmé en Madrid queda impugnado!

Pocos entre los presentes pudieron ahogar un «¡Oh!» admirado.

—Lo firmé, sí —continuó el monarca—, mas lo hice bajo coacción, pues el emperador me obligó a elegir entre rubricarlo o condenarme a una prisión eterna. Y lo que no se decide en libertad, ¡a nada obliga!

La admiración de los aristócratas se cristalizó en un frenesí de aplausos. Estaban orgullosos de servir a un hombre tan admirablemente desdeñoso con la legalidad si esta perjudicaba al reino.

—¡Viva el rey!

El grito, que nació de un noble conmovido, se repitió tantas veces y con tanto ardor que emocionó a Francisco. Desde que había regresado de España el soberano se notaba el espíritu más vulnerable que de costumbre. La soledad vivida en la celda castellana, umbría y silenciosa, parecía haber sensibilizado su alma.

Al igual que la luz ciega al que ha pasado tiempo privado de ella, el mundo, con su orgía de acontecimientos y emociones, se había tornado demasiado intenso para él. Durante su encierro madrileño se había imaginado todo lo contrario: que a su regreso, si tenía lugar, se comportaría con el doble de valentía y energía, y que amaría la vida con más ímpetu aun que antes, libre de todo miedo gracias a haber sufrido ya la peor de las coyunturas. Pero cuando pisó su hogar de nuevo, al júbilo le siguió una necesidad de guarecerse del resto, de retornar a su celda, ahora espiritualmente —como el animal domesticado que, tras un paseo por el campo, retorna a su amo para evitarse los peligros de la libertad.

—Mas... —El rey agradeció tener que cortar los vítores para proseguir su discurso; de haber seguido escuchándolos, habría roto a llorar—. Cristo nos enseñó a perdonar y a que la paz sea nuestro cometido. Por generosidad hacia quien me tuvo preso y ahora retiene a mis hijos —dijo, y los presentes se santiguaron por la salud de los pequeños infantes—, me avengo a cumplir alguna de las cláusulas del acuerdo, de lo que ya he dado cuenta a la cristiandad, y a quien pudiera interesar...

Y si a alguien le interesaba qué futuro quería para sí Francisco, era a Leonor. La hermana de Carlos recibió la misiva de su esposo mientras esperaba, en el norte de Castilla, a ser recogida por una embajada francesa que la llevase a su nuevo hogar, cuyo trono ahora le correspondía. Pero las palabras del monarca galo, aunque reafirmaban el acuerdo matrimonial, vertían veneno contra el emperador y voluntad de rebelión frente a la mayoría de los puntos del tratado, con especial virulencia, claro está, a la cesión de Borgoña. Leonor se dio cuenta de que se había negado a casarse con un traidor, el duque de Borbón, para hacerlo con el mayor de los felones. Lo cierto era que hacía tiempo que no lloraba, por lo que se limitó a sonreír con melancolía: estaba maldita para el amor. Notó entonces sobre su pecho algo que la sobresaltó: se trataba, de nuevo, como cuando partió de Lisboa, de la evocación de los latidos del corazón de su hija, ese palpitar de animalito necesitado que había percibido nada más dar a luz, y que había supuesto la experiencia más hermosa de su vida. Durante los últimos meses Leonor se había afanado en anestesiarse contra el recuerdo de su pequeña. La cuestión francesa había sido un regalo, pues tanto si Francisco cumplía su palabra como si no lo hacía, lo cierto era que la existencia de Leonor estaba condenada a la revolución, y aquello daba para ocuparle los pensamientos. Cuando, a pesar de todo, el dolor de la pérdida la alcanzaba —y llegaba siempre sin avisar, en la forma de un ataque brusco de tristeza que la inundaba de desesperanza—, la hermana de Carlos reconducía sus pensamientos hacia cualquier cuestión, por ridícula que resultase, esforzándose en atenderla como si de vida o muerte se tratase; como si tuviera más importancia que haber sido separada de su única hija. Tal era su impotencia —¿cómo negarle a la Corona de Portugal su derecho sobre la pequeña María?— que luchar no le parecía que tuviera sentido. Lo único que podía evitar que enloqueciera de pesadumbre era fingir que jamás había sido madre. Tan solo a veces, tiempo atrás, había soñado que entrelazaba su mano con una diminuta.

Con el ánimo descompuesto por el fantasma de su hija y sin consultar al césar siquiera, Leonor se decidió a dejar de aguardar por esa embajada francesa que, mucho se temía, jamás iba a llegar. Se dirigió al oficial de su residencia con tono de urgencia.

—Partimos hacia allí donde se encuentre el emperador.

Entretanto, Carlos se encontraba de camino a Granada. Había decidido compensar la pobre ceremonia matrimonial mostrándole a su esposa la que, decían, era la ciudad más hermosa de todo el reino. Con suerte, su luna de miel podría corresponder a Isabel por toda la felicidad que le estaba proporcionando. Apenas toleraba separarse de ella, y los asuntos de Estado se habían vuelto para él, de golpe, insoportablemente grises; en los consejos le costaba no bostezar, y todavía más que su mente no se representase a su esposa, lo cual encendía su deseo hasta impedirle atender a cuestión ninguna. El duque de Alba, que no se recordaba a sí mismo tan enamorado, terminó por requerirle cada vez menos, porque de poca utilidad era el rey en ese estado. Eso permitió a Carlos que su amada y la dedicación que esta merecía le acabasen por ocupar el pensamiento día y noche, y de ahí que decidiera trasladar la corte a Granada «por tiempo indefinido» apenas transcurrieron unas pocas jornadas.

—Benditos mis abuelos, que ganaron para España este milagro —dijo Carlos al entrar en la Alhambra.

El patio de los Leones recibió al emperador y a su esposa con sonidos adormecedores —el murmullo de sus fuentes y de la brisa primaveral, el trinar amable de unos pájaros que piaban, diminutos—. Isabel, que había creído imposible dar jamás con un recinto tan sublime como el de los Reales Alcázares, enmudeció ante la belleza con la que se vio rodeada. Se diría que apenas se hubieron aproximado al lugar este la había deslumbrado. Cuando desde su carruaje divisó la Alhambra, la tarde estaba cayendo sobre la colina de la Sabika. El sol, cansado, se despedía encarnando la piedra hasta darle a la construcción la apariencia de un enorme rubí nacido de la vegetación del cerro. Carlos, que sonrió al reconocer a su esposa embelesada, se abrazó a ella para contemplar la maravilla andalusí y, al hacerlo, perdió el aliento. En sus ya numerosos viajes había visto edificios imponentes y paisajes de los que serenan el alma, pero era la primera vez que un edificio le resultaba así de mágico, semejante a un escenario que solo puede ser fantaseado, jamás cierto. Sus ojos, tras muchos días, se deleitaron con otra cosa distinta de Isabel.

Una vez dentro de la Alhambra fueron recorriendo, de la mano, sus estancias con un ánimo de asombro creciente. En el salón de Comares la emperatriz levantó la mirada hacia la cúpula y la representación del universo tallada en ella. Fue entonces cuando rompió a llorar. Carlos se alarmó, y descubrió entonces el poder de las lágrimas de la persona a quien se ama.

—¿Qué os ocurre?

—Que lo entiendo. Ahora lo comprendo.

El emperador, desconcertado, la miró interrogante.

—Lo que sentía mi hermano por Leonor. La felicidad irreal. Y el dolor profundo por haberla perdido. Yo nunca he poseído nada tan valioso como para temer que se malogre. Decidme, amado, ¿lo poseo ahora?

Isabel esperó la respuesta. Carlos contempló los ojos claros de ella, que ni el llanto podía afear. En ese momento acudió a su mente, como si el recuerdo no fuese suyo, esa sensación de soledad perpetua que venía acompañándole desde siempre, y esa angustia de verse carente de lazos cálidos, de emociones que le sobrepasaran. A pesar de los pocos días que había pasado junto a Isabel, aquel halo de vacío a su alrededor se había desvanecido, y sí, al fin, estaba aterrorizado ante la perspectiva de perder a un semejante; a ella.

—Siempre anhelé desposaros —siguió ella—. Esperaba que nuestra unión fuese venturosa. Que en ella cupiese la comprensión y el cariño. No más. —El emperador se vio reflejado en los sentimientos de su esposa. Eran dos desconocidos que se experimentaban como un solo ser—. ¿Es tanta la felicidad que me espera junto a vos? ¿O acaso esto no es más que un espejismo?

—Me pregunto lo mismo a cada momento —replicó él.

Se miraron. Ambos se veían desbordados por la fascinación y la ansiedad, la misma que percibiría un resucitado, exultante a causa del regalo concedido por el destino pero dudoso de que algo tan extraordinario fuese posible. Solo la llegada del duque de Alba dando cuenta de que una comitiva les había seguido les sacó de ese mundo íntimo en el que tan solo contaban ellos y sus sentimientos.

—La comitiva de vuestra hermana —dijo el duque, para desconcierto del emperador.

Tras leer la misiva de Francisco que había llevado a Leonor hasta Granada, Carlos guardó silencio. Convocó al consejo y, de camino a la reunión, atravesó las estancias de la Alhambra, sin prestar ya atención alguna a la decoración, que de fascinarlo pasó a convertirse en un mero fondo de su angustia. La indignación que sentía era demasiado violenta como para ser expresada, y hubo de ser pulida por ese lapsus de tiempo para que, una vez en la sala donde le aguardaban el de Alba, su nieto Fernando y el duque de Borbón, brotase al fin.

—¡Francisco es el más ruin de los hombres!

—Y vende su traición como benevolencia ofreciéndoos un nuevo trato —intervino Fadrique con desprecio.

—¡Otro insulto! ¿Piensa que me contentaré con recibir un rescate por sus hijos? ¿O con que mantenga su compromiso con Leonor?

—Sabe bien que no os avendréis a su deseo —sentenció el de Borbón—. Solo espera vuestra negativa para poder culparos, y que su venganza parezca legítima.

El francés hablaba con una seguridad que heló la sangre de los presentes.

—¿Lo creéis capaz de tornar en guerra una paz ha poco firmada? —preguntó escandalizado el duque de Alba.

—La mejor defensa contra él es esperar lo peor.

La traición había revolucionado la mente de Carlos, que sabía que no podía demorarse en responder a ese agravio. Si había pecado de confiado con Francisco, ahora el pesimismo y la respuesta enérgica oficiarían como sus aliados.

—Partid de nuevo hacia Italia —ordenó el emperador al de Borbón—. Que nuestras tropas estén alerta. Si ese felón le ha contado a toda Europa esta versión pútrida de lo ocurrido, es porque busca respaldos para un ataque.

Para sorpresa de todos, el aristócrata francés emitió un sonido quejoso, impropio de un súbdito ante la orden de un superior, por mucha grandeza que distinguiera al primero.

—Mi deber es obedeceros —se explicó—. Mas ¿cumpliréis con el vuestro de pagar a los hombres a los que lideraré? Hace ya demasiado tiempo que se les niegan las soldadas.

—No disponemos de fondos —replicó Carlos sin disimular su desasosiego.

—No hay peor soldado que el que lucha por nada, majestad.

Al emperador le turbaba el tono desafiante del francés, pero aún más que tuviese razón.

—Tan pronto como sea posible, serán compensados. Y desde luego que mi palabra vale, duque.

Resignado, el aristócrata asintió y pidió dispensa para preparar su partida. En el arco del salón, ya saliendo, se cruzó con la emperatriz, que, alarmada por el ambiente tenso que de pronto había invadido la Alhambra, quería conocer el motivo. ¿A qué venían tantas conversaciones ahogadas, tanto gesto de furia, tantas sonrisas borradas?

—Despreocupaos. —Fue la única respuesta de su esposo, que acompañó sus palabras con un gesto que la invitaba a que dejara trabajar al consejo.

Si buscaba calmar los ánimos de Isabel el emperador consiguió justo lo contrario.

Más tarde, Carlos encontró a Leonor en el patio de Comares. Era ya de noche, y el agua de la alberca refrescaba aún más la temperatura, ya de por sí poco cálida. Pero ella no parecía acusar frío alguno, pues estaba petrificada ante el reflejo de la torre en la superficie líquida.

—La vida es como esta imagen. Hermosa en apariencia, pero...

Leonor se arrodilló para sumergir su mano en el estanque. El reflejo de la torre se desdibujó.

—Vuestra boda con el rey de Francia no puede seguir adelante. Lo lamento, sus condiciones son inaceptables.

Ella asintió; no esperaba otra resolución. Se quedó contemplando el agua, que poco a poco iba reconstruyendo la imagen de la torre, con lentitud, con el ritmo de la naturaleza, tan ajeno a la ansiedad humana.

—¿Pensáis alguna vez en Malinas?

—Claro. —Y Carlos adoptó un gesto evocador, en consonancia con su espíritu, que de súbito se trasladó a la corte de su infancia; también recordó a la pobre Isabel, a quien Dios había llamado a su lado tan pronto.

—Me gustaría volver a entonces. Que nuestra hermana aún viviera. Que todos tuviésemos aún la vida por delante, sin que nada nos hubiera lastimado todavía. Ya no recuerdo la esperanza.

La superficie de la alberca se aquietó de nuevo, y justo entonces Leonor tembló, como si la agitación del agua se hubiese apoderado de su cuerpo.

—El futuro solo traerá más pesar, Carlos —dijo ella con voz frágil—. No tengo fuerzas para enfrentarlo.

—Me asustáis. ¿No estaréis pensando en ofender a Dios?

—Más bien en entregarme a él.

El emperador se acercó a su hermana y la abrazó como hacía tiempo que no lo hacía. A decir verdad, los conflictos entre ellos no hacían más que multiplicarse. Leonor era quizá demasiado sensible y lúcida para hacer las veces de pieza del tablero, aunque su destino no pudiera ser otro que ese. Pero Carlos, que la entendía mejor de lo que nunca le hubiese confesado, se sentía unido a ella como a ningún otro miembro de su familia. Se dio cuenta de que el lazo con el que se ensamblaban resultaba más complejo e incómodo que el que ahora le ataba a Isabel, pero no por ello menos valioso.

—No, Leonor. No a causa de Francisco. Su bajeza no puede recluiros. Me culpo de ese compromiso. Dejad que lo repare. Os prometo un buen futuro, y un buen marido.

Acto seguido, el emperador se conmocionó al percibir la respiración entrecortada de su hermana, propia del más sentido de los llantos. Sabía que, aunque no lo mencionasen, la hija que ella había dejado en Portugal le provocaba aún más sufrimiento que cualquier desdén del galo, pero se guardó de sacarla a colación, porque ni siquiera estaba seguro de si él podría tratar el asunto con entereza.

—Cansado estoy de hacer daño a los míos —dijo Carlos.

Leonor rompió el abrazo para mirar a su hermano a los ojos.

—Es cierto entonces lo que se dice: os habéis enamorado. Pues sois mejor hombre de lo que erais.

Aunque el comentario le despertó una sonrisa, por primera

vez desde que la conocía Carlos se sintió incómodo al pensar en su esposa.

—No le deis cuenta de lo ocurrido con Francisco. Os lo ruego.

Esa noche, el emperador se ausentó del lecho conyugal. Al día siguiente evitó a Isabel con la excusa, solo en parte cierta, de que le ocupaban numerosos asuntos de gobierno. La distancia repentina que Carlos interpuso entre ellos causó en la emperatriz una desazón terrible. Su mayor temor parecía tornarse realidad: la felicidad que había compartido con él durante sus primeros días no había sido más que una ilusión: esa concesión que, como había oído tantas veces a las damas mal casadas, hacían los maridos para granjearse el amor de sus esposas. Tan pronto como tenían certeza de la devoción de sus mujeres, ellos regresaban a su mundo de tareas y ambiciones, y ellas, ávidas de su atención, se conformaban a partir de entonces con cualquier gesto amable, renunciando a la dicha completa que al principio creyeron posible en su matrimonio. Cuando en la corte portuguesa Isabel escuchaba esos relatos, se asombraba de esa docilidad femenina, contentadiza con apenas poco. ¡Ella jamás entregaría amor a cambio de indiferencia! Ahora temía estar caminando sobre los pasos de esas mujeres. Pero su dignidad le dijo que aún estaba a tiempo de no caer en rutinas mediocres, y por esa razón una noche abordó a Carlos con un semblante de determinación tal que él no se atrevió a ignorarla. Cuando el emperador le confesó la causa de su distanciamiento, Isabel experimentó por un lado un gran alivio, pero también indignación.

—¿Cómo habéis podido pensar que os reprocharía la ruindad del francés?

Estaba claro que a Carlos la cuestión le avergonzaba. Su vista vagaba de un lado a otro del suelo, pues hacía lo imposible por huir de la de ella.

—Nada le habría rentado su vileza sin mi inocencia. Muchos me advirtieron contra él, pero no quise creerlos. Y hoy el mundo entero se ríe de mi ternura.

—¿Y temisteis que yo me burlase también? —dijo ella—. De lo ocurrido solo concluyo una cosa: que sois un hombre bueno.

—Isabel, ¿no veis que eso me convierte en un hombre débil, en este mundo en que todo vale?

En ese instante ella cayó en la cuenta de que era justo eso, la bondad de su esposo, lo que había intuido desde un primer momento y la había llevado a amarlo. Quizá la habían traslucido aquellos ojos claros que miraban el mundo con curiosidad y delicadeza; o tal vez la había descubierto por la forma en que hablaba, respetuosa y lacónica, lo opuesto a la verborrea engreída de tantos hombres; o quizá se le había revelado en la sensación que Carlos le provocaba, de paz, efecto que los viles eran incapaces de transmitir a quienes les rodeaban. Su esposo poseía una corona imperial, pero era su virtud lo que le distinguía del resto, y lo que hacía que ella se sintiese tan afortunada y temerosa de perderlo.

—Nada impide que seáis virtuoso y al tiempo aprendáis de vuestros errores. No regaléis vuestra nobleza al traidor. ¡Conservadla! El mundo no necesita más hombres mezquinos, ni yo quiero uno por esposo.

Por el tono de ella, Carlos sabía que no mentía. Si se convirtiese en otro distinto, quizá ella no volviera a mirarlo como hasta entonces, y él necesitaba ese arrobo tanto como el aire.

—Y no volváis a librarme de vuestros pesares. Evitando mi molestia me causáis una mayor.

El emperador asintió.

—No soy hombre hábil con las palabras. Mas, anticipándome a vuestro enojo, se me ocurrió una forma de lograr vuestro perdón sin hablar siquiera.

—¿Cuál? —preguntó ella con auténtica curiosidad.

Carlos tomó entonces la mano de Isabel y la condujo hacia uno de los patios de la Alhambra. Allí, en una esquina, había varias macetas. Isabel se fijó en ellas, pero no vio que albergaran otra cosa que tierra oscura.

—Pronto brotarán.

—¿A qué os referís?

—Unas flores que he mandado traer de Persia en honor a vos. Pobre treta para paliar vuestro enfado, lo sé.

Isabel hubo de contener las lágrimas. Esa turba de las macetas que contenía dentro la promesa de algo hermoso se le antojó el mejor de los regalos.

—Os lo ruego, señor mío, no dejéis nunca de ser el hombre que sois.

Los labios de ella, trémulos por la emoción, recibieron como un bálsamo el beso del emperador.

Lo cierto era que la traición de Francisco había agrietado la felicidad de Carlos, pero Granada estaba demasiado lejos de cualquier campo de batalla o salón diplomático, y la Alhambra poseía un don sedante que llevaba a relativizar la trascendencia de cualquier conflicto. El nerviosismo prebélico se concentraba entero en la corte francesa, pero poco a poco fue extendiéndose también a la Santa Sede, donde el papa Clemente se dejaba convencer por los embajadores galos para unirse a una liga que castigase a Carlos por «la intolerable crueldad demostrada hacia Francisco primero, y hacia sus hijos después». Los niños, que seguían bajo la custodia del emperador, eran utilizados sin pudor por los franceses para encender los ánimos de sus potenciales aliados, cuando lo cierto era que a su padre nada le había costado poner en riesgo a su prole despreciando el tratado de Madrid. Sin duda Francisco contaba con que Carlos parecía incapaz de causar mal alguno: si se había mostrado misericordioso con él, cómo iba a obrar de otro modo con unos niños inocentes. Pero sin duda que esa tranquilidad se la guardaba ante Roma y Londres, a las que se dirigía como un padre aterrorizado por lo que el emperador pudiera infligir a «sus pequeños».

En todo caso, tanto el porvenir de los hijos del soberano galo como por otro lado todos los dimes y diretes con respecto al tratado de Madrid en realidad no eran sino coartadas para justificar lo que tanto el Vaticano como Inglaterra, y por supuesto

Francia, estaban deseando: lanzarse sobre el emperador y menguar su autoridad en Europa. Sin embargo, tal unanimidad se vio entorpecida por una ocurrencia del rey inglés: aprovechar la coyuntura para conseguir el objetivo que, de golpe, se había convertido en su misión vital, y que no era otro que el divorcio de su esposa Catalina. Confiado ordenó Enrique a Wolsey que negociara con el Papa la cuestión, elevándola a categoría de condición necesaria para que su reino entrase en la coalición contra Carlos. Y el Pontífice, que, como acostumbraba a ser propio del cargo, era afecto a los pactos de dudosa moral siempre que las excepciones las estableciese él libremente y jamás coaccionado, se negó. Wolsey se empleó a fondo para hacerle cambiar de idea, porque en los últimos tiempos Enrique ya no le escuchaba como a un oráculo, e incluso despreciaba por completo sus puntos de vista sobre ciertas cuestiones, confiándose solo a su voluntad para la toma de decisiones. El cardenal, que se mostraba sensible a los cambios de vibración en las cuerdas del alma humana, pues había dedicado su existencia a manipularlas, no entendió esta independencia real como una madurez inevitable, sino como algo mucho más temible: la génesis de un tirano. Enrique se había vuelto imprevisible, y al hablar empleaba un tono grandilocuente y demasiado libre para ser moral. Wolsey se preguntó hasta qué punto había sido él quien había provocado esa mutación; quizá el hecho de haber dominado con tanta tenacidad la voluntad del rey durante años había desencadenado que a este no le quedara más remedio que emanciparse de una manera radical. Lo cierto era que ahora el canciller se sentía en peligro. Tenía conocimiento de que la joven Bolena era, de algún modo, la nueva consejera de Enrique, o al menos la única persona a la que el monarca prestaba oídos más allá de sí mismo. La cortesana —una figurita atrayente pero no extraordinaria, aunque rebosante de confianza en sí misma— se había mostrado lo bastante avispada como para frustrar las demandas sexuales del monarca, para así tenerlo en un perpetuo estado de necesidad de ella. El rey, que no era ducho en clasificar emociones, se había convencido de que eso que sentía era amor. Lo cual, sumado a su deseo de desligarse de Catalina por cuestiones políticas y familiares, había provocado que el divorcio tuviese ahora para él más sentido que nunca. Además, de Bolena —o, si ese amor se quebraba, de cualquier otra— obtendría el heredero que necesitaba.

Ante el papa Clemente, Wolsey hubo de fingir que creía en los argumentos de Enrique tanto como este, incluso en los más peregrinos —«Mi señor se cree condenado por el Altísimo a la infertilidad, sin duda como castigo a su matrimonio con Catalina. Recordad que esta es viuda de su hermano, ¡su unión no deja de ser un incesto!»—. De nada sirvió el teatro. Roma prefería perder a Inglaterra para la liga contra Carlos que ceder a tamaña manipulación.

Entretanto, en la corte de Amboise, la treta de Enrique fue encajada con furia por Francisco. A ojos de su madre, con más furia de la que se merecía.

—Un aliado tibio nunca es necesario —sentenció Luisa de Saboya—. Contamos con Roma, y ellos con Venecia y Florencia. Un entente poderoso contra el emperador.

—Una liga fuerte, pero no invencible —replicó el rey francés.

—¿Cuál lo es? No os demoréis más. ¡Dad orden de atacar!

El monarca permaneció un instante contemplando con extrañeza a su madre. Aunque habían sido muchas sus discusiones a lo largo de los años, era la primera vez que él se sentía un alma incomprendida. El hombre que había regresado de Madrid no era el de antes, y ella no parecía percatarse o, si lo hacía, no le daba verdadera importancia.

—Perdonad si por una vez decido con sensatez —trató de zanjar él.

—¿Sensatez... o miedo? —le inquirió Luisa.

Francisco reaccionó airadamente.

—¿Miedo a la derrota? ¿A que me humille de nuevo? ¡Por Dios que sí! Antes la muerte que pasar por lo mismo.

—Habéis de hacerle pagar por su ofensa, y no con diplomacias sino en el campo de batalla. Si es lo que más temor os causa, será a su vez lo que os insufle valentía al llevarlo a cabo. Recuperaréis plazas, sí, pero ante todo os recuperaréis a vos mismo.

—¿Creéis que pienso en otra cosa? —repuso él; y no mentía, pues era consciente de que la única forma de evadirse de la prisión espiritual de la que aún no había salido era derrotar a su carcelero.

—¡Decidíos, pues! —insistió Luisa—. Carlos es ahora un hombre humillado. Europa le toma por cándido por haberos dejado libre, y por ruin al mantener presos a mis nietos. ¡Nadie se opondrá a vuestra venganza!

Sin embargo Francisco dudaba, y eso le provocaba aún más decepción consigo mismo. Le faltaba el aire cuando se figuraba en el campo de batalla, y no por las lanzas que pudiesen poner su vida en peligro, o por la pólvora letal que desmadejaba cuerpos, sino por la posibilidad de una nueva derrota. Esa mujer implacable que ahora tenía ante sí le había educado para la victoria y solo para ella. El fracaso, siquiera uno, constituía para el soberano la negación de sí mismo.

—No tenéis opción. Habéis incumplido lo firmado. Si no atacáis vos, será él quien lo haga antes o después para haceros pagar por tal ofensa.

Por un momento el monarca se preguntó qué ocurriría si se permitiese lo que su angustia le animaba a hacer: nada. Quizá debería tolerar que el emperador le arrasara; una vez perdido todo, ya no tendría por qué temer.

Desde luego que se había vuelto un cobarde. Y se despreciaba por ello.

Un mes más tarde, Gattinara recorría la distancia entre Valladolid y Granada. Los caballos avanzaban a buen ritmo, pues la orden dictaba llegar al destino lo antes posible. Carlos y él, como un matrimonio sensato, habían decidido separarse por un tiempo, ya que sus discusiones durante el cautiverio del rey francés enturbiaron en exceso su trato. Sin embargo, la noticia de que tanto tropas francesas como del ejército papal habían invadido posiciones imperiales en Italia —Francisco encontró la fuerza en el uso de la misma—, era ya no solo excusa para volver a reunirse, sino razón de sobra para trabajar de nuevo codo con codo. Nada más verlo en la Alhambra, el emperador se apresuró a pedirle perdón, con humildad y apuro.

—Teníais razón con respecto a Francisco. Perdonadme por no haberme dejado guiar por vos.

Al italiano no le complacía sentirse por encima de su señor; resultaba antinatural dada su jerarquía y, por lo tanto, violento. Si se había enfurecido por la candidez del monarca con el galo no había sido por ver desdeñado su criterio, sino porque se había temido que acabara sucediendo lo que finalmente ocurrió: que Carlos quedase burlado ante Europa y retratado como menos astuto de lo que en realidad era.

—No perdamos el tiempo comentando el pasado. —Y con ello Gattinara zanjó sus diferencias—. Hemos de reaccionar lo antes posible a lo sucedido en Italia.

El emperador entrecerró los ojos. La guerra, otra vez la guerra. A decir verdad, lo que le había motivado a creer en la paz con Francia había sido su deseo de que el conflicto terminase de una vez. Le repugnaba esa forma bárbara con que los hombres creían resolver los conflictos para únicamente ahondarlos. La guerra no solo mataba soldados, sino que, dado su coste, ahogaba a las poblaciones de los reinos contendientes con impuestos e inquietud. Como gobernante, se sentía obligado a apostar por cualquier solución antes que esa, pero, como parecía evidente, para ello dependía de la voluntad de los otros monarcas, y la de Francisco tendía a la batalla como si fuese su esencia y no pudiese traicionarla por mucho tiempo. De nuevo sus dominios, en lugar de desarrollarse y alcanzar la prosperidad, perderían el tiempo derramando sangre joven, algo del todo inútil, pues poco después, conscientes de la inutilidad del conflicto, terminarían por zanjarlo con un pacto que jamás se respetaría. Al poco, el ciclo se repetiría de nuevo.

Que el francés le atacase le desesperaba aunque no le asombraba. Para él lo inconcebible era que el Pontífice se le hubiese aliado. Carlos dudaba de que el Papa hubiese dado pábulo a las excusas de Francisco para agredirlo. Más bien se temía, y con acierto, que el prelado hubiese aprovechado la circunstancia para revelar su desafección por la autoridad imperial, lo cual anunciaba un porvenir peligroso.

—Y mis arcas son incapaces de cumplir con las soldadas —añadió Carlos con angustia—. ¡Recibo del duque de Borbón una misiva al día para recordarme que las tropas claman por ser pagadas! He dado orden para que se recaude en Castilla, mas no sé por cuánto tiempo contar con el aguante de esos hombres. Si abandonasen la contienda, Roma y Francia no tardarían en repartirse mis dominios italianos, y poco tardarían en invadir otros.

—No dudo de que vuestras huestes os serán leales, majestad. El conflicto hará que los que os sirven estén concentrados en salvar la vida. Cuando hayáis recaudado lo bastante, compensadlos con generosidad. Esa cuestión no debería desvelaros.

En realidad, últimamente todo le preocupaba. Lo que presumía que iba a ser una época ociosa —gracias al acuerdo con Francia— estaba lejos de la tranquilidad. A pesar de ello, conseguía dedicarle a su esposa tantas horas diarias como podía, con más motivo ahora puesto que los físicos habían dado fe de su primer embarazo. Se había enfrentado incluso con algunos de los suyos, que le rogaban que devolviese la corte de Granada a Valladolid, desde donde sería más sencillo administrar los recursos y organizar las comunicaciones ahora que la guerra les ocupaba de nuevo. El emperador se había negado a tal traslado, porque el embarazo, al menos en sus primeros meses, se estaba presentando complicado. Y él había de cuidar de ese lazo que tanto había anhelado poseer. Se trataba del tercer vástago de Carlos y, sin embargo, la emoción de su venida superaba con creces las de los anteriores. Era descendencia legítima; quizá, ojalá, un heredero varón, y representaba también el primer fruto de su unión con Isabel, el encuentro más dichoso de su vida.

Las flores persas brotaron al poco, y Andalucía conoció sus

primeros claveles, que con tanto fervor acabaría adoptando. Cada mañana, el emperador depositaba uno de ellos en el lecho, junto a su esposa, para que cuando esta se levantase no encontrase a su lado una almohada vacía, sino el recordatorio de que, si bien la guerra le ocupaba, la amaba sin descanso. Isabel no podía evitar emocionarse cada vez que se despertaba cuando lo primero que captaban sus ojos era esa flor exótica, tan roja, con su ramillete de pétalos dispuestos como el más delicado encaje; un objeto frágil y que, sin embargo, la hacía sentirse venerada y, por lo tanto, invulnerable.

Poco tiempo después, cuando Carlos conoció aquella noticia terrorífica que llegó desde el Imperio, se preguntó qué extraño mecanismo empleaba el destino para compensar los excesos de bienaventuranza. La alegría de su enamoramiento de Isabel se había visto en su momento contrarrestada por el nuevo conflicto con Francia. Ahora que celebraba la esperanza en un heredero, su hermano Fernando, que regentaba Alemania en su ausencia, le daba cuenta de que los ejércitos del Imperio turco se habían apostado a las puertas de Viena para, cuando viesen la ocasión propicia, atacarla y dar comienzo a la toma de Europa. Si una pesadilla unificaba a los europeos era aquella de la invasión de los ejércitos de Solimán el Magnífico —esa versión otomana de Carlos que se distinguía de este por su empuje belicista y conquistador—. Para los occidentales, desde aquellos que habitaban las tierras del norte a los que orillaban el Mediterráneo, los otomanos constituían la amenaza a lo que consideraban su esencia: la fe cristiana. Si un hombre se definía por la firmeza de su religiosidad, un infiel era un cuerpo sin alma o, aún peor, con el alma emponzoñada y sacrílega. El turco era la némesis del cristiano, su reverso herético, y se le presumía además, y en consonancia, una maldad diabólica. Cuando se figuraban las consecuencias de ser invadidos por los mahometanos, los europeos se dibujaban un paisaje apocalíptico de raptos, violaciones y degollamientos —como si el cristiano, en sus guerras, no cometiese crímenes de tal guisa—. Por eso, al tener noticia de que las dos civilizaciones estaban a una orden de Solimán de enfrentarse, no solo a Carlos, como dueño del Imperio amenazado, le sobrevino el pánico, sino que cada europeo dedicó encendidas oraciones a rogar la salvación de su mundo y de ellos mismos.

El hecho, además, no estaba exento de drama para la familia Habsburgo. Si Solimán el Magnífico había llegado hasta el Danubio vienés se debía a que Budapest había caído primero. En aquella batalla, la de Mohács, una hermana de Carlos y Fernando, María, había quedado viuda, pues su esposo, rey de los húngaros, había perecido tratando de frenar el avance del infiel. El suceso conmovió tanto al emperador, pues se trataba de un revés militar y político de primera magnitud, como al hombre y familiar cercano que también era. A decir verdad, el fallecimiento de su hermana Isabel le había generado un acuciado sentimiento de culpa. Sabía que había podido hacer más por ella en su momento, pero no había hecho otra cosa que posponer su socorro, pues se encontraba ensimismado en sus cuitas y solo en ellas. Entonces, y más allá de que no podía dejar a su suerte el destino de los dominios norteños, quería que tanto María como Fernando contasen con su ayuda.

—No habrá más empresa que la defensa de Viena. Esta no es una guerra en pos de un botín. Se trata de una amenaza a lo que somos y al Dios al que rezamos.

—De devoto sin tacha es vuestra decisión —dijo Gattinara con un gesto de asentimiento—, mas he de recordaros las consecuencias que puede acarrear. Sin fondos, nuestras tropas en Italia se negarán a luchar.

El emperador reaccionó con desconcierto a su advertencia.

—¿Acaso vamos a seguir batallando entre cristianos mientras el turco avanza sobre Viena? Pediré a Francia y a Roma una tregua, y no se atreverán a contravenirme.

—Y...

—Dejaremos Granada —adivinó Carlos—. Nada me duele más que separarme de mi esposa, pero el peso de la corona ha de ser mayor que el de la alianza.

Unas horas más tarde, Isabel ordenaba que preparasen su equipaje: si al césar le atribulaba tener que dejarla en su estado, ella ni siquiera se planteaba la posibilidad de alejarse de él en un momento tan delicado para su Imperio.

—No trabajaréis para la defensa de Viena sin mí.

—¿Acaso habéis perdido el juicio? —replicó Carlos, y su mirada se posó sobre el vientre abombado de la muchacha, excepcionalidad con la que ella parecía convivir sin sobresalto.

—Me desplazaré en litera, y si necesito reposo, haré noche en las villas del camino.

Antes de que el emperador replicase, Isabel le selló los labios con un beso brevísimo, pero que bastó para desconcertarlo y extraviar su discurso.

—Soy hija y nieta de reyes. Sé del sufrimiento que traen aprietos tan graves. Me necesitaréis. No es vuestro Imperio el que peligra: es el nuestro.

La actitud de su esposa despertó en Carlos admiración y preocupación a partes iguales. De natural se sentía impelido a guardarla con celo, tanto a ella como al hijo que gestaba, en una jaula de algodón, si fuese posible; pero al mismo tiempo le embelesaba el carácter de su amada, tan generoso y, a un tiempo, imposible de contradecir. El futuro les reservaba enfados, estaba seguro de ello, pero no pensaba renunciar ni a uno solo.

—Las mujeres podemos criar y laborar. ¿He de recordaros a vuestra abuela?

—Lo hacéis a menudo, y no solo porque llevéis su nombre.

Se sonrieron.

—Y las flores vendrán conmigo.

Sin embargo, al igual que el destino parecía compensar las alegrías con las adversidades, la lealtad y entrega de Isabel no carecían de su lado contrario, en este caso encarnado en dos cabezas: una francesa y otra romana. La solicitud de Carlos de que la contienda fuese suspendida hasta que el turco hubiese sido vencido o disuadido de avanzar sobre Viena fue ignorada tanto por Francisco como por el papa Clemente. El emperador no cabía en su asombro. ¿Cómo era posible que el denominado Rey Cristianísimo y el líder de la Iglesia antepusieran la pugna por las tierras italianas a poner freno al otomano? Se comportaban como los mayores impíos, demostrándose ambos indignos de los puestos que ostentaban. Y, con su desdén, le obligaban a la hazaña de repeler en solitario a Solimán. La falta de solidaridad de sus enemigos —que parecían olvidar que, de caer el Imperio en manos turcas, sus dominios no tardarían en correr igual suerte— le causó estupefacción, rabia y melancolía, pero terminó considerando que Dios le había reservado la misión de salvador único de su credo. Estaría a la altura de esa demanda, aunque perdiese Italia en el camino; aunque malograse todo, porque aún le quedaría el orgullo de cristiano, ese orgullo que estaba pasando por momentos delicados en las almas de Francisco y del Pontífice.

Solimán les había puesto en una situación comprometida. Cuando el francés solicitó auxilio al turco para hacer frente a Carlos —una alianza clandestina, pues, de conocerse, el prestigio del galo se desmoronaría para siempre entre la cristiandad—, jamás imaginó que este se iba a permitir la osadía de avanzar sobre Europa. Ahora no podía responder a esa invasión, o traicionaría su acuerdo con el otomano y, más importante aún, podía verse delatado por él. ¡El Rey Cristianísimo vendido al turco por unas tierras italianas!...; tendría suerte si, de destaparse la noticia, podía conservar siquiera el respeto de sus propios súbditos. Aun así, el alma de Francisco no era del todo insensible a su propia indignidad. Desde que conoció la situación, sus meditaciones diurnas se veían a menudo interrumpidas por latigazos de remordimientos, y por las noches se repetía la pesadilla de una Europa infiel, y de su alma consumiéndose en el infierno por facilitar tal negligencia. Sin embargo, el sufrimiento que le proporcionaba el pecado se le antojaba más soportable que el derrotismo con el que había vuelto de España. Con mucho habría preferido contar con Inglaterra para esa campaña y no con el turco, pero Enrique, a quien el Papa siguió negando el divorcio de Catalina, se había desentendido del conflicto. Para su sorpresa, Solimán no había puesto más condición que no ser repelido si tomaba alguna plaza europea. Cuando Francisco aceptó el requisito, no imaginaba que esa plaza sería el reino de Hungría y que, una vez conseguido, su intención era seguir avanzando hacia el oeste.

Naturalmente, la culpa que corroía al Santo Padre era de lejos más mortificante que la del francés. Si había aceptado que el turco, aun de forma soterrada, auxiliase a la liga que había formado con el galo, había sido, aparte de por su inquina hacia Carlos, porque, por un momento, se levantaron rumores de que el cardenal Wolsey pensaba zarandear el trono papal hasta desalojar a Clemente de él. Enrique había llegado a la acertada conclusión de que solo con su consejero a la cabeza de la Iglesia se garantizaría el ansiado divorcio, y las intrigas inglesas no tardaron en serpentear hacia el Vaticano. Consciente de que solo el éxito de su campaña bélica le aferraría al trono, el Papa habría aceptado al mismo demonio como aliado, y por ello no le hizo ascos a Solimán. Por último la intención británica no pasó de eso —pues una confabulación eclesiástica resultaba más compleja de tejer que mil telas de araña bajo una tormenta—. Pero lo cierto era que el Santo Padre ya no podía dar marcha atrás en su alianza. Cuando supo de la conquista otomana de Hungría y del sitio de Viena, rogó al francés que, al menos, accedieran al deseo de tregua del emperador. Como única respuesta, Francisco amenazó con revelar la connivencia de Clemente con Solimán. Tras un reflexivo silencio, la cuestión no volvió a discutirse.

—Os dije que soportaría el viaje.

Carlos corrió a abrazarse a su esposa. Nunca hubiera pensado que, con su mera llegada, la corte de Valladolid se tornaría de golpe habitable y cálida, algo más que un centro de operaciones bélico. El emperador, atento, ordenó que le trajeran un asiento mullido. Isabel se sentó y, acariciándose el vientre, que a juzgar por su tamaño parecía difícil que creciese aún más, se percató del rostro cansado de su esposo.

—Día y noche me ocupa la recaudación de fondos —reconoció él.

—Contad con lo que he obtenido para vos.

Carlos miró a su esposa sin acabar de comprender.

—En cada villa en la que me he apostado para descansar, he reunido fondos para la causa de Viena —contó ella con ilusión.

—¡En lugar de guardar reposo! —Jamás se pronunció reproche más cariñoso.

Él renunció a enfadarse, esa mujer disolvía sus arranques con apenas una sonrisa.

—Así que España ya sabe de vuestra tozudez y vuestro encanto.

Isabel sonrió y entrecerró los ojos, incapaz de ocultar por más tiempo su agotamiento. Al emperador le inquietó ese adormecimiento repentino, pero quiso dejarse de alarmas. Se limitó a besarle las manos.

—Descansad, amor mío.

Sacra católica cesárea majestad: os ruego leáis mis letras con la gravedad que pongo en ellas. No temáis por la lucha, la victoria nos acompaña. Mas esta no paga a vuestras tropas. Su penuria, tan prolongada, se ha tornado ira. En Florencia tomaron bienes sin mesura y ahora muchos dicen querer avanzar sobre Roma y coger de ella los caudales que vos no enviáis. Están encendidos y temo que asalten como rapaces la ciudad santa. E igual temo por mi vida, pues solo yo me interpongo entre ellos y su propósito. Por ello os ruego, majestad, que paguéis a vuestros hombres antes de que se tornen bestias.

CARLOS DE BORBÓN, DUQUE

Gattinara y Fadrique de Alba habían dado por hecho que el emperador se tomaría su tiempo para decidir qué respuesta dar al noble francés, que encabezaba los ejércitos imperiales en aquella lucha que no cesaba en Italia. Para sorpresa de los consejeros, la resolución imperial fue automática.

—Ordenaré mesura a las tropas.

—¿Sin más? —preguntó Gattinara asombrado.

—¿He de mirar por aquellos que se niegan a socorrer a Viena? —replicó Carlos sin vacilación alguna—. ¿Acaso el Papa ha hecho algo por la tregua? ¿O ha ofrecido tropas al servicio de mi hermano?

La nobleza del emperador, y la que esperaba de los demás, mostraba su otra cara de la moneda en su capacidad de guardar rencor. Si confiaba en el resto más de lo que debía, la única forma que tenía de defenderse era aprendiendo de sus errores; ¿y no era el rencor otra cosa sino eso?

—Si he de defender Viena en soledad, guardaré mis ducados para tal fin. Aunque eso encienda a mis tropas en Italia. Así lo ha querido Roma.

El tono de Carlos no dejaba lugar a la oposición.

—Por fortuna, majestad, los españoles se han entregado a la causa con una generosidad que apabulla. Si se frena al otomano se deberá en buena parte al compromiso de este reino con su fe.

El emperador asintió conmovido. El desarrollo de su vínculo con Isabel apenas le había permitido apreciar que también se estaba enamorando de España. Durante su enlace y su luna de miel, el reino apenas había constituido un trasfondo calmo de su amor. Qué lejos parecían quedar los tiempos en que Castilla, con sus revueltas, eran las tierras que tanto desasosegaban al césar. Ahora no había dominio que le reportase más satisfacciones que aquel, tanto era así que, días atrás, en Granada, durante un instante intrascendente, mientras saboreaba el desayuno bajo las primeras luces de la mañana, había experimentado la sensación de hallarse en su hogar.

El 21 de mayo de 1527, la corte se olvidó por unas horas de Solimán y de Francisco, de recaudos, pontífices aviesos e imperios atemorizados; nadie atendía a otra cosa que no fuese el nacimiento del primer vástago de los emperadores.

El alumbramiento fue largo. Y la actitud de Isabel durante el mismo, sorprendente para los que la asistían. Deseó conservar su celebrada entereza incluso entonces, y se prohibió quejarse y gritar. Su hieratismo llegó a tal punto que el parto se estancó, porque buscando no expresar padecimiento tampoco desplegaba el esfuerzo necesario para dar a luz. Los físicos, desesperados, y temiendo que el bebé se perdiera en el proceso, le rogaban que se olvidase de las formas y se ayudase con chillidos.

—*Eu morrerei, mas não gritarei* —respondía Isabel una y otra vez, con el rostro empapado en sudor pero el gesto imperturbable.

Y fue de esa mujer sufrida y majestuosa de quien nació un niño lustroso al que el emperador, en recuerdo de su padre, convino en llamar Felipe.

El bautizo tuvo lugar en la iglesia de San Pablo de Valladolid. De nuevo, las zozobras bélicas quedaron en suspenso, pues la ocasión lo merecía: España, Flandes, el Imperio, las Indias y todos esos dominios italianos que resistían los embistes del enemigo contaban por fin con un heredero. Ahora que el futuro estaba personificado en ese niño de ojos claros y piel lechosa que disfrutaba del silencio y, sobre todo, del abrazo de su madre, Carlos sentía un brío desconocido a la hora de defender lo que era suyo. De que su gobierno fuese triunfal dependía el legado que algún día recibiría Felipe. Contemplando a su hijo el emperador fue aún más consciente del tiempo y de la Historia.

El cabello del niño, anaranjado y suave como el de un fruto lleno de vida, recibió con una solemnidad adulta el agua del bautismo. Isabel y su esposo se miraron en silencio. En cierto modo, la escena se repetía: oficiaba el arzobispo de Toledo, que con su dicción grave del ritual en latín volvía a arrullar a los emperadores. Estos, como entonces, se sintieron al margen de los muchos que los rodeaban, porque ese instante les pertenecía de tal manera que no podían compartirlo con otras personas. Carlos sonrió cariñosamente a su esposa, en la que aún se percibía el cansancio. La recuperación había sido lenta y, en los primeros momentos, tan delicada que la corte había temido perderla. El césar guardaba un recuerdo vago de aquellos días: su miedo a que Dios se llevase a Isabel le perturbó incluso los sentidos, los cuales, hasta que ella no se recuperó, percibieron la realidad con la textura de una pesadilla. Le rogó tantas veces al Señor por la vida de su esposa que terminó con las rodillas lastimadas por el roce del suelo de piedra. Se recordó con las manos entrelazadas con fuerza, el pecho lacerado por el temor a perderla, llorando.

—*Per Christum Dominum Nostrum, Amen.*

Los invitados al bautizo se santiguaron. Felipe seguía calmoso, aferrado con sus puños a las vestiduras de su madre. Con paso solemne, los emperadores, con el sucesor en brazos, se dirigieron al exterior de la iglesia. Antes de alcanzar el portón una figura zigzagueó entre los invitados, sorteándolos. Carlos se percató. Le sorprendió que no se tratara de un aristócrata sin modales, sino del duque de Alba. Se fijó en el rostro de este. No recordaba haberle visto jamás una mirada tan perturbada. Alarmado, el césar se detuvo para recibir de su consejero la noticia, que fuera cual fuese adivinaba fatal. El relato del duque empezó con una muerte, la de Carlos de Borbón, que había perecido en batalla, desatendido por sus hombres, que no le auxiliaron cuando el enemigo le hirió de gravedad; pero allí no terminaba, pues siguió con una resolución insensata: la de esas huestes imperiales que, descabezadas, sin seso ni freno, habían decidido entrar en Roma; acababa con cien imágenes de horror: la de la ciudad eterna devastada, la de sus mujeres ultrajadas, las de sus innumerables iglesias profanadas por el saqueo, la de los miles de inocentes pasados a cuchillo, con cuya sangre se regaron los adoquines milenarios. En nombre del emperador, los soldados habían arrasado el centro de la cristiandad. Se decía que el enemigo era Solimán, y también Lutero, pero la verdad era que hacía siglos que nadie se ensañaba de tal modo con Roma; y para su propio espanto, el responsable de semejante masacre era él mismo: Carlos.

10

Hacía veinticuatro años que no pisaba Castilla, y cuando desembarcó en el puerto de Palos en mayo de 1528, Hernán Cortés notó que se sentía extranjero. Dicen que el origen moldea el carácter, y quizá la sentencia podía aplicarse al caso del conquistador, pues aquel muchacho de diecinueve años que había dejado esa tierra hacía ya tanto tiempo era, en lo fundamental, el mismo de entonces: impetuoso, decidido, cautivador, astuto, orgulloso, henchido de ambición y desdeñoso del miedo. Pero el cuarto de siglo que había pasado en las Indias había hecho que sus ojos se acostumbraran a matices de verde y azul que en España no tenían cabida; que su paladar se abriese a otros sabores, y que su deseo le perteneciese a mujeres de piel tostada y ojos felinos, mujeres que al balbucear el español lo hacían con un acento sibilante que a él le desarmaba. En el puerto onubense Cortés echó un vistazo a su alrededor y todo le resultó extraño: que las pieles pálidas fuesen mayoría, aquella silueta de la ciudad e incluso el perfume del aire. ¿Quién era él, entonces? Probablemente su identidad debía de haberse diluido a lo largo de esos años, pues sin duda que no era ya castellano aunque en Nueva España, de la que ostentaba el cargo de gobernador, los indios seguían mirándolo como a un forastero. Su corazón, sin embargo, se había rendido a las tierras aztecas, y ese amor era lo más parecido que poseía a una pertenencia.

Por lo tanto no había sido la nostalgia, que apenas conocía, la que le había devuelto a su lugar de nacimiento, sino la indignación. Desde que iniciase la conquista de aquellas tierras al norte de La Española, Cortés había ido desarrollando un desapego creciente a la autoridad castellana, que era también la imperial. Con un puñado de hombres había tomado los dominios que habitaban millones. ¿Cómo iba a sentir, quien había llevado a cabo tal hazaña, que debía someterse a otros por algo tan abstracto como la autoridad? El emperador y los que le aconsejaban nada sabían de esas tierras nuevas, y dictaban, por vanidad o ignorancia, leyes que él consideraba absurdas para el buen funcionamiento de las colonias. Junto con los suyos había sometido ya a un imperio, el de Moctezuma, y aunque Cortés asumía su vasallaje hacia Carlos, no se creía obligado a rendir pleitesía a las decisiones de este si las creía erróneas o abusivas. Para el césar, las Indias eran lo que para el resto de los europeos: un terreno de evangelización pero, ante todo, una mina de oro, plata y piedras preciosas con las que rellenar sus arcas, maltrechas por las guerras, las ocasionales malas cosechas y el derroche. Ahogado por las deudas, el emperador había ido incrementando sus exigencias como beneficiario de los tesoros indianos, y al conquistador le enfurecía que Nueva España tuviese que sostener a un reino mal administrado. Pero no era solo este el origen de sus discrepancias. El otro conflicto importante entre la Corona y Cortés era producto de la asignación de las tierras conquistadas. Mientras el extremeño abogaba por las encomiendas —el reparto de latifundios entre aquellos que habían acometido la invasión—, al rey le disgustaba tal empoderamiento por tratarse de uno independiente de su autoridad. Los encomenderos, por decisión de Cortés y no de Carlos, se convertían, a su manera, en una nueva estirpe de señores, admirables por su valentía y por su servicio a la Corona, pero también envanecidos por su propia proeza y por la distancia que les separaba de aquel al que debían obediencia: todo un océano.

En realidad, el emperador, como todos, admiraba al de Medellín. Resultaba imposible no hacerlo. Cortés estaba cortado con el patrón de las leyendas, de esos seres que transforman el mundo con su voluntad y que ven en el riesgo un aguijón y en lo imposible, una grieta. Sin embargo, Carlos era del todo consciente de que algún día habría de enfrentarse al conquistador, porque a lo largo de los años le habían ido llegando noticias de lo que, por otro lado, resultaba esperable: que el carácter osado que tan necesario era para dibujar nuevos mapas apenas toleraba el sometimiento, siquiera a todo un césar. Y aunque lo conquistado por Cortés parecía tan valioso como para que compensase sus desafíos, lo cierto era que permitir su independencia, aparte de ofender a la Corona, sentaría un precedente venenoso para la relación de las Indias con el reino. Por eso, cuando Diego de Velázquez, gobernador de La Española y antiguo valedor de Cortés, enfermo de envidia por la gloria de este, lo denunció ante el rey, Carlos aprovechó la ocasión para meter en vereda al conquistador, a quien le abrió un proceso para juzgar si había cometido desacato contra la Corona. Al conocer la sentencia, el extremeño no aguardó al pleito; dispuso un navío y regresó a España para defender sus derechos y sostenerle la mirada al emperador.

A decir verdad, por aquellas fechas, el césar tendía a dirigir la vista al suelo con mayor frecuencia de la habitual, pues la vergüenza le atravesaba. El saqueo de Roma había supuesto un hito de crueldad en la historia del viejo continente. Que él se hubiese apresurado a negar que la orden de llevar a cabo tal pillaje había salido de su boca no dejaba de señalarlo como responsable, pues habían sido sus tropas y no otras las que habían desbocado su violencia contra la sede de la cristiandad. ¿No tenía acaso la culpa de que sus hombres hubiesen decidido al margen de sus mandatos? ¿O de que hubiesen tomado la resolución de asaltar Roma al haber sido él incapaz de compensarlos como debía? Europa estaba escandalizada, y más cuando tuvo noticia de que las huestes imperiales no solo habían actuado como criminales contra la ciudad y sus habitantes, sino que habían tenido la osadía de tomar por rehén al mismísimo Santo Padre. La cordura y la sensibilidad cristiana obligaban al emperador a ordenar su liberación; pero, tras meditarlo cuidadosamente, este decidió que había llegado la hora de aprender de sus errores, el mayor de los cuales había sido desaprovechar el cautiverio de Francisco a causa de ese idealista sentido de la caballerosidad. Sin duda le violentaba lo ocurrido en Roma y no pensaba ejercer crueldad alguna sobre el Pontífice; sin embargo, por una vez, quería equilibrar el maquiavelismo de sus enemigos con unas dosis del suyo propio.

—Su Majestad os restituirá la libertad tan pronto como os avengáis a sus condiciones.

El Pontífice contempló al enviado imperial como si se tratase de un objeto inconcebible, tal se le antojaba su mensaje. Refugiado en el castillo de Sant'Angelo desde que las tropas imperiales entraran con furia en la ciudad, y ahora prisionero entre sus muros por esas mismas huestes, Clemente VII acusaba mal aspecto. Apenas ingería alimento y su piel se apergaminaba. La enfermedad que padecía era la furia. Jamás habría creído posible verse en una situación semejante. ¡Era el Santo Padre! ¿Cómo podía Carlos ofenderlo de tal modo, primero arrasando su ciudad y luego reteniéndolo? El césar había empapelado Europa con mensajes de disculpa por el saqueo, pero para el Pontífice no constituían sino propaganda vacía, pues allí estaba él, custodiado por soldados del Imperio que al más leve movimiento le apuntaban con sus armas.

—¿Qué me pedís que ceda, si la contienda no ha concluido? —contestó con suficiencia al enviado—. No dudo de que mis aliados vengarán esta ofensa cargando sin piedad contra el emperador; pues ahora, además de con sus armas, cuentan con la ira divina.

Sin embargo, la compasión de Francisco por la prisión del Papa se demostró poco convincente. Ante su reino y los otros, el monarca se mostró soliviantado por el *sacco*, herido como creyente (pues nada se sabía de sus acuerdos con el turco fuera de su despacho y de las dependencias del Vaticano). Pero lo cierto fue que no reaccionó a la noticia enviando a sus tropas a liberar a su aliado. Quizá, pensó, convenía dilatar por un tiempo aquella situación, y dejar que la indignación de los europeos contra Carlos creciese lo bastante como para justificar el ataque indiscriminado que Francisco deseaba lanzarle.

Mientras, en las islas Británicas se estaba practicando una hipocresía semejante a aquella descrita arriba. La captura del Papa debilitaba a este lo suficiente como para que quien lo salvara fuese generosamente compensado por ello; con la concesión de un divorcio, llegado el caso. El destino se había puesto del lado de Enrique, y este, como todo hombre de su época, creía a pies juntillas en la Providencia: Dios se estaba declarando a favor de su anhelo de deshacerse de Catalina. No faltaban quienes se preguntaban si la convicción del soberano inglés era sincera o tan solo el disfraz de una intención demasiado prosaica —poder casar con otra mujer para que esta le concediese un heredero varón, aquel que la reina parecía incapaz de concebir—. El propio Enrique dudó durante un tiempo de la naturaleza de sus fines. Pero ese recelo hacia sí mismo le robó el descanso, y percibió que no podía vivir sosteniendo esa duda acerca de sus convicciones; había de resolverla. Lo que su conciencia decidió fue que la excusa para divorciarse era del todo sólida, ya que ese matrimonio, en el fondo, no era más que un pecado. La razón de este convencimiento radicaba en que Catalina, en contra de lo que ella proclamaba, había consumado su enlace con Arturo, hermano de Enrique, y que por ello los ahora reyes se habían unidos de forma ilícita. De ahí que el Señor, justo aunque se manifestara con crueldad, no les agraciara con un sucesor.

Poco antes de que saltara la noticia del saqueo y de la consecuente retención del Pontífice, el cardenal Wolsey se encontraba en un estado de creciente angustia. Las paredes de la corte inglesa, que durante tanto tiempo habían sido el escenario de su autoridad, se habían tornado, a su parecer, en muros que escondían suspicacias. Temía que tras la piedra se cuchichease en su contra por haber fracasado en la misión que Enrique le había encomendado. La luz de su estrella se había opacado, y a veces sentía incluso que parpadeaba sin apenas fuerza, tal y como hace lo que está condenado a apagarse. El soberano inglés era el sol que decidía dotar de luminosidad a los que le rodeaban, meros cascotes grises cuando carecían de la gracia real. Wolsey, que durante décadas había gozado de esa suerte y que había llegado a brillar en la corte de una forma cegadora —los hombres temblaban ante él más que ante Enrique, porque al cardenal no se le podía ganar sino con prebendas o astucia, y gastaba ambas como persona alguna—, ahora se estaba petrificando, perdiendo su capacidad de amedrentar a los súbditos y, sobre todo, de hacerse respetar por el soberano.

Por ello, cuando se supo de lo ocurrido en Roma, Wolsey distinguió la veta en aquella losa que le había caído encima.

—Sumaos sin tardanza y con entrega absoluta al bando contrario al emperador, alteza. Su Santidad se encuentra necesitado como jamás volverá a estarlo, y no dudo de que recompensará con creces a quien bregue para vengarlo.

A Enrique, a pesar de su brío masculino, las guerras no le motivaban en absoluto. Lo cierto era que las percibía no como ocasiones para demostrar su grandeza, sino, sencillamente, como agujeros de pérdidas de caudales, una forma estúpida de empobrecerse sin que la recompensa estuviese asegurada. Las más de las veces, la batalla servía solo a los anhelos de unos y otros de ampliar sus fronteras. Él carecía de esa hambre. No negaba que le complacería recuperar ciertos dominios continentales, pero tampoco era cuestión que le desvelase. Lo que deseaba en realidad era acunar en sus brazos a un varón en el que reconocerse y que perpetuase la dinastía Tudor en el trono inglés.

Enrique lo meditó. ¿Tanto anhelaba ese divorcio como para descender por el agujero bélico para conseguirlo? Contempló al cardenal con esa mirada que desde hacía un tiempo gastaba con él y que destilaba desconfianza e incluso una cierta repulsión, como la que se destina al amante del que uno se ha hartado.

—¿Mi reino habrá de sangrarse en la guerra a causa de vuestra incompetencia como negociador?

—Incompetente sería si no os llevase hasta la consecución de vuestro objetivo. —A pesar de su decadencia, el tono de Wolsey no era sumiso; la única manera de mantener su autoridad, pensaba, era fingir que seguía poseyéndola—. Que el camino esté en los despachos o en el campo de batalla, mi señor, es tan solo achacable a la complejidad de la cuestión.

—¿Garantizáis entonces que lanzando mis tropas a favor del Papa lograré lo que deseo?

Al cardenal la palabra «garantizar» se le antojó un arma de doble filo. El escalofrío que lo recorrió al escuchar el verbo fue casi perceptible. No había duda de que el rey le estaba amenazando. De no obtener el divorcio, Wolsey podría ser acusado de haberle engañado, comprometiendo además las arcas de la corona y la vida de quienes lucharían en la terna. Lo que se siguiera de la posible decepción del rey, el canciller prefería no figurárselo.

—Os lo garantizo.

Mientras Enrique abandonaba el despacho —de camino a una nueva cita con Bolena; ¡el mundo ardiendo y esa mujerzuela sin perder su dominio sobre el monarca!—, el cardenal notó en su interior una emoción antigua que le costó reconocer. Hacía años que no sentía esa electricidad serpenteando entre sus vísceras. Era miedo.

A pesar del aparente escepticismo con el que había recibido la sugerencia de su canciller, Enrique estaba de acuerdo en que, ávido de aliados que le liberaran, el papa Clemente, cuando fuese rescatado por franceses e ingleses, olvidaría sus reticencias a otorgar la anulación de su matrimonio con Catalina. Dejaría así vacío uno de los tronos del reino, que pronto sería ocupado por una mujer joven cuyo vientre, sin culpa, fuese generoso.

Pero cuando el papa Clemente conoció los planes de Enrique, su contento fue apenas tibio. Era cierto que celebraba que el ejército inglés fuese a luchar a su lado, pero se sabía víctima de la coacción británica. Y nada desagradaba más a un pontífice que la evidencia de que su poder no era del todo autónomo.

—No tomaré resolución alguna por el momento.

Con aquellas palabras informaba a uno de sus secretarios mientras miraba a través de una de las ventanas de Sant'Angelo. La vista abarcaba toda la ciudad. Roma parecía tranquila, pero la suya se asemejaba a la calma de la víctima, agotada y asustadiza tras la violencia.

—Aguardaré a lo que depare esta guerra. Si se me liberase con presteza de este cautiverio, no tendría por qué ceder a los caprichos del inglés. Su obligación como rey cristiano es velar por mí, sin necesidad de premio alguno.

Acto seguido, el Papa distinguió algo que flotaba en el Tíber, el río que separaba Sant'Angelo de la ciudad. Se trataba de dos cuerpos, para entonces azules e hinchados. Parecía que las huellas del saqueo no desaparecerían jamás. El Pontífice, incómodo, apartó la vista.

—El de Gante tan solo se disfraza de caudillo —siguió—. Parece disfrutar jugando a la imposición, mas no alberga en su naturaleza ni el rigor ni la osadía. Recordad lo ocurrido con el francés: Carlos fue con él compasivo como una madre. Si no tuvo agallas para rematar a su peor rival, ¿cómo podría llevar hasta el final esta situación conmigo?

La creencia del Papa era compartida por la mayoría de sus contemporáneos. El emperador era considerado como un ser semejante a un animal que, tras atacar, dejaba a la vista una boca sin dientes: aunque sus golpes se acusaran, no estaba dotado para rematar a sus víctimas.

Entretanto, en la corte de Francia, y tras saberse del apoyo inglés a la liga contra Carlos, el monarca se hallaba en una situación de entusiasmo casi pueril. Qué lejos parecía quedar ya la humillación sufrida en Pavía, prolongada luego con la prisión en Madrid. La melancolía íntima que había seguido a aquel período, y que por un tiempo había amenazado con volverse parte de su personalidad, se había evaporado tras el *sacco* de Roma: ahora el emperador resultaba, a los ojos de Europa entera, un apestado, un cristiano que no merecía considerarse como tal tras lo ocurrido. Y como si ambos reyes estuviesen montados siempre en una balanza en la que la desgracia de uno conllevara la pujanza del otro, el galo se alzaba ahora como la salvación moral y militar del correcto orden en el continente. Francisco echaba tanto de menos mirar a Carlos por encima del hombro que, ahora que podía hacerlo, su ambición se desató. Atacar a las tropas imperiales para liberar al Santo Padre constituía su deber, pero ¿no estaría desperdiciando una oportunidad única si todo se reducía a eso? Sin duda que llevarlo a cabo le granjearía el agradecimiento eterno del pontífice, lo cual supondría, en un futuro, beneficios políticos. Sin embargo, para el rey francés, el orgullo de espíritu que le podría proporcionar convertirse en el salvador del Papa se quedaba en nada ante otras opciones, menos pías pero, sin duda, mucho más dignas de su hambre de gloria.

—Nápoles.

Luisa de Saboya respondió a la palabra de su hijo con un silencio meditativo. Contempló a Francisco, al que le brillaban los ojos con una ilusión de otros tiempos, aunque su rostro era ya el de un hombre maduro y acusaba huellas que un retratista complaciente jamás reflejaría. Le emocionaba comprobar que su vástago había recuperado la esperanza perdida en Madrid, pero a veces percibía en los planes de este destellos de una insensatez peligrosa que debería frenarse para que no se desbocara.

—¿Contáis con recursos suficientes como para acometer esa empresa sin endeudar a Francia?

El rey recibió sus palabras como un alquimista que hubiese dado con la piedra filosofal y fuese reprendido por el esfuerzo empleado en ello. Su consejero Montmorency, sin embargo, ni siquiera percibía piedra mágica alguna.

—Madre, ¡calibrad el beneficio que obtendré de ganar media Italia y poner el Mediterráneo bajo mi control!

—Por apetecible que resulte una meta, no se pueden obviar

las fuerzas que se requieren para emprender el camino hacia ella —Luisa zanjó tajante.

—¿Habéis considerado cómo podría tomarse el Santo Padre que antepongáis la invasión de Nápoles a su liberación? —intervino a su vez Montmorency.

—Sin duda lo rescataremos una vez acabada la conquista —replicó el monarca, molesto por tanta oposición—. Bien valdrá como excusa la estrategia. Le convenceremos de que su libertad solo pudo ser obtenida desde el sur.

Como todo hombre cegado ante una quimera, Francisco tenía talento para la mentira. Satisfecho con el diseño de su estrategia, no permitió que le vinieran con más peros. Ordenó que se empezara a preparar la campaña y se retiró a descansar. Sin embargo, una vez en el lecho le costó coger el sueño. Le asaltaron imágenes de derrota, que se colaban entre los muros de su confianza por resquicios invisibles. Los tapó de manera eficiente con un pensamiento doloroso que no había día que no le visitara: el de sus hijos cautivos en España. A pesar de que se había servido de ellos para negociar su liberación con el emperador, Francisco estaba lejos de ser un padre desafecto, y soportaba a duras penas su ausencia. Durante el día, el ruido de las recepciones y los despachos le permitía olvidarse de la cuestión; pero cuando reinaba el silencio, casi podía percibir el desamparo de sus hijos, aislados en Castilla, creyéndose abandonados y desarrollando una melancolía profunda impropia de su edad. El monarca francés se aferraba entonces a sus almohadones para liberar su deseo de abrazarlos.

—Al emperador le ocupan demasiados asuntos en el día de hoy. Lo lamento.

Se trataba de la quinta vez que Cortés recibía la misma respuesta. El extremeño no sabía de qué rincón de su alma le surgía la paciencia para mantener la espada enfundada ante tanto desdén de Carlos. Aunque lo cierto era que jamás había sido un hombre impulsivo. Decidido, como el que más; pero también calculador y estratega, gracias a lo cual había podido ganar Tenochtitlán. El ímpetu constituía su motor; la estrategia, la clave de su éxito. ¿Acaso habría podido doblegar al Imperio azteca por la mera fuerza —sus decenas de hombres, valerosos pero desconcertados, contra millones—? No otra cosa sino la perseverancia y la astucia fueron las que le dieron la victoria ante Moctezuma, quien terminó por convencerse de que la Providencia quería a esos hombres pálidos y barbados como nuevos regidores de su Imperio. Cortés se había servido de las luchas internas entre las poblaciones indígenas para su conquista, pero también de su paciencia y de su forma de tratar al caudillo azteca, con la serenidad de quien no contempla otra opción que la victoria.

Si había sido capaz de semejante proeza, no iba a echarse atrás ante el reto de convencer a Carlos de que no merecía ser juzgado, y de que sus méritos eran tantos que empequeñecían la trascendencia de sus conflictos con la Corona. Había ganado unas tierras formidables y valiosas para España; en justicia, y por muchas que fuesen sus desavenencias con el emperador, el extremeño solo debía recibir a cambio reconocimiento, admiración y confianza.

Una vez que hubo comprendido que Carlos se atrincheraba en su poder para ignorarlo, Cortés decidió cambiar de estrategia. Una tarde, apostado en el exterior del palacio vallisoletano, el conquistador se encontró con la emperatriz. Isabel, embarazada de su segundo hijo, se detuvo al notar sobre sí la atención del acusado. Sabía de quién se trataba, en la corte todos estaban al día de su presencia aunque, para ser coherentes con la actitud del césar, la ignorasen a posta. La emperatriz tuvo la mala fortuna de cruzar su mirada con el conquistador; este, como Medusa, paralizaba a quien posaba sus ojos sobre los suyos. Se decía que eran incontables las mujeres que habían sucumbido a sus deseos por culpa de esa mirada y aún más los hombres que, encendidos por esos ojos, se habían desprendido de todo miedo para seguirle al fin del mundo.

De modo que Isabel se detuvo. Cortés se aproximó a ella con

paso sereno, tan seguro estaba del interés de su presa en él. La emperatriz no se sintió preparada para ese encuentro. Llevaba días inquieta. Su segundo embarazo, en fase avanzada, la tenía con el ánimo vulnerable, y a la extrañeza física se le había sumado una cuestión delicada. Desde que pisara Castilla, un joven paje de la corte se había convertido en fiel sirviente suyo. Su nombre era Francisco de Borja, y su lealtad hacia la emperatriz, intachable. Pero su servilismo, el esperable en un vasallo, se había convertido en una clase diferente de entrega. Aunque su respeto infinito por Isabel no le había permitido sincerarse, ella sabía distinguir entre la admiración y el anhelo. Francisco de Borja la deseaba, si bien de una forma romántica, con una pasión etérea, sublimada. Días atrás el joven, cargado de culpa, le había revelado sus sentimientos. De su confesión, que musitó con vergüenza, no esperaba otra cosa que recibir el castigo que merecía por haberse atrevido a amar a quien no debía. Al día siguiente partió de la corte, e Isabel había acusado su ausencia. A decir verdad, no albergaba hacia él más sentimiento que uno de tierna amistad, pero lo cierto era que su compañía le agradaba, y más teniendo en cuenta lo difícil que resultaba dar con sirvientes como él, de bondad genuina. Se preguntaba si debía hacerle retornar a la corte. Pero la respuesta parecía no deslizarse con facilidad. Algunas cuestiones, pensó la emperatriz, eran demasiado complejas como para distinguirlas con claridad, para saber con certeza qué posición tomar ante ellas; cualquier decisión se le antojaba errónea.

Incluso antes de que Cortés le hablara, Isabel, que casi adivinaba su discurso, sabía que el extremeño la situaría ante un dilema igualmente complejo de resolver.

—Majestad. —El de Medellín besó la mano de la emperatriz—. Infinita es mi suerte al toparme con vos, pues no dudo de que seréis capaz de prestarme oídos.

Ella lo contempló con detenimiento. Le sorprendieron sus maneras y su forma de hablar, refinadas, de hombre instruido. La labor de conquista de las Indias resultaba tan abrumadora y rigurosa que la emperatriz se había figurado que solo la podían ejercer individuos en buena medida asilvestrados. Pero Cortés tenía ademanes de caballero y manos de escriba. Resultaba difícil concebir que un solo hombre combinara la finura de la erudición —pues ese tono no podía provenir de naturaleza alguna, sino de lecturas y reflexiones— con la capacidad para la brutalidad que se necesitaba a la hora de someter a un imperio.

—No puedo contrariar la voluntad del césar. Ni encuentro razones para hacerlo. —Isabel sonó tajante.

—¿Cómo puedo defenderme de las acusaciones que se han vertido sobre mí si me niega la audiencia?

—Si confiáis en vuestra inocencia, el pleito no debería inquietaros. Cualquier hombre ha de encomendarse a la justicia.

—Majestad, permitidme un exabrupto, pero yo no soy cualquier hombre.

La emperatriz estaba segura de la verdad de aquellas palabras, que en otros habrían sonado jactanciosas pero, en Cortés, resultaban acordes con su leyenda y su carácter, ese que podía percibirse en cada uno de sus gestos, en cada inflexión de su voz. Acto seguido, el extremeño le enseñó un crucifijo de madera que llevaba guardado. En él, un cristo sufriente se sacrificaba por los hombres.

—Os juro por Él que todo lo que hice, lo hice por mi rey. Si alguien merece piedad es aquel que tantas veces ha estado a punto de perder la vida por engrandecer al reino del que un día partió.

La mujer contempló la madera ajada del crucifijo; por su desgaste resultaba creíble que ese objeto hubiese acompañado a Cortés en la travesía de un océano y en la ocupación de nuevas tierras, y que el conquistador se hubiese aferrado a él como un buen cristiano. Se decía que el extremeño era reacio a la implantación de la Inquisición en Nueva España, y que prefería una evangelización amable de los nuevos súbditos de la Corona. Había quien de ello extraía que Cortés no era lo suficientemente fiel a su credo como debería, pero esa cruz parecía la de un creyente devoto.

La emperatriz respondió a la solicitud con un silencio, y

abandonó el lugar tras despedirse con un gesto. El de Medellín no quiso insistir; sabía que el mutismo era el paso previo a la rendición.

Pocos días más tarde, Montmorency llegaba a la corte castellana. El emperador lo recibió con recelo, como hacía con todo lo francés desde la traición de Francisco.

—Mi señor tiene una última oferta para vos, majestad.

Carlos, sentado en el trono, se limitó a contemplar al consejero galo, como si este no mereciera contestación.

—Francia pagará una generosa suma por la liberación de los hijos de su rey. Solo entonces cabría una tregua.

—Me sorprende que vuestro señor me haga reclamaciones cuando él incumple lo pactado —replicó Carlos tajante.

—Mucho ha acaecido desde que firmasteis ese acuerdo.

—Su traición, en primer lugar.

—Y la terrible ofensa que vos habéis causado al Santo Padre. Os recuerdo que mi señor posee el título de Rey Cristianísimo, y que ese honor le obliga a defender a Su Santidad.

—¿Me amenazáis? —le espetó el césar ofendido.

El emperador y Montmorency intercambiaron una mirada retadora.

—Os doy la ocasión de zanjar el conflicto —respondió el francés.

—Me insultáis creyéndome tan iluso como para confiar de nuevo en quien se burló de mi buena voluntad.

El consejero abandonó la corte castellana con la sensación plácida de quien tiene una misión y la ha cumplido al extremo. La invasión francesa de Nápoles requería de una excusa diplomática, y la negativa de Carlos a aceptar sus condiciones para una tregua servían a tal fin. A Montmorency solo le inquietaba si, habiendo sido el portador del anuncio de una nueva guerra, se le iba a impedir cumplir con la otra tarea que Francisco le había encomendado, pero acertó al elegir a Leonor de Austria para mediar en la cuestión.

Al día siguiente, el consejero llegaba al castillo de Pedraza, donde los hijos de Francisco padecían un cautiverio ya más prolongado que el que en su día sufriera su padre.

Cuando Montmorency entró en la celda hasta la que Leonor le había acompañado, se estremeció. Siempre había visto a Enrique y Francisco rodeados de su elemento natural: el lujo de la corte gala, los cuidados propios de dos infantes reales, los juegos de caballeros, las mañanas de estudio con las mentes más brillantes del reino; ese ambiente benévolo y esperanzador en el que viven los privilegiados. El aspecto de ambos en aquella prisión resultaba una abominación a los ojos de Montmorency. La estancia era humilde, podría haber servido de vivienda a un simple artesano, o a un porquero. La piedra de las paredes no lucía adorno alguno y el mobiliario era el imprescindible para sobrevivir: dos camastros, dos asientos, un oratorio sencillo, un baúl desgastado del que salían, como lenguas muertas, trozos de ropajes nada lujosos. Pero lo que resultaba más doloroso era comprobar que tanto Francisco como Enrique, que habían salido de Francia sin heridas en el alma, ahora no sabían sonreír.

—No habéis de preocuparos por su salud —dijo Leonor—. Yo misma me encargo de que no les falte abrigo y de que los físicos les atiendan ante el mínimo malestar.

Montmorency fue testigo de cómo Enrique se abrazaba a las faldas de la hermana del emperador y supo que esta no mentía, aunque le costaba entender a santo de qué derrochaba tal generosidad si ella misma había sido una de las principales víctimas de Francisco. Leonor captó su desconcierto, pero se guardó de explicarle que el cuidado de esos niños había reducido en parte las visitas del fantasma de su hija.

Cuando Carlos tuvo noticia de que Francia había atacado sus posiciones en Italia no se sorprendió demasiado. Del galo, como en su día le había recomendado el fallecido duque de Borbón, ya no esperaba sino lo peor. Lo que le desconcertó fue que hubiese decidido avanzar sobre Nápoles en lugar de sobre Roma.

Le sorprendía el necio descaro de Francisco, al que aquella ciega ambición le convertía, por momentos, en un estratega de medio pelo.

—Seré yo quien libere al Santo Padre —anunció nada más entrar a la reunión diaria con sus colaboradores.

—¿Vos? —se sorprendió Gattinara, tan desorientado como los Alba, que le acompañaban.

Los consejeros miraron al emperador reclamando las muchas explicaciones que esa decisión requería para ser entendida.

—Haciéndolo, dejaré al descubierto el egoísmo de la maniobra de Francisco en Italia. Con un solo gesto puedo limpiar mi reputación en Roma.

—Mas el Pontífice no deja de ser vuestro rival en la batalla. No ha renunciado a la alianza con Francia contra vos.

—Sin duda habrá de aceptar condiciones para ganar su libertad. Separar su destino del de Francisco será la primera. Rubricar su lealtad futura hacia mí, la siguiente.

Las cejas de los consejeros se enarcaron al unísono en un gesto de admiración. El emperador estaba en lo cierto: una inesperada liberación del Papa podía ser tan rentable como la mayor de las victorias. Tan solo Gattinara parecía tener algo que añadir; lo dejó sentir al emitir un murmullo de reflexión, que Carlos percibió y al que respondió como si en lugar de un ruido gutural hubiese podido oír los pensamientos del italiano.

—Desde luego, no habrá acuerdo sin su compromiso de coronarme emperador en Roma.

Gattinara sonrió. A veces sentía que tenía muy poco que enseñar al césar.

Mientras, en Inglaterra, Wolsey se había de contener para no aguardar día y noche en los alrededores de la corte la llegada de correos provenientes del continente. De que las noticias fuesen unas u otras dependía su cargo y, dado el tono con el que Enrique se dirigía a él en los últimos tiempos, quizá también su misma existencia. La obsesión del monarca por la cuestión del divorcio se incrementaba día a día, hasta conseguir que primero en toda la corte y luego en toda Inglaterra no se hablase de otro asunto. Los consejos giraban en torno a ella, y cualquier otra materia despertaba en el rey tanta indiferencia como molestia, como si departir sobre finanzas, comercio e infraestructuras constituyera un desprecio hacia el único problema grave que, según él, padecía el reino. Tal ofuscación le había enajenado. A veces, en mitad de reuniones o cenas, Enrique desviaba la mirada hacia un objeto cualquiera —una fruta a medio comer o un pliegue del mantel—, y permanecía observándolo por largo tiempo; sin duda estaba pensando. Cuando Wolsey era testigo de esos ensimismamientos perdía el apetito y rezaba en voz baja. Al cabo de un rato, el soberano volvía en sí y participaba en las conversaciones como si no se hubiese ausentado de ellas. Era aquella inconstancia en la cordura lo que más asustaba al canciller; al fin y al cabo un demente tiene su propia coherencia, y solo hay que conocerla para dominarla. El problema era que Enrique se había transformado en dos hombres, y Wolsey se veía incapaz de manipular a ambos.

—Mi sobrino ha liberado al Papa... —El rey inglés se lo espetó al cardenal como si hubiesen sido las manos de este las que hubiesen abierto la celda del Pontífice—. ¡¿Sabéis lo que eso implica?!

Wolsey lo sabía; a la perfección. Sin la posibilidad de chantajear al Papa con su liberación, no quedaba recurso alguno para forzar a Roma a conceder el divorcio de los monarcas británicos. La diplomacia había fracasado; las tácticas menos sutiles, también. Por primera vez, al cardenal le costó un mundo que no se le quebrara la voz.

—Saldré hacia Francia hoy mismo para que el rey me explique por qué no se ha encargado él de esa labor...

—Nada de eso. ¡Haréis lo que yo os ordene! —El grito de Enrique fue el de un padre decepcionado, el de un hijo que se rebela, el de un niño que pide alimento; primigenio y terrible—.

Conseguid que el Papa os envíe un nuncio —siguió Enrique, que hablaba con una determinación sobrehumana.

—¿Con qué fin? —preguntó el cardenal.

—Presidirá el juicio que voy a abrir contra Catalina.

A decir verdad, Wolsey encontró la idea ridícula, pero al mismo tiempo se le antojó una prórroga para su propia debacle; aunque no sin cierta agonía, respiró aliviado y desde ese instante se entregó a la organización del pleito, con el nervio del que se sirve un reo cuando su captor, de improviso, mira hacia otro lado.

Unas semanas más tarde, el cardenal Campeggio llegaba proveniente del Vaticano y Wolsey lo recibía como si fuese un viejo amigo. El nuncio, con su aspecto de erudito centenario y su seso atestado de conocimientos de leyes, se dejó agasajar, pero guardó silencio cada vez que se le invitó a expresar su opinión acerca del proceso que iba a tener lugar. Cuando el Santo Padre le encomendó la misión, ni una cuerda de su ánimo vibró, a pesar de que la tarea sería, sin duda, desagradecida: de fallar en el juicio en beneficio de Enrique, tanto él como Roma se granjearían las iras del emperador y tío de Catalina; si, por el contrario, se negaba a complacer al inglés, este bien podría convertir su frustración en enemistad eterna con el Santo Padre, y quién sabía si al cardenal se le permitiría abandonar la isla o se le haría pagar con una lápida en suelo británico.

Catalina entró en la sala del pleito sin mirar más que al frente, allí donde estaba sentado ese extraño en que se había convertido su esposo. Cuando supo de la celebración de la vista pensó que las cotas de la humillación eran más numerosas de lo que en principio había temido; quizá infinitas. A pesar de que su vida se había tornado pesadilla en los últimos tiempos, conservó la serenidad y la capacidad para no levantar la voz hasta que hubiese llegado el momento de hacerlo.

—Catalina, reina de Inglaterra, compareced ante este tribunal.

La voz de madera de Wolsey retumbó en el recinto. La española no le dedicó al cardenal siquiera una mirada. Días antes lo había abordado, cansada del rictus triunfal que el canciller lucía desde que Enrique se hubiese sacado de la manga esa pantomima legal. «Mi desgracia será la vuestra», le había espetado la reina. Aunque Wolsey no replicó a la advertencia, Catalina sabía que la había acusado, porque era demasiado inteligente como para engañarse.

La española siguió su camino y pasó de largo ante el tribunal y ante el asiento que este tenía reservado para ella. Avanzó hasta el sitio exacto donde se encontraba Enrique y clavó sus ojos en él antes de postrársele delante. El rey mostraba un semblante confiado, pero desvió levemente la vista de la de su esposa.

—Señor, acudo ante vos pues sois la Justicia en este reino —dijo Catalina—. Durante veinte años he sido para su majestad una mujer leal. He amado todo lo que vos habéis amado, tuviera motivo o no. No me vanaglorio de ello, tan solo he obedecido mi promesa ante Dios de ser uno con vos hasta que la muerte, y solo ella, nos separe.

—Levantaos y seguid las indicaciones del tribunal.

Enrique estaba agitado, como si estuviese sentado sobre un almohadón de brasas.

—¿Nada importa lo que hemos compartido? ¿Ni mi servicio a este reino, que me ama tanto como yo a él, como vos habéis proclamado tantas veces?

—Como todos saben ya, soy hombre que habla más de la cuenta.

Se oyeron carcajeos ahogados. El soberano sonrió también, pero sus dedos tamborileaban unos sobre otros sin descanso.

—Pongo a Dios por testigo de que cuando me tuvisteis por primera vez, era doncella. Que vuestra conciencia dicte si digo verdad o no.

La frente de Enrique brilló con un sudor repentino. Wolsey se apresuró a rescatarlo.

—Alteza, os ruego que toméis asiento y esperéis a que se os pregunte.

Catalina atravesó con la mirada al cardenal.

—No reconozco la autoridad de este tribunal. Solo Dios me juzgará.

Acto seguido, la reina les dio la espalda. Abandonó la estancia entre las severas advertencias de Wolsey y bajo la atenta mirada del cardenal Campeggio, que, como hiciera desde su llegada a Inglaterra, consiguió que su semblante no revelara intención alguna.

Mientras tanto, la guerra en Italia no cesaba. El equilibrio entre el ejército imperial y sus enemigos resultaba desesperante para ambos. Tan pronto como uno ganaba terreno, el otro se vengaba con igual acierto. El desgaste de las tropas se evidenciaba a pasos agigantados, y las arcas de los dos bandos se desangraban para mantenerse en la lucha. Ninguno de los dos era capaz de atisbar un golpe fatal, ni siquiera uno de efecto que hiciese temblar lo suficiente al otro. Los consejeros de finanzas de los monarcas implicados llevaban semanas sin conciliar el sueño, afanados en buscar fuentes de ingresos para semejante gasto bélico. Sin duda que todos ellos compartían la misma conclusión: se imponía el sacrificio del bienestar de los súbditos si se quería prolongar la batalla. Pero ni Francisco ni Carlos querían pronunciar la palabra «tregua»; su orgullo se lo impedía.

La ceguera del emperador, sin embargo, fue cediendo. Isabel, incluso con las exiguas fuerzas que le había dejado el parto que había traído al mundo a su segundo vástago, María, ejercía sobre su esposo de voz de la mala conciencia, esa imposible de acallar. Parecía estar entrenándose para la labor de regencia que sabía le aguardaba pronto. La emperatriz se convertía, a cada día que pasaba, en una mujer de Estado.

—Vuestra tozudez hará padecer a este reino, y debilitará al resto de vuestras posesiones. ¿Qué sentido tiene porfiar en una guerra que parece condenada a no resolverse?

—¿Mi tozudez? —replicó él—. No hago sino responder a quienes me atacan. Con gusto daría fin a esta contienda, y me libraría de tomar parte de las que en un futuro surgieran. ¡Mas si no contesto las agresiones estaría faltando a mi deber primero!

A pesar de su respuesta, que a él mismo le sonaba formularia, la culpa corroía a Carlos. ¿Y si salvaguardar el orgullo negándose a una tregua le llevase a infligir padecimiento a aquellos a quienes había de proteger: sus súbditos? ¿Era la responsabilidad la razón verdadera de su empecinamiento, o tan solo un disfraz? Sin embargo, la idea de solicitar un alto el fuego le causaba un malestar incluso físico; se le atoraba en el estómago como una piedra que jamás pudiera ser digerida. En realidad, lo que no soportaba era la idea de ceder terreno ante aquel que le había traicionado con tanta desvergüenza. Le guardaba un rencor profundo, y deseaba su derrota para infligirle una dosis de justicia poética. El resentimiento de Carlos se relacionaba con el hecho de saberse vulnerable. «Un hombre confiado —pensaba en voz alta a veces— tiene en el rencor su única protección para el futuro. Solo si repulsa para siempre a los que le han herido puede evitar ser burlado de nuevo.» Pero ¿merecía acaso esa máxima arrastrar a la ruina a los pueblos inocentes que gobernaba? Aunque, por otro lado, dar con la manera de resolver la afrenta sin perpetuar la lucha parecía un imposible.

Hasta que el de Gante llevó su imaginación a ese mundo idílicamente noble en el que le hubiera gustado vivir y, como quien encuentra la respuesta a sus cuitas en el sueño, halló en él la solución.

—¡¿Batiros en duelo con el rey de Francia?! —exclamó Isabel.

—Estabais en lo cierto, he de desentender a mis reinos de las consecuencias de esta inquina que es personal. El duelo pondrá a salvo mi honor y zanjará la sangría de hombres y caudales.

—Habéis perdido el juicio.

A la emperatriz le fallaron las piernas; hubo de tomar asiento. La voluntad de su esposo ya estaba escrita, sellada y en camino del país galo.

—¿El honor vale mi viudedad, y la orfandad de padre de vuestros hijos?

—Pensaba que mis valores os enorgullecían.

—Cuando aúnan nobleza y sensatez. No si son delirios de caballero.

Carlos iba a responder a la ofensa cuando, con un leve gesto de Isabel —un cerrar los ojos a causa del dolor y el miedo— entendió de golpe las emociones de su esposa. Pudo sentir su aprensión a la tragedia e imaginársela con los labios temblorosos durante el sepelio, y un futuro de años de nostalgia y crianza de niños en solitario. La vio conteniendo las lágrimas frente a sus hijos hasta rasgarse por dentro, y habiendo de asumir un destino convulso de pretendientes a la herencia imperial, que no respetarían la sucesión al ser Felipe tan niño y haber tanto margen para la conspiración.

Quizá no había mayor honor que no herir a quien se amaba.

Por fortuna para Isabel, Francisco no tenía un gran aprecio por los ideales caballerescos, y tan pronto como supo del reto se molestó en seguir el ceremonial que llevaba a rechazarlo sin deshonra. El francés, al igual que Carlos, no hacía más que recibir de todos quienes le rodeaban el consejo de que diera por terminada la guerra, pero, como para aquel, la tregua no resultaba sino una derrota cobarde. Sin embargo, no era ajeno a que la bancarrota le rondaba, y aunque hubiese querido permanecer en el terreno elevado de los caprichos de espíritu regios, lo cierto era que comenzaba a percibirse como un obstáculo para la prosperidad de Francia. Las deudas con la flota de Andrea Doria, con la que contaba para las batallas en el Mediterráneo, no dejaban de aumentar, pero renunciar a ella implicaba entregar ese mar en el que todo se jugaba. En su fuero interno Francisco ansiaba la paz, porque significaba olvidarse de pagos y listados de muertos, de la tensión que le acompañaba cada vez que iba a ser informado de los avances de la contienda. Recordaba con nostalgia los tiempos en los que Carlos no era sino un nombre que apenas le inquietaba, mientras él estaba entregado a los placeres de la carne y del arte. Ahora su existencia vertebraba en torno a la idea de doblegar al emperador. Se entregaba a sus amantes, pero no se perdía en ellas como antaño, y aún apreciaba la música, la literatura y la pintura, pero su mirada se había vuelto distante. Tanto era así, que lo que se alejaba de su rivalidad con el césar le resultaba del todo prescindible. A su regreso de Madrid Francisca de Foix había desaparecido de la corte, víctima de los tejemanejes de Luisa de Saboya, que no consentía la influencia que la amante del rey tenía sobre este, y el monarca, en lugar de rebelarse, había aceptado su ausencia con una mezcla de resignación e indiferencia. En el fondo, su relación con Carlos era la única que le importaba a esas alturas. Entonces lo achacó a la huella que el cautiverio había dejado en su espíritu, pero lo cierto era que el tiempo transcurría y el centro de sus desvelos no se habían movido ni un ápice del césar.

Lo desesperante para quienes rodeaban a ambos monarcas radicaba en que el baile de ataques y respuestas entre los dos había entrado en una inercia que se antojaba imposible de parar, como si de un proyectil lanzado desde una cumbre desde la que no se atisba siquiera el pie se tratase.

Fue después del duelo frustrado cuando, conscientes de que de ellos no conseguirían la llave de la paz, reclamaron su lugar dos figuras, ambas femeninas y sobradas de astucia. La propuesta partió de Luisa de Saboya y Margarita de Austria la aceptó. Serían ellas quienes acordaran el final de las hostilidades entre el bando imperial y el liderado por Francisco. La negociación se intuía pedregosa, pero se abordaría con temple. Ni el emperador ni el galo eran capaces de apartar sus obsesiones y su enemistad para alcanzar lo que súbditos y consejeros les reclamaban a voces. De la terca vanidad masculina nada saldría; que se quedaran cada uno en su esquina, como niños tozudos de lágrimas secas pero aún ceñudos, mientras ellas le devolvían la paz a Europa.

El encuentro se llevó a cabo en Cambrai. Por fortuna, el verano de 1529 estaba siendo amable, pero las reuniones entre Luisa y Margarita no acababan nunca sin un cierto sofoco. Desde la primera vez que se sentaron a negociar quedó claro que si bien su voluntad de dar por terminada la guerra las había llevado a reunirse, ninguna iba a ceder fácilmente en cuanto a las condiciones. La rivalidad brusca entre aquellos a los que representaban tenía en ellas su reflejo elegante, dialéctico y de mutua suspicacia.

Sin embargo, la villa francesa no era el único lienzo donde se dibujaba el futuro del conflicto. Mientras Luisa y Margarita buscaban el acuerdo, Carlos y Francisco se afanaban en ganar terreno por su cuenta para que la negociación de las damas estuviese condicionada por esa ventaja. Y ambos codiciaban lo mismo: la armada de Andrea Doria. El soberano galo se desesperaba por encontrar fondos con los que mantener la flota a su servicio, y Carlos empeñaba los pocos que le restaban para ganarse el favor del almirante. Solo cuando el cortejo a este se resolvió, comenzó a escribirse el tratado de paz, y lo hizo a favor del emperador: el italiano, cansado de esperar los pagos de Francisco, resolvió cambiar de bando. Una vez bajo el mando del césar, las posibilidades de que Francia venciese la contienda se redujeron a un milagro, y el Papa, viendo que su bando se debilitaba, no intercedió para que Dios concediera tal prodigio al galo. Francisco se dejó los nudillos en la mesa del consejo real: el Pontífice y el almirante le abandonaban en la desgracia. De nada servían las alianzas que les unían; cuando la suerte se evaporaba, se llevaba consigo a los que un día se declararon los más leales entre los socios.

La paz se firmó a comienzos de agosto. A Margarita le resultó sencillo rubricar el acuerdo. Su sobrino habría de renunciar a su aspiración sobre Borgoña, pero a cambio se reafirmaba como dueño de gran parte de Italia y Flandes, así como de la villa de Artois. Se aceptaba que los infantes franceses volvieran a su reino y se confirmaba el matrimonio entre Francisco y Leonor. Cuando tomó la pluma para firmar el tratado, Luisa se preguntó si había hecho todo lo posible para evitar tal fracaso. De la corte de Amboise le había llegado el beneplácito del rey a las condiciones, aunque con expresiones escuetas que revelaban cierta decepción. Lo cierto era que la fuga de Doria al bando imperial y la actitud del papa Clemente no habían dejado lugar a más. Inglaterra, por su parte, y como era su costumbre, terminó desentendiéndose de las penurias galas; no pudo fingir por más tiempo que le interesara algo que no fuese la cuestión matrimonial. Por lo tanto, Francia se sabía sola, y como tal, obligada a denigrarse.

Con un trazo rápido, para que el trance pasara lo antes posible, Luisa firmó el acuerdo. Con la Paz de las Damas, el continente consiguió el descanso.

Mientras el armisticio se firmaba, al salón real de la corte castellana entró un jaguar. Carlos retrocedió nada más verlo, a pesar de que el animal estaba enjaulado. Los hombres que lo portaban eran de corta estatura, tez del color de la madera y pelo azabache. El emperador apenas había visto alguna vez súbditos indígenas, y la cercanía de los que ahora se postraban ante él le llenó de asombro y de esa inquietud que se tiene ante lo desconocido. Un pájaro de plumaje majestuoso y colores imposibles contempló al monarca con sus ojos vibrantes como insectos. La mirada de Carlos, sobrepasada ante tanta extravagancia, se posó luego sobre unas vestimentas que llevaban piedras preciosas incrustadas, y que descansaban junto a adornos de oro y plata tallados con una delicadeza sobrehumana.

—Majestad.

Hernán Cortés hincó su rodilla en el suelo de piedra. Al levantar la testuz, el emperador y el conquistador cruzaron su primera mirada. Carlos había anticipado que el extremeño iba a ser uno de esos hombres de espíritu impetuoso, y aun así le impresionó el poderío que rezumaba. Entendió al instante que hubiese sido capaz de ganar un imperio sin apenas medios para hacerlo, pues poseía el don de la persuasión y el aura de la victoria.

—Aceptad estos humildes presentes venidos de Nueva España.

—Señor Cortés, muchos antes que vos pensaron que el oro compra el derecho a burlar las leyes.

El de Medellín esbozó una media sonrisa. El emperador se le antojaba quebradizo, pero solo de aspecto. Él, que sabía leer cuánta amenaza guardaba cada hombre, se sintió lejos de menospreciarlo. Cortés se irguió y sacó su espada. Los testigos del encuentro lanzaron una exclamación de pavor que se sofocó cuando el conquistador dejó caer el acero al suelo.

—Si me consideráis un traidor, cortadme la cabeza. Pero impartid justicia vos mismo. Pues solo a vos debo mi ventura o mi desgracia.

Carlos observó con serenidad al gobernador de Nueva España.

—Antes os concedo el derecho a defenderos.

El otro alzó los brazos, como un cristo, para dibujar un cuadro: uno que lo enmarcaba a él mismo rodeado de las maravillas que había traído consigo.

—La vida allí es muy distinta a como la imagináis.

—La obediencia no entiende de fronteras. Vos erais la ley. ¡Mi ley! Y habéis obrado contra la Corona desobedeciendo mis mandatos.

—Por el bien de esas tierras, que es el vuestro. ¿Acaso vos no habéis tomado nunca decisiones ajenas a lo deseado?

A Carlos se le ocurrieron decenas, pero no aparentó meditar sobre la cuestión.

—Me he enfrentado a la codicia, a la violencia más salvaje y al martirio de hacer convivir a dos mundos en uno. ¡Y lo he hecho lo mejor que he podido!

Nadie había elevado el tono ante el emperador del modo en que lo estaba haciendo Cortés. Al césar sus formas le desagradaban, pero al mismo tiempo le resultaban tranquilizadoras: al fin un hombre se dirigía a él con sinceridad absoluta, sin importarle si saldría vivo de esa sala, azuzado por la que creía su verdad. Harto como estaba Carlos de movimientos ladinos y promesas vacuas como las de Francisco, la cruda honestidad del extremeño se le antojó admirable.

—No puedo condenaros, pues no sé hasta dónde sois culpable de lo que se os acusa. Mas no dudéis de que os vigilaré de cerca en adelante. La mar inmensa que nos separará no podrá ocultar vuestras faltas.

Cortés agachó la cabeza en señal de agradecimiento. Las maneras del extremeño oscilaban entre la finura propia del hombre ilustrado que sin duda era y la contundencia que se podía esperar de un colonizador sin freno.

—Conservaréis el cargo de capitán general. Y se os concederá el primer marquesado de aquellas tierras, el del valle de Oaxaca. Sirva para compensaros.

—¿Acaso me deponéis como gobernador? —El tono de Cortés era de incredulidad.

—Os aconsejo que no tentéis más a la suerte.

De inmediato, el emperador dio por concluida la audiencia. Entre jaguares y aves exóticas abandonó el recinto. Cortés se había quedado clavado en el sitio, con la mirada inmóvil en el trono ahora vacío. Su semblante era el de quien, por primera vez, se encuentra de bruces con un poder que no se puede desbaratar.

Poco después, los hijos de Francisco partieron de España de la mano de Leonor. La hermana de Carlos, la única persona que se había compadecido de ellos durante su cautiverio, viajaba hasta Francia para convertirse en su madrastra. El pequeño de los delfines, Enrique, se creyó con suerte. El recuerdo que tenía de su madre se asemejaba apenas a una fantasmagoría. Pero esa sensación de fortuna se mezclaba con un regusto amargo, pues sabía que las condiciones del acuerdo que los había liberado resultaban humillantes para su padre y para el reino en el que este gobernaba. Solo halló una manera de aliviar su malestar.

—Algún día seré vuestra pesadilla —le dijo al emperador cuando este acudió a despedir a la comitiva que partía para tierras galas.

A los presentes les divirtió la ocurrencia del niño. Salvo a Carlos, que sintió un leve escalofrío, pues se imaginó en un futuro, ya anciano, rememorando ese momento, cuando la amenaza ya se hubiese cumplido.

Pero ese futuro sombrío que había atisbado en aquella visión momentánea quedaba aún lejos. El presente parecía propicio, y debía disfrutarse: el final de la guerra, el triunfo diplomático de la paz de Cambrai y también la sumisión del Papa. Tan pronto como supo a Francia derrotada, el Pontífice buscó la amistad con el emperador, pues solo de ella dependía ya el término de su enclaustramiento y la recuperación de su puesto en el Vaticano. Su indefensión era tal que Carlos sacó partido de ella. En primer lugar, exigió que Roma desoyera las peticiones de Enrique de Inglaterra. No toleraría que su tía Catalina siguiese sufriendo la humillante angustia a la que se la estaba sometiendo. Jamás se convertiría en una renegada, y la Iglesia debía de ser tajante al notificárselo al rey británico. El imperativo del césar tuvo una consecuencia temprana: el cardenal Campeggio abandonó Inglaterra de inmediato, dejando sin dictamen el pleito sobre el divorcio real. Enrique se sintió burlado y Wolsey, asomado a un abismo. Toda solución razonable al conflicto quedaba así descartada. En un intento desesperado, el cardenal recuperó argumentos del pasado e ignorados en su momento para tratar de convencer a su señor de que renunciase a su empeño. El monarca, al que la decisión de Roma había terminado de envenenar la sangre, consideró más conveniente renunciar a su consejero.

A decir verdad, el papa Clemente se creía ya en paz con el emperador cuando este añadió un nuevo requisito para el perdón y la libertad del Pontífice. En cuanto supo de qué se trataba, el Santo Padre a punto estuvo de desdeñar la alianza con el césar. Pero, enfrentado con Inglaterra y habiendo roto su alianza con Francia, no estaba en condiciones de actuar con toda la vanidad que le pedía el ánimo.

El 5 de noviembre de 1529, la plaza boloñesa de San Petronio se encontraba rebosante de público y de soldadesca, vestida esta como solo lo hacía para las grandes ocasiones. El recinto lucía adornos por doquier, y los trompetistas ensayaban discretamente sus melodías, a la espera del acontecimiento. Cuando el emperador hizo su entrada en el ruedo, los metales iniciaron su melodía solemne. Mientras avanzaba con el cuerpo envarado por la trascendencia del momento, Carlos rememoró su presentación en Sevilla, y a Isabel. El viaje a Italia le había obligado a separarse de ella por primera vez. El motivo de su ida era de dicha, pero eso no evitó el malestar en la partida, un dolor mutuo, porque tanto la emperatriz como él eran conscientes de que esa sería, con probabilidad, la primera de muchas despedidas. Hasta entonces habían conseguido evitarlas, pero resultaba iluso esperar que las responsabilidades de todo un césar que tantos y tan distantes dominios gobernaba no le fuesen a alejar con frecuencia de su familia. Sin embargo, Carlos tomó por bueno ese padecimiento, pues se trataba de lo que siempre había aspirado a sentir: un amor tan poderoso que convirtiese los adioses en momentos de profunda tristeza.

Las trompetas reclamaron su atención. Casi ochocientos años antes, el emperador de emperadores, Carlomagno, había vivido una gloria similar: la de su inminente coronación por el Papa. Aunque el que llevaba su nombre había sido, una década antes, nombrado césar en Aquisgrán, restaba esa segunda coronación para ser tan emperador como se pudiera ser. Su abuelo Maximiliano no había conseguido tal logro. Como consecuencia, ni se había ganado la potestad de elegir sucesor al Imperio —pues solo ser investido por el Papa lo consentía—, ni había gozado de la grandeza simbólica con la que sí se revestiría su nieto. Por mucho que aspiró a ello, jamás recibió de manos del pontífice de turno las dos coronas que a Carlos le aguardaban en la catedral de Bolonia: la de hierro de Lombardía y la imperial propiamente dicha. Las manos del Santo Padre se posarían sobre su cabeza, convirtiéndolo así, de pleno derecho, en defensor y amparo de la fe católica y de la mismísima Iglesia. El honor conllevaba deberes, arriesgados en esa época de amenazas turcas y luteranas, pero Carlos sabía que al sentir el frío tacto de las tiaras en su cráneo, todo reto para defender su credo le resultaría natural, necesario, más histórico que humano.

El papa Clemente le aguardaba en el altar del templo. Aunque mantenía la compostura propia de la ocasión, dentro de sí hervía un mar de rabia. Iba a concederle el más alto honor a aquel que solo unos meses atrás había vapuleado su ciudad y le había robado el albedrío; al todopoderoso señor de Europa y buena parte de Italia, de su Italia. Cuando Carlos, tras recorrer el pasillo de la catedral, le tuvo enfrente, le dedicó una mirada prolongada; la del que había estado al borde de ser defenestrado y luego vencido, y a pesar de ello había salido no solo incólume, sino laureado por su enemigo.

Sin embargo, esa rivalidad constituía para el césar una emoción mezquina en circunstancia semejante. Prefirió desviar la mirada hacia lo alto. Se imaginó que Carlomagno, desde el paraíso de los héroes, lo estaba contemplando. Medirse con gobernantes mediocres no iba a perfeccionarle, pero sí remitirse a los grandes hombres. Antes de que se iniciara la ceremonia, Carlos, en diálogo espiritual con el emperador primero, se comprometió a afinar sus virtudes cada día, para cuando ese presente radiante dejase paso a las sombras que el pequeño Enrique había profetizado, y que el de Gante estaba seguro de que vendrían.

11

El carruaje, con marcha briosa, se internó por un sendero techado por las copas de árboles colosales. La sombra que proyectaban oscureció el interior del transporte y sumió en la somnolencia a Carlos, que viajaba dentro de él. Estaba ensimismado en ese estado plácido, al borde de la inconsciencia, en un territorio donde aún no reinaba la imaginación sino los recuerdos; y todos los que evocó remitían a Italia, a su coronación. Las imágenes eran todavía nítidas además de numerosas: el Papa entregándole la espada desenvainada, símbolo del compromiso defensivo del césar con la Iglesia; los cantos gregorianos que acompañaron la ceremonia; su juramento: «*Ego Carolus, Rex Romanorum, adjuvante Domino, futurus imperator, promitto...*»; las salvas de cañones en el exterior; el Pontífice y él saliendo juntos de la catedral, bajo un palio de tela de oro; la comitiva de cientos de hombres que lo escoltó luego; la muchedumbre que se había apostado ante el templo, miles de cabezas que lo buscaban, de bocas que le ovacionaban, una masa poco definida de la que recibió aliento, y la mirada de Gattinara, conmovida, de orgullo profundo. Carlos no quería olvidar ningún momento de los vividos en aquella jornada en Bolonia. Le aterraba que su memoria le fallase algún día y que esas estampas de grandeza se desvanecieran, porque sentía que le haría falta rememorarlas de cuando en cuando para sentirse digno y capaz de acometer la labor que tenía por delante. La segunda coronación había supuesto el contrato definitivo del emperador con su destino: la salvaguardia de la cristiandad bajo cualquier circunstancia. Y Dios había querido que gozase de ese honor precisamente cuando la Iglesia se encontraba acechada por más amenazas que nunca: el avance turco liderado por Solimán el Magnífico; la revuelta intelectual y social de los reformistas, y la bravuconería de Enrique de Inglaterra, que parecía dispuesto a provocar su propio cisma si sus pretensiones no eran atendidas.

El carruaje se detuvo ante un edificio palaciego cuyos interiores estaban iluminados. A través de las ventanas podía atisbarse que abundaban los reunidos para homenajear al emperador. Este descendió del coche y miró al cielo, que ya había colgado sus estrellas. Por un momento, le pareció sentir que todas caían sobre él, aplastándolo con designios.

El recibimiento al hombre doblemente coronado se hizo con la más solemne de las pompas. El salón había sido engalanado con esplendor, y las decenas de ilustres que se concentraban en él agacharon sus testuces ante el césar siguiendo una coreografía de vasallaje. Entre tanto rostro sin importancia para él, Carlos encontró, al fin, los de su familia, que se adelantó para darle la bienvenida. Los abrazos de Margarita de Austria y María lo relajaron. Reconoció sus perfumes, dulces y evocadores. A poca distancia, más reservado, se hallaba Fernando.

—¿Qué os ocurre, *ma tante*? —le preguntó el césar a su tía cuando vio que esta se servía de un bastón para caminar.

—Un accidente tan ridículo que avergüenza contarse. Pisé un cristal.

Carlos le dirigió una mirada paternal.

—Deberíais bajar de vez en cuando la atención de los asuntos del gobierno de Flandes a lo terrenal. ¡Cuidaos, os lo ruego! —El emperador reparó entonces en María—. Hermana.

La joven y el césar se tomaron de las manos. De forma instantánea y al unísono, ambos pensaron en todo lo acaecido desde su último encuentro, y se entristecieron: en ese tiempo María había perdido a su esposo en la batalla de Mohács, allí donde Solimán se hizo con Hungría para plantarse a las puertas del Imperio. La desgracia había hecho mella en la hermana de Carlos. Tenía menos de treinta años y aun así el aire de estar de retirada. Sin embargo, aunque su semblante rezumaba tristeza, sus ojos seguían tan vivaces como de costumbre. Eran el reflejo de esa inteligencia que a Carlos le desesperaba cuando eran críos: María siempre despachaba la réplica más brillante y vencía sin esfuerzo en los juegos de ingenio. Sin duda que de todos los hermanos era la más lúcida. Antes de reencontrársela, el emperador había temido que la melancolía le hubiese embotado el ingenio, pero lo cierto era que conservaba su mirada de búho sabio.

—Nos honra teneros entre nosotros —dijo ella sin soltarle las manos.

La seriedad del saludo no ocultó la emoción que ambos sentían al verse de nuevo. Mientras, Fernando aguardaba su turno. El traje de gala que lucía rivalizaba en exquisitez con el de Carlos; ambos eran, sin duda alguna, los epicentros de la reunión. Finalmente se abrazaron, con una sonrisa pero con las extremidades rígidas.

—Os felicito por la cima que alcanzasteis en Bolonia, hermano.

—La gloria es pareja a la responsabilidad que conlleva.

A Fernando le irritaban aquellos formalismos del césar a la hora de tratarlo. Parecía incapaz de hablarle como a lo que realmente era, sangre de su sangre.

—Gran servicio prestasteis enviando ayuda desde España cuando el turco se apostó ante Viena.

—No tenéis por qué agradecerme que cuide con celo de mis hijos —contestó Carlos.

Aunque el tono del comentario era amable, Fernando se sintió ofendido. Llevaba años ocupándose de la gobernación del Imperio, pues el césar prolongaba su ausencia allí, y aunque ejercía su labor con entrega y disfrutaba de los favores que conllevaba, se veía como el guardés de una mansión magnífica que, cuando el dueño falta, puede disponer de sus lujos, pero al que se le recuerda cada cierto tiempo que ese lugar no le pertenece. ¿Cambiaría eso algún día? Al tener noticia de la coronación en Bolonia, con la que Carlos había ganado el derecho a designar un sucesor imperial, Fernando no había podido evitar que naciese en su interior la ambición de que fuese él el elegido. Al fin y al cabo conocía ya mejor que nadie el funcionamiento de ese ensamblaje complejo de territorios, y los súbditos valoraban la forma dialogante y serena que tenía de regirlos. La tarea no había resultado sencilla. El conflicto luterano, que no había hecho sino recrudecerse, le había exigido un tiento de cirujano. Pero más allá de esa lógica, al hermano del césar le escocía el pasado. Por mucho que hubiese transcurrido el tiempo, seguía sintiéndose como un rey sin trono. Aplicaba las enseñanzas de su abuelo a diario, en su despacho, pero en su fuero interno no le bastaba con eso, porque la principal de aquellas lecciones recibidas en Aragón consistía en el ejercicio del poder, y ahora no era más que un emperador de guardia, un mero sustituto. Eso no le restaba empeño a la hora de gobernar, porque no sabía incumplir sus deberes. Margarita, que le admiraba desde que lo conoció, le había prometido apoyarlo como sucesor. Pero dada la actitud con la que se había presentado Carlos, Fernando entendió que, de nuevo, se vería obligado a resignarse. La cuestión era que apenas le quedaban reservas de afecto hacia su hermano, ni de lealtad gratuita.

A la recepción oficial le siguió el descanso que el emperador tanto necesitaba. A pesar de las atenciones desmedidas que recibió, propias de su rango, echó de menos España, y al acostarse el lecho se le antojó desapacible sin el calor de Isabel a su lado. Le enorgullecía haberse enamorado de ella y de manera tan furibunda, pero sufría las consecuencias. Sentía un hambre feroz de sus besos, y le dolía la piel por no tenerla cerca.

No sabía si se debía a la felicidad vivida allí con Isabel lo que le llevaba a sentir también nostalgia de España. Hasta entonces había creído que un hombre no podía poseer más hogar que el que le viera nacer, pero lo cierto era que ahora notaba que pertenecía a esos reinos tanto como ellos le pertenecían a él. Había algo en el carácter sobrio y sentido de los españoles que armonizaba con el suyo, y se identificaba también con su religiosidad férrea, ortodoxa y pura, desgajada de cualquier otro interés. Incluso podía pensarse que su conflicto con ellos había sido fruto de sus rasgos en común: como él, habían actuado con desconfianza hasta encontrar razones para cambiar de actitud. Cómo los entendía.

A la mañana siguiente Carlos, Gattinara y Margarita desayunaron juntos, ella con el pie en alto debido a su herida. Una vez que se pasó revista a los asuntos livianos, la regente de los Países Bajos aprovechó la ocasión.

—Vuestro hermano resultaría un magnífico sucesor.

El emperador notó de golpe el alimento en el estómago.

—¿Acaso negáis a mi hijo Felipe esa habilidad?

—¿Ha empezado a andar siquiera? —contestó ella.

—Y con paso firme.

Margarita y Carlos intercambiaron una sonrisa. Ni en las disputas dejaban de entenderse.

—La labor de Fernando ha sido magnífica, y los alemanes lo aprecian.

—Como en su día los españoles —dijo el césar entre dientes, rememorando aquellos tiempos en que su hermano le robaba el afecto de castellanos y aragoneses—. *Ma tante*, no deseo dividir mi herencia.

Gattinara, hasta entonces mero espectador, se limpió los labios antes de intervenir.

—El proyecto de Monarquía Universal exige que sea un solo hombre quien lo rija. Una única conciencia, virtuosa y paternal, que reúna a todos los hombres bajo los mismos valores de fe y fraternidad.

—Mi querido Mercurino —dijo la mujer—, vuestro ideal es loable, pero, honestamente, ¿pensáis que puede ser llevado a cabo? ¿Un solo hombre gobernando Francia, Inglaterra, África incluso?

—Todavía no bajo el mandato de vuestro sobrino, sin duda. Pero es el destino perfecto y cada decisión debería encaminarse hacia él.

—¿Y me reprocháis a mí no poner la mirada en lo mundano? —preguntó ella volviéndose a Carlos. Su tono adquirió de improviso un matiz oscuro—. El Imperio se convulsiona, necesita de un gobernante por derecho, y no de un mero regente. Vuestra quimera bien puede abocaros a perderlo.

El secretario de Margarita se asomó para anunciar que Fernando les esperaba ya en la sala de consejos. Gattinara y la mujer se pusieron en marcha. Al césar le costó un poco más reaccionar, sumergido en mil pensamientos como le había dejado la última frase de su tía.

La luz de la sala del consejo era sombría a pesar de que la mañana había llegado a su hora plena. A Carlos le resultó extraño: cada objeto de la estancia reflejaba un tinte grisáceo, y no los mil matices de color que conseguía revelar la luminosidad española.

El hermano del césar abrió la reunión dando cuenta de las dificultades que acuciaban al Imperio. Su relato fue minucioso, propio de un experto en la cuestión, pues lo era, y al referirse a la amenaza turca —cosa que hizo en varias ocasiones— se encendió en sus formas, dando a entender que en realidad eso constituía el único problema verdadero. Carlos le escuchó con atención y esperó a que callara para intervenir.

—Hemos de abordar sin demora la cuestión religiosa —dijo.

—No he hecho otra cosa que mencionar la defensa de nuestra fe —replicó su hermano.

—Sabéis que me refiero a los seguidores de Lutero. Me comprometí con el Santo Padre a dar prioridad a esa batalla.

—Calculasteis mal entonces cuál es el mayor peligro. Si hostigáis a los reformistas el Imperio se agitará aún más. Y ese conflicto lo debilitará. ¡Solimán no dudará en aprovecharse de ello!

Carlos se sulfuró. Fernando le rebatía con un tono de suficiencia que venía a constatar que el césar, con su larga estancia en España, había perdido el derecho a opinar sobre el Imperio.

—No pretendo dividir a los alemanes —dijo el de Gante—, sino fusionarlos de nuevo.

—¿De qué modo? No pretenderéis usar la fuerza.

—Le propondré al Pontífice la celebración de un concilio. No dudo de que las diferencias entre unos y otros pueden encontrar un suelo común.

Fernando sonrió con ironía.

—¡El Papa nunca se avendrá a vuestra petición! Jamás prestará oídos a quienes le señalan como el causante de los males.

El emperador buscó el respaldo de Margarita con la mirada, pero en su rostro solo percibió el malestar por asistir a un nuevo desencuentro entre quienes deberían entenderse.

—Olvidaos de los luteranos por un tiempo y lanzad vuestras tropas sobre el turco —siguió Fernando—. ¡La herejía resulta un mal menor frente a la invasión del infiel!

Carlos contempló a su hermano, que, aunque con apenas veintisiete años, destilaba gestos graves, de hombre maduro que ya ha aprendido las lecciones importantes de la vida. Las trayectorias personales de ambos corrían paralelas, ya que los dos se habían casado recientemente y habían sido padres de sendos varones —el pequeño Maximiliano había nacido apenas unos meses después que Felipe—. Sin embargo, el césar consideraba que su hermano no tenía derecho a hablarle como a un igual, y no solo por la diferencia de títulos que gastaban ambos, sino porque las responsabilidades de cada uno eran del todo dispares. Regir un Imperio resultaba una labor ímproba, sin duda, pero Carlos tenía bajo su mando media Europa y los territorios indianos, y ese poder formidable exigía unas miras amplias que tan solo Gattinara y él eran capaces de entender. Los demás no veían más allá del dominio que pisaban.

—Siempre enriquece escuchar opiniones contrarias, aunque

sean desatinadas. Cuento con vuestra ayuda para que los reformistas tomen parte en el concilio.

Fernando se limitó a abandonar el despacho sin mediar palabra. El emperador miró entonces a su tía, quien entendió que, en ese momento, en la mente de su sobrino no cabía otro sucesor más que Felipe.

El consejo se dio por terminado y se pospuso hasta la tarde: no había ánimos para nada más. Cuando Margarita y Carlos abandonaban la sala oyeron un golpe pesado y seco tras ellos. Al volverse vieron que Gattinara se había desplomado en el suelo, donde yacía inconsciente.

Cuando a la noche volvió en sí, el consejero advirtió que Carlos estaba a su lado, con semblante de preocupación. Gattinara empleó parte de sus pocas fuerzas en sonreírle.

—El viaje desde Italia ha sido agotador —dijo el césar—. Debí haberos obligado a descansar tras el mismo. No saldréis del lecho hasta que hayáis recuperado el brío.

—No saldré del lecho, majestad.

A Carlos se le heló la sangre.

—¡No digáis tal!

Sin embargo, el emperador hizo entonces memoria, y recordó las numerosas señales de declive que, en los últimos tiempos, había mostrado el consejero: las pausas innecesarias en medio de las conversaciones, el caminar arrastrado, un apetito menguante, las largas siestas de las que regresaba sin que la fatiga le hubiese abandonado. Le asió de la mano.

—Necesito de vuestras lecciones.

—Aún tengo tiempo de daros una más…

Carlos se emocionó. De repente la certeza de la despedida se materializó entre ellos, y solo el italiano parecía estar preparado para acometerla.

—Dudad de lo que os he enseñado. Vuestras incertidumbres son sanas, siempre os lo remarqué. Incluso las grandes ideas son solo eso, ideas.

—¿Pretendéis abandonarme y dejarme, además, sin convicciones?

—No. Guardadlas. Pero no os cerréis a que otras mejores las sustituyan si persiguen un bien mayor. Quizá vuestra tía lleva razón, majestad.

El césar sabía que Gattinara se refería a Fernando.

—Os lo ruego, quedaos.

La vista del consejero pareció nublarse. La vida se le iba por momentos. Y aun así, esbozó una última sonrisa, la más complacida que Carlos le viese jamás.

—Bolonia fue mi destino, veros coronado por el Santo Padre. Cuando un hombre alcanza su meta, lo mejor que puede hacer es retirarse, del todo.

Por lo visto la satisfacción del italiano era cierta, porque cuando al día siguiente falleció, lo hizo con el rostro sereno de un hombre sin cuentas pendientes. Carlos le lloró en la penumbra de su cuarto, aunque su tristeza no carecía de trazas de dicha, pues se sabía privilegiado por haber gozado de la influencia de aquel que le sacó de sus vacilaciones para otorgarle una misión en la vida.

El lugar de Gattinara en el mundo fue ocupado por un niño que nació en Castilla. Su madre, Isabel de Portugal, lo recibió con gran alegría, porque no solo se trataba de un nuevo hijo, sino también de un alivio a la soledad lacerante que padecía por la ausencia de su esposo. Le llamó Fernando. El chiquillo lloraba de más y se resistía a alimentarse como era debido, pero la emperatriz lo adoró desde que sus pequeños ojos turbios reflejaron los suyos. Necesitaba encauzar el amor que no podía darle a Carlos en otro ser, y aunque amaba con devoción al primogénito, Felipe, el nuevo hijo acabó de colmarla. Apenas se alejaba del pequeño, las melancolías de la separación y el preguntarse cuándo acabaría esta regresaban con obstinación. Lo cierto era que aún no había hecho de España su sitio. A veces sentía nostalgia de Portugal, de compartir un pasado con aquellos que la rodeaban. Sin embargo, tanto Fadrique de Alba como Francisco de Borja —que había sido nombrado su caballerizo mayor— se afanaban en mitigar su desconsuelo. El segundo, aunque seguía amándola, sublimaba sus sentimientos en forma de obediencia y servicio. El duque resultaba la mejor ayuda para los asuntos de gobierno, aunque en los últimos tiempos Isabel le eximía de algunas tareas, porque la edad del aristócrata pedía sosiego.

Cuando se recuperó del nacimiento de su hijo, Isabel retornó a sus obligaciones, antes de lo aconsejado. No le habría importado pasar el día y la noche con la nueva criatura acurrucada en su pecho, pero detestaba sentirse ociosa. En el primer consejo que atendió tras el parto, los asuntos a tratar tuvieron que ser dejados al margen, pues llegó la noticia de que Barbarroja había atacado las costas mediterráneas españolas. No era la primera vez que ocurría. Aunque las islas Baleares ya habían sido asaltadas varias veces por el pirata otomano, en esta ocasión la virulencia había sido mayor, lo que de por sí significaba un aviso de poderío, además de una advertencia de que las incursiones se repetirían. Muchos habían llegado a asumir esa fatalidad. No era el caso de Isabel.

—¿De qué puerto zarpan los navíos turcos que nos hostigan? —inquirió ella.

—Del de Argel, mi señora —respondió el duque de Alba.

La emperatriz elevó la mirada; sus ojos se fijaron en los del noble.

—¿Atacarlo? —entendió él.

—¿Qué otra manera tendríamos de impedir sus acometidas?

El duque estaba asombrado. Había esperado guiar a una regente sin criterio ni empuje, a una dama desconcertada continuamente, pero Isabel resultaba todo lo contrario: se interesaba por todas las cuestiones de la gobernación y mandaba con voz firme. Incluso en ese momento, con el cuerpo aún frágil por el alumbramiento, se mostraba decidida como un general de cien galones.

—Solicitaré al emperador que apruebe mi decisión.

—En el caso de que estuviese de acuerdo con vos —añadió Fadrique—, siento recordaros que la Corona no dispone de caudales para realizar un asalto en óptimas condiciones. Aún queda para recuperarnos de las guerras con Francia.

—Estos reinos se desvivieron cuando hubo que apoyar la protección de Viena —dijo ella—. ¿Dudáis de que responderán a nuestra petición, ahora que la causa es su propia defensa?

La carta con destino al Imperio salió de la corte a las pocas horas, tras lo cual Isabel se retiró a descansar junto al pequeño Fernando, que se mostraba de nuevo quejoso e inquieto, puro nervio. Parecía presentir que, en esos instantes, un navío al mando de Barbarroja partía de Argel con destino a España. Su armamento había mejorado con respecto a la última incursión, gracias al aporte de su benefactor secreto: el rey de Francia.

A Leonor le gustaban los jardines de Amboise. Desde que llegara a la corte gala, había pasado en ellos la mayor parte de las horas de luz. La otra opción habría sido encerrarse en su cámara, y no quería acabar como su madre, demasiado hecha al aislamiento, triste y perdida para el mundo exterior. Hacía semanas que había descartado hacer más vida que la justa con su nueva familia. Luisa de Saboya la trataba con un respeto intachable pero gélido, como si fuese una autómata con un repertorio de tres gestos y ninguno más. El rey, tras la consumación de su matrimonio, había desaparecido de su alcoba para no volver a ella. También él le dispensaba cortesías, de modo que Leonor no encontraba ninguna ofensa concreta de la que quejarse. No podía exigir que la amaran, y menos aún que su unión hubiese sido deseada y no el medio para conseguir la paz con Carlos. Quizá así fuese la vida de muchas reinas y que ella acusara a tal escala la indiferencia se debía a su tendencia sentimental, a sentirse prescindible y demasiado sola, tanto que, a veces, la idea de la muerte llegaba a consolarla.

En los jardines, sin embargo, respiraba. Por fortuna, en numerosas ocasiones el delfín Enrique se unía a sus paseos. El muchacho, de doce años, era el único en esa corte que le mostraba afecto, del mismo modo que solo Leonor se preocupó por él en

Madrid, durante su cautiverio. Por un momento ella olvidaba cuánto echaba de menos sentirse querida por muchos y también que, lejos de allí, en Portugal, una niña crecía guardándole rencor.

Francisco no reparaba en la desazón de su esposa; le importaba demasiado poco como para molestarse en descifrar sus sentimientos. A decir verdad, no actuaba con ella de modo distinto al que empleara con la difunta Claudia. El matrimonio se le antojaba una cuestión de Estado; el amor y el deseo habían de encontrarse lejos de él. Sin embargo, su indiferencia hacia Leonor respondía a otras causas, sobre todo a que no podía sacarse de la cabeza, al ver a su esposa, la existencia de su hermano. El caso era que la paz firmada en Cambrai había resultado tan ingrata para su reino que su inquina hacia el emperador no había decrecido ni un ápice. Sin embargo, los repetidos fracasos le habían disuadido de lanzar nuevos ataques. No se arriesgaría a sufrir más derrotas, y a que su poder menguase en consecuencia. Respaldar en secreto a Barbarroja en sus asaltos a las costas españolas había resultado una solución perfecta: inversión escueta, reputación intacta y grave daño a las posesiones del emperador. Cierto que no podía reconocer públicamente la victoria, y que a los ojos de todos seguía siendo el eterno segundón de los gobernantes europeos; pero por el momento le bastaba con satisfacer su deseo de no parar, jamás, de castigar a aquel a quien odiaba.

Entretanto, en la corte imperial, María, como su hermana Leonor en Francia, buscaba el sosiego en los paseos. Estaba agotada por las largas horas que dedicaba a cuidar de su tía Margarita, cuya herida se había infectado y le estaba ocasionando fiebres altas. La hermana de Carlos agradecía esas caminatas diarias, en las que podía dedicar pensamientos a sus propios dolores, los que arrastraba desde la muerte de su esposo.

Una tarde se percató de que, a un lado del sendero por el que siempre caminaba, se había apostado un carruaje. De él descendió un hombre al que María reconoció al instante: se trataba de

Federico de Sajonia. La mujer se preguntó qué estaría haciendo allí, pero cuando llegó a su altura y el noble la saludó con una reverencia, supo que la estaba esperando.

—¿Permitís que os haga compañía durante un trecho?

Caminaron juntos siguiendo el sendero, que desembocaba en una explanada. María se percató de que él acarreaba un documento enrollado.

—Entiendo que queréis hacer llegar a mi hermano alguna cuestión.

—Os equivocáis, señora, la destinataria sois vos.

—¿Yo? —preguntó ella al tiempo que el duque le ofrecía el documento.

—Os supongo familiarizada con las ideas de Lutero. ¿Qué opinión os merecen?

María contempló el documento con ojos nuevos, mostrando cierta reserva. Tardó en contestar.

—No niego que algunas de sus propuestas resultan sugestivas. Se agradece que haya quien lea las Escrituras buscando la pureza.

La hermana de Carlos no estaba fingiendo su interés. Las ideas reformistas casaban con su personalidad austera, y durante el duelo se había sorprendido encontrando desahogo en algunas de ellas.

—Se trata del nuevo texto de mi protegido. Desea que lo leáis y que, si os place, aceptéis que os lo dedique.

El sendero se desdibujó ante ellos; no había más trecho que recorrer. Delante apareció el claro, inmenso y moteado con peñas. Siempre que lo alcanzaba María pensaba en lo mucho que se asemejaba al campo de batalla en el que su esposo había fenecido.

—Solo os prometo que lo leeré.

Federico asintió. No se molestó en pedirle discreción, pues, de saberse, la única perjudicada sería ella. María se le antojaba una buena mujer, y en cierto modo le dolía utilizarla para plantar la semilla de las desavenencias entre los Habsburgo. Pero hacía tiempo que su empeño le había restado escrúpulos.

El duque se ofreció a llevar a María de regreso a la corte. Había de reunirse con el emperador. A él también le entregaría un texto, pero con una finalidad muy distinta: se trataba de un compendio de las peticiones de los reformistas que el césar deseaba presentar en Roma, con el fin de animar al Papa a celebrar el concilio. Tal y como le había solicitado el emperador, el escrito estaba redactado en un tono sosegado y reflexivo, y en ninguna de sus líneas se podía interpretar injuria alguna hacia el Santo Padre.

Ya en el salón de audiencias, Federico lo ojeó para hacer tiempo mientras aguardaba a Carlos. Seguía sin contaminarse de las ideas luteranas, pese a ser quien más próximo en el mundo se encontraba de su generador. Sin embargo, las defendía con apasionamiento, apelando a la libertad de conciencia y a los innegables extravíos del Vaticano. Lo último que deseaba era la celebración de un concilio: ¿en qué quedaría la independencia de Alemania, que él tanto deseaba, si los reformistas se amistaban con el Papa? Ese entendimiento solo prolongaría la autoridad del Pontífice en el Imperio, aunque la ejerciese de una manera más amable. Y lo que pretendía el de Sajonia, por encima de todas las cosas, era que su gente se gobernase a sí misma; o, mejor dicho, que sus príncipes, entre los que se encontraba él, mandaran sin la injerencia romana, que tan costosa era además para sus arcas.

Carlos hizo su entrada sin ceremonias, como si tuviera prisa. Al príncipe ni siquiera le dio tiempo a hacer más que el amago de una reverencia. De golpe el césar se plantó ante él, solicitándole el texto.

—Permitidme.

El emperador repasó el documento, y mientras lo hacía, percibió que el noble estaba desconcertado por sus modos. El rencor que el césar le guardaba por haber protegido a Lutero le impedía tratarlo de otro modo; bastante había de contenerse para no reprenderle por ello, todo fuera por no abrir más la grieta entre los reformistas y él.

—Nos congratula teneros de vuelta. Vuestra ausencia ha sido… prolongada. Mas he de decir que su alteza Fernando se desempeña como un gran hombre de Estado.

Carlos, molesto por el comentario, levantó la mirada del escrito.

—Sabed que mi voluntad de paz excede a lo que el Papa desearía —dijo—. Si este conflicto acaba con una reconciliación, como supongo que todos deseamos, habrá sido por mi empeño en que así sea. El concilio es la única forma de evitar el desastre. —El emperador clavó sus ojos en los del noble—. Incluso hay quien debería felicitarse por mi generosidad, que no castiga lo que otros jamás perdonarían.

El de Sajonia se sonrió.

—Os aseguro, mi césar, que doy gracias a Dios cada día por ser vuestro vasallo. Mas que el contento sea mutuo, pues los levantamientos que hubisteis de padecer en otros reinos, aquí apenas quedan en sermones de iglesia.

Las palabras de Federico resonaron en la mente de Carlos durante el resto de la jornada. Era evidente que en ellas se escondía, y apenas disimulada, una amenaza. Pero lo cierto era que el documento transmitía un anhelo de paz, y el carácter desafiante del aristócrata no era capaz de ensombrecer esa buena noticia.

Caía la noche cuando el emperador, tras la cena, se reunió a solas con su hermana. Al verlo entrar en la estancia, María guardó apresuradamente el texto de Lutero.

—Tengo buenas noticias para vos —anunció él.

—¿Nuestra tía ha mejorado?

Ojos vivos y bondadosos, pensó Carlos.

—Seréis reina de Escocia.

María llevó la mirada hacia el fuego que calentaba la sala. Permaneció durante largo rato contemplándolo, hasta que dio con la respuesta adecuada.

—¿Por qué?

—Inglaterra se escapa de la influencia de Roma. Ese desgraciado de Enrique no parece tener reparos en seguir adelante con su insania. Hemos de establecer lazos firmes y duraderos con las islas, garantizar la salud de nuestra fe allí. Y el rey Jacobo es el más ortodoxo entre los hombres.

—Es demasiado joven...

—Su soltería es lo único que importa. La oportunidad es magnífica.

La mujer sintió que se ahogaba. La única forma que había encontrado de vivir con el dolor de su viudedad era el sosiego y la compañía de los suyos. Se imaginó en Escocia, rodeada de extraños, obligada a mostrarse encantadora a pesar de lo que el corazón le pidiera y teniendo que entregarle a un desconocido el cuerpo que aún anhelaba a su esposo a cada instante. La idea de Carlos la abocaba a una existencia de fingimiento y soledad.

—No me casaré con él —sentenció María—. Llamadme egoísta, pero una ventaja diplomática no compensa tamaño sacrificio.

El césar no dio crédito a lo que acababa de oír.

—¡Os creía más responsable que nuestra hermana Leonor!

—Dispuesta estoy a serviros en lo que necesitéis, mas no de ese modo.

Se midieron con la mirada antes de que ella saliese con la cabeza bien alta. El emperador se sintió condenado a vivir una y otra vez la misma situación: la que le convertía en un cabeza de familia tiránico y despiadado. Pero sabía que no podía ceder. La agitación religiosa en Europa exigía que los católicos se agrupasen. Eso les reforzaría de cara al concilio. Dios les había marcado un destino de reyes, y su misión estaba por encima de los sentimentalismos. Por esa razón se encontraba él en el Imperio y no donde deseaba estar: en España, junto a su esposa e hijos, a uno de los cuales ni siquiera había conocido aún. Pero Carlos necesitaba de los otros para llevar a cabo sus tareas. ¿Cómo podía regir unos dominios tan vastos si María, como antes Fernando, le cuestionaban y se rebelaban ante sus decisiones? Nadie parecía entender la importancia de una autoridad firme. Quizá creyeran que el césar encontraba un cierto disfrute en el despotismo, cuando ocurría todo lo contrario.

—Haréis un gran servicio a nuestra fe. Os estaré eternamente agradecido —zanjó él antes de que su hermana atravesara el umbral de la sala.

Esa noche, mientras le limpiaba el sudor de la frente, la hermana del emperador se desahogó con su tía. No pensaba casarse con Jacobo, ni con ningún otro hombre, en lo que le restaba de vida. Margarita, que tiritaba como una hoja al viento a pesar de encontrarse bajo gruesas capas de abrigo, reaccionó ceñuda.

—Si vuestra viudedad aún os duele se debe a que no habéis casado de nuevo. Mas esa cuestión es secundaria: Carlos está en lo cierto, se trata, sin duda, de un matrimonio conveniente. Tampoco él casó con más razones que el deber.

María se sintió desamparada. Nadie parecía respaldar su deseo de soledad. Fantaseó con retirarse a un convento, donde vivir hasta el fin de sus días disfrutando del sosiego y de pequeños placeres austeros, bajo una rutina férrea en la que no hubiera lugar para que nadie le trastocase la vida.

Por si no le bastase con decepcionar tan solo a uno de sus seres queridos, Carlos rechazó, sin ofrecer demasiadas excusas, la idea de su esposa de atacar la base de Argel. Una acometida contra el turco contradeciría su compromiso con el Papa de solucionar, antes que cualquier otra cosa, la cuestión luterana. A decir verdad, no era tampoco su costumbre tomar la iniciativa en la contienda; el césar, pacifista, gustaba más de defenderse de los golpes que de propinarlos. En la misiva que envió a Isabel todas esas razones se escudaron bajo la excusa de la falta de medios. No estaban las arcas para acometer empresas de ese calado. El césar prometía, eso sí, ocuparse del problema en cuanto regresara a España.

Aunque entendía los argumentos de su esposo, Isabel sintió por primera vez una quiebra de la armonía entre ambos. La distancia física se traducía en incomprensión. Carlos, en el Imperio, era incapaz de prever la amenaza que se cernía sobre las costas españolas. Además, la visión del emperador se le antojó semejante a la de un hombre al borde de la ceguera: tan solo distinguía las grandes figuras, sin apreciar los detalles, pues lo que a él se le exigía era una visión privilegiada y, por lo tanto, incomprensible para el resto. La emperatriz se ofendió también por el tono ligeramente paternalista con el que su esposo le contestaba. Trataba de disimularlo, pero no parecía haber considerado en demasía su propuesta. ¿Es que acaso no se fiaba de su criterio? En todo caso no le molestaba el trato de su marido tanto como le preocupaba lo que pudiese ser de España si se seguía dejando hacer al pirata.

Tan solo le quedaba rezar.

Fue durante una de sus oraciones que Isabel escuchó un grito en palacio. Sin duda de mujer; quizá de una criada, pensó. No volvió a oírse nada extraordinario durante un rato, así que siguió con sus plegarias. Poco después, sintió que llamaban a su puerta —luego recordaría una y otra vez esos instantes previos a conocer la tragedia y envidiaría la despreocupación que conservaba entonces—. Quien se presentó ante ella fue Francisco de Borja. Se notaba que su caballerizo mayor había estado llorando y que se esforzaba en no seguir haciéndolo. También notó que temblaba ligeramente, como un enfermo. Isabel le vio mover los labios, pero no entendió del todo lo que decía. Hablaba de un crío, de un crío muerto; y lo hacía en pasado, impidiendo toda esperanza. Sin saber bien cómo había llegado hasta allí, Isabel se descubrió al cabo de un rato ante un camastro infantil, en el que había un cuerpecito petrificado que le recordaba al de su pequeño Fernando. Pero no podía ser él. Su hijo siempre se movía, además la miraba, y mucho. También se aferraba a sus ropajes y le arañaba la cara con sus uñas como de papel; y luego gorjeaba, o lloraba, o se reía como si supiera más de lo que podía saber un bebé de pocos meses. Aquello que descansaba en la cuna no hacía nada de eso, porque era solo un objeto, destemplado y sin color. Isabel no concebía que ese ser inerte pudiera ser Fernando, y de hecho le costó entenderlo durante días, a pesar de que había evidencias de que su hijo había muerto: el luto que se había impuesto en la corte, la ausencia del pequeño, las lágrimas de su hermano Felipe, la sensación de amputación que sufría en el alma la emperatriz. Cuando hubo de escribir a su esposo para darle cuenta de lo ocurrido, las palabras le ayudaron a tomar conciencia de la realidad de la desgracia. Lloró redactando esa carta y también los dos días siguientes, desde el alba al anochecer. Echaba tanto de menos el consuelo de Carlos que se notaba enfadada con él, aunque era consciente de que su emoción resultaba injusta. Ante los demás trataba de guardar la compostura, pero lo cierto era que por un tiempo, y por primera vez en su vida, le resultó indiferente mostrarse débil, porque así se sentía: arrasada, asombrada de que existiera un dolor mayor que la misma persona que lo padecía, y frustrada por ser tan solo una mujer y no poder cambiar las reglas de la vida y de la muerte.

El mismo día que recibió la contestación del emperador a su misiva, Isabel decidió volver a tomar parte de los consejos. A decir verdad, en la carta de Carlos no encontró gran consuelo. El césar, con excesiva serenidad, le recomendaba superar el duelo lo antes posible. Isabel asumió su desafío, no sin enfado. En las primeras reuniones de gobierno le costó prestar atención y tomar decisiones, pero durante una de ellas enunció su voluntad de recaudar fondos para la campaña de Argel, a pesar de que su esposo no había puesto aún fecha a esa empresa. A la emperatriz le alivió imponerse una misión y no tardó en entregarse a la misma en cuerpo y alma. De esa manera su vida poseyó de nuevo algo semejante a un sentido. No podía salvar a su familia de los caprichos de la providencia, pero haría lo que estuviera en su mano para proteger a sus otros hijos: los españoles.

—¿Un concilio? ¿Para discutir esta sarta de herejías? ¡Una santa hoguera resultaría mucho más conveniente!

El Papa, con una mueca de repulsión, echó un nuevo vistazo

al documento en el que se enumeraban las reclamaciones de los protestantes. Lo dejó caer a plomo sobre su escritorio y no volvió a mirarlo jamás. Montmorency, con quien estaba reunido, se arrellanó en su asiento y se dispuso a disfrutar del espectáculo.

—La petición del emperador no deja de tener sentido —dijo el galo—. Sin embargo, Francia podría negarse a respaldarla.

El Pontífice contempló a su interlocutor con ojos ávidos. El concilio le aterrorizaba no solo porque, como argumentaba, significaría prestar oídos a los herejes, sino porque podría aprovecharse para juzgar su papado, al cual no costaría encontrarle fallas.

—Os interesa tan poco como a mí —replicó—. De pacificarse el Imperio, el emperador vería su poder reforzado. Dudo que eso os complazca.

El consejero francés no movió un músculo.

—Os pido apoyo —siguió Clemente, bajando el tono—. Y asumo que algo he de otorgaros a cambio.

A esas alturas, los galos y el Santo Padre tendrían que estar enemistados. Su última colaboración había acabado en desastre para los dos, y lo cierto era que tenían mucho que reprocharse. Pero, de guardarse rencor, únicamente beneficiarían a Carlos, que sin un frente poderoso sería capaz de engrandecerse aún más. Bien valía obviar sus mutuas quejas con tal de cortarle las alas al césar.

—¿Qué sugerís? —preguntó el consejero.

El Papa fingió meditarlo, aun cuando hacía tiempo que barruntaba la idea.

—Una alianza erigida sobre un buen casamiento: el de mi sobrina, Catalina, con el príncipe Enrique.

Montmorency asintió complacido. Garantizarse la armonía con Roma pintaba el futuro de Francia con colores alegres.

—Provechosa unión, al menos a mis ojos, mas... ¿De qué modo justificaréis no respaldar las intenciones del emperador?

El Santo Padre hizo un gesto para que su secretario se llevase el texto de los protestantes. Luego sonrió al galo.

—Su hermana nos ha proporcionado la excusa perfecta.

La negativa del Papa no tardó en llegar al Imperio y caer sobre Carlos como una losa. El césar llevaba días con el ánimo turbio. Por primera vez había perdido un hijo, y las obligaciones le habían impedido ir a Castilla a velarlo y a consolar a su esposa, a quien, por la misiva que le había enviado, sabía hundida. Aunque había tratado de mostrarse entero, ante ella y ante el mundo, lo cierto era que esa actitud no constituía sino una máscara que se le ajustaba mal.

Por si fuera poco, a todo ello se sumaba el hecho de que la salud de ese faro que para él era Margarita no hacía sino empeorar. La infección del corte en el pie se había propagado de manera imparable, y ni siquiera los tratamientos sugeridos por los mejores físicos supieron revertir un proceso que, finalmente, devino en gangrena. Llegado un momento el único medio de que la tía de Carlos esquivase la muerte era la amputación de la pierna envenenada. La mera idea horrorizaba a todos, pero ante ella desdramatizaron la cuestión. Margarita los escuchaba remotos, tras la campana de dolor agudo que la envolvía desde hacía semanas. Sentía su extremidad mordida por dientes de fuego. Solo el láudano aliviaba en cierta medida su tortura, pero había de cuidarse de abusar de él o el descanso que le proporcionaba podía tornarse eterno.

Margarita se negó a ser mutilada. Se aferró a la posibilidad de curarse conservando la pierna, pero era consciente del riesgo al que se enfrentaba. No le comunicó a su familia que su decisión había sido ya tomada y era firme, y la encubrió solicitando tiempo para decidirse. Aunque mantenía alguna esperanza de salvarse, notó que se deslizaba hacia un limbo tenebroso, allí donde aún se existe, pero ya apagándose. No tenía certeza de que ese lugar solo fuese de paso, y por ese motivo hizo llamar a su sobrino Carlos.

El césar se arrodilló junto al lecho. Se estremeció al tomar la mano de su tía y notarla helada. Los ojos de ella estaban orlados de púrpura por la enfermedad y el cansancio.

—¿Por qué os resistís a nombrar heredero del Imperio a vuestro hermano? —musitó ella con voz débil.

—Poco me importa esa cuestión ahora, solo rezo por vuestra recuperación...

—Olvidaos de mí —pidió ella—. Si queréis mi bien, dadle a la familia el valor que merece.

El emperador se sintió incómodo. Le angustiaba discutir con una enferma, y más con una a la que amaba tanto.

—*Ma tante*, vuestro deseo de que premie a Fernando castiga a mi hijo. ¿No es él acaso un Habsburgo también? Desgajar mi herencia...

—Esa es vuestra ceguera: el creer que al legarle el Imperio a vuestro hermano lo estáis perdiendo. ¡Es vuestra sangre! Y os ha sido fiel a pesar de todo.

Carlos hizo un leve gesto de asentimiento, nada convencido.

—¿Aún no confiáis en él? —Margarita estaba perpleja.

El emperador calló. Sabía que no disponía de argumento alguno para justificar el recelo que seguía abrigando hacia su hermano. Incluso le irritaba sentirlo. Parecía que su relación hubiese quedado marcada para siempre por aquellas primeras semanas juntos, en España, cuando Fernando, siendo poco más que un niño, se había dejado cortejar por los opositores de Carlos, algo que, a poco que se meditara, hubiera hecho cualquier adolescente educado para el gobierno. Habían transcurrido años desde aquello, pero la suspicacia no se le había borrado del todo al césar. Quizá no conocía otra forma de mirar a su hermano. Y el rencor, como en otras cuestiones, le hacía sentir seguro.

La noticia de que el Pontífice había rechazado la propuesta de celebrar un concilio no hizo sino corroborar la idea del césar de que el mundo tendía a serle hostil, y de que no solo los extraños le traicionaban. Todavía con la misiva vaticana en la mano, el emperador buscó a María. La halló en los exteriores de palacio, a punto de iniciar su paseo diario. Carlos la alcanzó.

—¡¿Dejasteis que Lutero os dedicara un texto?!

Ella se volvió. Apenas pudo disimular su satisfacción.

—El rey de Escocia se niega a desposar a una hereje como yo, ¿no es cierto?

El emperador entendió la artimaña de su hermana, que ya había intuido, y su corazón alcanzó un ritmo frenético.

—¡Quien se niega es el Papa, a convocar el concilio! Y vos sois la excusa. —Carlos leyó el texto—: «Quien no ha desterrado la herejía de su propia familia, no posee autoridad para imponer sus soluciones».

María enmudeció, aturdida. Jamás había previsto semejante consecuencia. A su espalda se dejó oír entonces una voz masculina.

—¿Qué ocurre?

Alertado por los gritos de enfado, Fernando había abandonado el palacio para unírseles. En los jardines se topó con una atmósfera irrespirable.

—¡Nuestra hermana me obliga a que resuelva el cisma cristiano por la fuerza! —se quejó el césar, nervioso al atisbar el futuro que aquello le deparaba.

—Ignoro lo que le achacáis —respondió el otro—, pero dudo que exista excusa para tomar la resolución que decís.

El emperador salvó la distancia que le separaba de su hermano y, con brusquedad, le entregó la carta del Pontífice.

—¡No habrá concilio! ¿Qué otra solución está en mi mano sino la represión?

Al escuchar esa última palabra, Fernando sufrió un escalofrío en su interior.

—Si el Papa nada hace por la cuestión, no estáis obligado a cumplir con la promesa que le hicisteis de resolverla.

—Me comprometí a velar por nuestra fe no solo ante él, ¡sino ante Dios!

Al hermano de Carlos le encendía que este viviese aislado en el mundo de los valores intangibles, no en el de los hombres, la política y la compleja relación entre ambos.

—Querido hermano, pisad tierra por un momento. ¡Estáis hablando de provocar una guerra en Alemania! ¿No os dais cuenta de que Solimán aprovechará el conflicto para lanzarse sobre el Imperio?

Por la mueca del césar se hubiese dicho que esa idea le resultaba absurda.

—No hay noticia de que tenga intención de hacer tal cosa. Aún ha de estar recuperándose del fracaso de su sitio a Viena. ¡Es el momento de atajar la herejía!

—No contéis conmigo en esa lucha.

María había escuchado muchas veces, por boca de Margarita, el relato de la difícil relación entre sus hermanos. Pero había dado por acabados esos roces de competitividad varonil. Ahora que era testigo de su enfrentamiento, creía estar presenciando un teatrillo del pasado, una obra de inmadurez a la que ella había dado pie con ese truco del que, en ese instante, tanto se arrepentía.

—Con gusto renunciaré a vos —respondió Carlos—. Para luchar contra el hereje, y para nombraros sucesor del Imperio.

Para cuando cayó el anochecer, Fernando había abandonado la corte, donde se instaló un mutismo incómodo, se perdió el apetito y todos se retiraron temprano a sus aposentos.

Cuando la corte ya dormía, Margarita volvió a notar los dientes de fuego cebándose con su pierna, con una furia inusual. Semejaba a lava rociada sobre su piel y mil dagas clavándosele. Las lágrimas le brotaron sin que pudiera evitarlo, y ahogó sus gritos de dolor para no despertar a nadie. ¿De qué serviría que la atendiesen? Le laceraban las miradas de compasión que recibía de sus damas y de sus familiares, y más aún las de María, tan profundamente tristes. Alargó el brazo para hacerse con el láudano, que descansaba en un mueble próximo al lecho. Puso el gotero sobre su lengua y se dispensó la dosis rutinaria. Pensó en lo mucho que tardaría en hacerle efecto, y en lo escaso que sería el alivio ante un ataque como el que estaba padeciendo. Entonces se llevó el frasco a los labios y bebió hasta vaciarlo.

Y reposó, sin remedio.

El sepelio de Margarita poseyó una textura de irrealidad para Carlos. A poco que hiciera memoria, se daba cuenta de que en los últimos tiempos había velado el cadáver de dos personas importantes para él, Chièvres y Gattinara. Aunque en ambas ocasiones le impactó el hecho de ver a un hombre convertido en estatua, no estaba preparado para lo que sintió al acercarse al catafalco de su tía. No había tenido más madre que ella, y dio gracias por que así hubiese sido. De nadie guardaba tantos recuerdos, y los únicos que resultaban dolorosos eran los de las últimas horas, los que habían seguido al chillido de María cuando encontró el cuerpo sin vida y la mano aferrada al frasco de láudano. Carlos descartó que su muerte no hubiese sido accidental. No resultaba propio de una creyente como ella despedirse sin haber comulgado una última vez. Sin duda el dolor la había cegado. Se reuniría con Dios, y se convertiría en su consejera. Esa idea hizo sonreír al emperador y saborear las amargas lágrimas que manaban de sus ojos. Por primera vez, Dios se llevaba una parte de su alma.

Cuando Fernando se presentó para velar a su tía y se apostó junto a la capilla ardiente, también lloró. Los hermanos se miraron de soslayo, pero no intercambiaron palabra alguna. Entre las brumas del desconsuelo, María se percató de ello y se indignó. ¿Cómo era posible que la tragedia no les restase ni un ápice de orgullo? Le vinieron a la mente entonces las últimas palabras que escuchó de su tía: «Convertíos en el hilo que les mantenga unidos». Margarita sabía bien de lo que hablaba; solo su intervención, junto con la de Luisa de Saboya, había puesto fin a las guerras con Francia. Rememorar ese hito la animó a seguir el consejo de Margarita. Lo que los hombres habían separado, de nuevo una mujer habría de reunirlo.

Días más tarde, María escribió a su hermana Leonor para pedirle consejo sobre la cuestión. La entonces reina de Francia conocía mucho mejor que ella a sus hermanos, a los que había tratado durante muchos años. La misiva llegó a la corte de Amboise, pero, al igual que todas las que estaban destinadas a la consorte, pasó primero por las manos de Luisa de Saboya. Cuando la hubo leído, la madre del rey pidió por el alma de su interlocutora en la paz de Cambrai y, acto seguido, se apresuró a contarle a Francisco que en el Imperio estaba teniendo lugar un cisma que podía ser más rentable aún que el religioso. El monarca, que se encontraba disfrutando de un duro entrenamiento de espada con sus hijos, paladeó la crisis de los Habsburgo como si de un manjar se tratase.

Tanto Luisa como Francisco desconocían la sagacidad de Leonor, pues como apenas convivían con ella no habían reparado en sus capacidades. Sabían tan solo que era un mujer inteligente, sí, pero la consideraban pueril. ¿Por qué si no se habría indignado la hermana de Carlos al descubrir que su esposo tenía el hábito de engañarla con una amante? ¿Acaso no había contado con esa costumbre tan regia? Ignoraban que lo que ellos consideraban infantil en Leonor era únicamente sentimental, y por eso no anticiparon que al saberse traicionada respondería del mismo modo.

Cuando el delfín Enrique le contó a la hermana de Carlos, con menos inocencia de la aparente, que el rey galo tenía conocimiento de la fractura entre el césar y Fernando, y que pensaba animar a los luteranos a sacar rédito de ella, la reina se apresuró a informar al Imperio. Le pidió al muchacho que mediase para que la carta llegase a su destino: hacía tiempo que se había percatado de las irregularidades en el lacrado de las misivas que le llegaban. Enrique dudó: si la ayudaba, estaría haciéndole un bien al césar, al que guardaba un rencor infinito por el cautiverio al que le había sometido en Madrid. Pero en ese momento se sentía más en deuda con su madrastra que con su padre, que le hostigaba con ejercicios bélicos. El delfín aceptó, aunque con ese gesto dio por saldada su deuda con Leonor. En adelante solo serviría a Francia, y celebraría los fracasos de España con entusiasmo.

La carta de Leonor, en la que a los consejos sobre cómo tratar el enfrentamiento de Carlos y Fernando se añadió su alerta de la estrategia francesa, encontró sin obstáculos su destino: las manos de María. No pudo impedir que la flota de Barbarroja, debidamente asistida con dinero galo, atacase de nuevo las costas españolas, esta vez en Cádiz. De ese propósito Francisco ni siquiera había dado cuenta a su hijo. La crisis familiar y la ausencia del emperador de sus dominios españoles habían decidido al monarca francés a seguir desgastándole. La ocasión era excelente, además sabía que de la salud de España dependía el Imperio entero. Si la perturbaba, esa guerra en la que él no se mostraba como enemigo podría convertirse en su gran victoria.

Entretanto, en Alemania, Fernando llevaba a duras penas su existencia fuera de la corte. Había creído que alejándose de ella sentiría el placer de la libertad recobrada, pero lo cierto era que la vuelta a la ociosidad se le hacía insufrible. Estaba acostumbrado a intervenir en los asuntos de gobierno, y ahora todo se decidía al margen de él. Cuando se enteraba por casualidad de un problema de Estado su mente, por hábito, reaccionaba de inmediato buscando soluciones; un ejercicio que, para entonces, se había vuelto inútil. Los días quedaban atrás como si él ocupase un carruaje que marchase a toda velocidad, y ante el cual desfilase un paisaje que, aun teniéndolo delante, no podía alcanzar, y que se movía sin pausa, indiferente a su mirada. Le desesperaba.

María le visitaba con frecuencia. A Fernando le agradaba encontrarse con ella, pero sus conversaciones siempre acababan con su hermana exhortándole a volver a la corte. Por eso acabó inventando las excusas más anodinas para no recibirla y evitar tener que decir de nuevo que jamás volvería allí donde se sentía un intruso.

Unas semanas más tarde recibió un mensaje de Federico de Sajonia. No decía mucho: lamentaba el fallecimiento de Margarita de Austria y la situación en la que ahora se encontraba Fernando. En la última línea le invitaba a que se reunieran. Asfixiado como estaba por el ostracismo que padecía, el hermano de Carlos preparó su caballo.

El encuentro tuvo lugar en un bosque frondoso, sin senderos, poco atractivo para paseantes. Era territorio de lobos y otras alimañas hostiles a los humanos.

—¿Qué se os ofrece? —preguntó Fernando al noble—. Os advierto que no deseo que vuestro protegido me dedique libro alguno.

Federico sonrió, sin que se le alterase el ánimo.

—Sabréis que el Papa ha rechazado el concilio.

—Sí.

—Pero dudo que eso signifique que desdeñe el problema luterano. Si la solución dialogada no le complace, es que le contentan otras, que implican sangre.

Fernando intentó dar con una respuesta. Al final todo quedó en un silencio que no hizo sino darle la razón al de Sajonia.

—Sabed que responderemos a cada ataque de vuestro hermano. Incluso nos separaremos del Imperio si llegara el caso. A no ser que este fuese regido de forma muy distinta... Esa de la que soléis hacer gala.

Fernando se sobresaltó al oír el aullido de un lobo. Una vez, en Castilla, había tenido que huir de una de esas fieras. Recordó la carrera desesperada y el jadeo del cánido a su espalda; y la paz que sintió después, al llegar a la corte, todavía temblando pero ya a salvo. Por muchos años que llevase en el Imperio, todo le remitía a España. La oferta de Federico la hubo de escuchar allí cien veces.

—¿Qué os hace pensar que estaré dispuesto a traicionar a mi hermano?

—La forma en que os trata podría azuzaros, ya que a ojos de todos es injusta. Mas no será eso lo que os lleve a aceptar convertiros en nuestro soberano, sino el saber que en manos de Carlos, el Imperio se ve abocado a la guerra y al cisma. ¿Soportará vuestra conciencia esa carga, sabiendo que pudisteis evitarla?

El argumento apenas resultaba diferente del empleado por los españoles que le habían querido ver en el trono. «¡Solo vos podéis salvar España!»

Fernando se preguntó si Dios le estaba dando una segunda oportunidad para enmendar las decisiones del pasado.

Esa fue la primera de varias reuniones entre el archiduque y Federico. El hermano de Carlos, tras meditarlo, había diseñado un plan.

A pesar de que sus encuentros se daban con la mayor de las confidencialidades, los espías del emperador acabaron por descubrirlos. Alertado de que su hermano estaba siendo tentado por los luteranos, el césar había ordenado que se le siguiera. Enterarse de sus citas con el de Sajonia le sumió en un estado de alerta; porque si en Castilla había temido por su lealtad, cuando quienes le apoyaban eran poco más que una banda de aristócratas díscolos, en esta ocasión su hermano bien podía contar con el respaldo de la mitad de Alemania.

La inquietud de Carlos resultaba, en todo caso, menor que su melancolía. Habría querido equivocarse, confiar de una vez por todas en su hermano, seguir el consejo de su pobre tía y convertirle en su sucesor a pesar de que jamás le fuese a abandonar una huella de miedo a la traición.

Antes de que se consumase la sedición, mandó una cuadrilla imperial a la residencia de Fernando, que le detuvo sin que el archiduque mostrase resistencia.

—Quise averiguar quiénes eran los conspiradores y con qué fuerzas contaban.

El césar contempló a su hermano sin pestañear. Fernando tenía un aspecto indigno —la pelambrera despeinada, las vestimentas sin elegancia—, el propio del criminal que es arrestado sin previo aviso.

—¿Me creéis tan cándido como para dar pábulo a esa excusa? —replicó Carlos—. ¡Pensabais alzaros contra mí!

La acusación retumbó en las paredes del salón. María, que seguía la escena, sintió una sacudida.

—Jamás lo haré —sentenció Fernando.

—¡Conozco vuestros anhelos!

—¡Y también mi lealtad! Que no os respalde en cada decisión no significa más que eso. Llegado el momento habría luchado a vuestro lado, ¿acaso lo dudáis? Compartimos fe...

—Y sangre —intervino María.

Los hermanos se volvieron hacia ella molestos por su intervención, pero la percibieron tan afectada por su enfrentamiento que le prestaron atención.

—Nos acechan graves peligros —siguió la joven—. Las intrigas de los reformistas lo demuestran. Si no permanecemos juntos, ¿cómo evitar que nos destruyan sin apenas esfuerzo? Que las vidas de nuestros antecesores no hayan sido en vano. ¡Aprendamos sus lecciones!

El espíritu de Margarita se paseó entonces por la estancia, y aunque no consiguió insuflar toda la paz que hubiese querido ni a Carlos ni a Fernando, al menos logró poner fin a la discusión.

Primero se percibió un rumor lejano. Hubiera pasado por un viento ruidoso si no le hubiese seguido un temblor de tierra. Los centinelas imperiales se apresuraron a mandar emisarios al Imperio. Sus puestos estaban a gran distancia de la frontera húngara que protegían, pero solo si avisaban con premura podían evitar que esta fuese profanada por las huestes que se recortaban en el horizonte. Mientras los mensajeros salían al galope, los guardias se miraron aturdidos. Hacía tan solo tres años que habían vivido la misma situación. Cuando el Imperio recuperó

Hungría, echando a los turcos que la habían invadido, se convencieron de que la pesadilla no se repetiría, al menos por largo tiempo. Lo cierto era que vivir pensando en la amenaza de manera constante les habría resultado un suplicio. Pero la vista de los vigías, atinada como ninguna, no engañaba: el ejército de Solimán el Magnífico estaba de vuelta.

La noticia del inminente ataque de los otomanos ejerció como un bálsamo milagroso en los alemanes, curando sus heridas o, al menos, aliviándolas con la suficiente eficacia como para que, por un tiempo, ni siquiera se notaran. El emperador no hubo de abrir la boca para que su hermano se prestase a colaborar codo con codo con él para organizar la defensa, cada día hasta la madrugada. Trabajando juntos contra la amenaza exterior sus diferencias se les antojaron ridículas. Carlos se sintió avergonzado por haber menospreciado el aviso de Fernando de que Solimán podía embestirles en cualquier momento. Sin duda su hermano conocía mejor que él las leyes de la naturaleza del Imperio. Entendió también por qué se negaba a una pugna frontal con los reformistas cuando el archiduque consiguió la contribución de estos a la defensa contra los otomanos: no se podían permitir convertirlos en sus enemigos; no entonces, con Solimán llamando a sus puertas cada cierto tiempo. El emperador se comprometió a buscar soluciones pacíficas a las discordias religiosas alemanas. Cumpliría con su misión de evitar el cisma de su fe, pero sin que medidas radicales y mesiánicas la ahondaran.

Las fuerzas imperiales que se apostaron en Hungría fueron tantas que los turcos se retiraron sin siquiera plantar batalla. Cuando tuvieron noticia de su desbandada, Carlos y Fernando intercambiaron la mirada que Margarita siempre había querido para ellos.

La alegría del éxito ante Solimán inundó Alemania, y sin duda la corte, aunque una noticia proveniente desde España puso una nota disonante en el ánimo de todos: el duque de Alba, Fadrique Álvarez de Toledo, había fallecido, convirtiendo a su nieto Fernando en el nuevo portador del título. El emperador no dudaba de que ese joven de carisma casi mágico e inteligencia insultante estaría a la altura del honor. Pero percibió el vértigo de haber presenciado, en breve tiempo, la desaparición de toda una generación, que hasta entonces había ejercido de pilar del mundo que gobernaba. Gattinara, Margarita y ahora Fadrique; Dios lo quería desamparado. Sin embargo entendió que, desde el inicio de los tiempos, la muerte había provocado ese mismo temor en cada hombre con el barrido de los predecesores, y que lo nuevo debía imponerse aunque lo hiciese al principio de forma titubeante. La vida misma, con sus reglas implacables, obligaba a ser valiente.

La decisión del césar de nombrar a María regente de los Países Bajos fue del agrado de todos. Si acaso a quien menos complacía era a ella, que hubiese preferido permanecer en la tranquilidad de su sendero hasta el fin de sus días. Pero cuando su hermano le prometió a cambio no ofrecerla nunca más en matrimonio, la mujer aceptó el encargo. Bien valían las responsabilidades si le permitían guardar duelo eterno por su esposo.

—Vos heredaréis el Imperio.

A Fernando se le empañó la mirada cuando escuchó la sentencia de boca de su hermano. No quiso romperse, y permaneció serio, con el gesto de un soldado que recibe la medalla que ansía pero que sabe que merece.

—Tan solo os pido que el honor pase, cuando os llegue el día, de vos a mi hijo Felipe —añadió Carlos.

—Sea.

El archiduque se encontraba demasiado sorprendido por la concesión del césar como para calibrar las consecuencias de comprometerse a esa condición. El momento poseía la magia del final de un camino pedregoso y lleno de obstáculos, en el que ambos habían estado a punto de extraviarse. Apenas cruzaron más palabras que esas. Lo que no se dijeron lo sabían ambos, y se les antojaba adecuado guardárselo para sí: que al fin se encontraban dignos el uno del otro.

Unas semanas más tarde, la corte castellana se vio sumida en un ajetreo frenético. Isabel en persona supervisaba cada detalle de la ceremonia con la que se iba a recibir a su esposo. La emperatriz se notaba nerviosa como una chiquilla. Había soñado con ese momento cada día durante la larga ausencia de Carlos, y lo cierto era que los últimos meses habían sido especialmente duros para ella. Cuando supo que los otomanos se habían apostado de nuevo ante el Imperio y el césar le escribió para solicitar su auxilio, se vio obligada a entregarle la recaudación conseguida para la empresa de Argel. Al hacerlo traicionó la palabra dada a los españoles: el dinero aportado por ellos para defender sus costas de Barbarroja ya no serviría para tal fin. En consecuencia, el litoral se veía condenado a recibir más azotes del pirata turco. Aunque Isabel entendía que no podía negarse a proteger los dominios imperiales de una invasión del infiel, le punzaba que los reinos que ella regía se sometiesen siempre a otros intereses, y nunca a los propios. Decepcionada como estaba por los acontecimientos, el pesar por el fallecimiento del pequeño Fernando quedó al descubierto. Supo que esa sensación de estar incompleta jamás la abandonaría, y que debería encontrar cada día la forma de soterrarla.

—Amada mía.

Carlos hizo su entrada rodeado por un enjambre de pajes, nobles y ayudantes, pero la emperatriz solo tuvo ojos para él. Lo recordaba galante, pero no tanto; y capaz de provocar en ella una sensación devastadora, aunque no esa pasión que repentinamente la recorría.

—Amado mío.

Cuando se abrazaron, Isabel se percató de cuánto le había

necesitado durante todo ese tiempo, de lo cansada que estaba de mostrarse entera aun cuando se resquebrajaba por dentro. Refugiada en su pecho, fuera del alcance de las miradas de los testigos del encuentro, lloró por el que llegaba y por el que jamás volvería.

12

Aquella tarde, las nubes del cielo de Valladolid estaban teñidas del naranja más intenso que el emperador hubiera visto jamás. Por eso detuvo su caballo y se ensimismó mientras las contemplaba. España le sosegaba el alma con sus colores y su clima siempre propicio. Atrás quedaba la convulsa estancia en el Imperio, y lo cierto era que no lo añoraba. Todo lo que necesitaba, y aquellos a quienes más amaba, se encontraban bajo esos algodones afrutados de Castilla.

Isabel, también a caballo, se colocó a su altura. Carlos la miró y deseó besarla. La luz del atardecer daba vida al semblante pálido y fatigado que ella lucía últimamente. Su belleza seguía intacta, sin duda, pero cuando el sol no la maquillaba se percibía que poco quedaba de aquella princesa sin preocupaciones que llegó desde Portugal, pues había devenido en una regente entregada a su labor y una madre con heridas en el espíritu. El matrimonio disfrutó en silencio del espectáculo del cielo. A ambos les gustaba callar juntos; les bastaba con notar la proximidad del otro para contentarse.

Poco después, el césar se puso en marcha. Su esposa, en lugar de seguirlo, echó la vista atrás. El pequeño Felipe se entretenía buscando aves, custodiado por Francisco de Borja.

—Nada va a ocurrirle porque os alejéis un trecho. Dejadle que cace —dijo el de Gante.

—No caza aves: las recoge. Disfruta estudiándolas.

El emperador hizo un mohín de disgusto. Su vuelta al hogar había sido feliz, pero no había tardado en percatarse de que, en su ausencia, Isabel se había convertido en una madre demasiado protectora y Felipe, en un niño tierno en exceso para el destino que le esperaba.

La emperatriz se volvió y percibió el reproche en el semblante de su esposo.

—Quien ha sufrido una pérdida teme que llegue otra —se justificó ella, al tiempo que se decidía a ponerse en marcha para seguir a Carlos.

—No añadáis a la desgracia el castigo de vivir con miedo a que se repita.

—Vos no hubisteis de enterrar a un hijo —replicó Isabel con un tono tajante y visceral.

Él se mostró ofendido.

—¿Creéis acaso que yo no lo sufrí?

—No os acuso de inhumano. La distancia no permite que llegue el daño. Ni el de nuestro hijo, ni tampoco el que padecen estos reinos.

—Argel... —entendió Carlos.

—Habéis de arrasar ese avispero de infieles, o nuestras costas serán suyas antes o después. ¿Por qué España ha de sacrificarse siempre por el Imperio?

—Vuestras miras son cortas, mi señora. —Ella, encendida por el comentario, iba a replicar cuando el césar se le adelantó—: Las propias de quien rige un solo dominio. Yo gobierno un sinfín de ellos. ¡Un césar no puede juzgar cada apuro como lo haría un hombre!

El emperador pensaba en Carlomagno. Desde que fuera coronado en Bolonia, le tenía presente a diario, y cuando vacilaba solía preguntarse qué habría hecho el Grande en su lugar. Se miraba en él porque en el presente no hallaba ejemplos con que guiarse, pues no existía hombre alguno que gozara del poder que él ostentaba. La soledad que sentía como defensor de la fe contribuía a que buscara amparo en tiempos legendarios, ya que únicamente un talante sobrehumano le permitiría hacer frente a reformistas, a papas que le guerreaban, a ingleses irreverentes y al temible Imperio turco. Tal responsabilidad le había angustiado hasta que, con la reciente retirada de Solimán, tuvo la certeza de que Dios le estaba ofreciendo convertirse él mismo en leyenda. Por eso le ponía en tales aprietos y le desposeía de aliados. La Providencia le empujaba a la grandeza, y lo cierto era que únicamente creyendo que era el heredero en espíritu del primer emperador se sentía con fuerzas para afrontar los miles de problemas que le asaltaban, uno solo de los cuales habría angustiado hasta el delirio a un hombre corriente.

Además, mediante la comparación con el Magno se hacía cargo también de sus fallos. Cuando leía el relato de la vida de aquel se sentía algo avergonzado por no haber bajado jamás al campo de batalla. En Valenciennes, ante las tropas de Francia, había permanecido en la retaguardia, y al saberse amenazado por la embestida gala se había retirado de inmediato: ¡había huido! Carlomagno apenas había esquivado nunca un combate; su espada *Joyeuse* se gastó derrotando contrarios. Fue así como se había forjado su leyenda, pisando la tierra ensangrentada. ¿Cómo iba él a resultar imponente a sus muchos enemigos si se limitaba a administrar sus dominios desde un despacho, como un mero jurista? Su poder exigía crearse ya en vida un mito que impusiese a sus rivales y envalentonase a sus huestes. El gobernante bonachón y pacífico que había sido hasta entonces no encajaba con la exigencia que Dios le había asignado.

—La posteridad me juzgará, Isabel.

—También lo hará el presente —dijo ella categórica.

Tras haberse reencontrado con su esposo, la emperatriz se había olvidado por unos días de las congojas que había padecido mientras él estaba ausente, pero la nube en la que vivieron juntos durante las primeras jornadas se fue disipando, y la honestidad fue ganando terreno. Ella dudaba de que guardándose sus quejas fuese a ser mejor esposa o regente. La complacencia no formaba parte de su carácter, ni resultaba útil.

El emperador azuzó a su caballo. Isabel detuvo el suyo y se

volvió hacia allí donde se encontraba su hijo; se habían alejado tanto que Felipe apenas era ya un punto en el horizonte.

—Volvamos.

Pero el césar no solo siguió adelante, sino que ganó en velocidad.

—Aún no. Dejad que huya de tanto reproche.

La emperatriz no le siguió. Se quedó contemplando cómo él cabalgaba cada vez más rápido, hasta alcanzar un ritmo frenético. La imagen le causaba una extraña desazón, por lo que resolvió darle la espalda para regresar junto a su hijo. Poco a poco el punto lejano que era Felipe se fue agrandando. Isabel oyó entonces tras de sí un sonido confuso: el relinchar de un caballo que se mezclaba con un grito, y luego un ruido brusco tras el que llegó un silencio denso. Al volverse, la mujer distinguió al caballo de Carlos, que cabalgaba ahora sin carga, y a su esposo estrellado en el suelo, inanimado.

Los mejores físicos de la comarca respondieron de inmediato a la llamada de la Corona: el rey se moría. Aprovisionados con sus artilugios y asistidos por criados, se encerraron con él en una alcoba para no ser molestados. De modo que la corte se llenó de lágrimas y rezos, obligada como estaba a permanecer ignorante hasta que los galenos pronunciaran el diagnóstico. Mientras se pedía un milagro, Fernando, el flamante duque de Alba, ordenaba a la guardia que pusiese a salvo al heredero. De morir Carlos, Felipe, que apenas contaba con ocho años, se convertiría en el blanco de las infinitas conspiraciones para hacerse con el trono que cabía esperar.

—El futuro de España está a salvo. No así el del resto de sus dominios.

El cardenal Tavera asintió con pesadumbre ante las palabras del duque. Se trataba del arzobispo de Toledo, cuyo papel en la política castellana no había dejado de adquirir importancia en los últimos años, pero lo cierto era que aún no era del todo consciente de la fragilidad de un poder tan inmenso como el del emperador.

—¿Acaso consideráis que el heredero no sería respetado como tal en el Imperio y los demás territorios? —preguntó.

—¿El Imperio? —respondió el duque—. Fernando le sucedería y tiene hijo varón. ¿Creéis de veras que preferiría cedérselo a Felipe, un niño además con tan pocos arrestos...?

—¡Callad! —les interrumpió Isabel, que apareció tras ellos con los ojos hinchados de tanto llorar.

El de Alba agachó la cabeza. Lamentaba haber ofendido a la emperatriz en un momento tan dramático, pero el concepto que tenía del heredero era tan firme como cada uno de los suyos, y además lo compartían todos aquellos que habían tratado a Felipe, un niño delicado, más propenso a coger un laúd que una espada y que, desde el fallecimiento de su hermano, vivía aferrado a las faldas de su madre.

—Y rezad. Aún vive —sentenció Isabel.

Cuando el emperador abrió los ojos, no entendió nada. Un enjambre de físicos se movía a su alrededor sin propósito claro. El césar no recordaba cómo había llegado hasta allí. En cambio sí que conservaba memoria del sueño del que acababa de despertar, en el que se había visto convertido en piedra.

Aunque apenas tenía fuerzas, consiguió emitir un sonido gutural que llamó la atención de uno de los presentes, el cual corrió a informar al resto de los físicos y, acto seguido, a la emperatriz.

Isabel se había prometido no llorar ante su esposo, pero al entrar en el cuarto y cruzar sus ojos con los de él —tan azules, tan vivos de nuevo— fue incapaz de reprimir el llanto. Se acercó al lecho, aunque no sabía cómo tocarle o incluso si era conveniente hacerlo. Estaba aturdida. A pesar de que le había pedido a la corte plegarias y esperanza, lo cierto era que ella misma había llegado a darle por muerto. El tiempo que había estado asomada a la viudedad le había resultado desconcertante. Había padecido un dolor intolerable, pero, sobre todo, la ausencia de sentido; como si su esposo, al desaparecer, hubiese borrado del mundo los placeres e incluso el nombre de las cosas. Esa realidad imposible que había atisbado le había dejado huella. Sentía una alegría inmensa por saberlo a salvo, pero aún temblaba.

Los físicos les permitieron tomarse de la mano. Los emperadores se quedaron mirándose el uno al otro sin decirse nada; cualquier palabra habría sobrado.

—Majestad —se escuchó tras ellos.

El duque de Alba, el cardenal Tavera y Francisco de Borja se asomaron al interior del cuarto. El césar se notaba cansado, pero les hizo pasar. Los físicos salieron para dejarles sitio, aunque se quedaron haciendo guardia tras la puerta, en alerta.

—Qué dicha saber que os recobráis —dijo el cardenal, que, como el resto, contemplaba a Carlos sin creerse del todo que hubiese conseguido esquivar la tragedia.

—La corte celebra con lágrimas esta alegría —añadió Borja.

Los físicos habían relatado al accidentado lo que le había ocurrido. Al escucharlos, él se había imaginado la angustia que había provocado. Lamentaba haber decepcionado a todos con su accidente.

—Asistidme, quiero que me vean. Que no duden de que hay emperador y rey.

Se incorporó con relativa facilidad, pero cuando se dispuso a salir de la cama lanzó un aullido de dolor que provocó escalofríos entre los presentes. Carlos echó a un lado las sábanas y se miró las piernas. En ellas se exhibía un catálogo de hematomas y heridas, pero ninguno presentaba un aspecto especialmente grave. El césar intentó moverse de nuevo, pero enseguida se repitió el gemido de dolor.

—Mi señor, debéis descansar… —le exhortó Isabel.

—¡No puedo moverlas!

Mientras lo decía, se observaba las piernas como si fuesen de otra persona. Los consejeros y Borja, mudos, cruzaron miradas. Les costaba disimular su desasosiego, pero se sintieron obligados a no sumar preocupación a la de Carlos, que había palidecido y respiraba entrecortadamente, preso del pánico.

Al día siguiente, el emperador hizo llamar a su alcoba a Alba y a Tavera. Les pidió expresamente que Isabel no les acompañara en esa visita.

—Asistidme.

El césar extendió los brazos hacia sus consejeros, que se quedaron sin saber qué hacer. Él les insistió con un gesto imperioso, consiguiendo que le tomaran cada uno de un hombro y le ayudaran a levantarse. Carlos emitió un gruñido de queja, pero no se amilanó.

—Andad —mandó.

Alba y Tavera, aunque precavidos, siguieron sus órdenes, si bien a paso muy lento. El emperador probó a apoyar los pies en el suelo y caminar con ellos. Aunque a duras penas, logró hacerlo.

—Puedo solo.

—¿Estáis seguro, majestad? —le preguntó el de Alba con escepticismo—. Quizá deberíais descansar unos días más antes de intentarlo... para recuperar fuerzas.

—¡Fuerzas tengo, necio! —Carlos no se reconocía en su arrebato, pero tenía el ánimo incendiado.

Poco a poco los otros se fueron soltando de él. Acto seguido, el emperador se aferró a un mueble cercano y trató de caminar por sí mismo. Consiguió dar cuatro pasos, y eso lo envalentonó; al quinto, una punzada en la pierna de apoyo le hizo perder el equilibrio.

—¡Majestad!

El duque de Alba corrió hacia él y lo salvó de una caída segura. Derrotado, el convaleciente se dejó trasladar de nuevo al lecho, donde liberó su rabia a puñetazos contra el colchón. Los consejeros no encontraban palabras para consolarle. Jamás le habían visto de ese ánimo.

—Habéis sobrevivido a un lance grave —se atrevió al fin a decir Alba—. Celebradlo y no tengáis prisa por recuperaros.

—Lo ocurrido me ha hecho ver cuán frágil es el hilo que me une a la vida.

—No es menos consistente que el de cualquier otro hombre, majestad —reflexionó en voz alta Tavera.

—Pero solo a mí la muerte dejaría en evidencia. ¿Qué he hecho hasta hoy que pueda ser recordado? ¿Qué orgullo me llevaría a la otra vida?

—¡Sois el hombre más poderoso del orbe! —dijo el cardenal.

El césar bufó desencantado: ese enunciado nada significaba para él. Los títulos que poseía eran fruto de la herencia. Cualquier mediocre podría lucirlos en su lugar de haber ocupado su cuna. Pero ¿qué había hecho con esos honores recibidos, más allá de defenderse de sus enemigos desde los despachos?

—Me creía con tiempo por delante para enmendar mis faltas. —Carlos envejeció de golpe al decirlo.

—Lo tendréis —le animó el de Alba.

El emperador quiso creerle, pero la sensación en sus extremidades —un insufrible hormigueo caliente que le hizo pensar en el calvario de su tía y compadecerla incluso más que en su día— le impedía ilusionarse. Se aferró al antebrazo del duque y lo miró con la intensidad de quien va a pronunciar su último deseo.

—Educad a Felipe, os lo ruego. Endurecedlo, y no escatiméis en severidad. Si un día me alcanza la desgracia, que no invada también mis dominios.

Mientras tanto, en la corte de Francia no había lugar para los milagros. Luisa de Saboya llevaba largo tiempo soportando estoicamente una dolencia biliar. En el trayecto de un viaje su enfermedad se agravó hasta obligarla a hacer un alto en el camino que resultó eterno. Antes de morir, pero cuando se sabía ya abocada a ello, la madre de Francisco se inquietó al pensar cómo encajaría su hijo aquella ausencia. Su preocupación no era gratuita ni presuntuosa. De todos era conocido que el monarca y su madre se profesaban un amor como el que jamás destinarían a otros. Nadie se imaginaba cómo sería él sin ella, pero no dudaban de que sería distinto.

A Luisa le alivió no estar junto a su hijo al morir. «Ni él ni yo podríamos haberlo soportado», le confesó a su hija Margarita antes de abandonar la vida. A Francisco, sin embargo, el hecho de no haber acompañado a su madre en su adiós le resultó devastador. Cuando el cadáver de la mujer llegó a la corte, el rey no se separó de él ni por un instante, pero no encontró ningún consuelo en ello: la sensación de pérdida, en lugar de disminuir con el paso del tiempo, se hacía más tangible y, por lo tanto, más insoportable.

La aristocracia en pleno se acercó hasta Amboise a rendirle tributo a Luisa. Francisco recibía sus condolencias, pero en realidad no distinguía a unos de otros, de tan abstraído por la tristeza como estaba. Tan solo reconoció un rostro, y con él el cuello blanco y esbelto que lo soportaba: el de la condesa de Chateaubriand, Francisca de Foix; su antigua amante. Con el cuerpo de Luisa a escasos metros, los en su día enamorados mantuvieron un diálogo protocolario, salpicado de miradas huidizas. Se acercó luego Francisca a despedir a la difunta, aquella que en su día la había apartado de la corte aprovechando la ausencia del rey. Bajo el tul oscuro y con su mueca congelada, Luisa parecía un mal recuerdo. La condesa no sintió lástima por ella, y sabía que su sentimiento —o la ausencia de él— era compartido por muchos en el reino. Qué injusto le resultaba que la posteridad la fuese a recordar por haber obtenido en Cambrai el cese de un conflicto, cuando su existencia había consistido en guerrear contra todos los que no fuesen sus hijos.

La condesa abandonó el lugar bajo la mirada de todos los presentes, que conocían bien su pasado. También Leonor había tenido noticia de aquel romance, y agradeció perder de vista a aquella dama. Tomó la mano de su esposo para consolarle en su dolor, pero el rey se deshizo de ella para salir detrás de la que había sido su amante.

—No hay mayor huérfano en Francia que yo.

Francisco y la condesa se hallaban en la alcoba regia, refugiados del resto. El rey, que al abordarla se había amparado en sus brazos para llorar, estaba aturdido, como narcotizado.

—La orfandad es desgracia, pero también lección —dijo Francisca—. Se trata de la vida, que nos dice que ya nos valemos por nosotros solos. La grandeza se halla dentro de cada uno de nosotros. Mas solo la descubrimos cuando ya no queda nadie a quien aferrarse.

—¡Nunca pude complacerla! —se lamentó él—. Se ha marchado cuando mi gloria está más baja. Me quiso césar, y únicamente soy un rey sin brillo...

La condesa sabía que la culpa que sentía Francisco era sincera. Y aunque le guardaba rencor por haber aceptado sin más su separación, se dio cuenta del afecto que sentía hacia él. En el fondo, el monarca no era sino un niño desorientado al que su madre había convertido en un eterno insatisfecho.

—El tiempo se ha acabado para vuestra madre —replicó Francisca—, mas no para vos. Solo fracasaréis si en lugar de hacer, os quedáis lamentándoos por lo que no habéis hecho.

Gracias a las palabras de la condesa, por primera vez desde que su madre muriese el rey sintió una emoción agradable. Si algo iba a echar de menos de Luisa era su inteligencia, ese don para el análisis que a él le faltaba. La sabiduría de Francisca le resultó consoladora. Quizá la necesitaba. El monarca se recostó en el hombro de la condesa y le besó el cuello. La mujer se levantó.

—Mi señor, lo que ha muerto no puede revivir.

Ella esperó una respuesta que no llegó. Dejó la alcoba, y en ella a un hombre sin rumbo.

A pesar del rechazo sufrido, el encuentro con la que fuera su amante le resultó de lo más provechoso. Sin duda la condesa llevaba razón: que no hubiese alcanzado la cúspide mientras su madre vivía quizá constituía un fracaso, pero más lo sería renunciar a seguir intentándolo. Lo que en realidad torturaba al monarca era que la existencia de Luisa se hubiese evaporado en vano; que todo ese empeño en que él triunfase sobre el resto no hubiese sido otra cosa que un gasto inútil.

El rey convocó a Montmorency para una reunión urgente. Al consejero le sorprendió, pues esperaba que a su señor el duelo le durase semanas. Más asombro le causó aún que Francisco se presentase pleno de energía.

—Solo honrándola con triunfos alcanzaré el sosiego —sentenció el soberano.

A Montmorency le tocó asumir el papel de aguafiestas. Recordó al rey, por si lo hubiera olvidado, que la Corona no contaba con fondos para sufragar empresa alguna, pues precisamente la búsqueda de «triunfos» en las sucesivas guerras con el emperador habían devenido en una sangría —que la avidez de la difunta Luisa por el oro había provocado su propio agujero en las arcas, el consejero prefirió guardárselo para cuando se quitasen el luto—. Como mucho podría planearse una recaudación excepcional, que en todo caso llevaría tiempo y gestos no muy honrosos, tales como solicitar a los que antaño se habían aprovechado del esplendor del monarca —amigos, amantes y hombres de fe— que devolviesen lo regalado. Francisco aceptó como válidas esas soluciones, pero las medidas meramente administrativas o de rapiña no le elevaron el ánimo. Fue entonces cuando recordó que poseía dos monedas de un valor incalculable, y que por una de ellas alguien había preguntado hacía poco.

—Aceptamos la propuesta que nos hicisteis: Francia desea formalizar el compromiso entre vuestra sobrina Catalina y el príncipe Enrique.

Clemente VII le dedicó a Montmorency una mirada de asombro, mientras sostenía en sus manos el retrato del hijo de Francisco que su visitante le había entregado nada más llegar al despacho vaticano.

—¿Ya? ¿Qué razones hay para tanta urgencia?

—Cuando faltan motivos para posponer un bien, la prisa es acierto —arguyó el consejero.

—Son casi niños… —objetó el Pontífice.

—Tendrán así una larga vida para aprender a quererse.

El Papa consideró consumido el capítulo oficial de la conversación. Lanzó un suspiro de resignación; la estructura de las charlas entre poderosos resultaba siempre la misma: un segmento de formalidades y, tras él, la revelación de los crudos intereses.

—¿Qué pide vuestro señor a cambio?

—El duque de Milán va a fallecer sin herederos. Cuando así ocurra, el rey de Francia pugnará por esa plaza.

El Santo Padre se dio un tiempo para meditarlo.

—Si se da a conocer nuestro acuerdo, habré faltado a mi promesa de neutralidad con el emperador.

—Decís mal, pues no es sino indiferencia lo que os rogamos. Tan solo os pedimos que no os decantéis. Que los hados y las armas decidan.

La oferta parecía razonable, pero el Pontífice no salía de su estado vacilante. Se levantó con dificultad; su salud acarreaba aún las consecuencias del *sacco* y de todo lo que siguió a este. Le faltaba brío y, en consecuencia, ánimos para arriesgarse a una nueva guerra. Varios pasos cansados le llevaron hasta el ventanal de su despacho, desde donde contempló la urbe, sobre la que caía una tormenta formidable. El crujido de los truenos lo intimidó; le recordaba los estallidos de pólvora de las tropas imperiales, hacía no tanto. El francés comenzó a impacientarse.

—¿Acaso queréis complacer a quien saqueó Roma y os hizo su cautivo?

El Pontífice se volvió iracundo.

—No oséis ofenderme. ¡Mi rencor hacia el emperador es infinito!

—Firmad entonces nuestro acuerdo. Entroncaréis con la Corona de Francia y el mundo sabrá que no hay tirano que someta al Santo Padre.

Clemente contempló nuevamente el cielo romano. Le pareció advertir un designio en aquellas nubes negras: moriría pronto. Quizá tenía delante la última oportunidad de vengarse, aunque fuera con demasiada elegancia, de las afrentas de Carlos de Gante.

Mientras los mandatarios europeos seguían dándole vueltas a cuitas del pasado, en la corte de Inglaterra solo interesaba el futuro. Cada mañana, el rey Enrique necesitaba mirar a su lado para convencerse de que no estaba viviendo un sueño. La visión del delicado perfil de Ana Bolena, ahora reina, le confirmaba que aquello por lo que había porfiado durante tanto tiempo se había convertido en realidad. También le seguía sorprendiendo entrar en la sala del consejo y no hallar en ella la figura augusta y revestida de rojo de Wolsey. Ahora quien le aguardaba para tratar los asuntos del reino era Thomas Cromwell, un hombre de orígenes tan humildes como oscuros al que el cardenal caído en desgracia había tenido a su servicio durante años. El nuevo primer ministro había aprendido mucho de su mentor; por ejemplo, a medrar sin excesivos escrúpulos. Fue por ello que no dudó en traicionarlo con tal de convertirse en la mano derecha del monarca inglés. Para Enrique, Cromwell resultaba un milagro: atesoraba los recuerdos y la sabiduría de Wolsey sin ser él.

Aunque durante décadas la autoridad del cardenal y la del rey se antojaron parejas a los ojos de todos, el último demostró que aquello había sido un mero espejismo, pues tardó apenas unas pocas semanas en convertir a su antiguo canciller en un don nadie. El poder siempre le había pertenecido a Enrique, y esa fue la prueba que lo sustentaba. Wolsey descubrió entonces lo que siempre había intuido: que un hombre desposeído de bienes y de títulos de importancia no valía nada —de ahí que hubiera dedicado su vida a engrandecerse, para evitar la vulnerabilidad de quien solo es carne y hueso—. Cuando supo que aquel al que había servido planeaba juzgarle y pidió auxilio al rey de Francia, con quien tanta relación había tenido a lo largo de los años, fue tratado con el mayor de los desdenes. Francisco parecía incluso ofendido por su visita, como si un obrero de pies embarrados hubiese osado entrar en su palacio.

—¡Pondré a vuestro servicio todo mi saber y mi astucia! ¡Sin que me compenséis por ello! —le había suplicado el cardenal, mortificando su amor propio.

—Permitid que dude de vuestro talento si aquel a quien se lo habéis entregado os condena.

El viaje de Wolsey desde Francia a Inglaterra se convirtió así en un largo camino hacia el cadalso.

Enrique solo fue ligeramente más generoso con Catalina que con su consejero. La española gozaba del afecto de los ingleses, y no habría resultado popular tratarla con crueldad. Tras ser condenada por negarse a aceptar la anulación de su matrimonio, se la desposeyó de la corona y se la confinó en el castillo de Kimbolton, una construcción amplia pero húmeda y aislada muy al norte de Londres. Los sirvientes que allí la recibieron la trataron de «dama». Ya no era otra cosa. A pesar de que aún ostentaba el título de princesa Viuda de Gales —con el que Enrique incidía en que solo había tenido lugar el matrimonio de su hermano con ella—, Catalina no les corrigió, porque el único honor que se creía con derecho a reivindicar era el de reina de Inglaterra. Estaba convencida de que a ojos de Dios lo seguía siendo. En todo caso, y aún con dolor, podía soportar su declive, pero no lo que conllevaba: que su hija María fuese considerada bastarda y, como tal, hubiese sido apartada de la línea de sucesión al trono. Para el rey solo tendrían legitimidad los hijos que esperaba tener con la nueva reina. La noche que consumó su boda con Bolena, Enrique había creído notar la bendición divina en el vientre de su flamante esposa, y con ella el final de la angustiosa preocupación por la perpetuación de su linaje.

Catalina, sin embargo, estaba convencida de tener a la Providencia de su parte, por mucho que en los últimos tiempos solo le hubiesen acaecido desgracias. De hecho, lo único que la consolaba era pensar que, antes o después, una indignidad tal como la que había perpetrado el monarca sería castigada, y con saña, por el Todopoderoso.

Querido hermano y señor:

Durante días he tratado de evitaros leer estas líneas. He luchado contra mis flaquezas, pero estas, para mi vergüenza, me han vencido. Os ruego que encomendéis a otro el gobierno de Flandes. Sus apuros, que son numerosos, se me antojan imposibles de resolver. Las lluvias han arrasado las cosechas, Dinamarca no nos permite el comercio y la Corona no tiene fondos para alimentar a sus súbditos, pues todo se empeñó en auxiliaros a frenar el avance del turco. Las hambrunas son ya terribles, mas ligeras frente a las que vendrán si no se da enseguida con un remedio; aquel que yo me veo incapaz de hallar. Tan alto deber como la regencia no puede quedar en manos de alguien así de quebradizo como yo. No hallo en mi alma ánimo alguno para dicha tarea. La melancolía y el miedo se han apoderado de mí. Temo, majestad, hermano mío, que el mal que anuló a nuestra madre corra por mis venas.

MARÍA DE HABSBURGO

Tras leer la carta de su hermana, Carlos la dobló cuidadosamente y la guardó bajo llave en su escritorio. Acto seguido retornó al lecho. Desde hacía semanas apenas salía de él. Cumplía con las órdenes de los físicos y, ayudado por un bastón que odiaba, daba dos caminatas al día, que acometía con cierta pereza porque no tenía esperanza de llegar a recuperarse del todo. El cayado y el escepticismo le conferían el aspecto de un hombre mucho mayor de lo que en realidad era. En cuanto tenía ocasión volvía a su alcoba, y allí montaba y desmontaba relojes o, sencillamente, dormitaba. La inconsciencia se le antojaba el único alivio para su humor: dejar de existir y, por lo tanto, de sufrir. A pesar de que gastaba buena parte de las jornadas en la cama el cansancio no le abandonaba, y cualquier acción le exigía un tremendo esfuerzo. La melancolía, que todos consideraron entendible cuando parecía una consecuencia temporal del accidente, le había terminado por conquistar, y el césar no hallaba la forma de librarse de ella. Aquello que antes le entusiasmaba ahora le resultaba indiferente, si no despreciable, y ni siquiera albergaba fuerzas para el odio, exceptuando el que sentía hacia sí mismo, que era infinito. Ni siquiera se había irritado al enterarse de que Felipe había desertado de las lecciones del duque de Alba. ¿Qué importaba? Lo que más le avergonzaba era incumplir sus deberes, pero día tras día buscaba en vano los ánimos para presentarse en los consejos. De haber tomado parte en ellos, no habría podido hacer otra cosa más que ocupar un espacio, y ni siquiera asentir o negar ante las sugerencias de sus validos, ya que su voluntad había desaparecido.

Carlos no halló fuerzas para responder a su hermana, pero se acostumbró a llevar la carta consigo. Las emociones que expresaba María resultaban tan parejas a las suyas que solo encontró una explicación a aquella sincronía: «El mal que anuló a nuestra madre».

Hacía un buen rato que Tiziano aguardaba al emperador cuando este hizo su entrada en la sala. Al sentir su presencia, el pintor italiano, de manera automática, le hizo una reverencia, pero al enderezarse se sorprendió. El césar, apoyado en su bastón como un árbol a punto de ceder, apenas tenía de imperial más que las vestimentas. Nada más verlo, el artista se preguntó qué iba a hacer para reflejar en su retrato esa tez tan pálida sin que pareciera un cadáver. Y lo peor no era su aspecto de fragilidad, que podía compensarse con pinceladas llamativas a los ropajes o enmarcando su figura en un contexto épico; lo complicado iba a ser otorgarle dignidad a su semblante, tan vacío de sentimiento.

—Majestad, me siento honrado de que me hayáis solicitado.

—Es vuestro talento el que os ha traído hasta aquí, no mi capricho.

Lo cierto era que al emperador le apetecía tanto posar para el artista como realizar cualquier otra actividad: nada. Aquella había sido una ocurrencia de Isabel, y él había accedido porque deseaba fingir ante su esposa que se estaba recuperando de su tristeza. La única emoción dulce que le restaba a Carlos era su amor por ella.

—¿Dónde están vuestros útiles? —preguntó el césar con extrañeza, al tiempo que tomaba asiento e invitaba al pintor a hacer lo mismo.

El italiano, que ciertamente no llevaba bártulo alguno, se mesó la barba, que lucía abundante como la de un sabio salvo que de color azabache, lo cual revelaba juventud. Tiziano poseía un rostro augusto: nariz larga y recta, mirada profunda y pómulos esculpidos con hermosura. Sin duda merecía su propio retrato.

—Mis pinceles de nada me sirven si no conozco antes a quien he de retratar.

Tiziano ocupó una butaca enfrentada a la de Carlos.

—¿Quién sois?

La pregunta desconcertó al emperador. Se le pasó por la cabeza mostrarse sincero, pero eso habría implicado mirar al abismo a la cara.

—Un hombre que no habla en demasía.

—Quizá porque vuestros deberes os incitan a la prudencia. He conocido señores, papas y reyes, pero nunca a quien cargue con tanto como vos.

—Cargar, decís bien... —Carlos se arrepintió al instante de su espontaneidad, y más cuando se percató de que tal respuesta había despertado la curiosidad del artista.

—¿Os abruma lo que sois?

El emperador tenía la respuesta, pero no el ánimo de pronunciarla.

—¿Os abruma? —insistió Tiziano.

El italiano se percató por la mirada del césar de que este, finalmente, estaba valorando la cuestión. Le concedió un largo silencio para que meditase en paz.

—A veces siento que el que soy y el que debo ser son dos hombres muy distintos. —Carlos hablaba con la mirada perdida.

—¿Cómo es aquel que deberíais ser?

—Enérgico. Con un ánimo al que nada le afecte. Tenaz sin pausa. Superior al resto siempre, ¡siempre! —El tono del césar era cada vez más visceral—. Y no alguien sin brío —se dijo con desprecio—, que se siente viejo sin serlo...

Carlos levantó la vista hacia el italiano, que se emocionó viendo la pátina acuosa que la cubría.

—A veces preferiría no ser nadie y vivir tranquilo.

Se sostuvieron la mirada por unos instantes. El emperador no sabía qué estaba haciendo confesándole a ese desconocido lo que no se atrevía a contarle a nadie, ni siquiera a Isabel. Pero no podía contenerse: su alma se había desbordado.

—No hay hombre en el que no aniden demonios, majestad.

—Mas alguien como yo tendría que saber vencerlos. Y no lo hago... ¡No lo hago!

El bramido impresionó al artista. De repente, como si saliese de un sueño de complicidad con Tiziano, Carlos recuperó su pudor. ¿Qué había hecho? Tomó su bastón y, con toda la prisa de la que fue capaz, abandonó la estancia, dejando al pintor conmocionado.

Acto seguido, el emperador se encaminó al exterior del palacio, en dirección al palomar donde adivinaba que se hallaría su hijo. Le irritó acertar; allí estaba Felipe, despreocupado, cuidando de sus aves.

—¿Por qué rechazáis las lecciones del duque? —le interpeló con brusquedad su padre.

El niño, flemático, le mostró su mano, que lucía un feo rasguño.

—Me hirió.

Su padre bufó con desprecio.

—No veo herida. Ni amor propio.

Felipe devolvió su atención a las aves, que se hallaban excitadas por la presencia nerviosa de Carlos.

—Son ejercicios propios de salvajes, padre. Además, ¿para qué aprenderlos? Cuando me enfrente a una guerra, mandaré tropas, como hacéis vos.

El emperador se avergonzó tanto de su vástago como de sí mismo, por haberle dado tal ejemplo.

—¿Creéis que no habréis de luchar, antes o después? —le

espetó—. La victoria os la darán los soldados. La gloria, la de ser su caudillo, ¡morir con ellos si ha de ser!

Felipe lo meditó por un momento. Luego, sereno y grave como un santo, miró a su padre.

—Prefiero mi contento a la gloria.

La sentencia hizo enmudecer a Carlos.

Esa noche, cuando los criados sirvieron la cena a la familia imperial en ricas bandejas de plata, Felipe descubrió con horror que sobre una de ellas descansaban varias de sus aves, cocinadas. El niño apartó la vista de lo que para él era un crimen y, agitado, clavó unos ojos acusadores en su padre.

—Dios las creó para morir y serviros de alimento —justificó el césar—. Poco importa lo que pretendáis de esta vida, sino lo que ella quiere de vos. Mañana abandonaréis esta corte. Os educarán los mejores tutores, que harán de vos el heredero que ansío tener.

El niño estaba conmocionado. Observó a su madre buscando salvación, pero ella tan solo pudo mirarlo con toda la comprensión de la que fue capaz y darle permiso para retirarse a su aposento.

—¿Qué estáis haciendo? —le espetó Isabel a su esposo cuando se quedaron a solas.

—Garantizar el futuro de mis dominios. Lo habéis criado débil. La piedad que gastáis con él no la encontrará en sus enemigos.

—¡Es un niño! Para que se endurezca hay tiempo.

—Quizá no.

Isabel calló. El tono del emperador resultaba ahora más apesadumbrado que furioso.

—El mal de mi madre anida en mi hermana, y puede que también en mí. Si estoy condenado a apagarme hemos de estar preparados. Y el heredero, más que cualquier otro.

La portuguesa enmudeció. Nunca en su vida había sentido tanto miedo como en ese momento.

En Francia, sin embargo, era tiempo de celebraciones. El enlace entre el príncipe Enrique y Catalina de Medici —adolescentes ambos, aunque ella estuviese dotada de la inteligencia de quien ha vivido cien años— barrió de algún modo el ambiente luctuoso que se había instalado tras la desaparición de Luisa de Saboya. Pero la alegría duró poco más allá del banquete y los bailes en el salón, pues tan solo unos días más tarde el papa Clemente dio por buena la intuición que le había deparado el cielo de Roma, al que algunos consideraron que no subió tras su muerte. Con su desaparición, la utilidad política del matrimonio entre el hijo del rey galo y la joven Catalina se esfumó, y ese revés no habría sido tan grave para los intereses de Francia si el sustituto del difunto pontífice no hubiese sido Alejandro Farnesio, quien se apostaría al sitial vaticano como Paulo III, y que desde el primer día de mandato se mostró partidario incondicional del emperador. El nuevo Papa llevaba por bandera la ortodoxia, y ese criterio hacía de Carlos su colaborador natural. Bajo su punto de vista, el *sacco* de Roma había sido un acto de desobediencia de las tropas imperiales, tal y como había relatado el césar. Los méritos del de Gante como protector de la fe católica resultaban demasiado numerosos como para anteponer aquel desgraciado suceso a la hora de juzgarlo; sobre todo, cuando se le comparaba con los restantes monarcas de la cristiandad: en los legajos que heredó de Clemente, el Santo Padre descubrió indicios de que Francisco y Solimán habían sido aliados. A causa de ello, dieron igual los intentos del galo para ganarse al Pontífice; quien había antepuesto sus ambiciones a la fe no merecía su confianza.

Tampoco el rey de Inglaterra salió indemne de la escrupulosidad de Paulo III. Para dar muestra de la pureza que anhelaba para la Iglesia y los que bajo ella se amparasen, el Santo Padre resolvió cumplir la voluntad de Clemente y lo excomulgó. El matrimonio de Enrique con Ana Bolena quedaba fuera de la legalidad eclesiástica, y como tal era retador e insultante para Roma. El Pontífice confiaba en que esa medida extrema hiciese reflexionar al británico, y que le sometiese de nuevo a los dictados oficiales del Vaticano. Resultaba evidente que el papa Paulo desconocía el mecanismo básico del alma del monarca —la autoridad arrogante—, y que a esas alturas, y una vez Bolena se hubo quedado encinta, lo último que pensaba hacer el inglés era retractarse. La libertad de que disfrutaba fuera del seno de Roma a Enrique se le antojó un paraíso irrenunciable, y decidió perpetuarla con una decisión inaudita, colosal en su atrevimiento, y que cambiaría para siempre el destino de Europa.

—Inglaterra tendrá su propia Iglesia —le dijo a Cromwell con una mirada mesiánica—. Y yo seré su cabeza.

Francisco, por su parte, no era tan osado ni irreverente como el británico, y ni siquiera se planteó imitarlo, pero era consciente de que algo había de hacer, pues con sus finanzas mermadas y la independencia de Roma y Enrique jamás podría cumplir la promesa de honrar a Luisa con victorias. Necesitaba aliados, pero ¿dónde encontrarlos?

Su hermana Margarita, en la que se había sostenido desde la muerte de su progenitora, le dio una idea.

—Querido hermano, los partidarios de la reforma constituyen ya un problema en Alemania. Con el apoyo de nuestro reino, el Imperio podría dividirse, y el poder del Papa también menguaría.

Francisco sabía que el consejo no resultaba desinteresado. Margarita llevaba tiempo siendo receptiva a los discursos de quienes cuestionaban a Roma. Entre sus amigos se contaba Juan Calvino, un jurista e intelectual emergente que parecía señalado para liderar en Francia una revolución teológica similar a la luterana.

Pero el monarca galo era profundamente tradicional en lo religioso, y la sugerencia no le sedujo.

—No tuvisteis escrúpulo alguno en contar con el turco —le recordó Margarita—. ¿Acaso lo tenéis con quien es tan cristiano como vos?

—El otomano me es tan ajeno que su herejía no me sorprende. De quien es parejo a mí no entiendo la desviación —replicó el rey.

A pesar de sus reparos, Francisco lo consideró. Se tenía por recto en su fe como ninguno —solo él conocía su alma, y esta se le antojaba ortodoxa como ninguna—. Lo demás no era sino política: medios para conseguir fines y ceguera ante las manchas de los potenciales aliados con tal de que estos sirviesen a su gloria.

Si el francés no pensaba más que en el porvenir, Carlos se sentía incapaz de mirar hacia delante y no ver sino un telón negruzco. Sin embargo, le sorprendió tanto saber que Tiziano, a pesar de lo ocurrido en su encuentro, se había presentado de nuevo en palacio y ya con el boceto de su retrato, que sacó fuerzas para recibirlo. Después de la visita del pintor, el césar se había molestado en indagar sobre la vida de aquel, buscando la explicación al don del italiano para vislumbrar el alma humana. Aunque descubrió numerosos datos sobre el artista, lo que le llamó la atención fue que Tiziano hubiese perdido a su esposa hacía no demasiado y que, según le dijeron, su estilo hubiese cambiado desde entonces. Ese hecho, dedujo el emperador, reflejaba que el cambio le había acometido también a él. Se trataba sin duda de un hombre que había atravesado un calvario, y quizá por eso Carlos se había sentido cómodo a su lado, más que con aquellos que, aun siendo más cercanos, trataban de animarlo pero sin que sus miradas reflejasen compresión alguna, porque jamás habían vislumbrado las tinieblas tan de cerca.

El artista, como en la anterior ocasión, le aguardaba con paciencia. Estaba acostumbrado a las esperas de los ilustres, que solían emplearlas para distinguirse. Próximo a él descansaba el lienzo que había llevado consigo, cubierto por un paño. Cuando Carlos, tras saludar a Tiziano, le pidió que lo descubriera, se quedó helado: el boceto del italiano era virtuoso, sí, pero representaba a alguien consumido, mezquino, encorvado por la vida, sin grandeza; lo más alejado a un ejemplo para el espíritu que hubiese visto jamás.

El emperador estalló en ira y golpeó el lienzo con su bastón, tirándolo al suelo. Deseaba destruir el boceto, y con él toda la verdad que encerraba sobre su alma.

De camino a su alcoba Carlos notó que el furor lo invadía. Ya sentado a su escritorio tomó papel y pluma y escribió a su hermana María: «Porque soy uno con vos con vuestra aflicción he decidido que sigáis al frente del gobierno de Flandes durante mis ausencias. El ánimo volverá con cada obstáculo que superéis. Nunca os sentiréis inquebrantable. El mérito es vivir y ambicionar por encima de vuestras fuerzas y, de ese orgullo, extraerlas».

El césar firmó la misiva y lloró: estaba vivo.

Los consejeros nada comentaron cuando vieron al emperador hacer su entrada en el despacho por primera vez en semanas, pero no pudieron evitar cruzar miradas dichosas y aliviadas. Carlos se mostraba pletórico, como si de golpe dispusiera de todas las fuerzas ahorradas durante su letargo. Cuando le informaron de que había arribado un cargamento de oro de esas nuevas tierras conquistadas al otro lado del océano que llamaban Perú, al césar se le iluminó la mirada. Dios le premiaba por su resurrección, y no lo quería ocioso.

—Voy a dar orden de atacar Argel.

A Isabel la decisión le habría impactado más de no venir acompañada por lo verdaderamente noticiable: que su esposo sonreía de nuevo. Ver cumplidos sus dos deseos la llenó de gozo.

—No sabéis cuánto lo agradecerán estos reinos. ¡Vivirán sin miedo, al fin!

—Decido siempre lo que creo mejor. No lo que me pide el corazón, que lo tengo.

La emperatriz no dudaba de ello. Contempló a Carlos con ojos tiernos. Se percató entonces de que él se había presentado sin bastón.

—¿Ya no necesitáis apoyo?

—El malestar persiste. Pero poco a poco vuelve el vigor.

El césar la rodeó entre sus brazos y la besó con ardor.

—Quizá sea imprudente malgastarlo —dijo ella esperando que él le llevase la contraria.

—¿En vos? No veo gasto mejor —replicó él mientras la desvestía.

El recibimiento de la corte francesa a Enrique de Inglaterra fue vistoso, aunque alejado del esplendor que se prodigara años atrás en el Campo de Tela de Oro. El británico no echó en falta aquellos excesos; que Francisco no le hubiese desamparado por haberse independizado de Roma le parecía generosidad suficiente.

—De otros soberanos solo recojo repulsa. O lo que es peor: silencio.

—Libre sois de gobernar vuestro reino como gustéis —le dijo el monarca galo mientras tomaban asiento a la mesa del convite.

El inglés se mostraba alborozado.

—Me siento como un preso que al fin ve la luz del día. No hay decisión que se me escape, ni responso que me someta.

El almuerzo transcurrió en un ambiente risueño. Incluso se permitieron bromear sobre aquel ejercicio de lucha que en su día les había enfrentado. Francisco estaba seguro de que la jornada acabaría en alianza.

—Deberíais imitarme —dijo Enrique—. ¿Por qué asumir el poder de Roma, sin más?

El galo vio la ocasión propicia para sugerir sus planes.

—Estaría dispuesto —mintió—. Mas a la independencia le veo una falla. Quedaríamos ambos al margen del resto. Convendría sumar otras fuerzas para no convertirnos en presa fácil para el emperador y el Papa, cuya unión es, por desgracia, inevitable.

Enrique bebió un trago de vino francés, al que no llegaba a acostumbrarse.

—¿Qué sugerís? —preguntó interesado.

—Estrechar lazos con los partidarios de la reforma.

Francisco llevaba intención de argumentar su propuesta, pero cuando percibió la reacción inmediata del otro a sus palabras, no supo cómo continuar; el semblante del inglés había perdido todo rastro de simpatía hacia él.

Enrique dejó su copa sobre la mesa con un golpe seco.

—Me he alejado de Roma, ¡mas ni un ápice del dogma!

Los presentes enmudecieron. Montmorency creyó estar reviviendo aquella noche de pesadilla en el Campo de Oro. Por su parte, Francisco trató de reencauzar la conversación aparentando convicción, aunque en su interior se veía abocado al desastre.

—La estrategia no entiende de ortodoxias —replicó el francés—. Como vos mismo nos habéis enseñado.

—¿Osáis llamarme hereje?

A decir verdad, Francisco se sintió como un pretendiente que hubiese errado a la hora de elegir las flores con que seducir a su amada. El ramo escogido —los reformistas— le había apartado de Enrique. Si ni siquiera el inglés los aceptaba como aliados —e incluso se mostraba dispuesto a repudiar a quien lo hiciera—, carecía de sentido contar con ellos. Pero, entonces, ¿qué hacer para engrandecerse? Tras el fracaso de la reunión con el británico la ansiedad del monarca se desbocó. Creyó notar la mirada defraudada de su madre desde dondequiera que ella se encontrase.

Sin embargo, apenas transcurrió tiempo hasta que Francisco se percató de que no era Luisa quien le estaba juzgando desde lo alto, sino Dios mismo. Lo supo cuando tuvo delante el cuerpo sin vida de un joven de dieciocho años: su primogénito. La tragedia se le evidenció como un castigo divino, no ya solo por la juventud de su hijo —qué grotesco le resultó ser testigo de esos helados rasgos adolescentes, y qué tortura el aceptar que jamás madurarían—, sino porque no se hallaron razones que explicaran con consistencia muerte tan sorpresiva. Aquello solo podía

ser producto de la Providencia, que había actuado con la crueldad que empleaba cuando buscaba dar lecciones: le había arrebatado a su heredero para que el rey se supiese en pecado.

Francisco se sirvió de la influencia de su hermana para congregar a un grupo de destacados reformistas franceses. Margarita entendió la petición como un paso del rey hacia la aceptación
de la nueva teología. Cuando descubrió que su hermano había
mandado a sus tropas al encuentro y que estas no dejaron a ninguno de aquellos hombres con vida, creyó enloquecer. Francisco
aguantó con entereza los insultos de ella, y también sus lágrimas,
que no parecían agotarse.

—Deberíais agradecérmelo. Dios nos había señalado por
aliarnos con los herejes. Quién sabe si no nos ha arrebatado a
nuestra madre debido a la simpatía que lleváis tiempo profesán-
doles.

El llanto empañaba los ojos de Margarita, pero si los hubiera
tenido limpios tampoco hubiese reconocido a su hermano. Ante
sí solo veía a un monstruo.

—¡No habéis cometido esa masacre para reconciliarnos con
Dios, sino con Inglaterra, y con Roma!

—Que mi decisión sirva a los deseos del Señor tanto como a
los míos significa que la medida era necesaria.

Ella, aturdida y con el cuerpo agarrotado, retrocedió varios
pasos.

—Dios podrá perdonaros, mas yo no —musitó.

Enseguida Margarita le dio la espalda. Mientras la veía marcharse, Francisco sintió que se rompía por dentro. La frialdad
que había necesitado para ordenar el asesinato de los protestantes se desmoronó como una armadura que se hubiese tornado
líquida. En un corto espacio de tiempo había perdido a su madre
y a su primogénito; y también a Francisca, quien le había retirado la palabra al exigirle el rey la devolución de las joyas que en
su día le había regalado, gesto que su antigua amante acusó de
forma terrible en lo sentimental. El monarca se había entregado
a la ambición para darle a su existencia todo el sentido que esas
mermas le habían arrebatado, y se había ayudado de su teoría

de que Dios le había castigado para no juzgar sus actos como propios del peor de los hombres. Pero su interior se encontraba arrasado.

—Vos no. —Se trataba de la voz de quien ya nada conservaba—. Ayudadme a querer vivir.

Nada deseaba más Margarita que abandonarlo; y, sin embargo, detuvo su marcha.

Como solía ocurrir desde que el destino convirtiese en rivales a Carlos y a Francisco, cuando la suerte desamparaba a uno, bendecía al otro. Mientras el galo transitaba por el peor de sus baches, el emperador se encontraba pletórico. Su salud mejoraba cada día, y los planes bélicos contra Argel estaban a punto de culminarse. Además, su hijo parecía haberse sometido razonablemente bien a su nueva vida, e incluso en el trazo de las letras que escribía a su madre —y solo a ella— se percibía la firmeza adquirida. El césar, al tiempo que se recuperaba y trabajaba sin descanso, había vuelto a sus lecturas sobre Carlomagno, y estaba más decidido que nunca a calcar, en lo posible, aquellas hazañas.

Fue entonces cuando se tuvo noticia de que Barbarroja, que comenzaba a dibujarse como un villano de leyenda, había ganado Túnez para Solimán el Magnífico. La plaza, que hasta ese momento había sido gobernada por Bey Muley Hassan, vasallo del emperador, poseía un valor estratégico de primer orden. Su situación, en la costa norte africana y al sur de Italia, la convertía en un punto clave para el dominio sobre el Mediterráneo. De quedar en manos de los otomanos, las posesiones italianas del césar se verían expuestas a un peligro constante; todos sabían que Túnez constituía una primera parada en la carrera de Solimán para hacerse con la Europa del sur.

—Argel habrá de esperar. —A pesar de estar convencido de su cambio de estrategia, Carlos se sintió avergonzado de decepcionar de nuevo a su esposa—. He de proteger Nápoles y Sicilia.

Isabel encajó en silencio la decisión.

—Me lo ruega el Santo Padre —siguió él.

—Entiendo que sus exigencias os pesen más que las que yo os hago —contestó la portuguesa, no sin cinismo.

—¡Es Roma quien lo solicita! El nuevo Papa me tiende la mano, ¡por fortuna! Sabéis bien lo que he sufrido a su predecesor, y lo imposible que se me hace asumir mis deberes cuando la Iglesia se me opone.

La emperatriz sabía que el discurso de Carlos no carecía de verdad, pero tampoco el ruego de ella de que se evitasen nuevos ataques sobre las costas españolas. Reconocía que la situación metía al césar en un brete, pero le irritaba que este se fuese a resolver como de costumbre, es decir, desatendiendo a España. Isabel buscó la forma de que la decepción no pusiera distancia entre ellos. La mortificaba enfadarse con él.

—Nada puedo replicar a los mandatos de todo un emperador. Mas acataría mejor vuestra voluntad si vos atendieseis la mía: quedaos en España durante un tiempo largo. Desde la cercanía os haréis cargo de las graves amenazas que soportan estos reinos. Entonces mis exigencias sobrarán.

Lo que Isabel no le dijo a su esposo fue que, si bien aquello era verdad, no dejaba de ser menos cierto que lo necesitaba cerca. No se había recuperado de la sensación de extrañeza que notó cuando temió haberlo perdido, tras el accidente. Durante la convalecencia se fingió fuerte, mientras él andaba abúlico y triste. Pero cuando la sombra de la locura de Juana se proyectó sobre Carlos, la emperatriz se asomó de nuevo a un precipicio. Entendió que aun manteniendo él la vida, ella podía perderlo en espíritu, lo cual venía a significar lo mismo que perderlo por completo. El recuerdo del pequeño Fernando y la separación de Felipe no contribuían a fortalecerla. La regencia constituía el menor de sus apuros, y se veía capaz de asumirla en soledad. Si se negaba a que el césar se ausentase era porque había descubierto que amaba a ese hombre más que a sí misma.

Mientras tanto, en el castillo de Kimbolton, un religioso le tomaba a Catalina la última confesión. En la alcoba apenas entraba luz; la que fuera reina encontraba cierto consuelo en irse sin hacer alarde de su decadencia. Cuando supo de su mal se le antojó tristemente irónico: en su vientre había crecido un tumor, como si las mil maldiciones que durante años había lanzado contra él por no darle un hijo varón hubiesen fructificado, y de la peor manera. La única obra de sus entrañas que había salido adelante la encontraba deshecha en lágrimas. María Tudor rondaba la veintena y era una joven rubia y pálida como su progenitor, además de vulnerable a causa de la vida que aquel le había dado en los últimos tiempos. Catalina había sido su mundo; la admiraba tanto como odiaba a su padre y a Ana Bolena. La injusticia había unido a madre e hija hasta transformarlas casi en una sola persona, aquella que ahora se estaba desgajando con la muerte de la española.

El religioso concluyó el ritual. Catalina estaba preparada para reunirse con el Señor, y lo cierto era que tenía ganas de descansar de una vez por todas. Sin apenas fuerzas, le hizo un gesto a su hija para que se le acercase. María se arrodilló a su lado y le besó las manos con veneración, siempre llorando.

—Quiero irme con vos —gimió la joven.

La de Aragón negó, serena.

—Lamentaos, mas cuando salgáis de esta alcoba, levantad la cabeza y asumid vuestro destino.

—Destierro y soledad, no es otro.

—¿Soledad? Os dejo en la mejor compañía: la del Señor, que ha demostrado estar de nuestro lado.

María sabía a lo que se refería. El primer hijo del rey y Bolena había nacido varón, pero muerto.

—Os llamarán bastarda. Cuando lo hagan —dijo la española—, miradlos como lo que sois: la hija de la reina de Inglaterra, y la que en un futuro lo será.

Antes de morir, Catalina dictó una carta destinada a Enrique. En ella le echó en cara la crueldad con que las había tratado y le pidió que en adelante cuidase de su hija María. Las últimas líneas las reservó para aquello que en verdad quería decirle: que, a pesar de todo, le perdonaba, y que sus ojos aún le deseaban por encima de todas las cosas. Al oírla, María pensó que la misericordia de su madre había de ser uno de los pocos rasgos que no había heredado de ella.

En la corte española, el emperador ordenó una misa por el alma de su tía. A la tristeza inherente a una pérdida familiar se le sumaba la de recordar los últimos años de la difunta. A Carlos le producía nauseas figurarse lo humillante que habrían resultado para ella. Confiaba en poder dedicarle la victoria sobre Barbarroja en Túnez. Que la gloria que a ella le había faltado en los últimos años fuese compensada de algún modo.

Los preparativos para la invasión de la plaza africana no cesaban. Barcelona fue el lugar elegido para que se reunieran los cientos de navíos, provenientes de toda España y de Flandes, que se enfrentarían contra el turco. Entre los muchos legajos que fueron yendo y viniendo al organizar el asalto, apareció un mensaje que llevaba la rúbrica del mismísimo Solimán, aunque nadie poseía garantía alguna de su autenticidad.

—Leed —ordenó el emperador a Tavera, con el interés justo.

El cardenal, con el papel ante sí, sonreía divertido; aquel texto le resultaba cómico.

—Son una sarta de absurdos, majestad. Se viene a excusar por su derrota, ¡antes de la batalla incluso! Y con argumentos peregrinos.

—¿Como cuáles? —preguntó divertido el césar, mientras firmaba documentos.

—Dice que no desea ir al frente a bregar contra soldados, como hizo en Viena. «Batalla sin caudillos es deshonra y no merece ser luchada.» Rebuscada cobardía...

El duque de Alba, también presente, se percató de inmediato de cómo habían calado en su señor las palabras del supuesto Solimán. Carlos se había quedado meditabundo y, sobre todo, agraviado.

—No le falta razón —dijo el césar.

—Tan solo busca restar mérito a vuestro triunfo —dijo el cardenal con un tono menos liviano.

—Evitar la batalla es sensato —añadió el duque—. No os podéis permitir arriesgar la vida, y menos por responder a una ofensa del infiel. El heredero es apenas un niño y vos aún estáis convaleciente.

El emperador prefirió no discutirlo. Estaba seguro de que nadie comprendería su dilema.

Esa tarde salió al campo, por primera vez en meses, y se hizo acompañar de un caballo. Lo que más le costó fue subirse al animal: se notó las piernas anquilosadas, aunque sanas. Le dolió estirarlas, pero una vez en la montura y tras unos primeros instantes en los que el recuerdo del accidente le acongojó, animó al caballo a pasear. Al cabo de un rato, la ansiedad se había diluido. Eso le incitó a acelerar la marcha hasta acabar cabalgando. Notó entonces que el aire le azotaba el rostro, que el sudor le bañaba todo el cuerpo y que el corazón le palpitaba como si fuese nuevo. Pensó que algún día, ese que llegaría siempre antes de lo deseado y sin avisar, no podría hacer lo que estaba haciendo. Para entonces ya solo le quedarían los recuerdos de su grandeza. Era el momento de crear el material de la memoria futura: tocaba actuar.

Unos días más tarde, y cuando Carlos, sudoroso y lleno de energía, regresaba de otro rato de galopes en el campo, Isabel le abordó en uno de los pasillos del palacio.

—Dicen en la corte que albergáis la idea de poneros al frente de vuestros ejércitos. No será cierto.

Carlos se secó el sudor con el antebrazo y se fingió desorientado.

—Me lo imaginaba —siguió su esposa—. Les he respondido que es imposible. Que me habéis prometido permanecer a mi lado. Y que no hay ambición ni orgullo en este mundo que pudiera llevaros a faltar a vuestra palabra.

La emperatriz esperó una respuesta. El césar la notó extraña, quebradiza. El silencio de él resultaba inculpatorio.

—Es un infundio —dijo finalmente.

Se miraron sin decir palabra hasta que ella asintió y, seria, siguió su camino por el corredor.

Los tutores de Felipe estaban sorprendidos de la evolución en el carácter del heredero. Durante los días posteriores a su separación del resto de la corte, el niño se había mostrado rabioso y sentimental, y había escrito a su madre cada noche —unas cartas infinitas y humedecidas con lágrimas—. Sin embargo, poco a poco se fue adaptando a su nueva rutina. Se aplicaba en los estudios, que eran por obligación diversos, y le había brotado un tono erudito. Sentía interés por la música y también quería conocer de pintores. En cuanto a los ejercicios físicos, puntuales y ligeros dada su edad, lo cierto era que había terminado por disfrutarlos. De vez en cuando solicitaba que le entrenaran en el arte de la espada, y aunque lo afrontaba como un juego, sus tutores querían creer que, al fin, el carácter del sucesor se había despertado.

Una tarde en la que uno de sus instructores le enseñaba los rudimentos de la esgrima, el emperador apareció en el horizonte. Lo hizo acompañado del duque de Alba y de un séquito de soldados. El césar dejó atrás a sus hombres; Felipe hizo lo propio con su profesor. Al encontrarse padre e hijo, el segundo se cuadró, lo que provocó orgullo y ternura en el de Gante.

—Volveréis a la corte, por un tiempo.

Al oírlo, Felipe sonrió sin poder evitarlo.

—No os lo toméis como un descanso. Se trata de vuestro deber. El heredero ha de estar allí en ausencia del rey.

—¿Partís? —Nada más decirlo, el niño entendió la presencia de la tropa con la que viajaba su padre.

—La batalla llega antes o después.

El pequeño se preocupó, pero no hizo aspavientos.

—Ambos somos capaces de sacrificios. La grandeza no reside en los títulos, sino en estar a su altura de las circunstancias. —Y mientras lo decía Carlos se preguntó si él lo estaba, porque había abandonado la corte con una mentira, desprovisto de valor para confesarle a Isabel que partía a Barcelona y de ahí a Túnez, traicionando así la palabra que le había dado—. Dad calor a vuestra madre.

Entonces se oyó algún bufido de los caballos de la tropa que aguardaba al césar. Este recordó que no había tiempo que perder.

—Cumpliréis, con todo —le dijo Carlos a su hijo.

Felipe notó una sensación inusual en su pecho: era emoción por la confianza recibida, pero también temor por la vida de su padre. Repitió su saludo marcial, que el emperador desbarató al abrazarlo.

Del mismo modo estrechó Isabel al niño cuando lo recibió en la corte. La sorpresa de tenerlo allí le alegró tanto que tardó en preguntarse la razón de su presencia.

—Os haré compañía mientras él esté ausente.

A la emperatriz le costó asimilar que su esposo la había engañado. Pensó en el hijo que llevaba en sus entrañas, y de cuya presencia no había tenido tiempo aún de informarle. Luego, superada la estupefacción, le invadió la rabia. Olvidó la mesura de la que solía hacer gala. Carlos la había herido en lo más profundo de su ser al mentirle, y sobre todo al condenarla a temer a cada instante por la vida de él. Una guerra; tantas opciones de que no regresase de ella sano y salvo. Sin duda el emperador había pensado únicamente en sí mismo al tomar esa decisión, y eso llevó a Isabel a preguntarse si ese hombre era merecedor del amor que le profesaba.

Y, para su tormento, concluyó que no.

13

La emperatriz entreabrió los ojos. A su alrededor atisbó las figuras pululantes de los físicos y las parteras. Como no se oía aún a criatura alguna, pensó que esta debía de estar aún dentro de su vientre; pero no podía asegurarlo, porque el tormento que llevaba horas sufriendo era tal que había acabado por adormecerla. Percibió el olor a sangre que flotaba en la alcoba, y le resultó excesivo incluso para un alumbramiento. Ese efluvio, casi irrespirable, le despertó recuerdos de Portugal, aunque no adivinó el porqué. Isabel se encontraba cansada como nunca, tanto que le agradó perder finalmente todas sus fuerzas y quedarse dormida.

—Majestad, ¡empuje! —le impelió un médico, despertándola.

Aturdida y desesperada de sentir dolor, la emperatriz obedeció. Al poco la alcoba se alegró con un llanto infantil.

Mientras su hija Juana venía al mundo, Carlos se encontraba asimismo en un nimbo, aunque de fama y belleza. La campaña de Túnez había resultado un éxito, y ahora Roma —origen de los emperadores; cuna de mitos; escenario de Octavio, de Trajano, de Carlomagno en su coronación, ¡de Julio César!— lo recibía por primera vez. La historia de la ciudad no se guardaba tan solo en los relatos de los cronistas, sino que permanecía viva en sus monumentos, los mismos que el de Gante contempló tras hacer su entrada triunfal por la Vía Apia. El trayecto lo dejó sobrecogido. El público que abarrotaba las calles admiró la dignidad del césar en su postura y en sus vestimentas, pero él se sintió nimio en ese entorno, donde cada palmo resultaba subyugante e irreal. Hubo de contener la emoción al pasar ante el Coliseo, el Foro y luego el Panteón. La beldad del lugar, sumada al significado que poseía para quien ostentaba el título de emperador, le hizo sentir que había alcanzado una cima.

Paulo III lo esperaba en la plaza de San Pedro, el núcleo de la cristiandad. Papa y emperador se saludaron con afecto y entraron juntos a la basílica, donde oyeron misa. A causa del contexto, todo poseía para Carlos el peso de lo perdurable.

Sin embargo, cuando de los gestos mudos el Pontífice y él pasaron a las palabras, el encantamiento de lo eterno quedó en segundo plano, y el mundo se volvió como en realidad acostumbraba a mostrarse: mezquino y de talla humana.

—No favoreceré a Francisco, mas tampoco a vos.

El emperador dudaba de sus oídos. La neutralidad del Papa habría sido un acto de justicia en otras circunstancias, pero no en esa: sobre la mesa del Santo Padre descansaban varias cartas, que Carlos le había traído desde Túnez. Se las había arrebatado, junto con otros legajos, al poder otomano. Los encargados de analizar la documentación aprehendida, después de leer aquellas misivas, habían corrido a ponerlas en conocimiento del césar. Este las estudió escandalizado: en ellas quedaba constancia de la colaboración durante años entre el rey de Francia y el Imperio turco.

—¿Pensáis tratarnos del mismo modo? —Tras la respuesta del Santo Padre, Carlos se sentía atrapado de repente en un mundo sin lógica—. ¿A quien viene de arriesgar su vida contra el infiel, y al que ha sido su aliado?

—En los últimos tiempos, Francisco ha dado muestras de querer atajar la herejía en su reino...

El Papa sabía que sus argumentos parecían ridículos dados los pecados del galo, pero lo cierto era que con el paso del tiempo su exigencia de ortodoxia se le había antojado poco práctica. De mantenerse fiel a ella tan solo podría contar con el césar, y de ahí a dejarse absorber por su Imperio quizá tan solo hubiera un paso. La opinión de la mayoría de sus colaboradores en el Vaticano se manifestaba en ese sentido, y la advertencia había calado en el Santo Padre a lo largo de reuniones, cenas, murmullos y mensajes.

—¡Me ofendéis al comparar el ajusticiamiento de cuatro reformistas con lo que yo he debido de bregar, y aún brego, para salvaguardar la fe de Cristo! —sentenció Carlos.

Al no tener argumento con que replicar, el Pontífice optó por exigir.

—Debéis desistir de vuestra pugna, por el bien de la cristiandad.

—¿Acaso mi mano ha asestado el primer golpe en alguna ocasión? ¿Quién ha actuado ahora sobre Saboya? ¿Quién amenaza de nuevo Milán?

El Santo Padre sabía de las últimas acometidas de Francisco, quien, incluso arruinado como estaba, había vuelto a retar al emperador mientras este batallaba en Túnez. La tozudez del galo parecía infinita, y resultaba complicado no convenir que era todo un agitador. Pero ¿qué solución restaba? ¿Atacar Francia, acaso? ¿Crispar a la cristiandad cuando esta apenas podía sostenerse en pie dada la brecha reformista y la autonomía inglesa?

—Vos violasteis esta santa ciudad, y se os ha perdonado. Os exijo paz, ¡a ambos! Asumid que nada podéis hacer para variar mi voluntad.

Y aunque Carlos sabía que eso era cierto, su indignación no le permitió limitarse a acatar. Nada hizo durante días, y vivió en Roma una Semana Santa devota, durante la que lavó los pies de hombres menesterosos y rezó ante las más bellas imágenes. Pero el día que el Papa y el Colegio Cardenalicio se reunieron para despedirlo, el emperador tomó la palabra y heló la sangre de los presentes acusando al rey francés por su amistad con el turco, y reivindicándose como el único valedor sin mácula con el que, por desgracia, contaba su credo. Pronunció un lamento cargado de sinceridad y encendido por la rabia acumulada durante décadas de desengaños: por mucho que había intentado gobernar pacíficamente, Francisco jamás se lo había permitido. El galo despreciaba los apuros del cristianismo; toda su existencia podía circunscribirse a la preocupación por inflar su gloria y menoscabar la de Carlos. Esa terquedad no solo se le antojaba agotadora, sino que había empobrecido a los reinos contendientes y les había desviado del que tendría que haber sido su único empeño: reducir a los de Solimán.

Los asistentes, estupefactos ante la crudeza del césar, se quedaron mudos cuando este se dirigió sin ambages al Pontífice y le acusó de avenirse por igual con el mártir que con el pecador, con el pacífico que con el fanático. La concordia no podía pagar el precio de la injusticia, y en todo caso era al francés a quien había de exigírsela. Carlos sabía que sus palabras quizá apenas consiguieran retumbar en ese salón y producir un efecto incómodo, aunque fuese tan solo por un breve momento, a los que las escuchaban. Pero su paciencia había rebosado. Al menos la posteridad sabría cuánto le había hecho padecer Francisco, y de qué manera tan fútil le había obligado a pelear durante años.

—Y con esto acabo diciendo una y tres veces: ¡que quiero paz, que quiero paz, que quiero paz!

Mientras tanto, en la corte española, Isabel se preocupaba de recuperarse del parto de Juana. Para su alegría había traído al mundo a una criatura sana y contentadiza, pero el desgaste físico que eso acarreó obligó a la emperatriz a guardar reposo. Desde el lecho trataba de atender sus responsabilidades como regente. Los deberes resultaban una buena excusa para que los físicos la dejaran tranquila, ya que desde el alumbramiento le prestaban demasiada atención y asumían un tono grave y condescendiente con ella. La única razón para su cansancio, pensaba Isabel, era que tenía ya treinta y tres años, que había dado a luz en varias ocasiones, que Barbarroja había entrado de nuevo en las costas españolas y arrasado Mahón y que su enfado con Carlos le restaba la energía de antaño. Antes de que Túnez les hubiese enfrentado, las ausencias de su esposo se le hacían difíciles de sobrellevar, pero la portuguesa era capaz de mantener viva la ilusión del reencuentro. Ahora, tras la mentira del emperador, volver a verlo se le antojaba violento. Seguía amándolo, pero se juzgaba necia por ello.

Una mañana, el cardenal Tavera se personó en la alcoba de la emperatriz algo más tarde de lo habitual. Ella le reprendió, pues los despachos pendientes para esa jornada exigían diligencia. El religioso no respondió a su queja, sino que se limitó a mirar a su señora como si fuera la primera vez que se vieran.

—He departido con los físicos. Debéis evitar volver a quedaros encinta, majestad.

La portuguesa apartó la mirada de los legajos que cubrían su lecho.

—Me guardan en demasía. Atiendo su consejo, mas no como dogma.

—Si no cejáis, ¡correréis demasiados riesgos de morir pariendo!

El bramido encogió a Isabel. El cardenal se avergonzó de su arrebato, pero no del efecto que había causado: la mujer se encontraba de golpe tan turbada como él quería que estuviese.

—Vuestro cuerpo está agotado para esa labor.

Ambos guardaron silencio. Sabían que la prohibición de quedarse embarazada implicaba la de hacer vida separada con el césar. El cardenal era consciente del amor que se profesaban aquellos a quienes servía. Le dolía que le hubiese tocado la labor de distanciarlos.

—¿Deseáis que hable con el emperador cuando regrese? —preguntó con delicadeza el religioso.

La emperatriz lo meditó por unos instantes. Luego negó. Llevaba semanas intentando abrigar desdén hacia Carlos; ahora que los médicos le imponían esa frialdad, se arrepintió de cada minuto que no había empleado en amarlo sin freno. Lo habría dado todo por una noche más a su lado.

De modo que trató de prepararse para asumir la orden de los físicos. En realidad lo que le preocupaba era no poder asegurar la sucesión trayendo al mundo otro hijo varón. Por fortuna Felipe, aun con su fuerza inconstante, crecía sano. La verdadera condena de aquel dictamen sobre su salud era que no podría yacer de nuevo con su esposo. De entonces en adelante habrían de comportarse como un matrimonio de ancianos: la pasión habría de dejar paso a la amistad, al contacto limitado a los besos castos y a darse la mano en el lecho antes de quedarse dormidos. No faltaban los que ensalzaban ese tipo de vínculo, que consideraban más digno que el que se asentaba sobre el deseo —el amor espiritual como una victoria sobre los instintos—. Sin embargo, la emperatriz anticipaba sombras: las de las infidelidades de un esposo insatisfecho, y las de su propia frustración.

El conflicto entre lo que debía hacer y lo que deseaba cristalizó en Isabel apagando su ánimo. El futuro había perdido el brillo para ella. Tan solo se contentaba con la compañía de su hijo. Felipe y su madre se veneraban mutuamente, de una forma profunda e irremediable, como si el nudo de carne que un día les había unido no se hubiese cercenado jamás. Las ausencias del emperador habían afianzado esa ligazón: durante aquellos períodos solían convertirse, el uno para el otro, en la única fuente de alegrías diarias. Ese vínculo se había fortalecido desde el fallecimiento del pequeño Fernando. Isabel no podía recuperar a aquel hijo, pero sí resguardar de la desgracia al que le quedaba. Lo protegía en exceso, a decir de muchos. La salud del heredero se había vuelto una obsesión para ella, y tan pronto como Felipe daba muestras de alguna afección, por nimia que fuese, la emperatriz ordenaba que se le cuidase como si el achaque fuese a devenir en letal. El niño, que poseía un carácter similar al de su padre —es decir, aparentaba frialdad, pero en realidad el suyo era un espíritu sensible que se protegía de los azotes del mundo—, terminó por asumir las preocupaciones de su madre, y se convirtió en un pequeño hipocondríaco, y también por imitación a Isabel, en un devoto precoz. En el fondo, el heredero no era sino un calco de su padre: por su carácter, por la responsabilidad que le iba a tocar asumir, y por el amor sobrehumano que profesaba a Isabel.

—¡Mi amada!

El emperador buscó el abrazo de su esposa. Tras el recibimiento protocolario en presencia de toda la corte, había conseguido al fin quedarse a solas con ella. Pero el aire de la portuguesa le hizo frenarse: su gesto de disgusto era tal que creaba a su alrededor un círculo inviolable.

—¿Acaso esperabais dulces palabras de bienvenida? —le espetó ella.

Él se quedó aturdido.

—He sobrevivido a una guerra. ¡Por supuesto que esperaba calidez de vuestra parte!

—Me engañasteis. Y desamparasteis a vuestra familia tanto como a estos reinos.

Carlos había confiado en que el tiempo y la añoranza le hubiesen procurado el perdón de su esposa. La había echado a faltar cada mañana y cada anochecer, y ahora ella le estaba dispensando una hostilidad que convertía la actitud del papa Paulo en amistosa. El césar estaba furioso.

—¡No hice sino lo que el deber imponía! Y no dudaría en actuar del mismo modo si se diese la ocasión.

Isabel se encaminó hacia la puerta, dejándole con la palabra en la boca.

—No os reconozco.

El emperador pronunció esas palabras cuando su esposa estaba a punto de desaparecer de su vista. Ella habría deseado volverse y confesarle que no era el rencor, sino el miedo a seguir amándolo o morir lo que la había trastornado. Sin embargo, las palabras no le llegaban a la lengua; se quedaban atrapadas en su pecho, como aves desesperanzadas que no se animasen a emprender el vuelo pero aleteasen nerviosas, desgarrándola por dentro.

Tras varias jornadas de tensión y mutismo, Carlos se presentó ante Isabel despojado de vanidad.

—Me equivoqué partiendo del modo en que lo hice —reconoció—. No reniego del compromiso que tengo con mis deberes, pero jamás debí faltaros al respeto con una mentira. Quizá no me creáis si os digo que me he despreciado por ello durante todo este tiempo.

La emperatriz le creía; por eso le amaba.

—Os he añorado tanto, mi señora...

El césar se aproximó a su esposa, la rodeó con sus brazos y le posó la boca sobre el cuello. A la emperatriz se le electrizó la piel al notar la tibia respiración del hombre al que quería. Él llevó la mano a su cintura y la asió con fuerza. Isabel parecía indiferente pues apenas se movía, pero estaba entregada, con los ojos cerrados y la imaginación en otro mundo, allí donde ese arrebato podía ser llevado a término. Cogió entonces la mano de él, aquella que la agarraba con tanta virilidad, y la alejó de sí. El emperador se sintió ofendido.

—¿Me rechazáis? —En la voz del césar había molestia, pero también una tristeza profunda.

Contemplando los ojos de su esposo, que le mostraban desamparado, Isabel pensó que por evitarse la muerte se estaba dando una existencia que no deseaba vivir.

La única manera que el de Gante encontró para sobrellevar la frialdad de Isabel fue centrarse en los asuntos de gobierno. El malestar, sin embargo, no le abandonaba, y le hacía comportarse sin templanza.

—Si Francisco desea guerra, la tendrá.

—Majestad —dijo el duque de Alba, que no era precisamente un hombre que esquivara las soluciones violentas, pero sí las ilógicas—, no hay recursos.

—¡El dinero, siempre el dinero! ¿Acaso gobierna el metal más que yo?

—Sois lo bastante sensato como para responderos.

Carlos le dio la espalda con disgusto. El aristócrata poseía la mente más privilegiada entre sus consejeros; lo malo era que tenía plena conciencia de ello. Su lealtad resultaba tan intachable como la de su abuelo Fadrique; el césar no albergaba duda de que el duque daría la vida por él. Pero era incapaz de guardarse una crítica.

—Vuestros reinos necesitan paz —insistió el de Alba.

—¡Y mi alma! Y no se la concedo. —El emperador contempló el mapa de Europa que tenía ante sí y rastreó en él como un águila que sobrevolara el campo buscando presa, hasta detenerse a planear sobre la que le interesase—. Invadamos la Provenza.

El otro, tras unos instantes, asintió. Cuando sus consejos eran desoídos acataba las órdenes y las defendía como si hubiesen salido de él. Se percató, sin embargo, de que su señor, a pesar de la determinación tomada, seguía agitado. Lo cierto era que Carlos desconfiaba de su propio criterio. Perdido el amor de su esposa, que siempre se le había antojado su única certeza, vagaba sin asidero alguno.

Una mañana, mientras tomaba lecciones de latín, Felipe sintió un vahído. Su tutor, alarmado, hizo llamar a un físico, que no encontró nada reseñable en el niño. Sin embargo la escena se repitió dos días más tarde, y esta vez acabó con el heredero en el lecho, sin energía, empapado en sudor y lanzando un discurso extraviado: padecía de fiebres.

En un primer momento la corte mantuvo la serenidad, pues todos conocían el alarmismo de la emperatriz y solían ejercer de contrapeso con respecto a sus temores acerca de la salud del sucesor. Pero con el paso de las horas el optimismo se tornó insensato: a decir de los físicos, el príncipe se encontraba grave.

Cuando Carlos entró en la alcoba del pequeño, Isabel ya se encontraba allí. La mujer, que temblaba, tenía una mano de su hijo entre las suyas, y musitaba un rezo sin apenas detenerse a tomar aire. En sus mejillas se habían secado unas lágrimas.

El césar se sentó en una butaca algo alejada de la de ella y miró, al príncipe, que estaba dormido. Se asemejaba a una vela posada en mitad del lecho: amarillento, inerte, encendido por la fiebre. Sobre qué hombros tan frágiles descansaba el futuro del Imperio, pensó Carlos.

Durante largo rato, y a pesar de que ninguno de los dos salió siquiera de la alcoba, el matrimonio no se dirigió la palabra. Hubo miradas, a ráfagas y tímidas, y nada más que eso. Hasta que unos sirvientes les llevaron comida para pasar la noche y el emperador vio que su mujer se negaba a probar bocado.

—Alimentaos, os lo ruego.

—¿Con qué apetito?

Carlos se acercó a ella con un dulce y se lo ofreció. Isabel lo miró, pero no reaccionó. Él tomó entonces sus manos y posó el alimento sobre ellas que, frágiles, no lo sujetaron. El dulce cayó al suelo y la emperatriz estalló en llanto. El césar la abrazó, primero con timidez y al poco con vigor.

Felipe despertó con las primeras luces del alba. Lo primero que vio al abrir los ojos fue a su madre, que se había quedado dormida sobre el hombro del emperador.

—Hijo —exclamó el césar.

Isabel se despertó en el acto. Los ojos del niño habían recuperado el fulgor de la salud; eran los de alguien agotado pero anclado a la vida. Su madre habría llorado de alegría si le hubiesen quedado lágrimas para hacerlo. Sin embargo, a pesar del alivio, la emperatriz no se deshizo de un pensamiento que le había surgido nada más ver a Felipe enfermo: su deber como esposa no era otro que proporcionarle un heredero a Carlos. Los sentimientos que les unían no podían hacerle obviar la verdadera razón de su presencia en esa corte, e incluso en la vida del césar. El Imperio estaba por encima de ambos, y su misión consistía en que se perpetuase, en que su época no supusiera una merma para ese ideal que duraba siglos. Si Felipe hubiese muerto, su función habría fracasado. Muchos eran los privilegios de ser emperatriz; cómo no cumplir con el más importante de sus deberes.

Esa noche, después de que Carlos le hiciera el amor, Isabel, que no podía conciliar el sueño, dio gracias a Dios por que su sacrificio fuese tan dulce.

> El Gran Turco ha asolado las costas de Italia. No ha hecho sino aprovechar la vulnerabilidad de la cristiandad, que está enzarzada en guerras cainitas y ofrece así la espalda a su verdadero enemigo. Roma se siente amenazada, y los culpables no sois sino vos, el rey Católico y el Cristianísimo. Ni Dios ni la posteridad perdonarán vuestro egoísmo. Os ordeno paz, y que las energías y los hombres que destináis a mataros entre hermanos nos salven, si todavía hay plazo, del infiel.

> PAULO III

Después de leer la carta del Santo Padre, el emperador reconoció que había provocado el efecto deseado: se sintió culpable. A pesar de que sus vísceras le pedían prolongar la lucha contra Francia, la acometida de los otomanos contra las costas italianas resultaba dramática, y de consecuencias temibles para la cristiandad y para sus propios dominios en la zona. Dios parecía haber castigado la estrechez de miras tanto suya como de Francisco.

El césar miró a cada uno de sus consejeros y les pidió su opinión. Como esperaba, el duque de Alba no tardó en responder:

—En Roma alzasteis por tres veces la voz pidiendo paz. ¿Qué lógica demostraríais si no respondieseis a la llamada del Papa?

Carlos buscó entonces el criterio del cardenal Tavera.

—No logramos ganar Provenza. La tregua sería conveniente incluso si no hubiese excusa para ella.

—Entiendo vuestras razones, y las comparto, mas... —El césar creyó haber vivido antes esa situación; los mismos problemas, idéntico dilema—, ¿por qué he de ser siempre yo quien cede?

—Porque, mi señor, la sensatez de la que carece Francisco, Dios os la otorgó a vos.

En la corte gala, el ruego del Papa tuvo un eco similar. Los consejeros, como un coro griego, trataron de expresar la voz del reino, que no decía otra cosa que: ¡basta! Para Francisco, como para Carlos, la rivalidad entre ambos se había convertido en una desgracia adictiva. Ambos dedicaban una parte de su espíritu a medirse con el otro, a sumar agravios, a buscar razones para prolongar eternamente el rencor. Desde hacía tiempo ese recuento tenía poco de objetivo. En realidad, Francisco jamás había superado la decepción de no ser designado emperador en su día, tras lo cual había buscado incesantemente la pelea, como un navajero de puerto. Por su parte Carlos, aunque se sabía víctima de la agresividad del galo, tampoco había aprendido a anteponer la negociación a la batalla. Y que la guerra entre ellos se hubiese eternizado era justo lo que impedía que cesara: ninguno quería que todos sus anteriores esfuerzos para salir vencedor hubieran sido en vano.

Pero la vanidad de los hombres a veces se deja tambalear por la desgracia, y eso sucedió en el caso de ambos. El espíritu del emperador transitaba por un sendero piadoso tras lo vivido con Isabel y con Felipe. Mantener la pugna con el galo había descendido en su orden de prioridades y consideró que, dado que Dios había salvado a su hijo, quién era él para condenarle a recibir una herencia de enfrentamiento.

En el caso de Francisco, fue una enfermedad la que le restó brío. Mientras le duró la afección, su esposa, Leonor, no se separó de su lado. Hacía guardia junto a su lecho con la dedicación propia de una mujer amada, cosa que estaba lejos de ser. La hermana de Carlos había decidido emplear su capacidad para querer a fin de ganarse al francés y salir así de su ostracismo en la corte, y en el lecho. No aguantaba por más tiempo no importarle a nadie. El mal de Francisco le brindó la oportunidad de entregarse a él —pues hasta entonces, lleno de salud, el monarca le había resultado inasible, un hombre huidizo y sin remordimientos a la hora de ser adúltero—. El rey, entre padecimientos, se enterneció con la abnegación de Leonor, y dejó atrás el desdén con que la había mortificado prácticamente desde que se casaron. Durante aquellos días de convalecencia ambos se sintieron de algún modo en Madrid, el lugar en el que se habían conocido y donde Leonor había ejercido, como ahora, de cuidadora. El lazo que les había unido entonces revivió. Su relación parecía ganar sentido cuando él era un hombre debilitado y ella, la dadora de fuerzas.

La cercanía que había surgido entre ellos le dio un color distinto a la situación en Italia.

—He aceptado una tregua con vuestro hermano —le dijo un día Francisco, cuando la enfermedad estaba mermando.

Desde que llegara la misiva de Roma, Leonor había buscado la forma de convencer a su esposo de que aceptase el ruego del Santo Padre. No era tan solo ella quien lo deseaba, sino también los súbditos, los consejeros e incluso el príncipe Enrique. Quien sería el heredero tras la muerte de su hermano tenía ya diecinueve años, y no había tardado en concienciarse del futuro que le esperaba. No olvidaba su rencor hacia el césar —ni un solo día, y menos desde que muriese el primogénito, parte de cuya corta vida había sido desperdiciada en aquella celda del castillo de Pedraza—; pero temía aún más recibir de su padre un reino en bancarrota, desafecto con la Corona y con su linaje. Dispondría de tiempo para saldar la deuda que el emperador tenía con él. Por ahora, lo más sensato parecía ser poner fin a la guerra.

—¿Por qué una tregua, pudiendo tener una paz duradera? —le replicó Leonor a su esposo—. ¿Acaso no la aceptaríais de recibir Milán?

—¿Milán? —Rió Francisco, y dejó de hacerlo tan solo porque le faltaban fuerzas—. Vuestro hermano jamás me lo concederá.

—Me subestimáis. Lo habéis hecho siempre.

El rey acusó el comentario: se le borró la sonrisa.

—Vuestra madre y mi tía consiguieron en su día que los combates cesaran.

—El precio que pagué por ello fue la deshonra. Me niego a repetirlo —dijo él.

—Conseguiré para vos lo que buscáis si me premiáis por ello.

—¿De qué modo?

Leonor miró a su esposo y se preguntó por qué razón, a pesar de todo, seguía deseándolo.

—Con un hijo.

—¿Estáis seguro de lo que decís?

—Así es, majestad.

Isabel, demudada, contempló cómo el físico recogía sus bártulos. Por fortuna encontró un resquicio de entereza para decir:

—No deis noticia de ello a nadie. Os lo ordeno.

El médico asintió y se despidió en silencio, apesadumbrado; conocía las potenciales consecuencias del diagnóstico que acababa de dar. Ya a solas, ella se cubrió el vientre con las manos, que para entonces le sudaban.

Al cardenal Tavera se le esfumó la sangre del rostro cuando la emperatriz le contó que estaba embarazada de nuevo. Atropelladamente, y debido a la preocupación que sentía, acusó a la mujer de insensata. Isabel escuchó sus reproches como una inútil letanía de faltas, porque ella ya se había inculpado desde que supo de su estado. Por último, consciente de que nada se podía hacer ya para remediar el peligro, el religioso se dejó de recriminaciones.

—Habéis de decírselo al emperador —terminó.

Pero Isabel no lo hizo. Carlos había de marchar de inmediato hacia Francia para reunirse con su eterno enemigo, que se había avenido a sentarse a negociar. ¿Cómo obligarle a partir con la carga de saber que su esposa quizá se había condenado, y que él había contribuido a ello? Por eso la despedida entre ambos, que tuvo lugar una jornada después, se limitó a buenos deseos, a muchos «volved pronto» de parte de la portuguesa y al semblante de frustración del cardenal, que fue testigo de ese teatro en el que el césar cumplía el papel de esposo despreocupado, sí, pero a costa de permanecer ignorante.

Habían transcurrido siete años desde que Leonor y Carlos habían tenido el último encuentro. La reina gala pidió recibirlo en privado antes que nadie; un privilegio de familia sacado de la manga al que Francisco accedió. El emperador la notó algo desmejorada pero animosa; desconocía que esa alegría, debida al acercamiento entre ella y el soberano francés, era reciente y resultaba toda una novedad. Su hermana prefirió guardarse para ella la travesía de aislamiento en la que se había convertido su estancia en la corte gala hasta hacía bien poco. No deseaba enturbiar las negociaciones de paz, ni rescatar para el presente aquella época de vacío que daba por superada. Confiaba en lo que pudiera depararle el futuro, tanto a Europa como a ella, y eso únicamente cabría si se enterraba el pasado sin mirar atrás.

—Os ruego que dejéis a un lado pesimismos y rencores cuando os sentéis a dialogar con mi esposo —le dijo Leonor a su hermano—. De este encuentro podría surgir lo que nunca se dio: un armisticio sin fin.

El emperador se mostró tan sorprendido como escéptico.

—Bien sabéis que no quiero cosa distinta. Mas sus demandas han de ser tan justas como las mías.

—Concededle Milán —dijo ella.

A Carlos se le escapó una risa sarcástica, de decepción.

—Pensaba que hablaba con mi hermana; olvidé que también sois la reina de Francia...

Leonor retuvo al césar, que ya se escabullía.

—A cambio del ducado, pedidle que bregue junto a vos contra el infiel. ¿Desdeñaréis la ocasión de cumplir vuestro deber primero como defensor de la fe? Milán es un justo precio si garantiza la cruzada.

Al principio, el césar se resistió a figurarse cómo sería combatir codo con codo con Francisco contra Solimán; sin embargo, cuando esa imagen surgió en su mente, cualquier otra posibilidad se le antojo peor. La cuestión era la de siempre: ¿podría confiar en el galo? ¿Bastaría el ducado de Milán para hacerle desistir de esa competición perpetua que mantenían ambos?

Cuando Francisco lo abrazó a modo de bienvenida, Carlos no supo cómo reaccionar. Los brazos infinitos que lo rodeaban eran los de quien le había atacado una y otra vez; los del que, tras jurar lo contrario, le había engañado en Madrid, y también, y ante todo, los de quien no había tenido escrúpulos para aliarse con el infiel. A pesar de todo ello, el césar correspondió a su gesto; el protocolo obligaba.

Luego se contemplaron, estudiándose con detenimiento el uno al otro. Ambos semejaban una versión de color más apagado que en su último encuentro. Si bien estaban en la plenitud de la vida, esta había sido, en los dos casos, más intensa que la de mil hombres juntos.

—Hemos envejecido, emperador —dijo Francisco.

—Eso debería habernos hecho más sabios.

Dieron comienzo a un paseo que los alejó de quienes les acompañaban. Montmorency y el duque de Alba permanecieron en sus sitios, mirándose de reojo, con complicidad; sintiéndose en cierto modo víctimas de la cabezonería de sus señores.

—¿Más sabios? Sin duda lo somos —sentenció el galo—. Por eso os he invitado y vos aquí os halláis. —Carlos se lo concedió con un leve asentimiento—. Mi voluntad es la paz. ¿Veis posible el acuerdo?

—¿Veis posible el cumplirlo?

Se sonrieron con socarronería. Había en ellos el deje de un matrimonio ruinoso pero condenado a convivir durante toda la eternidad.

Si había de juzgar las intenciones de Francisco por el despliegue de honores, Carlos estaba obligado a la esperanza. Se sucedieron las fiestas y los banquetes, los bailes y los juegos cortesanos. Nadie hubiese dicho que aquellos dos hombres, apenas unas semanas atrás, estaban al mando de ejércitos que se masacraban.

La cumbre sirvió también para que el emperador se reencontrara con el heredero al trono francés, Enrique, al que en su día había tenido cautivo en Castilla. El entonces niño se había convertido en un joven a punto de entrar en la veintena. Poseía unos enormes ojos tristes que impresionaron a Carlos: quizá la huella de aquel presidio de su infancia había quedado impresa en su mirada. El muchacho le presentó a su esposa, Catalina de Médici, pero en general se mostró lacónico. Entonces el emperador tuvo la certeza de que no había olvidado la amenaza que, siendo niño, le había lanzado al abandonar Madrid; y no solo eso, sino que seguía manteniéndola y tal vez alimentándola.

Con el paso de las jornadas, el de Gante fue formándose un juicio sobre la voluntad de paz de su rival, y comenzó a creer en ella. Francisco continuaba siendo, sobre todo cuando se sentía observado, un hombre presumido y retador —era incapaz de capitular incluso en un juego o en un diálogo—. Pero cuando el césar y él conversaban a solas, con esa complicidad que les otorgaba compartir grandeza y cargas, al galo se le notaba más humilde que en el pasado. Carlos lo achacó a las pérdidas de su madre y su primogénito. ¿Quién no saldría más sensato de tanta tragedia? Llegó a dudar de que él fuese capaz de levantar cabeza tras un golpe así.

—Comprometamos a nuestros hijos —le propuso el emperador poco antes de su partida, cuando el acuerdo centraba ya sus charlas—. A mi pequeña María y a vuestro Enrique. Y que la dote sea Milán.

—¿Ni para mí ni para vos?

—Dentro de un tiempo, pasaría a vuestro linaje. Mas el precio es la paciencia… y que os pongáis por entero al servicio del Santo Padre, y nunca jamás del infiel. Juntos, contra Solimán, como siempre ha debido ser.

Francisco lo meditó. Hubiese querido ganar el ducado sin tener que esperar una generación, pero si el precio era el tiempo lo pagaría, pues era el único bien que poseía ya. Finalmente, aceptó.

Poco después, el emperador fue despedido con grandeza. Leonor se mostraba radiante cuando le dijo adiós, debido al acuerdo de paz obtenido, que sin duda ella había facilitado, pero también a causa de la noche previa, en la que Francisco la había visitado en su alcoba por primera vez en años.

Antes de tomar el carruaje que habría de llevarlo de regreso a España, Carlos se acercó al heredero del trono galo. Enrique, con los ojos como dos lunas taciturnas, le estrechó la mano, cordial pero ceremonioso en exceso. El césar se lo quedó mirando. Le hubiese gustado saber qué se escondía bajo esa faz de rasgos grandes y lánguidos de cristo gótico.

—No seáis vos y mi hijo tan locos como vuestros padres —le rogó.

Cuánta felicidad sintió Carlos cuando conoció la noticia de que Isabel estaba embarazada. La emperatriz compartió su alegría, porque durante la ausencia de su esposo se había ido convenciendo de que las previsiones de los físicos eran tan solo eso, presunciones humanas que poco adivinaban y nada podían determinar. Nadie —ni los médicos, ni el cardenal, ni siquiera ella misma— había contado con un elemento fundamental: su voluntad. ¿Hizo caso en su día a los que le pedían que renunciase al emperador, cuando el enlace parecía imposible? No; entonces se comportó como si sus sentidos no existieran, se aisló del pesimismo de todos y se obligó a creer. Solo esa cabezonería aparentemente insensata le permitió desposarse con el césar. Isabel se dijo que emplearía esa misma fuerza para salvarse y para dar al reino seguridad en la sucesión. Tendría un hijo, sería un varón, y ella volvería a demostrarles a todos que solo su tesón forjaba su destino.

Lo cierto era que al emperador, nada más retornar, le esperaba la organización de una nueva campaña contra el turco, que por vez primera contaría con el apoyo de Francia, aunque aún restase tiempo para que ambos se recuperasen lo bastante de las guerras como para poder costearla. Estaba entusiasmado por las posibilidades que abría esa colaboración; si Solimán había sucumbido en Túnez, ahora que las tropas contra él serían el doble de numerosas, entregaría sin duda Constantinopla, cuya recuperación para la fe cristiana era un objetivo desde que cayera en manos otomanas en 1454. Ningún logro tanto como ese podría hacer sentirse al Habsburgo, al fin, digno portador de la corona de Carlomagno.

Sin embargo, cuando la estrategia se hallaba ya elaborada el francés se echó atrás. Los turcos no pensaban prescindir tan fácilmente de su cómplice europeo, ni permitir que sus intentonas de avance en el Viejo Continente fuesen repelidas por la alianza de los hasta ahora rivales. Les interesaba un Occidente desunido, y por si Francisco no era de la misma opinión, lo amenazaron para convencerle. Al monarca galo, a quien la enfermedad le había hecho valorar más su vida y desdeñar los riesgos, la campaña de Constantinopla comenzó a antojársele una hazaña delirante por la que no merecía la pena morir. Si la cristiandad había sobrevivido durante casi cien años sin esa plaza, podría aguantar del mismo modo otros cien.

Lo que nadie adivinó fue que la decepción de no poder contar con Francia espolearía a Carlos a afrontar la empresa él solo, y sin demora. El césar era un hombre obstinado, que difícilmente renunciaba a un empeño hasta conseguirlo, o al menos hasta desgastarse en el intento. El duque de Alba y el cardenal Tavera emplearon mil argumentos para tratar de disuadirlo, pero no hallaron la forma. El religioso era el que discutía con más vehemencia: le importaba el descalabro económico que pudiera comportar la campaña, pero aún más que, a su vuelta, el emperador se pudiese descubrir viudo.

Carlos, con el ánimo encendido al no encontrar sino oposición en sus colaboradores, dejó atrás el consejo y enfiló un pasillo. A su espalda se escuchó la voz de Tavera.

—Majestad.

Pero el césar no deseaba seguir escuchando objeciones a sus planes.

—¡Os lo ruego!

El cardenal le agarró del brazo para retenerlo; un gesto que se saltaba todos los protocolos y que, dado el enfado del césar, soliviantó a este.

—¿Cómo osáis?

—Hay algo que debéis saber. Se trata de la emperatriz.

Carlos esperó a serenarse para ir al encuentro de su esposa, y la empresa le costó horas. La revelación de Tavera había resonado sin descanso en su mente desde que la escuchara. El mensaje le pareció propio de otro mundo: el césar no sabía cómo encajarlo en el suyo, donde Isabel había de ser eterna, pues le resultaba necesaria como el alimento o el suelo. Le pidió al cardenal que le dejara a solas.

Primero se dijo que no podía ser cierto.

Más tarde, todavía a solas, se enfadó. ¡Qué insensata había sido entregándose a él cuando sabía ya a lo que se arriesgaba! La odió por ello, por haber sido tan necia como para condenarse.

Luego intentó imaginarse la vida sin ella.

Mil y una imágenes de Isabel se agolparon en su mente. Cada una le resultó tan valiosa como tantas Constantinoplas. Pensó entonces que aún podría seguir atesorando recuerdos de su esposa, y llenar así su mente con ella, con la forma de sus uñas, con el sonido de su voz, con los mil detalles que expresaban sus ojos verdes, con aquel lunar en la espalda, y con esa forma de hacer infinitos sus labios al sonreír. Podría olerla, y tocar el canto de sus orejas, tan suave, y escuchar ese ronroneo que antecedía a sus reproches. Podría...

Y corrió, corrió a través de una sucesión de pasillos y salas, que le pareció sin fin, porque deseaba llegar lo antes posible hasta ella, y empezar a acumularla en su memoria, y así no perderla nunca.

—¿Por qué no me rechazasteis?

Isabel bajó la mirada. En el fondo le agradeció al cardenal la traición, porque la farsa había acabado por resultarle insoportable.

—Me asaltaron temores.

—¿Los hay mayores que el de poner en riesgo vuestra vida?

La emperatriz miró a su esposo con toda la franqueza de la que fue capaz.

—No haber cumplido mi papel de asegurar la sucesión del reino... O perderos.

Carlos la observó a su vez sin entenderla. Sabía a lo que se refería, pero no parecía algo propio de ellos, sino de otros matrimonios, mediocres todos.

—Nada podría separarme de vos. Pronto lo descubriréis.

La portuguesa le creyó. Se le humedeció la mirada.

—Todo irá bien —dijo ella; en las últimas semanas se había estado repitiendo esas palabras cada día, a cada hora, y le aliviaba poder expresarlas en voz alta, para que tuviesen más fuerza.

—No lo permitiré de otro modo.

Se abrazaron, con el mismo amor y el mismo miedo.

Aquella noche, de madrugada, mientras Isabel descansaba ya, el emperador perdía la mirada en la nada ante una jarra de cerveza, en una sala en la que solo le acompañaba su sombra.

—¿Va a morir? —dijo una voz aún sin madurar.

Carlos levantó la vista. En el umbral de la puerta se hallaba

Felipe, vestido para dormir pero con el semblante de quien ni lo contempla.

—¿Lo sabíais? —se asombró su padre.

—Escuché lo que no debía, y quise creer que mis sentidos me habían traicionado.

El césar entendió. Le animó a sentarse a su lado. Al acercarse Felipe, Carlos se percató de que estaba a punto de llorar.

—Es por mi culpa, ¿no es cierto?

—¿Qué decís?

—Si yo fuese más fuerte, si ella no temiese por mí, no habría tenido que arriesgarse para daros otro sucesor.

A Carlos siempre le sorprendía su hijo: su aspecto resultaba frágil, pero parecía poseído por un adulto sensato y taciturno.

—Que Dios me lleve a mí, y no a ella, padre.

—Si tal magia existiese, no se llevaría a ninguno de vosotros, os lo aseguro.

Felipe estaba haciendo grandes esfuerzos por no llorar.

—Confiemos en sus fuerzas —le animó el césar.

—Pero ¿y si...?

Padre e hijo intercambiaron una mirada muda.

—Que Dios decida. Tan solo os pido que, pase lo que pase, me ayudéis. Sois mi heredero.

El niño había escuchado en muchas ocasiones esa palabra, «heredero», pero jamás le había sonado como en aquel momento. El destino que le había tocado en suerte siempre se le había antojado un desafío temible, en parte porque muchos no le creían preparado para afrontarlo. Pero Felipe, que era observador y reservado como su padre, sabía interpretar a los demás sin necesidad de que se expresasen abiertamente; y lo que había leído en la mayoría de los que le rodeaban era que habría convenido que el sucesor de un legado tan excelso mostrase un carácter bien distinto: más enérgico, quizá más sabio, sin duda menos apegado a su madre. Pero en esas horas tristes, en aquella sala con olor a cerveza y en la que el fuego estaba a punto de consumirse, el muchacho se sintió capaz de asumir su deber, porque dudaba que, aun siendo dueño de infinitos dominios, tuviera jamás que enfrentarse a nada más terrible que a lo que ahora tenía ante sí.

—Sí, padre, soy vuestro heredero.

Y juntos rezaron.

Una mañana, al cumplirse los tres meses de embarazo, Isabel notó una punzada aguda en su vientre. Luego vino otra, tan virulenta que pensó que así habían de sentir los que caían por un espadazo. Se dobló, y al hacerlo vio sangre a sus pies.

Los físicos y las parteras pululantes de nuevo… El olor a sangre… La emperatriz, con los ojos cerrados, rezaba en voz baja. El dolor era soportable; el miedo, menos. Notó que una mano se aferraba a la suya. Supo que era la de él solo por el tacto de su piel. Sintió alegría, aquella presencia se le antojaba como el rayo de sol que atraviesa la nube. Abrió los ojos.

—He fracasado —dijo ella.

Carlos le besó la mano. Su esposa le sintió los labios temblorosos. Los físicos estaban ultimando los preparativos de la intervención. La atmósfera era tensa y nadie hablaba para no preocupar ni tampoco mentir.

—Estoy muy asustada.

Él la percibió agarrotada como una estatua, fría por el temor. Hubiera dado cualquier cosa por evitarle esa angustia.

—No pienso separarme de vos —sentenció él.

Uno de los físicos se acercó a la emperatriz con un paño, aquel que servía para evitar la deshonra de que alguien de su rango exhibiera dolor incluso durante un trance así. Era la garantía de la templanza aparente, esa que ella siempre había llevado por bandera.

—No —dijo Isabel apartando el rostro—. No quiero dejar de ver a mi esposo.

El césar le sonrió, sin saber de dónde sacaba las fuerzas para hacerlo. La emperatriz le correspondió hasta que, notando sin poder evitarlo el aroma a sangre que flotaba en la alcoba, recordó por qué este, durante el parto de Juana, le había hecho evocar Portugal: era el mismo olor que inundó la estancia de su madre María el día que dio a luz a su hermano Antonio; el día que murió.

Entretanto, en el exterior de la alcoba, tenía lugar lo que parecía una reunión fantasmal. Los hijos de los emperadores, custodiados por el cardenal Tavera, Francisco de Borja y el duque de Alba, aguardaban noticias en silencio, petrificados y sin siquiera mirarse entre sí. Durante la espera, el tiempo se asemejaba a un material inestable, estirado por momentos —resultaba insufrible cada segundo sin saber qué ocurría dentro— y contraído a la vez —la incertidumbre se les antojaba un estado deseable frente a una certeza que podía ser fatal.

Finalmente, la puerta de la alcoba se abrió. Del interior no salieron gritos ni llantos, y eso les animó. Ahora sí se miraron, esperanzados. Sin embargo, cuando la figura del emperador se asomó bajo el umbral, Felipe leyó su semblante y lanzó un grito ahogado.

Isabel se despidió de sus hijos uno a uno. De María, con sus rasgos finos atenazados por el espanto, y de la pequeña Juana, todavía un bebé, a la que todos envidiaban por no tener conciencia de lo que estaba ocurriendo. Después abrió sus brazos para Felipe. El muchacho se acercó a ella a paso lento. El emperador, que no se había separado del lecho en ningún momento, le animó a avanzar con un gesto. Al agarrar la mano de su primogénito, la emperatriz le sonrió orgullosa.

—En vos deposito todas mis esperanzas. Sed tan buen rey como hijo habéis sido.

Felipe agachó la cabeza, obediente. Se sintió un hombre.

—Velad por vuestro padre. El amor que le deis me lo estaréis dando a mí.

El heredero asintió, y al momento notó la mano de su padre sobre su hombro; debía salir. Se sintió arrasado; el adiós le había sabido a poco, igual que la vida de su madre.

—Os quiero, hijo.

Felipe se deshizo de la mano del césar para darle a su madre un abrazo. El hombre que ya era se quebró y lloró al sentir el calor maternal por última vez.

El emperador pidió a sus hijos, a los médicos y a las parteras que abandonasen la alcoba. Cuando el último de ellos cerró la puerta tras de sí, Carlos asumió que no iba a ser capaz de despedirse de su esposa como hubiese querido: que se le quedarían palabras por decir y amor por expresar. Derrotado, se sentó en el lecho, junto a ella, que se estaba apagando por momentos.

—Dios me ha concedido al menos no morir lejos de vos, como siempre le pedí.

Él le besó la mano. Nunca le habían faltado las palabras como en ese momento.

—Vuestra vida no se acaba conmigo.

—¡Jamás volveré a tomar esposa! —se rebeló él.

Carlos posó entonces su mano sobre un pequeño crucifijo al que ella se estaba aferrando.

—Lo juro. El amor que os tengo no morirá con vos.

Los párpados de Isabel descendían y se elevaban cada vez con más esfuerzo, y en su pecho no parecía haber ya espacio para el aire.

—Abrazadme.

Él obedeció. Tenía miedo de hacerle daño, de castigar aún más ese cuerpo que pronto iba a añorar y para siempre. Pero ella estaba gastando sus últimas energías ciñéndolo, y él la correspondió aferrándose a ella con desesperación, como un niño asustado. La melena húmeda, el cuello tan suave, el perfume agridulce de su piel de moribunda. Carlos cerró los ojos. De qué le serviría acumular recuerdos de ella. Todos serían pocos.

—Os amo —dijo él, y esperó una respuesta que nunca llegó.

El grito de dolor del césar atravesó los muros de la alcoba, y luego los de todas las estancias del palacio, y cada uno de los que lo oyeron se estremecieron, porque de ese modo supieron que la emperatriz había muerto, y también que su esposo deseaba irse con ella.

El entierro tuvo lugar en Granada. Isabel volvió así a la ciudad en el que había sido más feliz, donde se enamoró por primera y única vez en su vida. Felipe acompañó el féretro de su madre, y aunque estaba arrasado por el dolor, asumió su papel de heredero y consiguió mantenerse estoico hasta que se hubo de dar fe de que quien iba a ser enterrada era, en efecto, la emperatriz. El muchacho no encontró en su interior la entereza suficiente para mirar a su progenitora desfigurada. Francisco de Borja se ofreció a reconocerla por él. El caballerizo mayor de Isabel levantó el velo que cubría el rostro de la difunta y lo hizo solo para sus ojos. El hombre nunca había dejado de amarla, y por ello mismo se había resignado a guardar sus sentimientos: para poder permanecer a su lado, sirviéndola, venerándola solo en su interior. Lo que desveló al retirar el paño le horrorizó.

—No puedo jurar que esta sea la emperatriz —musitó con labios temblorosos—, pero sí juro que es su cadáver el que aquí ponemos.

Mientras acontecía el sepelio, en una celda del monasterio de la Sisla se enterraba un hombre, muerto en vida. El que había vencido en Túnez y había frenado a Solimán; el que se había enfrentado a Lutero, a Francisco, a incontables pontífices; el que gobernaba medio mundo conocido, no se había sentido capaz de ver cómo su esposa recibía sepultura —estacionada como un objeto cualquiera, encerrada en un ataúd, arrinconada para siempre de la existencia que había iluminado—. El mundo sin ella le resultaba hostil, y a nadie deseaba engañar aparentando fortaleza. Aferrado al crucifijo de ella deseaba llorarla por tanto tiempo como lo necesitase. El deber podía esperar. Quizá hubiese esposos, pensó, que se vanagloriasen de no sufrir por una pérdida como la suya, de mantenerse imperturbables ante la tragedia; pero para él ese dolor era un orgullo, pues Isabel lo merecía, y porque significaba que él había logrado aquello para lo que, durante un tiempo, se sintió incapaz: amar.

14

Los tres años que siguieron a la muerte de la emperatriz fueron para Carlos de velocidad y ruido. Después del enclaustramiento monacal en Toledo volvió a la corte, pero, una vez allí, rodeado de los recuerdos de la esposa muerta, vivió en un ahogo constante. Por eso, en cuanto tuvo noticia de que en Gante, su ciudad natal, había estallado una revuelta, decidió acudir en persona a sofocarla. El conflicto le atrajo como la luz a un insecto, es decir, de manera inevitable y a pesar del riesgo. Lamentó dejar en España a sus hijos, pero el anhelo de caer por un agujero de problemas que lo ensordeciera, que le impidiese pensar, era aún más poderoso. En su mirada no quedaba apego por la vida.

Atravesó Francia camino de los Países Bajos. No fueron pocos los que juzgaron insensato que se expusiera a cualquier emboscada del eterno enemigo. Pero Carlos los desoyó. ¿Qué era lo peor que podía pasar? Lo peor, lo horrible, ya había tenido lugar.

En Gante su furia con la realidad encontró una válvula de escape. No escatimó mano dura para reprimir la rebelión —que se produjo debido a una carga de impuestos inasumibles que devinieron en una queja violenta—. La contundencia parecía necesaria dada la fiereza y la deslealtad de los alzados, aunque en otras circunstancias Carlos habría buscado el diálogo. Pero ahora, con su interior abatido como estaba, desdeñó toda esperanza. Aplicó la justicia con tal celo que los ganteses acabaron por acudir en procesión a su residencia, de rodillas, a implorarle perdón, que les concedió.

Vacío de ira, el emperador se encontró con ánimo de concilio. Viajó al Imperio y, con la mejor voluntad, buscó la concordia entre reformistas y católicos. Estaba harto de esperar a que la Iglesia celebrara un cónclave para ese fin: hacía casi veinte años que lo venía reclamando sin éxito. El césar convocó una Dieta en Ratisbona, sentó en largas bancadas a unos y a otros, les otorgó voz, los escuchó y les obligó a escucharse. De esa forma comenzó a redactarse un texto en común. El acuerdo resultaba tangible. Pero entraron en juego las ortodoxias y los orgullos, el fijarse en lo que separaba y despreciar lo que unía. La Dieta se clausuró sin acuerdo alguno. Carlos no solo acusó el fracaso, sino la ausencia de soluciones. Pensó que habría sido mejor que, en su día, hubiese sido menos benevolente con Lutero. Y al pensarlo se dio cuenta de que el caballero que llevaba dentro estaba languideciendo.

Tras el fracaso de concordia religiosa permaneció un tiempo desorientado. Lo cierto era que cuando los conflictos no resultaban lo suficientemente abrumadores el recuerdo de ella se volvía demasiado presente. Muchas veces, mientras redactaba una carta o leía un asunto de Estado, la memoria se le ofrecía como un regazo cálido y el césar se refugiaba en ella; entonces se quedaba absorto pensando en Isabel. Esa escapatoria al pasado le resultaba consoladora, pero el regreso a la realidad, a la certeza de que su esposa nunca volvería, se parecía, siempre, a una caída al abismo. Tanto era así que llegó a echar de menos la amenaza francesa. En buena hora había firmado la paz con Francisco: cuando más necesitaba bregar. Por otro lado, tenía además la convicción de que ahora sería mejor general que nunca: sin miedo, sin apegos, un alma congelada que se alimentaría de victorias.

De su necesidad de lucha y de la nostalgia de Isabel surgió un horizonte que obligó al césar a montar sobre su caballo, espada en mano: Argel. Honraría la memoria de la emperatriz cumpliendo al fin con el anhelo que esta tuvo de tomar esa plaza para que de ella no zarparan más flotas turcas a hostigar el litoral español. Con ello aunaría la adrenalina de la guerra que necesitaba con un acto de amor a la emperatriz. Estaba decidido a darlo todo por la victoria.

Unas semanas más tarde, desde el cabo de Matefú, el césar contemplaba la costa argelina, que apenas se distinguía tras el telón de agua que caía en ese momento. Instantes antes había decidido levantar el asedio a la plaza: las tormentas lo habían convertido en imposible. Al regresar a España, los barcos, vapuleados por el temporal, acabaron unos en el fondo del mar y otros desviados de su destino, a la deriva. Al emperador le costó casi un mes llegar a las Baleares. En ese tiempo, sus días no tuvieron nada de extraordinarios, pues estaba acostumbrado a la superficie inestable, a la falta de gozo y a vivir sin rumbo.

Por fortuna, y a pesar de la derrota, la corte recibió al emperador con alegría. Se le había añorado durante los dos años que se había prolongado su ausencia. Carlos se reencontró con el cardenal Tavera, en quien había depositado la regencia dada la corta edad del heredero, y también con sus hijas: Juana, de seis años, que no reconoció a su padre; y María, que a sus trece poseía ya el porte de una dama en ciernes. Pero aquel a quien más ansiaba ver el césar no acudió a darle la bienvenida.

—¿Dónde está Felipe? —le preguntó a Tavera con evidente malestar.

El cardenal titubeó. Se encaminaron juntos al interior del palacio, alejándose de las infantas.

—Sin duda se habrá entretenido con sus lecturas, majestad.

—Dejaos de fingimientos. —Carlos se había vuelto cascarrabias y alérgico a los eufemismos—. Sé por lo que me han escrito sus tutores que dista de ser buen estudiante.

El religioso buscó la forma de darle la razón sin resultar ofensivo con el príncipe.

—Su alteza ha crecido sano, fuerte y sagaz. Que las enseñanzas le aburran puede ser signo, precisamente, de una curiosidad excesiva. Todo parece interesarle...

—¿Todo? —le interrumpió el césar—. Ha de atender a lo que le sirva para ser un sucesor digno y a nada más. ¿No brilla en disciplina alguna?

Tavera vaciló de nuevo.

—¡Hablad sin tapujos! No estáis autorizado a mentirme —sentenció Carlos.

—Le cansa el estudio —confesó al fin el cardenal—. Para los idiomas no está dotado. Desdeña la equitación, y los asuntos de guerra le resultan indiferentes...

El emperador encajó el informe como pudo.

—¿Es que acaso no es bueno... en nada?

—Oh, sí —respondió el otro—. Tiene un verdadero talento para las plantas.

El desconcierto de Carlos fue interrumpido por una aparición.

—Padre.

Carlos se volvió y se quedó mirando con asombro a su hijo. En tan solo dos años Felipe se había convertido en todo un hombre. A sus quince, no era de estatura elevada pero sí atlético, con formas proporcionadas y de adulto; poseía rasgos finos, a excepción de sus labios carnosos; y sus ojos azules y su pelo rubio honraban a la sangre Habsburgo. Era un joven guapo, y por lo que revelaba su apostura, no falto de carácter.

—Lamento mi tardanza.

A ambos les extrañó cómo había cambiado el otro. En el recuerdo de Felipe, su padre era un hombre imponente: maduro y vigoroso, con ímpetu y determinación en la mirada. La realidad parecía bien distinta. Carlos había envejecido rápidamente en ese par de años. Su cabello se había veteado de canas, la gota le hacía cojear, se apreciaba cansancio en sus movimientos y mostraba, en general, un aire hosco.

Pero de su hijo al emperador le desconcertó todo; incluso adivinar, por las mejillas vivamente encarnadas y el semblante en exceso relajado que lucía, que, sin duda, andaba con amoríos.

Isabel Osorio formaba parte del séquito de damas de María, la hermana adolescente de Felipe, como antes lo había hecho del de la difunta emperatriz. Rondaba los veinte años y gastaba una belleza digna. Su ascendente aristocrático le proporcionaba un toque de altivez, pero el haber estado al servicio de otras más grandes que ella le recordaba que, aunque de valor, era prescindible.

Por eso, porque conocía el lugar que le correspondía en el engranaje social, trató de ignorar el cortejo de Felipe. El heredero tenía fama de tarambana y se decía que poseía un deseo voraz por las mujeres. La joven tenía el suficiente amor propio como para no conformarse con ser una mera amante, y la sensatez para saber que no podía aspirar a otra cosa más que a eso: nada saldría de un romance con el príncipe; como mucho un hijo bastardo y una pensión de la Corona, de agradecimiento por los servicios prestados.

El único inconveniente era que a Isabel Osorio le gustaba Felipe. El heredero se mostraba locuaz y atrevido, pura energía al servicio del galanteo. Gastaba aires de hombre moderno: inquisitivo, hambriento de aprendizaje y rebelde con las formas del pasado. No se trataba solo de su juventud; representaba de veras un tiempo nuevo. Cuando le oía hablar con erudición de ciencia o de relatos, Isabel se sentía ante un mundo por descubrir; un mundo que, además, poseía unos hermosos ojos claros y una sonrisa que le apetecía besar.

Una noche, después de un nuevo cortejo, el heredero se había presentado en la alcoba de la muchacha.

—¿Qué hacéis aquí? —le había dicho la joven.

—Mis labios os responderán. Si con palabras o con besos, decididlo vos.

—Es imprudente.

—Pienso en vos a cada instante.

—¡Hacéis mal!

—No tengo elección.

El cuerpo de Felipe semejaba un polvorín de deseo. Isabel Osorio se percató y se notó a sí misma a punto de ceder. Por muchas razones que poseyese contra ese romance, se sentía con la misma voluntad que si la hubiesen lanzado a un pozo y el heredero fuese el fondo en el que, irremisiblemente, iba a caer.

—¿Por qué yo? —preguntó ella.

—Porque poseéis la luz que a mí me hurtaron de niño.

Felipe hablaba con hipérboles, pero se mostraba sincero. Esa joven le hacía sentir, cosa que desde que su madre falleciera no se había permitido con nadie. Había gozado de muchas mujeres, pero parecía que sus emociones habían sido aparcadas desde el último abrazo de la emperatriz. El dolor por la muerte de esta dejó inválido el corazón del heredero. Se aficionó al placer porque así recordaba que estaba vivo, pero para él el amor era una vasija que su progenitora había colmado y estallado.

Sin embargo, desde que conoció a Isabel Osorio ese letargo afectivo se tambaleó. La dama poseía muchas virtudes —serena inteligencia, hermosura, ironía ante los golpes, una sonrisa sincera—, pero si Felipe se enamoró de ella fue porque se produjo el hechizo necesario y porque su corazón se había cansado de no latir.

La única forma que poseía un hombre de ganarse la confianza de una dama era el posponer la visita al lecho, y eso hizo Felipe con su amada. Al heredero no le supuso esfuerzo, al fin y al cabo su vida consistía en saber esperar —a que se le curase la herida de la muerte de su madre, a recibir el legado del césar.

Pero el regreso del emperador alteró el ánimo del joven y también su paciencia; sobre todo cuando su padre, que no tardó en enterarse de que Isabel Osorio y su hijo se entendían, se presentó ante él con aires de juez.

—No podéis ver más a esa muchacha —sentenció el césar.

—No hago nada que vos no hicieseis a mi edad —replicó su hijo.

Carlos no podía creer que un jovencito cuyo deber era honrarle le echara en cara sus pecados.

—¿Cómo os atrevéis?

—Si lo que os preocupa es que descuide mis deberes, más distracciones teníais vos cuando doña Germana os ayudó a acomodaros en estos reinos.

El emperador palideció.

—Culpa vuestra por hacerme estudiar Historia —añadió el heredero.

—¡Retiraos! —bramó su padre.

A raíz del encontronazo, el césar decidió apartar a los tutores de su hijo y asumir él, siquiera por un tiempo, la tarea de educarlo. Resultaba evidente que por mucho prestigio y sabiduría que poseyeran, aquellos maestros habían fracasado en su labor. Felipe aprendía tan solo lo que quería aprender, y además se comportaba con una indisciplina propia de su edad pero inadecuada para su cargo. Quizá se trataba de una fiebre de juventud, pero ¿y si no se debía a eso? ¿Y si quien estaba destinado a heredar tan vasto legado resultaba ser un díscolo?

La pelea también ayudó a que Carlos se percatara de lo rápido que había pasado el tiempo. Él, a sus poco más de cuarenta años, era ya un hombre con más pasado que futuro. No le cabía duda de que aún le quedaban por vivir momentos de triunfo y de derrota, pero de golpe la prioridad pasó a ser garantizar el porvenir de su herencia. En realidad, desde que falleciera Isabel, el césar se sentía en el epílogo de su vida. La felicidad completa no volvería, estaba seguro de ello; quizá por eso, desde que había enviudado, su cuerpo se había marchitado apresuradamente. Cierto que los muchos viajes, las guerras y los quebraderos de cabeza que se habían ido acumulando a lo largo de los años habrían avejentado a cualquier hombre. Pero Carlos sabía que la principal razón de su decadencia era su corazón nostálgico, sin esperanza.

—El rey me ha prohibido veros.

Felipe apareció en el cuarto de Isabel Osorio con el ánimo todavía encendido por la riña con su padre.

—¿Y así le obedecéis?

El heredero contestó con un beso. No era la primera ocasión en que los labios de ambos se encontraban, pero el contacto poseía esta vez sensualidad y urgencia: un beso de los que llevan al lecho. Isabel Osorio no se echó atrás; hacía ya semanas que venía fantaseando escenas con el príncipe que no le habría confesado a nadie.

Cuando al cabo de un rato, desnudos, descansaron con una sonrisa dulce cosida al rostro, ambos estaban enamorados.

Lejos de allí, en Francia, Montmorency se preparaba para el consejo diario con su señor. A decir verdad, desde hacía algún tiempo aquel ritual lo violentaba. Estaba agotado de oírle a Francisco el mismo discurso, y de responder él con iguales réplicas encuentro tras encuentro, año tras año. El monarca se había convertido en una broma pesada: achacoso y debilitado por la enfermedad, su rivalidad con Carlos era lo único que permanecía intacto y que recordaba al que había sido. Las muertes de su madre y de su hijo le habían desnortado, sin duda, y no le había quedado otro pilar en su vida que la enfermiza relación con el césar.

El consejero se mostraba cada vez más abiertamente respondón con su superior, porque su paciencia se estaba agotando y porque prefería ser castigado por su irreverencia a dejar que Francia se precipitase al abismo a causa de la ofuscación de su rey. A veces fantaseaba con un Francisco sensato, que asumiese sus posesiones sin ambicionar nada más y que se dedicara a cuidar de una vez de lo que quedaba dentro de sus fronteras. Cierto que tiempo atrás Montmorency había compartido el ímpetu de su señor contra el emperador. ¿Cómo no hacerlo? Las posesiones del de Gante acorralaban a Francia como las manos de un asesino en la garganta de su víctima: al norte, al sur y en Italia, todo lo que veían los galos al asomarse llevaba el sello de Carlos. Pero con el tiempo resultó evidente que el césar no era un gobernante belicoso que aspirase a ampliar sus fronteras. ¡Si incluso había renunciado a utilizar el cautiverio de Francisco para arrebatarle el reino!

Sin embargo, cuando el consejero entró en el despacho vio lo mismo que cada día: a su señor ante un mapa de Europa que estaba desgastado de tanto manosearlo, y sus ojos recorriendo con ansiedad el legajo en pos de una hazaña. A su lado se encontraba el príncipe Enrique, cuya figura erguida irradiaba juventud. El aspecto de su padre, sin embargo, no provocaba otra cosa que tristeza: la barba rala y despeinada, la piel grisácea y el cuerpo encorvado como un arbusto tétrico.

—Hemos de aprovechar su derrota en Argel —dijo el soberano.

Al escucharlo, Montmorency pensó cómo habría sido su vida de haber frenado antes su ascenso en la corte. En lugar de haber ambicionado el título de condestable que ostentaba, y que le obligaba a obedecer a un monarca cegado por un empeño, podría haber llevado la agradable vida de un aristócrata mediocre. «Ojalá menos poder y en su lugar largas mañanas de caza, tardes educando a mis hijos, noches de vino y música...», le decía a su esposa, Madeleine, cada día, antes de partir hacia el despacho real.

—Sus ejércitos están mermados tras la derrota —prosiguió el monarca.

El consejero calló. Francisco lo miró y adivinó que Montmorency le tenía ya por un loco.

—¡Os prometo que con este ataque zanjaré mi odio hacia él! Yo también estoy cansado... Mas ¡es ahora o nunca! Entendedlo.

—¿Qué hay que entender? —estalló el príncipe Enrique—. ¿Que sois dos viejos rencorosos matándoos a bastonazos?

Acto seguido, el rey se dirigió al heredero con aires bravucones. Lo agarró de la pechera y lo zarandeó. El heredero se dejó hacer, como si aquello no le amenazase en absoluto.

—Me hiere veros así —se excusó el joven.

Francisco recobró el sentido y lo soltó. Se llevó las manos a la cabeza. Estaba agotado. La vida le resultaba un día infinito y problemático que parecía interminable, pero con el que había que cumplir antes de que llegara la noche. Enrique sintió piedad hacia su padre, aunque le angustiaba anticipar que, por su culpa, algún día iba a recibir un reino en bancarrota.

—Tan solo quiero lo mejor para Francia, y para vos —dijo el joven.

—No puedo morir sin haber acabado lo que un día empecé —contestó el rey.

En lo único en lo que les obedeció Francisco fue en guardarse de tomar parte en la guerra. No se engañaba: si hubiese sido un animal le habrían dado ya el tiro de gracia. Pero no lo era, y Dios aún le permitía soñar con la victoria.

Mientras, en Castilla, al césar le sorprendía a diario lo mucho que le gustaba instruir a su hijo, extrayendo para ello lecciones de su pasado. Se dio cuenta de que necesitaba aprender de su vida tanto o más de lo que pudiera beneficiar el heredero.

A Felipe, que al enterarse de la intención del césar de educarlo se había imaginado largas jornadas de regañinas, le agradó descubrir que su padre no quería castigarlo, sino hacer de él un hombre mejor. Los relatos del emperador tenían algo de novela heroica, con protagonistas ilustres como Lutero, Enrique de Inglaterra o el inevitable rey francés. Al heredero le fascinaban, aunque la proximidad de su padre le provocaba sentimientos encontrados: lo admiraba, pero al tiempo algo que no sabía identificar le irritaba de él. Por la emperatriz había sentido un amor devoto; en cambio la emoción que le provocaba Carlos era ambivalente, incómoda. Lo que sí se reconocía era que tenía miedo de no ser digno de él. Era consciente de que como estudiante no brillaba, que frecuentaba demasiado la desobediencia y que sus inclinaciones eran del todo ajenas a la épica de la espada y las guerras. Temía gobernar en un futuro bajo la sombra de su antecesor y decepcionarlos a todos, y que el legado mal que bien conservado por aquel se resquebrajara entre sus dedos.

A pesar de su inseguridad, a lo largo de aquellas lecciones Felipe cuestionó muchas veces y en voz alta las decisiones que Carlos había tomado a lo largo de su trayectoria. Entonces el emperador se sentía atacado y se defendía con argumentos o zanjaba la cuestión con sequedad. Pero lo cierto era que los reproches de su hijo se le antojaban brillantes, y cayó en la cuenta de que Felipe no era el joven atolondrado e ignorante que se había representado. En realidad era inteligente, sereno y reflexivo, y poseía el carisma que a él siempre le había faltado. Su hijo jamás se habría dejado engullir por un Chièvres: le habría puesto en su sitio con dos réplicas. Por primera vez el emperador se atrevió a pensar que su legado se encontraba en buenas manos.

Que el futuro estaba devorando el presente era algo que se sentía no solo en España, sino también en el Imperio entero. Si Carlos se hacía cargo de pulir las capacidades de su hijo, su hermano Fernando hacía otro tanto con su primogénito, Maximiliano. Este compartía edad con el heredero, pero sus preocupaciones distaban mucho de las de aquel: a él no le atribulaba la relación con su padre, sino el agravio que, según su parecer, había sufrido su linaje por parte del emperador. El joven, de aspecto atractivo y carácter retador, era la personificación de todos los rencores de Fernando, y no se guardaba de expresarlos. Por mucho que el hermano de Carlos se hubiese esforzado, a la hora de relatar la historia de la familia, en no otorgarse a sí mismo el papel de víctima, para Maximiliano los hechos hablaban por sí solos: el césar se había servido sin piedad de la bonhomía de su padre, ya desde sus primeros tratos en Castilla. El muchacho se sentía además ultrajado en primera persona, ya que la sucesión imperial propuesta por su tío le apartaba del mando: cierto que su padre heredaría esos dominios, pero quien le sucedería sería Felipe y no él.

Fernando no tardó en percatarse del malestar que anidaba en su hijo. Para calmarlo le pintó un futuro amable. Estaba seguro de que si actuaba con lealtad, Carlos le premiaría con alguna de sus posesiones. A pesar de que el césar resultaba a veces torpe a la hora de tratar a los suyos, solía ser generoso en último término. Maximiliano quiso creerle, y apaciguó el rencor hacia su tío. Le daría una oportunidad. Pero no pensaba comportarse como el aliado complaciente que había sido su padre. Su espíritu no se dejaría pisotear de ese modo. Si el césar no tenía un gesto acorde con su persona, y pronto, no le daría una segunda oportunidad.

Carlos permanecía ajeno a ese tejido de resentimiento que se estaba mallando en el Imperio, pues los aconteceres tampoco le dejaban pararse a meditar sobre cuestiones tan abstractas: un atardecer, mientras descansaba sus pies de un ataque de gota, tuvo noticia de que Francia, en el transcurso de una noche, le había arrebatado Niza. El césar a punto estuvo de reír al recordar la promesa de paz de Francisco; sabía que, aunque intentase sinceramente detener la lucha entre ellos, la naturaleza del francés jamás daría para otra cosa que para perpetuarla.

—He ordenado a mis tropas que se preparen para recuperar la plaza —informó el duque de Alba a su señor.

Carlos cabeceó, desaprobándolo.

—Niza ya ha caído. Recuperándola no ganaríamos nada. Más nos valdría preparar la defensa de Milán, pues no dudo que Francisco no quiere otra cosa.

El emperador lo sentenció sin asomo de duda. Lo único bueno de aquel baile eterno que mantenían el francés y él era que el césar había acabado por conocer los pasos. Con el regreso de Carlos el cardenal Tavera ya no gobernaba esos reinos y estaba dedicado a su cargo de Inquisidor General, pero reaccionó al anuncio como si sintiese amenazados a sus hijos.

—Majestad, España está hipotecada. Creedme si os aseguro que no se puede permitir una nueva guerra.

—¿Y dejar que el francés se haga alegremente con el ducado? —intervino el de Alba.

Saber que el duque estaba de su lado reafirmó al emperador en su idea de defenderse. Pero, como siempre, faltaba el dinero.

Tras varias jornadas de reflexiones, Carlos halló la manera de financiar la protección de Milán, y de paso de que su hijo hiciese su entrada definitiva hacia la madurez: había llegado la hora de que el heredero se casase.

La corte portuguesa dijo sí: la joven María Manuela se convertiría en la primera esposa de Felipe. Tras leer aquello con satisfacción, los ojos del emperador y los de sus consejeros rastrearon la misiva lusa buscando una cifra: la de la dote que la joven iba a llevar consigo. Por último la hallaron: trescientos mil ducados. El negocio resultaba inmejorable; daría para guardar Milán del francés e incluso para saciar algo de la eterna deuda de los reinos. Lo único que inquietaba al césar era cómo iba a encajar su hijo aquella boda.

Sin embargo Felipe, después de un primer momento de estupefacción y descontento, aceptó su sino. Incluso enamorado de la dama de su hermana no olvidaba sus responsabilidades. Y, además, algo en ese matrimonio se le antojó prometedor. Nada sabía de esa joven, pero su intuición fue que le haría olvidar a su amante.

—Ya tenéis el dinero para vuestra guerra —le dijo Tavera con resignación.

—Y el respaldo de Enrique de Inglaterra —añadió el césar.

Carlos no había perdonado al británico el calvario que había hecho pasar a su tía Catalina, pero lo cierto era que el destino ya le había hecho pagar por ello: el matrimonio con Ana Bolena resultó un desastre que concluyó con el enjuiciamiento de la mujer por traición a la Corona inglesa. La cabeza que había enamorado a Enrique acabó resbalando por un cadalso, al igual que la de Thomas Cromwell, el consejero con el que pretendía olvidar al cardenal Wolsey. El monarca casó después con Juana Seymour, con quien vivió una felicidad efímera, pues ella murió poco después de dar a luz al ansiado heredero de la dinastía Tudor. La sucesora en el trono fue Catalina Howard, pero tras probarse que había engañado a su esposo al poco del enlace, corrió la misma suerte que Bolena: la decapitación. Enrique, que se encontraba en ese momento desposado con Catalina Parr, se había convertido en un rey obeso y perturbado, maldito. Si la de Aragón había querido para él la furia del Todopoderoso, era evidente que Este había resuelto concedérsela y sin piedad. Su vanidad había sido pisoteada de tal modo que el césar se había dado por vengado, y de ahí que no dudara en contar con su apoyo contra el galo.

—Ninguna guerra es motivo de alegría —respondió Tavera.

—Eso os lo concedo, eminencia —dijo Carlos—. Mas apenas puedo esperar a partir hacia Milán.

El cardenal, espantado, se santiguó.

—¿Vos? ¿Al frente de vuestros ejércitos, de nuevo? ¿Qué necesidad hay? Pareciera que vais buscando la muerte, o que huís de vuestro dolor…

—Nada me obliga a daros cuenta de mis actos —interrumpió el emperador—. ¡Menos aún de mis motivos!

A decir verdad, a Carlos le había resultado agradable volver a España, reencontrarse con sus hijos y descansar por un tiempo. Pero Tavera llevaba razón: necesitaba evadirse y deseaba hacerlo batallando. Echaba de menos la bulla del combate, que una espada enemiga lo atacase y bloquearla con la suya en el último instante. En ese momento en el que se escabulliría in extremis de la muerte se alegraría de estar vivo —una emoción que tras la desaparición de Isabel apenas conseguía experimentar pero que, como todo hombre, necesitaba—. Si había de encontrarla poniéndose en riesgo, lo haría. La otra opción era marchitarse lentamente hacia la nada.

Una tarde, después de una jornada de caza, Felipe y su padre se quedaron contemplando el horizonte desde un cerro. El cielo, carente de nubes, caía sobre la tierra como un perfecto telón azul oscuro.

—Parto hacia la guerra —anunció, y Felipe encajó las palabras del emperador con desconcierto. Notó en su pecho un vaivén de nervios—. Seréis el regente de estos reinos en mi ausencia —siguió el césar—. Tendréis la oportunidad de demostrarme que puedo confiar en vos.

—Me abandonáis de nuevo —dijo el heredero.

Carlos se volvió hacia él y bajo la apostura del joven arrogante y sagaz vio a un niño.

—Haré lo que esté en mi mano por volver, hijo.

Felipe lo miró y, dolido, se alejó de él. De golpe entendió la razón por la que el césar le había irritado desde su llegada: había estado dos años ausente, meses y meses anteponiendo la gobernanza a darle calor a unos hijos que tanto lo necesitaban tras el fallecimiento de la emperatriz. Y ahora partía otra vez, sin necesidad alguna de ello, arriesgándose a dejarlos huérfanos. Tampoco habría ya lugar a más charlas entre los dos, y el joven necesitaba de su conversación. Le agradaba percibir cómo el muro que existía entre ellos iba cediendo a medida que Carlos le ofrecía sus enseñanzas.

¿Acaso era ese abandono una lección más?

Mientras regresaba a la corte por senderos solitarios, el muchacho pensó que quizá su padre hacía lo que un emperador debía hacer, y que probablemente ser hombre y gobernante resultaban dos tareas reñidas. Recordó a su madre sufriendo las ausencias del césar, durante las cuales este llevaba a cabo esas empresas sobre las que a él, Felipe, le fascinaba escuchar.

El heredero se notó temblando de ira; el bosque escuchó salir de su boca maldiciones hacia el de Gante y luego un llanto. Quería un padre y odiaba verse en el riesgo de perderlo.

Se juró a sí mismo que, cuando le llegara el momento, trataría por todos los medios de ser padre y esposo a pesar de sus responsabilidades.

—Voy a casarme.

Isabel Osorio percibió un golpe en el pecho, pero se mantuvo erguida y su rostro no reflejó más que sorpresa. Era de noche y el cuarto de ella apenas se encontraba iluminado. Ambos agradecieron la penumbra, les permitía fingir serenidad.

—Os doy mi enhorabuena —respondió ella.

—Mi prometida es la infanta de Portugal, mi prima María Manuela.

La dama asintió en silencio. Jamás había sentido tanto deseo de llorar. Se arrepintió de haber sido débil, de que no hubiesen dejado de verse ni un día desde el primer beso, del tiempo perdido mirándose con embeleso, de la complicidad en las conversaciones, de que no hubiese habido ni siquiera un segundo de infelicidad entre ellos. El golpe que le tocaba encajar —que él se uniera en matrimonio con otra mujer— venía escrito en el destino de Felipe desde su cuna. No podía culparlo.

—Ahora he de centrarme en mis deberes como regente y esposo.

—Estáis gastando palabras de más. No es necesario que os expliquéis. Ocupemos ambos el lugar que nos corresponde.

La joven abrió la puerta para que él saliera. Le hizo una reverencia.

—Buenas noches, alteza.

Él asintió. Cuando estaba a punto de cruzar el umbral, se volvió hacia ella.

—Me habéis regalado los momentos más dichosos de mi vida.

Sin saber cómo, ella mantuvo la entereza.

—En nada quedarán ante vuestra felicidad futura —dijo a modo de despedida.

Unos días más tarde Felipe, respondiendo a un impulso que sabía muy lejano a la lógica, buscó a su amante en su alcoba, pero fue en vano. Cuando le preguntó por ella a su hermana María esta le informó de que la dama había decidido abandonar la corte. El heredero trató de evadirse entregándose a sus quehaceres de regente; su padre había partido ya y eran muchos los asuntos que debía afrontar. Por un momento agradeció la resolución de Isabel Osorio, era la manera de que aquel romance sin sentido tocara a su fin. Sin embargo, por mucho que lo intentó, no pudo concentrarse en el trabajo. Su mente se empeñaba en evocarla.

Entretanto, en Francia, Montmorency asistía a un nuevo coletazo de imprudencia de su señor. Enterado de que el emperador pensaba ponerse al frente de sus tropas, el monarca galo había decidido que él no iba a ser menos. El consejero trató de disuadirlo; resultaba evidente que si Francisco bajaba al campo de batalla en su estado, la muerte no tardaría en alcanzarlo. Pero no hubo manera. Tampoco los ruegos del príncipe Enrique consiguieron que su padre recapacitara.

—Prefiero morir a caballo que quedarme a contemplar este funeral interminable que es ahora mi existencia.

En realidad, Montmorency nunca se había imaginado a su señor languideciendo en un lecho hasta el último suspiro. Resultaba más coherente con su carácter esa cabalgada insensata hacia la muerte.

No pasó mucho tiempo hasta que el consejero se halló en una explanada de Cerisoles. Estaba amaneciendo y, en el aire, podía olerse el nervio del combate inminente. Francisco salió de su tienda de campaña y se unió a él. Juntos otearon los alrededores. El monarca exhibía un rostro demacrado, pero la armadura que vestía conseguía que pareciese un hombre todavía capaz de domeñar a otros.

—El triunfo será nuestro. El respaldo de Solimán nos hace inquebrantables.

Montmorency asintió; hacía tiempo que había dejado de plantearle al rey qué juicio les esperaría en la otra vida si se aliaban con el infiel.

—Acompañadme —prosiguió el monarca—. Disfrutad conmigo de la víspera de la victoria.

Pasearon entre las tiendas de sus huestes. Los soldados se iban cuadrando a su paso, la mayoría, hombres jóvenes y asustados. El consejero se sentía culpable de saber que algunos de ellos se dejarían la vida en una lucha que no tenía más razón de ser que saciar el rencor del soberano. Sin embargo, este no parecía consciente de esa responsabilidad. Por primera vez en largo tiempo caminaba erguido, y aunque le faltaban quilos para aparentar salud, de repente tenía mejor aspecto que hacía años. «Su alimento es la esperanza de vencer a Carlos», pensó Montmorency. El condestable sabía que si la victoria no caía de su lado, había pocas opciones de que a Francisco le alcanzase la energía como para disfrutar de otra ocasión así. Quizá era testigo de los últimos momentos de vitalidad de su señor.

Pero al destino no le apeteció que el rey galo se despidiese de buena manera. Apenas el sol hubo alcanzado su cénit, un mensajero se presentó ante el mando para dar cuenta de que el bando imperial era mucho más numeroso de lo esperado, porque no luchaba solo: a las tropas del césar se le sumaban las inglesas, y todas ellas se estaban abalanzando sobre las posiciones francesas.

El consejero miró a Francisco con urgencia.

—¡No cabe sino la retirada!

Al rey le atacaron los nervios. Se negaba a cambiar el guión que su mente había escrito ya para esa jornada.

—¡Jamás huiré como una vieja asustada! —bramó el rey—. ¡Traedme mi caballo!

—Sea. ¡Mas que os conduzca en dirección contraria a la del enemigo!

—¿Tan poca confianza albergáis hacia mí?

Los ojos de Montmorency ya no supieron mentir a su señor. Francisco leyó en ellos su ocaso. Se dio unos momentos para recapacitar, pero aquella mirada acababa de sentenciarlo. El velo había caído, revelando a un monarca impotente.

A pesar de la retirada francesa, Carlos renunció a seguir luchando. Le fatigaba lo difícil que resultaba arreglarse con Enrique de Inglaterra, y sobre todo el gasto ingente que habría supuesto mantener las armas en alto. La paz se firmó en Crepy. Fue un acuerdo sellado sin entusiasmo: ni franceses ni imperiales ganaron nada con él, más allá de retornar a las condiciones anteriores a la guerra. Si de algo sirvió fue para evidenciar lo inútil de llevar hasta las últimas consecuencias aquella enemistad eterna.

En España, el fin de la contienda se vivió con alivio. Felipe, ahora regente, no soportaba que sus reinos se vieran sangrados de esa guisa para financiar los caprichos bélicos de su padre. Al menos le consolaba en sus apuros el verse arropado por sus consejeros: el duque de Alba, con su inteligencia y su falta de dudas; el cardenal Tavera, que se ocupaba con solvencia de los asuntos de la fe, y Granvela, un estadista más cercano al heredero en edad y que trabajaba denodadamente para la Corona. A pesar de que necesitaba de su ayuda, en Felipe resonaban a diario las palabras que su padre le había escrito ya de camino a la guerra contra Francia: «No confíes en nadie». El malestar que sentía hacia el césar no había restado para él autoridad a sus recomendaciones. El heredero era todavía un esbozo de gobernante, y en realidad solo daba por bueno el criterio de Carlos.

Dicho criterio, sin embargo, no tuvo el efecto deseado en una cuestión: la del casamiento del joven con María Manuela de Portugal.

Aunque Felipe había aceptado el enlace y con él la incertidumbre de unirse a una desconocida, lo cierto era que guardaba esperanzas de ser feliz a su lado. Había crecido siendo testigo del amor entre sus padres, y quería para sí la suerte de la que ellos habían gozado. Mil veces había escuchado el relato del enamoramiento de los emperadores: nada más verse, Isabel y Carlos se supieron hechos el uno para el otro. Por esa razón, cuando tuvo lugar su encuentro con María Manuela, Felipe se sintió profundamente decepcionado. La joven era amable y graciosa, y sin duda llegaba con la intención de hacer feliz a su esposo; pero no provocó en el heredero pasión alguna.

—No es lo que esperaba —le confesó a Granvela nada más verla entrar en el patio de armas del palacio.

—¿Y qué esperabais, alteza?

El regente lo meditó. El consejero percibió que el joven había hallado la respuesta pero se negaba a confesarla.

—Como vuestra madre solo habrá una, mi señor.

Felipe, disgustado por el comentario, se adelantó para recibir a su prometida, que venía arropada por un séquito imponente. A medida que se iba acercando a ella, el desencanto se incrementaba. A decir verdad, María Manuela no estaba contrahecha, ni siquiera era fea, pero carecía de encanto. Y para quien había estado ya enamorado, resignarse a una unión carente de entusiasmo resultaba una perspectiva insufrible. Se maldijo por haber conocido a Isabel Osorio y, con ella, la magia del deseo.

Su saludo a la recién llegada tuvo algo de mecánico.

—Es un placer conoceros.

Su prometida, sin embargo, parecía encantada con su suerte.

—El camino ha sido largo, mas sin duda ha merecido la pena —dijo ella con ojos radiantes.

Felipe trató de corresponder con una galantería, pero la decepción le había restado ingenio. Su silencio fue sonoro.

—Os he defraudado. —La joven lo apuntó con una sonrisa triste.

Al regente le invadió la culpa.

—Si os digo la verdad, yo os imaginaba más alto.

El comentario hizo sonreír al heredero.

—Mas me temo que nuestros deseos poco importan —siguió ella—. Ya han decidido por nosotros.

Isabel Osorio trató en vano de vivir como un día cualquiera aquel en el que tuvo lugar la boda entre Felipe y la infanta portuguesa. Hasta entonces había llevado la ausencia de él con aplomo. La melancolía tan solo la visitaba por las mañanas, cuando había de encontrar el ánimo para vivir otro día sin su encuentro. Sin embargo, aquella jornada, cuando contempló las calles engalanadas para celebrar el enlace y escuchó a las gentes no hablar de otra cosa que de la pareja, se sintió alterada, casi enferma. Volvió a su residencia para evitarse tener presente la boda, pero eso no borró su agitación. Trató de distraerse con lecturas y bordados, pero ni sus ojos leían ni sus manos eran capaces de maniobra alguna, con lo que acabó sentada en una butaca, con la mirada al frente, resignada a pasar el día sin hacer otra cosa que sufrir. La noche no la adormeció. La joven se preguntó si ese malestar la acompañaría para siempre, porque no remitía ni menguaba.

Seguía despierta de madrugada, cuando oyó los golpes. Se asustó: creyó haber perdido la cabeza. Pero los escuchó de nuevo, y entonces, presa de una corazonada, corrió a abrir la puerta.

Era él.

—¿Aquí? ¿En vuestra noche de bodas?

—Entendería que no me acogieseis. No os engaño: he cumplido con mi esposa.

Se hizo un silencio, pero ninguno de ellos se movió un ápice.

—Dicen que os ama —dijo ella.

Felipe calló. Recorrió con sus ojos el rostro de Isabel, devorándolo después de tanto tiempo sin haberlo contemplado. Al sentir aquella mirada, la joven notó cómo su malestar se transformaba en algo distinto: en deseo imperioso de entregarse a él. Quizá nunca había sido otra cosa.

—¿No os basta con lo que ella os ha dado? —le preguntó ella.

Él negó.

—Quiero más. Os quiero a vos.

Isabel sabía que si lo dejaba pasar, la escena se repetiría cada noche. Buscó la fortaleza para cerrar la puerta. Pero antes de hallarla él se adelantó y la besó, condenando a ambos.

Al poco el emperador recaló en el Imperio, tras zanjar la paz con Francia. La corte de Fernando se esmeró en el recibimiento; las tensiones entre Carlos y su hermano parecían haber quedado definitivamente atrás. Del campo de batalla, el césar pasó a los banquetes, los bailes y los ríos de cerveza. El ambiente festivo lo anestesió de sus melancolías. No se asemejaba al vigor que encontraba en la guerra, sino que constituía un sosiego distinto para su espíritu, el propio de las charlas ligeras y de la embriaguez. Carlos se sumergió en una nube de fiestas continuas. Sabía que sus heridas no iban a sanar de ese modo, pero a veces le bastaba con que no le dolieran tanto como de costumbre.

En una de las celebraciones, entre el barullo de conversaciones y de risas, el emperador escuchó un canto que parecía surgir de un rincón del cielo; provenía de Bárbara Blomberg, una joven de belleza sensual y maneras seguras. El césar, que hacía ya un buen rato que había perdido la sobriedad, quedó hipnotizado por su voz. Se sintió transportado a un lugar donde no cabía el daño. La tristeza que le había acompañado desde que quedara viudo quedó momentáneamente en suspenso. Por un instante su vida no se le antojó un camino cerrado y en descenso, sino una llanura abierta, aún inexplorada.

La dama se percató del impacto que su cantar había causado en el emperador. Desenvuelta como era, al acabar su actuación se acercó a él.

—Majestad, espero haberos complacido.

La cercanía no restó atractivo a la muchacha, que poseía un aura mágica de la que resultaba difícil sustraerse.

—He creído ver a Dios escuchándoos —respondió él.

Bárbara Blomberg contempló al césar como si de una estatua se tratase, fijamente y sin tapujos. A él le sorprendió para bien tanto descaro.

—Impresiona veros en persona y no en pinturas o en tapices —dijo ella.

—Para mí quisiera la eterna juventud de los cuadros —bromeó él.

Se sostuvieron la mirada el tiempo justo que tardaron otros invitados en distraerlos. Carlos la perdió entonces de vista, pero la tuvo presente durante el resto de la velada. Hacía tiempo que nada le sorprendía como esa mujer.

Embotado por la alegría artificial de la bebida y los fastos, el emperador no fue consciente de que en la corte los ánimos estaban lejos de ser apacibles. La paz con Francia había confirmado los derechos del césar sobre Milán, y tan pronto como tuvo noticia de ello, Maximiliano consideró que aquel ducado era el premio que merecía. No es que fuese a compensar el agravio de haberle apartado de la sucesión imperial, pero al menos constituiría un bálsamo para su orgullo herido.

—Mi hijo se hará cargo del ducado de Milán —comentó Carlos en medio de uno de tantos banquetes.

Lo confesó con espontaneidad, ignorante de las ambiciones de Maximiliano. Este confió en que, en algún momento de lo que quedaba de velada, se le nombrase beneficiario de alguna otra plaza, aunque esta fuese de menor valor. Esperaba del césar un gesto de agradecimiento, bien hacia él o hacia su padre. Pero Carlos no mencionó más premio que el del ducado para Felipe, tanto aquella noche como durante las que siguieron. La frustración del hijo de Fernando se fue materializando: sus ademanes se fueron tornando bruscos y sus comentarios, cada vez más acerados. Su padre acusó ese enfado creciente. Una noche en que Maximiliano parecía al borde del estallido, Fernando se inventó una excusa para apartarlo del salón donde se celebraba la cena. Ya en el secreto de una estancia anexa, se dirigió a su hijo.

—¡Calmaos! ¡Os estáis poniendo en evidencia!

—¿Nos desprecia y lo único que os preocupa es no incomodarlo? —Al joven la lealtad de su padre con el césar se le antojaba sumisión—. ¡No nos ha obsequiado con absolutamente nada! ¡Todo lo suyo es y será para Felipe! Vuestro hermano es un desagradecido que no merece lealtad.

Fernando contempló a su hijo con aprensión. Le atemorizaba su vehemencia.

—No digo nada que vos no penséis, padre. Mis palabras expresan lo que os guardáis por eso que llamáis fidelidad, y que no es sino cobardía.

Maximiliano se marchó antes de que su padre pudiese replicarle. El hermano de Carlos se quedó a solas por un momento. Del salón le llegaban las risas de los que disfrutaban del banquete, que le sonaron artificiales y complacientes. «La concordia se sustenta en la mentira», pensó. En ese sentido, a su hijo no le faltaba razón: si había llegado a sus cuarenta años sin rebelarse contra su hermano había sido, en parte, porque había tapado su malestar por el bien de la familia y del Imperio. Sin duda Carlos no les había compensado como merecían: los miraba con condescendencia, dando por seguro que, pasara lo que pasase, se mantendrían a su servicio. Fernando sabía que él había permitido que así fuese. Siempre que había amagado con sublevarse había terminado por echarse atrás. Pero estaba visto que la bilis que había acumulado durante años no se había evaporado, tan solo había buscado otro organismo en el que alojarse, uno con más arrestos y menos reparos que el suyo: el de Maximiliano.

Todo ocurrió durante la misma noche. Bárbara Blomberg apareció de nuevo en una fiesta de palacio y Carlos, que estaba tan aturdido por la cerveza como acostumbraba aquellos días, la siguió allí donde la joven quiso llevarlo. La embriaguez apenas le permitió saber lo que estaba haciendo. Al día siguiente recordaría tan solo destellos de lo ocurrido: la risa de ella guiándolo por los pasillos, fragmentos del canto que le regaló en un cuarto privado, la calidez de ese cuerpo joven que se dejó estrechar por él. «Dejad que trate de aliviar vuestra tristeza», había dicho ella.

Al tiempo que el emperador se dejaba consolar, Maximiliano, en un discreto rincón del palacio de un príncipe alemán, departía con hombres que se admiraban de su determinación. La conversación terminó con apretones de manos que sellaron una decisión arriesgada. Por primera vez el hijo de Fernando se sentía importante, parte de algo que cambiaría el destino del Imperio.

La mañana que siguió a esa noche en la que todo parecía posible Carlos volvió en sí en una alcoba de aire viciado. Le costó entender qué hacía desnudo y al lado de una extraña. El efecto del alcohol ya no se parecía a una nube plácida de insensibilidad, sino que venía acompañado de malestar físico pero, sobre todo, espiritual. La conciencia ya no se encontraba suspendida; era de nuevo nítida, lacerante. Mientras se vestía en silencio, con ropas que olían a cerveza, el césar lamentó no ser como el resto de los hombres. Le hubiese gustado poseer la frialdad de ellos, su capacidad para olvidar, para entregarse a mil placeres sin sentir que se estaban engañando. Él, sin embargo, iba a cargar siempre con su viudedad. No se trataba tan siquiera de una decisión tomada a conciencia; sencillamente, seguía enamorado de Isabel aunque ella estuviese muerta. Antes de abandonar la estancia observó a Bárbara Blomberg. Dormida, la muchacha resultaba aún más hermosa que despierta; la quietud le hacía parecer una estatua cincelada con sensibilidad. Carlos, sin despabilarla, le besó la mano. Mientras regresaba a su alcoba, el césar decidió no volver a adormecerse con bebida y fiestas. El retorno a la verdad resultaba más duro tras intentar esquivarla. Asumiría lo que era: un hombre que amaba a un fantasma y que, debido a ello, jamás volvería a ser feliz del todo.

Por el contrario, Felipe vivía en Castilla una realidad muy distinta: solo se sentía él mismo cuando se encontraba con Isabel Osorio. Su matrimonio con María Manuela era poco más que una amistad agradable. La portuguesa no se mentía: sabía que su esposo no la amaba y que yacía con otra, y había aceptado el hecho con resignación; al fin y al cabo, su situación se le antojaba desagradable pero en nada extraordinaria. Incluso se consideraba afortunada: aunque Felipe no la quería, se comportaba de forma intachable con ella, cosa que muchas mujeres engañadas no podían decir.

El embarazo no tardó en llegar. María Manuela recibió la noticia con alegría, no solo porque iba a cumplir con su función de darle un hijo al heredero del césar, sino porque con ese niño podría establecer la relación de amor sincero que su esposo le negaba. El bebé la necesitaría, lloraría cada vez que ella se alejase. La joven se emocionaba pensando en lo hermoso que iba a ser sentirse importante para alguien.

Los días que antecedieron al parto, cuando este ya se antojaba inminente, Felipe se abstuvo de visitar a Isabel Osorio. A pesar de que se veía incapaz de renunciar a su amante, jamás se había sentido del todo libre de culpa por su adulterio. Su esposa lo había amado siempre, y a él le devastaba percibirlo y no poder corresponderla. María Manuela le parecía una joven encantadora. La habría adorado de haber sido ella una amiga, o una hermana. Dedicarse a su cuidado en la víspera del alumbramiento le apaciguó en cierto modo.

Cuando finalmente la criatura llegó al mundo, la corte estalló en júbilo: era un bebé sano, y además varón. La sucesión estaba garantizada. El flamante padre no dudó a la hora de elegir su nombre: su hijo se llamaría Carlos.

Pero la alegría fue efímera: los físicos sentenciaron que María Manuela no sobreviviría al parto.

Felipe, aturdido por la inminencia de la tragedia, pidió acompañar a su esposa en sus últimas horas de vida. La joven, moribunda, apenas tuvo fuerzas para agradecérselo. El hijo del césar se sintió atrapado en una pesadilla macabra: estaba reviviendo, en el lugar que en su día había ocupado Carlos, el fallecimiento de su madre.

—Mi camino acaba aquí —dijo ella en un susurro.

La culpa golpeó a su esposo. Esa muchacha se iba a ir del mundo sin haber sido amada.

—Me marcho con el deber cumplido. Cuidad de nuestro hijo. Dadle el cariño que yo no he tenido tiempo de ofrecerle.

Felipe se percató de que ella tenía ya la mirada perdida. Contempló los rasgos de su mujer como si lo hiciera por primera vez. Encontró dulzura en la forma de sus labios y en el trazo de los ojos. Ese rostro iba a petrificarse antes de que él lo hubiese memorizado.

—Perdonadme, os lo ruego. Perdonadme. —El regente estaba al borde de las lágrimas.

María Manuela pidió entonces ver a su hijo, pero falleció antes de tenerlo en sus brazos.

A la parca no le bastó con llevarse a la portuguesa: apenas unos días más tarde, cuando preparaba las exequias de la joven, el cardenal Tavera falleció. La corte se vistió de luto y se sumió en un espíritu de desesperanza.

Felipe escribió entonces a su padre: lo necesitaba a su lado. Aunque había conseguido aparentar ante todos que sobrellevaba con entereza el cúmulo de tragedias, lo cierto era que estaba experimentando emociones nuevas para las que no se sentía preparado.

Pero para cuando recibió su misiva, el emperador no se hallaba en disposición de atender a ningún asunto. De improviso, los príncipes alemanes se habían levantado contra él. Fernando encajó la sublevación con pánico, porque temía por el futuro del Imperio y, sobre todo, porque adivinaba que el traidor que la había provocado no había sido otro que su hijo.

15

Francisco I de Francia se trasladó a Rambouillet huyendo de un presagio de muerte. Antes de recalar allí la corte había deambulado, entre otros reales sitios, por Compiegne, por Saint-Germain en Laye, por Limeurs, por Rochefort, pero en ninguno de ellos había encontrado el monarca la seguridad que buscaba. No se sentía amenazado por enemigos o intrigas, sino por su destino, e igual que jamás se había rendido ante Carlos, tampoco pensaba hacerlo ante la Providencia. Su figura era una versión quebradiza de la que había sido, y ya ni siquiera rezaba por que retornase el vigor de antaño, que había ido perdiendo con los años y las decepciones hasta agotarlo. A pesar de todo, Francisco no estaba preparado para concebir su final. «Hay hombres en quienes la muerte no tiene encaje», pensaba en ese lecho que cada día le costaba más abandonar. Sabía, sin embargo, que esas ideas suyas no se correspondían con la realidad; que la parca se lleva a ilustres y a mediocres por igual, a hombres brillantes y a aquellos cuya existencia no ha dejado huella alguna en el mundo. Eso le rebelaba. «¡La excelencia debería proteger de la nada!», se decía. No llegaba a entender que la vida hubiese prescindido de Leonardo en su día o, pocos meses atrás, de Enrique de Inglaterra. La grandeza no servía de coraza, tan solo hacía más paradójico lo inevitable.

En los años que habían seguido a la firma de la paz de Crepy, el soberano galo se había dedicado a los placeres mundanos con más ahínco todavía que antes, lo cual es decir bastante. Ya no contaba con fuerzas para seguir combatiendo, pero su mente se había vuelto benévola: le gustaba traer al presente lo positivo de su reinado —él había sido el Renacimiento francés: había levantado imponentes castillos, creado bibliotecas y auspiciado a grandes artistas. Sin embargo, a veces, cuando bailaba en las fiestas o yacía con una amante, a Francisco le asaltaba por un instante un sentimiento de vacío: el que le causaba el recordar que ni había alcanzado la gloria soñada ni anulado a su enemigo.

Aunque temerosos de la reacción que pudiera tener el monarca al encajarlo, los médicos finalmente lo desahuciaron. Francisco trató de rebelarse ante la sentencia, pero ni siquiera le quedaba vitalidad para eso. Pensó entonces en su madre, y en cómo lo recibiría en la otra vida. Ya fuese en el cielo o en el infierno, sabía que coincidirían, porque eran palo y astilla. Se la figuraba espectral pero imponente, desplumando a sus vecinos en el paraíso. Cuando se encontrasen, Luisa sería capaz de echarle una regañina por sus fracasos para, acto seguido, acunarlo entre sus brazos por toda la eternidad.

Pero antes de toparse con ella debía despedirse de la familia que dejaba atrás. Una vez se hubo atusado el cabello como pudo, ordenó que se presentaran ante él. Horas más tarde, al despertar de una cabezada febril, se percató de que Leonor, Montmorency, Margarita y Enrique rodeaban su lecho. Componían un conjunto de estatuas tristes. A Francisco le estremeció ese boceto de mausoleo que se había formado en su alcoba.

—Perdonadme —le dijo el rey a Leonor.

La hermana de Carlos, más seria que compungida, asintió.

—Tiempo ha que lo hice —respondió la reina—. Podéis descansar en paz.

Francisco, agotado, se lo agradeció con una caída de párpados. Se fijó entonces en Montmorency, que mostraba ya cara de entierro.

—Os serví tan bien como pude, mi señor.

El monarca se apiadó de él. No renegaba de haber perseguido quimeras, pero era consciente de hasta qué punto había desgastado los nervios del condestable con su tozudez. El consejero, que no era más joven que él, tenía sin embargo un aspecto saludable y fornido. El rey le envidió cariñosamente.

—Seguid sirviendo a la Corona, os lo ruego. Quizá… quizá debí escucharos más.

Montmorency y Francisco no encontraron más palabras para seguir hablando. En realidad, entre ellos ya estaba todo dicho, desde hacía años. Se habían respetado y soportado a diario, callándose los descontentos porque habrían resultado indignos del aprecio que se tenían.

—Celebro que hayáis sido mi amigo —murmuró el monarca.

Montmorency asintió y, conmovido, desvió la mirada hacia el ventanal, por donde se entreveía una mañana en exceso luminosa. Se acercó a echar del todo los cortinajes para esconder así su ahogo.

El rey buscó entonces la mano del heredero. Enrique se la estrechó y se sentó a su lado; cumplía veintisiete años ese día.

—Os regalo el trono, hijo mío.

El joven se contuvo para no llorar. Era cierto que durante meses, consciente del ocaso de su padre, se había preparado para ese trance, pero no le había servido de mucho. El hombre que lo había sido todo para él se estaba apagando ante sus ojos. Incluso en los encontronazos que habían sufrido, lo había venerado. Sin él, el futuro se presentaba violento y nebuloso.

—Padre, os prometo que mi empeño no será otro que ser, al menos, una sombra de vos.

Francisco acarició el rostro de Enrique, tan lozano y tan afligido.

—Vos habéis sido mi victoria. Y como tal actuaréis. —El hijo asintió, y notó cómo su padre le apretaba la mano cada vez con más vigor—. No cejaréis en menguar el poder del emperador.

Leonor encajó con preocupación la petición de su esposo, pero nada dijo. Montmorency, sin embargo, se sonrió con melancolía: le habría decepcionado que su señor se traicionase en su hora postrera.

—Solo me iré en paz si así me lo juráis —le pidió el rey a su vástago.

Acto seguido, miró al heredero con una determinación impropia de su estado.

—Os lo juro, padre.

Moribundo, el monarca le besó la mano. Se le notaba más orgulloso de Enrique de lo que había estado nunca. El joven, al percibirlo, se dio cuenta de hasta qué punto había necesitado siempre agradar a su padre y cuán poco creía haberlo conseguido.

Francisco murió con los ojos abiertos, incrédulo ante la fatalidad. Francia se volvió extraña de repente. En breve el rey, el mito, la vanidad hecha hombre, los dos metros de ambición desatada se hallarían encerrados en un sepulcro sin duda grandioso, pero en el que no se oiría más que silencio. Se le lloraría y se le recordaría —fechas de guerras y acuerdos, hazañas, extravíos, amores—, pero la memoria de lo que de veras había sido se iría debilitando hasta petrificarse.

La vida había ganado al hombre, como hacía siempre.

Las manos de Francisco estaban gélidas cuando se le despojó del sello real. Al ponérselo, Enrique notó en su dedo la frialdad de la muerte. Se le vistió después con el manto con bordados de flor de lis. De inmediato, la corte se arrodilló a su alrededor, sucumbiendo a su flamante poder. El joven los miró con aire paternal; la mayoría de los cortesanos le ganaban en edad, pero eran sus vasallos y, por lo tanto, sus hijos, a quienes habría de someter por su bien y el de la Corona. Acto seguido, al salón real entraron hombres y mujeres humildes. La estancia se llenó de brazos deformes e inútiles, de rostros de piel tumefacta, de cegueras, de gangrena, incluso de dementes que balbuceaban sinsentidos.

Formaron una fila que acababa en Enrique. El nuevo rey los acogió con toda la piedad que su repugnancia le permitía. Uno a uno fue imponiéndoles la mano adornada por el sello: «Yo soy el rey; yo os curo».

Qué diferente se antojaba todo desde la grandeza, pensó el joven. Desvió luego la mirada hacia Leonor, que seguía con discreción la recepción de los miserables. También ella le resultó distinta. Una vez que Francisco hubo fallecido, la antigua reina se había ofrecido a Enrique como ayudante en los asuntos de gobierno. Pero si el monarca podía curar enfermos, ¿acaso no sería capaz de reinar en soledad, y de espaldas al emperador?

Francia ya no necesitaba a esa mujer, si es que algún día lo había hecho.

Mientras, en la corte del Imperio, Carlos se hallaba de pie, inmóvil y cansado de la quietud.

—Os lo ruego, dadme un respiro —pidió.

—¿Soy yo quien concedo a todo un césar?

El emperador y Tiziano se sonrieron. El primero se apresuró a tomar asiento. El otro se quedó unos instantes más dibujando en sus papeles, hasta que le faltó la inspiración.

—Más que vuestra figura, me interesa cómo vivisteis la batalla. —El de Gante le invitó a que se sentara a su lado, a lo que el italiano accedió—. ¿Cómo ocurrió todo?

Carlos lo meditó. Le ardían los pies a causa de la gota, y tardó en encontrarse con ganas de rememorar.

—El río Elba nos separaba de las huestes de los príncipes protestantes. Se habían preocupado de derribar los puentes que unían las dos orillas. El caudal resultaba un obstáculo insalvable. Desde la otra ribera nos gritaban con descaro, amenazándonos con atacar más pronto que tarde. Se sentían protegidos por la brecha de agua que quedaba entre ellos y nosotros. Entonces cayó la noche sobre Mülhberg. Los gritos del enemigo se apagaron, y mi arenga se escuchó nítida entre mis tropas. Les advertí de lo que se jugaba Alemania. Les hablé también de Dios, del

Imperio y del destino. Vi en sus ojos cómo se les caldeaba la sangre. Se aferraron a sus armas. Al cabo de un rato, un grupo de valientes se internó en el río. Llevaban las espadas en la boca y el agua les subía por encima del pecho. Una vez en la otra orilla, hurtaron pontones al enemigo y los tendieron sobre el Elba para que iniciásemos el ataque. Donde no hay pasarelas queda el valor, querido Tiziano.

Tras escuchar el relato, el italiano contempló al césar, que se había ido llenando de vida a medida que lo narraba. Lo cierto era que la abrumadora victoria sobre los príncipes reformistas en Mühlberg había supuesto una conmoción de alegría para Carlos. La vida ya no se le antojaba un descenso continuo: aún cabía la épica, torcer el rumbo de la Historia. El cuerpo del césar seguía achacoso, y la nostalgia por Isabel le acompañaba siempre; pero el triunfo le había colmado de ilusión y orgullo.

A Tiziano le hizo mella ver al emperador de ese ánimo: estaba envejecido, enfermo y viudo, pero transmitía heroísmo. El artista, meditabundo, cerró los ojos.

—Os pintaré solo. La batalla al fondo. Toda la grandeza de la victoria resumida en vos.

Cuando escuchó la idea del italiano, Carlos pensó en sus tercios, y en Cristóbal de Mondragón, que había sido quien se había atrevido a atravesar a nado el Elba; también en el duque de Alba y en su hermano, quienes habían encabezado la batalla junto a él. Pero quizá el maestro estaba en lo cierto: él, el césar, representaba a todos ellos y personificaba la grandeza del Imperio.

Días más tarde, Fernando se adentró en el cuarto del artista y vio el esbozo del cuadro. Le sorprendió que Carlos apareciera en solitario. Se quedó contemplando las líneas seguras trazadas por Tiziano. Notó una mancha en su ánimo.

Poco después, el emperador apareció en la estancia. Adivinó lo que su hermano estaba pensando ante el lienzo.

—No es más que un retrato. Sabéis cuánto valoro que luchaseis a mi lado.

Fernando se volvió. Luego se fijó de nuevo en el retrato abocetado y se confesó:

—A veces no basta con el agradecimiento. Y ahora no lo digo por mí. —El hermano de Carlos se percató de que este no entendía a qué se refería—. Mi hijo considera que el ducado de Milán está a la altura de su valía. Le disgustó que no le dejaseis demostrarlo.

El césar se sorprendió. Maximiliano… Lo cierto era que no solía reparar en él. Lo conocía poco, y a veces le resultaba demasiado enérgico.

—No hablo como padre —siguió Fernando— si digo que es un joven brillante y que habiendo crecido a mi lado, ha aprendido a gobernar, incluso en las circunstancias más adversas.

Lo que se guardó de comentar fue que su hijo había traicionado al césar alentando la rebelión de los príncipes protestantes. Se había esforzado por que aquella transgresión permaneciese secreta, y confiaba en que Maximiliano no repitiese nada semejante si, de una vez por todas, el emperador le concedía algún honor.

—¿Tanto se os parece? —inquirió el de Gante.

Su hermano se sonrió.

—¿Y no os he servido yo con celo? Vuestra confianza en mí ha sido recompensada con la mayor de las lealtades.

—¿Insinuáis que solo contaré con la fidelidad de Maximiliano si le premio?

El hermano del césar reaccionó rápido para evitar que Carlos cayera en lo cierto.

—Tan solo creo que gana quien se entrega antes.

El emperador había escuchado esa frase con anterioridad, de los labios de Germana de Foix. Sin duda también Fernando tenía que haberla oído de ella. El césar recordó de golpe las lecciones que la mujer le había dado sobre la generosidad en el poder. Hacía tiempo que la que fuera su amante había fallecido en Valencia, apacible y digna, como siempre había querido morir. Poco a poco, los protagonistas de la vida del césar habían ido retirándose al más allá. Él, mal que bien, había ido aceptando ese hecho. Pero cuando llegó a sus manos aquel sobre bellamente lacrado, con origen en Francia, la muerte tomó un significado nuevo para él.

«Francisco», musitó una y otra vez al leer la nota. A Carlos le sorprendió sentirse tan apesadumbrado por la defunción del francés. Durante toda su vida, su enemigo le había mantenido alerta, obligado a permanecer en guardia para protegerse. Con su desaparición, notó cómo perdía energía. En el relato de su existencia, Francisco había actuado como el contrario, el reto constante, la maldición. Por eso en los dramas los villanos mueren en el último acto, pues, sin ellos, la vida de los héroes deja de tener interés y ya solo queda que caiga el telón.

La del galo era una más de tantas pérdidas. En los últimos meses, la tierra había acogido también a Lutero y a Enrique. De Hernán Cortés se decía que se hallaba viejo e inútil en su Castilla natal, y el pirata Barbarroja, quien fuera azote de España, llevaba un año enterrado en Estambul. Carlos sintió que el mundo ya no era su mundo, como si en la obra de teatro que le hubiese tocado representar hubiesen reemplazado a todos los actores y él fuese ya el único del plantel originario. No descartaba vivir unos cuantos años más, pero resultaba evidente que, aunque habitase el presente, formaba ya parte del pasado.

De modo que, sentenciada su generación, el emperador comenzó a obsesionarse por la venidera. El triunfo en Mühlberg le había hecho creer de nuevo en la misión del Imperio. Antes de esa victoria, había atravesado una racha sombría. Sus dominios le resultaban un gigante inabarcable que siempre, de un modo u otro, acababa derrotándolo: cuando no era Castilla se trataba de Flandes, o de Alemania, o de Italia. Constantemente había un fuego encendido, y si se dedicaba a apagarlo en otro punto del mapa se levantaban contra él, Francia se animaba a la invasión o el turco se plantaba al borde de sus fronteras. La frustración de verse incapaz de mantener lo suyo bajo control le había causado una inquietud constante, que había deteriorado su salud y le había dificultado gozar de la vida. ¿Obligaría a Felipe a pasar por lo mismo? Durante aquel período pesimista, se negó a que así fuera. Por esa razón le había otorgado a Fernando el mando imperial: bastante tendría su hijo con Flandes, España, las Indias y los dominios italianos. Confiar en que un solo hombre pudiese con tanto se había demostrado imposible.

Hasta que Mühlberg le probó que todo lo pueden el orgullo y la fe. Carlos recuperó el optimismo y con él sus sueños. ¿Por qué renunciar a su ideal de monarquía universal? ¿Por imposible? Quizá; pero ¿no eran las utopías las que instigaban a los hombres a mejorar, aunque nunca llegasen a alcanzarlas del todo? Él se figuraba el mundo bajo una sola fe, hermanado, donde la Justicia se sirviese igual para todos, desprovisto de envidias y por lo tanto de violencias. El cristianismo bien podía quedar para las oraciones y la culpa, o constituir la verdadera guía del gobernante, como lo era para él. Y en ese sueño al que le costaba renunciar no encajaba desgajar su herencia. Al revés: quien le siguiese debería ampliar el Imperio, con la universalidad como meta. A mayor número de posesiones, más camino recorrido hacia ese final.

Ahora que había recuperado la esperanza pero sabía que su tiempo se estaba acabando, solo podía pensar, día y noche, en Felipe. Mientras la gota aguijoneaba sus extremidades, Carlos se fue convenciendo de que su hijo podría con todo: poseía un aura innata de grandeza. Y, en todo caso, solo alguien a quien se le pide más de lo que otros pueden dar crece hasta volverse inquebrantable.

En realidad, si uno de los dos había fallado al otro había sido él, el césar, y sobre todo el padre. Sus empresas le habían alejado una y otra vez de su vástago. Apenas le había inculcado más que unas pocas lecciones fragmentarias. Se había ausentado de Castilla durante años y, en general, durante sus visitas lo había tratado con severidad. Tampoco estuvo ahí para consolarlo cuando falleció su esposa, María Manuela. ¿Iba a castigarle también ahora, desposeyéndole del futuro que, en realidad, quería para el Imperio y para él?

Al cabo de unas semanas, Maximiliano de Habsburgo atisbó desde su navío un horizonte nuevo. La costa de España le esperaba plácida e indiferente. El ánimo del hijo de Fernando se asemejaba al de su embarcación: avanzaba, pero sin entusiasmo. El joven no sabía qué esperar del futuro que le aguardaba en esas tierras. Había recibido con malestar la orden del césar de casarse con la hija de este, su prima María.

—Me premia como a una infanta. ¡Y soy un hombre de Estado! —se había quejado ante su padre.

—¿Os lamentáis? ¡Dad gracias que he puesto todo de mi parte para que vuestra traición haya pasado desapercibida! He tenido que empeñar mi palabra con los príncipes para protegeros.

—Sabéis cuánto os lo agradezco, padre, mas...

—Este compromiso es una bendición para vos —le interrumpió Fernando—. El primero de muchos gestos de vuestro tío, estoy seguro. Seréis regente de España, ¡pensad en cuáles eran vuestras perspectivas en el día de ayer! Aprovechad la ocasión, hijo mío. Nada tenéis que envidiar a Felipe más que las ocasiones de demostrarlo.

Maximiliano lo meditó. No quería ser contentadizo como su padre, pero comparado con ser un aristocrático cero a la izquierda, llevar el mando de aquellos reinos prestigiosos constituía, sin duda, una mejora.

En cuanto a María, el joven lo ignoraba todo de ella. Pero ese era el menor de sus problemas. Para el hijo de Fernando, el amor no era más que una preocupación ligera, asuntos de cortesanas. La ambición política era lo único que le desvelaba.

El recibimiento que la corte castellana dispensó a Maximiliano fue considerado pero no ostentoso. Él no le dio demasiada importancia, de todos era sabido que las costumbres españolas tendían a la austeridad. Menos le complació la actitud de Felipe, a quien conoció entonces. El hijo del césar se comportó amablemente con él, pero se le notaba distante. A Maximiliano esa actitud le hizo sonreír para sus adentros: sin duda a su primo le había molestado que el emperador le arrebatara el cargo de regente para otorgárselo a él.

El siguiente encuentro también le complació. María, su prometida, resultó ser una joven atractiva y despierta, que además se sonrojó al verlo, celebrando su suerte.

El vástago de Fernando se sintió más que satisfecho con su nueva vida.

Hasta que, a la jornada siguiente, mientras cenaban a solas Felipe y él, descubrió que tanta perfección no podía ser otra cosa que un espejismo.

—Estoy esperando con humildad las lecciones que tengáis a bien ofrecerme acerca de la regencia de estos reinos —dijo Maximiliano.

Su primo guardó silencio y ordenó que les sirvieran otra bandeja de caza. Solo entonces contestó:

—Sosegaos. No habréis de tomar decisión alguna. —Felipe, calmoso, dedicó unos instantes a trinchar un trozo de venado—. El Consejo lo decidirá todo por vos. Si es necesario, pedirá instrucciones a su majestad.

El de Austria quiso creer que se trataba de una broma.

—Habéis malentendido mi presencia aquí: la responsabilidad no será para mí una carga, pues es a lo que aspiro.

Felipe, como si no le hubiese oído, siguió hablando:

—Os recomiendo que confiéis en Granvela. Posee las dosis justas de conocimiento y obediencia.

Pero a Maximiliano aquellas recomendaciones ni siquiera le alcanzaban. Se encontraba demasiado alterado como para considerarlas en absoluto.

—¿Acaso no habéis gobernado vos siendo regente como lo seré yo? —replicó el hijo de Fernando con rabia mal contenida.

Su primo respondió con un murmullo de asentimiento y se llevó la carne a la boca. La masticó despacio, desatando la impaciencia del otro.

—Esa experiencia que yo sí tengo —replicó Felipe— es la que me permitirá mandar en los Países Bajos a partir de ahora.

—¿Vais a sustituir a nuestra tía? —El enojo de Maximiliano aumentaba sin remedio.

—Así lo ha querido mi padre, y su voluntad ha de ser acatada. Por todos. Cada uno presta su servicio en su momento y en su lugar. Haceos a la idea.

El hijo de Fernando enmudeció, las facciones petrificadas. Lo que acababa de saber le obligó a leer de nuevo la historia de sus últimas semanas, y el sentido que le dio a cada hecho cambió de golpe. No había recibido premio alguno del emperador: por el contrario, había sido exiliado a un reino lejano donde no se le dejaría más que figurar para frustrar así sus aspiraciones al Imperio.

La cena concluyó en silencio. Felipe era consciente de la decepción de su primo, pero entendía las razones de su padre, más allá de que le beneficiaran a él. «No confíes en nadie», le había dicho el emperador. ¿Cómo saltarse esa máxima con un joven cuya mirada, incluso en los momentos de calma, rebelaba tanta frustración?

A Felipe la instrucción del césar de que dejase España para ejercer el mando en los Países Bajos le provocó sensaciones encontradas. Por un lado le motivaba ese nuevo reto, que suponía además un primer paso en la asunción del legado de su padre que algún día tendría lugar. Pero jamás había salido de su tierra, y sabía que la echaría de menos; a ella, y a su amante.

Su romance con Isabel Osorio había continuado sin tregua. En sus brazos, el dolor y la culpa que sintió por la muerte de su esposa se habían diluido. Nunca se saciaba de ella: tan pronto como se despedían él estaba pensando ya en la siguiente cita. El que su enamoramiento no cesase le llevó a creer que esa dama era, con toda probabilidad, la mujer de su vida. Del matrimonio de sus padres había entendido que el amor, cuando verdadero, solo se daba una vez. Por esa razón decidió llevársela consigo a su nuevo destino.

La joven encajó con asombro el ofrecimiento. Desde que supiera que Felipe había de partir hacia Flandes su espíritu se había ensombrecido. Se volvió a sentir ridícula por haber prolongado un romance que, dada la categoría de su amante, estaba condenado a romperse abruptamente antes o después. Cuando él la invitó a acompañarlo, Isabel se emocionó: ese hombre la necesitaba tanto como ella a él, y estaba dispuesto a ignorar los obstáculos y las convenciones para mantenerla a su lado. Se sintió ilusionada, y comenzó a imaginarse cómo sería su vida juntos en esa corte elegante del norte. En sus primeras fantasías solo había lugar para el entusiasmo y el disfrute, pero un día su imaginación tuvo a bien ser realista y le deparó una escena descorazonadora: una en la que ella era señalada como la manceba del regente, y la reputación de él se veía manchada a causa de ello.

Cuando, el día previo a su marcha, Felipe la visitó para ultimar los preparativos, Isabel Osorio le sorprendió al contarle que no había dispuesto su ajuar para el viaje.

—Vais a presentaros ante media Europa. No os conviene mostrar vuestras debilidades.

Él la miró desconcertado, fingiendo que no la entendía.

—No os acompañaré —sentenció ella.

—¿Os importa más a vos que a mí lo que opinen otros?

—Si murmuraran que soy la puta del rey, quizá.

Se quedaron en silencio. La realidad cayó sobre ellos como una lluvia sucia, manchándolo todo.

—¡Arrancaré la lengua a quien ose decir tal cosa! —dijo él mostrando los dientes.

Isabel le acarició la mejilla. Le rompía el alma saber que al día siguiente no podría hacerlo.

—Lo triste, amado mío, es que algunos insultos encierran verdad. Mi lugar no está a vuestro lado, y ambos lo sabemos.

Felipe desvió la vista hacia el ventanal ante el que estaban, pero este, inmisericorde, le devolvió la imagen de ella, de la que parecía imposible fugarse. Habría besado ese reflejo de cristal.

—Mi mente os buscará a cada instante. Y cuando regrese, yo haré otro tanto. ¿Me esperaréis?

La dama guardó silencio. Luego comenzó a aflojar su vestido.

—¿Me esperaréis? —insistió él.

Mientras las ropas caían a sus pies, ella asintió.

Por orden del emperador, Flandes se convirtió en una fiesta para dar la bienvenida a Felipe. El viaje en sí ya había sido una exhibición de magnificencia: el hijo del césar navegó en los navíos de Andrea Doria, acompañado de lo más excelso de la aristocracia castellana; al fin y al cabo, la nobleza de un séquito daba cuenta de la de aquel a quien escoltaba.

A Felipe le impactó la rudeza del mar, pero menos de lo que impresionó a toda Europa su andadura. A decir verdad, el continente sintió auténtica inquietud cuando supo que el joven había dejado atrás España. Su grandeza era tal que muchos temieron que su partida de aquel reino no tenía otro motivo que iniciar alguna conquista. La dignidad del hijo del césar era tan considerable que tornaba a su mera persona en una amenaza.

La corte flamenca se engalanó para Felipe tal y como lo hacía cuando recibía al emperador: su salón real quedó pequeño para los muchos que acudieron a agasajarlo. Todos habían oído hablar de aquel joven que pronto iba a regirlos y, llegado el día, a gobernarlos por derecho propio. El hijo de Carlos se mostró a la altura de la solemnidad de la acogida: combatió su timidez ante los extraños dándose a conocer con maneras de ídolo. Su apostura admiró a todos; pero a uno de los presentes, ese ejercicio de altivez le resultó indignante. Cómo no, se trataba de Fernando.

Aunque aguantó el tipo durante los fastos de bienvenida de su sobrino, al emperador no se le escapó que su hermano estaba renegado. Días antes habían mantenido una discusión. Fernando se había presentado con una misiva de Maximiliano en las manos, un texto largo y escrito con letra nerviosa.

—¡Lo habéis engañado! ¡Y con él a mí! —bramó.

—No le negaré que influya en la regencia de España cuando esté preparado para ello. Quitándole responsabilidades, hermano, evito a vuestro hijo errar.

—¿Os oís? ¡Dais por hecho que es nulo! No calibráis hasta qué punto me ofende tal cosa.

El humor de Fernando no permitió prolongar la disputa. Carlos confió en que su enfado se aligerara con el paso de los días. Cierto fue que en sus siguientes encuentros a su hermano no se le oyeron quejas, pero porque ni una sílaba salió de sus labios: había retirado la palabra al emperador.

Aquella reacción provocó en Carlos primero tristeza y luego irritación. El cetro de España era suyo, ¿quién se creía su hermano para juzgar de ese modo sus decisiones? Maximiliano aún tenía todo por demostrar, ¿no era comprensible ser cauto a la hora de asignarle poder? Aunque no tomara resoluciones en su contra, lo cierto era que Fernando no se mostraba en absoluto obediente. Y ese hecho, proyectado en el futuro, inquietó al césar sobremanera. ¿Era ese el colaborador con el que había de contar su hijo cuando recibiera su legado? ¿Uno que se otorgaba el derecho de revolverse contra los mandatos que debía acatar? A Carlos el porvenir se le representó entonces como una batalla entre las dos facciones de la familia, una lucha cainita que volvería a dividir las tierras unidas por él.

No pensaba tolerarlo.

—He decidido nombrar a Felipe Rey de Romanos. A mi muerte, el Imperio pasará a ser suyo —sentenció el césar.

En la sala donde estaban reunidos Fernando, María, Felipe y el emperador ni siquiera se oyó el crujir de la madera, pues ninguno de los presentes se movió. La estupefacción había estancado el tiempo.

María se fijó en Fernando. El hasta entonces sucesor imperial se había convertido en una roca de ira congelada. De repente y de manera definitiva, todos los sacrificios, todos los aguantes y cada gesto de lealtad generosa que había tenido hacia Carlos estallaron en su interior y destruyeron sus sentimientos hacia él para siempre.

Su hermana, temiendo lo que Fernando pudiera hacer cuando la sangre volviera a circular por él, miró a Carlos y dijo:

—Dos errores cometéis, majestad. El primero, depositar en hombros demasiado jóvenes una carga excesiva.

Felipe se revolvió.

—¿Me consideráis incapaz?

María prefirió ignorar la intervención de su sobrino y prosiguió:

—La segunda equivocación es enseñarle a vuestro sucesor que la lealtad y el sacrificio de nada valen.

El emperador miró a sus hermanos. Jamás había sido testigo de una decepción mayor que la que ellos mostraban.

—Nuestro mundo se extingue, hermano. —Carlos buscaba la comprensión de los otros—. Dejémosle el sitio a los que les corresponde este nuevo tiempo.

Se guardó lo que había venido pensando desde que se reencontrara con Felipe: que su hijo, el mismo que tiempo atrás se había mostrado indisciplinado y no del todo fiable, había madurado. Quizá se había tratado del golpe de la viudedad temprana, o la responsabilidad de la regencia española. El caso era que su carácter se había tornado sobrio y resistente, el adecuado para el heredero de su legado.

—Apreciaré como un tesoro vuestras enseñanzas sobre el gobierno del Imperio —le dijo Felipe a su tío.

Fernando se puso en pie con tal cólera que su butaca cayó a su espalda, lo que causó un estruendo que hizo sobresaltar a todos. Su mirada alterada iba de Carlos a Felipe.

—No toleraré que se enmascare este ultraje como una ventaja. Mi hijo no recibió premio alguno, ¡ha sido exiliado, como yo lo fui de Castilla en su día! Todo lo revestís con hermosas pieles de fraternidad. Me tomáis por un estúpido, ¡cuando solo he sido mejor hombre que vos…!

El emperador acalló el discurso con un golpe en la mesa. Fernando abandonó la estancia. Carlos se fijó en sus pasos, cansados, de hombre que tiene una vida a sus espaldas y ya no guarda esperanzas; y se sorprendió al sentir una tristeza inmensa.

En los días que siguieron a la pelea entre sus hermanos, a María le vino a la memoria con frecuencia su tía Margarita. Dio gracias por que la mujer no tuviese que presenciar la exhibición fratricida de Carlos y Fernando, y recordó su compromiso con ella de mantener a la familia unida. Lo cierto era que esa tarea se antojaba cada vez más utópica. Los rencores y las desconfianzas entre los dos hombres, larvados durante años, habían eclosionado al fin. La nueva generación no ayudaba a la paz; más bien lo contrario, pues Maximiliano y Felipe habían heredado las tiranteces de sus padres sumadas a la energía propia de su edad: eran dos nubes enturbiadas condenadas a chocar y a acabar en tormenta.

María visitó al emperador cada día durante semanas. Las primeras veces, él se negaba a hablar de Fernando. La cuestión le agotaba y bastante le mortificaba la gota como para dejarse herir también el alma. Su hermana fue paciente; ahora que Felipe había tomado la regencia de los Países Bajos, no tenía otra tarea que esa. Poco a poco, la coraza de Carlos fue cediendo, hasta que un día María habló de Fernando y el césar no cambió de tema. Tras un largo silencio, se confesó:

—Temo su traición.

—Como hace años temisteis la de vuestra madre, en Tordesillas.

La mente del emperador, de golpe, se vio lanzada atrás en el tiempo. Evocó el temor que había sentido hacía nada menos que treinta años, cuando Castilla se levantó y Juana a punto estuvo de cambiar la historia.

—Si desconfiasteis de lo que ella pudiera hacer fue porque la habíais tratado como a una enemiga. Del mismo modo que ahora tratáis a vuestro hermano y a su hijo.

Él reflexionó sin decir palabra. No parecía haber aprendido nada en todos aquellos años. Y sin embargo, una emoción visceral le hacía querer que todo fuese para Felipe.

—¿Por qué nadie entiende que mi deber es para con mi sucesor y nadie más? El poder se transmite de padres a hijos. ¡A mí se me exige que lo reparta entre tantos como lleven mi sangre!

—No decidirá otro que vos. Los aciertos y errores no serán de nadie más. Pero si queréis bien a Felipe, no le condenéis a luchar contra los suyos.

—¿Qué sabéis? —Carlos se inquietó.

María dudó si responder con sinceridad. Buscaba apagar un incendio, no provocar otros en el intento.

—Un hombre herido y que nada tiene que perder es peligroso como ningún otro.

La mujer se calló que en las últimas semanas había visitado a Fernando tanto como al emperador, y que había intuido en su tono que la traición era posible.

En la alcoba del césar hacía frío. Las pieles que los cubrían y el fuego ante el que estaban sentados no les evitaba el estremecerse. A Carlos el mundo se le antojó hostil, ¿dónde habían quedado las esperanzas que había experimentado después de la victoria de Mühlberg?

—No le habéis querido nunca. A Fernando.

El emperador miró de soslayo a su hermana.

—Ignoráis lo que siento, como todos. Soy tan solo un hombre. No carezco de las emociones del resto. Si parece lo contrario, es porque mi misión me obliga a traicionarme.

María creía en sus palabras, pero de nada servía su tribulación si conducía al cisma de los Habsburgo.

—Pensad en lo que dejaréis tras de vos, en el último pensamiento que os atravesará antes de reuniros con Dios. Vuestra alma no estará más descansada por haber mantenido la autoridad, sino por saber que os habéis comportado con nobleza.

Pasadas unas semanas, el salón del consejo albergó una reunión a la que nadie deseaba asistir. Maximiliano fue el último en llegar. El viaje desde España le había cansado, pero le quedó energía para entrar con paso rotundo en la estancia. Carlos se levantó a recibirlo. Igual hicieron Fernando, Felipe y María. El ambiente era tenso como el de una asamblea de canallescos en la que nadie se fiara de nadie: miradas huidizas, dedos que repiqueteaban en los brazos de las sillas, respiraciones irregulares, cuellos que molestaban porque no había quien no estuviera ya ahogado.

Una vez que todos estuvieron acomodados, el emperador los miró de uno en uno. Solo los ojos de Fernando evitaron los suyos —a María le había costado convencerlo para que acudiera a la cita—. Se vio obligada a rescatar el recuerdo de su tía Margarita, sabiendo que en él producía siempre efectos mágicos.

—Os agradezco que hayáis acudido a mi llamada. Antes que nada, he de rogaros que lo que aquí se diga, aquí quede. Es este asunto de familia y de Estado.

Ni Felipe, Maximiliano o el padre de este reaccionaron. Se hallaban aislados del resto del mundo en sus campanas de malestar. El césar miró entonces a su hermano.

—Debo pediros perdón. No fui justo con vos. Seguiréis siendo el Rey de Romanos.

A Fernando le extrañó escuchar aquello, y aún más no sentir nada después de esas palabras. Por el contrario, Felipe se encrespó.

—¡Padre...!

Carlos evitó su réplica con un ademán tajante y siguió con los ojos clavados en su hermano.

—Como acordamos en su día, mi hijo será quien herede el honor. Pero Maximiliano no quedará por ello desamparado.

—El primogénito de Fernando levantó la vista hacia su tío, que se dirigió entonces a él—: Vos sucederéis a Felipe.

El joven saltó de inmediato.

—¿Se trata acaso de una chanza? —dijo airado—. ¿Cuánto calculáis que sobreviviré a vuestro hijo? ¡Contamos ambos con los mismos años!

—Huelga decir que deseo que Felipe llegue a la vejez, pero solo a Dios corresponde decidir tal cosa...

—Acepto —interrumpió Fernando, y se puso en pie para que el trago no durase más; miró a su hermano para sentenciar—: Mas de hoy en adelante, nuestros caminos quedan separados.

Abandonó la sala entre el mutismo general. Maximiliano aún no había dado con la serenidad para reaccionar a lo que había escuchado. Las quejas se agolpaban en su garganta de manera caótica, lanzas cargadas de veneno que, demasiado numerosas, no terminaban de proyectarse a ningún lado. Sin embargo, se dio cuenta de que no era al césar a quien deseaba dispárárselas. Salió tras su padre. María, Felipe y Carlos se quedaron en silencio por un momento.

—A nadie habéis contentado —dijo al fin el joven.

—¡Callad!

El emperador les mandó abandonar la sala. Una vez en soledad, hundió la cabeza entre sus manos. Le dolía como si le martillearan el cráneo. Le vino a la mente el retrato de Tiziano, y su figura en él, tan digna y tan desamparada.

—¡Las alimañas protegen más a sus crías que vos a vuestro hijo! —increpó Maximiliano a su padre cuando lo alcanzó en el pasillo.

Fernando se volvió y enseñó un rostro enrojecido: estaba fuera de sí.

—¡¿Qué opción me restaba?! ¡¿Dividir a la familia en dos?!

Fernando percibió desprecio en la mirada de su vástago.

—¡Consintiendo habéis arruinado mi porvenir!

—No; os he salvado del abismo. Y he tenido que humillarme para hacerlo.

—Nunca, ¡nunca aceptaré herencia tan indigna!

Tras decirlo, Maximiliano se perdió por el corredor como un espectro: veloz, inaprensible y sin más posesión que el deseo de venganza.

Apenas unos días más tarde, en un bosque de árboles altos como obeliscos y suelo musgoso, tuvo lugar una reunión. Los participantes llegaron sigilosos y suspicaces, oteando a su espalda, buscando espías. Vestidos como cuervos, se saludaron entre sí con el tono más bajo del que fueron capaces. También en un murmullo hablaron del futuro de Alemania. Mil veces repitieron: «Un extranjero nos gobernará», y les costó no gritarlo de tanto como les enfurecía el hecho. La indignación dejó paso a las estrategias. Los desesperanzados susurraron que Mühlberg les había dejado mermados en tropas y en caudales. No tardaron en replicarles los ardorosos: «Alianzas». De vez en cuando, el ulular de las aves nocturnas les asustaba; tardaban en sentirse de nuevo confiados para volver a hablar de conspiraciones, pero al final lo hacían. Por último uno de los hombres-cuervo preguntó: «Y después... ¿qué?», y la contestación llegó de uno que había permanecido en silencio durante toda la asamblea.

—El emperador está solo. Os prometo que su hermano no luchará con él.

Era la voz de Maximiliano.

—Vos ocupaos de reclutar hombres. Yo, del que ha de encabezarlos a todos, ahora y siempre.

Enrique de Francia estudió a su interlocutor, pero, sobre todo, se fijó en cómo este lo estudiaba a él. Desde que subiera al trono, al monarca francés le preocupaba el efecto que causaba en los demás. La figura de su padre había sido tan grandiosa, en cuerpo y espíritu, que temía que no se tomase del todo en serio a su heredero. El joven solía ensayar ante el espejo ademanes graves y miradas severas. Esa tarde le dispensó unas cuantas a su invitado, un príncipe protestante que hablaba con urgencia.

—¡Ayudadnos a librarnos del césar, alteza! —rogó el reformista.

Cuando escuchó mentar al emperador, Enrique se irguió en el trono. Testigo del gesto instintivo del monarca, el príncipe se animó.

—Para lo cual os solicitamos hombres, pues de pocos disponemos para tal misión.

—¿Hombres? —intervino Montmorency, y escrutó dudoso a su señor—. ¿Los estandartes del Rey Cristianísimo unidos a los protestantes?

—La causa es digna: os convertiréis en el libertador del pueblo germano. Con ello os granjearéis su apoyo eterno.

El consejero reaccionó con un soniquete de censura. Sabía que la grandilocuencia solía servir para disfrazar malos acuerdos. Sin embargo y para su asombro, Enrique se mostró interesado:

—¿Qué ganaría yo a cambio? El título de salvaguarda del albedrío alemán no me parece suficiente...

—Os facilitaremos la conquista de las sedes eclesiásticas del Imperio que se hallan en la Lorena: Metz, Verdun y Toul. —Sin duda el príncipe no había viajado hasta Francia con las manos vacías.

Sin mucha ceremonia, y haciendo gala de uno de sus gestos de gran hombre, Enrique despidió al alemán con fría amabilidad y le emplazó a esperar su respuesta. Cuando el príncipe se hubo marchado, el rey se lanzó a deambular por el salón del trono, con la inquietud como motor. Montmorency frenó su paseo al dirigirse a él:

—No son plazas desdeñables, pero os animaría a meditarlo bien. ¡Estaríais arriesgando vuestra relación con Roma al tratar con cismáticos!

El soberano, nervioso, respondió a la defensiva:

—¡Juré a mi padre que bregaría contra el emperador!

—Parece que los dominios del césar se encargarán solos de labrar su desgracia. Os aconsejo disfrutar siendo testigo, mi señor.

Enrique lo meditó. Cierto era que la situación en Alemania se antojaba inestable a más no poder, y que el césar se hallaba en horas bajas a causa del cisma en su familia. Quizá Montmorency tuviera razón y la derrota de Carlos llegase antes o después, sin que Francia hubiese de contribuir a ella siquiera con una moneda.

Pero la mente del monarca no toleraba del todo tanta sensatez, y se escabulló hacia escenarios más viscerales. Enrique se preguntó cuántos ademanes grandiosos tendría que dibujar en el aire para ganarse el respeto del mundo. Su padre creció en la imaginación de los hombres cuando conquistó Milán al poco de entronizarse. Se le miró entonces, y solo entonces, del modo en que Enrique deseaba que lo consideraran: con admiración y temor, como se ha de contemplar a un rey de Francia.

—Se lo juré en el lecho de muerte —insistió, al tiempo que se guardaba para sí que la verdadera razón por la que iba a luchar al lado de los protestantes era la de sentirse, de una vez, digno de su corona.

Pasadas las semanas, a la corte de Alemania llegó un pasquín, obra de la imprenta y de un espíritu encendido contra el césar. El texto era breve; la idea que pretendía expandir por el Imperio no necesitaba de extensas líneas. Animaba a levantarse contra aquel que, en no demasiado tiempo, iba a usurparles su identidad; contra «el extranjero», es decir, Felipe.

Nada más lo hubo leído, Carlos arrugó con desprecio el libelo. El duque de Alba, que era quien se lo había hecho llegar, miró sombrío a su señor.

—Quien lo escribió conoce el pacto sobre vuestra sucesión.

El emperador se tornó lívido. Era cierto, y aterrador.

—Fernando o Maximiliano me han traicionado. —Acto seguido, se corrigió—: Hubo de ser mi sobrino.

—¿Por qué estáis tan seguro de que vuestro hermano os es leal? Os ha retirado incluso la palabra.

—No necesito escuchar su voz para saber lo que es incapaz de pronunciar.

El emperador se percató, por el gesto del duque, de que este no compartía su certeza. Con el alma enturbiada por las dudas, Carlos se sentó a escribir a su hermano.

La respuesta de Fernando no se demoró:

> Majestad, mucho me aflige vuestra situación. Mas de ella tan solo vos sois responsable. Si en algo estimáis mi parecer, negociad con el enemigo. En tal causa contaréis con mi ayuda. Mas lamento negarme a luchar contra vos.

—Las palabras de Fernando son fruto del rencor, no de la traición —terció María cuando Carlos, embebido en ira, le mostró la misiva.

La mujer se notaba exhausta. El gobierno de Flandes que tanto le angustió en su día se le antojó una labor sencilla en comparación con la que llevaba a cabo entonces. Arbitrar entre sus hermanos le estaba resultando semejante a situarse en mitad de una batalla cuyos soldados, con el paso del tiempo, se vigorizaban en lugar de cansarse; y dados los últimos acontecimientos, aquella metáfora tenía visos de convertirse en realidad.

—¡Se niega a defenderme! —replicó Carlos.

—¡A levantar la espada contra su hijo, más bien! ¿Qué haríais vos en su lugar?

Carlos lo meditó.

—Todo es comprensión hacia él, mas ¡decidme! ¿Qué he de hacer? ¿Dejar a mi hija viuda, y a mi hermano sin vástago?

Para colmo, cuando el césar era incapaz de figurarse una situación más complicada, el duque de Alba llegó para dar cuenta de que tropas francesas habían invadido Lorena. Carlos contaba con suficiente experiencia como gobernante a sus espaldas como para no creer en las coincidencias; sin duda, Francia y los rebeldes alemanes estaban actuando de manera conjunta.

—Uníos a nosotros.

Fernando, desorientado, contempló a su hijo.

—¿Qué pretendéis?

—Que os pongáis al frente de esta revuelta y obtengáis al fin lo que merecéis y el césar siempre os ha negado: el poder.

Su padre se dejó caer en un butacón de la sala del palacio imperial. La rueda giraba de nuevo dejándolo en el mismo lugar en el que acostumbraba: al borde de la conspiración, en el terreno incierto del dilema.

—Si no os sentís capaz de tomar la decisión, descuidad: los príncipes lo harán por vos.

—¿Qué queréis decir? —Pero Maximiliano guardó silencio—. No estaréis dispuesto a matar a Carlos.

El joven respondió flemático, tan seguro estaba de que estaba del lado de la justicia:

—¿Quién sino él provoca la tensión en estas tierras? ¿Quién nos humilla una y otra vez, sin aprecio a nuestra entrega? No os comportéis como un hermano cuando él no lo hace con vos. Dadle a Alemania el porvenir que merece, y a vos la gloria que siempre debisteis poseer.

De manera que Maximiliano marchó para ponerse al frente de los alzados. Dejó a su padre en un estado de agitación que apenas le permitía tomar aire para seguir viviendo. Era consciente de que, tomara la decisión que tomase, perdería a uno de los suyos.

La nieve había alfombrado el bosque alemán por el que transitaba Carlos flanqueado por soldados, y no cesaba de caer. Las armaduras, blancas, les conferían el aspecto de estatuas de guerra. El emperador se aferraba a las riendas de su caballo y avanzaba sin traslucir el temor que sentía, porque se sabía desamparado. Aunque contaba con tropas, lo cierto era que los príncipes católicos se habían desentendido del enfrentamiento inminente entre el césar y los reformistas, pues sabían que posicionarse en contra de estos les granjearía conflictos en sus dominios. Aparte, la fidelidad al césar había menguado de forma progresiva. Si bien Carlos se había echado atrás a la hora de traspasarle el Imperio a su hijo, pocos confiaban en que no fuese a cambiar de nuevo de idea, y encontrarse bajo el mando de un castellano les resultaba grotesco, una imposición ante la que no dudarían en revolverse. Si bien Fernando había nacido en España, nadie lo tomaba ya por un extranjero. Tantos años en aquellas tierras le habían convertido, por derecho, en el más auténtico de los germanos.

El grupo avanzaba en medio del silencio del paisaje nevado. De repente se escuchó un estruendo de caballos que se dirigían veloces hacia ellos. Los soldados levantaron sus armas. Solo cuando el césar se volvió y vio quién les abordaba les ordenó que las envainaran: se trataba de su hermano. Fernando hubo de recuperar el resuello para poder hablar. Su cabalgada, agónica, le había dejado exhausto.

—Los príncipes han cortado el camino a Innsbruck. ¡Debéis huir!

Carlos se lo quedó mirando. En su hermano, con los labios azules por el frío, apenas se podía entrever el gesto. Los músculos estaban paralizados por la temperatura; resultaba imposible adivinar si el suyo era un semblante de complicidad o el propio de un rival. El emperador, receloso, no se movió del sitio.

—¡Si seguís vais a una muerte segura! —insistió Fernando.

—¿Por qué habría de confiar en vos? Os pedí socorro y decidisteis abandonarme a mi suerte. ¿Qué sentido tendría que ahora velarais por mí?

La nieve caía sin pausa. Apostados el uno frente al otro, los hermanos, bajo el manto blanco, parecían estarse convirtiendo en fantasmas.

—Porque aunque nuestros destinos discurran ya por sendas separadas, jamás dejaría que os matasen. Todavía sois mi hermano.

Carlos seguía sin poder adivinar sus intenciones en el gesto de Fernando. Habría de decidir obedecerle o no basándose tan solo en la fe en aquellas palabras, en aquel sentimiento de familia que a esas alturas resultaba difícil de creer.

—A cambio, perdonadle la vida a mi hijo. La vuestra por la de él.

Las huestes del emperador, que eran escasas, le dieron la espalda a Innsbruck y emprendieron la huida. El clima fue despiadado: el viento gélido les azotó a lo largo de toda la evasión, y puso su vida en peligro cuando atravesaron los caminos montañosos, en los que los caballos perdían pie con frecuencia a causa del suelo húmedo.

Carlos no quiso mirar atrás. La humillación de verse obligado a huir de sus propios dominios era suficiente como para regodearse en ella. Nunca hubiera pensado que el hombre más poderoso de la cristiandad hubiese de escabullirse para salvar la vida, que los que pensaba sus vasallos habían amenazado.

Llegado un momento, en el horizonte se vio un claro. La tormenta de nieve tocaba a su fin, y el sol rompía. Al emperador jamás un amanecer le había sabido tanto a ocaso.

16

Aquella mañana, el Duero bajaba caudaloso frente al palacio de Tordesillas. Las lluvias habían sido copiosas en los días previos. Juana oyó el rumor del río y pensó en cuán poco se asemejaba al torrente de su sangre, que desde hacía tiempo recorría pastosa sus arterias, con pereza, gangrenándole las extremidades. La reina sabía que ese sería el desenlace de la rutina sedentaria que seguía desde hacía décadas. Bastante había aguantado su cuerpo con vida; para su gusto, demasiado.

El dolor de sus piernas corruptas le resultaba insufrible, pero lo sobrellevaba con estoicismo. Si en algo se manifestaba experta era en asumir el daño como si fuese inerte. Lo que la torturaba era que el malestar le impidiese concentrarse en sus recuerdos, y aquel día no le estaba dando tregua alguna.

La reina escuchó pasos y levantó ligeramente la cabeza de su almohadón. Al poco, una figura en sombra se recortó bajo el umbral de la puerta. Le recordó a él.

—Soy Felipe.

¡Era él! Se la llevaba a su lado, ¡al fin! La sangre fluyó de nuevo por su cuerpo y lágrimas de felicidad se asomaron a sus ojos.

La figura avanzó hacia el interior apenas un par de pasos; los suficientes como para echar por tierra sus ilusiones.

—Vuestro nieto.

Juana se lo quedó mirando. Luego se rió de sí misma y dejó

que las lágrimas que habían brotado por su esposo se deslizaran por sus mejillas. Tras limpiárselas, se incorporó a duras penas en el lecho.

—El que lleva su nombre.

Le hizo un gesto para invitarle a su lado. Felipe tomó asiento en una butaca cercana. Contempló a su abuela con esos ojos mentirosos de quien tiene ante sí la muerte pero no quiere evidenciárselo al otro.

—¿Qué hacéis aquí?

Su nieto se guardó de decirle la verdad: que esa visita no era sino una penitencia impuesta por Francisco de Borja. El que fuera caballerizo mayor de Isabel de Portugal, y al que la muerte de aquella empujó a tomar los hábitos, había juzgado conveniente que Felipe fuese testigo de la malaventura de la reina, para así dejar de sentirse renegado con su propia suerte. Desde hacía un tiempo el heredero se mostraba descontento con todos y cada uno de los aspectos de su existencia. Cuando en el pasado se imaginaba en su madurez, se representaba casado con una mujer de quien pudiera sentirse devoto, como su padre lo había sido de su madre, y la realidad era que a sus más de treinta años se hallaba viudo y solo había sentido algo semejante por una amante. Por lo demás, el Imperio constituía su horizonte político, pero este iba a permanecer de forma indefinida en manos de su tío y, por si fuera poco, su padre se estaba encargando a conciencia de menguar su herencia. Semanas atrás, el emperador había sido derrotado en Metz. Francia había ganado con autoridad la guerra de las plazas eclesiásticas imperiales, tres obispados de trascendencia cuya pérdida constituía un quebranto pero, sobre todo, un mal presagio. Decían que Carlos se había presentado en el campo de batalla a pesar de encontrarse inválido a causa de la gota; que sus manos ni siquiera había sido capaces de asir la espada y que se había empeñado en prolongar la guerra contra la opinión de sus consejeros. La enfermedad del césar, por lo tanto, no era solo física, sino también de juicio: tomaba decisiones a todas luces absurdas. Lo que recibiera Felipe —el legado en sí, pero también los conflictos diplomáticos, los apuros religiosos— estaba en manos de un hombre al que el título ya le venía grande.

Pero juzgar tan duramente al emperador atormentaba a su hijo. La devoción que sentía hacia él le instaba a perdonarle todas las faltas; aunque la razón del hombre de Estado que llevaba en su interior llegaba a fantasear con tomar el mando lo antes posible. ¡Él se encontraba tan henchido de energía y lucidez! ¿Y si el césar vivía, por un decir, veinte años más? La plenitud de Felipe se habría desperdiciado en regencias y matrimonios de compromiso. «Si os preocupa el futuro, ayudad a vuestro padre —le había recomendado Borja—, dándole fuerzas si lo veis débil y consejo cuando yerre.» Al heredero la sugerencia le pareció sensata, pero no le sirvió para aplacar su inquietud. Como en tantas ocasiones, Carlos provocaba en su hijo una emoción ambigua, de amor y rebeldía al tiempo.

—¿Qué queréis decir, mi señora? He venido a preocuparme por vos —respondió el nieto a Juana—. ¿Cómo os encontráis?

La hija de Isabel y Fernando, cansada, respondió al rato:

—Mis piernas ya no responden. Han tardado cuarenta años en comprender que aquí de nada me sirven.

Cuarenta años, pensó Felipe. En la mente del joven, como en la de todos, la reina Juana era más leyenda que ser humano. Su enclaustramiento no se debatía, y nadie se preguntaba ya cómo había sido ella en el pasado, qué vida se le había escapado entre los muros del palacio de Tordesillas y si la decisión de encerrarla había sido justa: ignorarla era la forma de no tener que asumir la culpa de tal sadismo.

Pero al tenerla delante, al advertir su condena a muerte, por primera vez el heredero se la imaginó joven, con ambiciones y deseos como los que él albergaba en ese momento. Contempló aquel rostro de setenta años y con su imaginación lo despojó de arrugas y huellas de mala salud, y se le reveló la persona tras la apariencia. Se fijó en los ojos de su abuela: aunque la apostura de la mujer lucía hierática, su mirada delataba que no era en absoluto indiferente a su decadencia, y que sentía nostalgia de la vitalidad como también del afecto de los otros. Había asumido lo que se le había dado a entender: que era un objeto inútil. Y aun así su alma echaba en falta ser querida como una niña, y lo haría hasta el último suspiro. Todo ello provocó en Felipe una tristeza insoportable.

No, no quería que le ocurriese lo mismo a su padre. Cierto que se trataba del emperador, del dueño de los dominios que algún día él gobernaría; pero ante todo era un hombre enfrentado a su ocaso y que sin duda sufría viendo que la vida se le escapaba sin poder hacer nada por evitarlo, que erraba sin intención y perdía el respeto de quienes siempre lo habían admirado.

En ese momento, Felipe lo quiso con toda el alma.

El cardenal Granvela entró en la alcoba del emperador y encontró a este reclinado ante el escritorio, con la mirada fija en las piezas de un reloj desmontado. Carraspeó para sacarle de su ensimismamiento.

—Pasad y sentaos, querido Granvela —dijo el césar sin apartar la vista de su tarea.

El consejero obedeció. La estancia parecía un mundo ajeno al resto de la corte. Allí el tiempo poseía la consistencia de un líquido espeso, y el silencio hacía pensar que la vida se quedaba en la puerta, sin entrar.

—Un monasterio jerónimo —dijo Granvela.

Súbitamente interesado, Carlos le dirigió la mirada.

—¿Dónde se encuentra? —inquirió.

—En Castilla. En la comarca de la Vera.

El emperador asintió. Sus ojos se movían juguetones: comenzaba a imaginárselo.

—¿Encaja con mis deseos? —preguntó.

—Si buscáis la paz tanto como me dijisteis, sin duda. La región, como sabéis, es de mucho sol, y el entorno de la abadía, hermoso, con arboledas y riachuelos.

El césar cerró los ojos para viajar hasta allí. Sonrió complacido.

—Disponedlo todo —sentenció.

El consejero no asintió; parecía preocupado.

—¿Porfiáis en esa ocurrencia vuestra, majestad?

—¿Ocurrencia, decís? Retirarme es la mejor idea que he tenido en mucho tiempo. —Se percató de que Granvela encajaba con malestar la respuesta—. No me miréis con ojos de despedida. Sabéis mejor que yo que no podré descansar hasta que lo haga mi madre. Solo cuando ella fallezca podré dejar el mando en Castilla, mas a esa descarga seguirán las demás.

—Solo Dios debería retirar a los soberanos.

—La vanidad mantiene en el trono a quien se sabe ya inútil. Aferrarme al poder sería un castigo para mis dominios. Si Carlomagno abdicó, no me quito honor al imitarlo.

Desde que fuese derrotado en Metz por los ejércitos franceses, el emperador se tenía por acabado para el mando. Aquella derrota, que conllevó la muerte de cientos de soldados, le había hecho entender que perseverar en el poder era más irresponsable que renegar de él. El cuerpo, agarrotado y dolorido por la gota, ya no le servía para la batalla, y sus decisiones no estaban resultando acertadas. Tras aquel fracaso se había refugiado en la penumbra de su alcoba. Todos en la corte creyeron que pasaba por uno de esos períodos de melancolía, pero lo cierto era que, como había hecho siempre, necesitaba tiempo y soledad para meditar y hallar una solución. En aquellas jornadas de reflexión, en las que a veces le acompañaba su hermana María, tomó conciencia de que, como político, había constituido un fracaso: no había frenado el cisma en el cristianismo, y las constantes guerras, demasiado asiduas contra Francia, habían empobrecido a sus feudos, en especial a Castilla. Para contener el avance reformista lo había intentado todo, pero siempre había fracasado. Cierto era que Roma no había contribuido en absoluto a la solución del problema, pues cuando se decidió a abordarlo la heterodoxia se había expandido ya como la peste más virulenta. Pero no podía descargarse de culpa: al convertirse en emperador se había comprometido a defender su fe y en absoluto lo había logrado. Guardaba todavía esperanzas de que la escisión entre los cristianos fuese reparable, pero habrían de ser otros, más fuertes y lúcidos, los que se encargaran de ello. Y cuanto antes, mejor.

María, la hermana del césar, se asomó entonces al cuarto con una sonrisa luminosa.

—¡Vuestro hijo!

Felipe y Carlos se dieron un abrazo prolongado ante la mirada complacida de Granvela, María y el séquito del heredero. El emperador contempló luego a su vástago, como si no terminase de creerse su visita a Flandes.

—¿Qué hacéis aquí?

—Os traigo caudales para recuperar vuestras arcas tras... las últimas empresas. —Carlos se mostró azorado, de lo que su hijo se percató—. Nada os reprocho, padre. De sobra sé que si alguien lamenta lo ocurrido, sois vos. Confío en que mi presencia aquí sirva también de bálsamo para vuestro ánimo.

El césar se emocionó.

—Nada podría contentarme más.

Se tomaron del brazo y se alejaron de los demás. Felipe sintió el peso de su padre, pues se aferraba a él para no caer: el césar andaba con dificultad. Carlos se percató de la preocupación con la que era contemplado.

—La gota. Y algún que otro esfuerzo de más para un viejo como yo.

Su hijo se encendió de golpe, aunque dio la impresión de que llevaba tiempo guardándose lo que dijo:

—¡Como tener que huir de Innsbruck para salvar la vida porque vuestro hermano no quiso luchar con vos!

Aquella evasión a la que se había visto abocado el césar había calado en Felipe. En su momento trató de evitarla insuflándole dinero y medios para defenderse, pero toda ayuda resultó poca sin la de su tío.

—Albergáis hacia él más rencor que yo.

—¿Cómo podéis defenderlo? ¡Si os hubiese socorrido...!

—¡Lo hizo! —le interrumpió Carlos—. Me dio aviso de lo que se avecinaba. Gracias a él, pude huir a tiempo, y preparar luego mis ejércitos para enfrentarme al francés... Aunque con poca fortuna.

La información en nada contentó a Felipe.

—A mi tío corroyó la culpa por haberos abandonado previamente. ¡Mas un criminal arrepentido sigue siendo lo primero!

El emperador se detuvo para escrutar a su hijo. Detectó en sus ojos justo lo que había rezado para no ver: rencor profundo y odio a los de su sangre. Desde que tomara la decisión de abandonar la cima del poder, a Carlos le desvelaba el cisma familiar que le iba a dejar en herencia a Felipe. Se había prometido hacer lo posible para repararlo antes de abdicar. Estaba seguro de que le sería complicado —Fernando ni siquiera respondía a sus misivas—, pero estaba dispuesto a insistir y a ceder en lo necesario para que el porvenir de su vástago no se diera bajo una lucha cainita que, de un modo u otro, él había propiciado. Con sus últimos fracasos le sobrevino la humildad: no parecía tener sentido creer en la capacidad de un solo hombre para gobernar un Imperio tan vasto cuando él no había podido hacerlo. Cuanto más arropado se encontrase Felipe, más posibilidades habría de que triunfase. Si a eso se le añadía que la cuestión protestante seguía candente y que el futuro de la cristiandad dependía de cómo se resolviese, crearse enemigos dentro del Imperio, dentro de la propia familia que allí habitaba, se le antojaba una garantía de victoria de los reformistas: como acostumbraban, aprovecharían sus diferencias para ganar terreno. Y si una mancha quería Carlos ver resuelta era la de la división de la Iglesia. Para limpiarla harían falta unión y desdén por las ofensas pasadas.

—La historia entre vuestro tío y yo es más compleja de lo que pensáis —dijo el césar —. Quizá, bien mirado, si se enumeran las ofensas, yo he sido el villano...

—Pero ¡padre...!

—Los enemigos son otros, hijo mío.

Felipe no replicó, pero su semblante dio a entender que el perdón le quedaba lejos.

Tras el reencuentro con el emperador, su vástago rastreó el palacio buscando a su tía Leonor. La encontró leyendo en un salón solitario; lo hacía con dificultad, los ojos habían empezado a fallarle. Tras saludarla con cariño, Felipe le entregó un objeto. Se trataba de un retrato pequeño, que mostraba a una dama joven de rasgos delicados y mirada inteligente. Leonor, intrigada, trató de adivinar.

—¿Quién es? ¿Buscáis nueva esposa?

—Y la he encontrado en vuestra hija.

El retrato se deslizó de las manos de Leonor, que había perdido de golpe la entereza. Felipe lo salvó antes de que diera con el suelo y se lo entregó a su tía, que, con manos temblorosas, lo tomó de nuevo. El joven, que conocía como el resto aquella historia, le concedió a Leonor unos momentos de silencio para que contemplase a María de Portugal por primera vez desde que la diera a luz. La hermana de Carlos estaba aturdida. Estudiaba los rasgos de la joven una y otra vez, pero apenas percibía más que un impacto en sus entrañas.

Le había escrito cien cartas. Comenzó a hacerlo en Francia, pues allí, en las muchas horas que pasaba sola, el recuerdo de su hija había sido constante, su única compañía. Pensó en pedirle a Francisco que la dejara viajar a Portugal: quería conocerla. Pero la perspectiva le atraía y le aterrorizaba al mismo tiempo. Tenía pesadillas recurrentes en las que María la desdeñaba, acusándola de lo que era cierto: que no había sido su madre. Tomó entonces la decisión de escribirle. El rechazo sería más llevadero si consistía en no obtener respuesta, como así sucedió. Ninguna de sus misivas tuvo contestación, pero Leonor siguió enviándoselas, sin perder la esperanza de que, un día, viendo el interés de su progenitora y harta de guardarle rencor, María la perdonase. Ahora, desde Flandes, seguían saliendo cartas con destino a Portugal. En ellas la hermana del césar le contaba anécdotas de la corte y le pedía perdón. El tono de esos mensajes era el de quien da por hecho que será respondido. Leonor jamás se mostraba ofendida o triste. Solo quería saciar su deseo de darle amor, y eso hacía.

—¿Vais a casar con ella?

—Si mi padre lo consiente.

—No permitiré que decida otra cosa —dijo su tía.

Se sonrieron. La mujer salió de su asombro y sus emociones se desbordaron. Lloró. Su sobrino le limpió las lágrimas.

—¿Por qué ella?

—Dicen que es tanta su belleza como su ingenio. Que ama las lecturas, como las amo yo, y...

Leonor le preguntó con la mirada. Felipe no supo de qué modo continuar. En realidad, no había razones para el pálpito que notaba sobre esa joven, ese que le repetía que con ella encontraría el amor legítimo; que serían la réplica de Carlos e Isabel, dichosos juntos, torturados en esas ausencias que el heredero apenas pensaba permitirse.

Felipe observó el retrato, al que su tía se aferraba con desesperación.

—Sea para vos.

La mujer le despidió con una sonrisa emocionada. Cuando se encontró de nuevo a solas se deshizo en llanto. Por primera vez, pensar en su hija le hacía llorar de alegría. Como un bebé acunado por la llantina, se quedó dormida en su butaca, abrazada a la estampa. Se despertó a la hora, sobresaltada: la noticia del posible compromiso de Felipe con María no había alejado las pesadillas. Cierto que podría tratar a su hija, pero ¿querría esta tratarla a ella?

Por fortuna, Carlos se mostró conforme con el compromiso entre su hijo y la infanta portuguesa. Que esa unión pudiese reparar el dolor de años de Leonor añadía para él un argumento a favor. El emperador cargaba con la culpa de no haber tomado nunca una decisión que le diese a su hermana una existencia siquiera razonablemente feliz. Incluso cuando trató de buscar el contento de ella y la situó en el trono de Francia, lo único que consiguió fue condenarla a una soledad acompañada. Aunque desde que se reencontraran Leonor nunca le había dado detalle de su paso por la corte gala, Carlos había podido intuir la travesía del desierto que aquel tiempo hubo de ser para ella. Ahora que su hermana no era ya casadera —toda una liberación para ella— quizá, gracias al reencuentro con su hija, podría alcanzar en sus años postreros la dicha que siempre se le había negado.

Cuando supo que el césar había bendecido el enlace entre María y Felipe, Leonor, a quien las pesadillas no habían dejado de atormentar, embarcó en un navío con rumbo a Castilla. No dio en exceso cuenta de las razones de su viaje. Las verdaderas resultaban demasiado íntimas como para departir sobre ellas. Tan solo a su hermana María le confesó lo que la movía a partir: el deseo de reencontrarse con su madre, Juana.

La reina sintió que la cogían de la mano. Con la mente brumosa por el sueño en el que vivía ya a causa de los remedios de los físicos, se volvió. Le costó reconocer a su hija. Cuando cayó en la cuenta, la sorpresa fue mayor que la alegría.

—La agonía me ha devuelto la fama —musitó.

—Madre…

Leonor acarició los dedos de Juana, que eran huesos recubiertos de piel triste.

—No deseo turbar vuestro descanso. Pero necesito ganar el mío. —La reina, desconcertada, la dejó hablar—. Nos desatendisteis; a Carlos, a María, a mí…

La hermana del césar había ensayado esas palabras una y mil veces a lo largo del viaje, hasta despojarlas de emoción lo bastante como para poder pronunciarlas. Pero la presencia de su madre devolvió el significado a su discurso, y a Leonor le costó aguantarse las lágrimas y continuar diciendo aquello.

—Os olvidasteis de nosotros sin que pareciera pesaros, como

si no hubiésemos salido de vuestro vientre. Tuvisteis hijos, mas nunca fuisteis madre.

—Si no buscáis quebrantar mi paz, ¿por qué me recordáis todas mis faltas?

—Madre, habéis pagado con creces por ellas. Y vuestros hijos no hemos pecado en menor medida. Hemos permitido que hayáis permanecido aquí encerrada durante casi medio siglo. He pensado en vos tan poco como vos en mí.

Juana vio cómo dos lágrimas surcaban las mejillas de Leonor.

—No os culpéis. ¿Por qué ibais a comportaros como una hija con quien no ha sido madre? —Lo dijo sin reproche alguno, mirando a la verdad de frente—. El amor a mi esposo no dejó sitio para más. Me arrepentiría si hubiese podido ser de otro modo, mas no fue así.

Su hija notó una leve presión en su mano. La reina estaba respondiendo, aunque levemente, a su cariño. Leonor se enjugó el llanto.

—Perdonémonos. Ambas. Seamos madre e hija siquiera por una vez.

—¿Por qué?

—Porque con mi hija he cometido el mismo pecado que vos, y necesito creer que cualquier distancia puede ser salvada, aunque sea tarde.

Juana creyó recordar entonces lo que era sentir afecto, aunque le resultaba extraña aquella emoción dulce y comprometedora a la vez, y que en todo caso vivía tras la campana que la separaba del mundo y de la que ya no podía salir.

—Si eso os da paz, sea.

A Leonor se le escapó una sonrisa alegre que alcanzaron sus lágrimas. Luego se hizo el silencio. A ambas les era más cómodo que fingir familiaridad. Pero la reina hizo un esfuerzo.

—¿Cómo se encuentran vuestros hermanos? ¿Cómo está Carlos?

—Agotado. Y encerrado en sí mismo.

Juana se sonrió.

—Es como yo. Ya se ha casando del ruido.

A partir del encuentro con su madre, Leonor sintió que su alma se aliviaba. Pero, de nuevo, la Historia prefirió girar en contra de sus deseos.

—No podéis permitiros rechazar esta oportunidad que nos otorga el destino. María Tudor ha subido al trono de Inglaterra, y lo ha hecho soltera.

Felipe miró a su padre con estupefacción. Aprovechando su silencio, el emperador se lanzó a enumerar lo conveniente del enlace.

—Son muchos los aspirantes reformistas a ese trono, con el que se harían de fallecer ella sin descendencia. Casad con ella, dadle un sucesor, ¡y el catolicismo se perpetuaría en Inglaterra! Además de reforzarse en Europa. Alemania se hallaría sola en la herejía.

Carlos calló para permitir la réplica de su hijo, que seguía sin llegar. Felipe estaba petrificado, encajando el viraje de su destino. El emperador se percató de su desconcierto.

—Hijo, colaboraríamos vos y yo en pos de la unión de los cristianos. Temí haber fracasado en ese empeño, mas sin duda Dios ha querido darnos la ocasión de redimir mi derrota.

—¿Buscáis alejarme del Imperio? ¿Es así como pensáis amistaros de nuevo con vuestro hermano?

—¡Busco convertiros en rey de Inglaterra! —replicó Carlos, que comenzaba a hartarse de la falta de entusiasmo de su hijo—. Ampliaréis el Imperio con un feudo grandioso.

El césar posó su mano en el hombro de él, paternal. Pero el otro se revolvió.

—No eran tales mis planes. ¿Acaso no se contemplan mis deseos?

—¡Vuestros deseos son los que yo os dicte!

El pecho de Felipe oscilaba deprisa. Su ira apenas se dejaba retener. Pensaba en la esposa que no tomaría, con la que había intuido que hallaría la llave de su felicidad. Nunca lo sabría. Cancelar el compromiso caería en Portugal como una ofensa que impediría segundas oportunidades. Luego le vino a la mente Isabel Osorio. Antes de partir hacia Flandes, y escudándose en el compromiso con la portuguesa, Felipe había puesto fin a su romance. Su corazón se había parado en seco al decirle que no podían seguir citándose. Aún llevaba clavados los ojos oscuros de su amante acusando el daño. Pero aspiraba al ideal del que el matrimonio de sus padres era el modelo: casarse con quien amara, amar a quien desposara.

Ahora que su destino iba a ser Inglaterra, y su esposa una mujer de la que desconocía todo menos su fama de puritana y poco agraciada, haber sacrificado a Isabel Osorio se le antojaba un paso cruel e inútil.

A pesar de todo ello, Felipe agachó la cabeza en señal de obediencia. Su sentido del deber estaba tan arraigado que aceptó ser, quién sabía si hasta el fin de sus días, infeliz.

Puso sus últimas esperanzas en que la británica no accediese al casamiento, pero de las islas no tardó en llegar su aceptación, que exhibía incluso un tono entusiasta.

La despedida fue incómoda para padre e hijo. El primero dudó si hacer partícipe al heredero de aquello que solo conocían Granvela y él: su intención de abdicar tan pronto como le fuera posible. Pensó que quizá si Felipe viese cercano el momento de recibir su herencia, el trago del matrimonio inglés le bajaría más dulcemente. Pero decidió callárselo; se trataba de una cuestión delicada que, de saberse, podía alimentar más frustración que ilusiones. Se conformó con desearle a su hijo que mantuviese esperanzas de ser dichoso con la reina inglesa. También el suyo con Isabel había sido un matrimonio interesado en principio, y de él había surgido un amor incomparable.

Felipe quiso creerle, pero tan pronto como conoció a su prometida, supo que echaría de menos a su amante.

María Tudor había heredado de Catalina de Aragón la devoción religiosa, pero también la capacidad de enamorarse. Cuando a su corte llegó un tiziano con la efigie de Felipe —que el emperador se había molestado en enviarle—, la mujer descubrió lo que era el amor. Nada más contemplar a ese hombre hecho a pinceladas, tan joven y apuesto, sintió que lo necesitaba. Lo que el embajador del césar le refirió de él —que era elegante en el trato, sensible y comprometido con el deber— acabó de convencerla. Hasta entonces, los hombres representaban para ella una amenaza que no deseaba cerca. El recuerdo de su padre la había hecho juzgar la masculinidad como una cumbre del egoísmo y del don para causar daño. Dado que hasta entonces no había contado con certeza alguna de sentarse en el trono —hubieron de fallecer el rey Eduardo VI y su sucesora Juana Grey para que reinase— había vivido de espaldas a la idea del matrimonio. El amor físico, que desconocía, se lo figuraba como todo lo viril, burlón e inmisericorde, y por lo tanto en nada lo echaba en falta. Su virginidad era su independencia, y la garantía de que jamás sufriría una esclavitud como la de su madre.

Pero el retrato de Tiziano, como si de un objeto mágico se tratase, la embrujó hasta hacerle renegar de aquellas convicciones que arrastraba desde hacía tanto. De pronto deseó besar aquellos labios rojos que vio pintados, y abrazarse al cuerpo fornido que en el cuadro aparecía dignamente revestido de armadura; soñaba con olerlo y con enamorarlo. Tanto que el tiempo que tardó él en llegar a la corte inglesa a María se le antojó una eternidad.

Felipe se presentó ante su prometida escoltado por un séquito imponente y, para perdición de la reina, aún más apuesto de lo reflejado en el tiziano. A María le invadieron los nervios cuando le tuvo delante, aunque fingió serenidad. Como desconocía cómo se comportaba un hombre enamorado, no entendió el trato amable pero frío de Felipe como desdén, y quiso creer que en esa unión se daría el amor.

El enamoramiento de María resultó evidente para todos, aunque solo doloroso para su prometido. El hijo del césar rememoró la sensación que le provocó la difunta María Manuela en su primer encuentro: ninguna. Para no vivir renegado ante lo inevitable, centró su atención en el hecho político: sentarse en el trono de Inglaterra bien podía merecer aquel sacrificio. Pero que su prometida le amase le recordaba lo vivido también con su primera esposa. Le laceraban las miradas tristes de las mujeres no correspondidas, como aquellas. Nada había más hermoso que una dama que se sabía amada; los ojos de Isabel Osorio así se lo habían demostrado.

Sin embargo, Felipe acabó por admitir que los sentimientos de María hacia él le resultaban… útiles. El parlamento inglés encajó con recelo el compromiso de su soberana con el castellano. El hijo del césar se les antojaba poderoso en exceso, y temían que su reino acabase siendo engullido por el Imperio que un día habría de heredar. La única manera que encontró María para que accediesen a la unión fue comprometerse a limitar la autoridad de Felipe: jamás pasaría de mero consorte. Cuando él tuvo conocimiento de cuál iba a ser su condición, estalló. Si no amaba a esa mujer, ¿qué sentido tenía desposarla, cuando lo único que le animaba a ello era gobernar sobre los ingleses? Dado que la cláusula había de firmarse antes de la boda, Felipe amenazó con desentenderse del compromiso si no se le admitía como monarca con el poder de impartir justicia y de servirse de los ejércitos británicos para sus intereses en el continente. Sin embargo, el parlamento se negó a concederle ese favor. El castellano se desesperó, y habría sido capaz de embarcarse de regreso a Flandes si no hubiese sido porque halló, en los ojos suplicantes de María, la promesa de que su situación cambiaría en un futuro. La reina, aterrada ante la posibilidad de que Felipe la abandonase, le prometió ampliar sus potestades tan pronto como fuese posible. Y en la voz desesperada con la que ella lo dijo, su prometido entendió que decía la verdad: sería capaz de cualquier cosa con tal de mantenerlo a su lado.

La boda se celebró al fin, y Felipe fue coronado rey de los ingleses.

Que el hijo del emperador se sentase en el trono británico no dejó indiferente a Europa. Si ya Carlos había resultado insultantemente poderoso con respecto al resto, su hijo iba camino de convertirse en una amenaza mucho mayor. Y, como no podía ser de otra manera, donde el temor se desató con más intensidad fue en el reino de Francia.

Con la victoria en Metz sobre el emperador, Enrique había visto colmada su aspiración de gloria. En su primer combate contra el césar, no solo había salido victorioso, sino que había arrastrado la reputación de su enemigo, al que había dejado como un anciano en decadencia; para el monarca galo, Metz había marcado el ocaso de un mito y el nacimiento de otro: él mismo.

Pero la placidez que siguió a aquel triunfo, aunque duradera, se había visto dañada por el golpe de mano del emperador al situar a su vástago en el trono de Inglaterra. Aquella maniobra dibujaba un futuro terrible para Francia, que se encontraba definitivamente absorbida por el poder de los Habsburgo. Cuando estudiaba el mapa del continente, a Enrique le faltaba el aire.

Y aunque ni sus arcas ni Montmorency aconsejaban ataque alguno, el soberano, en su mente, empezó a concebir la manera de abrir, en ese panorama asfixiante, un hueco por donde poder respirar.

—Majestad: misiva urgente desde Castilla.

Carlos tomó de manos de Granvela la epístola, que había sido lacrada con solemnidad. Cuando desplegó la hoja, los ojos del césar se fijaron, como por instinto, en una frase que formaba parte del encabezamiento y que decía, con letras de hermoso trazo, que en el palacio de Tordesillas, el día 12 de abril de ese año del señor 1555, la excelentísima reina doña Juana había fallecido.

Las paredes del salón donde se celebraron las exequias en honor de la madre del emperador fueron recubiertas con paños negros, a juego con las vestimentas de toda la corte desde que supo la noticia. La luz del exterior se tamizó con los cortinajes. Los escudos de armas de la reina eran la única excepción entre tanta oscuridad.

Mientras se oficiaba la misa por la difunta, Carlos, desde su posición preeminente, pensó en que, huérfano, ya no había generación que le protegiese ante la muerte. Si la lógica de la naturaleza imperaba, él sería el siguiente en fallecer. Sin embargo, aquello no le atormentó. Desde que desapareciera Isabel aceptaba la finitud sin congoja: por mucho que viviese, lo mejor ya no retornaría.

Seguidamente —mientras el religioso que celebraba la ceremonia lo acunaba en latín— pensó en su madre. Rescató de la memoria el primer encuentro de ambos: Juana entre las sombras, él encogido ante el misterio de su progenitora, la mano de ella en su hombro, la ansiedad, la distancia infinita entre ellos a pesar del contacto. Carlos jamás había sido otra cosa que un huérfano, aunque su *tante* Margarita se emplease duro para hacer que lo olvidase. Pero, con el paso de los años, su escrúpulo ante los otros, ese propio de un niño desamparado, había decrecido, y amaba, ¡sin duda! A sus hermanos, a sus hijos, el recuerdo de su esposa. En cuanto a su madre, habría querido sentir lo mismo. La había visitado de cuando en cuando a lo largo de los años, en Navidad, y otras veces sin más motivo que la culpa. Durante aquellas reuniones hablaban poco pero se entendían, y por momentos Carlos deseaba abrazarla y sentirse menos emperador que hijo. Pero Juana nunca dio margen para ese afecto, existía en una realidad aparte, más sensata de lo que se pensaba pero inviolable. ¿Cómo culparla por ello? El ensimismamiento había sido la única forma que su madre había encontrado de soportar el mundo. Y ahora él iba a imitarla, imponiéndose a sí mismo el encierro que ella había padecido.

Es mi mandato convocaros el día 25 del mes de octubre de este año del Señor, en la corte de Bruselas, no dándoos opción a rechazar o posponer el cumplimiento de esta voluntad que es orden. En tal fecha os espero, a todos sin falta, aquí, a mi lado...

Aquel día, en el salón real del palacio de Bruselas, una silla que se encontraba ligeramente elevada con respecto al suelo aguardaba vacía. Frente a ella, y mirándola de reojo, los convocados por el césar comenzaron a tomar asiento. Muchos hubieron de quedarse de pie; no faltaba ningún ilustre de los Países Bajos. Pronto se les unió la familia imperial: María y Leonor entraron del brazo, y poco después apareció Felipe. Todas las miradas se volvieron hacia él: muchos creían que el castellano iba a ser el protagonista de la jornada. El aún heredero notó cien ojos sobre él y la sensación le complació. Ocupó su lugar en los puestos de privilegio, cercanos a la silla que esperaba a Carlos.

Al rato hizo su entrada Maximiliano. Al verlo, Felipe se puso en guardia. Que les rodease el público y que su primo llegase del brazo de su hermana María impidió que el hijo del césar se lanzara contra él. Esperó a que el otro se acomodase en un asiento cercano al suyo para dirigirse a él entre dientes pero con la mayor violencia de la que fue capaz.

—¿Cómo osáis presentaros aquí? Podría pedir que se os arrestase por traidor.

Maximiliano se mostraba flemático.

—Traidor sería desobedecer las órdenes del emperador —replicó, mostrándole a su primo una misiva calcada a la que Felipe había recibido.

El hijo del emperador se quedó desconcertado, aunque entendió al momento. Sin duda su padre insistía en lamer las heridas de la familia.

Una vez que todos hubieron ocupado su lugar en la sala, las conversaciones se acallaron. Había expectación por ver al emperador y por conocer la razón de esa reunión. Cada mente de la sala había elucubrado su propia hipótesis.

Se escucharon pasos lentos y de cadencia irregular en los aledaños de la sala. La palpitación de los presentes alcanzó su cénit. Se volvieron. El césar se hallaba bajo el umbral de la entrada, apoyado en el hombro de Guillermo de Orange —un joven miembro del Consejo de Estado flamenco que, años después, dejaría su impronta en la historia al fundar la nación holandesa—. Carlos recorrió sin prisas la distancia que le separaba de la silla elevada, entre el mutismo expectante del público. Finalmente, y ayudado por el de Orange, tomó asiento. Se quedó contemplando a la concurrencia durante un momento. La ausencia de Fernando, a quien había invitado con una carta más extensa y sentida que las enviadas al resto, le entristeció.

—Os quiero decir algunas cosas por mi propia boca. Poco ha que en Castilla falleció mi madre, que hace demasiado me trajo al mundo no lejos de aquí. Su generosidad me llevó a gobernar ese reino en el año diecisiete de mi edad. Luego, y siendo todavía muchacho, se me concedió el honor del Imperio. Al tiempo, había de regir Aragón, Flandes, Nápoles y Sicilia, y las tierras de Ultramar.

El césar hizo un alto para coger fuelle, como si la mera enumeración de sus posesiones le agotase. En la sala, el silencio era entonces más sonoro que nunca.

—Ha sido mi vida un rosario de viajes, que no solo han consumido este cuerpo mío, sino que me arrancaron con frecuencia de mis compañías más amadas: la de mis hijos… y la de mi esposa, a quien habría querido entregar todos mis días.

La voz de Carlos se quebró al rememorar a Isabel. A la vera del emperador, Felipe evocó a su madre como hacía cada día, y como cada día se emocionó al hacerlo.

—No solo me llamaba el deber. Para mi tormento y el de mis dominios, también las guerras. Batallé siempre obligado, para defenderme de la ambición de otros: del turco, que tenía por mi único enemigo; y de esa condena hecha rey que fue para mí Francisco.

Al recordar a su eterno rival, una leve sonrisa, de cansancio pero también nostálgica, se dibujó en el rostro del césar.

—Hube de combatir además el brote del hereje en el propio Imperio. Peligro que no he sabido amainar como hubiese querido. —La vergüenza asomó en él—. Mas ninguno de esos trabajos me fue más penoso ni me afligió tanto como el que ahora siento al dejaros.

Aunque nadie habló, la estupefacción se dejó sentir entre los que le escuchaban. ¿Dejarlos? ¿El césar abdicaba? ¿No saldría de su cargo con los pies por delante, como todos los soberanos? La renuncia resultaba un gesto de una humildad inconcebible en alguien de su rango.

—Para gobernar los estados que Dios me concedió no tengo ya fuerzas, y las pocas que me quedan se acabarán pronto. Estando ya tan cansado, no os puedo prestar servicio alguno, como sí lo harán quienes reciban mi legado.

La sorpresa de los invitados se tornó admiración ante la modestia del de Gante. Este fijó entonces sus ojos en Felipe, que, conmocionado por lo que vendría, se irguió ante él.

—Mi hijo Felipe recibirá España, Flandes, las tierras italianas y las de las Indias. Y el Imperio... el Imperio quedará en manos del linaje de mi hermano Fernando, a quien habría deseado mirar a los ojos al conceder a su linaje tal honor.

Felipe palideció al conocer la decisión. Ahí estaba, erguido ante todos, viéndose desposeído del título más importante de la cristiandad junto con el papado, y el que se lo negaba, y por libre albedrío, era su propio padre. Se sentó. A pesar de que se afanó por no exteriorizar su decepción, a Carlos no se le escapó esta, como tampoco la emoción de Maximiliano, que, por primera vez en su vida, miró al césar con agradecimiento. Al contemplar a su sobrino, en los ojos del emperador había absolución, aunque también exigencia. El joven, responsable, asintió. El de Gante se dirigió de nuevo a la sala:

—Sé que mi hermano lo gobernará con el mismo brillo que lo ha regido, y con la dicha de tener en mi hijo a su más fiel aliado, a quien sabrá corresponder. Aunque muchos son los enemigos, la fuerza de esa unión, y solo ella, podrá vencerlos.

Felipe hizo un gesto de conformidad, aunque estaba lejos de sentirse satisfecho. Carlos tenía la vista posada en los invitados. Los miró uno a uno. Eran solo un grupo de hombres y mujeres, pero para el césar representaban a todos sus súbditos, aquellos a quienes se había entregado sin tregua a lo largo de cuarenta años.

—Y ahora, os dejo. Agradezco vuestro servicio tanto como confío en que perdonéis todas mis fallas. En breve partiré hacia España para no volver. Quedaos a Dios, hijos, que en el alma os llevo atravesados.

Se hizo el silencio. Guillermo de Orange ayudó a levantarse al césar, y le prestó su hombro de nuevo en el camino hasta la puerta, que a esas alturas presentaba el aspecto de un pasillo de invitados emocionados. A su paso se repitieron gestos de respeto y llantos. Cuando alcanzó el umbral de la sala, Carlos derramó una lágrima.

La noche había caído sobre Bruselas cuando Felipe entró en la alcoba de su padre y se detuvo junto a la puerta.

—Acercaos —dijo el césar, que lo aguardaba.

Su hijo no se movió del sitio.

—Mi ánimo está algo agitado para este encuentro, padre.

—Por eso os he llamado.

Tras cavilar por unos instantes, Felipe avanzó hasta quedar frente a su progenitor. El emperador se encontraba de pie, descansando su cuerpo sobre un bastón finamente tallado.

—Me mentisteis —le inculpó el joven—. Como sabía, Inglaterra ha sido un destierro para despojarme del Imperio.

—Algún día, y no muy lejano, me agradeceréis el haberos privado de él. El peso que habrán de soportar mi hermano y su hijo no lo querríais para vos.

—¡Lo quiero! ¡Es la grandeza mayor de la cristiandad!

A Carlos se le escapó un bufido irónico.

—¡Es un castigo! Gastos, herejía, traiciones… ¡Guerras! Y su porvenir se dibuja más sombrío aún.

Felipe no podía negar que aquello fuese cierto, pero seguía decepcionado.

—¡Sois mi primogénito!

El joven levantó la mirada y vio la de su padre, húmeda por la emoción.

—Nada en el mundo me importa más que vos. Hijo mío…

—El césar, desgarrado, apoyó su mano en el hombro de Felipe—. Ojalá lo entendieseis. Recibís las joyas de mi corona: la leal España, ese tesoro que son las Indias, mis reinos de Italia, y las ricas tierras donde nací...

El que ya era el hombre más poderoso de Europa percibió el temblor en la mano del padre, y contempló sus ojos cansados. El semblante de Carlos era el de un hombre desesperado por que se le entendiera. Felipe recordó entonces sus palabras: «No confiéis en nadie». Eso hacía. Pero si aquel consejo había tenido para él siempre una excepción, era el emperador. Aunque sus choques habían sido numerosos, jamás había perdido la confianza en su criterio. Poco a poco se le serenó al alma: confiaría en él.

—Disculpadme. Disculpadme, padre.

El césar, agradecido, acarició la mejilla de su hijo.

—No quiero legaros tan solo posesiones, también lecciones. La lealtad a la familia es el bien que más os rendirá.

Felipe asintió. A pesar de los resquemores que tendría que superar para obedecer a ese principio, estaba dispuesto a ello.

—Nadie cumplirá como vos con lo que el destino y yo os hemos encomendado. ¡El hombre que ha arrancado la herejía de Inglaterra!

Carlos no había tenido hasta entonces la ocasión de felicitar a su hijo por el logro que, al poco de subir al trono británico, había obtenido: el castellano y María Tudor habían firmado el retorno del reino a la obediencia de Roma.

—Y que ya cuida de su futuro gracias al heredero que espera —sonrió Felipe, que se había guardado la noticia hasta entonces—. Mi esposa me dio cuenta de ello antes de mi partida hacia aquí.

—¡Sois incapaz de decepcionarme! —exclamó el césar henchido de satisfacción.

Se miraron con ternura. La tirantez entre ellos se había diluido definitivamente.

—Iré a visitaros a vuestro retiro tan pronto como pueda —afirmó el hijo.

El emperador negó.

—Sé por experiencia el trabajo que os espera. No dispondréis de tiempo para perderlo en un monasterio. —Felipe se quedó desarmado—. Descuidad, estaré bien. Y tranquilo, al fin.

—No... ¡No puedo despedirme aún de vos!

El joven notó en su interior un desgarro como el que tantas veces había sentido, cuando su padre lo había abandonado en pos de guerras o para asumir sus obligaciones. Pero algo poseía de distinta su conmoción, porque en esa ocasión se trataría del deber de Felipe el que los separaría; y porque el adiós, posiblemente, sería para siempre.

Se cruzaron miradas vidriosas. Sentían demasiado como para hablar. Tan solo Carlos acertó a decir:

—Sois mi orgullo.

Felipe se abrazó al césar con agonía. Pensó en su madre, en lo insufrible que le había resultado de niño sentir el cuerpo de ella a sabiendas de que lo hacía por última vez. Y el hombre más poderoso de Europa, a sabiendas de que no podía sino aceptar esa pérdida, lloró sobre el hombro de su padre.

La travesía de Carlos a su retiro de Yuste fue larga y calmosa. Una vez que hubo desembarcado en España, y después de haber subido a una litera dado el quebranto que le causaba la gota, el hasta entonces emperador afrontó su último viaje. A lo largo del camino, fueron muchos los que quisieron homenajearlo. En todas las ocasiones, él, aunque diciéndose honrado, rechazó los honores. No quería festejos ni loas, ninguna reverencia ni tampoco presentes. La razón por la que se hallaba en Castilla era, precisamente, su deseo de no ser nadie.

Durante el trayecto, Carlos tuvo tiempo de pensar en Fernando. Su hermano no solo no había asistido a la ceremonia de abdicación, sino que tampoco había respondido al requerimiento posterior de que se encontraran antes de que este partiese hacia su retiro; de que se despidieran para siempre. Se llevaba consigo, por lo tanto, la frustración de no haber curado las heridas del otro. Si bien la actitud de Fernando se les antojó a todos recalcitrante —incluso a su hijo Maximiliano—, Carlos no quiso guardarle rencor. La vida, pensó, era un relato imperfecto, y por mucho que los anhelos de uno buscasen concluirlo sin dejar cabos sueltos, lo cierto era que pocas veces sucedía de tal modo. La distancia marcada por su hermano, en cierto modo, era para el de Gante una lección que merecía recibir, porque valía por las muchas veces que había herido a los suyos. Solo Dios lo perdonaba todo.

Finalmente, el 3 de febrero de 1557, y con un séquito poco nutrido, el césar vislumbró por primera vez la que sería su última morada. El monasterio de Yuste le pareció idéntico a como lo había imaginado: una construcción de una austeridad hermosa, que interrumpía con gentileza el paisaje natural de la Vera. Pidió a los que le acompañaban que depositaran su litera en la hierba mullida, y se quedó contemplando el lugar que había elegido como tumba. Le invadió una paz enorme, como no había sentido jamás. Los quebraderos de cabeza de sus años de gobernanza se volatilizaron con suavidad. Se despidió también con gusto de los rencores, de la cólera y de la codicia. Tras haber ostentado más títulos que ningún otro hombre, Carlos había entendido que la dicha no la proporcionaban las ambiciones, se alcanzasen estas o no, sino la libertad de no necesitar nada, de poder gozar con lo que la existencia tuviese a bien entregarle, ya fuese el perfume de la lluvia, una melodía o una mañana más de vida.

Pasó luego a conocer el monasterio, que había empezado a construirse siglo y medio atrás, y que albergaba hermosos claustros góticos y renacentistas, siempre sencillos, acordes con el sentimiento que despertaba el lugar. Las dependencias que él ocuparía, y que habían tenido que levantarse para acogerlo, se le antojaron perfectas. Los monjes se sorprendieron: pensaban que un hombre acostumbrado a la magnificencia de los palacios se sentiría decepcionado al tener que alojarse en una casa de apenas dos plantas y unos pocos aposentos, por mucho que hubiese manifestado su deseo de abrazar el desprendimiento. Sin embargo, Carlos no fingía: su alcoba miraba hacia el interior de la iglesia, lo que le permitiría oír misa fuera cual fuese su estado de salud, y la desnudez de las estancias lo apaciguaba. Quizá pocos entendían que nada complace más a un hombre que menguar en dignidad y celebrarlo.

Pero quien se descarga de deberes obliga a otro a recogerlos, y en Inglaterra, su hijo Felipe se hallaba lejos de experimentar una paz monacal.

A su regreso de Bruselas, había recibido una noticia desconcertante: el hijo que María Tudor había dicho esperar de él jamás había existido. ¿Se había tratado de un engaño? ¿O acaso su esposa sufría desvaríos? Cierto que algunas mujeres creían estar encinta cuando no era así, pero tratándose de tan altas esferas ese espejismo resultaba sospechoso. Sin embargo, no quiso hacer sangre del asunto. La reina se mostraba tan enamorada de él que su enfado la habría mortificado, y Felipe todavía necesitaba conseguir de ella el poder que en las cláusulas matrimoniales se le había negado.

El malestar que le provocó esa decepción duró lo que tardó otra noticia en llegar a la corte inglesa. Cuando la conoció, toda la preocupación del rey se dirigió a Italia: Enrique de Francia había decidido reconocer la flamante autoridad de Felipe invadiendo el reino de Nápoles. Como si el destino no gustase de desprenderse de viejos hábitos, la sempiterna maldición sufrida por los Habsburgo a manos de los galos se replicaba en su hijo, que se enfrentaba así a su primera guerra.

La gravedad del conflicto no se le escapó a nadie. Felipe permanecía día y noche estudiando la manera de responder al ataque, y el duque de Alba, desde entonces ya siempre a su servicio, era testigo de que su señor poseía una mente quizá en exceso prudente pero sin duda talentosa para lo bélico.

—Por el sur habría que salvar los Pirineos... Y desde Milán nos toparíamos con la Saboya, que habríamos de recuperar antes... —El rey, ojeroso tras incontables noches en vela, tenía ante sí varios mapas desplegados—. Ha de ser una ciudad importante. Que con un solo golpe obtengamos el prestigio que necesitamos.

El duque le escuchaba asombrado. La mesa rebosaba de legajos. Su nuevo señor no parecía dispuesto a dejar cabo suelto.

—Quizá Péronne... o San Quintín.

Felipe dirigió una mirada al noble con la que le pedía su opinión. Quizá, obedeciendo a su padre, no llegase nunca a confiar del todo en él, pero aquel militar no tenía parangón.

—San Quintín nos obligará a tomar otras plazas para mantenerla... Pero sus defensas son más vulnerables, alteza.

El rey volvió a escudriñar el mapa. Tras meditarlo, asintió.

—¿Sabéis ya si vuestra esposa nos prestará auxilio, mi señor? —inquirió el duque.

Cuando su esposo le planteó la cuestión —y lo hizo con dramatismo, tan solo un poco más teatral pero aquejado de la auténtica angustia que el conflicto con Francia le hacía sentir— la reina inglesa se quedó cavilosa. No se le escapaba que Felipe la estaba utilizando para sus intereses. Su matrimonio se le antojaba un dulce envenenado: por un lado, se tenía por la mujer más afortunada al estar casada con un hombre que, para ella, era mejor que cualquier otro; pero, al mismo tiempo, sabía que aquel no la amaba. El castellano estaba libre de la crueldad de su padre, y la trataba con dulzura, pero al menos Enrique, durante los primeros años de matrimonio, había querido a su madre. Ella no había gozado ni un día de ese privilegio, y no contaba ya con que los sentimientos de Felipe mudasen. Él la consideraba como a una hermana, aunque yaciese con ella para cumplir con su deber, buscando un heredero que no llegaba. Cargaba con un vientre yermo, aún más inútil que el de su progenitora, que al menos la había tenido a ella.

Su esposo le besó las manos, suplicante. El tacto de los labios de él sobre su piel estremecieron a María.

—Convenceré al parlamento. No estaréis solo en este trance.

—Mi amada... —dijo él a modo de agradecimiento.

Ella cerró los ojos y trató de creerse esas palabras que sabía falsas. Para su desgracia, el desinterés de Felipe no había servido para matar el suyo; bien al contrario, su corazón parecía latir con más apremio cuanto menos correspondido se notaba.

En Yuste, Carlos rezó para que el peligro al que se enfrentaba su hijo acabase felizmente. El asunto le preocupaba, pero el monasterio vivía de espaldas al mundo, y eso amortiguaba el impacto de las noticias que llegaban hasta allí. Los días transcurrían como una sucesión de almuerzos, lecturas, rezos y aficiones tranquilas —los relojes, siempre los relojes; la alcoba de Carlos pronto se llenó de ellos—, todo adornado por música sacra.

A pesar de que disfrutaba de la soledad, el de Gante quiso aprovechar su tiempo libre para cuidar las relaciones con los suyos, cosa que sus años de mandato le habían impedido. La familia, y atenderla, se había convertido en lo único capaz de arrancarlo de su aislamiento. Quedaban cuentas por rendir, e incluso a quienes conocer.

Desde que tuvo noticia, una década atrás, de que su hijo contaba con un heredero, Carlos había anhelado conocerlo. Primero porque era sangre de su sangre y luego porque, aunque disfrutaba quitándose importancia, era consciente de que atesoraba infinitos conocimientos sobre el ejercicio del poder; resultaba absurdo negarle esas lecciones a quien, en un futuro, iba a suceder a Felipe. Se compadecía de sí mismo: no hacía sino lo que todos los ancianos, que se afanan en sentirse útiles a pesar de que ya no lo son.

Cuando el príncipe don Carlos se presentó ante su abuelo, y ya en la puerta, ejecutó una reverencia aparatosa. Francisco de Borja, que le había mostrado el camino hasta el aposento, animó al niño a acercarse al que había sido césar. El pequeño avanzó hacia él. En su forma de caminar había una ligera irregularidad, casi imperceptible, pero de la que su anfitrión se percató en el acto. Reparó luego en que el niño poseía un cuerpo sutilmente contrahecho: los hombros se hallaban descompensados y, en general, sus formas resultaban algo fuera de lo normal. Carlos se apiadó de él.

—Mi nieto y heredero. ¡Por fin!

El niño se acercó a abrazarlo. Luego se observaron.

—Muy retirada esta morada vuestra —dijo el muchacho.

—Justo eso es lo que me place de ella.

El príncipe miraba a Carlos con los ojos bien abiertos.

—El final de mis días no será como el vuestro. Dios me quiso en un palacio.

Su abuelo se rió.

—Si eso os contenta, os animo a ello. No dudo que en todo seréis mejor que yo, e incluso que vuestro padre. Es obligación de todo hombre superar al que le antecedió.

El niño se volvió a Francisco de Borja, que presenciaba la escena.

—¡Traedme asiento! —le espetó con brusquedad al religioso.

Carlos reaccionó desconcertado.

—Dura manera de tratar a quien nada ha hecho sino serviros durante años.

La mirada del infante reflejó asombro sincero: no entendía el reproche.

—Como a un servidor lo he tratado.

Su abuelo quiso creer que aquella ocurrencia no era sino un arrebato infantil, pero lo cierto fue que la visita se prolongó lo suficiente como para que esa esperanza se mostrase falsa. El niño poseía un carácter impredecible, y sus modales se asemejaban, por momentos, a los de un salvaje. Carlos trató de que atendiese al relato de sus peripecias de gobernante, pero el infante no contaba con paciencia para lecciones. Despreció el libro de Julio César que su abuelo quiso regalarle e incidió una y otra vez en el tema de la gloria, que le obsesionaba, aunque mal entendida.

—¡¿Huisteis de Innsbruck?! —Lanzó la pregunta como un escupitajo.

—Carecía de ayuda. Estábamos solos, desarmados, rodeados por los ejércitos de los príncipes... —El de Gante nunca pensó que tuviera que justificarse ante un crío.

—¡Yo nunca huiré! ¡Nunca!

El niño pagó su decepción con los mapas que su abuelo tenía sobre el escritorio, y con los que este había tratado de impartirle enseñanzas, en vano.

—¡Yo hubiera vencido o hubiera muerto!

Entonces, Carlos fue testigo de cómo el infante tomaba el volumen de las memorias de Julio César y lo arrojaba lejos de sí. El libro cayó de mala manera, las páginas abiertas. Francisco de Borja se acercó a recogerlo y se lo entregó al anciano. Intercambiaron una mirada de circunstancias, mientras el muchacho, tras ellos, continuaba rugiendo.

La decepción que don Carlos supuso para su abuelo sumió a este en el pesimismo. Tener a Felipe como sucesor resultaba una fortuna, sin duda, pero saber que le seguiría ese demonio era descorazonador. Tantos esfuerzos para apuntalar el futuro, y parecía que a largo plazo aguardaba el caos.

El de Gante trató de paliar su desánimo con otra cuestión de familia. Su hermana Leonor le había solicitado que terciara para que consiguiese del reino de Portugal el permiso para dejarla vivir con su hija. La ruptura del compromiso entre Felipe y la infanta María, que en realidad había provocado él mismo al empujar a su vástago hacia Inglaterra, había deshecho en pedazos las ilusiones de Leonor de reencontrarse con su única descendiente. A pesar de aquel revés, del que se recompuso —pues si a algo estaba acostumbrada era a los golpes del destino—, la mujer había decidido cumplir su deseo antes de que la muerte la alcanzase. Percibía con claridad que conocer a su hija —y solo eso— la compensaría de los incontables sinsabores que habían jalonado su vida.

A decir verdad, la petición fue acogida con incomodidad en la corte lusa. Catalina, la reina, cuya existencia posterior a Tordesillas había resultado más placentera que la del resto de sus hermanos, sabía del romance que en su día había tenido lugar entre su esposo Juan y Leonor. Que esta quisiese retornar a Lisboa le inquietaba: las antiguas amantes nunca llegan solas, sino con el poder de avivar recuerdos en los que las quisieron. Pero tampoco le complació que María, de la que se consideraba de facto su madre, ni siquiera valorase la posibilidad de reencontrarse con Leonor.

—Mi madre sois vos —le había dicho a Catalina—. Nada tengo que tratar con aquella.

Aunque en la corte prometieron respetar los deseos de la joven, lo cierto era que el ruego de su madre les conmovía. Mes tras mes, durante años, habían recibido las cartas de Leonor, que tan pronto como llegaban a las manos de su hija eran rotas y lanzadas al fuego.

El rey Juan enfermó por aquellas fechas, y su mal resultó ser fatal. Cuando su hija María fue a despedirle en su lecho de muerte, él la tomó de la mano y le pidió que se aviniese a los deseos de su madre. Bastaba con un encuentro, serviría para que el alma de aquella quedase en paz. Rondado de cerca por la parca, Juan comprendió la angustia que Leonor acarreaba consigo: el miedo a desaparecer sin haber recibido el perdón. Él mismo la sentía con respecto a la que había sido su amante. En ese momento de recogimiento y memoria que se da en las vísperas del fallecimiento, el monarca se había descubierto pensando, y no poco, en la hermana de Carlos. Si bien Catalina había sido una esposa intachable, Juan no había conseguido sentir por ella una pasión semejante a la anterior. La ruptura con Leonor fue tan abrupta, tan cruel, tan indigna del amor que se habían profesado, que interceder ahora por ella se le antojaba la única manera de librarse de la culpa.

María escuchó en silencio el deseo de su padre. Desgarrada

como estaba en ese momento, el rencor que sentía por Leonor le pareció prescindible y, poco antes de que el rey muriese, prometió obedecerle.

También Carlos se sintió aludido por el sufrimiento de su hermana con respecto a su hija, y le avivó un pensamiento que, en realidad, hacía tiempo que albergaba, pero que había dudado si atender o no. La decepción que le había causado el vástago de Felipe le convenció de que quizá había llegado la hora de conocer al hijo de aquella que en Alemania había tratado en vano de hacerle olvidar su nostalgia por Isabel; aquella que se había desdibujado ante él por el efecto del alcohol, y de la que apenas recordaba más que su cantar melodioso y retazos de su pasión piadosa. Porque nueve meses después de aquel encuentro vaporoso, Bárbara Blomberg había dado a luz a un hijo, que no tardó en ser mandado a España con el beneplácito de su madre, para que la Corona guardase el secreto del entonces emperador y le buscase un hogar. Que aquel muchacho rubio y avispado como pocos era hijo de Carlos constituía un secreto conocido tan solo por tres personas: la madre del pequeño, el de Gante, y Luis de Quijada, mayordomo del césar. Este último se había encargado de entregar al niño a Francisco Massy, un músico de la corte imperial que, junto a su esposa, e ignorante del linaje del niño, crió a este en Leganés. A los ocho años, fue el propio Quijada quien lo acogió y tomó las riendas de su educación. Carlos había sido informado por su mayordomo del destino y las condiciones de Jeromín, que así se llamaba el muchacho. Pero, de repente, sintió deseos de saber más: quiso conocerlo.

De modo que Francisco de Borja le sirvió de cómplice. Su señor hubo de confesarle el escarceo amoroso vivido con la alemana, del que el anciano aún se arrepentía. Al jesuita le enterneció la lealtad de Carlos hacia Isabel, era idéntica a la que él sentía, todavía entonces. No dejaba de ser curioso, pensaba a veces, que los dos hombres que más la habían amado compartiesen ahora tantas charlas y oraciones, amistados y ambos en duelo eterno. Que el de Gante siempre había intuido los sentimientos de Borja quedó claro en más de un diálogo. Desaparecida ella, compartir el objeto de deseo y padecer su ausencia les unía mucho más de lo que les enfrentaba, que era nada.

La escena que tuvo lugar con el infante don Carlos se repitió con la visita de Jeromín: el de Gante contempló cómo un niño, de diez años también, entraba con timidez en su alcoba. Sus vestimentas, aunque dignas, resultaban más humildes que las del hijo de Felipe; pero lo que, a simple vista, diferenciaba de veras a ambos muchachos era su figura. Jeromín era el garbo andante. Parecía un caballero en miniatura. Poseía una hermosa cabellera rubia y unos rasgos exquisitos gracias a los que Carlos pudo recordar a su madre. Su cuerpo, a diferencia del que mostraba el pobre hechizado del infante, era un modelo de simetría.

Tanta perfección hizo desconfiar a su padre. Dios solía compensar el exceso de una virtud con la falta de otras.

Tras los saludos de rigor, el niño se asomó tímidamente a la mesa del anciano. En ella descansaban incontables piezas de metal.

—¿Os gustan los relojes? —le preguntó Carlos.

El niño se encogió de hombros.

—Creo que no los necesito. —Miró al otro—: Yo voy a ser soldado.

—¿Y qué hacéis para alcanzar tal meta? ¿Leéis a los grandes soldados?

—En mi casa leemos vidas de santos, majestad.

Carlos se sonrió.

—Nunca están de más esas lecturas. Aunque...

Su padre le acercó el ejemplar de las memorias de Julio César con el que el infante se había cebado en su visita, y que había tenido que mandar remendar. El niño lo cogió con interés y lo hojeó en silencio. Carlos todavía no sabía qué pensar de él.

—Lleváoslo. Os dispenso ya.

—¿Por qué me habéis llamado?

El de Gante disimuló su vacilación.

—Supongo que me recordáis a mi hijo.

Jeromín se irguió orgulloso. Acto seguido, se puso serio y soñó en voz alta:

—Ojalá pudiera servirle en su lucha contra los franceses...

—Tiempo habrá. Si algo no falta, son batallas contra ellos.

Cuando el niño le dio la espalda camino de la puerta, Carlos sonrió. Pero la tarde tenía otra sorpresa dichosa para él: a Yuste llegó la noticia de que su hijo había avasallado a los franceses en San Quintín.

Días después de la victoria, los recuerdos de esta seguían visitando a Felipe jornada tras jornada —los estandartes franceses caídos; el condestable Montmorency hincando la rodilla en el suelo ante él; el recuento de bajas, ridículo en su bando y abultado en el contrario—. El éxito era un estado en el que le complacía vivir. La sombra de su padre, del gran césar, le parecía ahora menos pesada.

Sin embargo, y para su sorpresa, Carlos no había desaparecido del todo. Por primera vez desde que se recluyera en Yuste, su padre le envió una misiva con consejos acerca de cómo gestionar su victoria. A Felipe esa intromisión le hirió en el orgullo, y no leyó de ella más que el primer párrafo. ¿Acaso no le creía capaz de mandar con acierto? Poseía su propio criterio, el mismo que le había llevado a conseguir ese triunfo aplastante sobre Francia. Otra cosa era que los que le rodeaban estuviesen de acuerdo o no con sus ideas.

—Avancemos hacia París.

En el salón de consejos de la corte inglesa, el cardenal Granvela y el duque de Alba, tras escuchar las palabras del rey, cruzaron una mirada de desconcierto.

—¿Por qué razón? —le inquirió el religioso—. La victoria en

San Quintín ha sido ya aplastante. No pretenderéis anexionaros Francia...

—Si no anexión, al menos amedrentémosles lo bastante como para que las condiciones de su rendición me sean inmejorables. No es una quimera, ¡Inglaterra y mis tropas unidas bien pueden poner la ciudad a sus pies!

Felipe, como acostumbraba, buscó la opinión del duque, que permanecía en silencio, con la vista clavada en el mapa del continente alrededor del cual se hallaban.

—Quizá Enrique decidiese entonces lanzar sobre nosotros las tropas que mantiene en Italia. Quedaríamos entre dos fuegos.

El rey, también mirando el mapa, se imaginó esa contingencia.

—Mas algo habremos de hacer para consolidar nuestra victoria. Si no París, decidme, ¿qué plaza?

—Alteza —respondió Granvela—, no obtendréis de esta contienda más de lo que ya os ha dado. Celebrad lo conseguido, que ya es mucho.

El duque de Alba no rebatió al cardenal. Frustrado, Felipe dobló el mapa y dio por terminada la reunión. No deseaba ser uno de esos monarcas que decidían con una mezcla de inspiración divina y egolatría. Como regente de España había sufrido las guerras caprichosas de su padre frente a los galos, y creía en el cálculo, no le cegaba la ambición.

Y, sin embargo, no se notó convencido. Para él, el triunfo en San Quintín, aunque grandioso, ni le resultaba suficiente ni le daba confianza.

Jeromín entregó a Carlos el ejemplar de *Las guerras de las Galias*.

—¿Ya lo habéis leído? —dijo el césar entre asombrado y escéptico.

—Sí, majestad.

—¿Qué pasaje os ha gustado más?

El niño lo meditó. El sol de la Vera les acompañaba en el

paseo. El día era magnífico, tan solo algún mosquito estorbaba de cuando en cuando. Carlos andaba con dificultad: la gota no le daba tregua, y lo cierto era que nada hacía para evitarlo. Desoía reiteradamente los consejos de los físicos de que se abstuviera de la carne y la cerveza. Le restaba demasiada poca vida como para quedarse sin los escasos placeres que tenía a su alcance.

—Me gusta cuando el césar arenga a sus ejércitos antes de la batalla. Cuando los soldados creen en su caudillo, nada les detiene —sentenció concienzudo.

Carlos lo miró maravillado. El rumor de un riachuelo monopolizó la charla por un momento.

—Si ya sabéis eso, solo os queda por conocer otra verdad de la guerra: que no se puede ganar siempre. Retirarse, según las circunstancias, es un acto que exige valor.

—Dicen que huisteis. En Alemania.

El de Gante ralentizó sus pasos.

—¿Y qué opinión os merece aquello?

—Me gustaría pensar bien la respuesta —contestó el muchacho.

Jeromín se sintió azorado por no encontrar contestación, pero la realidad era que todavía le costaba hablar con seguridad. Muchas veces opinaba una cosa, y al poco la contraria. La vida le parecía más compleja de lo que algunos creían. Lo que ignoraba era que a Carlos, esa duda le resultó mucho más inteligente que cualquier certeza, y que se reconoció en él y lo sintió más hijo suyo que nunca antes.

Fue en su siguiente visita al anciano cuando contestó a su pregunta.

—Mal general hubieseis sido de haberos dejado atrapar.

Su padre se sonrió. En esa ocasión se reunieron en la alcoba: Carlos se encontraba demasiado débil como para animarse a salir al exterior.

El de Gante le tendió un libro. Al tomarlo y leer el lomo no disimuló su decepción. Se trataba del segundo volumen de *Las guerras de las Galias*.

—Pensé que os había gustado.

—Me agradaría más leer vuestras memorias, majestad.

Carlos disimuló su emoción. Cambió de tercio para no revelar su afecto y con él la verdad de la relación entre ambos.

—¿A quién preguntasteis sobre lo acaecido en Innsbruck? ¿A vuestro padre?

—¿Qué padre? —La réplica conmocionó al de Gante—. Quijada cuida de mí, pero no lo es.

—¿Cómo habéis llegado a esa conclusión?

—Es un hombre de honor. No me habría dejado en manos de otra familia durante años si hubiese sido mi padre. Ningún hombre de honor lo haría.

Ninguna herida de guerra había lacerado jamás a Carlos como esa respuesta.

Cuando María se reencontró con su hermano Carlos, este la recibió con muestras de sincero cariño. Le mostró sus estancias y los relojes que había montado en los últimos días. El tictac de los artilugios entristeció a la mujer: parecían marcar la vertiginosa decadencia de él, a quien había hallado desmejorado. Ella regresaba de Portugal, adonde había viajado para acompañar a la infanta María hasta Castilla para el encuentro con su madre. Pero la joven no venía con ella.

—Ha preferido incumplir lo jurado a su padre. Dice no querer buscar hogares teniendo ya el suyo.

Carlos encajó con pesadumbre la noticia.

—Pobre Leonor... ¿Lo sabe ya?

María asintió. A juzgar por su semblante fue evidente cómo había impactado la noticia en su otra hermana.

—Ni siquiera en esta cuestión he sabido complacerla —se lamentó Carlos al tiempo que se dejaba caer en su butaca—. Otro fracaso que sumar a tantos.

Ella le tomó la mano y lo miró con tierno reproche.

—«Fracaso»...

—¿Cómo llamáis vos a que lo que uno logre en nada se asemeje a lo que ambicionó?

—Si no pudisteis contener a los reformistas fue porque la Iglesia nada os ayudó en la labor. Quizá fuisteis un idealista al pensar que podríais con todo ello vos solo. La decepción no viene dada por lo que obtenemos, sino por lo que pretendíamos obtener...

—¡En mi mano estuvo cortarlo de raíz! —le interrumpió Carlos atormentado—. Dejé escapar con vida a Lutero, María.

—¿De qué sirve afligirse por lo que ya es pasado?

—El futuro me inquieta incluso más. Mi nieto... —prefirió callar.

—Los vuestros hallarán el modo, tal y como vos. Confiad, aunque sea por una vez.

—¿Y si hubiera otro hijo? Fruto del pecado, pero brillante y con el carácter que se ha de tener...

María se sorprendió, pero no quiso sonsacarle.

—Sabréis tomar la decisión correcta. Si os arrepentís de lo ocurrido con Lutero es que habéis aprendido. Con vuestra sabiduría, juzgad.

Carlos se aferró a la mano de ella.

—Vos habríais sido mejor emperatriz que yo emperador.

—Aprendí del mejor.

Era la hora señalada para que María partiese. Se abrazaron y se emplazaron a la siguiente ocasión, aunque a ninguno se les escapaba que ese momento podía llegar demasiado tarde.

Leonor falleció una mañana de invierno, en una villa de Badajoz. Había permanecido cerca de la frontera, como si se hubiese negado a aceptar que jamás se encontraría con su hija. En cuanto oía cascos de caballo próximos a su residencia, se asomaba a la ventana y se decepcionaba de nuevo.

Tras llorar durante días después de conocer la decisión de la infanta María, Leonor se apagó. Sin pausa, su cuerpo se fue deteriorando y, sin pretender evitarlo, se encontró aquella mañana dispuesta para morir. No tenía recuerdos dulces con los que marcharse, porque ni siquiera su felicidad con Juan de Portugal le valía, ya que enseguida acudía a su mente la hija que él le arrebató. Así que se limitó a quedarse dormida, suavemente. Y notó sosiego: ya no habría de enfrentarse a la voluntad de emperadores, reyes desdeñosos o hijas que, no sin razones, la evitaban. La nada parecía un lecho confortable en el que tenderse.

Cuando su conciencia ya se había desdibujado casi del todo, sintió algo: esos pequeños latidos, en su pecho. Al compás que ellos tocaron, Leonor dejó este mundo.

Entretanto, en la corte inglesa, un nombre se repetía con la aprensión de quien mienta al demonio: Calais. Los franceses se habían recompuesto tras la derrota de San Quintín y esa plaza había constituido su premio. Habían asestado el único golpe que podían dar allí donde más daño podía causar; porque Calais era, hasta entonces, posesión inglesa. Con la conquista no solo devolvían lo recibido en San Quintín, sino que hacían responsable a Felipe de la que era una terrible pérdida para los británicos.

El hijo de Carlos encajó lo ocurrido con furia. Había tenido razón: una victoria no era suficiente, ¡y nadie le había respaldado! A esas horas debería haber estado en París, al frente de los tercios viejos, de las tropas italianas y de las inglesas, levantando su espada al cielo grisáceo de invierno y proclamándose dueño de Francia. Qué iluso había sido por confiar en el criterio de los otros, cuando había aprendido que solo el suyo habría de guiarle; el suyo… y el de su padre. Cuando reparó en ello, Felipe se abalanzó sobre la misiva llegada tiempo atrás desde Yuste. La desplegó ante sí con ansiedad, y del mismo modo la leyó.

… No descanséis con la hazaña de San Quintín, hijo mío. Francia siempre responde, y preferirá agonizar a dejaros victorioso. Siendo ahora vos rey de los ingleses, oíd a este pobre viejo que os dice: cuidad Calais.

Felipe cayó de rodillas al suelo en su despacho. Cerró los ojos y se maldijo. Se acordó de lo que había pensado tiempo atrás, cuando Carlos todavía ostentaba el poder y él era un heredero ansioso por sucederle. Por aquel entonces estaba convencido de que en todo mejoraría al anciano que era ya su padre. Ahora, sin embargo, tenía serias dudas de que algún día lo lograse.

Una tarde de septiembre, mientras descansaba al sol —los pájaros trinando para él sobre un fondo de silencio perfecto—, Carlos se sintió indispuesto. La sensación era de un calor sofocante. Dedujo que había pasado ya demasiadas horas en el exterior y mandó que le ayudasen a retornar a sus aposentos. Una vez allí, le atacó el dolor de cabeza. Se tumbó en el lecho y se quedó dormido. Al despertar tenía el cuerpo bañado en sudor y sentía náuseas. Los físicos acudieron a socorrerle. Tras examinarlo, le preguntaron si había sentido la picadura de algún mosquito en los días precedentes. Carlos asintió: le agradaba el riachuelo que quedaba cerca del monasterio, y allí esos bichos solían campar a sus anchas. La mirada de los médicos pasó de ser de sospecha a serlo de preocupación.

Consciente de que le había llegado la hora, el que ya no era nadie dispuso que se organizara su funeral tan pronto como fuese posible. Los que le atendían consideraban pesimista su petición, pero Carlos deseaba asistir al ensayo de lo que ocurriría cuando faltase.

Preso de los escalofríos que le causaba la enfermedad, el de Gante asistió a su sepelio. Este resultó una función sencilla pero grave, y le complació. La música, elegida por él, otorgaba calor a la escena. Los sirvientes, enlutados, hicieron las veces de los que acudirían al sepelio. No les faltó sentimiento. Al fin y al cabo, sabían que la farsa se haría realidad en breve.

Complacido y extenuado por la fiebre, Carlos se retiró a descansar. No tenía miedo alguno a la muerte, tan solo a que le alcanzase antes de concluir esas memorias que se había decidido a escribir y de que hubiese intentado convertirse en un «hombre de honor».

Al día siguiente la calentura lo mantuvo soñoliento. Era mejor así, pensó, le dolía el cuerpo entero. Una de sus cabezadas fue interrumpida por el sonido de una voz.

—«La situación era crítica. Viendo esto, César tomó el escudo de un soldado de la retaguardia y avanzó a primera línea. Allí habló con cada uno de los centuriones, llamando a cada cual por su nombre...»

Jeromín detuvo la lectura cuando se percató de que Carlos lo estaba mirando.

—Habéis de perdonarme —dijo el anciano.

—¿A qué os referís, mi señor?

A su padre le temblaron los labios, por la fiebre y los nervios.

—Mañana volveré y os leeré el final.

El moribundo asintió. Antes de volver a caer dormido, se le empañó la mirada, que era diferente a todas las que hasta entonces había dirigido al niño; en ese momento este supo lo que el hombre quería que le fuese perdonado: aquello que él siempre había sospechado.

Esa misma noche, Francisco de Borja acudió a la llamada de Carlos, al que halló con un aspecto ultraterreno, tan demacrado y pálido. El jesuita se sentó a su lado. Le dio tiempo al otro para encontrar fuerzas para hablar.

—Padre, querido Borja... Voy a añadir un codicilo a mi testamento.

El religioso se alegró al oírlo. Lo creía justo.

—Le daré mi apellido, y es mi deseo también que reciba un nombre de príncipe de la familia. Sea Juan, en honor a mi madre.

Borja asintió.

—Y a mi otro hijo... hay algo que desearía legarle.

De madrugada, Borja hubo de volver a la alcoba de su señor. Apartó al enjambre de frailes que lo rodeaban. Uno de ellos le susurró: «Se muere».

Carlos, aunque agonizando, permanecía despierto. Al ver al jesuita lo llamó a su lado con un gesto lánguido. Borja, que contenía a duras penas su abatimiento, acercó su oído a la boca del enfermo.

—El crucifijo de la emperatriz.

Emocionado, el religioso asintió. Lo tomó de la mesa donde había descansado desde que el de Gante llegase a Yuste y se lo entregó. Carlos se aferró al objeto, lo besó y lo posó sobre su pecho. Sin desprenderse de él, murió.

«A mi hijo», rezaba una línea manuscrita en la portada. Felipe, aturdido, acarició las letras. Vestía de luto, como el duque de Alba y el cardenal Granvela, que lo acompañaban.

—Marchad.

Con el gesto grave, los otros obedecieron. Aún era septiembre, pero el clima resultaba ya frío en Inglaterra, y se dejaba notar en el interior de palacio. El fuego estaba encendido, pero Felipe no sentía calor alguno.

Se acercó a la lumbre cargado con las páginas. Fijó los ojos en las llamas, que bailaban y crujían ante él, invitadoras. Al rey le castañeteaban los dientes, pero no a causa de la temperatura. Profirió un grito de rabia antes de lanzar el legajo al fuego. Gritó de nuevo mientras veía arder las esquinas de las hojas. Y otra vez, aún más fuerte, cuando hundió el rostro entre sus manos. De repente, como si despertase de un hechizo, se abalanzó sobre el fuego y rescató el texto. Apagó con sus manos las pequeñas llamas azules que aún prendían en él. Se abrazó entonces a las memorias de su padre: a sus hazañas, a sus miedos, a las traiciones sufridas, a las muertes que le habían golpeado; a cada alegría y a cada tormento; a la culpa por no haber sido el mejor hermano, ni el mejor hijo, ni el mejor esposo, ni el mejor padre; a la gloria, al fracaso, a la juventud y al crepúsculo; al amor que había sentido por ella hasta el último día.

Y así, aferrado a la vida del padre, el hijo rompió a llorar.

CARLOS
Rey Emperador

Disponible en
Blu-ray Disc DVD VIDEO
Diciembre 2015

rtve

:divisa:
HOME VIDEO